Cecelia Holland
Säule des Himmels

SERIE PIPER
Band 1157

Zu diesem Buch

Im Mittelpunkt dieses großangelegten Romans steht ein einzelner Mann und seine Vision, die sein ganzes Leben bestimmt: Ein Monument zu erbauen, das aus der Welt der Steinzeitmenschen zu jener der Vorfahren führt. Um sein Vorhaben durchzusetzen, muß er die alte Ordnung zerstören. Moloquin, der »Unerwünschte« kehrt nach Jahren in der Sklaverei zu seinem Stamm zurück und macht sich zum Häuptling aller Häuptlinge. An die Stelle einer von Frauen geprägten Gemeinschaft tritt die Herrschaft der Männer, unter den ehedem friedlichen *Folc* kommt es zu Mord und Totschlag.

Die aus der Fremde mitgebrachten Kenntnisse der Bronzeherstellung helfen Moloquin, sein ehrgeiziges Projekt, das steinerne Rundhaus mit seinen gigantischen Säulen, als dessen Mittelpunkt er sich selbst sieht, zu verwirklichen.

Mit den Mitteln der Phantasie versucht Cecelia Holland eines der Rätsel zu deuten, das die Wissenschaftler bis heute nicht mit Bestimmtheit erklären können – die geheimnisvollen riesigen Monolithen von Stonehenge. Sie schildert eine Welt, älter noch als die der Druiden, deren Menschen jedoch Problemen gegenüberstehen, die die Zeiten überdauert haben.

Cecelia Holland, geboren 1943 in Henderson (Nevada), studierte Geschichte, lehrte am Connecticut College und an der Colorado State University und ist freie Mitarbeiterin diverser Zeitungen. Ihre zahlreichen Romane mit historischem Hintergrund spielen vornehmlich in der Frühzeit und im Mittelalter. Seit 1969 lebt Cecelia Holland in Kalifornien.

Cecelia Holland

SÄULE DES HIMMELS

ROMAN

Aus dem Amerikanischen
von Karin Kersten

Piper
München Zürich

Die Originalausgabe erschien 1985 unter dem Titel
»Pillar of the Sky« bei Alfred A. Knopf, New York.

ISBN 3-492-11157-2
Neuausgabe 1990
2. Auflage, 11.–18. Tausend Mai 1990
(1. Auflage, 1.–8. Tausend dieser Ausgabe)

Umschlag: Federico Luci,
unter Verwendung eines Gemäldes von Rita Mühlbauer
Photo Umschlagrückseite: © Thomas Vietor 1985
Satz: Mühlberger, Augsburg
Druck und Bindung: Clausen & Bosse, Leck
Printed in Germany

Inhalt

Vorbemerkung

Wenn man bedenkt, wie alt und wie berühmt Stonehenge ist, überrascht es, wie wenig man darüber weiß. So weiß man nicht, welchen Wert und welche Bedeutung es für die Völker hatte, die es, über einen Zeitraum von tausend Jahren hinweg, erbaut haben, indem sie zu Anfang das Erdreich aufschütteten, um einen Ringwall zu errichten, und später dann und wann Löcher gruben, in die sie zuweilen Steine setzten. Wir haben eine ziemlich genaue Vorstellung davon, wo die Steine standen; wir wissen auch einiges über ihre Herkunft; wir können erklären, wie steinzeitliche Ackerbauern ohne Rad, ohne Lasttiere, ohne hilfreiche Metallwerkzeuge überhaupt imstande waren, dieses Werk zu vollbringen. Doch selbst hinsichtlich dieser schlichten konkreten Fakten bestehen erhebliche Zweifel.

So nimmt Stonehenge, seiner Bedeutung entkleidet, alles entgegen, was wir ihm antragen, und gibt uns immer nur uns selbst zurück. Gläubige Menschen halten es für einen Tempel; Astronomen benutzen es als Observatorium. Im 19. Jahrhundert wollte ein Eisenbahnbauer es sogar in einen Bahnhof verwandeln. Da ich eine Geschichtenerzählerin bin, nehme ich es als Stück einer Geschichte aus einer Zeit, in der Geschichten das machtvollste Mittel waren, über das die Menschen verfügten im Umgang mit dem wirbelnden Universum, von dem sie umgeben waren – eine Ära, die auch für uns noch nicht beendet ist.

I
Aels Sohn

Die Sonne ging auf. Erst schickte die Mutter aller Dinge nur ihre Vorhut aus, damit sie den Himmel erhellte und der Erde den neuen Tag ankündigte, doch dann erwachte unter ihrer ersten wärmenden Berührung alles Leben. Die Vögel begannen, im hohen Gras, in den Bäumen, die sich hier und da in der welligen Hügellandschaft erhoben, in den Gärten der Folc, auf den Strohdächern der Langhäuser zu singen, zu zwitschern und zu rufen. Die kleinen braunen Wassermäuse huschten aus ihren Schlupflöchern am Flußufer hervor, und die Ziegen standen meckernd von ihrem Strohlager auf und strebten dem schmutzigweißen Gatter zu, um aufs Melken zu warten. Die Türen der Langhäuser öffneten sich, und die Frauen und Kinder der Folc kamen heraus, um sich gähnend im Sonnenlicht zu recken, und die riesige Tür des Rundhauses wurde aufgestoßen, obwohl der mächtige Ladon nicht da war; doch war das Rundhaus auch in seiner Abwesenheit von seiner Macht erfüllt.

Im Dickicht am Flußufer begann die Schar der Jungen munter zu werden. Kaum erwacht, schwärmten sie schon in alle Himmelsrichtungen aus und suchten nach Eßbarem. Während ihre Mütter sich in den Langhäusern noch verschlafen am Morgenfeuer zu schaffen machten, streiften die Jungen bereits durch die Gärten der Folc, um Vögel und Schlangen aufzustöbern, und suchten den Waldrand nach wilden Beeren ab.

Der Anführer der Schar war Ladons Sohn. Er war groß und blond, und sein Körper war anmutig gerundet. An seiner Kleidung hatten sämtliche Frauen der Folc liebevoll mitgewirkt. Er trug einen dicken Stock in der Hand, mit dem er nach jedem Jungen schlug, der ihm zu nahe kam, und er schrie den anderen Befehle zu, die ihm von allem, was sie fanden, die Hälfte brachten.

Wie man es mit seinem Vater hielt, so hielt man es auch mit Ladons Sohn; jeder Junge wollte ihm mehr bringen als alle anderen, und er brauchte kaum die Hand zu heben, da hatte er schon, was er wollte.

Unterdessen war die Sonne am Himmel emporgestiegen. Ihr freundliches, segensreiches Licht lag über dem Land der Folc, dem breiten Streifen unebenen Bodens, der sich zwischen dem Wald im Osten und den zerklüfteten Hügeln im Westen hinzog. Das war weibliches Land, was da satt und üppig unter dem Gras lag, nicht flach hingestreckt, sondern über schwellende Hügel sanft ins Sonnenlicht ansteigend und dann wieder weich abfallend in Mulden und Senken, in die die Sonne nur mittags kam. Die Kiefern und das Kieferngestrüpp, die diesen Boden einst völlig bedeckt hatten, wichen, während das Klima insgesamt trockener wurde und die Sümpfe schwanden, und es entstand offenes Grasland, dessen Krume über unnachgiebigem Kreidefels lag, und dort, wo der Boden tiefwurzelnden Bäumen freundlicher gesonnen war, hatten auch Eichen und Eschen Fuß gefaßt. Doch diese Veränderungen vollzogen sich für die Folc so langsam und auf so wohltätige Weise, daß davon nur in Geschichten die Rede war.

Im Sonnenschein verließen die Frauen die Langhäuser und stiegen den Hang zu den Gärten hinauf. Es war Hochsommer, kurz nach der Großen Versammlung, und auf den unregelmäßigen Streifen Ackerland, die die Frauen bearbeiteten, wartete eine üppige Ernte: Die Ähren der Gerste waren prall, die Platterbsen, die sie an Pfählen hochbanden, damit die Mäuse die jungen Schoten nicht fraßen, hingen zum Pflücken bereit, und aus dem Boden quollen die Zwiebeln. Die Frauen hatten ihre Geräte dabei, die Hirschhornpicken, die Holzrechen mit ihren Flintsteinzinken, die Hacken aus Muschelschalen. Die kleineren Kinder trugen die Körbe.

Vom Waldrand oben überblickte Ladons Sohn die ganze Geschäftigkeit gewissermaßen aus der Vogelperspektive. Er versuchte jedoch nicht, unter den gebückten Gestalten seine Mutter auszumachen. Er war ja schon ein halber Mann und hatte mit niederer Arbeit nichts im Sinn. Statt dessen führte er seine Schar ohne Eile den Waldrand entlang, und seine Aufmerksamkeit galt dabei zur Hälfte den Beeren und zur Hälfte Moloquin.

Die anderen Jungen wußten, was sie zu tun hatten. Sie überschlugen sich geradezu, um als erste an einem Brombeerdickicht anzugelangen und die reifen Früchte zu pflücken, und einige wagten sich sogar ein wenig in den Wald hinein und stießen dabei verwegene Schreie aus, stampften mit den Füßen auf und hielten eifrig Ausschau nach dem Feind. Ladons Sohn schlenderte weiter und probierte ein paar Beeren. Die Zeit der kleinen roten Beeren, die Mutters Küsse hießen, war vorbei, und für die dicken purpurroten von den dornigen Büschen, die Bärenbluttropfen hießen, war es noch zu früh. Er verzog das Gesicht und warf die sauren Dinger weg, die man ihm gegeben hatte. Der nächste Junge, der es wagen würde, ihm grüne Beeren zu bringen, würde seinen Stock zu spüren bekommen.

Doch da kam der Ruf: »Moloquin! Moloquin!«

Er machte einen Luftsprung, als er das hörte. Vor ihm, wo auf einer Hügelkuppe eine Eichengruppe aufragte, jagten die Jungen auf einen von Gebüsch gesäumten Bach zu und stießen dabei wilde Schreie aus. Viele schwenkten Stöcke. Ladons Sohn stürmte hinter ihnen her.

Er schrie mit ihnen; er schwenkte seinen Stock über dem Kopf. Gemeinsam hetzten sie auf das Gesträuch zu. Sie hatten es fast erreicht, da brach ein nackter brauner Junge aus der Deckung hervor und lief vor ihnen davon.

Das Gejohle und Gepfeife der Bande wurde ohrenbetäubend. Viele holten zum Schlag gegen den Jungen aus, ehe sie nahe genug heran waren, um ihn treffen zu können, und unversehrt schoß die Waise der Wälder davon und war plötzlich im hohen Gras verschwunden. Wie die bodenbrütende Trappe konnte er sich nach Belieben unsichtbar machen. Keuchend führte Ladons Sohn die anderen in einer weit auseinandergezogenen Kette über den Hang, wo er Moloquin zuletzt gesehen hatte.

Ratlos verhielten sie ihren Schritt. Ladons Sohn bohrte seinen Stock in den Boden, hieb dann auf einen Brombeerstrauch ein und schaute zum Wald hinauf, der rechts von ihm auf seine unheimliche Weise emporragte. Der Wald war gefährlich, böse und dunkel; ein Grund, weshalb alle Moloquin haßten, war, daß er aus dem Wald gekommen war und dort immer noch lebte, wenn er nicht gerade in der Siedlung der Folc sein Unwesen trieb. Ladons Sohn haßte Moloquin noch aus anderen Gründen, vor allem aber, weil sein Vater ihm befohlen hatte, Moloquin zu hassen. Ladons Sohn tat immer, was sein Vater von ihm verlangte. Jetzt schritt er mit seinem Stock methodisch die wellige Rundung des Abhangs ab und stocherte in mutmaßlichen Verstecken herum, bis mit einem Mal ein paar Schritte vor ihm der Boden zu explodieren schien und der magere braune Junge wie aus dem Nichts emporschoß und mit federndem, wirrem schwarzen Haarschopf durch das Gras davonjagte.

»Heijaaaaa!«

Die Meute der Jungen raste ihm nach. Einmal mehr warfen sie Stöcke und Steine hinter ihm her, ohne ihn jedoch zu treffen. Moloquin führte sie blitzschnell unmittelbar am Fuß des Hanges entlang, der zum Wald anstieg; hier war das Gras kürzer, und es gab keinerlei Versteck, und das flüchtige Wild rannte aus Leibeskräften. Ladon und seine Meute blieben ihm verbissen auf den Fersen. Ladon wurde sein Stock zu schwer, doch er wagte nicht, ihn fallen zu lassen: Der Stock war für ihn das Zeichen seiner Macht. Seine Lungen begannen zu brennen. Der vor ihm laufende Moloquin hielt sich stets außerhalb seiner Reichweite. Wenn Ladons Sohn plötzlich das Tempo verschärfte, rannte auch Moloquin schneller, als hätte er Augen im Hinterkopf; er sah sich niemals um, sondern rannte mit angewinkelten Armen und kurzen, kraftvollen Schritten immer nur weiter. Wenn Ladons Sohn langsamer wurde, ermüdete, wurde auch Moloquin langsamer und sorgte so dafür, daß der Abstand zwischen ihnen immer gleich groß blieb.

Sie bekamen Moloquin einfach nicht zu fassen, so ausdauernd sie ihn auch hetzten, und nun erblickte Ladons Sohn, atemlos und mit schmerzenden Beinen, den uralten Wall und die Steine, die so aussahen, als wollten sie gleich umstürzen, die Stätte der Toten, die vor ihnen auftauchte, und er blieb stehen.

Die anderen Jungen blieben ebenfalls stehen. Keiner wollte näher an die Stätte der Toten herangehen, und während Moloquin darauf zurannte, schrien sie und warfen Steine und Stöcke hinter ihm her und lachten über seine Verrücktheit.

»Die Geister werden ihm das Blut aussaugen«, sagte Ladons Sohn, und die anderen Jungen scharten sich um ihn, pflichteten ihm lärmend bei und beeilten sich, diese Prophezeiung durch immer neue Variationen zu bekräftigen.

»Die Geister werden sein Fleisch fressen!« »Die Geister werden ihm die Knochen abnagen!«

»Kommt, gehn wir nach Hause«, sagte Ladons Sohn, »wir müssen die Ziegen auf die Weide bringen, und vielleicht kriegen wir Käse.« Er schulterte seinen Stock und war hochbefriedigt, weil es ihnen erneut gelungen war, Moloquin zu vertreiben. »Der wagt es nicht noch einmal, uns zu nahe zu kommen.« Ein paar Schritte lang stolzierte er vor ihnen her, obwohl er müde Beine hatte.

Die Jungen kämpften um einen Platz in seiner Nähe. Die Kleinsten, die erst seit kurzem zur Bande gehörten, wurden an den Rand geschubst, und die Größten und Stärksten eroberten sich einen Platz an der Seite von Ladons Sohn. So lief die Meute den sonnengedörrten Abhang hinab, kehrte zu den Gärten zurück, wo ihre Mütter arbeiteten, und führte die Ziegen auf die Weide.

Der junge Moloquin hatte seinen Vater nicht gekannt. Seine Mutter war im Winter, bevor er das Dorf gefunden hatte, am Bluthusten gestorben. Von den Folc kümmerte sich niemand um ihn, und Ladon haßte ihn. Alles, was die Folc nicht selbst verbrauchten, gaben sie Ladon; deshalb bekam Moloquin nichts.

Er stand oben auf dem Wall und schaute der Schar der Jungen nach. Sie haßten ihn, immer jagten sie ihn, und gelegentlich kamen sie ihm nahe genug, um ihn zu verletzen, doch er sehnte sich nach ihnen; sie waren seine einzige Gesellschaft. Die Jagd heute war ihm zu rasch zu Ende gegangen. Er stand auf dem Wall und schrie und winkte, doch sie beachteten ihn nicht, wenn sie ihn überhaupt sahen. Er erkannte, daß er zu schnell hierhergekommen war. Sie fürchteten sich vor diesem Ort, so daß er hier zwar vor ihnen sicher war, aber auch allein blieb.

Er wandte sich um und lief die innere Böschung des Ringwalls hinunter. Der Wall war aus einem weiten Kreis aus aufgeworfener Erde und Kalkstein gebildet, keinem vollständigen Kreis allerdings, denn er war nach Nordwesten und Osten hin unterbrochen, als wären da Eingänge für die Menschen, doch die Folc kamen fast niemals herein. Sie kamen nur herein, um ihre Toten auf dem Grasboden im Innern des Ringwalls abzulegen. Auch jetzt lagen wieder zwei Leichen nicht weit vom Fuß des hohen Steins drüben auf der anderen Seite des Rings – der Leichnam einer alten Frau und der eines Säuglings. Die Krähen pickten an ihnen herum, dreist genug, um sich durch Moloquins Anwesenheit nicht stören zu lassen. Über den grasbewachsenen Boden schritt er zwischen zwei aufrecht stehenden Steinen hindurch auf seinen Lieblingsplatz zu, den großen kantigen Stein auf der Nordseite. In der Höhlung an seinem Fuß hatte er seinen Schlafplatz.

Er liebte diesen Ort. Das Grauen, das die Folc hier empfanden, war ihm völlig fremd. Es war seine eigene kleine Welt, kreisrund, wie die Welt nun einmal war, und begrenzt durch den Horizont, wo der Himmel an den Kamm des Ringwalls stieß. Menschen gab es hier, abgesehen von den beiden Toten, zwar nicht, aber dafür waren da die Steine, von denen ein paar vereinzelt im Innern des Ringes standen, während die meisten einen Kreis bildeten. Die Ringsteine standen schief, und einige lagen im Gras begraben. Darüber wölbte sich nur der strahlende, gleißend-helle Himmel.

Er liebte diesen Ort, weil seine Mutter hier gewesen war. Sie war hier gestorben. Wenn er sie brauchte, kam er hierher, und sie antwortete ihm stets.

In der Höhlung am Fuß des großen Steines sitzend, schloß er die Augen und dachte an seine Mutter, und das Herz wurde ihm schwer. Groß war sie gewesen, jedenfalls in den Augen eines Kindes, und das lange Haar hatte ihr bis zur Hüfte gereicht, und ihre Stimme war wie der Eishauch des Winters gewesen, wenn sie zornig, ihre Arme wie die Wärme der Sonne, wenn sie liebevoll zu ihm war. Als sie starb, war er so entsetzt gewesen, als ginge es mit der ganzen Welt zu Ende.

Jedesmal, wenn sie gehustet hatte, war Blut zwischen ihren Lippen hervorgequollen. Sie waren tief im Wald gewesen, weit weg von hier.

Sie hatte gesagt: »Halt mich so, wie ich es dir sage«, und er hatte sich mit seiner Last abgemüht, sie hatte sich auf Stöcke gestützt und an Bäume gelehnt, und so waren sie, unendlich langsam, durch den Wald vorangekrochen und schließlich am Rand des Graslands angelangt. Sie war so dürr und knochig, daß er jede einzelne Rippe sehen konnte. Er weinte, während er sie halb weitertrug, halb weiterschleifte. Ihre keuchende, gurgelnde Stimme trieb ihn an. »Weiter. Laß mich fallen, und ich bringe dich um, Junge, ich nehme dich mit mir! Weiter, los, elender Schwächling!« Schließlich hatte er sie ins Innere des Ringwalls gezerrt, und dort waren sie beide ins hohe Gras niedergesunken.

Und dort starb sie dann. Er hatte gesehen, wie der Geist aus ihr gewichen war: von ihr aufgestiegen war wie der Tau, der dampfend vom Gras aufsteigt, wenn die Sonne darauf scheint. Er klammerte sich an sie, rief sie zurück, er schüttelte sie. Sie wollte nicht zu ihm zurückkehren. Er wagte nicht, sie zu verlassen. Sein ganzes kurzes Leben lang hatte sie ihn gelenkt, ihn ernährt, ihn alles Notwendige gelehrt, ihn geschlagen, wenn er etwas falsch gemacht hatte, ihn geliebt, wenn er anstellig gewesen war; ohne sie wußte er nichts.

Er jagte die Krähen von ihr weg; tagelang saß er bei ihr, obwohl sein Magen sich schmerzhaft zusammenzukrampfen begann und die Kehle ihm brannte vor Durst. Er klammerte sich an seine Mutter. Dann waren eines Tages die ersten Menschen, die er außer ihr zu Gesicht bekommen hatte, in den Ring getreten.

Sie waren zu sechst und trugen einen siebten in ihrer Mitte: noch einen Leichnam. Während sie sich näherten, sangen sie und wedelten mit grünen Zweigen, und einer hatte einen kleinen Topf mit Kohle dabei, von dem ein übelriechender Rauch aufstieg. Sie betraten das Innere des Ringwalls durch die nordwestliche Öffnung und trugen den Leichnam langsam in die Mitte, wo sie ihn niederlegten und, immerfort singend, die belaubten Zweige über ihn breiteten. Und dann erblickten sie ihn.

Und sie. Sie war es auch, die bewirkte, daß sie schreiend davonliefen. Der Anblick seiner Mutter war es, der sie in die Flucht schlug. Unter Geschrei und Geheule rannten sie auf den Wall hinauf, drehten sich dort noch einmal um und schrien noch mehr. Sie rannten davon, und er folgte ihnen; sie rannten den ganzen Weg über das Grasland hinab, und er lief ihnen nach, und so sah er zum erstenmal im Leben Ladons Dorf.

Als er es erblickte, blieb er wie angewurzelt stehen und starrte es an, verwundert und beglückt. Vier riesige Hütten standen da innerhalb eines Zauns aus Dornbüschen, Hütten, die viel größer waren als die, in der er und seine Mutter gelebt hatten, und die Höfe darum waren voller Menschen, darunter Kinder wie er, Frauen wie seine Mutter, viele, viele Menschen, die miteinander sprachen, arbeiteten, lachten, einander berührten, sich einander zuneigten, Auge in Auge, einander umarmten. Seine Haut begann zu kribbeln, so sehr verlangte es ihn nach Nähe, Schutz, der liebevollen Aufnahme unter seinesgleichen. Doch als er weiterging, freudig auf sie zuging, mit ausgestreckten Armen, hungrig und elend, da jagten sie ihn weg.

Und nun lebte er am Rand des Dorfes, fröstelte in der Kälte und stahl, was er nur kriegen konnte. Im Sommer fand er Obst und Wurzeln und Eier. Oft saugte er an den Eutern der Dorfziegen, wenn die Herden in der Sonne dösten.

Im Winter erstarrte er und schlief in hohlen Baumstämmen, unter Laubbergen. Er wuchs rasch zu einem mageren, sehnigen Jungen heran, dessen Ohr ebenso scharf auf alles lauschte, wie sein scharfes Auge alles mitbekam, hungrig nicht nur nach Nahrung. Er beobachtete die Folc jeden Tag, sooft er nur konnte, prägte sich ihre Gesichter ein, belauschte sie und versuchte, mochten sie ihn hassen oder nicht, soviel von ihnen mitzubekommen wie möglich. Sie waren seinesgleichen. Und doch war er anders; er war allein.

Es war der Niedrigwassermonat. Im Dorf trugen die Frauen in ihren besten Körben Wasser vom Fluß herauf, um ihre Pflanzen zu gießen; die Jungen, die zur Bande gehörten, hielten auf ihren Streifzügen entlang der Uferböschung nach Flintknollen Ausschau, die manchmal im Kalkstein zum Vorschein kamen – diese Flintsteine trugen sie dann stolz zum Rundhaus, zu den Männern, die Steine bearbeiteten. Doch diese Männer waren jetzt nicht da. Gemeinsam mit allen anderen Männern der Folc von Ladons Dorf verbrachten sie diese Zeit gewöhnlich am nördlichen Flußufer, wo sie fasteten und schwitzten und mit den Geistern redeten, denen diese Welt in Wirklichkeit gehörte.

Doch nun kehrten sie zurück und strömten als ungeordnete gewaltige Masse über die Ebene. In ihrer Mitte kam Ladon selbst in seinem Tragsessel herangewogt, der von einer Schar niedriggestellter Männer getragen wurde. Wolfsschwänze hingen von den Lehnen des Tragsessels herab, schwarzglänzendes Bärenfell bedeckte ihn, und es war so alt wie das Geschlecht des Mannes, der darauf saß: Ladon, der größte Häuptling aller Folc.

Er war ein hünenhafter, massiger Mann im besten Alter mit einem fetten Wanst. Sein Haar war so schwarz wie das Bärenfell. Auf den Schultern und der Brust wuchs ihm das schwarze Haar wie ein Pelz, ein Emblem seiner Größe.

Die anderen Männer drängten sich um ihn. Sie lechzten nach der Gunst eines einzigen Blickes. Wenn er das Wort an einen von ihnen richtete, brüstete der sich vor allen anderen mit dieser Ehrung. Wenn er die Stirn runzelte, welkten sie dahin wie ausgerissene Pflanzen. Sobald die Sänftenträger müde wurden, rief Ladon nach frischen Männern, und dann kämpften alle um einen Platz an den Tragstangen.

Nur einen Menschen gab es, der das nicht tat, nur eine Frau, die kein Gefäß war für die geheimnisvolle Macht des Mannes, närrisch genug, um nichts darauf zu geben: Karella, die Hauptfrau in der Sippe des Häuptlings, hatte es sich nicht nehmen lassen, die Männer auf ihrem geheiligten Weg zu begleiten. Sie war die bedeutendste Geschichtenerzählerin ihres Volkes und hatte sich deshalb zur Verfügung gestellt, um die Träume und die Krankheiten und andere Erlebnisse zu deuten, die die Männer im Verlauf ihrer Reinigung bei der Begegnung mit der Oberwelt haben mochten. Außerdem hielt sie es als Hauptfrau der Sippe Ladons für ihre Pflicht, ein Auge auf ihn zu haben.

Sie ging, ohne sich um die anderen zu kümmern, in einigen Schritten Abstand neben Ladon her. Kopf und Schultern waren von einem Schal bedeckt, der aus gezupftem Ziegenhaar gewebt und braun und hellbraun und gelb gefärbt war, wozu sie Zwiebelschalen verwendet hatte. Sie war eine kleine, gebeugte Frau mit einem runden Gesicht, vergnügten Augen und durchdringender Stimme, und gewöhnlich lächelte sie. Sie lief mit hurtigen, kurzen Schritten, so daß sie wie ein braunes Mäuschen durch das satte Grün der Welt zu huschen schien.

Obwohl sie und Ladon einander allem Anschein nach keine Beachtung schenkten, war beiden die Anwesenheit des anderen doch ständig auf ärgerliche Weise bewußt. Sie konnten einander nicht leiden. Ladon fand, sie sei zu neugierig und zu freimütig. Karella wiederum wußte, daß er eine Gefahr für die Folc bedeutete.

Was für eine Gefahr, war ihr während der Reinigungsrituale qualend bewußt geworden. Wieder und wieder hatte sie erlebt, wie Ladon den Männern gegenüber von seinem Sohn sprach, ihnen das Versprechen abgerungen hatte, daß sein Sohn Häuptling werden sollte, wenn er selbst stürbe; die ganze Zeit über waren die Männer unter diesem Druck und oft auf Betreiben der Geister mit Träumen zu ihr gekommen, worin verschlüsselt ein Ladon zu erkennen war, dessen Ehrgeiz nach der Weltherrschaft strebte.

Ladon war der Häuptling. Seine Macht war größer als die aller anderen im Dorf; was die Folc erarbeiteten, brachten sie ihm, und er gab ihnen, was sie brauchten, so daß die, die alt oder verwaist oder schwach oder krank oder dumm waren, doch nicht darben mußten. Aber er war Häuptling durch den Willen der Hauptfrauen, der alten Frauen, die um die Mühle herum saßen und alles wußten: Sie ernannten den Häuptling, und wenn Ladon starb, würden sie den nächsten Häuptling ernennen, nicht Ladon selbst. Falls sie nicht . . .

Karella empfand die Vergangenheit, soweit es Wohl und Wehe der Folc betraf, als einen tiefgründigen, wohlgeordneten Raum hinter sich; vor ihr lag eine Leere, ein Grauen, das erst noch wie die Vergangenheit geformt, gestaltet werden mußte. Wenn Ladon gegen die Sitte der Folc handelte, konnte leicht alles auseinanderfallen, die Welt sich in einen Scherbenhaufen verwandeln.

Doch das war noch nicht alles.

Die Macht des Häuptlings gründete sich auf das Blut seiner Sippe. Sie lag in den Händen seiner Familie, doch wurde sie Stufe um Stufe nicht durch die Väter vererbt, deren Samen unsichtbar, deren Fruchtbarkeit doppelgesichtig war, sondern durch die Frauen. Sie bebauten die Gärten. Sie taten die Arbeit. Sie trugen die Kinder aus. Sie und sie allein verteilten die Macht: auf dem Weg der Wahl an den Häuptling und über die engsten weiblichen Verwandten des Häuptlings an die nächste Generation der Familie. Wenn sie sich das vor Augen hielt, dann sah sie den Gang der Zeiten und die Machtordnung so fest verwoben, daß nichts sie auseinanderzureißen vermochte.

Wenn sie sich allerdings vorstellte, daß die Macht von Ladon auf seinen Sohn übergehen könnte, dann sah sie einen Abgrund, und in diesen Abgrund fiel die Macht und war verloren, und ihr nach fielen die Folc und waren ebenfalls verloren. Und da kam auch schon Ladons Sohn über die welligen grünen Hügel auf sie zugerannt.

Alle Männer bejubelten seinen Anblick. Alle liebten Ladons Sohn. Hochgewachsen und goldblond kam er mit hocherhobenen Armen leichtfüßig auf seinen Vater zugelaufen, und ihm nach kam die Schar der anderen Jungen, ein Strom von Halbwüchsigen, die riefen und winkten.

Die ganze riesige Flut der Männer kam zum Stillstand. Ladon beugte sich von seinem Tragsessel herab und begrüßte seinen Sohn mit der Freude eines Mannes, der seiner eigenen Unsterblichkeit gegenübertritt.

Karella trat näher; die anderen Männer machten ihr ehrerbietig Platz, doch Ladon bemerkte sie nicht. Er beugte sich über die andere Seite des Tragsessels hinab, drückte die Hände seines Sohnes zwischen den seinen und lächelte ihm ins Gesicht.

»Erzähl mir, was sich zugetragen hat, mein lieber Junge.«

»Nichts.« Ladons Sohn zuckte die Achseln. Sein Gesicht war hell und offen wie der Himmel und ebenso gedankenleer. »Wir haben auf dich gewartet, Opa-Ladon.«

»Wächst alles gut? Sind die Frauen zufrieden?«

»Ich glaube schon.« Der Junge hob die Schultern und ließ sie wieder sinken. Sein ganzes Interesse an seiner Führerschaft kam von seinem Vater. Er hob das hübsche, lächelnde Gesicht. »Wir haben Moloquin gejagt, beinahe jeden Tag.«

Ladon grunzte, als er das hörte. Er reckte sich in der Sänfte empor und runzelte die Brauen, und dann erblickte er Karella, und sein Blick wurde stechend. Der Häuptling und die alte Geschichtenerzählerin starrten einander einen langen Augenblick an. Sie zog ihr Tuch enger um die Schultern, ihre Augen wurden schmal. Schließlich wandten beide gleichzeitig den Blick ab.

Die Prozession setzte sich wieder in Gang, und Ladons Sohn ging neben dem Tragsessel her. Die Männer in seiner Nähe sprachen liebevoll mit ihm und achteten nicht auf ihre eigenen Söhne, die, lärmig wie die Krähen, um sie herumsprangen und -rannten. Karella zog sich wieder an den Rand des Stromes zurück.

Ladons Sohn. Sie hatten versucht, ihm einen Namen zu geben – alle Jungen hatten natürlich Milchnamen, die ihre Mütter ihnen gaben, aber wenn sie ihre Mütter verließen und der Schar der Jungen beitraten, bekamen sie neue Namen. Doch keiner war an Ladons Sohn haften geblieben. Sie hatten es mit einer ganzen Reihe von Namen versucht, aber niemand hatte sich an sie erinnern können. Wenn die Folc diesen großen blonden Jungen anschauten, dann sahen sie nur eines, und so nannten sie ihn denn auch.

Als sie hingegen den anderen erblickt hatten, sahen sie zwar wiederum nur eines, und so hatten sie ihn auch genannt: Moloquin, der Unerwünschte. Doch war daraus irgendwie ein Name geworden; der Akzent lag auf der ersten Silbe, wie bei allen Männernamen, nicht auf der mittleren, wie es der Fall gewesen wäre, hätte man ihn einfach nur charakterisieren wollen. Moloquin hatte also einen Namen, so unfreundlich er auch war.

Moloquin. Sie bewegte die drei Silben im Kopf herum, und allmählich nahm der Gedanke eine klar umrissene Form an: Das war eine Möglichkeit, mit Ladon fertigzuwerden.

Sie drückte die gekreuzten Arme gegen ihr Schultertuch. Als sie einen Blick zum Himmel hinaufwarf, stellte sie fest, daß es noch eine ganze Weile hell sein würde – im Hochsommer hielt der Himmel das Licht noch lange, nachdem die Sonne verschwunden war –, und sie wußte, wo sie Moloquin finden konnte. Sie hatte Zeit und wußte, was sie wissen mußte, und es gab keinen Grund, weshalb sie es nicht versuchen sollte. Unauffällig stahl sie sich aus der Männerhorde und ging in nordöstlicher Richtung davon.

Moloquin hatte den Tag damit verbracht, über das sommerliche Hügelland zu streifen, um irgendwelche Nahrung zu finden, hatte jedoch nichts gefunden. Er hatte zwar mit einem Stein auf eine Trappe gezielt, sie jedoch, wie gewöhnlich, verfehlt, und fast hätte er mit der bloßen Hand einen Fisch gefangen, indem er untergetaucht und am Boden langsam, ganz langsam auf den grünen Umriß losgekrochen war, der reglos in einem Wasserloch unterhalb des Ufers gestanden hatte. Und dann hatte er, wieder langsam, ganz langsam, die Hände aufwärts gleiten lassen, während ihm die Lungen zu bersten drohten und er die Lippen zusammenpreßte, um die verräterischen Blasen zurückzuhalten, doch im letzten Augenblick war das Flußuntier mit einem einzigen Schwanzzucken geflohen. Und jetzt stieg er hügelan auf seinen bevorzugten Platz zu, und sein Körper war erschöpft, und er war sehr niedergeschlagen.

Auf halbem Wege zu seiner unwirtlichen Behausung kam er nahe genug am Dorf vorbei, um das Singen und die Trommeln und die Flöten zu hören und die lodernden Feuer zu sehen. Die Männer waren zurückgekehrt, und die Folc feierten ein Freudenfest.

Ausgeschlossen von allem, blieb er einen Augenblick in der Dunkelheit stehen und schaute zu und haßte sie, sosehr er sich auch nach ihnen sehnte. Er sah, wie sie einander berührten, wie sie aneinandergelehnt dastanden, Körper an Körper, und irgendwoher aus seinem tiefsten Innern stieg die Erinnerung daran auf, wie das war, jemandem nahe zu sein, von Wärme umgeben, von Armen umhüllt, geborgen. Er haßte sie dafür, daß sie ihm das verwehrten, und er sehnte sich doch danach, es wiederzufinden, bei ihnen, diese Gemeinsamkeit, diese liebende Anerkennung. Langsam schleppte er sich weiter auf die kalten Steine zu.

Als er auf den Wall hinaufgetrottet kam und in den grasbewachsenen Ring hinabschaute, wußte er sofort, daß noch jemand da war.

Er sah sie nicht gleich. Er roch sie weder, noch hörte er sie. Doch er wußte, daß irgendein anderer Mensch diesen Platz besetzt hatte, seinen Platz, und seine Nackenhaare stellten sich auf, und er fletschte knurrend die Zähne. Ein wenig geduckt, die Hände zu Fäusten geballt, schlich er sich durch die schiefstehenden Steine hinein.

»Hier bin ich«, sagte die ruhige Stimme, und er machte einen Satz. Ein Kribbeln überlief ihn. Sie war ganz dicht neben ihm. Im Dämmerlicht hatte er sie völlig übersehen. Er fuhr herum und versuchte, bedrohlich auszusehen.

Sie saß dort am Fuß seines Steines, in der Höhlung, die er für sich selbst gemacht hatte, und lächelte ihm zu. Er erkannte sie sofort: Karella, die Geschichtenerzählerin, hinter der die kleinen Kinder herrannten und sie um Worte anbettelten.

»Was machst du hier?« schrie er. »Das ist mein Platz. Geh weg.«

Er kannte nicht alle Worte, die hier angebracht waren, ein paar erfand er, während er sprach. Mit den Händen fuchtelte er in der Luft herum, um ihr klarzumachen, was er meinte.

Sie rührte sich nicht. Sie saß dort mit gekreuzten Beinen, wie die Frauen saßen; ihr Körper in seiner Umhüllung war formlos, ihr Haar hatte die Farbe von Schwalbenwurzsamen. In der Abenddämmerung, die hereingebrochen war, konnte er ihr Gesicht nur umrißhaft erkennen. Sie winkte ihn mit der Hand zu sich und sagte: »Komm, setz dich zu mir und laß uns Feuer machen. Mir ist sehr kalt.«

Er runzelte die Stirn. Ihm war nicht kalt, und er machte nur selten Feuer, obwohl seine Mutter es ihn gelehrt hatte. Er verharrte unentschlossen auf den Zehenspitzen, bereit, wegzulaufen oder sich auf sie zu stürzen. Geschichtenerzählerin. Er hatte gesehen, wie die anderen sich um sie drängten, während sie erzählte, und es war ihm zwar niemals gelungen, sich nahe genug heranzuschleichen, um ihre Stimme zu hören, doch selbst aus der Ferne hatten ihre Handbewegungen und ihr Mienenspiel im Feuerschein etwas ungeheuer Eindrückliches. Jetzt beugte sie sich auf einmal vor, und in der Höhlung ihrer Hände leuchtete ein Funken auf.

Er seufzte. Das Licht zuckte über ihr Gesicht und wärmte die alte, runzlige Haut, die tiefliegenden Augen und die runzligen Lippen. Ohne es im geringsten gewollt zu haben, trat er auf sie zu, setzte sich vor ihr nieder und teilte das Licht mit ihr.

Sie hätschelte die Funken im Zunder, indem sie sachte mit den Händen daran zupfte, damit das Feuer sich weiter ausbreitete, und dann legte sie das züngelnde Etwas in ein Nestchen aus Zweigen, griff neben sich nach weiterem Holz und fügte es hinzu. Er stellte fest, daß sie viel

Holz gesammelt und alles für ein Feuer vorbereitet hatte. Sie mußte lange hier gewartet haben, und ihm wurde klar, daß sie auf ihn gewartet hatte. Das verwunderte ihn. Er selbst bedachte die Folc zwar mit seiner Aufmerksamkeit, doch daß sie von irgend jemandem erwidert wurde, war neu für ihn.

Das Feuer wurde kecker und wärmer und schlug in die zugespitzten Stöcke hinauf, die Karella darüber aufgerichtet hatte. In ihren Augen waren winzige Feuerchen. Sie sagte: »Bist du hungrig, Junge?«

»Ich –«

Er verstummte, weil ihm bewußt wurde, wie wenig er sich aufs Reden verstand, und er schämte sich. Er senkte den Blick in die Flammen. Sie griff hinter sich, holte einen flachen, zugedeckten Korb mit einer Tragschnur heran und öffnete ihn.

»Iß.« Sie streckte die Hand aus und bot ihm etwas an.

Vage regte sich sein Gedächtnis. Er nahm das Ding aus ihrer Hand und biß hinein, und es war weich und würzig. So etwas hatte er schon einmal gegessen. Seine Mutter hatte es ihm gegeben. Auf den Fersen am Feuer hockend, aß er es ganz auf.

Auch sie aß, ihre Kiefer kauten zufrieden, und sie blickte Moloquin dabei unverwandt an. Er wollte noch mehr, mochte jedoch nicht darum bitten, und so legte er statt dessen die Arme um die Knie und beobachtete sie.

»Nimm noch eins«, sagte sie, und er tat es und schlang es hinunter.

Sie lächelte, als sie das sah, und als sie lächelte, war ihr Gesicht so lebendig und so voller Freundlichkeit, daß auch er lächeln mußte, und plötzlich langte sie über das Feuer hinweg und berührte ihn. Ihre Hand lag warm auf seinem Arm. Die Berührung entsetzte ihn, und er fuhr ein wenig empor und saß dann reglos, starr, und sein Arm brannte, wo ihre Hand lag. Als sie sein Unbehagen bemerkte, zog sie sie zurück.

Sie sagte: »Junge, hast du einen Namen?«

»Moloquin«, sagte er.

»Nein – der Name, den deine Mutter dir gegeben hat.«

»Moloquin«, sagte er.

»Nein, nein. Deine Mutter, Ael, hat sie dich nicht irgendwie genannt?«

»Ael«, sagte er, als er das seltsame Wort gehört hatte.

»Ael, deine Mutter.«

Schlagartig erkannte er, was sie meinte, und die Bedeutung traf ihn wie ein Blitz, der ihm durchs Gehirn zuckte. Er sagte: »Meine Mutter. Ael. Das war ihr Name. Meine Mutter war Ael.«

Er begann zu weinen. Seit ihrem Tod hatte er sich ihr niemals so nahe gefühlt wie jetzt, als diese Fremde, diese alte Frau, ihm gab, was er niemals gekannt hatte: den Namen seiner Mutter.

»Ael«, sagte er und warf den Kopf zurück, das Gesicht zum Himmel gehoben, und er schrie: »Ael! Ael!«

Seine Stimme hallte von den Steinen wider. Selbst der gewölbte Himmel warf donnernd seine Worte zurück. Er legte das Gesicht in die Hände und weinte, bis er nicht mehr konnte.

Endlich hob er den Kopf. Sie beobachtete ihn, die kleine alte Frau, die den Zauber in den Augen und im Kopf hatte, Namen und Worte und Geschichten. Er stürzte über das Feuer hinweg auf sie zu und packte sie mit beiden Händen.

»Meine Mutter«, sagte er mit tränenerstickter Stimme, »meine Mutter. Meine Mutter ist weg. Mutter ist tot.«

In seinem Griff war sie leicht wie eine Hülse. Sie lachte, halberstickt. »Moloquin«, sagte sie, »laß mich los.« Doch sie legte die Arme um ihn, und einen kurzen Augenblick saß er an sie gepreßt, Körper an Körper, so dicht, daß sie ein einziger warmer Körper, ein Leben waren. Wieder sagte sie mit halberstickter Stimme: »Laß mich los«, und er tat es.

Er richtete sich auf. Die kühle Luft umfächelte ihn; er spürte seine Haut wie eine Grenze, etwas Abgetrenntes, und er fühlte sich einsamer als je zuvor im Leben, einsamer selbst noch als beim Tod seiner Mutter. Wieder senkte er den Kopf und schluchzte.

Karella sagte: »Moloquin, hat sie dir irgend etwas erzählt? Deine Mutter?«

»Sie hat gesagt«, er kroch näher ans Feuer heran und wandte den Blick von Karellas Gesicht, das sein inneres Auge versengte, und richtete ihn in das blinde, leere Feuer. »Sie hat gesagt, wenn ich . . . wenn sie tot ist, sollte ich . . . dahin gehen.« Er wies nach Westen. »Nicht dahin.« Er zeigte nach Süden, wo das Dorf der Folc lag. Wie Galle stieg ihm die Erkenntnis auf, daß er die Folc niemals hätte finden sollen. Vielleicht hatte sie ja recht gehabt. Er mühte sich mit dieser Erkenntnis ab; die Worte reichten nicht aus, der Gedanke, der sich darin verbarg, entwischte ihm in die Dunkelheit. Er starrte in die vielfarbigen Flammen. »Sie haßt mich«, sagte er und bedeckte sein Gesicht mit den Händen. »Sie hat mich verlassen.«

»Moloquin«, sagte Karella und legte ihm wieder die Hand auf den Arm. Jetzt erschrak er nicht mehr, sondern beruhigte sich eher, und als sie ihm bedeutete, daß er näher kommen sollte, trat er zu ihr, und sie klopfte neben sich auf den Boden. Er setzte sich wieder hin. Sie sagte: »Hat sie dir irgendwelche Geschichten erzählt?«

»Geschichten«, wiederholte er ratlos. Er starrte ihr erwartungsvoll ins Gesicht. Ihre Haut war runzlig wie ein alter Apfel.

Sie lächelte ihm zu. Mit leiser, sanfter Stimme begann sie: »Am Anfang war alles mit Eis bedeckt, und nichts regte sich, und nichts atmete. Dann ging die Sonne auf und schien auf das Eis, und aus dem aufsteigenden Dunst bildete sich in der Luft das erste Lebewesen, weder Mann noch Frau, weder Kind noch Erwachsener, das Geschöpf der Sonne.«

Während sie sprach, bewegten sich ihre Hände, und sie formte mit ihnen aus Luft, was in der Geschichte vorkam: Er sah die Sonne aufgehen, den Dunst vom Eis aufsteigen und das erste Lebewesen Gestalt annehmen. Er vergaß zu atmen und sich zu wundern, er hörte nur noch zu.

»Der Mond aber war eifersüchtig, weil er nichts schaffen konnte, und er erschlug das Liebste der Sonne und riß es in Stücke. Da betrauerte die Sonne ihr Geschöpf. Sie hob den Leichnam auf und legte ihn am Boden nieder, und aus dem Fleisch machte sie die Welt, aus den Gebeinen die Hügel, aus dem Haar die Wälder, aus dem Blut die Flüsse. Und als sie die Welt betrachtete, freute die Sonne sich, und aus der Freude in ihrem Herzen zog sie ein weiteres Lebewesen hervor, eines, das so vollkommen war wie das erste, ungeboren und unsterblich, weder Mann noch Frau, weder Kind noch Erwachsener.

Abermals wurde der Mond eifersüchtig, und er packte die Füße des neuen Geschöpfes der Sonne, und die Sonne hielt es an den Armen fest, und sie suchten es einander zu entreißen, so lange, bis es in zwei Teile zerrissen war. Und diese beiden Teile waren der erste Mann und die erste Frau, und sie gingen in die Welt hinaus und wurden heimisch in ihr.«

Er erlebte, wie das alles aus nichts als den Worten, die sie sprach, und den Umrissen, die ihre Hände zeichneten, vor seinen Augen entstand. Die Worte sanken in ihn ein wie Regentropfen in ausgetrocknete Erde.

»Und abermals wurde der Mond eifersüchtig, und er führte Krieg gegen die Sonne und packte sie und schluckte sie, wie sie war, hinunter. Doch der Mann und die Frau sahen, was mit ihrer himmlischen Mutter geschah, und sie stiegen hinauf auf einen Hügel, ganz nah zum Mond hinauf, und schrien und warfen Steine nach ihm, bis er die Sonne wieder ausspie, die unversehrt war und alsbald wieder am Himmel entlangrollte. Und der Mann und die Frau freuten sich beide, und die

Sonne schien auf sie hinab, und sie waren gesegnet, und zahlreich waren ihre Kinder, und aus jeder ihrer Töchter kam eine Sippe der Folc, und so wurde die ganze Welt bewohnt.«

Moloquin sagte: »Der Mond und die Sonne, ich habe sie zusammen gesehen.«

Sie nickte. »Ja, im letzten Winter. Der Mond ist böse. Manchmal versucht er immer noch, die Sonne zu verschlingen, doch sie entkommt ihm immer.«

Er sagte: »Wo bin ich hergekommen?«

Ihr Gesicht kehrte sich dem Feuer zu, und ihre Hände sanken in ihren Schoß. Es war, als verschlösse sie sich gegen ihn. Der Mond verschluckte sie. Sie sagte: »Ich bin mir nicht ganz sicher, ob ich dir das erzählen soll. Was hat deine Mutter dir denn gesagt?«

»Sie hat gesagt, was ich sage: Nicht dahin gehen. *Dahin.*«

»Nein, ich meine – über dich. Über sich – warum sie . . .«, sie sah ihn mit weit aufgerissenen Augen an. »Sie hat dir nichts erzählt.«

Seine Lippen bewegten sich; doch es kam kein Ton. Die Wörter waren ihm ausgegangen. Die Geschichte hatte ihn mit neuen Wörtern angefüllt, mit Raum für die Bilder von Wörtern, Raum für noch mehr Geschichten. Er zupfte sie am Arm. »Erzähl mir noch mehr!«

Sie lachte. Sie hob den Kopf, schaute in den Himmel hinauf und sagte: »Ehrlich gestanden, Junge, ich hätte nicht übel Lust, die Nacht hier zu verbringen. Es ist sehr spät, der Mond geht auf, es ist ein langer, kalter und beängstigender Weg zu meiner eigenen Herdstelle.« Sie stützte beide Hände neben sich auf den Boden und begann, sich langsam und vorsichtig zu erheben.

Sie machte sich auf den Weg. Er streckte entsetzt die Hände nach ihr aus. Er wollte sie nicht verlieren. »Bleib hier. Oh, bitte . . .« Der blinde Schmerz, den er um seine Mutter empfunden hatte, packte ihn wieder; verzweifelt reckte er beide Hände nach ihr und schrie: »Mama, Mama, bitte . . .«

Sie packte seine Handgelenke; sie schüttelte ihn unsanft. »Was? Still jetzt! So was!« Sie schrie ihm ins Gesicht, schüttelte ihn wieder und wieder und schlug ihm mit der flachen Hand hart auf die Wange. »Moloquin!«

Keuchend kam er zu sich. Er beruhigte sich. Genau das hatte seine Mutter jedesmal mit ihm gemacht, wenn er weinte.

Sie sagte: »Willst du mit mir hinunterkommen?«

Er sprang eifrig auf die Füße. Er war begeistert. »Ich komme mit.«

Sie lachte; sie lachte, und es hörte sich an wie das hohe, kreischende

Gezeter der Trappe. Sie machten das Feuer aus, er nahm ihren Korb, und sie verließen den Ring und liefen, einer Falte im grasbewachsenen Hang folgend, auf das Dorf zu. In der Ferne leuchtete das Feuer in der Dorfmitte rot wie Blut.

Karella hielt sich dicht bei ihm. Oft wandte sie sich um und ließ den Blick schweifen und spähte angestrengt in die Dunkelheit, als stocherte sie mit einem Stock in einem Loch. Sie reichte Moloquin kaum bis ans Kinn. Während sie gingen, versuchte er, sich die Geschichte ins Gedächtnis zu rufen. Wie Essen den Bauch, so machte die Geschichte ihm den Kopf satt. Wenn alle Folc von den ersten beiden kamen, war er dann auch einer von den Folc? Er hatte versucht, Karella danach zu fragen, doch sie hatte sich von ihm abgewandt.

Das war das Unangenehme am Haben: Es machte das Nicht-Haben schlimmer.

Er überlegte, was er da eigentlich hatte. Jemand anderen zu berühren, das tat manchmal seiner Haut weh, manchmal regte es ihn auch auf. Karella zu berühren. In dem Raum in seinem Innern, den die Geschichte geschaffen hatte, war jetzt Platz für andere Geschichten wie: Sie ist einmal gekommen, weil sie mich sehen wollte, vielleicht kommt sie ja noch einmal? Sie ist gekommen, um mich zu sehen, warum eigentlich?

Dieses Warum, wie ein Hammer war das, mit dem man alles aufklopfen konnte.

Er spürte, daß sie sich wieder umsah, und jetzt drängte sie so heftig nach seiner Seite, daß sie ihn anstieß, und packte seinen Arm. Er fuhr herum. Einen Augenblick lang ließ er sich von ihrer panischen Angst anstecken; er ballte die Fäuste, bereit, es mit dem Feind aufzunehmen.

Doch da war nur der Mond, der gerade über der Wellenlinie des Horizonts auftauchte. Karella hielt Moloquins Arm fest und zog ihn weiter.

»Komm. Schnell.«

Gehorsam trabte er neben ihr her. Sie rannte wie blind, so daß sie stolperte und auf dem Gras ausglitt, und er griff sie beim Arm und stützte sie und bewahrte sie vor dem Fallen. Der Mond stieg unbeirrbar am Himmel empor, und sein Leib sah verwittert und gezeichnet aus.

Sie erreichten den Dornenwall, der das Dorf umgab, und der Junge blieb stehen. Die Geräusche der Folc drangen an sein Ohr. Seine Haut begann zu prickeln, als kröchen Scharen von Ameisen über sie weg.

»Komm«, sagte Karella und zupfte ihn am Arm.

Er schüttelte den Kopf. »Nein. Ich gehe nach Hause. Ich gehe zurück.«

Sie grunzte. Im Schutz des Dorfes war ihr Entsetzen angesichts des aufgehenden Mondes rasch verflogen. Sie sagte: »Dann auf Wiedersehen. Ich werde bald wieder zu dir kommen.«

Sie entfernte sich. Fast wäre er hinter ihr hergerannt, doch da erinnerten ihn ein Schrei aus dem Innern des dornigen Schutzwalls, der höher reichte als sein Kopf, und ein wildes Trommeldröhnen an die Meute der Jungen und an die anderen Folc, und er fühlte sich wieder klein und nackt und hilflos. Er wandte sich um und kehrte in die Nacht zurück.

Innerhalb der dornigen Hecke standen vier Langhäuser, die aus Weidenruten und geknüpften Matten und Stangen errichtet worden waren. Alle Eingänge waren dem Ostwind zugekehrt. Im Hof hatten die Frauen eine Mühle, mit der sie ihr Getreide und ihre Nüsse und Bohnen zu Schrot mahlten. Es war ein flacher Stein mit einem Loch in der Mitte, und aus dem Loch ragte ein kräftiger Pfahl empor, und auf dem saß ein weiterer flacher Stein. Sie kippten das Korn in ein Loch im oberen Stein und drehten ihn stetig um seine Achse, und an den Rändern kam das geschrotete Mehl heraus.

Die alten Frauen saßen um die Mühle herum und drehten sie und mahlten das Korn zu Schrot, und während sie die Mühle drehten, sangen sie.

Sam-po, Sam-po
La li la la li li la
Sampo nährt die ganze Welt

Karella trat hinzu und setzte sich zu ihnen in den Hof zwischen den Langhäusern. Die Mühle drehte sich knarrend. Die Frauen, die um sie herum saßen, waren die Alten, die Hauptfrauen und ihre Schwestern. Sie traten den Mühlstein mit ihren großen, breiten, schmutzigbraunen Füßen. Mit den Händen verrichteten sie andere Arbeiten: Sie flochten Körbe oder zupften Ziegenhaar, und sie sprachen, und ihre Unterhaltung war wie das Mahlen der Mühle: Aus allem, was den Folc widerfuhr, mahlten sie Sinn und Bedeutung heraus.

Als Karella sich zwischen sie setzte, warf sie eine Handvoll Getreide in die Mühle, und ihre Worte warf sie mitten unter die Frauen.

»O je, mir tun die Knochen weh, das wird bestimmt ein strenger Winter.«

Sie hatte sich eine Sitzmatte mitgebracht und einen Rahmen aus Stöcken mit einer zweiten Matte, damit sie sich anlehnen konnte. Ein kleines Mädchen aus ihrem Langhaus hatte ihr beide getragen und legte die Sachen nun für sie zurecht. Karella lächelte, und das Kind ging weg. Karella ließ sich nieder.

Sie war umgeben von den alten Frauen mit den rührigen Händen. Karella hatte mit Körben oder der Anfertigung von Tontöpfen oder der Bestellung des Bodens wenig zu tun; ihre Kunst hatte sie davon befreit. Doch sie beneidete die Frauen um ihre Tätigkeit. Sie saßen so dicht nebeneinander, daß sie einander berührten, und bildeten in dieser engen Berührung einen Kreis um die Mühle. Sie waren mit dem Alter fett geworden, ihre Leiber waren vom Gebären auseinandergegangen und unförmig, ihr Haar war puderig weiß und grau, sie schienen eine wie die andere zu sein, einander noch näher als Schwestern. Sie teilten ihr gesamtes Leben vom ersten bis zum letzten Atemzug, so daß es ein und dasselbe Leben war. Zwischen ihnen gab es keine Grenzen.

Mitten unter ihnen war Karella doch allein. Ihre Kunst schied sie von den anderen. Ihre Freiheit schied sie von ihnen. Und war ihr Fluch, behaupteten manche. Sie wußte das. Sie war zwar dreimal verheiratet gewesen, hatte jedoch keine Kinder bekommen, und nun war ihr Mutterschoß so verwittert wie ihr Gesicht, und wenn sie stürbe, würden zwar alle Folc trauern, doch ließ sie keine Tochter in der Welt zurück, die ihre Verbindung mit dem Leben aufrechterhalten würde.

Sie blickte von Gesicht zu Gesicht und sagte: »Ich habe eine lange Zeit in der Gesellschaft von Männern verbracht, und jetzt sitze ich wieder unter meinesgleichen, und ich bin dankbar dafür.«

»Ach, Karella«, sagte Tishka, die die Hauptfrau der Eichenbaum-Sippe und damit die mächtigste Frau im Dorf war, »so schmerzlich du uns auch vermißt haben magst, wir haben dich noch mehr vermißt. Keine Geschichten! Keine einzige Geschichte einen ganzen Mond lang.«

Sie schüttelte den Kopf, und alle anderen schüttelten ebenfalls die Köpfe. Ihre Hände flogen hin und her, während sie das Schilfgras zu Körben flochten.

»Und doch war es notwendig«, sagte Karella, »ich habe das erfahren, was ich euch nur unter Schaudern erzählen kann.«

Bei diesen Worten hielten viele der Hände inne, und die grauen Köpfe hoben sich, und alle Augen blickten von Karella zu Tishka. Einen Augenblick lang saß die Eichenbaum-Hauptfrau wie erstarrt, ihre Miene war steinern und ihr Blick bohrend, doch dann verzog sie den Mund zu einem lauten, gezwungenen Lachen, und sämtliche Frauen um sie herum lachten ebenfalls.

»Karella, du hast nun einmal viel Sinn für Übertreibungen. Es ist ein Geheimnis deiner Kunst, Unheil zu verkünden.«

»Ich verkünde kein Unheil«, sagte Karella schroff. Die Einmütigkeit, mit der man sich gegen sie stellte, verdroß sie; sie hätte gern jede einzeln durchgeschüttelt und gesagt: »Hör mir mit deinen eigenen Ohren zu, nicht mit denen von Tishka.«

Statt dessen sagte sie: »Wie? Wenn ich Ladons Namen ausspreche, werdet ihr also nicht erschaudern?«

»Ladon. Ladon ist unser Häuptling.«

»Groß ist Ladon, Opa-Ladon«, murmelte eine der Frauen, und die anderen lachten, und dabei berührten sie einander.

»Er ist unser Häuptling«, sagte Tishka, »und ein großer Häuptling obendrein. Er zwingt alle anderen Häuptlinge, ihm zu Willen zu sein, und er macht uns groß unter allen Folc, und er teilt die Ernte auf, so daß wir alle haben, was wir brauchen. Was an Ladon sollte uns also erschaudern lassen?«

Karella senkte den Blick auf die Mühle. Rumpelnd und ächzend drehte sie sich, und das Schrotmehl rieselte zwischen den Steinen hervor. Einen kurzen Augenblick herrschte Schweigen, dann sangen die Frauen wieder das Mühlenlied.

Sam-po, Sam-po
Li la li la li li la
Alles kommt aus der Mühle
Die Mühle dreht sich und dreht sich
Li la li la la la la la
Nichts entkommt ihr, nichts bleibt unvollendet

»Ich bin unvollendet geblieben«, sagte Karella laut.

»Du!« Die Gesichter wandten sich ihr zu wie ein Dutzend Sonnen, und in ihnen malte sich schieres Erstaunen. »Du, die du doch genau tust, was dir gefällt!« Eine der Frauen schnaubte verächtlich.

»Pah«, sagte Karella, »ich weiß genau, was ihr denkt – wäre es nicht um meiner Schwester willen, ich wäre überhaupt nicht hier.«

Karellas ältere Schwester war Hauptfrau der Rotwild-Sippe gewesen, während Karella getan hatte, was ihr gefiel. Dann starb ihre Schwester plötzlich, und Karella fand sich zum Erstaunen aller mit einem Mal zur Hauptfrau befördert.

Sie sagte: »Ich habe keine Kinder. Ich habe niemanden, an den ich meine Geschichten weitergeben kann, und meine Zeit wird bald abgelaufen sein, das weiß ich. Ich brauche jemanden, dem ich meine Geschichten geben kann, oder sie werden verlorengehen.«

Eine gewisse Erregung wurde im dichten Ring der Frauen spürbar. Tishkas Schwester Grela, die noch nicht einmal alt war, war so kühn, sich vorzubeugen und zu sagen: »Karella, Ana-Karella, meine älteste Tochter ist eine ausgezeichnete Erzählerin . . .«

»Pssst«, sagte Tishka zu ihr mit strenger Stimme, »was versuchst du denn da – doch nicht etwa, ihr dein Balg aufzunötigen? Möchtest du dein Kind vielleicht größer machen, als es ist? Was für eine Nase du doch hast! Streck sie nur nicht zu weit vor, Grela, sonst bleibt sie noch einmal irgendwo stecken!«

Die anderen Frauen brachen in herzhaftes Gelächter aus; es freute sie, Grela gemaßregelt zu sehen. Karella saß mit den Händen im Schoß und beobachtete sie. In ihrem Herzen regte sich tiefer Groll. Da saßen sie nun mit ihrer Mühle und ihren Körben und ihren vollen Bäuchen und verschwendeten keinen Gedanken an die Dinge, die von weitreichender Bedeutung für sie waren.

»Jedenfalls«, sagte sie, als Grela mit rotem Gesicht ihre Entschuldigungen gemurmelt, ihre Demütigung über sich hatte ergehen lassen und sich wieder in den engen Kreis der Frauen eingefügt hatte –, »jedenfalls«, sagte Karella, »habe ich jemanden gefunden, der, so glaube ich, wie geschaffen ist für meine Arbeit.«

»Aha«, sagte Tishka lächelnd, »und wie heißt sie?«

»Er«, sagte Karella ungerührt. »Er. Es ist Moloquin.«

»Moloquin!«

Der Name brach aus ihnen hervor wie ein unwiderstehliches brüllendes Gelächter. Sie starrten sie an, und ihre Münder öffneten sich, und ein Strom der Erheiterung ergoß sich aus ihnen. Karella ließ die Welle über sich hinweggehen. Sie saß da, und die Hände in ihrem Schoß zuckten.

»Moloquin«, sagte Tishka, und ihre Heiterkeit verflüchtigte sich. Sie hob die Ziegenwolle auf, an der sie arbeitete; mit einem dornigen Zweig kämmte sie die Haare glatt, und die weiße Wolle glitzerte in der Sonne. »Karella, du wirst wohl kaum erwarten, daß wir dir das glauben.«

»Er ist Aels Sohn«, sagte eine andere, Taella, die ruhigste von ihnen, die älteste Tochter der Lachs-Hauptfrau. »Er ist Aels Sohn, Karella.«

Karella sagte nichts.

»Du verlangst doch nicht von uns, daß wir Aels Sohn anerkennen sollen?«

»Ich habe keine eigenen Kinder«, sagte Karella.

Ihr Blick löste sich von diesen Frauen, die sie rasend machten, und sie blickte aus dem Dorf hinaus. Dort draußen, außerhalb des Dornbuschwalls, auf der Anhöhe am Fluß, stand das Rundhaus mit seinem spitzen Strohdach, seinen Wänden aus Holz und Lehmbewurf. Die meisten Männer waren jetzt dort und bereiteten sich auf die Rotwildjagd und die damit verbundenen Zeremonien vor. Karella fragte sich höhnisch, weshalb sie eigentlich nicht wirklich losgingen, um das Wild zu erlegen, statt die drei Tage währenden festlichen Zeremonien durchzuführen, die sie alle nur ermüdeten und nichts für die Kochfeuer abwarfen, doch selbst sie, die doch an allem zweifelte, wußte sehr wohl, wie wichtig diese Zeremonien waren, wichtiger als die bloße Nahrung.

Nahrung für die Seele. Die Zeremonien verbanden die Folc mit dem übrigen Leben, dem Wild und dem Wald und den Geistern der Vorfahren, die die Folc das Waidwerk und den Umgang mit dem Wald gelehrt hatten und die stets an dem Ort blieben, wo sie zu Lebzeiten geweilt hatten, und deren Wohlwollen es sich zu erhalten galt. Ihr Blick folgte wieder der Bewegung der Mühle. Das sonnenwarme Schrotmehl roch köstlich nach Nüssen. Die Frauen brachten mit ihrer unaufhörlichen Plackerei auf den Äckern Nahrung ins Dorf; die Männer hielten mit ihrer unerschütterlichen Hingabe an die Zeremonie die ewige Ordnung der Dinge aufrecht.

Und diese Ordnung wollte Ladon jetzt stören; seine ehrgeizigen Pläne würden alles umstürzen. Sie hob erneut den Kopf und wandte sich unmittelbar an Tishka.

»Ladon tut alles dafür, daß sein Sohn ihm auf den hohen Sitz folgt«, sagte sie.

Tishka bedachte sie mit einem Grunzen. Siebzehn Kinder hatte sie geboren; acht davon lebten noch. Ihre Hände waren knotig und verkrümmt vom Alter, und sie hatte Triefaugen. Doch ungeachtet ihres körperlichen Verfalls besaß sie einen unbeugsamen Willen.

»Das kann er nicht«, sagte sie, »Ladons Macht erlischt mit ihm. Wir werden den wählen, der ihm nachfolgt.«

»Die Macht ginge an den Sohn seiner Schwester«, sagte Karella, »doch er hat ja keine Schwester mehr.«

Als sie diese Worte fallenließ, fielen sie in ein Schweigen, das keine der Frauen beenden wollte. Tishka starrte sie an. Neue Furchen erschienen um ihre Mundwinkel und auf ihrer Stirn, und ihre feuchten

Augen blickten scharfsinnig. Sie verstand jetzt, worauf Karella hinauswollte.

Karella blickte auf die Mühle nieder; sie streckte die Hand aus und versetzte dem Mühlstein einen Stoß, so daß er sich wieder in Gang setzte.

Sam-po, Sam-po
Li la li li la la la li
Es dreht sich, dreht sich, ewig
Alles fällt, wie es muß
Sam-po, Sam-po
Welt ohne Anfang
Welt ohne Ende
La li li la la li li la
Sam-po, Sam-po

»Woher weißt du, was Ladon vorhat, Ana-Karella?« fragte Tishka.

»Ana-Tishka«, sagte Karella, und um ihren Worten Nachdruck zu verleihen, bemühte sie alle nur denkbaren Formeln des Respekts: »Ana-Tishka, groß ist sie, groß unter den Folc! Während wir am Fluß waren, während die Männer fasteten und ihren Schweiß hervortrieben, habe ich gesehen, wie Ladon zwischen ihnen umherging. Immerfort sprach er von seinem Sohn – davon, wie stark und wie blond der Junge ist ...«

»Er ist sehr blond«, murmelte eine der jüngeren Frauen.

»Er scharte seine Brüder aus seinem Bund um sich und erlegte jedem von ihnen eine Pflicht gegenüber seinem Sohn auf.«

»Das ist ihm erlaubt. Das sind Männerangelegenheiten, Karella ...«

»Mit allen nur möglichen Mitteln hat er sie an seinen Sohn gebunden, mit Versprechungen ebenso wie mit Drohungen.«

»Die Worte der Männer sind die Spreu, die der Wind von den Dreschböden bläst«, sagte Tishka in strengem Ton, »die Taten der Männer sind das Korn, das auf die Erde fällt und überdauert.«

»Sie kamen zu mir, viele von ihnen, mit Träumen, in denen Ladons Sohn in der Sänfte saß.«

»Und was hast du ihnen erzählt?«

»Ich habe ihnen nichts erzählt. Ich besudele meine Kunst nicht mit derlei Dingen – ich erniedrige mich nicht so weit, trügerische Träume zu deuten.«

Tishka lächelte ihr zu. Zwischen den beiden Hauptfrauen entspann sich ein gewisses Einverständnis.

Mit leiser Stimme sagte Grela: »Ihr werdet den Häuptling wählen. Ihr, die Hauptfrauen. So ist es Sitte.«

»Ach ja?« fragte Karella ungeduldig; es verdroß sie, daß sie die Frauen Schritt für Schritt an die Sache heranführen mußte. »Und wen sollen wir wählen? Es gibt unter den Folc keinen Schwestersohn – Ladon hat dafür gesorgt.«

»Ladon ist weder alt noch schwach, noch beschränkt. Ungezählte Male wird die Mühle sich noch drehen, bis er fällt.«

»Unterdessen wird Ladon seinen Samen so gut gehegt und gepflegt haben, daß er zu einer Pflanze herangewachsen sein wird, die uns alle überschattet.«

Tishka sagte: »Ladon hat seine Schwester nicht – beseitigt.«

»Ach nein? Er hat sie vertrieben!«

»Ael ist weggegangen«, sagte Tishka, und sie sprach jetzt lauter, und aus ihrer barschen Stimme klangen Zorn, aber auch Furcht. »Sie ist ebenso weggegangen, wie er sie vertrieben hat – sie war eigensinnig und wollte sich niemals fügen. Sie hat uns alle verachtet, unsere Sitten, unsere Herdfeuer, ihr eigenes Volk. Ladon hat sie nicht vertrieben . . .«

»Ach nein?« sagte Karella wieder. Sie senkte die Stimme, weil sie wußte, welche Macht ganz leise gesprochene Worte auf die Ohren ausübten. »Doch es war sehr günstig für ihn, wie?«

Tishka fuhr sich mit der Zunge über die Lippen. Mit ihren verkrümmten erdbraunen Fingern wischte sie sich die Augen. Sie wandte sich ein wenig ab und sagte nichts mehr. Den ganzen Tag würde sie nicht mehr auf diesen Gegenstand zu sprechen kommen. Karella lehnte sich zurück. Durch das Schweigen, dadurch, daß Tishka sich abgewandt hatte, war so etwas wie ein Hohlraum unter den Folc entstanden, ein aufgeribbeltes Stück inmitten des Gewebes: ein guter Platz für einen Unerwünschten.

»Nun ja«, sagte Grela und schreckte hoch, als erwache sie aus einem Traum, »das ist doch wohl alles nur Wind? Ladon wird noch nicht so bald sterben. Die Wahl muß nicht jetzt getroffen werden. Bis er unter den Steinen liegt, wird es andere Möglichkeiten geben.«

Sam-po, Sam-po
La li la li la la la
Niemand dreht Sampo
Sampo dreht sich selbst

»Erzähl uns eine Geschichte, Ana-Karella. Du bürdest unserer Seele diese schwere Last auf, die vielleicht nicht einmal wirklich ist. Jetzt mußt du unsere Sorgen mit einer Geschichte vertreiben.«

Sie nickte. Sie machte es sich auf ihrer Matte bequem und saß schweigend eine Weile, bis die Worte in ihr aufstiegen, sie ließ die Geschichte kommen, wie sie wollte, während die Mühle im Mittelpunkt aller Dinge sich drehte und drehte.

Ladons Sohn ging zum Rundhaus; mit demütig gesenktem Kopf durchschritt er das Tor in dem hohen Zaun, der es umgab, und überquerte den Hof. Die Männer saßen dort in der Sonne und richteten ihre Masken und Umhänge, ihre Wildlederbeinlinge, ihre Kronen aus Geweihstangen, ihre magischen Pfeile und ihre Speere her. Viele von denen, die ihn sahen, sprachen ihn an, und er antwortete mit allen Zeichen der Ehrerbietung und hielt dabei den Blick abgewandt, aus Respekt der Mannesreife gegenüber, die er noch nicht erreicht hatte.

Das Rundhaus war aus Baumstämmen gebaut, die ineinandergesetzte Kreise bildeten, wobei der äußerste die Wände stützte, während die inneren mit ihren zur Mitte hin immer höher werdenden Pfählen das Spitzdach trugen. Durch Lücken im Strohdach fielen Bahnen von Sonnenlicht herein, und die Baumstämme bildeten einen kleinen Wald. Den Boden hatten die Männer mit ihren Habseligkeiten übersät, die unordentlich herumlagen. Zwischen den Sparren wurden in Körben und Säcken die Besitztümer der Folc gehortet.

Ladons Sohn liebte das Rundhaus. In weniger als zwei Jahren würde er auch hier einziehen, ein Novize in der Obhut eines der Meister. Mit Vergnügen dachte er schon jetzt an die Zeit, wo er ein Mann sein und über viel Macht verfügen würde. Im Vorübergehen streckte er die Hand aus, um die riesigen Stämme zu berühren, die, ihrer Rinde entkleidet, weiß im Sonnenlicht glänzten. Vor ihm saß im Licht, das durch das Loch in der Spitze des Daches fiel, sein Vater.

Der Häuptling trug nur seinen Lendenschurz. Sein gewaltiger Bauch unter dem schimmernden schwarzen Haarpelz lag auf seinen Schenkeln, als er sich vorbeugte, seine Maske in den Händen, und das harte Holz mit dem Schnitzmesser bearbeitete. Die Schritte seines Sohnes verlangsamten sich noch mehr, als er auf ihn zuging.

Ladons Finger waren lang und wohlgeformt, und er handhabte die Flintsteinklinge mit großer Geschwindigkeit. Er kerbte die magischen Symbole, die er bei der letzten Reinigung kennengelernt hatte, ins Holz der Maske. Das goldene Holz der Maske war geglättet und geölt worden und hatte einen satten, geheimnisvollen Schimmer. Sie war mit Steinstückchen verziert: Zähne aus Flint, Gagat in den Nasenlöchern und auf den Wangenknochen. Die Stirn war mit einer Reihe Bernsteinperlen besetzt. Ladon hatte die Maske in dem Jahr, als er ein Mann wurde, aus dem lebenden Holz geschnitten; mit jedem Jahr machte er sie schöner, arbeitete er mehr von seinem Wissen und seiner Macht in sie hinein.

Jetzt sagte er, ohne aufzublicken: »Ja, kleiner Junge, du darfst zu deinem Vater kommen, der dich liebt.«

Der Sohn trat vor und kniete neben ihm nieder. Sein verlegener Blick blieb auf die Maske gerichtet. Er hätte sie zu gern berührt, doch das eine Mal, wo er das versucht hatte – er war noch ein kleines Kind gewesen –, hatte Ladon ihn bewußtlos geschlagen.

Er sagte: »Mein Vater, du warst lange am Fluß.«

»Die heiligen Bräuche zehren die Tage auf, mein Sohn.«

»Während du weg warst, habe ich deinen Worten gehorcht. Ich habe die Folc überwacht, und ich erinnere mich an alles, was ich gesehen habe. Du kannst mich fragen, was du willst, und ich werde zu antworten wissen.«

Ladon wandte sich jetzt seinem Sohn zu und lächelte ihn an. »Wirklich? Dann weißt du also, welche gut in den Gärten gearbeitet hat und welche nicht.«

»Ach, sie haben alle sehr gut gearbeitet, Opa-Ladon-on.«

»Und du weißt, welche geboren hat und welche nicht?«

»Während du weg warst, haben nur die Säue geboren, Opa-Ladon-on.«

»Und du weißt auch, wer mir den schuldigen Teil gebracht hat und wer ihn für sich behalten hat?«

Der Junge riß überrascht die Augen auf; hastig kramte er in seinem Gedächtnis, um dahinterzukommen, was Ladon meinen mochte. »Gewiß wagt niemand, Ladon vorzuenthalten, was er Ladon schuldig ist.«

Aus dem Mund seines Vaters kam ein explosiver Laut, halb Grunzen, halb Lachen. Ladon blickte auf die Maske in seinen Händen nieder. Mit dem Zeigefinger schnipste er einen Splitter von der Oberfläche. »Wer immer das getan hat, wird dafür büßen müssen, mein Sohn.«

Sein Sohn stand eine Weile da und schaute nur; Ladon schien nichts zu tun, doch strahlte er dabei gewissermaßen Stärke aus, schienen seine Gedanken eine solche Kraft zu besitzen, daß sie sichtbar zu werden drohten. Unsicher sagte der Junge: »Wir haben Moloquin jeden Tag gejagt, mein Vater.«

»Das sagtest du bereits, doch ihr habt ihn nicht ein für allemal verjagt. Ich verarge dir das nicht, mein Sohn, doch es freut mich auch nicht.«

»Aber, mein Vater, er läuft an die Stätte der Toten, und ich – ich – die anderen Jungen wollen sie nicht betreten, ich kann sie nicht dazu bewegen.«

»Die Totenstätte!«

»Die –« Ladons Sohn ängstigte sich vor dem bloßen Namen; seine Zunge sträubte sich so, daß er ihn kaum aussprechen konnte. »Die Säule des Himmels.«

»Was für ein Narr. Wovon lebt er denn? Irgend jemand muß ihm helfen. Wer ernährt ihn? Warum stirbt er nicht?« Ladon funkelte den Jungen neben sich an. »Wer gibt ihm zu essen? Finde das für mich heraus, Einer-der-alles-weiß.«

»Niemand, Opa-Ladon. Manchmal stiehlt er Essen, aber niemand –«

»Schweig.«

Ladons Sohn biß sich beschämt auf die Lippen, weil seine Zunge ihm einen Streich gespielt hatte. Sein Vater stand auf, nachdenklich, stirnrunzelnd, und trat für einen Augenblick aus dem Licht. Als er zurückkam, waren seine Hände leer, die Maske weg. Auch das Stirnrunzeln war weg, und Ladon trat mit demselben gleichmütigen Blick vor seinen Sohn, mit dem er auch die übrige Welt bedachte.

Er sagte: »Geh, mein Sohn. Geh und tu, was Jungen tun, und freu dich, denn wenn du erst Häuptling bist, werden all die Sorgen und Kümmernisse der Folc schwer auf dir lasten, und du wirst niemals wieder Frieden haben.«

»Ja, Opa-Ladon-on.« Der Junge machte ehrerbietige Gesten und neigte den Kopf, wodurch er noch einen kurzen Aufschub gewann. Die Bande der Jungen langweilte ihn. Er suchte das Gesicht seines Vaters nach einem Zeichen dafür ab, daß er noch bleiben durfte, doch Ladon wollte ganz offensichtlich irgendwo hingehen und gab ihm mit der Hand einen leichten Stoß.

»Geh.«

Ladon durchschritt auf seinem Weg hinaus das Rundhaus und griff sich, als er an seinem Platz in der Mitte vorbeikam, seinen Bärenfellumhang, obwohl es ein warmer Tag war. Es war immer kühl im Innern des Rundhauses.

Er hatte dieses Haus selbst gebaut – nicht mit eigenen Händen zwar, aber doch mit denen, die das Schicksal ihm hatte zuteil werden lassen.

Die Bäume waren riesig gewesen, die größten, die er hatte finden können, ein Tribut an die Größe und die Macht seines Volkes, und erst im Vorjahr hatten sie alles überprüft und ein paar Stämme ersetzt, die im Boden zu faulen begonnen hatten. Während er das Haus durchquerte, berührte er die Stämme, und er hätte nicht zu entscheiden vermocht, ob seine Zuneigung in sie einging oder ihre Stärke in ihn.

Im Hof, wo viele der Männer saßen und sich und ihre Sachen für die Rotwildjagdtänze fertig machten, blieb er stehen und blickte sich um. Sobald sie ihn sahen, hoben die Männer die Köpfe und starrten ihn an; alle Arbeit ruhte; mit erwartungsfrohen Gesichtern hofften sie auf einen Befehl. Doch der, den Ladon suchte, war nicht da, und er verließ den Hof und umrundete den Zaun, um zum Fluß hinunterzugehen.

Der Fluß strömte an dieser Stelle in einem weiten Bogen durch die sanft gewellte Hügellandschaft. Auf der Innenseite des Bogens stieg das Land ein wenig an, und auf dieser Anhöhe stand das Rundhaus. Der Fluß durchschnitt den schweren Boden und grub sich in den darunterliegenden Kalkstein ein. Die freigelegte Kalksteinschicht war hervorragend geeignet für den Abbau von Flintstein, und dort waren viele Männer versammelt, die einem von ihnen dabei zuschauten, wie er gerade die Schneide eines neuen Messers zurechtschlug. Doch auch unter ihnen war der Mann nicht, den Ladon suchte, und er ging weiter.

Ihm fiel kein Ort mehr ein, wo er noch hätte suchen können, und er wandte sich dem Dorf zu, doch seine Schritte verlangsamten sich. Es widerstrebte ihm, sich unter die Frauen zu begeben. Er fand, wenn sie Gefälligkeiten von ihm erbitten oder ihm leibliche Freuden schenken wollten, dann sollten sie zu ihm kommen. Als er den kleinen Abhang hinab auf die vier Langhäuser in ihrem Dornbuschwall zuging, kam er sich kleiner und gewöhnlicher vor, als er sich selbst normalerweise einschätzte. Die Tatsache, daß sie ihn zurückweisen konnten, fraß wie ein Krebs in seinem Innern.

So auf die Langhäuser zuzugehen, das erinnerte ihn an seine Schwester, an Ael.

Er blieb stehen. Sie war weggegangen, und er hatte geglaubt, damit habe er sich ihrer für immer entledigt, doch irgendwie war sie zurückgekehrt.

Er hatte seine Schwester stets gehaßt. Groß war sie gewesen, älter und stets in allem besser als er. Als er noch ein kleiner Junge gewesen war, hatte sie ihn geschlagen, ihn verspottet und ihn in allem übertroffen – das war das Schlimmste, das war der Grund gewesen, weshalb alle Ael gehaßt hatten: weil sie alle übertroffen hatte. Die Frauen bei der

Arbeit, die Männer bei ihren Vergnügungen – sie hatte sie alle besiegt, und das stets mit derselben hochmütigen, herablassenden Anmut und Leichtigkeit. Wenn sie ihr keinen Bogen geben wollten, ging sie in den Wald und holte sich Holz und machte sich selbst einen. Wenn sie in der Schar der Jungen nicht mitspielen durfte, dann fuhr sie zwischen sie, stahl ihnen den Schweinskopf, mit dem sie gerade spielten, und rannte damit weg, wobei sie ihn lachend mit ausgestrecktem Arm über ihre Köpfe hielt, und alle Jungen hefteten sich an sie wie ein Rudel Sklaven, und schließlich versteckte sie die Trophäe tief im Wald, wo sie niemand finden konnte.

Wenn die Frauen ihr auftrugen, auf dem Acker Unkraut zu jäten, dann tat sie es nicht, sondern suchte sich selbst ein Stück Land, wo sie ihre eigenen Platterbsen und Zwiebeln zog. Mädchen sollten eigentlich nur Kleider in den Brauntönen der Erde tragen. Ael aber hatte ihre Kleider genommen und irgendwelche Beeren, irgendeine Wurzel oder Borke gefunden, mit der sie sie rot färbte, leuchtender noch als das Rotgelb, das den Hauptfrauen der Sippen erlaubt war.

Und nun hatte sie, jeder Hoffnung und Regel spottend, einen Sohn zur Welt gebracht, der auf Ladons Träumen herumtrampelte.

Er erinnerte sich, welches Grauen an jenem Tag durch das Dorf gegangen war, als einer von denen, die gerade einen Toten betrauerten, von der Stätte der Toten zurückgejagt gekommen war und geschrien hatte, sie sei da oben. Danach war es einfach gewesen; es hatte kaum eines Zeichens von seiner Seite bedurft, um die gesamten Folc gegen den Waisenjungen aufzubringen. Irgendwie hatte Moloquin jedoch überlebt. Ael war es, das wußte Ladon, Ael war es, die ihn führte, Ael, die ihn beschützte, Ael, die das Leben ihres Bruders zerstörte.

Er blieb auf halbem Weg zwischen dem Rundhaus und den Langhäusern stehen. Es widerstrebte ihm weiterzugehen.

Daran waren die alten Frauen schuld. Der gedankliche Sprung von Aels Schlechtigkeit zur allgemeinen Schlechtigkeit aller Frauen und insbesondere der Hauptfrauen fiel ihm nicht schwer.

Da saßen sie nun, monströs wie sie waren in ihrem formlosen Fett, ihren gewebten Kleidern, und sagten: »So und nicht anders ist das von jeher gemacht worden.« Sie hatten ihn, Ladon, auf seinen Thron gehoben, und wenn er tot war, würden sie einen anderen daraufsetzen. Sie gaben ihm alles. Der ganze riesige Vorrat an Getreide und Bohnen und Käse, der die Hohlräume zwischen den Sparren seines Rundhauses ausfüllte, stammte aus der Arbeit der Frauen, und das alles gaben sie Ladon, und Ladon gab es denen, die es brauchten, und so erhielten sich die Folc, doch es war nicht Ladon, der die Macht hatte; es hätte ebensogut irgendein anderer sein können, irgendein Dummkopf, irgendein Tier mit der Anatomie eines Männchens. Er war nur die Hand, die jenen ganzen Reichtum großzügig an andere austeilte. Die wahre Macht lag bei den Frauen.

Er wußte, daß er groß war, er, Ladon, er wußte, daß er bedeutender war als alle anderen, daß die Macht ihm zustand, doch die Macht, die er besaß, verspottete ihn.

Das war jedoch nicht immer so gewesen. Sie behaupteten zwar, das sei von jeher so gewesen, doch die Männer wußten – und er argwöhnte, daß die Frauen es ebenfalls wußten –, daß vor langer Zeit, in den allerersten Jahren, die Männer geherrscht hatten. Ehe die Frauen gelernt hatten, in der Erde herumzuwühlen und -zuhacken, waren die Männer die wahren Herren gewesen. Die großartigen Jagdbünde hatten das Fleisch und die Felle, die Knochen und Geweihe, die Stärke und Wildheit garantiert, und die Frauen waren geziemend demütig und dankbar gewesen und hatten getan, was man ihnen sagte. (Vielleicht, so dachte er mit der Bosheit der Ohnmacht, war das der Grund, weshalb sie sich so gut darauf verstanden, in der Erde herumzuwühlen – weil sie gelernt hatten, sich zu beugen.)

Es war schändlich und erniedrigend, zu arbeiten, wie sie es taten, den Schmutz aufzuwerfen, sich über Samenkörnern und Setzlingen abzurackern, zu dreschen und zu worfeln. Kein Mann würde so etwas tun. Es war niedrige Arbeit, doch sie ernährte sie, und um ihrer vollen Bäuche willen hatten die Folc sich vom wahren Weg abgewandt, vom Himmelsgewölbe und der Ehre der Fährte, von den Heldenleben.

Ladon hatte vor, jene Wahrheit wiederzuerobern. Er hatte vor, die Macht für seinen Sohn an sich zu bringen und den Kreislauf zu durchbrechen, den die aschgraue Sitte der alten Frauen vorsah. Er hatte vor, ihnen klarzumachen, daß Ladon selbst mächtig war, mächtig genug, um seine Macht an seinen Sohn weiterzugeben.

Jetzt, auf halbem Wege zwischen dem Rundhaus und den Langhäusern, hob er die Faust gegen die alten Frauen und schwor, daß er ihnen den Garaus machen würde – Karella, Tishka, allen. Doch er hatte seine Gründe, ihnen heute nicht gegenüberzutreten, und so machte er kehrt und stapfte auf seinen schweren Beinen zum Rundhaus zurück.

Als er durch die Tür trat, war der Mann, den er gesucht hatte, eingetroffen – Brant, der alte Meister des Grüner-Zweig-Bundes. Ladon rief ihn zu sich, und gemeinsam traten sie ins Rundhaus, das heißt, voran der Häuptling und nach ihm der alte Mann.

Brant hatte Ladon als kleinen Jungen auf seinen Knien reiten lassen, und Ladon erinnerte sich, daß das Haar des Alten damals schon weiß gewesen war. Er ging mit gebeugtem Rücken, tiefgeneigtem Kopf und krummen Knien, und trotz seines Alters fanden seine Worte bei niemandem rechte Beachtung, weil er zu einem unheilvollen Bund gehörte. Vielleicht sprach Brant deshalb auch nur selten mit jemandem.

Ladon nahm seinen Platz im Sonnenlicht in der Mitte des Rundhauses ein. Der alte Mann stand vor ihm, in der einen Hand noch ein Flintmesser, in der anderen ein Stück Holz.

»Du bist nachlässig gewesen, Alter«, sagte Ladon. »Es obliegt dem Grüner-Zweig-Bund, die Säule des Himmels zu hüten, und selbst jetzt, in diesem Augenblick, wird sie entweiht.«

Brant schob mit zittriger Hand das Messer in die Hand, die schon das Holz hielt; mit der freigewordenen Hand wischte er sich die Nase. Er sagte: »Ich warte auf die Worte von Opa-Ladon-on.«

»Das Waldhündchen, der Moloquin, lebt sogar jetzt noch dreist an der Stätte, wo nur die Toten ruhen dürfen.«

Ruhig sagte Brant: »Das habe ich gehört, Opa-Ladon-on.«

»Und weshalb hast du dann nichts unternommen?«

»Es wird geschehen, Opa-Ladon-on.«

»Geh.«

Brant wandte sich um und schlurfte davon. Ladons Lippen verzerrten sich vor Ärger. Dem alten Mann fehlte es an Feuer, an Kraft; wie sollte er gegen solche wie Ael etwas ausrichten können? Ladon grunzte; er stand auf und trat in den hinteren Bereich des Rundhauses, um sich etwas zu essen zu holen.

Karella begann Probleme zu sehen, mit denen sie nicht gerechnet hatte. Sie folgte dem Pfad zur Totenstätte hinauf, ihr Bündel auf dem Rücken, und obwohl sie müde war, konnte sie nicht langsam gehen, denn bald würde die Sonne hinter den Hügeln verschwinden. Sie konnte nicht weiterhin jeden Tag vom Dorf aus eine so lange Strecke zurücklegen; sie war zu alt dafür.

Sie haßte das – zu alt dafür. Sie hatte während ihrer Jugend ein wildes Leben geführt und darauf gebaut, daß ihre unbändige Lebenskraft niemals nachlassen würde, doch jetzt begann sie allmählich die Kralle des Alters zu spüren, und sie blickte auf jene zügellosen Tage mit bitterer Wehmut zurück: Wenn sie ihr Leben noch einmal führen könnte, dann würde sie es anders machen.

Nein, das würdest du nicht, dachte sie dann wieder, du hast getan, was du wolltest.

Das entlockte ihr ein Lachen. Es war ihr ureigenster Wesenszug, daß sie immer getan hatte, was sie wollte – und sie tat es auch jetzt noch, sie tat, was sie wollte, und trotzte auf diese Weise dem Alter. Jetzt lief sie rascher, leichtfüßiger den Graspfad hinauf.

Doch es gab Probleme.

Zunächst einmal war Moloquin in dem Alter – ja, eigentlich über das Alter hinaus –, wo seine Mutter ihn von ihrer Herdstelle und aus dem Langhaus gejagt und er sich der Meute der Jungen angeschlossen hätte, um im Ufergebüsch zu leben, um kämpfen und rennen zu lernen und herauszufinden, wer Anführer war und wer Mitläufer – und sich auf diese Weise auf das Mannesalter vorzubereiten. Genau zu dem Zeitpunkt, wo Karella ihn aufzunehmen gedachte, hätte sie ihn der Sitte gemäß hinauswerfen sollen.

Das war leicht zu lösen. Denn es war üblich, daß Mütter ihre einfältigeren Kinder in der Nähe behielten, bis ins Erwachsenenalter hinein. Moloquin sprach so unbeholfen, daß die Folc ihn für einen Dummkopf halten würden – schon jetzt hielten sie ihn für hoffnungslos zurückgeblieben –, und mit diesem Argument konnte Karella ihn bei sich behalten, bis er graue Haare hatte.

Sie wußte, daß er kein Dummkopf war. Sie erkannte es an seinen Blicken, an seinen unbeholfenen Fragen – an der nackten Tatsache, daß er so lange allein gelebt hatte, trotz der Feindseligkeit Ladons und der anderen.

Ein weiteres Problem: Sie hatte keine Kleidung für ihn.

Wäre er ihr leibhaftiger Sohn gewesen, wäre sie zu Ladon gegangen und hätte um Felle gebeten und Felle erhalten, und dann hätte sie ihm ein Hemd und einen Umhang gemacht, und er wäre bekleidet gewesen. Doch wenn sie jetzt zu Ladon ginge, würde er ihr nichts geben. So hatte sie ihre eigenen Kleider genommen, die braunen gewebten Sachen, die sie getragen hatte, ehe sie Hauptfrau geworden war, und sie waren der Inhalt des Bündels, das sie auf dem Rücken trug. Wenn er Kleider trüge wie ein Mädchen, dann würden die Folc ihn nur um so eher als harmlosen Dummkopf akzeptieren.

Doch sie konnte diesen Abhang nicht weiter jeden Tag hinaufsteigen. Sie mußte den Jungen ins Dorf hinunterholen.

Sie hatte den Wall erreicht und lief an dessen äußerem Saum entlang, am Rand des Grabens, bis sie einen Eingang erreichte. Ihre Beine waren müde. Sie trat in den grasbewachsenen Ring, der durch den Wall gegen den Wind geschützt und von den schiefstehenden Steinen bevölkert war, ließ das Bündel ins Gras fallen und blickte um sich.

Er war nicht da. Enttäuscht streifte sie von einem Stein zum anderen, wobei sie die im Gras verstreuten Gebeine mied. Doch Moloquin war nirgendwo zu finden.

Sie setzte sich ins Gras, völlig entkräftet. Der lange Rückweg stand ihr als schier unlösbare Aufgabe vor Augen. Als sie sich niederließ, ließen die Krähen, die immer schon über diesem Ort geflattert waren, sich ebenfalls nieder. Ihre dicken schwarzen Körper stürzten herab, und das Flattern ihrer glatten Flügel und ihre häßlichen Stimmen hörten sich an diesem Ort der Stille laut an. Es waren jetzt keine Toten da, nichts als Gebeine. Sie beobachtete, wie eine kleine Schar Krähen zu Moloquins Stammplatz am Fuß des Nördlichen Wächters stürzte, um Abfälle aufzustöbern.

Die kannten ihn, diese großen, monströsen Vögel kannten ihn gut.

Sie saß, ohne sich zu rühren, die Hände im Schoß, und dachte über eine Geschichte nach, die sie nicht recht zusammenbekam. Sie hatte schon früh Bekanntschaft mit ihrer Kunst gemacht – sogar als kleines Mädchen hatte sie schon Geschichten erzählt, die sie sich selbst ausgedacht hatte, und seitdem hatte sie alle Geschichten, die sie hörte, in ihrem Kopf gesammelt, so daß jetzt ein ganzer Haufen da war, wie das Bündel Lumpen, das sie für Moloquin mitgebracht hatte. Sie glaubte, jede Geschichte zu kennen, die die Folc je gehört hatten, und vielleicht noch ein paar mehr. Sie kannte Geschichten, die sie niemals von jemandem gehört hatte. Sie stiegen ihr im Kopf auf wie die Blasen aus den Sümpfen, die wie kleine Sonnen an der Luft platzten. Sie glaubte, sich an alles erinnern zu können, doch zuweilen stiegen ihr, wie vom tiefen Grund eines Teiches, in dem nie gefischt worden war, ein Satz, eine Geste, ein Name auf, und wenn sie ihre Aufmerksamkeit darauf richtete und sie emporzog, dann folgte ihnen der goldene Gießbach einer Geschichte nach, wunderbar wie ein Traum.

Sie saß mit geschlossenen Augen, und die Geschichten versammelten sich rasch um sie – die Namen der Helden, die Taten von Menschen, die die versteckten Orte der Welt aufschlossen. Für Karella war nichts wirklicher als dies, diese Erscheinungen, die von ihrem Geist herbeigerufen wurden, und dieser Bereich zwischen ihr und der Welt.

Auf einmal stimmte die Krähenschar, die um sie herumkrächzte und -trippelte, ein ohrenbetäubendes Geschrei an und hob sich, eine schwarze flatternde Masse, in den Himmel. Sie stand auf, weil sie Moloquin erwartete.

Es war jedoch nicht der Junge. Es war ein alter Mann, der durch die Öffnung im Wall hereinkam, weißhaarig, gebeugt und auf einen Stock gestützt. Es war Brant, der Grüner-Zweig-Meister.

Karella fuhr zurück, suchte sich hinter einem halb umgekippten Stein zu verbergen. Er sah sie; er hob den Kopf.

»Ana-Karella«, sagte er, ließ seinen Stecken fallen und setzte sich. »Was hat das zu bedeuten? Was erwacht hier nach so langem Schlaf, so daß diese Totenstätte plötzlich wieder eine für die Lebenden ist?« Er schüttelte den Kopf; er sah erschöpft aus. »Das ist ein zu langer Spaziergang für mich, Ana-Karella.«

Sie trat zu ihm und setzte sich neben ihn. »Was bewegt dich denn dann hierherzukommen?«

»Ich weiß nicht.«

»Bestimmt hat dich Ladon geschickt.«

»Ladon.«

Der alte Mann erbebte und ließ ein tonloses Hecheln hören. Beunruhigt neigte sie sich zu ihm hinab und legte ihm die Hand auf den Rücken im Glauben, er sei vielleicht krank, doch dann erkannte sie, daß er lachte.

»Also, Brant«, sagte sie, »was erheitert dich denn so? Du komischer alter Kerl!« Statt ihm über den Rücken zu streichen, versetzte sie ihm einen Schlag und richtete sich wieder auf. Was sollte sie bloß wegen Moloquin sagen? Sie mußte ihn loswerden, ehe der Junge kam.

»Karella«, sagte er und schaute sie an, »weißt du noch, wie es war, als wir klein waren? Du und ich, wir haben den Grasring getragen, erinnerst du dich noch?«

»Ach, du komischer alter Kerl«, sagte sie liebevoll. Es stimmte. Sie hatte die vielen langen Jahre nicht mehr daran gedacht, daß sie und dieser alte Narr in der Kindheit ein Pärchen gewesen waren. Ihre Augen suchten den Horizont nach Moloquin ab.

»Weshalb hat Ladon dich hergeschickt?«

»Weil er ein Narr ist.« Brant legte sich ins Gras nieder.

»Und weshalb bist du dann überhaupt hergekommen?«

»Es gefällt mir hier.«

»Ach, du alter ...«, seufzte sie. Wollte Moloquin denn überhaupt nicht kommen?

»Er hat mich hergeschickt, damit ich dieses Waldhündchen vertreibe«, sagte Brant. »Und da ich dich hier finde, hege ich den Verdacht, daß du ebenfalls Interesse an diesem heimatlosen Kind hast, und das finde ich unterhaltend. In meinem Alter findet einer nicht mehr so leicht etwas interessant, weißt du!«

»Warum bleibst du denn dann nicht hier und stirbst und läßt dich von den Krähen auffressen?« Sie lief ruhelos im Gras hin und her, so als wollte sie beweisen, daß in ihr noch mehr Leben steckte als in ihm.

»Ist das Ladons wegen, daß du all diese Anstrengungen unternimmst?« fragte der alte Mann. »Ladon unternimmt Anstrengungen, und darin erblickst du irgendeine Gefahr, und nun arbeitest du gegen ihn, stimmt's? Ihr seid beide verblendet.«

»Was meinst du damit?«

»Ich meine damit, daß Ladons Gedanken nur ihm selbst groß vorkommen. Sie werden überhaupt nichts bewirken. Wenn du dich gegen ihn stellst, stachelst du seinen Ehrgeiz nur noch mehr an, wenn du ihn jedoch gewähren läßt, wird sich das alles in Nichts auflösen.«

»Brant, du bist verrückt.«

Er sagte nichts mehr; sie drehte sich nach ihm um und stellte fest, daß er die Augen geschlossen hatte. Er lag schlafend im Gras. Einen Moment lang stand sie da und beobachtete ihn, dann hob sie den Blick und schaute zu der großen, wirbelnden Wolke der Krähen hinauf, die über der Säule des Himmels hing. Die hielten ihn womöglich für tot und stürzten herab und fraßen ihn auf, und kein Mensch würde je etwas anderes annehmen. Schon gar nicht Brant.

Sie näherte sich ihrem Bündel, denn sie hatte die Absicht, zum Dorf zurückzukehren; sie würde an einem anderen Tag wiederkommen, um Moloquin zu suchen. Als sie sich jedoch niederbeugte, um die Lumpen an sich zu nehmen, drang von links ein leises Zischen an ihr Ohr, und sie erstarrte.

Es war Moloquin. Er saß neben dem nördlichsten Stein, wo er seine Behausung hatte, und beobachtete sie.

Sie richtete sich verwundert auf. Wie lange er wohl dort schon saß? Sie war sich sicher, daß er dort noch nicht gewesen war, als sie ankam. Mit dem Bündel in der Hand ging sie zu ihm, und er rückte zur Seite und ließ sie in die Höhle am Fuß des Steines ein.

»Ich habe dich überrascht«, sagte er und lächelte sie an.

»Ja«, sagte sie und lächelte zurück. Sie fühlte, wie ein Strom warmer Zuneigung in ihr aufstieg. Seit sie ihn am Abend zuvor verlassen hatte, hatte sie zwar ständig an ihn gedacht, doch nur im Zusammenhang mit ihrem Kampf gegen Ladon. Jetzt war Moloquin da, aus Fleisch und Blut, ein Kind, und das Übrige schien unwichtig. Sie fuhr mit der Hand in ihr Bündel und holte einen Bohnenkuchen heraus, ein Schüsselchen Schrot und einen Krug Ziegenmilch.

Er nahm die Sachen, aber nicht gierig. Er sagte: »Ich habe gerade gegessen, ehe ich zurückgekommen bin.«

»Was hast du denn ganz allein zu essen finden können?«

»Nüsse. Beeren.« Er zuckte die Achsel und sagte mit weit aufgerissenen Augen: »Hab' eine Trappe gefangen.«

Ihre Augen weiteten sich ungläubig. Den Trappen konnte man sich nicht einmal nähern. »Wie hast du denn das gemacht?«

»Ich habe ein –« Er zeichnete etwas in die Luft. Sie beobachtete fasziniert seine Hände; er schien das Talent des Geschichtenerzählers für Gesten zu haben. »Ein Ding gemacht. Aus Gras. Übers Nest getan. Gewartet. Dann kam der Vogel. Dann habe ich es zugemacht, das ... das ...«

»Netz«, sagte sie.

»Netz«, sagte er und lächelte, »Netz Netz Netz Netz Netz.«

Sie starrte ihn an. Ihr ging durch den Kopf, was Brant gesagt hatte. Sie dachte: Er kommt außerhalb des Dorfes doch gut zurecht. Ist es falsch, daß ich ihn hinunterbringen will? Sie dachte plötzlich: Hat Brant recht? Wird sich alles von selbst zum Guten wenden, wenn ich den Dingen ihren Lauf lasse? Dazu gehörte ein Sinn für die Macht der Wirklichkeit, der sich allein vom Glauben nährte.

»Ich habe keinen Glauben«, sagte sie laut, und Moloquin zog die Augenbrauen hoch. Sie sagte: »Ich will, daß du mit mir kommst und bei mir lebst, Moloquin.«

»Bei dir lebe.«

»Im Dorf. Im Langhaus, an meiner Herdstelle.«

Er schluckte, seine Kehle bewegte sich, und er schaute Karella unverwandt an. Er sagte nichts.

»Ich habe keine Kinder«, sagte sie. Sie senkte den Blick. »Ich brauche ... ich möchte ...«

Er streckte die Hand aus und berührte sie, und sie hielt den Atem an. Ihre Blicke begegneten sich. Er legte ihr die Hände auf die Schultern und lehnte sich ungeschickt an sie, umarmte sie, und sie schloß die Augen und legte den Kopf gegen seine Schulter.

Er sagte: »Erzähl mir eine Geschichte.«

»Nein. Zuerst muß ich ...« Sie machte sich von ihm los, wandte sich ihrem Bündel zu und öffnete es. »Du mußt etwas zum Anziehen haben. Ich habe dir dies Zeug hier mitgebracht, und daraus werden wir etwas zum Anziehen für dich machen.« Sie schüttelte ihren alten Umhang aus, der voller Löcher und an den Rändern ausgefranst war. Sie hatte eine Ahle mitgebracht, die in einem Stück Borke steckte, und ein Knäuel Garn. Moloquin befühlte den Stoff.

»Warum soll ich das anziehen?«

»Weil du Kleider anhaben mußt.«

»Hier nicht«, sagte er.

»Um im Dorf zu leben.«

»Ich will nicht im Dorf leben.«

»Aber ich möchte, daß du mit mir kommst und bei mir lebst.«

»Ich will nicht ...«

Er sprang so rasch auf, daß sie vor der plötzlichen Bewegung erschreckt zurückfuhr; er wirbelte herum und entfernte sich tänzelnd von dem Stein. Karella streckte die Hand nach ihm aus. »Warte!« Doch er war schon weg. Das Aufblitzen von Beinen, eine fliegende schwarze Mähne, und schon war er weg, über den Wall verschwunden.

Brant kam auf sie zu, auf seinen Stock gestützt, und seine Zähne leuchteten aus seinem spärlichen Bart hervor. Er sagte: »Schon wieder ein anderer Liebhaber, Ana-Karella?«

Gedemütigt, wütend sank sie ins Gras und funkelte ihn an. »Du alter Narr, laß mich bloß in Frieden! Geh weg!«

»Ladon hat recht, er sollte nicht hier sein.«

»Ach ja? Und warum nicht? Wegen der Toten? Wegen der Geister? Weshalb haben sie ihm denn dann nichts angetan? Ihm schlimme Träume geschickt? Ihn so gepeinigt, daß er diesen Ort hätte verlassen müssen? Er ist hier gut aufgehoben.«

Brant sagte: »Komm, gehen wir zusammen ins Dorf zurück.«

Sie blieb reglos sitzen, die Lippen fest aufeinandergepreßt. Sie war wütend auf Brant und das um so mehr, als Moloquin sich ihr entzogen hatte.

Der alte Mann entfernte sich mühsam. »Nun komm schon, Ana-Karella«, rief er ihr über die Schulter zu, »komm hier weg, er kommt nicht wieder. Jedenfalls nicht heute.«

Langsam stand sie auf. Das Bündel lag geöffnet und auseinandergerissen im Gras, und sie begann, es wieder in Ordnung zu bringen, doch dann raffte sie, einer Regung folgend, Stoff und Ahle und Garn zusammen und stopfte das Ganze tief in die Höhlung unter dem Nördlichen Wächter. »Warte, Brant, du alter Narr«, schrie sie. Die Sonne begann unterzugehen. Rasch ging sie dem alten Mann nach, um mit ihm wieder ins Dorf hinabzulaufen.

Karella kam nicht wieder. Moloquin fand das Bündel Stoff in der Höhlung unter dem Stein, und er breitete jedes einzelne Stück behutsam vor sich aus und glättete es mit den Händen. Das Muster der gekreuzten Fäden fesselte ihn. Es fühlte sich auch seltsam an, nicht wie Tierhaut. Dünner, biegsamer. Schließlich rollte er alles wieder zu einer Kugel zusammen und stopfte es in die Höhlung zurück.

Er wartete einen ganzen Tag bei den Steinen, doch sie kam immer noch nicht.

Irgend etwas stimmte mit ihm nicht. Ehe er Karella kennengelernt hatte, war er zufrieden gewesen, sein Leben so zu leben, wie er es mittlerweile tat – Nahrung zu suchen, unter dem Stein zu schlafen, täglich in Wettstreit mit der Bande der Jungen zu treten. Das war ihm ausreichend erschienen, oder zumindest war es das gewesen, was er vom Leben erwarten konnte. Dann war Karella gekommen und hatte ihm Geschichten erzählt, und jetzt war er die ganze Zeit einsam.

Er fragte sich, ob er Karella vermißte oder eher die Geschichten. Sie berührte ihn; niemand hatte ihn mehr berührt, seit seine Mutter gestorben war. Er wußte genau, wie ihre Hände sich auf seiner Haut angefühlt hatten, wie warm und leicht, und er erinnerte sich an den Geruch neben ihm und noch an anderes: Immer wieder mußte er daran denken, wie er einmal flüchtig zu ihr hingeblickt und sie mit gesenktem Blick dagesessen hatte, das lange graue Haar an die Wange geschmiegt, und wie weich und flaumig die Haut unmittelbar unter ihrem halb geschlossenen Auge gewesen war. Er konnte nicht sagen, was es war, doch die Erinnerung daran löste ein Kribbeln in seinen Fingerspitzen aus, die sich danach sehnten, Karella zu berühren, berührt zu werden.

Er erzählte sich die Geschichten selbst, die sie ihm erzählt hatte, wieder und wieder, und versuchte dabei, jedes Wort so zu wiederholen, wie sie es gebraucht hatte, jede Geste. Doch es war nicht dasselbe.

Er lag im Gras zwischen zwei schiefstehenden Steinen und starrte in den Himmel hinauf, der von vielgestaltigen Wolken belebt war. Seine Mutter hatte ihn gelehrt, wie man Netze machte, um Fische und Vögel zu fangen, wie man gute Nüsse von schlechten unterschied, wie man Feuer machte, wie man Kaninchen häutete. Sie hatte ihm nichts darüber gesagt, woher er gekommen war und weshalb er nicht mehr dort war oder was er tun sollte; nur, daß er seine Steinmesser scharf halten sollte.

Wenn er an einem strahlenden Tag manchmal in ein Wasserloch am Fluß blickte, schien das Wasser undurchdringlich zu sein. Das einzige, was er sah, waren sein eigenes Gesicht und das gleißende Sonnenlicht.

Wenn er sich jedoch bewegte, so daß sein Körper die Sonne von der Wasseroberfläche abhielt, dann konnte er hinabsehen, die Fische, das tiefe Wasser, den Grund des Flusses erkennen. So verhielt es sich für ihn mit den Geschichten; sie zeigten ihm, was darunterlag.

Es kam ihm vor, als habe er schon immer gewußt, daß das, was er sah, nur Oberfläche war; alles, was wichtig war, lag darunter.

Nun würde Karella nicht mehr kommen, und ohne Karella hatte er keine Geschichten, und als der Tag ohne sie verstrich, wurde er unruhig und so unglücklich, daß er den Tränen nahe war. Auf einmal war er, ohne sich dessen richtig bewußt zu sein, auf den Füßen und rannte.

Es war inzwischen Nachmittag. In den Gärten des Dorfes waren die Frauen über ihre Arbeit gebeugt, und ihre Hacken fuhren in die Erde nieder. Er rannte bergab auf sie zu und hielt sich dabei an die höhergelegenen Langhäuser und fern vom Rundhaus. Seine Augen hielten nach Anzeichen der Jungenbande Ausschau, doch sie war nirgends zu sehen. Am Rande des urbar gemachten Bodens blieb er stehen.

Früher war dieser wellige Hang voller Bäume gewesen; die Gärten waren immer noch übersät von ihren verkohlten Stümpfen, und die Frauen pflanzten Blumen um sie herum, verstauten ihre Werkzeuge in den Höhlungen, saßen auf ihnen. Dort unten, zwischen all den gebückten Gestalten, die sich im Rhythmus ihrer Arbeit auf und ab und hin und her bewegten, saß eine auf solch einem Stumpf, eine, die Moloquin aus jeder Entfernung erkennen konnte: Karella, die Geschichten erzählte.

Eine Schar kleiner Kinder saß um sie herum; die Frauen in ihren Gärten hörten zu, während sie arbeiteten. Nur Moloquin konnte nichts hören, Moloquin, für alle Zeiten gestrandet am Rand der Welt.

Ohnmächtiger Haß durchzuckte ihn. Sie schenkte anderen seine Geschichten, seine Geschichten.

Er rannte los, folgte sogar dem sandigen Pfad, statt durchs hohe, wirre Gras zu laufen. Niemand sah ihn. Karella saß auf ihrem Baumstumpf und hielt den Kopf ein wenig gesenkt, so daß ihr langes graues Haar herabhing und der Wind darin spielte. Er sah, wie sie die Luft mit den Händen formte und die Bedeutungen aus dem Nichts herbeiholte. Mit jedem Schritt langsamer werdend, lief er den Pfad hinab auf sie zu.

»Moloquin!«

Er blieb wie angewurzelt stehen, und die Nackenhaare sträubten sich ihm. Der Schrei kam von einer der Frauen, und daraufhin drehten alle in den Gärten sich um und starrten ihn an. Er spürte ihre Blicke wie kalten Regen auf der Haut, doch Karella war da, und sie hatte ihn erblickt.

Sie stand auf. Mit weit geöffneten Armen rief sie ihn zu sich, die

Lippen gerundet, um ihn beim Namen zu nennen. Sie war umgeben von feindseligen Folc, doch sie, die mitten unter ihnen war, rief ihn zu sich, und er machte noch einen Schritt auf sie zu. Er dachte an die Geschichten, an die Wärme ihrer Umarmung. Ein weiterer Schritt folgte dem ersten. Dann flog mit einem Mal ein Stein auf ihn zu.

Er drehte sich um seine eigene Achse. Der Stein verfehlte ihn um etliches, doch er stürzte trotzdem los, rannte auf den Wald zu, während sie hinter ihm schrien und pfiffen, Steine warfen und Erdbrocken und johlten und ihn verhöhnten, ihm geifernd auf den Fersen saßen.

Am Waldrand blieb er unter einer Pappel stehen und blickte zurück.

Sie hatten ihn nicht gejagt; ja, es hatte nicht einmal jemand etwas gerufen, und er fragte sich, ob er sie nicht mit den Ohren der Erinnerung, die das so oft gehört hatten, hatte schreien und pfeifen hören. Jetzt standen sie einfach nur und schauten zu, wie er verschwand, und mitten unter ihnen sprang Karella mit den Armen fuchtelnd auf und schrie die anderen wütend an.

Moloquin verschwand im Wald.

Karella setzte sich wieder auf den Baumstumpf. Sie war außer Atem und hielt den Blick auf die Stelle am Waldrand gerichtet, wo Moloquin zwischen den Bäumen verschwunden war. Die Schar der kleinen Kinder zu ihren Füßen glotzte sie mit aufgerissenen Mündern an. Wahrscheinlich hatten sie noch keine Bekanntschaft mit ihrer Wut gemacht. Sie wischte sich die feuchten Augen mit den Fingern.

Die Frauen waren wieder an die Arbeit gegangen. Keine von ihnen würde je zugeben, den Stein nach Moloquin geworfen zu haben, alle machten sie weiter, als sei nichts geschehen. Karella sank brütend in sich zusammen, das Kinn auf die Brust gesenkt. Sie warf noch einen verstohlenen Blick in Richtung Wald.

Er hatte versucht, zu ihr zu kommen. Vielleicht hatten die Folc jetzt ja begriffen, daß Karella ein Interesse an ihm hatte, und würden ihn womöglich in Frieden lassen. Ob er wiederkommen würde?

Sie stand auf und erwog, abermals zur Säule des Himmels zu laufen, doch beim Gedanken an die Entfernung wurde ihr angst und bange. Nach dem letzten Mal hatte sie fast einen ganzen Tag lang geschlafen.

Sie war alt. Das hatte sie natürlich auch vorher schon gewußt, doch hatte es sie bislang nicht gestört. Sie war überall hingegangen, war mit den Männern zum Fluß gelaufen, hatte getan, was ihr gefiel. Jetzt konnte sie das nicht mehr, weil sie alt war. Sie verließ ihren Platz auf dem Baumstumpf und folgte dem gewundenen Pfad, der zwischen den Gärten, in denen die Früchte reiften, zum Langhaus hinabführte.

Die Frauen und ihre Kinder lebten in den Langhäusern. Manchmal lebten auch die Männer dort, doch gewöhnlich zogen sie das Rundhaus mit seiner Kameradschaft und Ladons Freigebigkeit vor. Wenn die verheirateten Männer den Beischlaf mit ihren Frauen wollten, gingen sie in die Langhäuser, und dort gab es hinten in der Wand ein kleines Loch, das in einen dunklen kleinen Raum führte, und dort vereinigten die Männer sich mit ihren Frauen.

In diesem kleinen Raum hielt sich Grela, die Schwester Tishkas, mit ihrem Gatten auf, und sie sagte: »Wie findest du das mit Karella? Ist das nicht ein Skandal?«

Ihr Gatte lag mit dem Rücken auf den Matten, befriedigt. Er murmelte etwas, ohne den Arm vom Gesicht zu nehmen.

»Das wird sie noch bedauern. Er ist ein Dummkopf, ein Dieb, ein nackter Wicht. Und sie hat vor, ihm ihre Geschichten beizubringen!« Grela lachte. Sie war eifersüchtig auf Karella, die immer genau das zu bekommen schien, was sie wollte, und die es geschafft hatte, von der ungesittetsten Frau des Dorfes zur Hauptfrau der Rotwild-Sippe aufzusteigen, ohne darüber auch nur ein Wort zu verlieren. Jetzt fiel ihr, ein bißchen spät, wieder ein, was Karella ihnen bei der Getreidemühle erzählt hatte – daß sie Ladon im Verdacht hatte, die Macht an sich reißen zu wollen –, und ihr war klar, daß ihre Schwester, Tishka die Weise, wahrscheinlich nicht wollen würde, daß sie das alles Fergolin erzählte, der als Mann auf Ladons Seite stand.

Auch er war eben ein Mann, und sie streckte die Hand aus und schloß sie um sein Geschlecht und drückte es, und er stöhnte. Grela lachte.

»Gestern versuchte er, sich zu den anderen Kindern zu setzen, als sie draußen bei der Feldarbeit Geschichten erzählte, und als irgend jemand einen Stein nach ihm geworfen hat, wurde Karella wütend. Es war ulkig, du hättest erleben sollen, wie sie aufsprang und schrie, ihr Gesicht wurde rot wie eine Beere.«

Fergolin legte seine Hand über die ihre, die immer noch weich über seinem schlaffer werdenden Penis lag, und liebkoste sich selbst mit ihrer Handfläche. Er rollte sich auf die Seite. »Grela«, sagte er, »ich verstehe kein Wort von alledem. Was ist mit Karella los?«

»Ach, sie hat sich in den Kopf gesetzt, daß sie Moloquin zu sich nehmen will.«

»Moloquin. Du meinst diesen Waldkobold?«

»Das ist kein Kobold, das ist ein schmutziger, nackter kleiner Dummkopf.« Doch hatte das, was er gesagt hatte, einen Funken in ihrem Kopf entzündet. Sie wandte sich ihm zu: »Glaubst du, es stimmt, was die Leute sagen – daß Ael von einem Waldgeist geschwängert worden ist?«

»Ael«, sagte Fergolin gähnend, »wer ist denn jetzt wieder Ael, du Frau mit einer Zunge wie ein Wasserfall? Weißt du, Grela, du redest zuviel.« Doch er lächelte sie an.

»Ael, du weißt schon«, sagte sie ärgerlich; es überraschte sie immer wieder, wie sehr sich der Kopf der Männer von dem der Frauen unterschied. »Ladons Schwester, die Mutter von Moloquin.«

»Sie ist tot, Grela.« Er setzte sich auf, zog die Knie an und legte die Arme um sie. »Was erzählst du da von Moloquin und Karella? Sie will Moloquin zu sich nehmen? Und Moloquin ist der Sohn von Ladons Schwester?«

»Sie bewirkt nur, daß er immer dreister wird. Er hätte sich glatt zu den anderen Kindern gesetzt! Wir werden ihn wieder davonjagen müssen, ehe er alles stiehlt!«

Fergolin schwieg eine Weile. Dicht hinter ihr im Schummerlicht sitzend, strömte er die Wärme und den warmen, geheimnisvollen Geruch des Mannes aus. Sie rückte näher an ihn heran, schmiegte sich an seine Schulter, und er legte den Arm um sie.

»Grela«, sagte er und drückte ihr einen Kuß auf die Stirn, »du bist ein Wasserfall, mein Weib, ein reißender Fluß, doch man muß schon ein sehr tüchtiger Fischer sein, um etwas halbwegs Handfestes aus dir herauszuholen!«

»Fergolin!« sagte sie gekränkt.

Er schickte sich an zu gehen. Er hockte sich hin, streifte sich sein langes Hemd über und schlang sich den Gürtel um. In der niedrigen Kammer hockend, umarmte er sie und langte dabei hinunter zwischen ihre Beine, um sich mit einem schmerzhaften und doch angenehmen Zwicken von ihrem Geschlechtsteil zu verabschieden. »Auf Wiedersehen, Dicke!«

Sie kicherte geschmeichelt, und er ging hinaus. Grela blieb zurück, um die Kammer aufzuräumen.

Fergolin, Grelas Gatte, gehörte zur Sippe des Lachses, und er war ein Meister des Bärenschädel-Bundes. Obwohl er gern mit Grela verheiratet war, verbrachte er seine Tage mit den anderen Männern im Rundhaus, wo er Ladon nützlich sein konnte. Folglich sah er von seiner Frau, wie auch von den anderen Frauen, nicht viel. Wenn man einmal die körperlichen Vergnügungen außer acht ließ, bestand in seinen Augen keine Möglichkeit, wie Männer und Frauen ein gemeinsames Leben hätten führen können, da beide nun einmal das Gegenteil des anderen waren, und gewöhnlich schenkte er dem keine Beachtung, was er zu hören bekam, wenn er bei Grela war, schon deshalb nicht, weil sie soviel redete.

Was sie ihm jedoch an diesem Morgen ausgeplaudert hatte, ging ihm den ganzen restlichen Tag im Kopf herum. Er war an sich kein sonderlich nachdenklicher Mensch. Als Moloquin vor wenigen Wintern aufgetaucht war, hatte Fergolin sich nicht weiter gefragt, woher er wohl gekommen sein mochte. Moloquin war keiner von den Folc und hatte folglich keine Bedeutung für ihn, außer der eines Ärgernisses und einer Ablenkung.

Jetzt war er eines Besseren belehrt worden. Moloquin gehörte also doch zu den Folc, er war der Sohn Aels, der Schwestersohn des Häuptlings.

Er sprach mit ein oder zwei anderen Männern darüber, als sie im Hof vor der Rundhaustür herumlungerten und warteten, daß ihr Häuptling ihnen irgendeine Aufgabe zuweisen würde.

»Ael«, sagte der eine ausdruckslos.

»Ich hatte ganz vergessen, daß Ladon eine Schwester hatte«, sagte der andere, der Mishol war, ein Angehöriger des Bärenschädel-Bundes, aber kein Meister. »Es gab da irgendeine üble Geschichte über sie, doch ich erinnere mich nicht mehr, was das war.«

In diesem Augenblick trat Ladons eigener Sohn aus dem Rundhaus, straffte die Schultern, nachdem er die Tür durchschritten hatte, und stand blinzelnd im strahlenden Sonnenschein. Fergolin wandte sich ihm lächelnd zu und knuffte ihn liebevoll in die Rippen.

»Na, gewaltiger Jäger, geht's wieder los, den großtatzigen Bären töten?«

Die anderen Männer lachten, doch sie belustigten sich auf liebevolle Weise; alle mochten Ladons Sohn. Der Junge errötete. Seine Haut war so hell, daß die Farbe die ganze Kehle und die Wangen überzog, wie bei einem Mädchen.

»Ich weiß, daß ich den kurzen Speer niemals so gut führen werde wie du, Fergolin-on.«

Fergolin röhrte vor Vergnügen; zusammen mit den anderen Männern ging er zwar viermal jährlich auf die Jagd, doch erlegte er nie etwas. Ladons Sohn schritt unter vielen Respektbezeugungen auf das Tor zu, und die Männer sahen ihm nach.

»Er wird einmal ein guter Häuptling«, sagte Mishol.

Fergolin sagte nichts. Er war einer von Ladons Ringbrüdern und hatte mit den übrigen einen Eid zugunsten von Ladons Sohn abgelegt, doch er glaubte nicht, daß der Junge jemals Häuptling werden würde. Er sprach zwar gut, doch eben allzugut, denn stets sagte er das, was dem anderen schmeicheln mußte; er sah zwar gut aus, doch eben allzugut, und war stets auf Bewunderung und Liebe aus. Fergolin blickte auf seine Hände nieder. Wenn Moloquin wirklich Aels Sohn war, dann sah er Ungemach für Ladon mit seinen Plänen voraus.

Mishol nahm sein Messer vom Gürtel, schabte sich einen Splitter von einem Stock und begann, sich die Zähne zu säubern. Er sagte: »Wenn ich Ladon wäre, würde ich dieses Waldhündchen totschlagen.«

Fergolins Kopf fuhr hoch; in ihm regten sich Schuldgefühle, als hätten seine unausgesprochenen Gedanken Mishol zu dieser Äußerung angestachelt. Scharf sagte er: »Er ist ein Kind und einer von uns.«

»Übertreib es nicht mit der Rechtschaffenheit, Fergolin«, sagte Mishol grob, »niemand ist da, um ihn zu beschützen, und Ladons Dank wäre denen gewiß, die es täten.«

Ein paar weitere Männer kamen herangeschlendert, da sie die beiden streiten sahen, und ließen sich gemeinsam in der Sonne nieder. Einige schnitzten, andere suchten ihr Haar und das ihrer Freunde nach Läusen und Flöhen ab. Mishol – er war ein großer, muskulöser Mann mit einer heiseren Stimme – wandte sich stirnrunzelnd nach ihnen um.

»Na?« sagte er laut. »Sollen wir das tun, was ein Herzenswunsch unseres Häuptlings ist?«

»Was tun?« fragte einer, der die Unterhaltung nicht ganz mitbekommen hatte.

»Er ist ein Kind«, wiederholte Fergolin unbeirrt, »und einer von uns. Die Oberwelt blickt herab und wird mitansehen, was da einem von den Folc angetan wird ...«

Er hatte plötzlich das beunruhigende Gefühl, der Situation gewissermaßen enthoben und ein anderer zu sein; er wußte, er wurde beobachtet. Die Seelen seiner Vorfahren beobachteten ihn. Er hatte den verzweifelten Wunsch, das zu tun, was sie zufriedenstellen würde. Er machte mehrmals ein Zeichen, um sich ihrer Hilfe zu versichern. Mishol sah sich immer noch beistandsuchend um.

»Ich sage, wir sollten das tun, was nach dem Sinn des Häuptlings wäre.«

»Moloquin ist einfach nur ein Dieb«, sagte ein anderer, »er hat keinen Vater und keine Mutter mehr – er gehört nicht zum Dorf.

Vielleicht hat Mishol recht. Wir könnten ihn einfangen und töten, und Ladon würde uns reichlich mit den Schätzen aus seinem Rundhaus beschenken.«

»Der Wille des Häuptlings ist der Wille des Himmels«, meldete sich plötzlich der kleine Sarbon und schlug sich auf die Schenkel, um seinen Worten Nachdruck zu verleihen.

Fergolin biß sich auf die Unterlippe. Das stimmte – sollte er also tun, was die anderen taten, was die anderen tun zu wollen behaupteten? Er blickte sich flüchtig um und suchte die Gesichter seiner Gefährten nach einer Antwort ab, doch denen war nichts zu entnehmen; die Männer saßen stumpfsinnig herum und summten oder knackten Läuse, und der Wille des Himmels leuchtete aus keinem einzigen Auge. Der alte Brant trat hinzu, schob sich ein wenig näher an Fergolin heran und setzte sich hin.

»Wer ist dieser Junge denn überhaupt?« fragte jemand aus dem Hintergrund der Gruppe.

»Ein Feind unseres Häuptlings«, brüllte Mishol, »reicht dir das nicht?«

»Er ist Aels Sohn«, sagte Fergolin, »der Sohn von Ladons Schwester.«

Das rief verständnislose Mienen hervor. »Ladon. Hatte er denn eine Schwester?« Sarbon zog immerhin stirnrunzelnd an seiner Lippe.

»Ael? O ja, ich erinnere mich an sie. Damals, als wir mit einem Schweinskopf gespielt haben, hat sie ihn uns weggenommen, weißt du nicht mehr?«

Er wandte sich an Fergolin, der zur selben Zeit wie er zur Bande der Jungen gestoßen war. »Erinnerst du dich nicht?«

Jetzt erinnerte Fergolin sich tatsächlich; sein Gedächtnis machte einen Sprung in jenen Abschnitt der Vergangenheit, wo es das Wichtigste von der Welt gewesen war, in den Augen der anderen Jungen gut dazustehen – lebhaft sah er eine hochgewachsene, geschmeidige Gestalt mit üppigem, langem schwarzen Haar vor sich, die spöttisch einen halb zerquetschten blutigen Schädel emporhielt.

»Der ist doch nur ein Waldkobold«, murmelte irgendein anderer, »ich glaube nicht, daß er ein richtiges menschliches Wesen ist.«

»Tötet ihn«, sagte Mishol, »tötet ihn, und Ladon stellt uns ganz vorn an die Spitze des Zuges, wenn wir zur Großen Versammlung gehen.«

Ein paar von den Männern nickten zustimmend. Mishol erhob sich. »Ich hole eine Keule«, sagte er und setzte sich in Bewegung.

»Halt!« rief Fergolin. Er streckte die Hand aus, um Mishol zurückzuhalten. »Was redest du da? Das ist Mord! Die Folc erheben die Hand nicht gegen ihresgleichen.«

»Er ist keiner von uns!«

»Und ob er das ist. Er ist der Sohn der Schwester des Häuptlings. Und deshalb willst du ihn auch töten –«, Fergolin rettete sich mit dieser Erkenntnis auf festen Boden, »nicht, weil er keiner von uns ist, sondern weil er einer von uns ist.«

»Außerdem«, sagte der alte Brant, der bis jetzt geschwiegen hatte, »hat Karella ihn unter ihre Fittiche genommen.«

Bei der Erwähnung ihres Namens schwand die grimmige Entschlossenheit aus den Gesichtern der Männer, und selbst Mishol wandte sich mit einem Grunzen um und ließ sich wieder auf seinem Platz nieder. Fergolin fragte sich, woher Brant das wohl wissen mochte, doch es paßte zu dem, was Grela ihm erzählt hatte – er sah förmlich, wie Karella aufsprang und die Fäuste schwenkte und sie anschrie, weil sie ihren Liebling verscheucht hatten. Er lachte bei dem Gedanken, und ein paar von den anderen Männern lachten ebenfalls, nicht weil sie wußten, weshalb er lachte, sondern weil Fergolin ein angesehener Mann war.

»Was Karella haben will, das kriegt sie auch«, sagte jemand aus dem Hintergrund. »Und ich werde ihr jedenfalls nicht in die Quere kommen.«

»Oder in ihre Geschichten«, sagte ein anderer Mann und machte rasch eine Gebärde mit den Fingern, die Unheil abwehren sollte.

»Trotzdem, wo er doch Aels Sohn ist . . .«

»Er ist nichts«, sagte Mishol laut, »er wird niemals etwas anderes sein als nichts, und ich werde mir nicht wegen nichts den Kopf zerbrechen.« Er stand auf und ging ins Rundhaus.

In den Langhäusern hatte jede Frau ihre eigene Herdstelle, einen Ring aus Steinen für ihr Feuer und einen größeren Ring als Wohnraum. Jetzt, am Abend, waren alle Herdstellen von Kinderlärm erfüllt, warm vom Kochfeuer und von Essensdünsten durchzogen.

Alle Herdstellen, nur nicht die von Karella, die allein saß.

Sie legte Stöcke in ihr Feuer. Neben ihr standen ein Tontopf mit einer Brühe, die nur gewärmt zu werden brauchte, und ein flacher Korb mit Haferkuchen, doch sie konnte sich nicht dazu aufraffen, sich etwas zuzubereiten. Es schien zuviel Aufwand, nur um eine alte Frau zu sättigen. Selbst noch ihr Hunger schien jemand anderem zu gehören.

Sie stocherte mit einem Stock im Feuer herum. Als sie das erstemal geheiratet hatte, hatte sie geglaubt, sie würde eine Menge Kinder bekommen, doch es waren keine gekommen. Alsbald stritt sie sich mit ihrem Gatten, und sie trennten sich.

Sie hatte gemeint, es sei seine Schuld gewesen. Seine Schuld, daß sie keine Kinder bekam. Also hatte sie wieder geheiratet.

Diesen Zweiten hatte sie nie geliebt, doch er hatte einen starken Körper besessen, lange, kräftige Beine, und wann immer sie zusammen in die kleine Kammer gegangen waren, hatte das ganze Langhaus gebebt. Kinder gingen daraus jedoch nicht hervor. Damals hatte ihr das nicht soviel ausgemacht, weil sie eine Geschichtenfrau war, und die Geschichten waren ihr Kinder genug, und trotzdem stritt sie sich mit ihrem Gatten, wann immer sie nicht zusammen in der Kammer waren. Selbst dort stritten sie manchmal, selbst noch wenn ihre Körper sich auf- und abbewegten und sie sich aneinanderpreßten. Als er plötzlich starb, sagten manche, sie habe ihn getötet, indem sie ihn in eine Geschichte hineinverarbeitet und seinen Tod erst in der Phantasie und dann in der Wirklichkeit herbeigeführt hatte.

Danach war sie lange Zeit ohne Mann geblieben und brauchte auch keinen, zumal sie jeden, den sie haben wollte, an sich locken und sich einen Augenblick mit ihm vergnügen konnte, im übrigen aber aller Sorgen ledig war.

Die Frauen um die Sampo tuschelten über sie; die Männer beobachteten sie mit übertriebener Aufmerksamkeit. Alle Folc kamen ihrer Geschichten wegen zu ihr; sie konnte eine ganze Menge in stumme, reglose Steine verwandeln, wenn sie mit ihren Worten und Gesten eine neue Welt um sie herumspann.

Darauf verstand sie sich immer noch. Selbst jetzt, oder vielleicht besonders jetzt, wo sie einsam an ihrer Herdstelle saß, brauchte sie nur den Kopf und die Hände zu heben und zu sprechen anzufangen, und schon kamen sie und scharten sich um sie und lauschten mit glänzenden Augen. Dann waren sie ihre Kinder.

Wenn sie jedoch schwieg, hatte sie keine. Bald würde sie für immer schweigen, würde sie ein Luftgeist, ein Geschöpf der Oberwelt sein, wo alles schon bekannt war und folglich kein Bedarf an Geschichten bestand.

Sie stocherte im Feuer herum und dachte an Moloquin und beschloß, morgen zu ihm zu gehen, den langen Weg zur Säule des Himmels hinaufzusteigen und ihm den ganzen Tag lang Geschichten zu erzählen.

Sie konnte zu ihm ziehen und mit ihm zusammenleben. Die Folc verlassen und mit ihm leben.

Das hatte sie früher schon einmal gemacht. Als sie zum drittenmal heiratete, nahm sie einen Mann aus einem anderen Dorf, und sie hatte allen hier erklärt, sie werde zu ihm in sein Dorf ziehen, weil sie sie alle satt hätte. Doch sie waren nicht in sein Dorf gegangen; sie waren weggegangen und hatten allein zusammengelebt, im Westen. Er baute eine Hütte aus Weidenruten und Reisig, sie schuftete vom Morgengrauen bis in die Nacht in ihrem Garten, jede Nacht schliefen sie miteinander, sie genügten einander. Ihn hatte sie geliebt, und ihn hatte sie nur diesen einen Sommer behalten, denn als der Winter kam, wurde er krank und starb, ihr Mann, und sie war zu den Folc zurückgekehrt.

Als sie jetzt an ihn zurückdachte, senkte sie das Kinn auf die Brust, und ihre Augen füllten sich mit Tränen. Ihr ganzes Leben schien vergeudet, ein verdorrtes Blatt nach jenem einen Liebessommer.

So saß Karella, in ihre Erinnerungen gehüllt, am Feuer, den Stock in der Hand, und bekam nichts mit von der Geschäftigkeit um sie herum, dem heiteren Lärmen der Kinder, dem Gelächter, den Geräuschen der Essenszubereitung und der Mahlzeiten, dem Knirschen der Schritte und dem Knacken des Feuers; sie hörte überhaupt nichts, bis es auf einmal nichts mehr zu hören gab: Im ganzen Langhaus wurde es totenstill.

Überrascht hob sie den Kopf und blickte sich um.

Stumm und reglos standen die Folc an ihren Herdstellen und starrten. Durch die Stille, durch die Reglosigkeit kam in der Mitte des Langhauses ein Geschöpf auf sie zu, das in einen Haufen Stoff gehüllt war.

Es war Moloquin. Moloquin. Er hatte die Kleider genommen, die sie ihm gebracht hatte, und sich darin eingewickelt, so daß bloß seine langen nackten Beine zu sehen waren. Sogar sein Kopf war verhüllt, und seine Augen spähten nur durch einen Schlitz. Langsam, ängstlich durchschritt er das Langhaus und suchte sie.

Sie stand auf. Ihr Herz schwoll, bis es das ganze Langhaus ausfüllte. Sie konnte ihre Freude nicht für sich behalten, sondern öffnete den Mund und verlieh ihr durch einen Seufzer Ausdruck. Sie breitete die Arme aus, und er stürzte sich hinein, ein warmes lebendiges Kind, und sie drückte ihn fest an ihre Brust, so fest, wie sie es mit ihren Männern getan hatte, und preßte ihr Gesicht in seine wilde, nach Erde duftende Mähne. Sie führte ihn an ihre Herdstelle und ließ ihn Platz nehmen, und dann kochte sie für ihn auf ihrem Feuer.

Karella lehrte ihn, wie er sich am Morgen zu waschen hatte und was und wie er essen mußte. Sie erklärte, er dürfe auf keinen Fall im Innern des Dornenwalls, der die Langhäuser umgab, seine Notdurft verrichten, und führte ihn hinaus an den Graben, wo alle Folc zu diesem Zweck hingingen, doch Moloquin konnte den Geruch nicht ertragen und ging viel weiter weg, um sich in aller Ruhe zu entleeren. Sie erklärte ihm, wie er die Kleider tragen mußte, die sie ihm gab; sie erklärte ihm, wie man richtig Feuer machte, so daß die Geister nichts dagegen hatten. Das alles war für Moloquin sehr langweilig.

Er saß im Langhaus am Feuer und betrachtete die anderen um sich herum. Es waren fast alles Frauen mit Kindern. Die Wohnbereiche jeder einzelnen Familie mit ihrer Herdstelle waren nur durch die Luft, eine Linie aus Steinen und das Wissen um die Trennung zwischen den Familien abgegrenzt. Karella hatte ihm eingeschärft, daß er die anderen nicht anstarren, sondern den Blick gesenkt halten sollte, doch Moloquin gehorchte nicht.

Er ließ sich das Haar vors Gesicht fallen und schaute hindurch, so daß es niemand bemerkte, wenn er sie beobachtete.

Er sah, wie die Frauen auf der anderen Seite des Ganges einen Webstuhl aus zwei Stücken Holz herstellten, und er wäre zu gern näher herangegangen, um zuzusehen, wie die Fäden unter- und übereinander durchschossen. Die Ordnung, die diesem Vorgang innewohnte, gefiel ihm. Außerdem mochte er die Farben, die die Frauen benutzten. Ein paar von den Kindern umringten ihn und sagten ihm Schimpfworte, doch er achtete nicht auf sie. Es gab im Langhaus keine Jungen, die annähernd seine Größe und sein Alter hatten. Die Mädchen seines Alters hielten sich stets in der Nähe ihrer Mütter auf. Alle Kinder, die zu Moloquin kamen, waren kleine Kerlchen mit noch kugelrunden Bäuchen und runden rosigen Wangen, und obwohl sie ihm Beleidigungen zuriefen, hätte er sie am liebsten gepackt und tüchtig geknufft und sie zum Lachen gebracht, so wie er es bei ihren Müttern sah.

Wenn ihn niemand beobachtete, stand er auf und ging im Langhaus umher und sah sich alles an. Das war wie auf der Pirsch: Sobald er merkte, daß seine Anwesenheit und seine Bewegungen die anderen beunruhigten, verharrte er, ließ sich auf die Fersen nieder und rührte sich nicht, kaum, daß er atmete, bis sie das Interesse an ihm verloren und anderswo hinsahen. Dann stand er auf und ging weiter.

Auf diese Weise lernte er ziemlich schnell das ganze Langhaus kennen, sogar die kleine Kammer am Ende des Raumes mit ihren köstlichen, aufreizenden Düften. Als er die andere Längsseite entlangkam, stieß er auf einen Klumpen Ton.

Die nasse Tonerde lag auf einer Matte vor einer Feuerstelle, in der noch ein schwaches Feuer brannte. Die Frau, der die Feuerstelle gehörte, war irgendwo hingegangen. Moloquin hockte sich neben den Tonklumpen. Er hatte solchen Schlamm schon früher gesehen. Die Folc machten daraus Töpfe. Er hatte solche klebrige Erde selbst am Flußufer ausgegraben, und er wußte, wie sie sich anfühlte. Er wußte ebenfalls, daß er sie liegen lassen sollte, doch als er sich erinnerte, wie sie sich anfühlte, wenn sie durch die Finger glitschte, und ihm obendrein einfiel, daß er gesehen hatte, wie andere sie formten, konnte er der Versuchung nicht widerstehen. Er streckte die Hand aus und nahm sich eine Handvoll.

Die weiche Masse nahm ihn bald völlig gefangen. Flach auf dem Hinterteil sitzend, quetschte und rollte er die Tonerde zwischen den Handflächen. Sie nahm jede Form an, die er ihr gab, und er machte eine Kugel daraus, entfernte dann ein Stückchen und sah eine Nase, einen Mund, ein Ohr – er griff nach noch mehr Tonerde und klopfte und schlug sie und genoß die Macht, die er darüber hatte. Ihr Geruch erinnerte ihn an das Flußufer, und er probierte ein bißchen davon und dachte an den Fluß und formte die Tonerde zu etwas Länglichem, das heftige Schlängelbewegungen zu machen schien.

Doch das ging zu einfach. Die Tonerde leistete ihm keinerlei Widerstand, er konnte mit ihr machen, was er wollte, und das empfand er als enttäuschend.

Trotzdem gefiel es ihm sehr, damit umzugehen, zu spüren, wie die Erde seiner Kraft nachgab. Er saß zufrieden da und modellierte, als die Frau zurückkehrte, der die Tonerde gehörte.

Die Frau kreischte. Ihr Kreischen war das erste, was ihm sagte, daß sie ihn bei seinem Treiben entdeckt hatte, und er sprang auf und duckte sich instinktiv. Sie schlug ihn wie eine Bärenmutter, die ihr Junges verteidigt, mit flachen Händen, und er bekam ihre Nägel zu spüren. Er richtete sich auf und versuchte, ihr zu entkommen, stolperte jedoch über einen Stein und schlug hin.

Sofort rollte er sich zu einer Kugel zusammen und ließ sie schreien und auf ihn einschlagen. Sie tat ihm nicht wirklich etwas zuleide, doch in seinem Herzen stieg kalte Verzweiflung auf. Er würde niemals gern mit diesen Menschen zusammenleben.

Immerhin kam jetzt Karella, um ihn zu retten. Er ließ die Arme sinken und stand auf, und Karella legte ihm die Hand auf die Schulter und schüttelte ihn ein bißchen.

»Da siehst du, was du angerichtet hast. Habe ich dir nicht gesagt, du sollst bei der Herdstelle bleiben und auf mich warten?«

Moloquin murmelte etwas. Er warf sich das Haar ins Gesicht, um seine Augen zu verbergen, während er Karella und die andere Frau wütend anfunkelte. Die andere war immer noch hochrot vor Zorn. Sie schlug noch einmal nach ihm, traf ihn jedoch nicht.

Karella nahm ihn mit.

»Du darfst die Sachen einer Frau niemals so anfassen«, sagte sie. »Diese Frau hatte mit dem Ton etwas Bestimmtes vor, verstehst du? Und nun ist er verdorben.«

»Verdorben«, sagte er überrascht. Sie waren zu ihrer Herdstelle zurückgekehrt. Er setzte sich neben das kleine Feuer, sagte die Worte, die sie ihn gelehrt hatte, und legte neues Holz nach. »Warum?« Er blickte über die Schulter und sah, wie die Frau den Tonklumpen wegtrug.

»Das ist Frauenarbeit«, sagte Karella, »keinem Mann ist es erlaubt, solche Dinge anzufassen. Der Geist, der ihnen innewohnt, wird durch Männerhände vertrieben.«

»Kein Geist ist da drin«, sagte er. Er dachte daran, wie die Tonerde seinen Händen widerstandslos nachgegeben hatte, »keine Seele ist da drin.«

»Moloquin, du mußt mir gehorchen, oder du bist verloren.«

»Dann gehe ich weg«, sagte er, und sie schlug ihn.

»Sag das nie wieder.«

Er hielt den Mund. Die Wut brodelte in ihm wie kochendes Wasser in einem Topf. Er fragte sich, ob der Geist der Herdstelle irgendwie in seinen Bauch hineingekommen war und sein Inneres in Brand gesetzt hatte. Er preßte die Hand gegen den Bauch. Alles, was er tat, erklärte Karella ihm, mußte er auf bestimmte Weise tun, um zu vermeiden, daß er die Geister beleidigte, und sich statt dessen die wohlwollende Unterstützung der Geister sichern; es schien nichts zu geben, das er frei und ungehindert tun konnte.

»Du kannst nicht leben, außer mit uns«, sagte Karella zu ihm. Sie sammelte das Durcheinander der Töpfe und Körbe um ihre Herdstelle auf, kippte den Unrat aus und warf alles auf eine Seite. Obwohl sie sehr geschäftig tat, erkannte er, daß sie doch nichts anderes machte, als alle Gegenstände von einem Platz auf den anderen zu rücken, und er lachte, und seine Laune besserte sich.

»Ich habe schon vorher viel gelebt«, sagte er und vergaß seinen Groll.

»Weil dich irgendein Geist beschützt hat. Vielleicht war es Ael, deine Mutter. Jedenfalls hat sie dich in meine Obhut gegeben, und du mußt mir gehorchen, als wäre ich sie.«

Er dachte daran, wieder wegzugehen, zurück zu seinen Steinen, und er senkte den Kopf. Sie machte sich noch eine Weile mächtig zu schaffen und räumte ihren Platz auf, indem sie unterschiedslos alles bis an den äußersten Rand des Kreises schob. Schließlich sagte sie: »So, nun komm mit – ich habe Arbeit, und dabei brauche ich deine Hilfe.«

»Warum?« Moloquin stand auf.

»Ich will Holz suchen.«

Er folgte ihr durch das ganze Langhaus bis zur Tür; die feindseligen Blicke der Folc durchbohrten ihn von allen Seiten. Karella führte ihn in die Sonne hinaus, und er atmete tief ein, seine Brust weitete sich, und er straffte die Schultern – als habe er vorher nur gebückt stehen können. Vor ihm stand seine Mutter, fast einen Kopf kleiner als er, und mit wachsamer Miene ließ sie den Blick über das ganze Dorf wandern.

»Komm«, sagte sie, wandte sich ihm zu und legte ihm die Hand auf den Arm, »gehen wir Feuerholz suchen.«

Und schon führte sie ihn im Laufschritt den Hang hinauf auf den Wald zu. Er folgte ihr, wobei er nur etwas schneller gehen mußte, um mit ihr Schritt zu halten. Sie eilten zwischen den langen, gewundenen Streifen Gartenland hindurch, wo die Frauen mit ihren Hacken und Rechen bei der Arbeit waren und das Unkraut zwischen ihren Pflanzen ausgruben. Eine von ihnen sang, und die anderen fielen ab und zu ein, so daß es sich wie ein Wechselgesang anhörte. Die Stimmen harmonierten miteinander und füllten alle Zwischenräume des Liedes aus. Als sie am oberen Rand des Gartenlandes vorbeikamen, erblickte Moloquin ein Stück weiter rechts von sich ein paar Leute, die ein Loch in den Boden gruben.

»Was machen die da drüben?«

Karella warf nur einen flüchtigen Blick in die Richtung. »Bald ist Ernte«, sagte sie, »sie graben eine Grube, in der sie das Getreide dreschen wollen.«

»Dreschen.«

Plötzlich war da wieder die Erinnerung an seine Mutter: wie sie ihre Garben bündelte und ihm zuschrie, er solle dreschen, dreschen – sie hatte ihn voller Wut geschlagen, wenn er das Getreide fallenließ. Ein Loch im Boden hatte es nicht gegeben. Er gab sich alle Mühe, sich zu erinnern. Doch er wußte nur noch, wie stark ihr Schlag gewesen war, und daß er es falsch gemacht und sich ihren Zorn zugezogen hatte. Er verrenkte sich den Hals, um die Leute beim Graben zu beobachten, bis er und Karella im dichten Wald verschwunden waren.

Karella war natürlich nicht daran gewöhnt, selbst Holz zu sammeln. Als Hauptfrau der Rotwild-Sippe hatte sie ein Dutzend jüngere, kräftigere Hände zur Verfügung, die sich darum drängten, solche Arbeiten für sie zu tun. Doch sie wollte Moloquin eine Aufgabe geben; sie wußte, daß Arbeit ihm Ansehen bei den anderen verschaffen würde und er sich auszeichnete, wenn er Holz ins Dorf brachte.

Sie folgten am Waldrand einem sandigen Pfad durch die Büsche mit den reifenden Brombeeren und schlängelten sich dann tiefer in den Wald hinein. Karella blieb stehen und blickte sich unsicher um – hier war die Sonne so weit weg.

»Was willst du hier?« fragte Moloquin. »Willst du Brennholz?«

»Ja. Weißt du, wo wir welches finden können?«

Er führte sie unter den Eichen hindurch. Jetzt war er es, der die Richtung angab. Sie hielt sich dicht hinter ihm und lauschte angestrengt auf die fremden Waldgeräusche, und ihr Blick flog von einer Seite des Weges zur anderen. Er führte sie zu einer gewaltigen Eiche, die ihre knorrigen Wurzeln in die Erde krallte, die Äste nach allen Richtungen ausreckte und jede andere Pflanze verdrängte.

»Hier«, sagte er, sprang hoch und umfaßte einen niedrighängenden Ast. Staunend sah sie zu, wie er sich gewandt in den Baum hinaufschwang und dann höherkletterte. Während er im grünbraunen Gewirr der Zweige verschwand, stellte sie sich vor, daß ihm Flügel wüchsen wie einem Vogel. Sie trat ein paar Schritte zurück, legte den Kopf in den Nacken und versuchte, ihn im dichten Laub des Wipfels zu entdecken, doch sie sah nicht mehr als hier und dort das heftige Auf und Ab eines Zweiges, auf den er den Fuß gesetzt hatte.

Seine Stimme ertönte aus den Blättern. »Vorsicht – paß auf!« Mit berstendem Krachen kam ein abgestorbener Ast zwischen den unteren Zweigen herabgestürzt, zerfetzte kleine Äste und Blätter und schlug ein Stück von Karella entfernt dumpf auf den Boden auf.

Sie näherte sich ihm vorsichtig. Die Borke war völlig abgebröckelt, und das Holz schimmerte weiß. Moloquin landete neben ihr auf der Erde.

»Hier«, sagte er und hielt ihr ein kleines Vogelnest hin.

»Was soll ich damit?« Sie schreckte davor zurück. Die ungewohnte Umgebung zerrte an ihren Nerven.

Als Antwort nahm er das Nest, stülpte es ihr auf den Kopf und prustete los.

Karella knurrte ihn an und riß sich das Nest aus dem Haar, während er kichernd vor ihr auf und ab hüpfte. Ihr wurde bewußt, wie sie aussehen mußte, und sie lachte ebenfalls. Sie wies mit dem Kopf auf den Ast.

»Das ist gutes Holz, Moloquin, aber er ist zu groß.«

Er zuckte die Achseln. »Macht nichts.« Er zerrte den Ast herum, bis er mit dem einen Ende gegen den Stamm der Eiche gelehnt stand, und sprang in der Mitte darauf. Nichts rührte sich; das Holz war sehr fest. Er nahm einen anderen Ast vom Boden und schlug damit auf den großen ein, aber der zweite war morsch und zerbrach. Doch Moloquin gab nicht auf; Karella beobachtete ihn, die Hände in die Hüften gestemmt, während er den Boden absuchte, bis er einen großen Stein fand. Er zerrte ihn aus der Erde. Er konnte ihn kaum heben. Ächzend stemmte er ihn hoch bis über den Kopf und ließ ihn auf den Ast niederkrachen.

Das Holz zerbarst mit einem scharfen Knacken. Triumphierend stürzte Moloquin sich auf den Ast und riß ihn mit den Händen auseinander, und die größeren Stücke schlug er auf den Stein, wenn er sie nicht aus eigener Kraft zerkleinern konnte.

»Und jetzt«, fragte er keuchend, »ist irgendein Geist da zum Dankesagen?«

Karella lächelte ihm zu. »Vermutlich. Baumwissen ist kein Frauenwissen. Doch der Ast war schon tot, der Baum wird nichts dagegen haben, daß wir ihn genommen haben.«

»Meine alte Mutter«, sagte er, »hat kein Dankeswort gesagt.«

»Sie war zornig.«

»Ist sie deshalb gestorben?«

Karella zog die Brauen hoch; sie lächelte ihn an und freute sich einmal mehr über seinen raschen Verstand. »Ja, wahrscheinlich. Ja.«

»Gib mir ...« Mit einer Handbewegung zeigte er, was er wollte.

Sie gab ihm die Lederschlinge, die sie mitgenommen hatte, und zeigte ihm, wie man das Holz hineintat. Er lief wieder los, um noch mehr zu suchen, und sie saß neben der Tragschlinge und lauschte unbehaglich den Geräuschen des Waldes, den Vögeln, die wie freie Seelen in der Luft zwitscherten, dem unruhigen Geraschel im Unterholz und den Tönen des Windes. Moloquin strengte sich mächtig an; er brachte gutes totes, abgelagertes Holz, brach es mit den Händen oder mit Hilfe von Steinen in Stücke oder schlug die Äste gegen den Stamm der Eiche, und bald war die Tragschlinge voll.

Er lud sich das Bündel auf den Rücken, und sie kehrten zum Dorf zurück. Während sie liefen, begann Moloquin zu singen.

Es war kein richtiges Lied, sondern eine wortlose, an- und abschwellende Melodie. Karella freute sich; sie hörte dankbar zu, achtete nicht auf das Gekreische, die Rufe und das Geflüster des Waldes und blieb nahe bei ihm. Er besaß irgendeine innere Kraft, vermutete sie, die es ihm ermöglichte, sich frei an einem Ort zu bewegen, der von so vielen Geistern beherrscht wurde. Deshalb hatte er auch bei der Säule des Himmels Schutz suchen können. Sie hatte recht daran getan, ihn zu sich zu nehmen. Er war Aels Sohn und erfreute sich der Gunst des Himmels. Zufrieden mit sich hob sie den Kopf und hielt sich ganz dicht an Moloquin.

Moloquin ging an jenem Tag noch dreimal in den Wald und brachte auf dem Rücken Feuerholz ins Dorf. Die ersten drei Ladungen stapelte er im Langhaus auf, wie Karella ihm aufgetragen hatte, doch die letzte, sagte sie, sollte er zum Rundhaus bringen.

»Du kommst auch«, sagte er.

»Nein, nein«, sagte sie, »du gehst allein hin. Bring das Holz durch das Tor in den Hof. Dort siehst du einen großen Holzstoß. Da legst du dein Holz drauf.«

»Ich will nicht.«

»Moloquin«, sagte sie mit unendlicher Nachsicht, wie so oft, »du bist hier, aber du bist auch nicht hier – für viele von den Folc. Du mußt ihnen zeigen, was du wert bist.«

»Ich bringe Holz hierher«, sagte er, »dort ist Ladon. Ladon, er haßt mich.«

»Moloquin«, sagte sie, und mit ihrer Nachsicht war es nicht mehr ganz so weit her, »wenn Ladon auch nur ein einziges Stück von dem Holz verbrennt, das du gebracht hast, dann hat er dich anerkannt und kann dir nichts mehr tun. Mach jetzt schon, was ich dir sage – vergiß nicht, ich bin jetzt deine Mutter.«

Was sie sagte, leuchtete ihm ein, und außerdem wußte er, daß sie wie Ael wütend werden würde, wenn er sich gegen sie auflehnte. Ihren Zorn konnte er nicht ertragen. Er lud sich ein Bündel Holz auf den Rücken und ging zum Rundhaus.

Er war Ladons Wohnsitz noch nie so nahe gekommen. Das Haus schien auf der Anhöhe beim Fluß aus der Erde zu wachsen. Eine Weile stand er außerhalb des Tores, das den hohen Zaun durchbrach, der das Haus umgab, und traute sich nicht hinein, doch am Ende siegte seine Neugier und trieb ihn durch die Öffnung.

Der Zaun war aus Baumstämmen gemacht. Der Hof im Innern war weitläufig und eben, aus gestampftem, saubergefegtem Lehm. Er war voller Männer, die auf dem Boden saßen, manche mit kleinen Arbeiten beschäftigt, andere müßig plaudernd. Alle starrten ihn an, als er hereinkam. Er senkte den Kopf ein wenig und schleppte sein Holz zu dem Haufen an der Innenseite des Zaunes.

Das Rundhaus war ebenfalls aus gewaltigen Baumstämmen gemacht. Mächtig ragten sie auf und stützten jeweils weitere Baumstämme, die in der Mitte geteilt und auf die senkrecht stehenden Stämme gelegt worden waren. Der Anblick war so herrlich, daß Moloquin langsamer ging und mit offenem Mund staunte, das Holz auf dem Rücken und die starren Blicke sämtlicher Männer auf sich. Größe und Wucht des Rundhauses erinnerten ihn an den Wald. Er streichelte die riesigen Stämme mit seinen Blicken und freute sich an der Symmetrie ihrer Anordnung.

Er gab sich einen Ruck, ließ die Tragschlinge niedergleiten und begann, das Holz zu stapeln, das er gebracht hatte. Das Holz, das schon da war, lag unordentlich aufgehäuft, und er wußte, es würde verrotten, wenn er es so liegen ließ. Er schichtete sein Holz in säuberlichen Reihen auf und fing an, auch das andere Holz auf diese Weise hinzulegen. Alle Augenblicke warf er einen verstohlenen Blick auf das Rundhaus.

Ein schriller Schrei in seinem Rücken ließ ihn herumfahren, und das Nackenhaar sträubte sich ihm. Im Eingang des Rundhauses stand Ladons Sohn.

»Schwein! Dreckiger Lump!« Ladons Sohn stürzte los, und Moloquin, der wußte, was ihn erwartete, lief ein paar Schritte auf das Tor im Zaun zu. Sein Feind befand sich jedoch näher zum Tor als er, und als er sah, wie Ladons Sohn sich nach einem Stein bückte, wirbelte Moloquin herum und rannte wieder auf den Holzstoß zu.

Er wollte über den Zaun klettern. Er krabbelte hastig den Holzhaufen hinauf, als der Stein ihn am Kopf traf. Für einen Augenblick verlor er das Bewußtsein. Er fiel in ein schwindelerregendes Dunkel und hatte das Gefühl, ewig zu fallen, während er verzweifelt wieder ans Licht zu gelangen suchte.

Keuchend lag er am Boden und hörte weitere Schreie, hörte Füße auf sich zugestampft kommen. In seiner Panik versuchte er aufzustehen, doch sein Körper war im Griff einer anderen Gewalt, kein Glied gehorchte ihm. Hände gingen auf ihn nieder. Wild schlug er um sich, schluchzend mit zusammengebissenen Zähnen.

»Halt.«

Irgend jemand hielt ihn fest, aber nicht mit wütendem Griff; irgend jemand hielt ihn umfaßt und legte die Arme um ihn, um ihn zu schützen. Moloquin hielt still, immer noch starr vor Entsetzen.

»Was machst du denn?« schrie der Mann, der ihn festhielt. »Was soll denn das?«

Moloquin bäumte sich auf, und der Griff, der seine Arme festhielt, lockerte sich. Er wich zurück; sein linkes Auge war blutüberströmt. Der Mann, der ihn festgehalten hatte, trat jetzt zwischen ihn und Ladons Sohn, packte den anderen beim Arm und schüttelte ihn.

»Was soll das? Ein richtiger Mann fällt nicht auf diese Weise über einen anderen her, führt nicht den ersten Schlag gegen einen Unbewaffneten. Ich muß mich über dich wundern, Häuptlingssohn – ich dachte, du hättest begriffen, wie einer von den Folc sich zu benehmen hat.«

»Fergolin«, rief Ladons Sohn, »er ist keiner von uns!«

Moloquin wischte sich mit der Hand über das Gesicht. Ganz oben an seiner Stirn war eine Beule, und von dort rann ihm das Blut ins Haar. Die anderen Männer bildeten einen engen Kreis um ihn. Er fühlte sich eingezwängt und senkte den Kopf. Hier konnte er nicht atmen, ohne dieselbe Luft zu atmen wie sie.

Fergolin schrie immer noch auf Ladons Sohn ein und schüttelte ihn; und ein paar weitere Männer beteiligten sich an der Schelte. Ladons Sohn wandte sich mit rotem Gesicht ab. Fergolin fuhr herum, sein Blick fiel wieder auf Moloquin, und er kniete neben ihm nieder.

»Laß mal sehen.« Er berührte Moloquins Kopf. »Hörst du mich gut? Siehst du deutlich?«

Moloquin entzog sich ihm. »Laß mich in Frieden!« Er funkelte Fergolin an, als hätte der den Stein geworfen. »Ich hasse dich! Ich hasse euch alle!« Er spring auf und jagte aus dem Hof des Rundhauses.

Fergolin stand da und starrte hinter Moloquin her, der durch das Tor verschwunden war. Die Fingerspitzen des Meisters vom Bärenschädel-Bund waren blutbeschmiert. Spontan hob er die Hand an die Lippen und probierte das Blut, als verspräche er sich davon irgendeine Antwort.

Die anderen Männer umringten ihn beunruhigt. Ladons Sohn war immer noch bei ihnen, doch als Fergolin sich umwandte und ihn suchte, stahl der Junge sich aus der Männerschar und rannte ins Rundhaus.

»Er wird es Ladon erzählen«, sagte einer der Männer.

»Soll er doch«, sagte Fergolin. »Ich bin im Recht – ihr habt es gesehen. Ladon kann nur nach dem Recht handeln.«

»Aber . . . Moloquin . . .«

Sie sahen einander an, doch niemand sagte etwas; sie spürten alle, daß sie es hier mit einer gefährlichen, heiklen Angelegenheit zu tun hatten, und die Sache versprach nicht leichter, sondern nur schwieriger zu werden. Schließlich sagte Fergolin: »Ich glaube, das wird alles schlimm enden.« Er fragte sich, wohin Moloquin wohl gelaufen war. Wahrscheinlich zu Karella, die ihn beschützte. Er war zu alt für die Langhäuser. In diesem Alter waren die Jungen soweit, daß sie in einen der Bünde eintreten und ein Leben des Lernens, des Gehorsams und der Gedächtnisschulung beginnen konnten.

Moloquin war angeblich zu dumm, um für derlei Dinge in Betracht zu kommen. Er war Fergolin jedoch nicht dumm erschienen. Es hätte die Sache erleichtert, wenn er dumm gewesen wäre. Fergolin hob erneut die Finger, diesmal, um an dem getrockneten Blut zu riechen.

»Du hast mir nicht gehorcht!«

»Opa-Ladon-on –«, sein Sohn lag zitternd zu Füßen des Häuptlings, »ich habe einen Stein nach ihm geworfen. Ich habe das schon oft gemacht – du hast mir doch gesagt, ich soll das tun . . .«

Ladon schlug ihn wieder. Wütend ließ er etliche Schläge auf den bebenden Rücken seines Sohnes niederhageln. Karella war das, die das angerichtet hatte, und Karella hätte er gern niedergeschlagen.

Schließlich versetzte der Häuptling seinem Sohn noch einen Tritt ins Hinterteil und zog sich dann in den Hintergrund des Rundhauses zurück. Obwohl viele Öffnungen im Strohdach das Licht hereinließen, war es dämmrig und schattig unter dem Dach. Jeder der Bünde hatte seinen eigenen Bereich; die meisten Männer waren jetzt nicht da, waren mit ihren täglichen Ritualen und Pflichten beschäftigt. Er wäre froh gewesen, wenn auch Fergolin nicht dagewesen wäre, als Moloquin hereingekommen war.

Mit Feuerholz. Das war ihr Werk, das Werk dieser Natter, das Balg einfach mit einer Ladung Feuerholz herzuschicken, damit es an Wichtigkeit gewann, die Männer zwang, es zur Kenntnis zu nehmen, es zu akzeptieren. Damit es Ladons Zugriff entzogen wäre.

Ich bin der Häuptling, dachte er. Wenn einer hungrig ist, kommt er zu mir. Wenn einer friert, kommt er zu mir. Ich gebe ihnen alles, Essen, ein Dach über dem Kopf, alles. Weshalb habe ich dann keine Macht?

Weshalb hatte sie solche Macht? Noch von der Totenstätte her mischte sie sich in sein Leben, spottete sie seiner Pläne, durchkreuzte sie sein Vorhaben, ließ sie seine Träume zu nichts zerstieben. Sie, die er immer gehaßt hatte: Ael, seine Schwester.

Jetzt war es zwar Karella, doch irgendwie hatte Ael sich Karellas Geist bemächtigt und sie darauf gebracht. Schon seit eh und je war Karella mit ihrem Scharfsinn, ihrer ausufernden Erzählkunst, ihrer Neigung, im unrechten Augenblick zu reden, ihm ein Ärgernis gewesen, doch so etwas hatte sie noch nie getan.

Ael trat ihm ins Gedächtnis, als stünde sie vor ihm, hochgewachsen, dünn und sehnig von der zermürbenden Arbeit der Frauen, mit ihrem schwarzen Haar, das ihr über die Schultern hinabhing. Sie hätte heiraten sollen. Sie hätte gleich in jenem Sommer heiraten sollen, als ihr Körper das erste Mal geblutet hatte, doch sie hatte sich geweigert. Unzähmbare Ael. Mit ihrem Bogen war sie durch die Wälder gestreift und hatte Tiere getötet und Fleisch und Felle nach Hause gebracht, hatte üppigere Ernten erzielt als alle anderen, so als wären die Pflanzen emporgeschossen, wo ihre Schweißtropfen niedergefallen waren. Sie hatte alles allein gemacht. Sie hatte sich über alle lustig gemacht, und deshalb hatten alle sie gehaßt, und als Ladon sie angegriffen hatte, hatten sie keinen Finger gerührt. Hatten sich abgewandt und ihr nicht einmal nachgeschaut, als sie wegging.

Er hatte geglaubt, er sei sie ein für allemal los, als sie in den Wald verschwunden war.

Der Magen drehte sich ihm um. Nun war sie wieder da, bei ihm, und machte sich erneut über ihn lustig; fast roch er ihren Körper.

Der machte ihm Angst, jener Geruch, oder die Erinnerung an jenen Geruch; er erinnerte ihn an das, was er und Ael getan hatten, jenes einzige Mal. Das war absolut verboten, und wenn die Folc davon erführen ...

Vielleicht war das der Grund, weshalb seine Schwester ihn jetzt heimsuchte. Er bedeckte sein Gesicht mit den Händen, elend vor Schuldbewußtsein.

Draußen sprachen die Männer, und er konnte Fergolins Stimme hören, vielleicht stritt er sich mit den anderen: Fergolin ging allen Dingen auf den Grund, nicht aus widernatürlichem Vergnügen wie eine Ael, sondern mit der ängstlichen Besorgnis eines Menschen, der immer recht tun will. Ladon schob sich näher an die Wand heran, um mitzubekommen, was die Männer sagten, und erkannte, daß sie wußten, daß Moloquin Aels Sohn war – eine Wahrheit, die seines Wissens nur den Frauen, nicht aber den Männern geläufig gewesen war. Allmählich beruhigte er sich. Er war immer noch der Häuptling, und wenn es die Frauen irgendwie zuwege brachten, ihn anzuschwärzen – das hatten sie von jeher getan, und es war nicht einer besonderen Schwäche seinerseits zuzuschreiben.

Er gab sich einen Ruck. Moloquin war ein grüner Junge, Karella alt und eher von Furcht als von Liebe gepackt. Er würde mit ihnen fertigzuwerden wissen. Er hob die Schultern, atmete tief ein und fühlte sich sofort zuversichtlicher. Er trat in den Hof hinaus.

»Opa-Ladon-on!« Die Männer hatten neben dem Rundhaus gehockt und debattiert. Nun sprangen sie auf und grüßten ihn ehrerbietig, indem sie ihm die Handflächen zukehrten. »Mächtig ist er! Opa-Ladon-on!«

Er hob die geöffnete Hand, ließ rasch den Blick über sie schweifen, und mit Handbewegungen und ein paar Worten trieb er sie auseinander, schickte den einen hierhin und den anderen dorthin, bis niemand mehr übrigblieb als Fergolin. Ladon bedeutete dem Bärenschädel-Meister mit einem Nicken, ihm zu folgen, und schritt dorthin, wo das Holz zu einem unordentlichen Haufen aufgetürmt lag.

Fergolin trat neben ihn und wartete. Auf eine Handbewegung von Ladon hin machte er sich daran, den Holzstapel in Ordnung zu bringen.

»Mein Sohn war unhöflich zu dir, glaube ich«, sagte Ladon.

Fergolin stapelte armlange Eichen- und Eschenholzscheite. Er richtete sich auf, um seinem Häuptling zu antworten, und sah ihm dabei in die Augen.

»Er ist noch jung, Opa-on, und deshalb unbeherrscht. Ich hoffe, ich bin mit meiner Zurechtweisung nicht zu weit gegangen.«

»Nein, ich danke dir, daß du diese Verantwortung auf dich genommen hast.« Ladon wies auf das Holz. »Können wir jetzt jeden Tag mit Nachschub rechnen? Den ganzen Frühling war es schlecht darum bestellt.«

»Ich weiß es nicht, Opa-on. Moloquin hat es gebracht.«

Ladon beugte sich hinab, um ein langes Scheit aufzuheben. Es war kerniges Holz, alte Eiche und Esche, gut abgelagert und in handliche Stücke gebrochen. Er wäre gern unzufrieden gewesen. Nun mußte er sagen: »Doch, ausgezeichnet, eine gute Arbeit. Ich will ihn sehen, wenn er wiederkommt.«

»Wie bitte, Opa-on? Du meinst Moloquin?«

»Ich meine Moloquin«, sagte Ladon und kehrte ins Rundhaus zurück.

***

Durch das hüfthohe blühende Gras lief Karella den sanften Hang hinauf, den Wind im Rücken und vor sich auf dem unendlichen Saum der Welt den weiten Ringwall und die schiefstehenden Steine der Säule des Himmels. Sie war unterwegs zu Moloquin. Als die Neuigkeit sie erreicht hatte, daß er davongelaufen war, hatte sie sich unverzüglich auf den Weg gemacht. Sie hielt es für möglich, daß er in den Wald zurückgekehrt war, und wenn das der Fall war, würde sie ihn niemals finden.

Die Geschichte seiner Flucht war ihr in Windeseile von Mund zu Mund von den Mädchen und Frauen zugetragen worden. Und sie glaubte kein Wort von dem, was der letzte Mund ihr erzählt hatte – daß Moloquin mit Ladons Sohn gekämpft habe und blutend als Geschlagener geflohen sei. Ihr war schlecht vor Unruhe und Verwirrung. Was sich jetzt mit Moloquin abspielte, hatte bei ihr seinen Anfang genommen, und sie war von Zweifeln geplagt, ob sie sich richtig verhalten hatte.

Das Gras erzitterte im Wind; ganze Horden von Grashüpfern sprangen vor ihren Schritten auf, im hohen Bogen, so daß man meinen konnte, sie flögen. Schmetterlinge taumelten über das wogende Gras hinweg. Ein paar Schritte seitwärts sprang plötzlich eine Trappe aus einer Kuhle auf und rannte, den schweren Körper mit ausgebreiteten Flügeln im Gleichgewicht haltend, auf ihren langen Beinen davon. Der Wind blies heftiger, sein Tosen klang übermütig, und er wickelte ihr den Umhang um die Beine und türmte dicke graue Wolken am Himmel auf.

Sie blieb stehen, überwältigt vom fröhlichen Tumult der Oberwelt. Sie hob den Kopf und ließ sich die kühle, segnende Liebkosung des Windes gefallen. Alles war in Bewegung, die ganze Welt, alles war Harmonie. Sie wandte sich mit ausgebreiteten Armen um, drehte sich wirbelnd um die eigene Achse, war ihr eigener Wirbelwind, um sich die menschliche Beschränktheit aus dem Hirn zu pusten, hielt dann inne, schwindlig im Kopf, und fühlte sich durchdrungen vom wogenden Rhythmus des Weltganzen.

Die Erregung verflog. Das war das Unzulängliche am menschlichen Wesen: Dieses Bedürfnis, dem Wogen Einhalt zu gebieten und es zu studieren. Sie stapfte weiter, müde geworden und bedrückt von all den Fragen, die sie nicht ruhen ließen.

Der Platz, den die Menschheit in der Welt einnahm, war so klein, so unbedeutend, daß es einem Narren so vorkommen mußte, als könnten die Menschen tun, was ihnen gefiel, ohne irgend jemandem damit zu schaden außer sich selbst. Karella wußte es besser. Ein Leben voller Geschichten hatte sie gelehrt, daß alles wichtig war. Jetzt malte sie sich die möglichen Folgen ihres Verhaltens aus, die die Welt in Fetzen reißen konnten.

Sie hätte Moloquin sich selbst überlassen sollen. Sie hätte abwarten sollen, bis Ladon seine Zerstörung selbst vorgenommen hätte. Hieß es denn nicht, daß alle Verbrechen sich selbst bestraften? Doch sie hatte sich eingemischt.

Sie erreichte den Graben an der Außenseite des Walls und blieb atemlos und erschöpft stehen, eine alte Frau, der mehr zu bewältigen aufgegeben war, als sie sich wünschen konnte. Der Graben war zu tief, der Wall zu hoch. Langsam begann sie, ihn zu umrunden, um auf die andere Seite zu gelangen, da drang ein seltsames Geräusch an ihr Ohr, und sie blieb wie erstarrt stehen.

Ein zitterndes leises Winseln, das aus dem Innern der Totenstätte drang, die Stimme eines Dämons. Doch sie hatte diese Töne schon einmal gehört, und sie zwang ihr wild pochendes Herz zur Ruhe. Das war Moloquin, der sang.

Sie lief zur Öffnung im Wall und betrat die heilige Stätte. Der Tag verblich, und die grasbewachsene Schale im Innern des Ringwalls war fast ganz von Schatten erfüllt. Zuerst erkannte sie nur die Steine, begriffen in ihrem unendlich langsamen Fall, doch das unmelodische Heulen des Liedes ging weiter, Zorn und Kummer sprachen daraus, und sie ging ihm nach und fand Moloquin.

Er saß neben dem nördlichsten Stein, der der Nördliche Wächter genannt wurde, den Rücken gegen den Fels gelehnt, die Beine unter den Körper gezogen. Er hatte all seine neuen Kleidungsstücke abgeworfen und die ordnenden Flechten in seiner Mähne gelöst. Ein roter Streifen von getrocknetem Blut zog sich über Wange und Kinn. Er beachtete Karella nicht, sondern sang weiter vor sich hin. Karella setzte sich neben ihn und wartete.

Er sang noch eine ganze Weile, doch der Klang hatte sich verändert, hörte sich gezwungen und falsch an. Es machte ihn befangen, daß sie so neben ihm saß, und er wurde sich seiner Grenzen bewußt. Er verstummte. Er hielt den Kopf gesenkt, so daß das Haar ihm über die Wangen fiel. Karella sagte nichts.

Der Ringwall schloß die ganze Welt aus. Es schien nichts zu geben als dieses kleine Rund mit seinen gewaltigen Steinen, die den Himmel stützten. Hoch oben jagten die Wolken vor den pfeifenden Winden her. Schweigend saßen der Junge und die greise Frau am Fuß des uralten Steines.

Schließlich wandte er sich ihr zu und fragte: »Weshalb bist du hergekommen? Warum kannst du mich nicht in Frieden lassen?«

»Du bist mein Sohn«, sagte sie.

»Ich bin nicht dein Sohn! Ich bin - ich bin Aels Sohn.«

»Ohne mich wüßtest du nicht einmal ihren Namen«, sagte sie.

Er hatte keine Antwort darauf. Sie schaute ihn mitfühlend an und hätte gern den Arm um ihn gelegt, doch sie wußte, er würde sie abweisen. Sie hob das Gesicht wieder zu den jagenden Wolken empor. Hoch über ihnen, zwischen ihnen, bewegte sich ein dunkler Fleck, ein Vogel oder ein Auge der Geister, das beobachtete, was hier unten vorging. Wieder verspürte sie das kalte Grausen, das von dieser Stätte ausging, die schmerzerfüllten Erinnerungen, die Ahnung einer Katastrophe.

Er sagte: »Ich hasse ihn, Karella, ich wünschte, ich könnte ihn töten.«

»Was ist zwischen euch vorgefallen?«

»Er hat einen Stein nach mir geschmeißt – geschmissen.«

Karella wartete. Als er nichts mehr sagte, fragte sie: »Und du?«

»Ich bin weggerannt. Sonst hätte ich ihn getötet, Karella, wie eine Eidechse oder einen fetten Frosch.«

Sie dachte: Angst hat er keine, und freute sich. Jetzt hob sie den Arm und legte ihn ihm um die Schultern, und er rückte dicht an sie heran. Seine Haut war kalt. Sie legte die Wange an sein Haar.

»Du warst vorher glücklich. Ich hätte dich in Frieden lassen sollen.«

Einen Augenblick lang sagte er nichts, sondern saß bloß mit geschlossenen Augen da, sein Gesicht nah an ihrem. Schließlich sagte er: »Erzähl mir eine Geschichte.«

Das gefiel ihr; sie legte den Arm fest um ihn und blickte umher und wartete, daß die richtige Geschichte sich in ihrem Geist einstellen würde. Fast sofort erreichten die Worte ihre Lippen, und sie ließ ihn los, um die Hände frei zu haben.

»Einmal streifte Abadon umher, und er kam in ein fremdes Land, und dort erlegte er einen weißen Hirsch. Der Hirsch war aber das Lieblingstier der Frau des Nordsterns, und als Abadon ihn erschlug, verfiel er augenblicklich ihrem Bann und konnte weder ein Glied rühren noch sprechen, wenn sie es nicht wollte.

Die Frau des Nordsterns nahm ihn mit in ihr Langhaus und zwang ihn, für sie zu arbeiten. Sie ließ ihn ihren Garten umgraben und bepflanzen, aber Abadon säte die Samenkörner nicht aus, die sie ihm gab, sondern pflanzte statt dessen Kiesel, und so wuchs nichts. Sie zwang ihn, Wasser zu schöpfen, und schickte ihn mit einem Eimer zum Fluß, doch am Fluß trank er das Wasser aus und pißte es dann in den Eimer, und so tat ihr das Wasser nicht gut.

Dann befahl sie ihm, ihr eine prächtige Mühle zu bauen, und lehrte ihn Zaubersprüche, die er verwenden sollte, und lieh ihm einen Zauberhammer, und mit Hilfe ihrer Sprüche und ihres Hammers und der Befehle, die sie ihm erteilte, baute er eine wundervolle Mühle, die so gut gelungen war, daß sie sich bei der leisesten Berührung drehte, und der Mahlstein war mit einem Muster von vielen Lichtern bedeckt, und die Mühle war das wunderbarste aller Werke, die von Menschen und Geistern gemacht waren. Sie drehte sich bei Tag und Nacht, und heraus kamen Fruchtbarkeit und Frieden, genug für die ganze Welt.

Und als die Mühle fertig war, ließ die Frau des Nordsterns Abadon frei, und sie schenkte ihm den Hammer zum Lohn und ließ ihn ziehen.

Abadon ging jedoch nicht fort. In der Nacht, als die Frau des Nordsterns schlief, kehrte er ins Langhaus zurück und stahl die Mühle und trug sie weg.

Nun aber sah der Nordstern, wie er wegging, und warf seine Strahlen auf ihn, und Abadon wurde so schmerzhaft getroffen, daß er stolperte und die Mühle ins Meer fallen ließ. Und die Mühle zerbrach. Die Umhüllung der vielen Lichter fiel ab vom Stab in der Mitte, und der untere Stein zerbrach. Jetzt bringt die Mühle nichts mehr hervor als Salz und Sand, die die Meerestiefen anfüllen. Abadon aber ging zurück in seine Heimat, und dort blieb er.«

Sie regte sich nicht, und die Tränen rannen ihr die Wangen hinab. Moloquin legte den Finger an ihr Gesicht und zeichnete die lange nasse Spur nach.

»Warum weinst du?«

»Ich weine, weil die Mühle zerbrochen ist«, sagte sie, »denn dadurch ist das Böse in die Welt gekommen.«

Sie wischte sich die Wangen mit der Hand ab. Moloquin beobachtete sie unverwandt, und sein Gesicht war nicht mehr von seinem eigenen Ungemach verdüstert, sondern hell und offen, und aus seinen Augen sprach ein tiefes Verständnis. »Warum hast du mir diese Geschichte erzählt?«

»Weil wir hier sind«, sagte sie.

»Was ist das hier für ein Ort, Ana? Wer hat das gebaut?«

»Niemand hat das gebaut.« Sie schüttelte den Kopf; wieder zog es ihren Blick nach oben, und er folgte dem unsichtbaren Weg der magischen Kraft vom Zentrum des Ringes zum Himmel hinauf. »Es war von Anfang an und wird bis zum Ende sein. Die Geschichte, die dazu gehört, darf niemand wissen außer den Meistern des Grünen Zweiges, die die Aufgabe haben, sich darum zu kümmern, und ich glaube, daß sie selbst auch nur sehr wenig wissen. Es ist eine Stätte, der eine gewaltige Macht innewohnt, ein Tor zwischen den Welten. Mehr kann ich darüber nicht sagen.«

Moloquin zeigte auf den steinernen Ring. »Wie sind die Steine hierhergekommen?«

Sie starrte immer noch zum Himmel hinauf. Müde sagte sie: »Das beruht auf einem Irrtum. Vor ein paar Vorväterjahren gab es einen Meister des Grünen Zweiges, der gleichzeitig Häuptling war, und das Dorf war damals ungeheuer groß. Da kam er auf die Idee, hier einen großen Ring aus Steinen aufzustellen, um die Steine bei den Wenden-des-Jahres zu übertreffen.«

»Wo ist das?«

»Das wirst du schon sehen«, sagte sie, »wenn wir alle dorthin gehen zur Mittsommerversammlung. Jetzt muß ich zurück ins Dorf, mein Kind – kommst du mit?«

»Meine Mutter«, sagte er und lächelte ihr zu; seine Augen blickten müde wie die eines alten Mannes, »meine Mutter, ich bleibe hier, ich denke hier eine Weile nach und komme in der Morgenzeit zurück.«

»Du wirst wiederkommen«, sagte sie beklommen, »das wirst du doch, nicht wahr? Ladons Sohn wird dir nichts mehr tun.«

»Ana«, sagte er, »ich habe keine Angst vor Ladons Sohn. Nur Angst vor mir, daß ich ihm vielleicht etwas tue. Geh du. Ich komme morgen wieder nach Hause.«

Immer noch mochte sie sich nicht trennen, es widerstrebte ihr, sich weit von ihm zu entfernen, ihn aus den Augen zu verlieren. Was er gesagt hatte, verfehlte zuerst seinen Eindruck auf sie. Schließlich stand sie jedoch auf – die Nacht kam, und sie hatte Angst davor, allein im Dunkeln zu sein –, und er trat zu ihr und umarmte sie. Irgendwie beruhigte diese Geste sie, und sie fand den Mut, ihn zu verlassen.

Moloquin setzte sich wieder hin, lehnte sich an den Stein und blickte zum Himmel hinauf. Der Kopf tat ihm ein wenig weh, doch er achtete nicht darauf.

Die Geschichte von der zerbrochenen Mühle, die Karella zu Tränen ergriffen hatte, löste in ihm triumphierende Freude aus. Er hatte sofort verstanden, was die Geschichte bedeutete. Die Welt sollte nicht so sein, wie sie war. Folglich sah er sich auch nicht länger genötigt, sich ihr anzupassen. Er konnte gehen, wenn er es wünschte, oder bleiben, wenn er es wünschte, und er konnte tun, was ihm gefiel.

Der steile Platz um ihn herum im Innern des Ringwalls füllte sich allmählich mit immer dichteren Schatten. Er preßte den Rücken gegen den Stein und erfreute sich an dessen Festigkeit und Stärke, und dann ließ er sich die Geschichte noch einmal durch den Kopf gehen.

Sie sagte ihm so viel – weshalb es ihm hier gefiel, in diesem unwandelbaren Mittelpunkt, um den sich wirbelnd der Wandel aller Dinge vollzog. Hier war die Welt zum letztenmal ein unversehrtes Ganzes.

Er dachte an seine Mutter Ael, die ihn hierhergebracht hatte. Bei ihr hatte es keinen festen Mittelpunkt gegeben – bei dieser Ael mit ihren jähen Stimmungsumschwüngen, dieser Frau, die ihn manchmal lachend und singend zu einem Spiel verleitete, das er, noch auf wackeligen Beinen, mit molligen plumpen Händchen, unmöglich gewinnen konnte, und die manchmal geschluchzt und getobt und ihn in eine Ecke ihrer Schutzhütte verbannt und endlose Tage lang nicht mit ihm gesprochen hatte. Er hatte sie vergöttert. Er liebte sie noch immer mit einer Leidenschaft, die so stark war wie Hunger oder Durst.

Am Anfang hatte er geglaubt, die Folc wären wie sie – daß er nur das Richtige würde tun müssen, und ihre Schläge würden sich in Liebkosungen verwandeln, sie würden ihn aufnehmen.

Doch sie waren weniger wert als Ael. Sie waren gemein und schwach. Sie hatte sie verlassen, weil sie ihrer unwürdig waren. Ihn hatte sie aus demselben Grunde verlassen.

Karella war nicht wie die anderen.

Vielleicht hatte seine Mutter ihn ja nicht verlassen. Vielleicht hatte sie ihn ja in die Obhut Karellas gegeben. Karella hatte ihn hier gefunden, wo Ael ihn verlassen hatte, und Karella erzählte ihm Geschichten, und die Geschichten gaben ihm, was er zuvor niemals gehabt hatte: die Möglichkeit, zu verstehen.

Er erzählte sich wieder all ihre Geschichten nach, wobei er versuchte, jedes Wort so zu wiederholen, wie sie es verwendet hatte: Es verlieh ihm ein Gefühl der Macht, sie aus seinem Gedächtnis heraufzuholen. Er schloß die Augen, um die Geschichten besser zu sehen, und dann schlief er ein.

Er fuhr aus dem Schlaf hoch, mit weit aufgerissenen Augen und am ganzen Leibe zitternd, als habe jemand seinen Namen gerufen. Die Nacht hatte sich über ihn gesenkt. Er hob den Kopf und blickte empor und sah über sich, was er tausend- und abertausendmal gesehen und doch nicht gesehen hatte: die ewige Mühle, die sich langsam um ihre

Achse drehte, mit ihren vielen Lichtern. In steilem Winkel war sie von der Erde weggekippt, und ihr Rand war ein weißes Lodern, das quer über den Himmel lief.

Er legte sich wieder hin und hielt den Blick auf die Sterne gerichtet, und wieder schlief er ein.

Er träumte von seiner Mutter, von Karella, von den wirbelnden Sternen. Er träumte, er stünde im offenen Land, und vor ihm erhob sich die Säule des Himmels, doch statt des unvollkommenen Rings mit seinen unregelmäßigen Steinen sah er im Innern des Walls einen wundervollen Ring von riesigen Pfeilern, jeder zweimal so hoch wie ein Mann, und auf ihnen lagen flache Schwellen, wie auf den Bäumen von Ladons Rundhaus. Im Innern befanden sich fünf Tore, die alle höher waren als der äußere Ring und von denen die ersten beiden sich zum Himmel erhoben. Er hörte Karellas Stimme sagen: »Das ist das Tor zwischen den Welten.« Dann wuchs aus dem Mittelpunkt des Steinrings ein kreiselndes Licht zum Himmel empor, und um dieses Licht herum drehte sich die Himmelsmühle wieder so, wie es richtig war, und die Welt war, wie sie sein sollte, voller Frieden und Fruchtbarkeit.

Dann erkannte er, daß das wirbelnde Licht Moloquin selbst war; er war so lang gestreckt, daß er den Zwischenraum zwischen Himmel und Erde füllte, und zu seinen Füßen kniete Ladons Sohn und bat um Gnade. Moloquin selbst wäre zwar gern gnädig gewesen, aber seine ganze Kraft sammelte sich im Sog des Lichts. Als er hinabblickte, wurden die Steine zu Männern, die Ladons Sohn packten und ihn zu Staub zermahlten.

Dann wachte er auf, und es war früher Morgen.

Er setzte sich auf. Der Traum hielt ihn mit einer solchen Gewalt gepackt, daß er zitterte. Er starrte wild umher und konnte nicht glauben, daß die riesigen Tore weg waren, es keinen gleißenden Lichtstrom mehr geben sollte. Da war nur das Gras, das leicht von der Brise des neuen Tages bewegt wurde. Die müden alten Steine verharrten traurig zwischen Stehen und Stürzen.

Er stieß einen Schrei der Enttäuschung aus, bedeckte sein Gesicht mit den Händen und weinte. Es war grausam, ihm eine solche Vision zu schicken und dann alles wieder wegzunehmen. Sein ganzer Körper rebellierte dagegen. Er haßte Ael, weil sie ihm das Leben und Träume geschenkt hatte.

Karella würde wissen, was der Traum bedeutete. Sofort sprang er auf und machte sich auf den Weg zu ihrem Langhaus.

***

Als Moloquin sich ins Langhaus stahl, waren alle Frauen mit ihren Morgenarbeiten beschäftigt, fütterten ihre Kinder und machten sich für die Feldarbeit fertig, und in der ganzen lärmenden Betriebsamkeit bemerkte niemand sein Eintreffen außer Grub, der den größten Teil der Nacht an der Türschwelle geschlafen hatte und dort immer noch herumlungerte, als die Sonne aufging.

Moloquin stieg einfach über ihn hinweg. Grub machte sich so klein wie möglich in der Hoffnung, nicht gesehen zu werden. Als der andere Junge weg war und durch das Langhaus auf Karellas Herdstelle zulief, setzte Grub sich auf. Moloquin war viel älter als Grub, und es war ungerecht, daß er immer noch zur Herdstelle seiner Mutter kommen konnte, wann es ihm gefiel, und Grub folgte ihm zögernd ein Stück, während er sich eifersüchtig fragte, wie der andere wohl dazu kam, seinen Platz dort zu behalten.

Ehe er sich's versah, stand er am Rand der Herdstelle seiner Mutter, und dort verharrte er einen Augenblick und schaute ins Innere des Steinrings. Seine Mutter saß am Feuer und stillte das Neugeborene. Seine älteste Schwester rannte hin und her und versuchte, den anderen beiden Kindern Hemden anzuziehen. Ihr Frühstück aus Käse und Getreide und Brühe lag zum Teil auf dem Boden. Grub hatte das Gefühl, in all dem Durcheinander unbemerkt zu bleiben. Er sank in die Hocke nieder und streckte die Hand nach einem Stück Käse im Innern des Ringes aus, wobei er seine Mutter nicht aus den Augen ließ.

»Nun, Grub?«

Sie hob kaum die Stimme, und er spürte ihre Mißbilligung wie eine Ohrfeige. Sie blickte ihn stirnrunzelnd an.

»Geh weg«, sagte sie, »geh zu den anderen Jungen und lerne zu tun, was sie alle tun. Das trifft alle Jungen, mein Sohn, und nun bist du an der Reihe – sei tapfer, geh und werde damit fertig. Geh weg, ich kann dich nicht mehr ernähren.«

»Mama«, schrie er. Seine Augen füllten sich mit Tränen, und er streckte die Arme nach ihr aus.

»Mama, Mama«, sagte seine Schwester höhnisch, wackelte dazu mit dem Kopf und streckte ihm die Zunge heraus.

Seine Mutter versetzte ihr einen Klaps. Doch sie sah Grub nicht freundlicher an, sondern schüttelte den Kopf und scheuchte ihn mit der freien Hand weg.

»Geh. Wie willst du je lernen, ein Mann zu sein, wenn du den ganzen Tag hier im Langhaus herumlungerst? Los! Los jetzt! Ich will dich hier nicht mehr sehen.«

In dem Augenblick schrie das Baby an ihrer Brust, und sie wandte sich ihm mit solcher Entschlossenheit, mit soviel liebevoller Aufmerksamkeit zu, daß für Grub kein Platz mehr war. Für sie gab es jetzt nichts mehr als das Baby. Einen Augenblick blieb er noch stehen und beobachtete sie. Sie war so schön, schöner als alle anderen Mütter, schöner als die Frauen in den Geschichten, und sie liebte ihn nicht mehr. Früher hatte sie ihn geliebt wie jetzt das Baby, doch nun liebte sie ihn nicht mehr. Er wandte sich um und ging mit hängendem Kopf davon, und der Kummer schnürte ihm die Kehle zu.

Moloquin saß an Karellas Herdstelle, aß eine Schale Schrotmehl mit Brühe und redete; er redete sogar, während er kaute, so daß ihm das Essen wieder aus dem Mund fiel. Er war ein Schwachkopf, alle sagten das, und deshalb durfte er auch für immer hier im Langhaus bleiben.

Grub trat zur Tür hinaus. Die Sonne stand inzwischen schon hoch. Überall strömten die Frauen aus den Langhäusern und füllten den Hof im Innern der Dornenhecke mit ihrer Lebhaftigkeit, suchten sich ihre Geräte für die Feldarbeit zusammen, sprachen mit Freundinnen, beugten sich über die Sampo, um eine glückbringende Handvoll Körner in das Loch zu werfen, und ernteten dafür die freundlichen Blicke der dicken alten Frauen, die dort saßen – heute war Dreschtag. Grub war draußen auf den nördlichen Feldern gewesen, um sich den gewaltigen Steinboden anzusehen, der inmitten des reifen Getreides in die Erde eingelassen war. Doch er hatte dort nichts zu schaffen.

Wie ein Geist, der unbemerkt oder einfach unsichtbar bleibt, trödelte er zwischen den aufgeregten Frauen umher und trat schließlich durch das Tor. Er schlug den Weg zum Fluß ein. Er war hungrig, und er verstand sich nicht darauf, Nahrung zu suchen. Immer hatte seine Mutter ihm zu essen gegeben. Er watete durch das hohe Gras, das noch feucht war vom Tau, und scheuchte Mäuse und kleine Vögel auf, aber selbst die Grillen waren zu schnell, als daß er sie hätte fangen können. Den Tränen nahe, erreichte er das Flußufer und setzte sich ans Wasser.

An dieser Stelle verlief der Fluß in Windungen und schnitt tief durch die verfilzten Schichten aus Gras, Graswurzeln, totem Gras und Sand, bis hinab in die grauen Kreidefelsen. Auf der anderen Seite gab es einen breiten Streifen, der flach war und auf dem die Frauen früher Gärten angelegt hatten, der jetzt jedoch von Unkraut überwuchert war, das den Jungen bis über die Köpfe reichte, von Brennesseln und Disteln und Brombeeren, die messerscharfe Dornen hatten. Durch dieses dichte, abweisende Grün zogen sich die Pfade der Jungen, Höhlengänge im Dickicht wie Tunnel von Kaninchen. Grub ließ sich vom Ufer hinab in den Fluß gleiten und schwamm hindurch.

Alle Pfade auf der anderen Seite führten zu einem einzigen Platz. Tief im Innern dieser undurchdringlichen Wildnis gab es eine Lichtung, und hier hatten die Jungen sich mit viel Mühe ein Schutzhaus wie das ihrer Eltern zu errichten versucht. Sie hatten Stangen aufgestellt und ein Dach aus Strohgarben darübergelegt, doch es war kein sonderlich gelungenes Werk, und durch die riesigen Löcher im Dach strömte das Sonnenlicht herein – oder auch der Regen. Der Boden bestand nur aus gestampfter Erde und war auf natürliche Weise durch herausragende Wurzeln und vermoderte alte Baumstümpfe unterteilt.

Als Grub hereinkam, waren alle anderen Jungen in der Mitte des Schutzhauses versammelt, wo ein Feuer brannte. Dort stand auch Ladons Sohn auf einem Stein und war dabei, der Reihe nach jedem Jungen eine Handvoll Getreide zuzuteilen. Er trug nur ein kleines Eichhörnchenfell über seinem Geschlecht, und auch die übrigen Jungen waren ähnlich spärlich bekleidet. Grub stellte sich hinter die wartende Menge.

Der, der ihm am nächsten stand, zischte und schubste ihn und drängte ihn beiseite, bis er ganz hinten, am Ende der letzten Reihe, angekommen war. Er war der Neue unter ihnen, derjenige, der seine Mutter zuletzt verlassen hatte, und das ließen sie ihn ständig spüren. »Mamas Baby«, murmelte der eine und kicherte, und ein kleiner Chor rief mit Fistelstimme: »Mama! Mama!«, was hämisches Gelächter auslöste. Er erschauderte, doch nicht, weil ihm kalt war.

Alle anderen überragend, fuhr Ladon auf seinem Stein fort, händeweise geschrotetes Getreide aus einem Beutel auszuteilen. Zu seinen Füßen, das wußte Grub von dem einzigen Mal, wo es ihm gelungen war, in die erste Reihe vorzudringen, stand ein Krug voller Bohnenbrühe, die mit dem Schrot vermischt werden sollte, doch dazu brauchten die Jungen irgendein Gefäß, und Grub hatte keines. Die älteren Jungen besaßen alle einen Teller, einige hatten sich einen hölzernen Napf geschnitzt, andere benutzten flache Steine, und wieder andere nahmen Blätter, doch Grub kannte sich damit nicht aus, und von den Jungen würde ihm keiner helfen. Unglücklich stand er am Ende der Reihe und dachte an seine Mutter, die ihm alles gegeben hatte, alles, was er brauchte, noch ehe er darum gebeten hatte – noch bis vor drei Tagen.

Er mußte essen. Sein Magen pochte vor Hunger und war schon ganz eingefallen. Grub legte die Hand dagegen und meinte, bereits seine

Wirbelsäule hindurchzufühlen. Mittlerweile war er immerhin etwas näher an Ladons Sohn herangerückt und konnte verstehen, was er sagte.

»Alle Frauen werden beim Dreschen sein«, sagte er gerade, »und wenn wir die Ziegen und die Schweine oben an den Waldrand treiben, können wir auch hingehen.«

»Ich übernehme die Schweine«, sagte einer der drei großen Jungen, die ihn am meisten unterstützten.

»Gut. Dann bringe ich die Ziegen rauf, ich und Kolon.«

Grub war jetzt nur noch durch einen Jungen vom Essen getrennt, und das Wasser lief ihm im Mund zusammen. Er roch die geröstete Gerste, er hatte schon den Geschmack der wohlschmeckenden Suppe auf der Zunge, die dick war von zerstampften Bohnen und Zwiebeln. Über seinen Kopf hinweg sprachen sie miteinander, genau wie die Erwachsenen.

»Laß die Schweine diesmal nicht wieder abhauen.«

»Das war nicht ich, das war ein anderer. Ich weiß, wie man Schweine hütet, Häuptlingssohn.«

»Nenn mich nicht so«, schrie Ladons Sohn. Grub sah überrascht zu ihm auf. Außer ihm hatten alle ihr Essen bekommen, und er trat vor und streckte die hohlen Hände aus.

»Bitte«, sagte er, und sein Magen knurrte.

»Nenn mich ja nicht wieder so!« schrie Ladons Sohn. Er beachtete den kleinen Jungen nicht, der vor ihm stand. Der Beutel in seiner Hand war schlaff geworden und fast leer. »Nenn mich Habichtsfeder, denn ich stehe über euch allen.« Sein Blick fuhr über die Gesichter der Jungen. »Habt ihr gehört?«

»Ja, ja«, riefen sie, »wir haben es gehört.«

»Bitte«, flüsterte Grub mit ausgestreckten Händen.

Immer noch schenkte Ladons Sohn ihm keinerlei Beachtung. Mit gerunzelter Stirn und vorgerecktem Kinn musterte er seine Anhänger mit einem Habichtsblick. Grubs Magen krampfte sich vor Hunger zusammen, und er streckte die Hand nach dem Arm des Anführers aus.

Ladons Sohn schlug verächtlich nach ihm. »Laß mich in Ruhe.«

»Ich habe Hunger.«

Der Sohn des Häuptlings blickte zu ihm hinab, und seine Lippen kräuselten sich.

»Hast du mir irgend etwas gebracht? Ich kann mich an keinerlei Geschenk von dir erinnern, keine Flintsteinknollen, keine Eier oder Jungvögel, keine leuchtenden Federn.«

»Ich bringe dir etwas«, schrie Grub.

»Pah.« Der Junge wandte sich ab. Die anderen Jungen jubelten ihm zu.

»Habichtsfeder! Habichtsfeder!«

»Was ist eigentlich mit Moloquin?« fragte einer der großen Jungen.

Daraufhin breitete sich schlagartig Schweigen aus, und die Jungen warteten gespannt, was Ladons Sohn sagen würde.

»Ich habe ihn gestern mit einem Stein getroffen«, sagte Ladons Sohn, »möglich, daß er gar nicht wiederkommt.«

Grub sprang in die Luft. »Ich habe ihn gesehen! Ich habe ihn heute morgen gesehen!« Er klatschte entzückt in die Hände.

Ladon blickte schnell auf den kleinen Jungen zu seinen Füßen nieder. »Ihn gesehen – wo?«

»An der Herdstelle von Karella. Er hat gerade gegessen. Er sah so komisch aus, er hat Essen ausgespuckt, als er geredet hat.« Grub lachte.

Ladons Sohn lachte ebenfalls, und auch alle anderen Jungen lachten. Grub fühlte sich plötzlich wohl; er schaute sich um, genoß es, im Mittelpunkt zu stehen und zu wissen, daß alle miterlebt hatten, wie er Ladons Sohn ein Geschenk gegeben hatte. Und jetzt würde er etwas zu essen bekommen. Triumphierend wandte er sich um, die hohlen Hände ausgestreckt.

Der Sohn des Häuptlings beobachtete ihn mit einem kleinen Lächeln. Langsam steckte er die Hand in den Beutel und zog sie ebenso langsam wieder heraus. Sie war voller Schrot. Grubs Lippen öffneten sich, er trat näher, und seine Hände reckten sich Ladons Sohn entgegen. Dann ließ Ladons Sohn den Schrot aus beträchtlicher Höhe über Grubs Händen fallen, und er regnete herab, so daß ein bißchen in den hohlen Händen des Jungen landete, das meiste jedoch weggeweht wurde.

Grub schrie laut auf. Ladons Sohn lachte, und alle anderen Jungen lachten ebenfalls. »Kommt jetzt«, sagte Habichtsfeder, und er entfernte sich, gefolgt vom wirren Haufen der Jungen.

Er hatte den Beutel fallen lassen, und der Krug mit Bohnensuppe war noch da. Grub fiel neben beidem auf die Knie und versenkte die Hand in den Beutel. Es waren nur noch ein paar Krümchen übrig. Er machte sich die Finger naß, pickte den letzten Rest Schrot auf und leckte ihn sich von den Fingerspitzen. Er hielt sich den Krug über den offenen Mund, und ein paar Tropfen fielen ihm auf die Zunge. Langsam, weil selbst eine so kleine Menge Schrot zu trocken war, um ohne Mühe geschluckt zu werden, schluckte er das Wenige herunter, das er in der

Hand hatte. Wieder stülpte er den Krug um und wartete geduldig, bis schließlich ein letzter Tropfen zusammengelaufen war und ihm in den Mund fiel, und dann folgte er der Schar der Jungen.

Inmitten der Felder, nicht weit vom Waldrand, hatten die Folc eine flache Grube ausgehoben und dort einen Steinboden hergerichtet, auf dem das Korn gedroschen werden sollte. In der Umgebung des Dorfes gab es keine Steine, also waren sie von anderswoher geholt worden und wurden nun von Jahr zu Jahr im Rundhaus aufbewahrt. Es waren harte, flache, helle Steine wie die, aus denen die Sampo war, und sie waren in handliche Stücke gebrochen und Kante an Kante in die Vertiefung gelegt worden. Die Frauen errichteten Feuerstellen auf dem Boden und speisten sie mit Eichenholz. Wenn die Feuer zu Holzkohle und Asche niedergebrannt waren, fegten sie die Asche weg, und der Steinboden war sauber und sehr heiß.

Die Frauen hatten etliche Tage lang Getreide geschnitten und gebunden. Sie reihten sich rund um den Steinboden auf, eine jede mit einer Garbe, und ihre Kinder standen bereit, um neue Garben zu bringen, und dann schlugen sie die gebündelten Halme auf den Steinboden.

Das lockerte die Körner. Alsbald schon begann der Boden unter einer Schicht von Körnern zu verschwinden, und der Duft von röstendem Getreide stieg ihnen warm und trocken und köstlich in die Nase. Wenn die Körner geröstet waren, platzten die ungenießbaren Spelzen auf und fielen von selbst ab, und wenn das Getreide geworfelt wurde, flog die Spreu weg, und es blieb nur das süße, nahrhafte Korn über, das schon ein bißchen gegart war.

Die Frauen waren unaufhörlich am Dreschen. Wie sie so ihre Garben auf und ab schwangen, schienen sie zu tanzen, obwohl es ihnen im allgemeinen verboten war zu tanzen. Die Kinder rannten zwischen ihren Müttern und den Hocken gebundenen Getreides hin und her, trugen die leeren Halme weg und brachten neue Bündel, und die älteren Mädchen beugten sich zwischen den Frauen hinab und fegten das geröstete und gedroschene Getreide in Körbe.

Sie konnten natürlich nicht alle gleichzeitig arbeiten, und die Scharen von Frauen, die alle darauf warteten, mit dem Dreschen an die Reihe zu kommen, hatten sich ein bißchen abseits versammelt, und dort saß Karella und erzählte Geschichten.

Grela, die Schwester der Hauptfrau Tishka, arbeitete in der ersten Gruppe der Frauen über dem Boden, und sie konnte genau über die Steine und die anderen Frauen hinweg dorthin sehen, wo Karella saß.

Sie arbeitete mit aller Kraft, um bald fertig zu sein und zu den anderen gehen zu können. Zu gern hörte sie Karella zu, die mehr Geschichten über Abadon kannte als irgend jemand sonst.

Abadon gehörte zu Grelas Lieblingsfiguren, und das war schon so gewesen, als sie noch ein kleines Mädcnen war. Sie wußte natürlich viel zu gut, was von ihr erwartet wurde, um sich zu solchen Streichen zu versteigen, wie Abadon sie ständig allen spielte, doch sie hörte trotzdem furchtbar gern Geschichten darüber.

Grela holte schwungvoll aus und schlug die Ähren ihrer Weizengarbe auf den Boden, und eine schlichte Freude erfüllte sie: Die rhythmische Arbeit befriedigte sie, und bald würde sie Geschichten hören. Für mehr Glück schien im Augenblick gar kein Platz zu sein. Sie trat zurück, damit ihre älteste Tochter einen Körnerhaufen in einen Korb fegen konnte. Das Innere des Korbes war von dem vielzackigen Stern durchwirkt, der Grelas persönliches Zeichen war. Während sie darauf wartete, daß ihre Tochter ihr Platz machte, wischte die Mutter sich mit dem Unterarm die Stirn und blickte wieder über den Dreschboden zu Karella hinüber. Sie hätte zu gern gewußt, was sie gerade erzählte. Neben ihrem nimmerendenden Abadon-Zyklus verfügte Karella über eine Fülle von Geschichten über Rael die Vogelfrau und darüber hinaus über so viele weitere Geschichten, daß Grela niemanden kannte, der sie alle gehört hatte. Und dann sah sie, als sie so dastand, auf einmal Moloquin näher kommen.

Er brachte Holz vom Wald herunter, Holz für den Dreschboden. Er ging tief gebückt unter dem Gewicht in der Tragschlinge auf seinem Rücken und sah wie ein monströses Tier aus. Grela warf einen flüchtigen Blick auf die Frauen, die neben ihr standen.

Niemand sonst hatte ihn bemerkt. Sie zögerte, unschlüssig, was sie tun sollte – schließlich ging er auch in den Langhäusern ein und aus; warum sollte er hier nicht dabeisein dürfen? Doch es waren sonst keine Männer da. Sie warf wieder einen Blick auf ihn, runzelte die Brauen und versuchte, die Ungeheuerlichkeit geistig zu verarbeiten.

Dreschen war Frauenarbeit, und so wie alle anderen Arbeiten verrichteten sie auch diese lieber abseits von den Männern. Und hier war nun Moloquin, der das Holz niederlegte, und tatsächlich würde der Dreschboden am frühen Nachmittag erkaltet sein, und man würde ihn erneut aufheizen müssen. Grela prüfte mit bohrendem Blick, ob Moloquin auch geziemend bekleidet war – viele der Frauen hegten anfangs die Vorstellung, daß er nackt umherlaufen und sich an die Mädchen heranmachen würde. Er trug jedoch einen Gürtel, unter dem ein Tuch steckte, das zwischen den Beinen durchlief und vorne und hinten am Gürtel befestigt war, ganz züchtig, wie es sich gehörte, wenn auch nur kleine Jungen gewebtes Tuch trugen. Er stapelte das Holz, und niemand sonst schien sich darum zu kümmern, daß er da war. Schließlich ging er wieder weg. Er war ein Schwachkopf, das sagten alle, und sie erinnerte sich an das seltsame Kind der alten Riskel, den Jungen mit dem ulkigen, mißgestalteten Gesichtchen und den Stummelfingern und seiner albernen Art zu reden, den alle gern gehabt hatten und der bei seiner Mutter geblieben war, bis sie starb, und dann bei deren Schwester, bis er selbst starb. Für sie war er immer noch ein Junge gewesen, obwohl er mittlerweile völlig erwachsen gewesen war.

Und genau so einer war Moloquin. Zufrieden steckte Grela ihn zu dieser Erinnerung, zu Riskels Kind, und nun gab es nichts Verwirrendes mehr, alles war dort, wo es hingehörte. Das alles hatte es schon früher gegeben. Sie nahm eine Weizengarbe von ihrer Tochter entgegen und beugte sich vor, um sie auf den Boden zu schlagen.

Grub dachte: Das ist gemein.

Er hatte sich vorgenommen, bei den Jungen zu bleiben und den Frauen aus dem Weg zu gehen, doch Ladons Sohn hatte das vereitelt. Er ließ sie alle zusammen die Schweine und Ziegen auf die saftigen Wiesen am Waldrand treiben, und dann stahlen er und die älteren Jungen sich zu Karella hinunter, die dort unten inmitten einer großen Schar von Frauen saß. Daraufhin gingen die anderen Jungen auch alle hinunter, und schon war Grub wieder inmitten der Frauen und hielt Ausschau nach seiner Mutter.

Endlich entdeckte er sie in einiger Entfernung, wagte jedoch nicht, näher heranzugehen. Sie stillte wieder seinen kleinen Bruder, hätschelte ihn, summte ihm etwas vor und überließ ihm ganz die Brust. Grub wandte sich mit brennenden Augen ab.

Dann sah er Moloquin, der mit seiner Ladung Holz vom Wald herabkam, und sein Groll flammte wieder auf. Er dachte: Gemein ist das, und ging Moloquin nach. Er achtete zwar darauf, ihm nicht allzu nahe zu kommen und außerhalb seiner Reichweite zu bleiben, war jedoch fest entschlossen, ihm zu folgen.

Zunächst blieb der andere jedoch, wo er war. Er setzte sein Holz ab, und statt es einfach auf einen Haufen zu werfen, hockte er sich hin und stapelte es säuberlich kreuzweise in Reihen auf. Grub stahl sich ein bißchen näher heran und beobachtete Moloquins Hände.

Hinter ihm ließ die um Karella versammelte Menge einen lauten Schrei des Entzückens hören, und viele pfiffen und klatschten beifällig.

Moloquin wandte den Kopf und blickte in die Richtung, aus der der Lärm kam. Dabei fiel sein Blick unmittelbar auf Grub, und einen Augenblick lang trafen sich ihre Blicke. Grub sah jedoch rasch zu Boden, und er spürte ein unbehagliches Prickeln auf der Haut. Als er die Augen wieder hob, stand Moloquin gerade auf, legte sich die Tragschlinge über die Schulter und machte sich zum Wald auf.

Grub ging ihm nach. Womöglich würde er unterwegs ein paar Beeren finden, aber eigentlich mußte alles, was so nah beim Dreschboden wuchs, längst aufgegessen sein. Er hielt Abstand zu Moloquin, ließ ihn jedoch nicht aus den Augen, denn wenn er vor Moloquin auch ein bißchen Angst hatte, so hatte er doch vor dem Wald noch viel mehr Angst.

Moloquin war froh, wieder im Wald zu sein. Bei den ersten Bäumen fiel er in Laufschritt, und eine Weile rannte er einfach nur zwischen den Stämmen hindurch, sprang über am Boden liegende Äste und Unterholz und schlug im Vorbeilaufen an die Eichen und Linden. Er wußte, daß einer der Jungen ihm folgte, achtete jedoch nicht weiter darauf. Er rannte zum Flußufer hinab, dorthin, wo es steil zum Wasser abfiel, warf den Lendenschurz weg, den Karella ihm gegeben hatte, und sprang in das träge dahinfließende Wasser.

Er tauchte zum Grund hinab, tastete sich zwischen den Steinen hindurch über den Schlamm, scheuchte die Frösche in die grünen Tiefen und hätte fast einen keilförmigen Käfer gefangen. Er mochte diese Käfer, weil sie so schön zwischen den Zähnen knirschten, doch dieser entkam ihm.

Er glitt wieder auf das Ufer hinauf und lief ein kleines Stück am Fluß entlang, wobei er pflückte, was sich an Beeren bot, Wasserlilienschößlinge knabberte und ein paar Schnecken aus den Schalen brach und wusch – Schnecken waren immer voller Sand. Während er im Gras auf dem Rücken lag, bemerkte er, daß der andere Junge wieder in der Nähe war.

Ein kleiner hellhaariger Junge war das, der im Gesträuch kauerte, als versteckte er sich vor Moloquin, und folglich sprach ihn Moloquin nicht an.

Karella hatte sich seinen Traum von der Säule des Himmels angehört und nichts dazu gesagt, doch er hatte am Aufblitzen ihrer Augen und dem kleinen Lächeln, mit dem sie ihn bedachte, erkennen können, daß der Traum wichtig war. Wann immer er Gelegenheit dazu hatte, dachte er darüber nach. Die Vision der vervollkommneten Säule des Himmels mit ihren großen Toren, die sich zur Sonne hin auftaten und die riesiger waren als jeder Mensch, erfüllte ihn mit derselben starken Befriedigung wie etwas, das er gerade neu gelernt hatte. Im Geist sah er die riesigen Steine, fühlte sie sogar, ihre Härte und Glätte und ganz besonders ihre Stärke und ihr gewaltiges Gewicht, das kein Mensch vom Platz bewegen konnte.

Nichts, das man so deutlich und so genau gesehen hatte, konnte es nur im Traum geben. Die großen Tore waren irgendwo wirklich vorhanden, und irgendwie würde er es schaffen, daß sie dort wirklich standen, wo sie stehen sollten: er, Moloquin.

Hinter ihm hustete der kleine Junge, raschelte im Laub und seufzte, und sein Magen knurrte. Er war hungrig, bei all der Fülle von Eßbarem um ihn herum. Moloquin stand auf und machte sich wieder an die Arbeit, suchte nach Holz.

Grub sah verwundert, daß Moloquin Sachen aus dem Wald aß, und die Haare sträubten sich ihm. Ihm war allein schon deshalb sehr beklommen zumute, weil er sich unter den Bäumen befand, wo die Sonne nur gelegentliche Strahlen zu ihm herabschickte. Das dornige, undurchdringliche Unterholz haschte mit seinen Millionen Fingern nach ihm, und er wußte, daß das Geraschel und Knacken um ihn herum Geräusche von wilden Tieren waren. Er wagte gar nicht, an die Dämonen und Geister zu denken, die hinter jedem Zweig kicherten und zwitscherten.

Moloquin gehörte hierher. Der Wald ernährte ihn. Die wirren, ungebärdigen Brombeeren teilten sich, um ihn durchzulassen, und schlossen sich dann wieder, um Grub den Weg zu versperren. Der Wald gab Moloquin auch Holz; er ging zielstrebig auf eine Eiche zu und sammelte die kleineren Äste auf, die er mit Hilfe von Knüppeln in handliche Stücke zerteilte.

Er arbeitete wie eine Frau. Grub schmiegte sich an den Stamm eines ausladenden Baumes und sah dem komischen Jungen zu. Er arbeitete unermüdlich. Sein Holzstoß wurde immer größer und runder, und die Sonne stieg immer höher. Er glaubte doch wohl nicht, dieses ganze Holz zum Dorf schaffen zu können? Grub war zum Lachen zumute, doch er war zu hungrig, und außerdem war ihm nicht ganz wohl bei dem Gedanken, daß Moloquin ihn entdecken könnte.

Als die Sonne am höchsten stand und ihre langen Finger den Waldboden berührten, hörte Moloquin auf, hin und her zu huschen. Er kam auf Grub zu, schien ihn jedoch nicht zu sehen und kletterte bis in den Wipfel des Baumes hinauf.

Dort blieb er lange. Da er ihn jetzt nicht mehr sehen konnte, hörte Grub auf, an Moloquin zu denken, und dachte statt dessen an seine Mutter.

Er wußte, er durfte sich nicht nach seiner Mutter sehnen. Er wußte, man erwartete von ihm, daß er sich an die anderen Jungen hielt, daß er Ladons Sohn und seiner Jungenbande folgte, damit er die männlichen Sitten kennenlernte. In ein paar Jahren würde er in einen der Bünde eintreten – in den Bärenschädel-Bund, er wünschte sich sehnlich, Novize des Bärenschädels zu werden, weil das der bedeutendste der Bünde war – und sich seine Maske schnitzen.

Daran hätte er eigentlich denken sollen. Er sollte sich seinen Platz unter den Jungen erkämpfen und nicht nur wartend abseits stehen, als letzter, immer letzter von allen und geringster. Doch er wollte seine Mutter haben. Wenn er an seine Mutter dachte, zählte nichts mehr, außer daß er weit weg von ihr war, und seine Augen füllten sich mit Tränen.

Irgend etwas Hartes prallte auf seinem Knie auf. Er schaute sich verblüfft um, und schon schlug etwas Kleines, Hartes ihm gegen die Nasenspitze und flog dann im hohen Bogen ins Gestrüpp. Er blickte auf.

Hoch oben über seinem Kopf saß Moloquin in den grünen Zweigen des Baumes, ein Bein um einen Ast geschlungen. Grub erschauderte und zog den Kopf ein – inmitten des sonnenhellen Grüns sah Moloquin wie ein Walddämon aus. Während er hinaufstarrte, steckte Moloquin sich etwas Kleines, Rotes in den Mund und spuckte wieder einen harten Kern aus, und der fiel Grub geradewegs in den Schoß.

Grub sprang auf, wütend und beschämt. »Ich hasse dich«, schrie er und sah sich nach einem geeigneten Stein um, aber Moloquin saß zu weit oben, als daß er ihn hätte treffen können. Ungerührt lachte der Junge im Wipfel zu ihm herunter, während er sich neue Früchte pflückte und sie aß. Grub heulte vor Zorn. Er sprang unter dem Baum auf und ab, doch Moloquin ließ sich dadurch nicht im geringsten einschüchtern.

Der Holzstoß stand immer noch auf der Lichtung. Grub rannte hin und warf die Äste umher, bis sie alle am Boden verstreut lagen, doch auch das verfehlte seine Wirkung auf Moloquin, der immer noch lachte. Grub rannte weg, zurück zum Dorf, voller Wut.

Als er sich dem Waldrand näherte, verlangsamte sich sein Schritt.

Da draußen waren die Frauen bei der Arbeit, die anderen Jungen hüteten die Ziegen und Schweine, dort war kein Platz für ihn. Er sah das Dorf als ein großes Netz, und durch dieses Netz rutschte er, Grub, hindurch wie ein Fischchen zwischen den Maschen.

Er war hungrig. Er wäre froh gewesen, das tun zu können, was Moloquin tat: zu essen, was er gerade fand. Er scharrte mit dem Fuß und drehte vermoderte Stöcke um und zerfetzte ein paar Ranken, doch er fand nichts Eßbares, nur ein paar grüne Beeren, einen grauenhaften fetten Wurm und ein paar Pilze.

Endlich stieß er auf eine Pflanze, die er Moloquin essen sehen hatte. Die dünnen weißen Stengel waren knackig und süß. Sie brannten ein bißchen auf der Zunge, taten seinem Magen jedoch wohl. Sowie er sich besser fühlte, kehrte er in den Wald zurück, um Moloquin zu suchen und herauszufinden, was der sonst noch aß.

Am Nachmittag hörte Karella auf, Geschichten zu erzählen. Ihre Kehle war wund und ihre Zunge steif. Die anderen schrien und bettelten und hielten sie an ihren Kleidern fest, um sie am Weggehen zu hindern, doch sie erhob sich aus ihrer Mitte und entfernte sich. Sie näherte sich dem Dreschboden, und als sie sich umblickte, hatte sich eine andere auf den Baumstumpf gesetzt, auf dem sie gesessen hatte, und versuchte, den Faden weiterzuspinnen.

Karella ging eine Weile umher, um die alten Glieder zu bewegen. Sie stand am Dreschboden und sah den Frauen dabei zu, wie sie die Garben droschen, bis die Körner flogen. Wenn sie auf dem heißen Boden lagen und die Spelzen aufplatzten, sprangen die Körner manchmal hoch in die Luft wie Grashüpfer. Der Duft war köstlich. Man mußte sich beherrschen, um nicht hinzulangen und sich eine Handvoll des gerösteten Getreides zu nehmen, das auf dem Dreschboden lag. Karella setzte sich, um noch ein Weilchen zuzuschauen. Der Anblick dieser Arbeit hatte etwas Tröstliches und Stärkendes, vielleicht weil es sie immer schon gegeben hatte, von Anbeginn der Zeit, seit es die Folc überhaupt gab, seit Rael die Vogelfrau ihnen die Kunde vom Samenkorn gebracht hatte. Die Mütter, aus deren Gärten das Korn kam, standen um den Dreschboden herum, hochgereckt, und schwangen anmutig die Garben, und wenn sie sich niederbeugten, um die Halme auf den Stein zu schlagen, wirkten sie wie das wachsende Getreide selbst, das im Wind wogte. Zwischen ihnen drängten ihre Töchter nach vorn, Körbe und Rechen und Reisigbesen in der Hand, um das gedroschene Korn wegzuschaffen, und so wohnte ihrer Arbeit ein unaufhörlicher Rhythmus inne, war sie in sich so vollkommen, daß für Störungen kein Raum war.

Karella schlenderte davon, den Hang hinauf auf den Waldrand zu, und dort erblickte sie die Schar der Jungen, die die Schweine vom Dorf heraufgebracht hatten, damit sie unter den Eichen Futter suchen konnten. Die Jungen saßen in einer Reihe am Hang und sahen auf das Dorf hinab, eine Reihe ernster kleiner Männer. Sie tat so, als wollte sie zu ihnen, zwischen ihnen hindurchlaufen, und sie fuhren zusammen. Sie lachte und setzte ihren Weg fort.

Sie dachte an Moloquins Traum. Er hatte ihn ihr ganz aufgeregt erzählt, so daß seine Worte sich überschlugen, mit denen er immer noch Mühe hatte, obwohl er täglich besser sprechen lernte. Und sie ließ ihn den Traum zweimal erzählen, um sicher zu sein, daß ihr nichts entgangen war, wenn sie auch nichts dazu sagte. Sie konnte wirklich nichts dazu sagen. Der Traum von den steinernen Toren war von zwingender Eindeutigkeit. Er war eine Botschaft von der Oberwelt – zuallererst an ihn, um ihm sein Schicksal vor Augen zu führen, aber auch an sie, Karella, weil sie ihn zu sich genommen hatte: Dieser Traum zeigte ihr, was für ein Geschöpf Moloquin war.

Kein gewöhnliches Kind. Für ihre Augen, die genügend geschult waren, war er jetzt von Licht umflutet und mit Größenvorstellungen verknüpft – Bildern von Bäumen, Sternen und aufrechtstehenden Steinen. Sie begann, Einzelheiten seiner Macht zu sehen, wann immer sie ihren Geist in den Dienst der Oberwelt stellte, und sie prägte sie sich sorgfältig ein, um ihm damit dienen zu können, wenn der Augenblick kam.

Die anderen wußten davon nichts. Für die Frauen war er immer noch Aels Sohn, und sie verachteten ihn seiner Mutter wegen. Für die Männer, so hoffte sie, war er einfach nur ein Junge unter anderen.

Was er für Ladon war, konnte sie nur vermuten. Sie hoffte zwar, daß er den Jungen für harmlos hielt, hoffte, daß er ihn vergessen würde, doch im Grunde ihres Herzens wußte sie, daß das nicht zutraf. Ihr Gefühl sagte ihr, daß es sich auf alle Zeiten vor Ladon in acht zu nehmen galt.

Sie sah ihren Sohn durch den Wald zurückkehren, beladen mit Brennholz, und sie lächelte zufrieden. In den Augen des Dorfes würde diese Arbeit ihn zwar erniedrigen, doch sie wußte: Eines Tages würde er im Tor zwischen Himmel und Erde stehen. Jetzt trug er Brennholz, doch eines Tages würde er sein Volk auf den Schultern tragen, und wenn er das täte, würde er Ladon und seine Macht zu Staub zerfallen lassen.

Sie sprach darüber mit niemandem. Manchmal fragte sie sich sogar selbst, wenn sie nachts wachlag oder am Feuer saß, ob die Erwartungen, die sie in ihn setzte, nicht nur die Hirngespinste einer alten Frau waren, deren seelische Kräfte im Schwinden begriffen waren. Doch bei solchen Gelegenheiten brauchte sie ihn nur anzuschauen, um zu wissen, daß das nicht stimmte.

Die anderen Kinder krochen dichter an ihre Herdstelle heran, saßen um den Ring aus Steinen, der ihren Bereich umsäumte, und hörten zu, wenn sie Geschichten erzählte. Sie erzählte, wie der rote Hirsch ganz nah an die Sonne herangeflogen war und mit seinen Geweihstangen das Feuer eingefangen hatte, um es den Folc zu bringen. Als der Hirsch jedoch auf die Erde niedergesprungen war, fiel ein bißchen Feuer aus der Schale seiner Geweihstangen und rollte ihm den Rücken hinunter, und das war der Grund, weshalb sich seit jenem Tage auf dem Rücken des roten Hirsches ein langes schwarzes Brandmal befand.

Sie erzählte ihm von all den alten Ritualen im Umgang mit dem Feuer, Ritualen, die die Folc nur noch selten ausübten, weil sie es vorzogen, sich Feuer von einer brennenden Herdstelle zu holen, statt die Flamme aus Kälte und Tod entstehen zu lassen. Er hörte ihr mit großen Augen zu, und ihm entging kein Wort. Manchmal forderte sie ihn auf, ihr eine Geschichte zu wiederholen, und er tat es, indem er jedes Wort wiedergab, das sie ihm vorgesagt hatte, und Tonlage ihrer Stimme und Betonungen, ja selbst noch ihre Handbewegungen nachmachte.

Jeden Tag sammelte er Holz für die Feuer, die den Dreschboden aufheizten, und nur er allein tat das, weil die anderen alle erkannten, daß er das so gut machte, daß niemand sonst diese beschwerliche Arbeit zu tun genötigt war. Dann, am achtzehnten Tag, war das Dreschen beendet.

Am darauffolgenden Tag fand die Zeremonie »Ladon-Macht-Schenken« statt.

Aus Anlaß dieses Rituals legten alle Frauen ihre besten Kleider an, richteten ihre Kinder so prächtig wie möglich her und stellten sie dem Alter nach auf. Die Männer zogen ebenfalls ihre Festkleidung an, setzten die Masken auf und nahmen ihre Trommeln. Alle Folc versammelten sich außerhalb des Rundhauses, und sie nahmen ein Stück des Zaunes weg, der den Hof umgab, indem sie die Matten entfernten, die zwischen den Pfosten befestigt waren, so daß alle zusammen dort stehen und Ladon anschauen konnten.

In der Tür des Rundhauses saß Ladon auf einem Stapel Bären- und Fuchsfelle, und die Männer standen mit ihren Trommeln zu beiden

Seiten neben ihm. Zuerst tanzten die Männer. Sie bildeten drei ineinander verschlungene Kreise, die das Rundhaus umringten, und mit dem Dröhnen ihrer Trommeln und ihrem Singen und Tanzen beschworen sie die gesamte Oberwelt, Zeuge dessen zu sein, was dort vor sich ging.

Dann traten die Frauen vor Ladon hin, die Hauptfrauen an der Spitze, und legten ihre Ernte vor ihm nieder.

Zu diesem Zweck hatten die Frauen besondere Körbe angefertigt, die tief und weit zu sein schienen, innen jedoch so mit Weidenruten ausgepolstert waren, daß sie flach waren, und die Frauen legten dann eine dünne Schicht ungemahlenes Korn darauf, und dann war der Korb scheinbar ganz voll. Die Bohnen brachten sie ihm in ebensolchen Körben. Sie brachten ihm Krüge mit Honig, aber die Krüge waren gleich unterhalb des Halses zugestopft, so daß schon ein wenig Honig viele Krüge füllte und den Eindruck erweckte, es handle sich um eine große Menge; und sie brachten Käse, einen großen Haufen von Laiben, doch nur die oberen bestanden aus richtigem Käse, und die darunter waren aus Holz.

So war jede Frau zwar bestrebt, Ladon von allen Folc die größte Menge vorzulegen, doch konnte sie in Wahrheit nur soviel abliefern, wie sie Körbe und Krüge machen konnte. Nachdem sie Ladon von allem etwas dargeboten hatte, wanderte der Rest in gewöhnlichen Körben unauffällig ins Rundhaus.

Nachdem alle Frauen Ladon ihre Gabe übergeben hatten, bereiteten sie ein gewaltiges Fest vor. Die Männer schlachteten entsprechend den Jagdritualen ein paar Schweine, die gebraten wurden. Die Frauen mahlten Getreide, formten daraus flache Kuchen und backten sie. Im Wald wurden Früchte gesammelt; hinzu kam gegorener Honig, wenn man auch wußte, daß das die Leibspeise der Geister war und von klugen Menschen nur in sehr kleinen Mengen getrunken wurde, damit genug für die Ahnen übrigblieb.

Die Ahnen kamen auch zu dem Fest. Das ganze Essen wurde auf einer Borkenmatte am Eingang des Rundhauses aufgebaut, und alle Folc aßen davon, und da niemand, der gesittet war, den letzten Bissen von irgend etwas genommen hätte und obendrein soviel zu essen da war, daß jeder nach Herzenslust zulangen konnte, bewies die Tatsache, daß alles Essen weg war, wenn sie fertig waren, nur, daß die Geister gekommen waren und ebenfalls gegessen hatten und mit den Folc, ihrer Ernte und ihrem Fest einverstanden waren. Auf diese Weise erlangte Ladon, der im Mittelpunkt des Ganzen stand, mehr Macht.

Ein weiterer Beweis für die Anwesenheit der Geister war die allgemeine Heiterkeit der Menge. Niemand hätte je zuviel von dem Honiggebräu getrunken, und doch schienen alle Männer und die meisten Frauen betrunken zu sein, und sie tanzten und spielten wie die Kinder miteinander. Manche gingen sogar hinter das Rundhaus, wo es ruhig war, und paarten sich dort, obwohl sie dann meist – allzu spät – entdekken mußten, daß sich an ihrem stillen Plätzchen eine ganze Menge kleiner Kinder verbarg, die plötzlich zu lärmen anfingen.

Karella erzählte ein paar Geschichten, aber es war mühsam, Betrunkenen Geschichten zu erzählen, und so hörte sie nach einem Weilchen auf und ging umher und hatte ihren Spaß, indem sie die Verrücktheiten der anderen beobachtete. Moloquin war nirgendwo zu entdecken. Sie blieb bei der Blättertafel stehen, wo die gebratenen Schweine ausgebreitet lagen, und bückte sich und nahm ein großes Stück knuspriger Schwarte, und als sie sich wieder aufrichtete, sah sie sich unmittelbar Ladon gegenüber.

Ein Schauder lief ihr über den Rücken. Wie ein Reh im Wald, das einem Wolf gegenübersteht, zitterte sie vor lauter Verlangen zu fliehen, aber sein grimmiger, eindringlicher Blick hielt sie fest.

»Opa-Ladon-on«, sagte sie, und ihre Stimme klang, als hätte sie eine Feder in der Kehle. »Mächtig ist er.«

Ohne mit der Wimper zu zucken, fixierte er sie mit seinem starren Blick. Er sagte: »Du hast mir eine große Beleidigung angetan, Frau.«

Nach der Zeremonie, in Gegenwart der Ahnen, besaß er ungeheure Macht; sie strahlte förmlich von ihm aus. Sie hob die Hand, wie um sich zu schützen.

»Ladon«, flüsterte sie, »laß mich in Frieden.«

»Haha!«

Er rückte langsam näher, massig, schimmernd – fähig, das wußte sie, sie mit einer Hand zu zerstören, aber auch mit einem Wort, falls er das richtige kannte. Sie empfand seine Feindseligkeit wie einen Ring um die Brust, der ihr das Atmen verwehrte.

Da fand sie selbst das richtige Wort. Den Namen, der ihn bedrohte, die Macht, die ihn wieder menschlich machte.

»Ael«, sagte sie.

Er war schlangengleich auf sie zugeglitten. Jetzt blieb er wie angewurzelt stehen.

»Ael, nicht ich, webt dein Geschick«, sagte Karella. Sie faßte wieder Mut, und ihre Macht wuchs in dem Maße, wie die seine sich verflüchtigte. »Ael ist die Frau, die du hassen mußt, nicht die alte Karella, Ladon-on.«

Seine Augen funkelten jetzt vor Zorn, doch sein Bann war gebrochen. Er bewegte sich ruckartig, die Beine gehorchten ihm nicht mehr. Karella straffte triumphierend die Schultern, ihr Herz klopfte siegesgewiß, und sie ließ die Hand in seine Richtung schnellen.

»Ael wird dich zerstören, Ladon!«

»Ohhh – du . . . !«

Er packte ihre Hand mit festem Griff, bis die zarten Knochen knackten und sie vor Schmerz aufschrie. Sein Gesicht verzerrte sich, soviel Kraft legte er in seinen Griff. Dann ließ er sie abrupt los, wandte sich um und war verschwunden.

Sie sank zu Boden, wo sie stand, die Hand in ihrem Schoß. Sie pochte und schmerzte bis zum Ellenbogen hinauf. Karella hob den Kopf. Über ihnen war Nacht, um sie herum wogte die Nacht. Von den Feuern und dem Lärm bis zum Himmel hinaufgetragen, deckte sie sie doch alle zu. Sie erschauderte.

Er war noch nicht geschlagen. Sie hatte Moloquin hierhergebracht, sie hatte Ladon gezwungen, seine Gegenwart hinzunehmen, sie hatte ihm einen Stein in den Weg gelegt, aber sie hatte ihn nicht bezwungen. Er wartete nur.

Diese Einsicht erfüllte sie mit beklemmender Bangigkeit. Mit einem Mal mußte sie Moloquin unbedingt sehen, sich vergewissern, daß ihm kein Leid geschehen war. Sie stand auf und stürzte sich ins nächtliche Festgetümmel, um ihren Sohn zu suchen.

In diesem Jahr fing der rote Wanderer am Nachthimmel an, Kurs nach Osten zu nehmen, wie er es häufig tat. Die Folc glaubten, daß er aus Zorn und Hochmut vom Pfad abwich, und um sich zu schützen und ihn wieder auf den richtigen Weg zurückzulocken, nahmen sie Huldigungszeremonien vor und bezeugten dem roten Stern ihre Verehrung. Weil das Kreisen des Wanderers mit dem Eintritt der Sonne ins Sternentor zusammenfiel, wo die beiden prächtigen Sterne Junge und Mädchen vor der weißlodernden Narbe standen, die quer über den Himmel lief, fiel die Aufgabe, die Zeremonien zu leiten, an die Meister des Bärenschädel-Bundes.

Fergolin versenkte sich folglich tief in diese Mysterien. Mit seinen Novizen und seinen Helfern ging er den Fluß entlang, bis er außerhalb des Dorfes war, baute eine kleine Hütte aus Weidenruten und machte darin Feuer und schwitzte. Auf dem Rückweg ins Dorf – es war einer dieser Augenblicke, wo die Wirklichkeit so klar und deutlich vor einem steht, daß man alles zu wissen glaubt – fand er eine Schlangenhaut, die an einem Grashalm hing, und er nahm sie behutsam an sich und rollte sie um den Finger, um sie in seinen Amulettbeutel zu tun.

Dann trat er, die Maske in beiden Händen und mit einer Haut, die noch glänzte und weich war vom Schwitzen, so daß die wirkliche Welt ihm in alle Poren drang, vor Ladon, um sich mit ihm über den geeigneten Tag für die Zeremonie zu beraten. Als er vor Ladon stand, hielt er sich die Maske vor die Brust, so daß der Geist, dem die Maske ein Gesicht gab, hören und sehen konnte, was vor sich ging.

Ladon stand vor seinem fellbedeckten Thronsessel, die Maske vor sich, und hörte zu, wie Fergolin die Formel hersagte, mit der es um die Erlaubnis zu bitten galt, die Zeremonie durchführen zu dürfen.

»Ich höre, und ich werde meinem Volk verschaffen, was es von mir verlangt«, sagte Ladon, wie es dem Ritual entsprach. »Ich werde heute nacht unter den Sternen sitzen und ihre heiligen Strahlen empfangen. Ich werde mir die Wünsche der Oberwelt offenbaren lassen.«

Fergolin dankte ihm mit vielen Verneigungen, benutzte dabei die Worte, die man ihn in seiner Knabenzeit gelehrt hatte, und trat aus dem Angesicht des Häuptlings, indem er zurückwich. Dann trat er jedoch erneut vor Ladon hin. Die Rituale mußten zwar exakt durchgeführt werden, ohne daß von den Worten und Gesten abgewichen wurde, doch die Durchführung einiger Details wurde »unter dem Stroh« geregelt, wie die Folc sagten, wenn es um Dinge ging, die man heimlich tat. Deshalb kam Fergolin mit abgewandtem Kopf zurück, wobei er die Hand über die Maske gelegt hatte.

Ladon setzte sich wieder auf sein Bärenfell. Sein Bauch quoll über den Gürtel und ruhte auf seinen Knien. Das Sonnenlicht, das durch das Loch im Dach hereinfiel, übersprenkelte das dichte schwarze Haar, das Ladons Schultern bedeckte, mit blauschwarzen Funken. Er kehrte das Gesicht seiner Maske dem Boden zu.

»Mach es morgen«, sagte Ladon. »Wenn wir bei Morgengrauen anfangen, reicht das Tageslicht bis zum Schluß.«

»Ich hoffe es«, sagte Fergolin. Es war sehr schlimm, mitten in einer Zeremonie zu stecken, wenn die Sonne unterging. »Die Tagundnachtgleiche steht unmittelbar bevor.« Er schien zu zögern.

Ladon blickte über ihn hinweg. »Ja? Was gibt es?«

Fergolin blickte sich flüchtig um. Am Eingang stand ein anderer Mann und wartete darauf, sprechen zu dürfen.

»Opa-Ladon, Moloquin ist da.«

»Pffft«, machte Ladon, als sei ihm durch einen heftigen Schlag in den Bauch die Luft abgelassen worden. Er warf Fergolin einen Blick zu;

der rührte sich nicht vom Fleck, sondern glühte vor Neugier, was sich ereignen würde.

»Er soll später kommen«, sagte Ladon, schüttelte sich dann jedoch, als änderte er seine Entschlüsse durch Körperkraft, und sagte: »Nein. Schick ihn zu mir.«

Fergolin trat zur Seite. Er sah, daß Ladon sich zu seiner Maske hinabbeugte und sie behutsam neben seinen Thronsessel legte. Er selbst drehte seine Maske hingegen so, daß sie in die Welt sah.

Moloquin kam. Sein dichtes schwarzes Haar war geflochten, und er hatte sich ein Stück Tuch um den Körper geschlungen, wie er es bei den Männern gesehen hatte, nur daß deren Kleidung natürlich aus Tierfellen war. Karella hatte an ihm gearbeitet. Doch er wirkte irgendwie trotzdem zerlumpt und schmutzig, so als wollte der Wald ihn immer noch für sich; es hätte Fergolin nicht weiter gewundert, wenn ihm statt Haaren Blätter auf dem Kopf gewachsen wären.

Und, Fergolin bemerkte es mit großer Verwunderung, Moloquin sah aus wie Ladon.

Der Häuptling sprach mit der tiefen Stimme des Mächtigen. »Du bist der Junge, der aus dem Wald kam.«

»Ich bin der Unerwünschte«, sagte der Junge.

»Du bist der Sohn von Ana-Karella-el.«

Fergolin erstarrte, weil er begriff, was Ladon beabsichtigte, und er wandte sich Moloquin zu, weil er irgend etwas, was, wußte er selbst nicht genau, erwartete – daß der Junge in irgendeiner Form darauf pochen würde, Aels Sohn zu sein, der Sohn der Häuptlingsschwester –, doch der Junge sprach ohne Stocken und ungezwungen.

Er sagte: »Ich bin Karellas Sohn.«

Fergolin ließ einen langen Seufzer hören und zog damit die Blicke der beiden anderen auf sich. Ladon lächelte ihm zu. »Geh, Fergolin-on, mein Ehrenwerter.«

Da wußte Fergolin, daß er das, was er miterlebt hatte, mit den anderen Männern besprechen mußte. Er machte die üblichen Gesten der Ehrerbietung und verließ das Rundhaus.

Auf halbem Weg zur Tür blieb er kurz stehen und blickte zurück. Das Sonnenlicht, das durch das Dach hereinkam, fiel auf den Häuptling und das schwarzhaarige Pflegekind, das vor ihm stand. Sie sprachen nicht, sondern starrten einander bloß an. Fergolin dachte: Das wird nicht zu Ladons Zufriedenheit enden, und ein kalter Schauder kroch ihm die Wirbelsäule hinauf. Auch darüber würden die Männer zu reden haben. Er entfernte sich, um sie zu suchen.

Ladon sagte: »Du holst Holz für das Dorf. Das stimmt doch?«

»Ja, Ladon«, sagte der Junge.

»Nenn mich Opa-Ladon«, sagte der Häuptling in scharfem Ton. »Opa-Ladon-on, mächtig ist er.«

»Ja«, sagte Moloquin.

Der Häuptling verlagerte sein Gewicht auf die Armlehne des Sessels. Er hatte mehr von Moloquin erwartet – Trotz, Drohungen, Anklagen. Dieses offene, gehorsame Gesicht vor ihm konnte nicht gefährlich sein. Der Junge sah Ael nicht einmal ähnlich. Und er hatte Karella in Gegenwart von Fergolin als seine Mutter bezeichnet.

»Du bist ein tüchtiger Holzsammler«, sagte Ladon, »deshalb ist es mein Wunsch, daß du in den Wald gehst und Holz sammelst und meinen Holzplatz mit Holz für die Feuer des Rundhauses auffüllst. Und wenn du damit fertig bist, kommst du wieder zu mir, denn dann habe ich noch andere Aufgaben für dich.«

Er beobachtete Moloquin genau, während er sprach, weil ein zorniges Aufleuchten seiner Augen ihn hätte verraten können. Moloquin aber nickte nur. »Ja, Opa-Ladon-on, mächtig ist er«, sagte er und schickte sich an, den Raum zu verlassen. Nach ein paar Schritten wandte er sich jedoch um und schaute Ladon noch einmal an: »Darf ich jetzt gehen?«

»Geh«, sagte Ladon.

Der Junge ging. Ladon beobachtete ihn und war mit sich zufrieden. Von dem Bürschchen hier hatte er nichts zu befürchten. Er war dumm, genau wie die Folc meinten, und hatte keine Ahnung von der Macht oder von Wahrheit, Ehre, Stolz und dem Zusammenhang der Dinge. Hätte er sonst eine derart niedrige und gering geachtete Aufgabe übernommen? Er war dunkelhaarig und dünn, kein Vergleich mit Ladons Sohn, der prächtiges sonnenhelles Haar und ein hübsches Gesicht hatte. Und Fergolin hatte selbst mitangehört, wie er seine Mutter verleugnet hatte. Die Männer brauchten ihn nur einmal eine Arbeit verrichten zu sehen, die sonst kein Mann anrührte, allein das würde schon genügen. Ladon lächelte vor sich hin. Er genoß es, endlich über Ael wie über Karella zu triumphieren.

Beim Morgengrauen setzten die Männer ihre Masken auf und nahmen ihre gefiederten Speere und bildeten im Innern des Rundhauses zwei lange Reihen. Jeder Mann stand bei dem Dachbaum seines Bundes, so daß sich zwei lange Menschenspiralen ergaben. Als die Sonne dann aufging, entfernten sie sich langsam vom Rundhaus.

Die Aufgabe der Lachs-Sippe war es, Musik zu machen, und so trug jeder Mann von dieser Sippe eine kleine Trommel am Gürtel, und während sie tanzten, schlugen sie die Trommel mit der Hand. Die Männer von der Eichenbaum-Sippe stimmten die rituellen Ehrengesänge an, die an den roten Wanderer gerichtet waren, der außerdem noch die Namen Kreisender Stern und Linkes Auge trug.

In immer weiteren Spiralen zogen sie, zwei lange Ketten von Männern, durch das Dorf, über die leeren Ziegenanger entlang dem Fluß, hinauf in die gerade erst abgeernteten Gärten mit ihren braunen Stoppelreihen. Hier standen die Frauen bei ihrem Grünzeug und bedeckten ihre Gesichter mit den Händen, weil das, was da geschah, Männersache war. Sogar die Kinder waren still, ja selbst die Säuglinge. Das Tamtam der Trommeln war wie der Herzschlag des Volkes.

Die Sonne stieg am Himmel empor, während sie tanzten, und schlug sie mit langen, unerbittlichen Armen; vielleicht war sie ja eifersüchtig auf die Ehre, die dem Nachtwanderer bezeugt wurde. Die Männer ließen sich jedoch nicht irremachen. Sie wanden sich empor durch die am höchsten gelegenen Felder, wo immer noch viele Bäume in ihrem Grün standen, obwohl sie rund um den Fuß des Stammes keine Borke mehr hatten; hier würden die Frauen eines Tages Korn und Bohnen anpflanzen. Unmittelbar am Waldrand drehten die ersten Männerpaare sich um und wandten ihr Gesicht dem Dorf zu, und je mehr von den anderen bei ihnen anlangten, desto weiter rückten sie auseinander, bis die Männerkette schließlich das ganze Dorf umgab. Dann, zur Mittagsstunde, aßen sie und gaben den Masken zu essen, so daß auch die Geister gesättigt wurden, und verstreuten Schrotmehl am Rand des Dorfes und sprachen die Sprüche, die das Wohlergehen der Folc sichern sollten.

Auf den Feldern beugten die Frauen sich über ihre Arbeit. Es waren immer noch Bohnen zu pflücken und Zwiebeln und Wurzelgemüse zu ernten, und so schufteten die Frauen, ohne auch nur aufzublicken, während die Männer sich gegen die Oberwelt behaupteten und die Geister befriedeten.

Schließlich fingen die Trommeln wieder an. In zwei langen Ketten tanzten die Männer unter Sprechgesängen und Verneigungen durch die Felder wieder hinab. Die Sonne zog himmelabwärts, und die Männer folgten dem vorgesehenen spiralförmigen Weg zum Rundhaus. Sie umkreisten die Langhäuser und segneten sie, und dann gingen sie einer nach dem anderen ins Rundhaus.

Die Sonne ging unter. Die Nacht brach an, und inmitten all der Lichter des Himmels leuchteten die beiden Augen der Oberwelt: Das

Rechte Auge, blauweiß und hell und wahrhaftig, erstrahlte über dem westlichen Horizont; und das Linke Auge, rot und mürrisch und falsch, kreiselte von seiner Bahn weg, wich von seinem Kurs ab und zeigte der Erde unten Verfehlungen und Schmerzen und Zerstörung an. Die Folc schliefen, geborgen innerhalb der spiralförmigen Linien des Rituals, geborgen im Innern ihrer Häuser.

Der Winter kam. Nichts wuchs mehr. Die Frauen saßen in den Langhäusern, wenn das Wetter schlecht war, und flochten Körbe, webten und lauschten Karellas Geschichten.

Moloquin ging hingegen jeden Tag los, um Brennholz zu sammeln. Er ging selbst dann hinaus, wenn das Wetter besonders schlimm war, wenn die Schneeflocken wirbelten, wenn die eisigen Nebel zwischen den Bäumen wallten, weil er die Hitze und den Lärm des Langhauses nicht ertragen konnte. Er hatte während des Winters immer im Wald gelebt. Doch jetzt war alles anders. Wenn er hungrig war, konnte er den Abhang hinuntergehen zu seiner Mutter, und sie gab ihm zu essen. Auch wenn er einsam war, konnte er zu ihr gehen. Und dann gab es jetzt auch noch jemand anderen, der ihm die Einsamkeit nahm.

Der kleine Grub, der jünger war als Moloquin, zart und unsicher und unglücklich, heftete sich an seine Fersen, wo immer der andere hinging, im Dorf ebenso wie im Wald. Wenn die Jungenbande Moloquin jetzt hänselte, verspottete sie Grub ebenfalls. Moloquin wünschte sich manchmal, Grub würde weggehen, doch das Kind hatte keinen Ort, wo es hätte hingehen können. Seine Mutter wollte ihn nicht haben, und die Bande der Jungen machte ihn unglücklich. Also folgte Grub Moloquin überallhin, und immer, wenn Moloquin im Wald etwas zu essen fand, gab er Grub davon ab.

Grub hatte Angst vor allem und jedem, wenn er im Wald war. Er sah Dämonen in jedem Baum, fühlte sich von Blicken verfolgt, schrie bei jedem Vogelruf auf. Mit den Fingern machte er Zeichen gegen böse Geister. Er wollte nichts essen, was er nicht vorher gewaschen hatte; er trank nur aus schnellfließenden Bächen. Als er bemerkte, daß Moloquin das alles nicht tat, beschimpfte er ihn empört und drohte ihm mit todernstem Gesicht, es Ladons Sohn zu sagen.

Als er sah, daß Moloquin sich nicht beirren ließ und kühn wie ein wildes Tier im Wald umherging, nahm er es selbst weniger genau. Doch wollte er nicht vor Moloquin hergehen, nicht einen einzigen Schritt. Er blieb stets hinter ihm.

Moloquin hatte mittlerweile fast alles Holz in der Nähe des Dorfes gesammelt, und jeden Tag mußte er ein Stück tiefer in den Wald hineingehen, um weiteres zu finden. Wenn er auf einen toten Baum stieß oder einen, den der Wind entwurzelt hatte, blieb er dort so lange, bis er alles Holz zerkleinert hatte, und danach wanderten er und Grub ein paar Tage lang hin und her und schafften das Holz weg. Moloquin trug das meiste, doch er ließ Grub jedesmal auch welches wegschaffen, obwohl der kleine Junge jammerte und klagte.

Grub unmittelbar auf den Fersen, ging er tief in den Wald hinein und verfolgte eine schwache Wildfährte zwischen Gruppen von Platanen und Ahornbäumen. Der Boden war mit einer Kruste von altem Schnee bedeckt, so alt, daß er schon grobe Kristalle gebildet hatte und durchlöchert war von den Tropfen, die unablässig von den Zweigen fielen. Am Fuß eines Abhangs, der dunkel war von Fichten, kamen sie auf eine Wiese, auf der hüfthoch abgestorbenes Gras stand. Früher hatte es hier ein Ahornwäldchen gegeben, doch jetzt waren alle Bäume tot und standen weiß und nackt im gleißenden Licht der Wintersonne.

Der Anblick war so seltsam, daß Moloquin abrupt stehenblieb, und Grub drängte sich an ihn und sagte: »Komm, wir gehen zurück!«

Moloquin schob ihn weg. Irgend etwas regte sich in seinem Innern, irgendeine alte Erinnerung, als zöge jemand an ihm. Er machte zögernd den nächsten Schritt, und wieder packte Grub ihn.

»Komm, wir gehen zurück. Ich will zurück . . .«

»Ach, immer willst du zurück. Dann geh doch allein.« Moloquin stieß ihn zur Seite und rannte quer über die Wiese, und das hohe Gras teilte sich, wo er den Fuß hinsetzte.

Unmittelbar vor ihm lief ein Flüßchen am Wiesenrand entlang, machte am Fuß des Hügels eine Biegung und floß weiter, und er wußte, wenn er um die Biegung herumginge, würde er noch eine Wiese finden wie diese hier, am Fluß, und dort eine Art Haus . . . etwas in der Art . . .

Doch als er um den Hügel bog, floß der Fluß nach links, nicht nach rechts, und da war auch keine Wiese. Wieder blieb er stehen und merkte kaum, daß Grub keuchend bei ihm angelangte und schrie, er wolle nach Hause. Moloquin entfernte sich ein bißchen von ihm und blickte sich um.

An diesem Fluß . . . Irgendwo . . .

Erinnerungsfetzen blitzten in ihm auf wie springende Lachse. Seine alte Mutter. Sie hatte die Borke von den Bäumen geschält, sie hatte hier gelebt, irgendwo.

Aber nicht genau hier. Grub zerrte wieder an ihm. Sie war nicht hier. Als ihm das klarwurde, überraschte es ihn, daß er das überhaupt hatte annehmen können. Grub zerrte wie toll an ihm. Er blickte sich wieder um, voller Sehnsucht, sah die Bäume, den Fluß, der in die falsche Richtung bog, und sah in der Erinnerung ein breites, sonniges Ufer innerhalb einer solchen Wiese wie der mit dem toten Wäldchen und ein kleines Haus.

Nicht hier. Eine namenlose Sehnsucht erfüllte ihn, ein dumpfes, hohles Gefühl des Verlustes. Grubs Hand zog ihn von hier weg. Er wandte sich um und ließ sich von dem kleinen Jungen zurück zu den lebenden Folc führen.

Im tiefen Winter stieg der alte Brant den langen Hang zur Säule des Himmels empor. Er hätte eigentlich seine Novizen und Jungmeister mitnehmen sollen, doch von denen hatte keiner das geringste Interesse an der heiligen Stätte erkennen lassen, und so ging er allein.

Er konnte sein Ziel schon von weitem an der kreisenden Krähenwolke erkennen, die darüber hing. Seine Beine waren müde; er blieb ein-, zweimal stehen, um sich auszuruhen, und jedesmal richtete sein Blick sich auf die flatternde schwarze Masse der Vögel in der Luft.

Sie schienen beunruhigt. Sie wollten auf der Totenstätte niedergehen – es gab dort Fleisch, das wußte er, weil es seit dem Ende des Sommers zwei Sterbefälle gegeben hatte –, doch jedesmal, wenn sie niedergingen, machte irgend etwas im Innern des Ringwalls ihnen Angst, und sie flatterten wieder empor, und das Rauschen ihrer Flügel und ihr Geschrei erfüllten die Luft. Irgend jemand oder irgend etwas war dort oben.

Er schleppte sich weiter. Seine Aufgaben für diesen Tag waren unumgänglich und wichtig. Und er hatte keine Feinde. Er fürchtete sich vor nichts als vor dem heiligen Zorn der Geister seiner Ahnen. Die Neugier trieb ihn an.

Als er den Wall erreichte, begann ein kalter Regen niederzugehen, und er blieb stehen und legte das Bündel nieder, das er bei sich trug, öffnete es und nahm seinen langen Hirschfellumhang heraus. Inzwischen lärmten die Krähen flügelschlagend über ihm, weil er ihnen ein zusätzliches Ärgernis war. Geschützt durch seinen Umhang, trat er ins Innere des Ringes.

Moloquin war es, der die Krähen am Niedergehen hinderte. Brant lächelte in sich hinein. Er hatte gleich diese Vermutung gehabt.

Moloquin saß dort beim Nördlichen Wächter, die Arme über die angezogenen Knie gelegt. Brants Erscheinen schien ihn nicht zu überraschen, und der alte Mann ging ein paar Schritte auf ihn zu und blieb dann stehen und wandte sich um. Sein forschender Blick nahm die ganze heilige Stätte in Augenschein.

Das Gras war tot und braun. Am entlegenen Ende des heiligen Ortes, zwischen zwei der schiefstehenden Steine, lagen die Toten. Den kleinen Jungen, der die Freude seiner Mutter gewesen war, hatte man mit zurechtgeschnittenen Föhrenzweigen bedeckt, und wahrscheinlich war der Leichnam der alten Frau ursprünglich ebenfalls bedeckt gewesen, aber die Krähen hatten sich daran zu schaffen gemacht, und das Fleisch lag aufgedeckt und blutig und zerfetzt. Der große Ringwall umschloß sie alle, Tote wie Lebende, im Zirkel seiner Macht. Sogar der Regen, der jetzt schneidend kalt niederging, war hier ein Segen. Brant wandte sich wieder zu Moloquin.

Der Junge stand auf und kam auf ihn zu. »Karella hat gesagt, du seist hier«, sagte er. »Ich gehe, wenn du es wünschst.«

Brant schüttelte lächelnd den Kopf. »Das Ritual verläuft glücklicher, wenn Menschen dabei sind.« Er legte die Hand auf die Schulter des Jungen und war überrascht über die harten Muskeln, die er unter dem dünnen, gewebten Umhang spürte. »Magst du mir helfen?«

Moloquins Gesicht leuchtete bei diesen Worten auf. Er sagte nichts, trat jedoch näher an Brant heran, und der alte Mann streckte noch einmal die Hand aus und berührte ihn. Gemeinsam schritten sie die Stätte ab, indem sie außen um die aufrechtstehenden Steine herumgingen.

Während sie so gingen, gab Brant ein wenig von seinem Wissen preis, wie der Vogel in der Geschichte, der Samenkörner aus dem Schnabel fallen ließ, um die Folc aus der Gefahr zu führen. Er sagte: »Die Ringe sind an allen Stätten mit stehenden Steinen das eigentlich Bedeutende, die Ringe sind in sich vollständig und bergen die Welt in ihrem Innern. Wenn also ein Meister zu einem Ring kommt, kann er sich in dessen Mitte setzen und die ganze Welt sehen. Jedenfalls das, worauf es auf der Welt ankommt.«

Ein paar Schritte weiter sagte er: »In den Ringen geben die Vorfahren uns bestimmte Botschaften.«

Und noch ein paar Schritte weiter sagte er: »Das Jahr ist ebenfalls ein Ring, ein Kreis, und hier an dieser Stelle können der Kreis des Jahres und der Kreis der Welt als ein einziges Ding gesehen werden.«

Moloquin sagte: »Ich verstehe nicht.«

Brant warf ihm einen scharfen Blick zu. Er konnte sich nicht erinnern, je zuvor mit Moloquin gesprochen zu haben. Er hatte gehört, daß die Redeweise des Jungen wortkarg und schmucklos war, doch von einem so jungen Menschen ohne die Ehrbezeugungen angesprochen zu werden, die ihm schon aufgrund seines Alters zustanden, verdroß den alten Mann ein bißchen. Er kniff die Lippen zusammen und ging weiter. Moloquin hielt mit ihm Schritt. Brant blickte zum Himmel hinauf. Er fragte sich, ob der Sonnenuntergang bei diesem Regen überhaupt zu sehen sein würde.

»Wenn ich nicht sehen kann, was ich heute abend sehen muß«, sagte er, »dann werde ich über Nacht hierbleiben müssen.«

»Was mußt du denn . . .«

Moloquin biß sich auf die Lippen und schlug die Augen nieder, und Brant wartete einen Augenblick, ob er weitersprechen würde, doch er tat es nicht. Brant dachte: Er hat gelernt, daß er andere Menschen nicht ärgerlich machen darf. Wieder berührte er Moloquins Arm.

»Ich muß die Sonne untergehen sehen. Ich werde dir zeigen, von wo wir Ausschau halten müssen. Falls wir sie nicht untergehen sehen, müssen wir morgen früh beobachten, wie die Sonne aufgeht, und wenn uns auch das nicht gelingt, müssen wir noch einen Tag hierbleiben. Bist du dazu bereit?«

»Ich werde bleiben, bis wir genug gesehen haben«, sagte Moloquin.

»Gut«, sagte Brant, »und jetzt komm, ich erkläre dir, was wir tun müssen.«

Sie umrundeten den Ring auf der Ostseite, wo noch zwei weitere Steine in großem Abstand voneinander im Innern des Walls standen, der Südliche und der Östliche Wächter. Brant führte den Jungen zum Südlichen Wächter und sagte: »So, hier mußt du dich hinstellen und zum Horizont schauen und mir sagen, was du siehst.«

Moloquin stellte sich mit dem Rücken zum Stein und blickte nach Westen, und er sagte: »Ich sehe nichts.«

»Warte.«

Brant kehrte zum Östlichen Wächter zurück und stellte sich mit dem Rücken zum Stein und wartete. Der Regen fiel ohne Unterbrechung, nicht stark zwar, aber doch kalt und unangenehm. Brant begann im Innern seines Umhangs zu frösteln. Er fragte sich, wie es wohl Moloquin in seinem Tuchumhang erging. Lange Zeit geschah überhaupt nichts. Er begann zu glauben, daß es heute unmöglich sein würde und er die Nacht hier würde verbringen müssen. Wenn Moloquin ihm Gesellschaft leistete, wäre es angenehm, dem Dorf eine Weile fernzubleiben. Er hatte etwas zu essen mitgebracht, Bohnenkuchen und einen kleinen Krug Brühe. Es war nichts zum Feuermachen da, aber irgendwie würden sie sich schon warmhalten. Er erinnerte sich, Moloquin einmal unter dem Nördlichen Wächter schlafen gesehen zu haben. Für zwei würde das zwar einigermaßen eng werden, aber warm genug wäre es.

Mit grimmigem Vergnügen dachte er, daß dieses Warten Moloquin auf eine echte Probe stellte. Wenn er zu diesem Ort gehörte, würde er ein Leben lang warten. Gegen alle Vernunft wünschte Brant sich einen noch kälteren, noch dichteren Regen, eine noch längere Wartezeit herbei, damit Moloquin eine echte Prüfung zu bestehen hätte.

Die Krähen flatterten und kreisten mittlerweile immer tiefer über ihrer Mahlzeit. Der Regen wurde plötzlich zur Sintflut, ein peitschend niedergehender Guß, der sogar die Umrisse der schiefen Steine im mittleren Ring verwischte. Brant seufzte. Er schloß die Augen und ließ sich das Wasser ins Gesicht klatschen. Er war zu alt für solche Dinge. Die Knochen taten ihm weh, wenn es regnete. Er wußte, demnächst würde er selbst im Gras liegen, nur unzureichend geschützt gegen die Angriffe der Krähen, und sein Geist würde durch die Luft flattern, gemeinsam mit den anderen Folc, den wahren Folc, der Oberwelt.

Danach sollte man sich sehnen, als dem Höhepunkt des Lebens, daß man in die wahre und ewige Welt aufgenommen würde, und doch schauderte der alte Brant davor zurück. Wenn er sich als Toten vorstellte, sich ausmalte, wie alles Leben ohne ihn weitergehen würde, überkam ihn ein so starkes Gefühl des Verlusts, daß er innerlich erstarrte vor Furcht. Dann empfand er nur noch eine würgende Angst davor, nicht mehr zu sein.

Das war Schwäche. Streng hielt er sich vor, daß alle Lebewesen sterben mußten und daß der Tod der Übergang in die wirkliche Welt war, doch war dieser Übergang in seiner Vorstellung ein finsterer, gewundener Tunnel ins Nichts, und diese Welt hier voller Leben und Abwechslung, voller Sonne und Wind und Tränen und Lachen erschien ihm über die Maßen kostbar.

Auf einmal schrie Moloquin: »Meister!«

Brants Kopf fuhr hoch, und er riß die Augen auf – er glaubte einen Augenblick lang, eingenickt zu sein, so tief war er in sich versunken gewesen –, und er hob das Gesicht in den Regen. Das Prasseln ließ nach. Er reckte sich, wandte sich nach Westen, und ein leiser Schrei entfuhr ihm.

Dort, in westlicher Richtung, sah er als erstes den nächsten Stein und Moloquin daneben; Brant wollte ihm gerade zurufen, daß er sich wieder vor den Stein stellen solle, als der Junge sich plötzlich umwandte, den Stein umklammerte, der gewiß doppelt so hoch war wie er, und an ihm hinaufkletterte. Brant schluckte seine Worte hinunter, denn sein Blick wanderte weiter, über den Wall hinweg, dessen Scheitel mit dem Ende des Steins auf einer Höhe lag, und zum fernen Horizont.

Das Unwetter hatte sich ausgetobt. Der Regen war vorbei. Über der Welt lag ein Wolkendach, grau und schwer wie aus steinernen Tafeln, die vom einen Rand der Welt zum anderen gelegt waren, aber dort im Westen hatte das Wolkendach sich jetzt ein bißchen über die Welt hinausgehoben, und die Sonne fiel unter ihm herein. Die Sonne glitt unter die Wolkentafeln; ihr unterer Rand berührte den Horizont und ihr oberer Rand das Wolkendach, und ihr Licht schien über die Welt, ein gleißendes, horizontales Licht, das wie ein reinigender Strahl über die ganze nasse Welt hinweg funkelte. Die Steine glitzerten in diesem Licht, und die wildflatternden Krähen glänzten schwarz. Brant riß die Arme empor und schrie vor Freude.

Langsam sank die Sonne hinter den Rand der Welt. Moloquin sprang von dem Stein herab und kam zu dem alten Mann gerannt.

»Was ist geschehen? Bist du deswegen hergekommen?«

Brant nickte. Die Sonne war unmittelbar rechts von dem Stein untergegangen, was bedeutete, daß sie nur noch ein paar Tage lang das stetige Kürzerwerden der Tage und das Längerwerden der Nacht ertragen mußten, das alle so niederdrückte, wenn das Jahr dem Ende zuging. Er ließ sich auf die Fersen nieder und blickte lächelnd zu Moloquin auf.

»Ja«, sagte er, »ja, wir haben das Mysterium gesehen.«

Moloquin setzte sich vor ihn. »Erzählst du es mir?«

Brant zuckte die Achseln. Er konnte dem Jungen nichts erzählen, was der nicht schon wußte, so schien ihm. Er sagte: »Du weißt doch, in dem Maße, wie der Sommer schwindet, werden die Tage kürzer.«

Moloquin nickte.

»Von Anfang an haben die Folc das gewußt. Alle Lebewesen wissen das, die Vögel beobachten es auf ihren Flügen, und selbst die Mäuse graben sich eine Höhle für den Winter, wenn das Licht schwächer zu werden beginnt. Lange Zeit hat man geglaubt, daß das Licht ganz ausgehen würde, wären da nicht die Folc gewesen, die es mit allerlei Maßnahmen wieder hervorlockten. Doch inzwischen wissen wir, daß das nicht stimmt. Das Licht wird schwächer, und in dem Maße, wie es das tut, wandert der Punkt, wo die Sonne untergeht, am Rand der Welt entlang nach Westen, Tag um Tag. Doch wenn dieser Punkt erreicht ist–«, er wies mit dem Kopf zu der Linie hinüber, auf der die beiden Steine sich befanden, »dann kehrt die Sonne um und bewegt sich wieder ostwärts, und das Licht kommt wieder, jeden Tag. Nur am Anfang nicht so rasch.«

Moloquin sagte nichts. Sein Blick hing am Gesicht des alten Mannes.

»Und das ist das Geheimnis«, sagte Brant. Obwohl der Regen wieder einsetzte, war er jetzt entspannt, entspannt und zufrieden, wie nach dem Geschlechtsakt. Er befühlte das tote Gras um sich herum. Die Krähen landeten in der Nähe der Leichen am Boden, und er klaubte ein Steinchen auf und warf es nach ihnen, allerdings ohne eine Wirkung zu erzielen. Sie waren mittlerweile an sie gewöhnt. Er wandte sich wieder Moloquin zu.

»Das ist das Mysterium, ein sehr schlichtes, Moloquin. Es sagt uns, daß die Welt eine geordnete ist. Sie macht alles in Kreisen. Wenn wir genug wissen und unsere Kenntnisse miteinander verbinden, ist alles ein Kreis.«

Moloquin starrte ihn einen Augenblick wortlos an. Brant dachte schon enttäuscht: Er versteht es nicht, doch dann lächelte der Junge ihm zu.

»Ja«, sagte er, »das gefällt mir. Ja.«

Brant antwortete mit einem Grunzen. »Erfreulich zu hören, daß du zufriedengestellt bist, Moloquin«, sagte er. »Ich bin sicher, deine Stellungnahme macht jetzt schon die Runde in der Oberwelt.«

Immer noch lächelte er Moloquin zu, der sich gerade bewährt hatte, obwohl er das wahrscheinlich gar nicht wußte. Brant richtete sich wieder auf.

»Jetzt gehen wir zurück. Jetzt kann ich Ladon sagen, daß wir das Mittwinterfest abhalten können.«

Auch Moloquin stand auf, und die beiden machten sich auf den Rückweg. Sie verließen den Ring durch die Lücke im Wall, die sich unmittelbar gegenüber auftat. Brant ging neben dem Jungen her. Er sichtete im Geist die Erkenntnisse, die er heute gewonnen hatte. Moloquin war ungeschult in den Fertigkeiten der Männer und bedurfte der Unterweisung, doch er gehörte hierher, an diesen Ort. Brant hatte die Hoffnung längst aufgegeben, ein geeignetes Gefäß zu finden, in das er seine eigene Meisterschaft geben konnte, ehe er in die Oberwelt hinüberwechselte. Jetzt hatte er eines. Selbst Moloquins Wunderlichkeit gereichte ihm in dieser Hinsicht zum Vorteil: Die Folc erwarteten von einem Meister des Grünen Zweiges, daß er ein bißchen seltsam war. Brant legte dem Jungen den Arm um die Schulter. Er tat so, als sähe er den Anflug eines Lächelns, das vergnügte Funkeln in den Augen des Jungen nicht. Sie liefen zurück ins Dorf hinunter.

Der Winter dauerte an, doch jeden Tag, wenn die Sonne aufging, hob sie, wie Brant gesagt hatte, den Kopf ein bißchen weiter östlich, als sie es am Tag zuvor getan hatte, und jeden Tag blieb sie ein bißchen länger am Himmel. Alsbald erwärmte die Erde sich unter ihren Liebkosungen. Bei der Tagundnachtgleiche gab es einen heftigen Schneesturm und Schneeregen und Hagel, als sträubte der Winter sich, die Herrschaft abzutreten, doch an den darauffolgenden Tagen waren der Himmel blau und der Wind warm, und die Frauen wußten, es war an der Zeit, in die Gärten zurückzukehren und sie für die Frühjahrssaat vorzubereiten.

Die Männer hielten eine große rituelle Jagd ab und kehrten mehrere Tage nicht ins Dorf zurück. Sie nahmen viele von den größeren Jungen mit, weil diese Jungen bald schon in einen Bund gewählt werden würden und die Männer sich vorher einen Eindruck von ihnen verschaffen wollten. Moloquin ging nicht mit ihnen.

Unaufhaltsam stieg die Sonne höher und höher am Himmel empor, bis sie als Himmelskönigin erstrahlte und über alles gebot bis auf ein kleines Eckchen Nacht. Dann kam ein Läufer vom Dorf weiter nördlich, der alle Folc zur Großen Versammlung an dem Ort zusammenrief, der Die-Wenden-des-Jahres genannt wurde. Und während er in Ladons Rundhaus war, wartete er noch mit einer weiteren Neuigkeit auf – nämlich der, daß Mashod, der Häuptling des größten Dorfes im Norden, im Verlauf des Winters gestorben und sein Nachfolger bereits bestimmt worden sei: Rulon, sein Schwestersohn.

Die Folc machten sich auf den Weg zur Großen Versammlung. Von den Langhäusern brachen die Frauen in ungeordneten Scharen auf, schwatzend, die Babys auf dem Rücken, und in Körben trugen sie Schrot und getrocknete Bohnen und Käse und an Schnüren ihre getrockneten Lachse, geräucherte Lachse und geräuchertes Schweinefleisch. Mit ihnen liefen, ohne festen Platz in der Menge, die Hauptfrauen der Folc, die genauso aussahen wie alle anderen, bis auf ihre leuchtenden Kleider.

Die Männer brachen mit großem Zeremoniell auf. Sie setzten Ladon in seinen Tragsessel und trugen ihn dreimal ums Rundhaus, wozu sie das rituelle Lied sangen, und dann machten sie, jeder Mann an seinem vorgeschriebenen Platz, ihre Masken, Trommeln und Speere am Gürtel fest. Männer und Frauen gingen, wie auch sonst immer, getrennt, ihre Pfade kreuzten sich zwar oft, doch legten sie niemals ein Stück des Weges gemeinsam zurück.

Sie wanderten aus der Talmulde aufwärts und in die Hügel hinein, die sich im Norden erhoben. Dort fiel das wellige Land plötzlich in steilen Klippen zu einem morastigen, stinkenden Tal ab, das sie den Toten Fluß nannten, obwohl es dort keinen Fluß gab. Weiter westlich, am Ende des tief eingeschnittenen Tales, war ein Teich. Auf der stumpfen Hügelkuppe oberhalb dieses Teiches tauchte ein Ringwall mit einem emporragenden Stein auf, eine uralte heilige Stätte, die denen gehört hatte, die hier lebten, ehe die Folc kamen. Die Folc nannten den Ort Altes Lager.

An dieser Stelle war das Tal eng, und die Folc wählten sie als Übergang, um zur anderen Seite zu gelangen. Die alten Trampelpfade an den Hängen waren vom Winterwetter so glitschig und ausgehöhlt, daß die Folc sich neue Pfade nach oben stampfen mußten. Von der Kuppe des Hügels aus mußten sie dann nur noch ein Stückchen über offenes Gelände laufen, wobei sie den alten Pfaden über Hänge, durch Mulden und über baumlose Sättel folgten, bis sie am Versammlungsort angelangt waren.

Moloquin ging neben Karella her, Grub, der so tat, als ginge er allein, unmittelbar hinter sich. Als sie sich dem Versammlungsort näherten, ging die Sonne gerade unter, und es herrschte Zwielicht. Die Feuer der Folc breiteten sich über der Ebene vor ihnen aus wie Blüten im Dunkeln. Es gab so viele Feuer, daß Moloquin sich dichter an Karella hielt und seine Hand unter ihren Arm gleiten ließ. Sie blickte rasch zu ihm auf und lächelte.

Ladons Dorf war nicht das einzige Dorf der Folc. Hier an der heiligen Stätte, den Wenden-des-Jahres, gab es ein anderes Dorf, dessen Häuptling der erst kürzlich zu dieser Würde gelangte Rulon war. Sein Dorf lag auf einer weiten flachen Ebene, aus der etliche Quellen hervorsprudelten, die viele Bäche nach Osten zum Fluß schickten. Rund um Rulons Dorf schlugen die Folc, die zur Versammlung gekommen waren, unter freiem Himmel ihre Lager auf, wobei die, die aus demselben Dorf kamen, sich jeweils zusammenscharten, so daß rund um das Dorf ganze Gruppen von Feuerstellen aufflammten.

Rulons Dorf war viel kleiner als das von Ladon, denn es hatte nur zwei Langhäuser. Das Rundhaus war allerdings gewaltig.

Karella sagte: »Früher war dieses das größte Dorf der Folc, doch die Zeiten haben sich geändert.«

»Wo sind denn ihre Gärten?« fragte Moloquin.

Sie zuckte die Achseln. »Vielleicht dort drüben.« Sie machte eine unbestimmte Geste in Richtung Süden. »Das Dorf steht schon ziemlich lange; sie müssen weit laufen, bis sie an den Plätzen ihrer Arbeit sind.«

Sie führte ihn zu dem Lager, wo sich Ladons Folc ihre Herdstellen errichteten, und suchte sich einen Platz, um Feuer zu machen. Moloquin hatte auf ihrem Weg zu Rulons Dorf Holz gesammelt, das einen großen Haufen ergab, als er es jetzt fallen ließ, um sich auf die Suche nach Steinen für die Herdstelle zu machen.

Karella seufzte, froh, daß sie den Weg hinter sich hatte. Die Beine taten ihr weh. Sie hatte ihren halben Hausstand auf dem Rücken mitgeschleppt: Matten zum Sitzen und Schlafen, einen Korb und einen Kochtopf und einen Wasserkrug. Sie breitete eine Sitzmatte aus und richtete die zweite her, die einen Rahmen aus Stöcken hatte, so daß sie sich anlehnen konnte. Dann zeigte sie auf den Krug.

»Grub«, sagte sie, »nimm den Krug und hol uns ein bißchen Wasser.«

Der kleine Junge sperrte den Mund auf. »Ich, Ana-Karella?«

»Ja, du«, sagte sie, »und daß du nur ja bachaufwärts gehst, damit das Wasser auch klar ist!«

Immer noch stand er wie angewurzelt, fassungslos, daß sie ihn arbeiten schickte, und ihr riß der Geduldsfaden, und sie warf einen Stock von Moloquins Holzstoß nach ihm. Er flitzte los wie ein Kaninchen, den Krug in der Hand, doch sie sah, daß er nicht bachaufwärts ging, sondern an die nächstbeste Stelle, wo alle anderen auch hingingen und das Wasser eine schmutzigbraune Farbe angenommen hatte.

Moloquin kehrte zurück, die Arme voller Steine. »Ana«, sagte er leise, »hier sind zu viele Menschen.« Er hockte sich nieder und legte zu Karellas Füßen einen Ring aus den Steinen.

»Aber, aber, mein tapferer Junge wird doch nicht etwa Angst haben?« Sie streckte die Hand aus, um ihn zu berühren, und lächelte, und er unterbrach seine Arbeit und ließ sich von ihr ein Stück von einem toten Blatt aus dem zerzausten Haar zupfen. »Bleib schön bei mir. Tu so, als wärst du dumm und einfältig, und kein Mensch wird etwas dabei finden, wenn du dich seltsam benimmst und seltsame Sachen sagst.« Sie hielt nach Grub Ausschau, der noch immer am Bach war, und wandte sich dann wieder Moloquin zu: »Eigentlich sagst du am besten gar nichts.«

Und zwar deshalb, weil er mit ihnen immer noch sprach wie zuvor. Zwar hatte er in dem Jahr, das er mit Karella verbracht hatte, gelernt, die Worte sinnvoll zu verwenden, aber er sprach immer noch wie ein Kind mit Kindern oder wie die Frauen, auf schlichte, schmucklose Art. Sie nahm an, daß er zu wenig mit Männern zusammen war, um deren Sprache erlernen zu können.

Sie sagte: »Still jetzt, da kommen Fremde.«

Sie meinte damit, daß sie für ihn Fremde waren; für sie waren sie es nicht. Sie streckte die Hände aus und rief:

»Joba . . . Halla! Entschuldigt bitte, daß ich nicht aufstehe, um euch zu begrüßen, aber meine Beine sind immer noch irgendwo auf der anderen Seite des Toten Flusses. Kommt, setzt euch.«

Die Neuankömmlinge ergriffen Karellas Hände und drückten sie. Joba, eine ungeheuer dicke Frau, deren langes offenes Haar grau und weiß gestreift war wie der Nachthimmel von Sternenschweifen, beugte sich nieder, um sie auf die Wange zu küssen.

»Der Himmel hat Erbarmen mit uns gehabt, wir sind wieder freundschaftlich versammelt.« Sie setzte sich zur Rechten Karellas nieder und schüttelte den Kopf. »Ein schlimmer Winter war das, meine alte Schwester.«

»Und jetzt ist der Sommer da«, sagte Karella und hielt die Hand von Halla, der jüngeren von beiden, einer Frau mit hellbraunem Haar und breitem Lächeln, umklammert, die links von ihr Platz nahm. »Es gibt kein Übel auf der Welt, das nicht mit den Jahreswenden verschwände. Gleich kann ich euch etwas anbieten, mein Junge muß nur erst Feuer machen und sein fauler Freund das Wasser bringen.«

In ihrer Mitte war Moloquin damit beschäftigt, die Zweige für das Feuer zusammenzustecken. Er blickte nicht auf. Grub kehrte mit dem Wasserkrug zurück.

Karella probierte das Wasser und spie es wieder aus. »Das nächste Mal«, sagte sie und funkelte Grub zornig an, »schicke ich Moloquin. Verschwinde jetzt, ich kann dich hier nicht gebrauchen, wenn du mir nicht gehorchen willst.«

Grub zog sich ein bißchen zurück; sie achtete nicht weiter darauf, wohin er ging, sobald er aus ihrer Reichweite war. Statt dessen beschäftigte sie sich angelegentlich mit ihrer Sitzmatte und der Rückenlehne, um es sich bequemer zu machen. Moloquin hatte das Feuer angezündet – sie hatten eine Kohle aus dem Dorf mitgebracht –, und nun trat er hinter sie und half ihr wortlos, mit ihrem Sitz zurechtzukommen.

Die beiden fremden Frauen beobachteten das alles mit Augen so scharf wie die einer braunen Drossel, die in einem Busch umherspringt und nach Schnecken sucht. Karella legte die Hände in den Schoß.

»Ich hoffe, du hast viele Geschichten dabei, Karella-el«, sagte Joba.

Karella lachte. »Mit jedem Monat zerbirst ein neues Ei in meinem Kopf. Doch du, Joba-el, brauchst gewiß unsere Anteilnahme. Erzähl mir, wie Mashod gestorben ist.«

»Ach der«, Joba tat ihren toten Bruder mit einer verächtlichen

Handbewegung ab. »Laß ihn ruhen. Er wurde grau und starb, unmittelbar nach dem Festgelage. Wer mir jetzt Kummer macht, ist Rulon.«

Rulon war ihr Sohn. Karella murmelte: »Gesegnet die Mutter, die ihren Sohn zum Mann heranwachsen sieht.«

»Ja – gesegnet in der Tat«, sagte Joba scharf, »er ist immer noch ein grüner Junge, mein Rulon, immer noch ein kleiner Wurm, doch hält er sich jetzt für einen Stern am Himmel. Er hat Mashod im Sinn und weiß nicht, daß Mashod vor allem ein großer Windmacher war. Es wird morgen Ärger geben, ich warne dich.«

Karella grunzte, kratzte sich an der Lippe und äugte in den Krug, um festzustellen, ob das Wasser unterdessen klar geworden war. Das Feuer loderte hell und warm, und sie war hungrig. Moloquin hockte neben ihr und verfolgte alles unter seinen dunklen Brauen.

»Ladon wird damit schon fertigwerden«, sagte Karella, »er ist lange genug Häuptling, um sich auf die Erfordernisse der Macht zu verstehen, und wenn Rulon, wie du sagst, noch in irrigen Vorstellungen befangen ist...«

»Er findet, er sollte als erster in den Kreis treten.«

Halla, die bisher geschwiegen hatte, kicherte leise. »Ich weiß nicht, was sie mehr bekümmert – daß Rulon seinen Willen kriegen könnte oder daß er zurechtgewiesen wird. Was ist denn das für ein Junge neben dir?«

»Das ist ein kleiner Dummkopf, den ich in meine Obhut genommen habe«, sagte Karella. »Beachtet ihn gar nicht.«

Joba stocherte traurig mit einem Stock im Feuer herum. »Es heißt zwar, mit dem Alter findet die Frau ihren Frieden, doch das stimmt nicht. Sei froh, daß du keine Kinder hast, Karella. Meine Tochter macht mir ebensowenig Freude. Ein trauriges Leben ist das, was unsereiner führt, ein Quell des Kummers.«

Halla lachte sie aus. »Oh, jetzt müssen wir aber alle dicke Tränen weinen, weil unsere Joba soviel zu leiden hat – los, nun weint schon, alle weinen!«

Joba warf ihr einen wütenden Blick zu, und Karella stimmte in das gutmütige Gelächter der anderen mit ein. Joba hatte schon immer gern geklagt. Die Flammen schlugen jetzt lodernd empor, und es war so warm, daß sie alle ein bißchen vom Feuer abrücken konnten, und Karella griff wieder nach dem Krug.

»Nein«, sagte Moloquin und nahm ihn ihr aus der Hand, »ich geh' dir gutes Wasser holen, meine Mutter.« Er goß das Wasser auf den Boden und lief bachaufwärts.

»Gut«, sagte Halla behaglich und kreuzte die Füße, um sich draufzusetzen, den langen Rock über die Knie gezogen. »Jetzt erzähl uns, wer er wirklich ist, Karella.«

»Wer?«

»Karella! Dieser Junge da. Wer ist er? Er hat dich ›Mutter‹ genannt. Und ein Dummkopf ist er auch nicht, oder ich verstehe mich nicht auf Gesichter.«

Karella lächelte ihr zu. »Er ist Aels Sohn.«

»Ael«, sagten beide Frauen verständnislos.

»Ja – Ael. Die Schwester von Ladon, die er vor langer Zeit in den Wald getrieben hat, als sie ohne Gatten schwanger geworden war. Erinnert ihr euch nicht?«

Im Feuerschein war Jobas Gesicht rund und flach wie der Mond; ebenso rund und flach waren auch ihre Augen. Halla sagte: »An das Aufsehen, das der Vorfall erregte, erinnere ich mich, glaube ich – ich habe ihn allerdings nicht mit Ladon in Verbindung gebracht.«

»Es war, ehe Ladon Häuptling wurde. Im Jahr davor. Damals kanntest du ihn noch nicht.«

Joba sagte: »Doch von wo ist der Junge denn hergekommen?«

»Er kam aus dem Wald«, sagte Karella.

Joba richtete den Blick zum Himmel. Halla lehnte sich zurück, starrte Karella an und ließ erneut ihr perlendes Lachen erklingen.

»Oh, oh! Ich sehe etwas, viel tiefer als ein Eimer Wasser.« Sie wandte sich an Joba. »Man läßt Ladon gegen Rulon los, und dann diesen Jungen gegen Ladon – so einfach ist das.«

Joba murmelte etwas Unverständliches und beugte sich mit halb geschlossenen Augen zum Feuer. »Du bist eine Närrin, Karella. Du stehst besser da ohne Kinder, hör auf meine Worte, sie bringen nichts als Plackerei und Enttäuschungen.«

Moloquin kehrte zurück. Er brachte einen Krug klares Wasser, und jetzt machte Karella sich daran, den Frauen eine Brühe zum Trinken zu bereiten. Der Junge setzte sich still hinter sie und beobachtete alles, was vor sich ging.

Während die Brühe siedete, sagte Halla: »Harus Kum ist wieder da.«

»Harus Kum?« Karella zog die Brauen zusammen und versuchte sich an das Gesicht zu erinnern, das zu dem ausländischen Namen gehörte.

»Der Fremde«, sagte Joba, »der Perlen-und-Zwietracht-Bringer.«

»Ach ja«, sagte Karella und sah einen großen Mann mit einem langen Gesicht vor sich, das durch einen lockigen Bart noch verlängert wurde. »Wieviel Leute hat er denn dabei?«

»Drei oder vier.«

»Er erscheint mir harmlos. Er ist doch früher schon zur Versammlung gekommen; er erfreut sich Ladons Gunst und bekommt immer Geschenke von ihm.«

Halla sagte: »Er benimmt sich sehr merkwürdig. Er hat eine ganz lange Peitsche im Gürtel stecken, und ich habe gesehen, daß er damit auf seine Leute losgeht. Und er gibt den Häuptlingen sehr seltsame und wirkungsvolle Geschenke, die voller Zauberkräfte sind, und die Männer geraten sich darüber in die Haare.«

»Ich begreife nicht, weshalb du dir deswegen Sorgen machst«, sagte Karella.

»Was brauchen wir blaue Perlen? Und wenn wir sie nicht brauchen, weshalb gelüstet es die Männer dann so sehr danach?«

Die beiden anderen Frauen lachten über Hallas Wortwahl, und sie neckten sie und machten die üblichen Scherze über die Gelüste und die Bedürfnisse der Männer und die Wahrscheinlichkeit, daß die blauen Perlen den Frauen am Ende den Rang ablaufen könnten. Neben Karella lauschte Moloquin mit leuchtendem Gesicht. Er streckte plötzlich die Hand aus, steckte Stöcke ins Feuer und legte dabei in den Flammen ein Muster, wie Karella es ihn gelehrt hatte.

Da schossen plötzlich Jobas Finger nach seinem Handgelenk und packten es.

Er zuckte von Kopf bis Fuß zusammen, wie ein winziges Baby. Karella sah, wie er erstarrte. Er wich jedoch nicht zurück oder versuchte, sich zu befreien, sondern wandte nur den Kopf und starrte Joba ins Gesicht, und zwei Atemzüge lang blickten der Junge und die alte Frau einander tief in die Augen.

Sie ließ ihn los. Sie richtete sich wieder auf, senkte ihr Doppelkinn und stierte vor sich hin.

»Geh«, sagte sie.

Schweigend stand der Junge auf und ging weg. Joba regte sich nicht.

Halla und Karella warteten eine Weile, weil sie annahmen, daß die andere sprechen würde, doch als sie nichts sagte, hustete Halla und schlug sich mit der Hand aufs Knie.

»Na, nun komm schon, Joba, kannst du das Leben nicht einfach nehmen, wie es kommt, statt hinter allem und jedem Unrat zu wittern? Was ist denn jetzt wieder los?«

»Ich weiß nicht«, sagte Joba und hob den Kopf, und zu Karellas Verwunderung blitzten Tränen in den Furchen und Falten ihres Gesichtes. »Er kam aus dem Wald, sagst du? O Karella«, sie schüttelte den

Kopf. Mit dem Zeigefinger wischte sie sich die Tränen unter den Augen weg. »O Karella, erzähl uns eine Geschichte, erzähl uns eine lange Geschichte, in der wir uns verlieren können.«

Auf der Ebene nördlich von Rulons Dorf standen die Steinringe, die Die-Wenden-des-Jahres genannt wurden. Es waren keine richtigen Kreise, sondern Ovale, eines im anderen, und weshalb sie so beschaffen waren, war Geheimwissen des Bärenschädel-Bundes. Mehr als mannshoch, manche davon zweimal so hoch wie noch der größte Mann, waren die Steine auf zwei Arten geformt, die sich rund um den Ring abwechselten: Ein Stein verlief völlig geradlinig, und der nächste war in der Mitte breiter und oben zugespitzt.

Die Uneingeweihten glaubten, daß diese Formen das Männliche und das Weibliche bedeuteten, doch das stimmte nicht. Die Rituale des Bärenschädels sahen vor, daß die geraden Steine im einen, die zugespitzten im nächsten Jahr verwendet wurden.

Innerhalb des größeren der beiden Kreise, nicht aber innerhalb des kleineren, war eine Plattform aus Baumstämmen, die so geformt war wie die Tragsessel, in denen die Häuptlinge reisten. Ehe die Sonne aufging, am ersten Tag der Versammlung, wurde dieser ausladende Thronsessel mit Bären- und Hirschfellen bedeckt, und rundherum standen gefiederte Speere. Die Folc waren in der Nacht aufgestanden und hatten sich rund um den gewaltigen Wall außerhalb des Steinrings versammelt.

An dessen östlicher Seite ließen sie eine Lücke, einen Durchgang, durch den die aufgehende Sonne in die steinernen Ringe hineinscheinen und ihre segensreichen Strahlen auf die Plattform und auf diejenigen werfen konnte, die darauf sitzen würden.

Jene waren dort noch nicht angelangt, und die Frage, wer die Plattform zuerst betreten würde, war in aller Munde.

»Ladon!« schrien manche, und die Männer schlugen ihre Trommeln und schwenkten ihre Speere, und die Frauen schüttelten die Hände über den Köpfen. »Ladon!«

»Rulon!« schrien andere. »Rulon!« Und es begann ein gewaltiges Getrommel.

»Barlok! Barlok!«

»Mithom!«

»Ladon! Ladon!«

»Rulon!«

»Barlok!«

»Rulon! Rulon!«

Andere Stimmen riefen nach anderen Häuptlingen, doch sie gehörten zu kleineren Dörfern, und ihre Stimmen konnten gegen die donnernden Chöre der Folc von Ladon und der Folc von Rulon nicht ankommen, und so gingen die anderen Namen nach und nach völlig unter. Und wenn die Namen ihrer Häuptlinge in den Ladon- oder Rulon-Rufen untergingen, wählten die Angehörigen der anderen Dörfer einen von den beiden, für den sie schreien wollten, und fielen gleichfalls in diesen Wettstreit ein.

Nun ging die Sonne auf. Der Himmel war völlig wolkenlos, die Luft war bereits warm und blitzte vom Morgenlicht, und die Folc waren voller Lebensfreude und Hoffnung.

»Ladon! Ladon!«

»Rulon!«

Da kamen die weniger bedeutenden Häuptlinge, Barlok, ein alter Mann, der von zwei jüngeren gestützt wurde und dessen Bärenfellumhang durch den Staub hinter ihm herschleifte. Er erreichte die Öffnung im Ring, trat zur Seite und blieb dort stehen. Jetzt gelangte auch Mithom dort an, um an der einen Seite des Weges zur Plattform Aufstellung zu nehmen, und zwei andere, unbedeutendere Häuptlinge kamen über den Wall hinab zum Eingang, und dort wählte jeder eine Seite, und auch sie stellten sich dort auf und warteten. Währenddessen riefen die Folc unablässig die beiden Namen, und es schien keinen Unterschied zwischen beiden zu geben.

Schließlich kam Rulon über den Ringwall.

Er war von jugendlicher Schönheit. Sein Haar war geflochten und geknüpft, und er trug ein Bärenfellgewand und einen Speer in der Hand, der mit rot und blau und gelb gefärbten Federn verziert war. In der Rechten, die er emporgereckt hielt, trug er die Keule, die der besondere Stolz seines Dorfes war: Es hieß, kein Mann außer einem Häuptling könne sie hochheben. Flintsteinstacheln bedeckten ihren runden Kopf, und in den langen Schaft waren Quarz- und Bernsteinstücke eingelegt.

Als die Folc ihn nahen sahen, überwältigte sie seine Schönheit, und aus sämtlichen Kehlen stieg sein Name zum Himmel.

»Rulon! Rulon! Rulon!«

Daraufhin schien er noch größer zu werden. Stolzgeschwellt stand er unmittelbar am Eingang, der zum Thronsessel führte, und sein Name umgab ihn wie eine magische Wolke, und die gewaltige Keule schwebte um Armeslänge über seinem Kopf.

»Rulon! Rulon!«

Es schien keinen Zweifel zu geben. Der Thron wartete auf ihn. Er machte einen Schritt in seine Richtung, und plötzlich verstummte die Menge.

»Rulon!«

Das war nur eine einzige Stimme. Eine Stimme, die über die Wenden-des-Jahres dröhnte und bewirkte, daß Rulon wie vom Donner gerührt stehenblieb.

Und nun kam Ladon über den Wall hinab.

Niemand rief seinen Namen. Viele hielten sich die Hände vors Gesicht, als wollten sie sich vor seiner Ausstrahlung schützen. Selbst Rulon wandte sich um, um ihm entgegenzublicken. Riesig war er, seine Schritte waren langsam wie die eines gewaltigen Bären, und wenn auch manche die Holzkeile bemerkten, die er sich unter die Füße geschnallt hatte, so zweifelte doch niemand an seiner Riesenhaftigkeit. Sein Gewand war mit Federn und Bernsteinstücken verziert. In der Hand trug er einen Speer und eine Trommel, und um den Hals hatte er unzählige Schnüre blauer Perlen geschlungen, die bei jedem seiner Schritte klirrten.

Langsam ging er auf Rulon zu und blieb, riesenhaft aufragend, im Eingang zum Thron vor dem jungen Mann stehen.

»Ladon!« brüllten die Folc.

Rulon hob die gewaltige Keule, so hoch er konnte, über den Kopf, und schüttelte sie.

»Rulon!« ertönte es, und dann folgte ein donnerndes »Ladon!«

Ladon tat nichts. Die aufgehende Sonne fiel auf die Perlenschnüre, die seine Brust bedeckten, und er funkelte vor Licht. Wieder hob Rulon die Keule über den Kopf empor, und wieder entlockte diese Geste der Menge seinen Namen, aber es war wie ein Flüstern, verglichen mit dem gebrüllten von Ladon.

Und nun reckte Rulon die Keule zum drittenmal himmelwärts. Die Menge verstummte. Er hielt die Keule mit ausgestrecktem Arm und wankte sichtlich unter ihrem Gewicht, aber die Menge schwieg, und niemand rief seinen Namen. Als er das ungeheure Gewicht schließlich nicht länger halten konnte, senkte er den Arm, und nun umtoste das Geschrei der Menge ihn wie ein Unwetter.

»Ladon! Ladon! Ladon!«

Rulon schien zusammenzuschrumpfen. Die Keule fiel zu seinen Füßen nieder. Seine Schultern sackten hinab. Ladon maß ihn noch einen langen Augenblick, kostete seinen Triumph aus bis zum letzten, dann wandte er sich ab und schritt mit seinem wiegenden, majestätischen Gang über das kurze Gras auf die Plattform zu, wandte sich abermals um und winkte mit erhobenen Armen seine Männer aus der Menge zu sich. Sie eilten zu ihm; gemeinsam hoben sie ihn empor, setzten ihn auf den Bärenfellen nieder, und alle Folc verneigten sich vor ihm. Die aufgehende Sonne beleuchtete ihn. Über alle anderen emporgehoben, blickte er über die Welt, und er wußte, daß sie ihm gehörte.

Joba wußte nicht zu sagen, was sie im Gesicht des fremden Jungen in Karellas Lager gesehen hatte, aber es bedrückte sie.

Sie erlebte die Demütigung ihres eigenen Sohnes Rulon am Eingang der Wenden-des-Jahres und empfand eine gewisse grimmige Genugtuung dabei, weil kein Häuptling je so groß war, wie Rulon es von dem Augenblick an hatte sein wollen, als er zum erstenmal die Keule in die Hand genommen hatte. Sie fühlte sich ihrem Sohn nicht eng verbunden, und Männern mißtraute sie sowieso.

Dennoch war sie gedrückter Stimmung. Sie saß an ihrer Herdstelle im alten Langhaus, wußte, daß Arbeit auf sie wartete, und war doch unfähig, sich aufzuraffen, um etwas zu tun. Nicht weit von ihr saß ihre Tochter Shateel und kämmte sich das Haar, und die genießerische Trägheit der jungen Frau reizte sie zu bitteren Worten.

»Was denn! Sind schon so viele Vorräte im Rundhaus, daß wir nicht mehr zu arbeiten brauchen? Steh auf, Mädchen, an die Arbeit mit dir! Los, los!«

»Mutter, heute ist doch die Versammlung«, sagte Shateel. »Während der Versammlung arbeitet doch niemand.«

Langsam zog sie den hölzernen Kamm durch ihr langes blondes Haar. Joba mußte sich eingestehen, daß sie von allen Mädchen der Folc das schönste war. Sie sah aus wie ein junges Reh, anmutig, frisch und makellos, und war voller Neugier auf das Leben. Joba spürte die Last ihrer Vergangenheit wie einen Stein, der sie in den Tod hinabziehen wollte. Sie wußte, ihr Leben war fast vorbei. Ihre Seele war krank.

Zutiefst unglücklich, wandte sie sich wieder ihrer Tochter zu.

»Kannst du nicht wenigstens aufstehen, so daß ich die Feuerstelle in Ordnung bringen kann? Wenn du deiner armen alten Mutter schon nicht helfen willst . . .«

Bei diesen Worten erblickte sie einen Fremden, der durch das Langhaus auf sie zugeschritten kam, und sie schwieg sofort. Es wäre unschicklich gewesen, seinen Groll vor jemandem aus einem anderen

Dorf zu zeigen. Rasch brachte sie ihre Feuerstelle in Ordnung und machte dabei einen Bogen um Shateel.

Denn das Mädchen rührte sich nicht vom Fleck, um seine Mutter vorbeizulassen. Sie hielt sich eine Flechte ihres langen Haars vor die Augen, um ihren Glanz bewundern zu können. Wenn sie den Fremden kommen sah, so ließ sie es sich jedenfalls nicht anmerken, nicht einmal, als er vor Jobas Herdstelle stehenblieb.

Die alte Frau hingegen richtete sich auf, trat auf ihn zu und machte mit beiden Händen eine weit ausholende Begrüßungsgeste.

»Tritt an meine Herdstelle, Fremder, und laß mich meinen Vorfahren die Ehre erweisen und den deinen ebenfalls: Tritt ein.«

»Sei gegrüßt, Joba«, sagte der Fremde lächelnd, »im Namen unserer gemeinsamen Vorfahren, denn wir sind einander ja nicht gänzlich unbekannt, auch wenn du dich an deinen armen Verwandten nicht erinnerst. Ich bin Fergolin, von Eichenbaum und Bärenschädel.«

»Fergolin«, sagte Joba, »Shateel, hol eine Matte für unseren Verwandten. Ja, komm nur herein, Opa-Fergolin-on, meiner Urgroßmutter Urgroßsohn.«

Er trat in den geräumigen Kreis von Jobas Herdstelle. Shateel brachte ihm eine der besten Sitzmatten. Sie war aus Ried geflochten und hatte ein rot-gelbes Muster. Ehe er sich setzte, beugte er sich nieder und legte ein bißchen Holz auf die kalte Feuerstelle, und dann holte er eine Handvoll Schrot aus einem Beutel an seinem Gürtel und streute es vor den zwei Frauen auf den Boden.

»Der Himmel beschütze und erhöhe dich, Joba-el, größte der Frauen, Tochter der Tochter der Tochter meines Vorfahren.«

Jobas Stimmung hatte sich erheblich gebessert. Nichts genoß sie mehr als die Erörterung von Stammbaumfragen, und sie liebte es, ihr Gedächtnis mit dem eines Verwandten zu messen. Außerdem wartete Fergolin gewiß nicht nur mit der kunstvollen Zeremonie auf, sondern hatte ein wichtiges Anliegen. Sie selbst nahm mit gebotener Schicklichkeit ebenfalls auf einer Matte Platz und beauftragte Shateel, frisches Wasser für sie und ihren Gast zu holen.

Ausnahmsweise war das Mädchen einmal gehorsam. Als sie sich, gesittet und anmutig, entfernte, beobachtete Fergolin sie mit größter Aufmerksamkeit, und Joba wußte sofort, daß es ihre Tochter war, die diesen Verwandten hierhergelockt hatte.

Sie sagte: »Nimm den Segen einer Mutter als eine erste Speise, Fergolin – lange ist es her, seit ich Neuigkeiten aus dem Dorf des großen Opa-Ladon erhalten habe.«

»Wir haben keine Neuigkeiten, Joba-el – alles geht bei uns seinen Gang, wie es wünschenswert ist. Wir haben mit betrübtem Herzen und weinender Seele vom Sterben Mashods gehört.«

»Die Erde bebt, wenn ein Häuptling wie Mashod in die Oberwelt geht«, sagte Joba. Sie hatte ihren Bruder gehaßt, wie jeder wußte, doch die Vorsicht gebot, jemandem, der in der Lage war, Unheil anzurichten, nichts Schlechtes nachzusagen.

Shateel kehrte mit dem frischen Wasser zurück, und die beiden Frauen brauten für Fergolin einen Kräutertee und servierten ihn in einem schön bemalten Krug, und sie boten ihm Kuchen und Nüsse zu essen an, die in Körben ausgebreitet waren, damit er sich von ihrer Kunstfertigkeit überzeugen konnte. Fergolin streckte die Hand aus, um sich einen Bohnenkuchen aus einem der flachen Körbe zu nehmen, zog sie jedoch wieder zurück.

»Was für eine ausgezeichnete Flechtarbeit! Ich wage gar nicht, den Korb zu berühren, um seiner Schönheit nicht zu nahe zu treten.«

Joba straffte stolzgeschwellt die Schultern und warf ihrer Tochter einen Seitenblick zu. »Meine Tochter ist noch unerfahren in den Handarbeiten der Frauen.«

Shateel setzte sich schräg hinter ihre Mutter und schwieg; Joba warf ihr sofort einen weiteren Blick zu, in der Hoffnung, daß die andere sich interessiert zeigte, doch das Mädchen starrte nur ins Leere und wickelte einen ihrer Zöpfe um den Finger. Joba schniefte ungehalten.

Fergolin sagte gerade: »Niemals habe ich einen so ausgezeichneten Kuchen probiert, Joba-el, und die Art, wie er serviert wird, übertrifft diesen Genuß noch.« Er fuhr auf diese Weise fort, erging sich in übertriebenen Lobesäußerungen und probierte alles, während Joba dabeisaß und die Komplimente genoß. Sie wußte, worauf er hinauswollte. Verstohlen warf sie Shateel erneut einen Blick zu, aber das Mädchen war halb eingeschlafen.

»Wir Frauen«, sagte Joba, »haben nur einen Wunsch, nämlich den, den Männern zu dienen, Fergolin-on.«

Sie verneigten sich beide angesichts dieser Falschheit, und Fergolin lehnte sich zurück, die Hände auf den Bauch gelegt.

»Du hast für meine Sättigung gesorgt, hervorragendste der Mütter!«

Joba hob die Hände. »Entschuldigt die Dürftigkeit meiner Mittel – ich kann nur hoffen, daß die Freude, die es mir bereitet hat, mit ihnen aufzuwarten, für ihre Schlichtheit entschädigt.«

»Keine andere Herdstelle unter allen Folc kann sich mit der deinen messen, Ana-Joba-el.«

»Der Himmel erbarme sich einer armen alten Frau und ihrer bescheidenen Familie.«

»Der Himmel selbst würde sich glücklich preisen, an deiner Herdstelle zu sitzen, Joba-el.«

»Ich fühle mich durch deine Freundlichkeit ungeheuer geschmeichelt, Opa-Fergolin-on.«

So ging es noch einige Zeit fort, und beide versuchten, den anderen an überschwenglichen Komplimenten zu übertreffen, während Shateel im Hintergrund vor sich hindöste. Dann legte Fergolin endlich die Hände auf die Knie und kam auf sein Anliegen zu sprechen.

»Ana-Joba-el, die du alles besitzt, deren Reichtum grenzenlos ist, magst du die Bitte eines Mannes anhören, der gekommen ist, eine Gunst von dir zu erbitten?«

»Welches meiner armseligen Besitztümer könnte ich einem Verwandten wohl anbieten?«

»Nicht für mich bitte ich, sondern für einen, der sogar zu zaghaft ist, um in eigener Person vor euch zu treten und zu bitten.«

»Wenn mein Auge nicht sehen kann, so kann mein Ohr doch hören.«

»Für Ladon spreche ich vor allem, Ana-Joba-el, und dann für seinen Sohn, der dieses Jahr zum Mann wird und der groß und stark ist wie eine Eiche, die Freude seines ganzen Dorfes, der jedoch allein ins Mannesalter treten wird, sofern es nicht eine gibt, die seine Hand zu nehmen und seine Gefährtin zu werden geruht.«

»Ah.«

»Wer wüßte nun nicht, daß es an deiner Herdstelle eine gibt, deren Schönheit sich mit der des Himmels in der Pracht seiner Sterne messen kann und die um ihrer Fertigkeiten willen von allen beneidet wird.«

Joba bedachte Shateel abermals mit einem verstohlenen Blick und stellte erfreut fest, daß das Mädchen sie mit neuerwachtem Interesse beobachtete. Sie sagte. »Ich habe in der Tat eine Tochter, Fergolin-on.«

»Eine Tochter!« Fergolin schüttelte den Kopf. Er vermied es, Shateel anzusehen. Er beeilte sich, die auswendig gelernten Lobesworte herunterzuhaspeln. »So schlichte Worte, um eine zu bezeichnen, deren Schönheit und weibliches Geschick die ganze Welt überwältigen!«

Joba lächelte, und Shateel an ihrer Seite rutschte ein bißchen näher heran und beugte sich vor.

»Was nun Ladons Sohn angeht«, sagte Fergolin, »so habe ich seit seiner Säuglingszeit über ihn gewacht, und aus Angst vor der Eifersucht der Oberwelt kann ich ihn nicht allzu ausgiebig loben, doch ich versichere dir, daß eine solche Verbindung, wie wir sie dir antragen, zwei von gleichwertigem Geblüt, gleichwertiger Schönheit und gleichwertigem Geschick zusammenführen würde.«

Außerdem, dachte Joba, ist sie die Schwester des Häuptlings, und ihr Sohn wird wieder Häuptling sein. Sie lächelte Fergolin zu, doch die schlichte Freude an seinem Vorschlag war ihr ein wenig verdorben. Sie mußte an Karellas Jungen denken. Hier ging es um mehr als um einen Gatten für ihre Tochter; ein wenig zu spät dachte sie über Ladons Rolle in dieser Sache nach. Zum erstenmal wandte sie sich zur Seite und starrte ihrer Tochter unverhohlen ins Gesicht.

Fergolin sagte: »Laßt mich ihm, der mit wehem Herzen wartet, die einzigen Worte überbringen, die ihn von der Liebespein erlösen können.«

Mittlerweile bereute Joba, daß sie sich von der Herzlichkeit seiner Komplimente hatte einnehmen lassen. Sie wäre froh gewesen, hätte sie ihren kühlen Verstand bewahrt, und sie fragte sich, ob sie bereits zu weit gegangen war, um aus der Sache wieder herauszukönnen. Shateel schien jedoch äußerst angetan. Sie rutschte noch ein Stückchen näher.

»Ladons Sohn? Ist das nicht der große Junge, der Blondkopf?«

»So hübsch wie ein roter Hirsch, wenn die Blätter fallen«, sagte Fergolin. »Männlicher, als es seinen Jahren entspricht. Er wird Mitglied des Bärenschädels, und eines Tages wird er vielleicht selbst Häuptling sein.«

»Was?« sagte Joba verdutzt. »Wie soll denn das zugehen?«

Shateel murmelte: »Ich habe ihn gestern mit seinem Vater gesehen – er sieht sehr gut aus.«

Joba wandte sich Fergolin zu. »Häuptling! Wie kann er denn Häuptling werden?«

Fergolin lief rot an, und seine Augen warben um Nachsicht. Bestimmt hatte Ladon ihm gesagt, was er sagen sollte. Er sprach leise. »Wer weiß denn, was sein wird? Er ist geeignet, jegliches Dorf der Folc zu führen.«

»Er ist nicht –«

Joba verstummte; sie hatte gerade sagen wollen: Er ist nicht der Sohn der Häuptlingsschwester, doch dann erinnerte sie sich, wer der Sohn der Häuptlingsschwester war, und erkannte schlagartig, wie heikel das Ganze zu werden drohte. Sie würde mit Karella reden müssen. Ihre Tochter zupfte sie am Arm.

»Mutter, ich wäre gern verheiratet, und er ist sehr blond.«

»Die Worte der Tochter Jobas werden sein Herz in Brand setzen und sie auf alle Zeiten aneinanderbinden«, sagte Fergolin.

Joba preßte die Lippen aufeinander. Sie hätte Fergolin nicht soweit vorstoßen lassen dürfen – unter den Folc war es so gut wie gewiß, daß ein Antrag auch angenommen werden würde, wenn er erst einmal so weit gediehen war, daß er ausgesprochen wurde –, und sie machte sich Vorwürfe, weil sie sich die schönen Redensarten gefallen lassen hatte. Shateel flüsterte auf sie ein, stieß sie an, drängte sie zuzustimmen. Immer noch zauderte Joba – Fergolin lächelte ihr zu, nicht das bereitwillige, freundliche Lächeln eines Mannes, der sein eigenes Gesicht zeigt, sondern mit steifen Lippen, wie eine Maske. Joba dachte: Die wollen meine Tochter dazu benutzen, seinen Sohn groß zu machen.

Es war zu spät, um noch nein zu sagen. Und außerdem würden sie sowieso hier leben, in Jobas Dorf. Sie sagte sich, daß sie hier außerhalb Ladons Reichweite wären. Er war ein hübscher Junge, sie hatte ihn selbst gesehen.

Doch auch jetzt konnte sie es nicht über sich bringen, ja zu sagen. Statt dessen sagte sie: »Sie sind beide noch jung. Vielleicht – falls es Ladon recht ist – warten wir besser noch ein Jahr.«

Fergolins Lächeln war hölzern. Der Vorschlag gefiel ihm nicht. »Ich werde deine Antwort meinem Häuptling überbringen und ihm, der mit verwundetem Herzen wartet.«

Er bedachte sie mit weiteren Komplimenten, die sich alle gleich anhörten, und verließ sie mit ehrerbietigen Grüßen. Joba versank sofort in tiefes Brüten, die Hände im Schoß.

»Mutter!« Shateel zog sie am Arm. »Mutter, weshalb hast du nicht ja gesagt? Wie konntest du das nur tun? Jetzt fragt er bestimmt eine andere.«

»Er wird keine andere fragen«, sagte Joba barsch. »Was für ein dummes Ding du bist, Shateel! Dich muß er haben.«

Daraufhin lächelte das Mädchen und putzte sich und schien ganz einverstanden damit, noch ein bißchen zu warten. Joba wandte den Kopf ab. Sie setzte wenig Hoffnungen in eine Verbindung, die auf die Zwecke Ladons zugeschnitten war. Wieder und wieder kehrte sie im Geiste zu Karella und Karellas seltsamem Lagergenossen zurück. Was hatte sie nur im Gesicht des Jungen gesehen? Sie konnte sich kaum mehr daran erinnern; die einzige Erinnerung, die sie daran hatte, war die an ein paar große schwarze Augen.

Er kam aus dem Wald. Ladon hatte sich seiner entledigt, doch er war wiedergekommen, aus dem Wald gekommen, und in jenen kühnen schwarzen Augen hatte sie das Verderben gesehen.

Vielleicht ein Grund mehr für Joba, jetzt Ladons Macht zu vergrößern.

Shateel sagte leise: »Ich werde heiraten! Mutter, laß mich zu meinen Freundinnen gehen.«

»Geh«, sagte Joba.

Das Mädchen entfernte sich leichtfüßig. Sie kannte keine Probleme. Das einzige, was sie kannte, war ihr eigener Wille. Joba dachte wieder an Rulon, an seinen verzweifelten Versuch, die riesige Keule in der Luft zu halten, während niemand seinen Namen rief. Sie zitterte um ihrer Kinder willen.

Sie würden hier leben, in ihrem Dorf. Sie würde über sie wachen, und wie konnte Ladon seine Pläne ausführen, wenn sein Sohn in einem anderen Dorf lebte? Langsam erhob sie sich, sammelte Körbe und Krüge auf und vertrieb ihre finsteren Gedanken mit Hilfe der alltäglichen Verrichtungen, aber in einem Winkel ihrer Seele hatte sie immer noch Angst.

»Die Farben«, sagte Harus Kum. »Das mögen sie, die leuchtenden Farben. Gib mir jede Menge Farben.«

Der Sklave Tor folgte ihm stumm auf den Fersen; sie durchschritten die Einzäunung, die der Händler nach seiner Ankunft hatte errichten lassen, um seine Waren und seine Sklaven getrennt von den Wilden zu halten. Innerhalb des kleinen Dornenwalls hockten die anderen Sklaven in der Sonne, warteten darauf, daß man sie an irgendeine Arbeit schickte, und bewachten die Ledersäcke und die Körbe in der Mitte des Lagers. Als Harus Kum hereinkam, schreckten alle zusammen und wichen seinem Blick aus.

Der Sklave Tor ließ sich auf die Knie nieder, öffnete den ersten prallgefüllten Ledersack, steckte die Hand hinein und holte ein paar Tontöpfe mit Farbpulver heraus. Die Tontöpfe hatten oben einen Stopfen und eine dazu passende Vertiefung im Boden, so daß jeweils mehrere Töpfe aufeinander gestapelt werden konnten, und Tor nahm einen Stapel auseinander, öffnete jeden einzelnen Topf, um zu sehen, welche Farbe darin war, und setzte ihn neben sich auf den Boden. Harus Kum schritt auf und ab und blickte umher, schaute über die Einzäunung hinweg zum Gewimmel der Wilden in ihrem Lager hinüber.

In ein paar Augenblicken würde er zu ihnen hinuntergehen und den Königen dieser Leute gegenübertreten – Männern, das wußte er, die ihn ebensogut tottrampeln wie gewähren lassen konnten, Männern, deren Hilfe ihm die Arbeit hier erleichtern würde, Männern, denen er nicht zu trauen wagte. Seit drei Jahren kam er nun hierher, seit er von der Versammlung gehört hatte, und er fing allmählich an, die Sitten dieser Wilden zu begreifen – anfangs hatte er beabsichtigt, einfach nur herzukommen und Handel zu treiben! –, doch er hatte bei ihnen stets das Gefühl, sich in Gefahr zu befinden, und das machte ihn unruhig und übellaunig.

Er stieß Tor die Faust in den Rücken, um ihn anzutreiben. »Den Stoff hol auch raus. Den gibst du ihnen ebenfalls.«

Der Sklave langte in den Sack und zog einen zweiten, kleineren Sack heraus. »Was ist hiermit, Herr?«

»Noch nicht. Tu sie wieder weg.« Die waren nur für Ladon, falls alles gutging.

Der Sklave durchwühlte die anderen Ledersäcke und häufte Sachen auf, die Harus Kum den wilden Königen vorlegen konnte: Farben und Tuch, winzige Töpfchen mit süßriechenden Ölen, Perlen und Perlmuttnadeln, kleine Dinge, die sich über große Entfernungen mühelos tragen ließen. Als er alles beisammen hatte, erschien es ihm nicht ausreichend. Wieder warf er einen Blick auf die Ledersäcke und war versucht, wenigstens ein klein wenig von dem wegzugeben, was ganz unten auf ihrem Boden lag.

Wenn sie das wüßten, würden sie ihn dann nicht angreifen? Er war allein hier, begleitet nur von einer Handvoll kuhhaft dummer Sklaven, die sich nicht einmal verteidigen würden. Er wandte sich von den Säcken mit ihren verborgenen Wunderdingen ab. Tor hockte untätig neben der Auswahl an Geschenken am Boden, und Harus Kum verpaßte ihm einen Tritt in den Hintern, daß er kopfüber in den Staub fiel.

»Pack das in einen Korb.« Er stapfte davon, auf den kleinen, nach zwei Seiten geschlossenen Unterstand zu, um seinen Umhang zu holen.

Kurz darauf verließ er in seinen besten Kleidern und mit gekämmtem und geöltem Bart in Begleitung Tors ihre kleine Festung. Tor trug einen Korb, worin die Geschenke für die Könige lagen. Harus Kum lief mit hocherhobenem Haupt, herausgedrückter Brust und straffen Schultern vor ihm her, das heißt, er stolzierte. Allein auf sich gestellt, nicht geschützt durch sein Gehege, warf er sich um so mehr in die Brust. Rund um seine Einfriedung warteten die Wilden in Rudeln im Gras. Zusammengekauert starrten sie ihn an, spähten sie in seine Unterkunft. Wenn die Meute auf einmal losstürzte, wäre alles weg, und

Harus Kum wußte sehr wohl, wie gefährlich die Lage für ihn war. Hochmütig stolzierte er den Hang hinab, durchschritt das Durcheinander des Lagers und näherte sich den Steinringen.

In deren Mitte saßen sämtliche Könige auf einem hölzernen Thron, auf dem sich die Felle türmten. Der Wind ließ die Federn an den Speeren flattern, die um sie herum in der Erde steckten, die Sonne brannte auf sie nieder, und so thronten sie da in ihrem gemeinsamen Pomp. Als Harus Kum sich seinem Ziel näherte, begannen ganze Scharen von Leuten sich ihm anzuschließen. Sie umringten ihn, folgten ihm oder liefen ihm voraus, auf den Thron zu, und alle hatten ihm das Gesicht zugewandt. Als er endlich zu Füßen der Könige stand, waren sämtliche Teilnehmer der Großen Versammlung eingetroffen und füllten das ganze gewaltige Rund innerhalb des steinernen Rings.

Es waren einfach zu viele – sie machten ihn kribbelig, dieses dreckige Pack. Er trat an den Rand der Plattform und sagte: »Heil den Königen des Volkes von den Steinen!«

Er konnte ein paar Brocken ihrer Sprache sprechen. Genug jedenfalls, um das tun zu können, was er tun mußte.

Vor ihm saßen im Halbkreis fünf oder sechs Männer, in häßlicher Bemalung, behängt mit Fellen und Federschmuck. Einer von ihnen war so alt, daß er eingenickt war und der Speichel ihm auf seinen Umhang tropfte. Andere blickten Harus Kum ohne Neugier an, kratzten sich und gähnten. Der Bedeutendste von ihnen jedoch, der in ihrer Mitte saß, Ladon der Mächtige, beugte sich vor, den Blick starr auf Harus Kum gerichtet.

»Ich, Opa-Ladon-on, heiße den Fremdling willkommen.«

Ein anderer König, ein jüngerer Mann, beugte sich nun ebenfalls vor und starrte Harus Kum an, um sich dann stirnrunzelnd Ladon zuzuwenden. Harus Kum kannte ihn nicht. Der einzige von diesen Männern, dessen Namen er kannte, war Ladon. Er hielt sich etwas darauf zugute, rasch erkannt zu haben, daß Ladon der führende Mann unter diesen Wilden war, der einzige, mit dem zu verhandeln sich lohnte. Harus Kum nahm erfreut zur Kenntnis, daß der König sogar jetzt die blauen Perlenschnüre trug, die er ihm im Jahr zuvor gegeben hatte.

Der jüngere Mann starrte von Ladon zum Händler. Seine Miene war finster. Harus Kum sagte: »Ich bringe den Königen des Volks der Steine Zeichen meiner Ehrerbietung und meiner Dankbarkeit.« Er bedeutete Tor, mit dem Korb vorzutreten.

Die Könige wurden schlagartig lebendig und beugten sich vor, um besser sehen zu können – sogar der alte Mann schreckte hoch. Tor hielt ihm den Korb hin, und Harus Kum nahm Stück für Stück die kleinen Schätze heraus und legte sie auf den dicken Fellen zu Füßen der Könige nieder.

»Ah!«

Sofort griffen sie nach den Waren, wie die Kinder. Wenn zwei von ihnen nach demselben Geschenk langten, rangelten sie miteinander, um es an sich zu bringen. Nur Ladon saß reglos in ihrer Mitte, sagte nichts und ließ keinerlei Interesse an den hübschen Kleinigkeiten vor seinen Augen erkennen. Der junge Mann entwand einem anderen König ein Farbtöpfchen und drehte es zwischen den Händen, ja, er schnüffelte sogar daran, um herauszufinden, wie man es aufmachte. Als er endlich den Stöpsel herauszog, hielt er den Topf falsch herum, und das blaue Farbpulver rieselte ihm in den Schoß.

Die anderen Könige lachten schadenfroh, und der junge Mann errötete. Er warf den Topf zu Boden und rieb wie wild an den blauen Sprenkeln auf seiner Kleidung. Harus Kum sah zu, wie die hübsche Farbe sich im Dreck verlor. Er dachte daran, mit wieviel harter Arbeit dieses bißchen Blau den Felsen abgerungen worden war, und nun wehte der Wind es weg.

Der junge Mann fuhr zu Ladon herum. »Opa-Ladon-on, mächtig ist er! Mächtig vor allen Folc! Mächtig mit Hilfe eines Fremdlings, der ihm blaue Perlen gibt, hah-Ladon, stimmt das nicht? Von dem hast du sie also bekommen, die blauen Perlen?«

Die anderen Könige wurden unruhig und starrten den jungen Mann mit großen Augen an, und einer streckte die Hand aus und legte sie dem jungen Mann auf die Schulter, um ihn zu beruhigen, doch der junge Mann schüttelte sie ab. Er ließ Ladon nicht aus den Augen. »Sag doch, Opa-Ladon-on, mächtig, mächtig, mächtig! Sag uns, wo du die blauen Perlen gefunden hast!«

Ladon beachtete ihn nicht. Die anderen Männer blickten von einem zum anderen und wandten ihre Aufmerksamkeit wieder ihren Errungenschaften zu. Die Worte des jungen Mannes hingen unbeantwortet in der Luft, und wie die blauen Sprenkel wehte der Wind sie weg. Harus Kum verneigte sich und zog sich dann unter Ehrbezeugungen und Lobpreisungen zurück. Im Weggehen verweilte er jedoch noch einen Augenblick am Fuß der riesigen Steine und lauschte dem Gemurmel der Menge, bis er herausgefunden hatte, daß Ladons junger Rivale Rulon hieß.

Harus Kum war größer als alle Folc, dünn wie eine Weidenrute, und hatte einen braunen Bart, der ihm bis auf die Brust hinabfiel. Seine Kleidung war ebenfalls seltsam: ein langes gewebtes Hemd, das ihm bis zu den Knien reichte, und die Beine waren auch in Tuch gehüllt. Moloquin kauerte unmittelbar hinter dem Dornenzaun und beobachtete, wie er wutschnaubend in seinem Lager umherrannte und die anderen mit seiner ratternden, harten Sprache anschrie, und die Art, wie sie von ihm weghuschten und die Schläge einsteckten, die er nach Gutdünken austeilte, regte den Jungen zu ausgiebigem Nachdenken an, was das Verhältnis dieser Fremden zueinander betraf.

Frauen gab es in Harus Kums Lager nicht. Die Unterlinge taten die ganze Arbeit, holten Holz und Wasser, hielten die Feuer in Gang, ja, sie kochten sogar und machten Ordnung. Um sie besser sehen zu können, zog Moloquin ein paar Zweige aus der Umzäunung, doch als er das tat, kam ein Sklave auf ihn zugerannt, der schreiend einen Stock schwenkte, und Moloquin zog sich eilends zurück.

Der Reisigzaun war auf einer kleinen Anhöhe errichtet worden. Auf halber Höhe des Hanges hockte Moloquin sich wieder ins Gras und setzte seine Beobachtungen fort.

Gleich darauf hörte er unmittelbar hinter sich ein Rascheln und wußte, daß Grub da war.

»Moloquin«, sagte der kleine Junge, »hast du irgendwas zu essen?«

Moloquin schüttelte den Kopf. »Geh zu Karella.« Grubs ständige Sorge ums Essen verdroß ihn. Er widmete seine ganze Aufmerksamkeit Harus Kums Lager.

Der große Mann ging irgendwohin. Gestern hatte er allen Häuptlingen Geschenke gebracht, die dann am Abend das Hauptgesprächsthema in sämtlichen Lagern gewesen waren. Die kleinen Dinge waren von Hand zu Hand gegangen, bewundert und kritisiert worden. Karella hatte ihm etwas von dem Stoff gezeigt. Er war glatt gewesen wie ein abgeschliffener Knochen, wenn man darüberstrich, geschmeidig wie der Wind. Dann hatte sie ihn an Joba weitergegeben. Bestimmt war Harus Kum ein Zauberer, sagten alle, wenn er so wunderbare Dinge besaß, und es war ein Zeichen für die Macht der Häuptlinge, daß ein so großer Zauberer sich vor ihnen verneigte und ihnen Schätze gab.

Harus Kum machte sich nun abermals bereit, indem er einen langen roten Überwurf anlegte und sich Haar und Bart mit den Fingern glättete. Der halbkahle Mann, der ihm den Geschenkekorb für die Häuptlinge bei den Wenden-des-Jahres gehalten hatte, stand bereits fertig am Ausgang und trug wieder einen Korb.

Moloquin dachte an die Perlen, die prächtigen blauen Perlenschnüre, die bewirkt hatten, daß Ladon als erster von allen Häuptlingen in die Steinringe hatte treten können. Unter den Geschenken, die Harus Kum den Häuptlingen am Vortag dargeboten hatte, waren keine Perlen gewesen, aber die blaue Farbe, das Blau, das Rulon auf der Erde verstreut hatte, war genau die Farbe der Perlen gewesen, und Moloquin wußte ebensogut wie Rulon, woher Ladon seine Macht hatte.

Neben ihm flüsterte Grub: »Gehst du heute abend zu den Tänzen?«

»Tänze«, sagte Moloquin verblüfft. Nur die Bünde tanzten.

»Heute abend.« Grub rutschte näher an ihn heran. Ihre Arme berührten sich. »Die Mädchen tanzen. Die Männer sind alle weg oder werden jedenfalls weg sein: Heute abend gehen sie zum Hohen Hügel, um Die-Wahre-Suche-nach-der-Ehre zu tanzen.«

»Ich weiß nicht, wovon du redest«, sagte Moloquin, und sein Blick kehrte zu Harus Kum zurück.

Grub seufzte. »Ich kann nicht hingehen«, sagte er, »ich bin zu jung.« Er legte den Kopf auf die angezogenen Knie. »Ladons Sohn will mich nicht mitlassen.«

»So, will er nicht.« Moloquins Aufmerksamkeit wandte sich schlagartig dem kleineren Jungen zu. »Möchtest du denn hin?«

»O ja! Die Mädchen werden tanzen, und die sagen, wenn eine von denen dich mag, dann kannst du mit ihr tanzen und hinterher ...«

Er legte sich die Hand auf den Mund und riß bedeutungsvoll die Augen auf. Moloquin lachte.

»Dann sollst du auch hingehen«, sagte er. »Ich gehe mit dir.«

»Au ja«, sagte Grub froh, rückte nah an Moloquin heran und drückte sich an ihn.

»Sieh dir den an«, sagte Moloquin. »Schmuck wie ein gehörnter Bock. Will der auch tanzen gehen?«

»Der«, sagte Grub verächtlich, »der gehört doch nicht zu den Folc. Was versteht der schon von der Suche nach der Ehre!«

Moloquin stützte das Kinn in die Hände. Harus Kum näherte sich der Öffnung in seiner Umzäunung, und sein Unterling folgte ihm mit einem zugedeckten Korb.

Grub zupfte Moloquin am Arm. »Komm mit. Wir holen uns was zu essen, und dann gucken wir zu, wie die Bärenschädel-Meister die Sterne aufreihen.«

»Ich will sehen, was hier passiert. Außerdem steht die Sonne am Himmel, es sind keine Sterne da.«

»Sie zaubern, damit sie rauskommen, mit den Steinen von den Ringen. Möchtest du denn nicht im Bärenschädel-Bund sein? Du mußt ihnen zeigen, daß du bereit bist, sonst wählen sie dich nicht.«

»Die wählen mich sowieso nicht«, sagte Moloquin, »und sie können mich auch gar nicht haben.«

»Was heißt das?« Grub sah ihm mit leuchtenden Augen ins Gesicht. »Hat dich schon jemand gewählt?«

Moloquin gab keine Antwort. Er erinnerte sich an den Mittwintersonnenuntergang, als er die Sonne über den Steinen an der Säule des Himmels beobachtet hatte. Das hatte doch gewiß etwas zu bedeuten gehabt? War er denn jetzt nicht Mitglied des Grünen Zweiges, der zur Säule des Himmels gehörte? Doch Brant hatte seit jenem Abend nie wieder mit ihm gesprochen.

Er hatte ihm etwas vom Geheimwissen mitgeteilt. Er hatte Moloquin mit dem Herzstück des Wissens, dem Mysterium, der Verheißung der Ordnung, bekannt gemacht.

»Bist du denn nicht hungrig?« fragte Grub verwundert. Er war immer hungrig.

»Ich will zugucken.«

Jetzt tauchte Harus Kum endlich aus seiner Festung auf, und der Mann mit dem Korb folgte ihm auf den Fersen. Er entdeckte Moloquin, der dort im Gras kauerte, und bellte los, und der zornfunkelnde Blick, den er dem Jungen zuwarf, sagte Moloquin, daß sie besser die Beine in die Hand nahmen. Jetzt kamen sogar einige von Harus Kums Männern durch die Öffnung im Dornenzaun gestürzt. Rasch entfernte sich Moloquin durchs niedergetretene Gras.

Ladon ruhte sich aus. Vor ihm lag eine lange Nacht der Tänze, der schwierigsten und anstrengendsten Tänze des Jahreslaufs, und er hatte fast den ganzen Tag auf der Plattform in der Sonne geschlafen. Um Harus Kum zu treffen, hatte er die Plattform und die anderen Häuptlinge jedoch verlassen. Er hatte ihnen erklärt, er habe in seinem Lager etwas zu erledigen. Er hatte sich mitten in sein Lager begeben, und seine Männer hatten dort gefiederte Speere aufgestellt, um seinen Thron zu kennzeichnen.

Inmitten der Speere, umgeben von all seinen Männern, erwartete er Harus Kum. Als der Händler eintraf, machte er den Männern ein Zeichen, und sie kehrten ihm alle den Rücken zu, so daß Harus Kum und Ladon unter vier Augen sprechen konnten.

Harus Kum hatte einen großen Korb mitgebracht, und den setzte er neben sich ab, als er vor Ladon auf dem Boden Platz nahm. Lächelnd sprach der glatte Fremdling Worte der Begrüßung, aber Ladon war ungeduldig. Es drängte ihn, zum Kern der Sache zu kommen, und seine Finger trommelten auf seinem Oberschenkel, und sein Blick wanderte unruhig hin und her.

Schließlich öffnete Harus Kum seinen Korb, zog Schnur um Schnur seiner blauen Perlen hervor und legte sie vor dem Häuptling nieder. Das Blau sah vor dem Schwarz des Bärenfells sehr hübsch aus. Ladon stieß sie mit dem Fuß weg.

»Ich will mehr«, sagte er.

Hätte er mit einem Angehörigen seines eigenen Volkes gesprochen, hätte er diese Äußerung in viele Worte gekleidet, aber Harus Kum verstand nur das Allernotwendigste.

Der Händler kippte den Korb um und häufte die Perlen zu einem ganzen Berg auf dem Bärenfell auf. Ladon trat mißmutig dagegen.

»Ich will mehr«, sagte er wieder.

Harus Kum räusperte sich. Um seine Mundwinkel erschienen kleine Falten. Als er sprach, geschah das unnötig laut.

»Groß ist der mächtige Ladon! Ladon, der soviel besitzt, dessen Reichtum alle Welt bestaunt ...«

Seine Worte klangen wie ein Singsang, wie Worte, die zum Trommelschlag gesprochen wurden. Ladon warf einen flüchtigen Blick auf die blauen Perlen. Berge solcher Perlen hatten ihm die Macht über alle Folc eingetragen, doch jetzt wußte Rulon, wo sie herkamen. Die Macht war eine riskante Sache, stets eine riskante Sache, und er mußte mit mehr aufwarten. Allein schon, um sich seinen Platz zu erhalten, mußte er mehr haben, mehr und mehr. Er hob den Blick zu Harus Kum; der Händler sah aus wie ein ausdrucksloser Stein, wie eine unbehauene Flintknolle. Wenn Ladon ihn richtig handhabte, vielleicht würde er ihm ja die Schönheiten zeigen, die sich in seinem Innern verbargen.

Abermals sagte er: »Ich will mehr.«

Abrupt reckte Harus Kum den Hals und forderte: »Dann gib auch du mir mehr!« Der Augenblick der schönen Redensarten war vorüber.

Ladon grunzte. Nun waren sie endlich beim Geschäft. »Was willst du also, Fremdling?«

»Ich will Getreide«, sagte Harus Kum, »Käse. Honig. Zwiebeln.« Was er nicht sagte, war: Ich brauche Nahrung, um mich und die Meinen zu erhalten, so daß wir unsere Kräfte auf andere Dinge verwenden können als auf die Nahrungsbeschaffung.

Das breite Gesicht des Häuptlings verriet nicht, welche Empfindungen ihn bewegten. Er hob nur den Kopf ein wenig und blickte an seiner Nase entlang auf Harus Kum hinab.

»Was wirst du mir geben, wenn ich dir gebe, was du haben willst?«

Harus Kum leckte sich die Lippen. Er hatte etwas in seinem Gepäck, das vielleicht das Richtige war, doch es widerstrebte ihm, es so ohne weiteres in die Hände dieser Wilden zu legen. Er wand sich ein wenig.

»Ich habe ausgezeichnete Färbemittel und viel Tuch. Ich kann auch noch mehr Tuch beschaffen ...«

»Nein!« Ladons Hand hieb durch die Luft. »Tuch ... Farben ... das haben wir schon. Ich will ... ich will ...«

Während er sprach, schien er vor lauter Hochmut zu schwellen wie eine Kröte; Harus Kum fühlte sich bedroht und wich ein bißchen zurück. Ohne nachzudenken, sagte er: »Vielleicht hilft Rulon mir ja, weil er die Perlen will.«

Bei diesen Worten fuhr Ladon hoch. Seine Miene verfinsterte sich. Seine Augen glitzerten vor Tücke. Seine gewaltigen Arme fuchtelten wütend.

»Hör zu, Fremdling! Soviel solltest selbst du begreifen. Rulon ist nichts. Was hat er schon? Zwei Langhäuser! Er kann dir nichts geben! Nichts! Ich – nur ich kann dir geben, was du willst, und wenn du zu Rulon gehst, sorge ich dafür, daß du hier nie wieder wegkommst! Hast du mich verstanden? Nur ich kann dir helfen!«

Harus Kum wurde sichtlich kleiner. Er bereute, von Rulon gesprochen zu haben. Er hätte hinter Ladons Rücken zu Rulon gehen sollen.

»Und ich werde dir helfen«, sagte Ladon in gemäßigterem Ton, »doch du mußt mir mehr geben als ein paar Perlen.«

Harus Kums Herz machte einen Sprung. Endlich bot Ladon ihm an, was er brauchte. Wieder dachte er an die geheimen Schätze in seinem Gepäck, doch erneut scheute er davor zurück, einfachen Wilden solche Dinge zu überlassen.

Er sagte: »Ich werde dir morgen mehr bringen. Morgen.« Bis dahin würde er sich etwas anderes einfallen lassen, das er anbieten konnte.

»Gut«, sagte Ladon. Sein Zorn war verflogen und mit ihm sein fürstliches Gebaren. Mit halb geschlossenen Augen sank er wieder in sich zusammen. »Geh jetzt. Morgen sprechen wir wieder miteinander.«

Harus Kum haspelte Komplimente und Lobesworte herunter. Er bedeutete Tor, daß er den Korb und die verschmähten Perlen an sich nehmen sollte. Ladon schien mittlerweile eingeschlafen zu sein. Die Augen waren ihm zugefallen, und sein massiger Körper thronte zusammengesunken auf dem Bärenfell. Harus Kum verneigte sich murmelnd und zog sich zurück.

In der Abenddämmerung versammelten die Mädchen der Folc sich bei den Wenden-des-Jahres. Keine Trommel, keine Flöte, keine Stimme hatte sie gerufen.

Niemand wußte, wie das einmal angefangen hatte. Die Älteren runzelten die Stirn darüber, und einige versuchten, es zu verhindern, indem sie ihre Töchter nicht wegließen, drohten und klagten. Doch waren die Mädchen seit Anbeginn der Zeiten an diesem Tag hierhergekommen, hatten sich im Innern der Ringe versammelt und getanzt.

Shateel hatte schon früher am Tanz teilgenommen. Doch diesmal war es anders, als sie in den Kreis trat und die anderen Mädchen bei der Hand nahm, weil es ihre letzte Mittsommernacht als unverheiratetes Mädchen sein würde.

Dieser Gedanke leuchtete vor ihren Augen wie ein Stern. Bald würde sie verheiratet sein, und ihre lange, unbefriedigende Kindheit mit all dem Genörgel wäre zu Ende: Sie würde eine Frau sein und Zugang haben zur Macht und zu den Freuden einer Frau.

Alle anderen Mädchen wußten es. Sie hatte ihr Haar heute zu einem langen Zopf geflochten, in den sie Blumen gesteckt hatte, und um die Taille trug sie eine Blumengirlande, und so wußte jeder, daß sie bald heiraten würde. Deshalb sagten die Mädchen auch nichts zu ihr. Sie gehörten noch in die unreife, unerfüllte Welt der Kindheit, Shateel hingegen stand an der Schwelle zu ihrem eigenen Leben.

Sie faßte rechts und links die Hand eines anderen Mädchens und schwang im Tanz hin und her. Dabei lächelte sie vor sich hin. Bald würde sie ihrer Mutter ebenbürtig sein, würde nicht länger schikaniert und ausgeschimpft und herumkommandiert werden; bald würde sie einen eigenen Mann haben.

Die Mädchen wiegten sich im Kreis, lösten die Hände voneinander, um sich zu drehen, und griffen erneut nach ihnen. Einige klatschten und sangen. Allmählich fanden sie einen Rhythmus, und die Füße paßten sich ihm an. Hier und dort war ein selbstgemachtes Liedchen zu hören, in das die anderen Stimmen einfielen. Wie die Samen der Distelköpfe sich in einem geschützten Eckchen sammeln, so fanden sich die Stückchen und Fetzchen ihres Rituals zufällig zusammen, wie es gerade kam.

Jetzt nahten die Jungen.

Shateel hielt die Augen geschlossen. Ihre Füße schritten von einer Seite zur anderen, und ihr Körper folgte ihnen, wobei er sich vor- und zurückbeugte, und bei jedem Schritt ging sie tief in die Knie. Ihr Haar begann, sich aus dem Zopf zu lösen. Sie spürte seine sanfte Berührung an ihrer Wange, und schon fiel ihr Kopf ein wenig vor, und ihr Haar umflog sie. Sie schwang und wand sich, beugte und streckte sich, drehte und drehte sich, und die ganze Zeit sah sie nichts anderes als den bevorstehenden Tag ihrer Hochzeit.

Aber nun waren die Jungen angekommen.

Sie versammelten sich auf dem Wall außerhalb der Steinringe. Dort standen sie und beobachteten die Mädchen beim Tanzen, und hin und wieder glitt einer in den Graben hinunter, durchquerte ihn und versuchte, sich in den Reigen der Mädchen einzureihen. Die Mädchen verwehrten es ihnen. Lachend schlugen sie auf die ausgestreckten Hände und stießen die Jungen weg. Es kam aber auch vor, daß sie einen Jungen vorwärts schubsten ins Innere des Kreises, nicht zurück zum Graben, und dann tanzten sie um den Jungen herum und lachten und schlugen mit den Füßen nach ihm aus.

So gelangten allmählich im Verlauf des Abends mehr und mehr Jungen ins Innere des Kreises. Dort bildeten sie ebenfalls einen Kreis, indem sie sich bei der Hand faßten. Sie blickten nach außen und die Mädchen nach innen. Shateel öffnete endlich die Augen und sah in das Gesicht eines fremden Jungen.

Sie erschauderte. Aus irgendeinem Grund hatte sie erwartet, in das Gesicht ihres Verlobten zu blicken. Sie schloß die Augen wieder, doch sie war ein wenig aus dem Takt geraten und mußte die Augen wieder öffnen, um zu sehen, wo sie war. Als sie sie wieder aufmachte, sah sie ihn erneut vor sich, denselben Jungen, der so dunkelhaarig war, wie ihr Verlobter blond, und dünn und schlaksig, während der andere geschmeidig und schlank war.

Sie tanzten Auge in Auge, im gleichen Schritt, während sie ungeduldig wartete, daß die Kreise sich weiterdrehen und ihr ihren Verlobten zuführen würden. Die Kreise wollten sich einfach nicht weiterbewegen. Immer noch tanzte sie Auge in Auge mit dem fremden dunkelhaarigen Jungen, der sie so unverschämt anstarrte. Sie schlug nach ihm aus und wirbelte weiter und wandte ihm den Rücken zu.

Selbst jetzt noch glaubte sie einen langen Augenblick lang, sein Gesicht in der dunklen Luft vor sich zu sehen.

Der Wirbel ging weiter, und zu ihrer Erleichterung war der Fremde nicht mehr da. Der Kreis der Jungen drehte sich an ihr vorbei. Sie und die Mädchen traten von einem Fuß auf den anderen, beugten sich nieder, wiegten sich und wandten sich nach rechts, als die Jungen sich im Innern in die andere Richtung drehten und nun rasch an ihr vorbeiflogen und keinen Blick auf sie warfen. Dann war er da, ihr Verlobter, Ladons Sohn, und lächelte ihr zu. In seinem Haar steckte die rote Feder, die besagte, daß er eine Frau suchte.

Sie waren einander noch nicht begegnet. Sie sollten sich eigentlich auch nicht begegnen, bis ihre Hände vor den Häuptlingen ineinandergelegt werden würden. Doch sie erkannte ihn, und er erkannte sie, und froh streckte sie die Hände nach ihm aus, und er nahm sie, und sie entfernten sich von den Kreisen und liefen an den Steinen vorbei auf den Wall zu.

»Shateel«, sagte er auf einmal atemlos.

Sie lächelte ihm zu. Er war hübsch mit seinem gelben Haar und seinem glatten Körper, und sie wünschte sich, daß alle anderen Mädchen sie zusammen sehen und sie um ihn beneiden würden. Sie legte die Arme um ihn, ganz nah wollte sie ihn bei sich haben. Bald, bald, dachte sie, und dann: Warum nicht jetzt? Sie durchquerten gemeinsam den Graben, ohne etwas zu sagen. Sie gingen Hand in Hand, und es bedurfte keiner Worte. Sie stiegen auf den Wall, liefen an der Außenseite wieder hinab und suchten den Schutz der Bäume, die am Bach standen, und dort im Gras vollzog Shateel ihr eigenes Ritual mit Ladons Sohn und wurde nach ihren eigenen Riten zur Frau.

Moloquin tanzte nur eine Runde lang mit und blickte den Mädchen ins Gesicht, doch dann war die Menge im Innern des Kreises ihm unbehaglich, und er ging, lief über den Wall und durch das halbverlassene Lager zu Karellas Feuer zurück. Er zitterte am ganzen Leib vom Tanzen, selbst sein Inneres schien zu zittern, lange noch weiterzubeben, nachdem seine Füße zu tanzen aufgehört hatten.

Karella sagte: »Was hast du denn dort gesehen?«

»Mädchen«, sagte er und schämte sich im nächsten Moment so sehr, daß er den Kopf in den Armen vergrub. Karella strich ihm übers Haar.

»Mein Junge«, sagte sie und streichelte ihn, »mein dummer Junge. Bald wirst du wohl heiraten und mich allein lassen?«

»Ich werde dich nie verlassen«, sagte Moloquin, legte ihr die Arme um die Taille und drückte sie an sich. Als er die Augen schloß und sie so an sich zog, überkam ihn mit ungeheurer Macht eine Erinnerung, die von der Berührung, der Wärme und Nähe ihres Körpers ausgelöst wurde, eine Erinnerung an ein Gefühl der Vertrautheit und der Zusammengehörigkeit. Er schmiegte das Gesicht an ihren Körper und hielt die Augen geschlossen.

Er sagte: »Erzähl mir eine Geschichte«, und Karella erzählte ihm eine Geschichte von Rael der Vogelfrau, die die Sprache der Tiere und Bäume erlernte und das Murmeln der Flüsse und den Ruf des Windes verstand. Moloquin saß von ihren Armen umschlossen, den Blick ins Feuer gerichtet, und sehnte sich danach, diese Gabe Raels ebenfalls zu besitzen. Er meinte, Gesichter, Augen und wallendes Haar in den roten Flammen zu sehen, und plötzlich war da die Erinnerung an die Mädchen bei den Wenden-des-Jahres, ihr Haar, ihre Gesichter, ihre glänzenden Augen. Ein nie gekannter Hunger bewirkte, daß sein Magen sich zusammenzog. Ihre Augen essen, ihr Haar, ihre weichen Münder. Weich war der Arm seiner Mutter Karella. Er rieb seine Wange träge an ihrem Arm, während die Geschichte ihm in die Ohren floß. Hinter dem Wispern ihrer Stimme meinte er den Wind rufen zu hören, wie Rael ihn gehört hatte, Worte voller Bedeutung.

Er fuhr zusammen und setzte sich auf. Da draußen schrie jemand, eine Stimme im Wind.

»Ana, hörst du das?«

»Was?« Karella hob den Kopf; sie war ganz in ihre Geschichte versunken gewesen, sie blinzelte und blickte sich um wie jemand, der aus tiefem Schlaf erwacht.

»Das.« Moloquin sprang auf, und die Haare sträubten sich ihm, als der Wind zum zweitenmal einen langgezogenen Entsetzensschrei an sein Ohr trug.

»Da ist jemand, der –«

Karella hielt den Atem an. Sie hatte es auch gehört. Sie rappelte sich hoch, und mit lauter Stimme, einem Brüllen, das ihn erstaunte, schrie sie den Frauen an den Feuern in der Nähe etwas zu.

»Kommt, schnell! Hilfe . . . Hilfe . . .!«

Sie wandte sich in die Richtung, aus der das Schreien kam. Moloquin blieb bei ihr, die Hand auf ihrem Arm, unschlüssig, und sie blickte ihn an.

»Lauf . . . lauf rasch! Da geschieht irgend etwas Schlimmes . . .«

Er rannte los, nahm den kürzesten Weg zwischen den Feuern hindurch, und sie und die anderen Frauen keuchten hinter ihm her.

Jetzt wurden die Schreie lauter, deutlicher, und es waren Worte zu unterscheiden. Da draußen schrie jemand – eine Frau – um Hilfe. Moloquin beschleunigte seinen Schritt noch mehr. Am Rande des Lagers wuchsen Weidenbüsche in ein schmales Flußbett hinein, und er kämpfte sich durch diesen Vorhang, durchquerte den Fluß, dessen Wasser hoch aufspritzte, und gelangte in ein dichtes Wäldchen.

Die Frauen brachen hinter ihm durch das Gebüsch. Vor ihm, unter den dunklen Zweigen, drehten und wendeten sich Körper auf dem Boden.

»Hilfe! Helft mir . . .«

Diejenige, die schrie, lag von anderen umklammert im Gras. Er stürzte auf sie zu, und als er sich näherte, lösten sich zwei Männer aus dem Gewirr der Gliedmaßen und versuchten zu fliehen. Moloquin warf sich auf den, der ihm am nächsten war, und begrub ihn unter sich, und einen Augenblick später kamen die Frauen auf die Lichtung gerannt.

Sie heulten. Das Schreien, das sie hergelockt hatte, ging in einem allgemeinen Aufheulen unter. Moloquin stand auf, und der Mann, den er zu Boden gerissen hatte, rappelte sich auf und wollte wieder davonlaufen, aber die Frauen packten ihn im Nu. In der Dunkelheit konnte Moloquin nur undeutlich sehen. Er wich keuchend zurück. Er sah, wie der Mann, den er aufgehalten hatte, in der Schar der Frauen verschwand, wie sie anfingen, ihn mit Fäusten zu schlagen und ihn zu treten, als er zu Boden ging. Dann betrat Karella mit einer Fackel in der Hand den Platz.

Das rotgelbe Licht flackerte über das Gras und zuckte über die Bäume, deren Zweige bis zu den Frauen hinabhingen. Mitten auf der kleinen Lichtung kniete eine schluchzende Frau mit zerzaustem, verschmutztem Haar, und ihr Gesicht glänzte von Tränen. Die anderen Frauen beugten sich zu ihr nieder und liebkosten sie.

»Sie haben mich genommen!« Die kniende Frau kreischte, suchend streckte sie den Arm aus und hielt ihn schließlich auf ihre Angreifer gerichtet. »Sie haben mich als Ehefrau gebraucht! Seht doch . . .« Sie zog die Kleider hoch, und ehe Moloquin sich abwenden konnte, sah er im Schein der Fackel das eindrückliche Bild ihrer weißen Schenkelwölbungen, schleimverschmiert und blutig. »Sie haben mich als Frau genommen . . .«

Beim Anblick des mißbrauchten Körpers kreischten die Frauen derartig auf, daß es Moloquin eiskalt über den Rücken lief. Er wich zurück, weil ihm schlagartig bewußt wurde, daß er ein Mann an einem Ort war, wo Männer Schlimmes getan hatten, daß er das zwischen den Beinen hatte, was sie böse finden mußten, daß er eine böse Begierde in sich hatte, die sich gegen alle Frauen richtete. Mit einem Mal schlug sein Herz so sehr, daß ihm schlecht wurde. Rasch schlüpfte er in das dichte Buschwerk, das das Ufer des Flüßchens säumte, während die Frauen auf der Lichtung einen immer enger werdenden Kreis um die beiden Männer bildeten, die sie gefangen hatten.

Die Männer hatten geschwiegen, doch als die Frauen handgreiflich wurden, heulten sie vor Entsetzen auf. Moloquin entfuhr ein Aufschrei, als er das hörte. Der Magen drehte sich ihm um. Er wandte sich ab und tastete sich durch das Gesträuch vorwärts, panisch bemüht zu flüchten. Hinter ihm brach das rauhe Schreien der Männer abrupt ab, als habe man ihnen die Kehle abgedrückt. Er kämpfte sich verzweifelt durch das Gestrüpp, das ihn nicht losließ, ihn gefangenhielt, so daß er sich immer noch ganz in der Nähe der Lichtung befand. Von dort drangen nun das Knurren und das Triumphgeheul der Frauen an sein Ohr, das Stampfen ihrer Füße auf Leibern, das Knacken von Knochen. Das Entsetzen verlieh ihm Kraft, und Moloquin riß sich aus der Umklammerung des Gesträuchs und floh.

***

Die beiden Männer, die die Frau auf der Lichtung überfallen hatten, waren aus Harus Kums Lager. Sobald sie das wußten, gingen die Frauen der Folc, angeführt von ihren Hauptfrauen, zu dem Hügel, auf dem der Fremde sein Lager hatte, und ließen sich um den Zaun herum nieder, rückten so dicht zusammen, daß niemand hinein oder heraus konnte durch diesen Wall ihrer Leiber, und nun warteten sie auf Harus Kum und sandten nach Ladon.

Die Frauen waren wie wilde, schrille Flöten. Einige saßen weinend am Boden, ihre Schwestern um sich geschart, andere saßen dichtgedrängt in Gruppen und sprachen in ernstem Ton miteinander, und wieder andere gingen auf und ab und warfen zornfunkelnde Blicke auf Harus Kums Lager und stießen seltsame Anfeuerungsschreie aus. Auf die Säuglinge übertrug sich das Fieber der Mütter durch die Milch oder unmittelbar durch die Poren, so daß über dem gewaltigen Schwarm von Frauen ein endloses Gewimmer hing. Mitten unter ihnen saßen die Hauptfrauen, ein dichtgedrängtes Gewirr von grauen Köpfen.

Als Moloquin mit Karella auf sie zuging, wirkten sie auf ihn wie schwere Steine. Ihre Bewegungen waren langsam und unbeirrbar, und von ihrer gedämpften Erregung ging etwas Unheilvolles aus. Er stellte sich vor, wie es wäre, in ihre Fänge zu geraten und in der Mühle ihres Zorns unerbittlich zermahlen zu werden.

Er hielt sich dicht bei Karella. Sie schlängelte sich durch die quirlige, lärmende Frauenherde hindurch, und er folgte ihr auf den Fersen mit ihren Sitzmatten und einem Krug Wasser. Die Hauptfrauen hatten sich einen Platz unmittelbar unterhalb des Eingangs zu Harus Kums Lager gewählt, wo der Boden flach war, und sie hatten ein kleines Feuer angezündet, dessen Flammen in der hochstehenden Sonne nur als bloßes Zucken in der Luft zu sehen waren.

An diesem Feuer saß Joba inmitten der anderen, und als Karella zu ihnen trat, richtete sie das Wort als erstes an sie, und ihr Ton war bitter:

»Du hast dich also zu Ladon ins Nest gesetzt, wie? Du wirst es bald bereuen, deine Tochter an seinen Sohn verheiratet zu haben, das sage ich dir.«

Joba hob den Kopf. Zwischen den Furchen, Falten und Wülsten ihres Gesichts glommen klein und bösartig ihre Augen. Sie starrte an Karella vorbei auf Moloquin.

»Was hat der hier zu suchen? Schick ihn weg, Karella – schaff ihn uns vom Hals!«

Karellas Blick suchte Moloquins, und ohne daß ein Wort zwischen ihnen gefallen wäre, legte er seinen Armvoll Stäbe und Matten nieder und ging weg. Er lief den Hang hinauf, auf Harus Kums Lager zu. Als er dort ankam und hineinschaute, sah er die kleine verschreckte Männerschar hinter dem Dornenzaun kauern, und jeder umklammerte eine Axt oder ein Messer. Er blieb nicht stehen, sondern lief über den Abhang auf das offene Gelände zu, wo er Grub unter einem Baum sitzen sah. Die Männer da drinnen, die ihre Waffen umklammert hielten, würden den Frauen auch nicht einen Augenblick lang standhalten können. Sie taten ihm leid, doch er mußte sich entfernen. Da saß Grub und wartete auf ihn; zum erstenmal empfand er die Gemeinsamkeit zwischen ihm und sich, die Gemeinsamkeit von Geschlechtsgenossen.

Er lief den Abhang hinab, auf Grub zu, und entschwand in die Stille der Wildnis.

Harus Kum fluchte ohne Unterlaß vor sich hin. Umgeben von den drei Sklaven, die ihm verblieben waren und die sich angstvoll an ihn drängten, kauerte er im Schutz des Dornenzaunes und lauschte dem wilden Aufbegehren der Frauen, und ihm wurde heiß und kalt. Er war wahnsinnig gewesen, hierherzukommen, wahnsinnig, sich überhaupt mit diesen Wilden einzulassen.

Er verfluchte die Frauen; er verfluchte Ladon, weil der der Häuptling dieser Frauen war und nicht dafür sorgte, daß sie sich gesittet betrugen; er verfluchte die beiden Sklaven, die sich aus der Sicherheit ihrer Festung hinausgestohlen hatten und niemals zurückgekehrt waren. Er ahnte sehr wohl, was sie getan hatten. Er hatte dafür auch Verständnis – wenn diese Frauen unbedingt in aller Öffentlichkeit herumspazieren mußten, wie konnte man einen Mann dafür tadeln, daß er sie haben wollte? Er selbst allerdings würde diese Frauen niemals begehren, fett, häßlich und hitzig, wie sie waren. Und gerade als er das dachte, erhob sich unter den Frauen, die ihn umlagerten, ein Gekreisch, das immer mehr anschwoll, bis ihm die Haare zu Berge standen.

Er hob vorsichtig den Kopf, bis er über den Zaun blicken konnte, und ein Stein fiel ihm vom Herzen. »Ah, endlich!« Er seufzte hörbar, stand auf, blieb jedoch ein wenig gebückt, damit diese wahnsinnigen Weiber nicht noch angriffen, doch dort unten, am Rande der riesigen Schar, war Ladons Tragsessel zu sehen, der auf den Schultern vieler Männer schwankte, und eine riesige Menge Männer schritt in endlosen Reihen, die bis in die steinernen Ringe hinaufreichten, hinterdrein. Harus Kum sah zu, wie der Tragsessel mitten durch die Frauen getragen wurde und sich auf einen Fleck am Fuß des Hanges zubewegte, unmittelbar unterhalb der Stelle, wo Harus Kum jetzt hinausspähte, und er richtete sich auf und beruhigte sich ein wenig, weil er jetzt einen Weg sah, mit dem Leben davonzukommen.

Ladon war erschöpft. Er hatte die ganze Nacht auf dem Hohen Hügel getanzt, und dann war, als er am Morgen auf dem Boden gelegen hatte, die Maske neben sich, die Botschaft der Frauen gekommen, und anfangs hatte er gedacht: Sollen sie doch machen. Er wußte, was sie tun würden, wenn er nichts unternahm. So sehr lag ihm Harus Kum nicht am Herzen, daß er gleich aufgesprungen wäre, um ihn zu retten. Außerdem wurmte es ihn, daß die Frauen sich einbildeten, er würde gleich angerannt kommen, um zu tun, was sie wollten.

Doch während er so im Gras auf dem Hohen Hügel lag, die Maske als Zeugen neben sich, kam er zu dem Schluß, daß es den Frauen eine gewisse Größe verleihen würde, wenn man sie gewähren ließe, und daß sie sich auf diese Weise die Größe aneignen würden, die ihm zukam. Er erhob sich ächzend und rief nach seinem Tragsessel und störte alle Männer aus ihrer Erschöpfung nach dem großen Ritual auf, und langsam kehrten sie wieder nach Westen zurück, zurück zur Versammlungsstätte.

Aus lebenslanger Erfahrung mit ihnen wußte er, was er zu erwarten hatte, und so war er nicht überrascht, als die Hauptfrauen sofort auf ihn eindrangen, sowie er in ihren Kreis gelangte, und ihn schmähten und anschrien, als hätte er selbst die Übeltat begangen und nicht irgendwelche Fremden. Er lehnte sich in seinem Tragsessel zurück und hörte sich alles an und bedeutete seinen Männern, daß sie die Tragstangen absetzen und zurücktreten sollten.

Joba und Tishka bedrängten ihn von beiden Seiten. »Du hast diese Fremdländer hergeholt! Du bist für das verantwortlich, was passiert ist!«

Ladon hob die Hand, die Handfläche nach außen gekehrt. »Ich habe gar nichts getan, ich habe ihn nicht hergeholt, ich –«

»Du hast ihn dazu ermutigt! Du mit deinen blauen Perlen . . .«

Er besann sich einen Augenblick. Sie waren verrückt geworden. Das sah man schon daran, daß sie mit ihm in der niedrigen Sprache redeten, die für Frauen und Kinder gedacht war, und nicht in der gehobenen Sprache, in der Männer und Frauen eigentlich miteinander reden sollten, und nun richtete er sich auf, straffte die Schultern und bedachte sie alle mit einem derart hoheitsvollen, zurechtweisenden Blick, daß sie verstummten.

Sie umringten ihn, eine Rotte alter Frauen, formlos in ihrer gewebten Kleidung, die Hände verkrümmt und knotig von der Feldarbeit. Karella löste sich jetzt aus ihrer Mitte und trat vor.

Sie sprach in spöttischem Ton, durchdringend wie ein Vogel, und bediente sich dabei der formvollendetsten und raffiniertesten Ausdrucksweise, wie sie nur einem Kopf zur Verfügung stand, der mit einem überreichlichen Wortvorrat versehen war.

Sie sagte: »Opa-Ladon-on, mächtig, mächtig, mächtig ist er! Möge der Himmel auf den großen Sohn der Folc hinabblicken! Möge der Himmel ihn stets in seinem Urteil leiten! Möge ihn stets jemand in seinem Urteil leiten, mächtiger, mächtiger Ladon, dessen Urteil so falsch und schmerzlich für die Folc gewesen ist! Du hast sie hier geduldet, Opa-Ladon-on, mächtig ist er, mächtig vor allen anderen Männern, du hast sie hierherkommen lassen, und nun haben sie eine von uns gegriffen und versucht, ihr ihren Bauch zu stehlen und ihren Samen hineinzupflanzen, sie zu einem bloßen Gefäß für ihre Fortpflanzung zu machen. Und was gedenkt Ladon, mächtig, mächtig, mächtig ist er, nun zu tun, um diese Übeltat wiedergutzumachen?«

Die anderen Frauen brummten, und irgendeine murmelte: »Sie spricht mit der Zunge des Himmels!«

Ladon verschränkte die Arme und blickte um sich, schaute jede einzeln an; es fiel ihm leichter, sich ihnen gegenüber zu behaupten, wenn er in ihnen lauter einzelne Weiber sah statt des riesigen schrecklichen Haufens, zu dem sie werden konnten. Endlich kehrte sein Blick wieder zu Karella, zu Joba und Tishka zurück, die zu beiden

Seiten seines Tragsessels standen, und er sagte: »Bringt mir die Übeltäter!«

Sofort wiesen sämtliche Frauen hügelaufwärts zu Harus Kum. »Dort ist er!«

»Aha«, sagte Ladon, »und ihr behauptet, Harus Kum, der Fremdländer, habe sich eine Frau gegriffen und –«

Er stockte und räusperte sich, weil die Hochsprache für die Tat, die sie Harus Kum und seinen Männern nachsagten, kein Wort hatte. Doch verstand jeder, was gemeint war.

»Ja, ja«, sagten sie, »du hast sie hierhergeholt, Opa-Ladon-on . . .«

»Und wie wißt ihr, daß Harus Kum diese Übeltat, diese ungeheuerliche Schandtat, begangen hat?«

»Wir haben es selbst gesehen«, sagte Joba, und während sie sprach, wallte der Zorn erneut in ihr auf, und ihre Augen funkelten.

»Und wo sind die Männer, die das getan haben?« fragte Ladon.

»Oh!« Tishka lächelte ihm zu und entblößte dabei die Zähne. »Nirgendwo zwischen Himmel und Erde, soviel steht fest.«

»Dann habt ihr also Harus Kum erschlagen?«

Das verwirrte sie. Er lächelte, denn er wußte, er war zu schlau für sie, und er weidete sich an seiner Gewitztheit, bis Karella vortrat und das Wort an ihn richtete:

»Ladon«, sagte sie und benutzte jetzt die niedrige Sprache, die die Frauen Kindern gegenüber oder untereinander benutzten und die Ladon gegenüber niemand benutzt hatte, seit er ein Mann war. »Ladon«, sagte sie, »gib uns nicht noch mehr Tänze, noch mehr Spiele. Geh dort hinauf und schaff ihn weg, ein für allemal, oder wir werden es selbst tun.«

Er spürte, wie sein Gesicht vor Zorn zu glühen begann. Er ballte die Fäuste. Klein war sie, zerbrechlich wie ein Vögelchen, er konnte sie mit einem Schlag zermalmen, und doch wagte sie es, mit einer solchen Verachtung zu ihm zu sprechen, wagte sie es, ihm Befehle zu erteilen.

Und er hatte keine Wahl, er mußte ihnen gehorchen. Wenn er sich weigerte, würden sie tun, was sie angedroht hatten. Sie würden Harus Kum selbst beseitigen, auf endgültige und grauenhafte Weise.

Mit einem langen kalten Blick auf Karella gab er seinen Trägern das Zeichen, und sie hoben ihn in seinem Tragsessel hoch auf die Schultern und stiegen den Hügel zu Harus Kum hinauf.

Der Händler kauerte auf den Fersen, den Rücken zum Zaun gekehrt, hohläugig und mit verkniffenem Mund. Er sagte: »Ich schwöre es,

Opa-Ladon, ich schwöre es bei meinem Geschlecht.« Er legte die Hand zwischen die Schenkel. »Ich habe nichts getan.«

Ladon verschaffte sich rasch einen Überblick über das Lager. Es waren eindeutig weniger Männer da als zuvor. Er entspannte sich; er sank in seinem Tragsessel zusammen, seine ermüdeten Muskeln schmerzten ihn, und er starrte Harus Kum an. Er hatte gerade erst zu begreifen begonnen, daß sich aus dieser Sache einiges herausschlagen ließ.

Er sagte: »Aber wo sind denn deine anderen Männer, Harus Kum?«

»Ich weiß nicht. Sie müssen sich hinausgestohlen haben – sie sind nicht zurückgekehrt. Vielleicht sind sie weggerannt.«

Ladon schüttelte langsam den Kopf, den Blick starr auf Harus Kum gerichtet. »Die Frauen haben sie sich vorgenommen.«

»Oh – sind sie noch am Leben?«

»Wie sie es mit dir tun werden«, sagte Ladon, »wenn ich dich nicht davor bewahre.«

»Sie sind tot«, sagte Harus Kum. Er schlug sich mit den Fäusten auf die Knie. Ein Redeschwall in seiner eigenen Sprache ergoß sich aus seinem Mund. Er stampfte in dem kleinen Gehege umher und hieb mit den Händen durch die Luft. Ladon beobachtete ihn geduldig und legte sich in seinem Tragsessel zurück, als sei er im Bett.

Aus dem Augenwinkel sah er, wie einer von Harus Kums Männern sich die Lippen leckte. Er vermutete, daß sie Durst hatten, denn die Frauen versperrten ihnen den Weg zum Wasser. Er hob die Hand und sagte zu seinen Leuten: »Holt Wasser für diese Dürstenden«, und hinter sich vernahm er das Getrappel von Füßen, als etliche Männer einander zuvorzukommen versuchten.

Er lächelte Harus Kum an. Er sagte: »Also, bis jetzt haben wir um Nichtigkeiten gefeilscht, Harus Kum, wollen wir um Blut und Knochen jetzt ebenso feilschen?«

Der Händler stieß gepreßt einen Seufzer aus. Seine Augen glänzten. Er nickte. »Ich werde dem mächtigen Ladon geben, was Ladon zukommt.«

Er ging zu der kleinen runden Hütte in der Mitte des Geheges und verschwand darin. Einer von Ladons Männern kehrte mit einem hohen zweimündigen Wasserkrug zurück. Auf ein Nicken von Ladon hin gab er den Krug dem nächststehenden von Harus Kums Männern, der ihn mit zitternder Hand an sich riß und beim Trinken die Hälfte verschüttete. Die anderen Männer drängten sich um ihn und fingen mit den hohlen Händen ein paar Tropfen auf. Harus Kum kehrte zurück.

Er sah die Männer trinken, und sein Schritt verlangsamte sich einen Augenblick lang, doch dann tat er etwas derart Nebensächliches wie Durst mit einem Achselzucken ab und trat auf Ladon zu und kniete vor ihm nieder. In den Händen hielt er ein Stoffbündel. Er breitete es auf dem Boden aus und rückte darauf ein paar Gegenstände zurecht.

Während er damit beschäftigt war, hielt sein Rücken die Sonne ab, doch dann richtete er sich auf, und das Sonnenlicht fiel auf den Stoff. Hinter Ladon war ein unterdrückter Aufschrei zu hören. Ladon selbst richtete sich ruckartig auf und blickte gebannt auf die funkelnde Pracht, die vor ihm am Boden lag.

»Aaaaaah!«

Er streckte die Hände aus und berührte das nächstliegende Schmuckstück, einen schweren, gerundeten Armreifen. Er leuchtete so sehr im Sonnenlicht, daß er annahm, er sei warm, doch das Zeug war kalt, hart und kalt wie Stein.

»Was ist das?«

Harus Kum sagte: »Das ist Schmuck, wie ihn große Männer zu ihrer Zierde anlegen.« Seine Stimme klang allzu beiläufig. Er nahm den Reif und streifte ihn sich über die Hand. Für das andere Handgelenk nahm er einen ebensolchen, und eine lange Schnur aus rechteckigen Scheiben, die miteinander verbunden waren, legte er sich um den Hals, und die Männer schrien auf, als sie ihn mit diesen blitzenden, funkelnden Scheiben behängt sahen, die von der Sonne selber zu stammen schienen.

Ladon frohlockte. Er sagte: »Das reicht aber noch nicht, Harus Kum.«

Der Händler starrte ihn mit zusammengebissenen Zähnen an. Eins nach dem anderen legte er die Schmuckstücke wieder ab und breitete sie erneut auf dem Tuch aus. Er sagte: »Es gibt noch mehr davon.«

»Hier?« fragte Ladon rasch.

»Nein, nein.« Harus Kum rang sich ein Lächeln ab. »Dort, wo ich sie herkriege. Aber ich muß im Austausch andere Dinge dafür bekommen.«

»Ich biete dir dein Leben dafür, Harus Kum.«

»Ich brauche Nahrungsmittel. Was ich dir neulich aufgezählt habe. Und jetzt brauche ich auch noch Männer – zwei Männer, die mir das alles nach Hause tragen helfen.« Der Händler hockte sich hinter den wundervollen Schmuckstücken nieder. »Gib mir, was ich haben will, und es soll dein Schade nicht sein.«

Ladon kniff die Lippen zusammen, den Blick auf das schimmernde

Zeug gerichtet. Was das wohl war? Nie hatte er einen Stein gesehen, der in dieser Weise geformt, zu solchem Glanz poliert werden konnte. Diese Geschmeidigkeit, diese erstaunliche Glätte war gewiß irgendeinem Zauber zu verdanken. Schließlich hatte er immer schon gewußt, daß Harus Kum über irgendwelche geheimen Kräfte verfügte. Ob die jetzt nach ihm gerufen hatten, nach Ladon, ihrem wahren Meister?

Selbst jetzt noch rief er ihn, der übrige Schatz, aus der kleinen Reisighütte. Er wußte, so gewiß er seine eigenen Gedanken kannte, daß Harus Kums übriger Schatz dort drinnen war, nur ein paar Schritte von ihm entfernt, und wenn er diese Fremdländer den Frauen überließ, dann konnte er, Ladon, das alles an sich nehmen.

Er wog diese Möglichkeit gegen die Tatsache ab, daß die Frauen viel mehr hätten als einen Schatz, wenn er diese Männer ihrer Gewalt überließe, sie hätten eine neue Macht ins Leben gerufen, gegen die diese glänzenden Schätze vor ihm nicht das geringste würden ausrichten können.

Und er konnte sie auch so haben. Harus Kum bot ihm das alles im Tausch gegen etwas an, das Ladon ihm mühelos liefern konnte. Die Frauen wollten, daß diese Männer verschwanden. Ladon würde sie wegschicken. Harus Kum wollte Nahrungsmittel; Ladon würde die Fremdländer zu seinem eigenen Dorf schicken, wo sie reichlich Nahrungsmittel finden würden.

Harus Kum wollte Männer haben, und es gab zwei junge Männer, die er loswerden wollte.

Das paßte alles dermaßen vollkommen zusammen, daß Ladon für einen Augenblick gedankenversunken dasaß, während der wartende Harus Kum sich endlich dem Wasserkrug zuwandte, ihn drehte und sich die letzten paar Tropfen auf die Zunge fallen ließ. Ladon hob die Hand. Einer der Männer hinter ihm sprang vor, nahm den Krug und eilte davon, um ihn wieder zu füllen.

Ladon sagte: »Die Gunst des Himmels, der alle Dinge möglich macht, ist uns heute beiden gleichermaßen zuteil geworden, Harus Kum.«

Der Händler sah ihn blinzelnd an, vielleicht verstand er die Worte des anderen nicht; sein Gesicht war von tiefen Falten durchzogen, und er sah erschöpft aus. Ladon lächelte ihm zu.

»Mach dich bereit, diesen Ort sofort zu verlassen. Ich sorge dafür, daß du einen geeigneten Führer bekommst und unbehelligt von den Frauen gehen kannst.«

Harus Kums Augen schlossen sich. Er senkte den Kopf, die Hand auf die Brust gelegt. »Mächtig ist Ladon, mächtig.« Seine Stimme zitterte vor Erschöpfung und Erleichterung. Ladon nickte seinen Trägern zu, und im nächsten Moment wurde er davongetragen.

Joba sagte: »Du mußt stillstehen, Shateel, damit ich dir das Haar hochstecken kann, sonst wirst du nie heiraten.«

Das Mädchen schnitt ein Gesicht. Joba hielt das lange, wie ein Tau zusammengedrehte Haar ihrer Tochter in den Händen und steckte es ihr mit Nadeln aus Knochen und Holz hoch. Die anderen Frauen um sie herum waren damit beschäftigt, Blumen zu einem Kranz für die junge Braut zu flechten. Shateel hielt einfach nicht still. Ständig trat sie von einem Fuß auf den anderen, ständig wandte sie den Kopf und blickte ins Weite, zu Ladons Lager hinüber. Joba versetzte ihr einen Klaps mit der flachen Hand.

»Jetzt halt endlich still, oder . . .«

»Was fällt dir ein!« schrie Shateel wütend und versetzte ihrerseits der Mutter einen Schlag auf die Wange.

Joba schnappte nach Luft. Alle anderen Frauen hielten bei ihrer Arbeit inne und starrten sie an. Joba richtete sich langsam auf. Da stand nun das Mädchen, ihre Wangen hatten sich mittlerweile gerötet, und in ihren Augen funkelten Zornestränen. Einen langen Augenblick sah ihre Mutter ihr fest in die Augen.

Endlich gab Shateel nach. Sie senkte den Blick. Langsam machte Joba sich wieder an die Arbeit, doch jetzt zitterten ihr die Hände. Sie dachte: Sie hat mich bereits verlassen.

Sie hatte die Hände voller Nadeln. Einen Moment lang machte sie sich am Haar des Mädchens zu schaffen, ohne genau zu wissen, womit sie vorher gerade beschäftigt gewesen war. Ihre Seele war in Aufruhr; Zorn und eine Beklommenheit, über deren Ursachen sie sich nicht im klaren war, mischten sich.

»Da kommt der Brautführer«, sagte eine der Frauen.

Überrascht blickte Joba auf. Er kam zu früh. Die Zeremonie konnte erst am Nachmittag stattfinden. Doch da war er tatsächlich. Fergolin blieb lächelnd am Eingang zu Jobas Herdstelle stehen.

»Bleib hier stehen«, sagte sie zu Shateel, stand auf und klopfte sich die Kleider ab. Sie umrundete die anderen Frauen, die weiterarbeiteten, und trat zu Fergolin.

»Was gibt es? Wir haben noch sehr viel zu tun, Fergolin-on.«

»Ich soll dieses Geschenk von dem jungen Bräutigam bringen.«

Er streckte ihr ein zusammengefaltetes Stück Hirschleder hin. Sie öffnete es neugierig und hielt hörbar die Luft an. Auf dem Hirschleder lag, säuberlich aufgerollt, eine Schnur mit blauen Perlen.

»Oh.« Joba wich zurück. Sie hatte gerade mitangesehen, wie Harus Kum und seine Männer gewaltsam vom Versammlungsplatz entfernt worden waren; und nun stand sie ihm wieder gegenüber. Zusammengerollt wie eine Schlange lag er vor ihr und wollte sich in die Hochzeit ihrer Tochter drängen. Sie streckte die Hand aus, um die Perlen von sich zu schieben, doch ehe sie sie berühren konnte, stand ihre Tochter neben ihr.

»Ich nehme sie an.« Shateels Hand schloß sich über die Perlen. Sie starrte die Mutter herausfordernd an.

Fergolin sagte: »Ana-Joba-el, gepriesen seist du, Mutter einer solchen Tochter, du sollst wissen, daß es wegen der Vorfälle heute morgen Schwierigkeiten mit der Hochzeitszeremonie gibt.«

Jobas Kopf fuhr hoch: »Was?« fragte sie schroff.

»Wegen der Angelegenheit mit Harus Kum muß Opa-Ladon-on eine ungewöhnliche Bitte an dich richten.«

»Ich höre.«

»Mit Harus Kum ließ sich nicht so ohne weiteres fertigwerden, wie du dir denken kannst. Ladon, mächtig ist er, ging dabei mit größter Vorsicht zu Werke. Um sicherzugehen, daß Harus Kum die Versammlung auch wirklich verließ, hat er ihm den Mann als Begleiter mitgegeben, dem er am meisten vertraut, seinen eigenen Sohn, den Bräutigam.«

Shateel sagte: »Und wo ist er jetzt?« Ihre Stimme war schneidend.

Fergolin schaute sie jedoch nicht an. Sein Blick ruhte fest auf Joba, als er sagte: »Es ist Ladons Wunsch, daß die Hochzeit in seinem Dorf abgehalten werden soll, nach der Versammlung, wenn sein Sohn nach Erledigung seiner Aufgabe zurückkehrt.«

»Ist er in Gefahr?« schrie Shateel.

Joba starrte Fergolin unbewegt an, war aber insgeheim beunruhigt. Ihr Unbehagen wurde immer größer. Die Hochzeit ihrer Tochter war zu einem Wettstreit geworden, einem Wettstreit mit Ladon um die Verfügungsgewalt über ihr Kind. Mit einem Mal sah sie die Hochzeit wie eine Fallgrube vor sich, eine Falle, zu der sie gezerrt wurde. Sie wandte sich um, entriß Shateel die blauen Perlen und schleuderte sie zu Boden.

»Nein. Damit bin ich nicht einverstanden. Sowie sie einmal dort ist, läßt er sie bestimmt nicht wieder weg. Er wird darauf bestehen, daß sie dort bleibt, und sie wird bei ihm bleiben. Nein.«

»Ana«, schrie Shateel, »ich gehe mit ihm, wohin immer er will.« Sie wandte sich Fergolin zu. An Fergolin richtete sie ihre Worte, so als sei ihre Mutter nicht mehr wichtig.

Fergolin sagte nachsichtig: »Auch dein Wunsch war es, daß Harus Kum entfernt werden sollte, Ana-Joba-el. Durch euer eigenes Handeln habt ihr es unmöglich gemacht, daß die Hochzeit hier stattfindet. Der Bräutigam ist mit dieser Aufgabe betraut worden, weil ihr auf der Entfernung Harus Kums bestanden habt.«

Shateel fuhr herum und schrie ihre Mutter an: »Ihr seid daran schuld!«

Joba packte sie bei den Handgelenken. »Du bist albern. Ergreif nicht Ladons Partei gegen mich. Noch bist du nicht verheiratet. Bis er deine Hand nimmt, bist du mein Kind, und ich werde dich weggeben, wie ich es für richtig halte.«

Shateel ließ sie kaum ausreden. Mit hochroten Wangen und halbaufgelöstem Haar blickte sie Joba fest ins Gesicht und vernichtete ihre Mutter mit ihren Worten.

»Ich bin kein Kind mehr, Ana. Ich bin mit ihm zusammengewesen, der jetzt mein Mann ist. Wir brauchen keine Worte von den Alten. Ich werde mit ihm gehen, wohin er will, ich bin jetzt seine Frau, und er ist mein Mann.«

Mit einer Drehung ihrer Arme befreite sie ihre Handgelenke aus dem Griff ihrer Mutter, kehrte Joba den Rücken zu und bückte sich, hob die blaue Perlenkette vom Boden auf und legte sie sich um den Hals.

Joba stand da und starrte sie an. Es gab nichts mehr zu sagen. Ihre Gedanken flogen zurück in jene längst vergangene Zeit, wo sie das Baby Shateel an ihrer Brust genährt hatte, und sie sah das kleine Mädchen vor sich, wie es, in der Obhut des wachsamen mütterlichen Blickes, gehen und sprechen gelernt hatte; sie sah, wie das Kind, größer geworden, mühsam die notwendigen Fertigkeiten erlernte, stets angeleitet, beschützt und geliebt von seiner Mutter. Und nun hatte ihre Tochter ihr den Rücken zugekehrt und erklärt, sie habe sich von ihr gelöst und sei froh, daß sie von ihr wegkäme. Joba senkte den Kopf. Alle anderen im Langhaus waren Zeugen ihrer Demütigung gewesen. Langsam kehrte sie zu ihrem Feuer zurück, setzte sich nieder und zog sich das Schultertuch über den Kopf. Und so verharrte sie den ganzen restlichen Tag.

Die meisten Folc mieden Harus Kums Lager jetzt, wo es verlassen war, Karella jedoch wollte unbedingt dorthin, und so begleitete Moloquin sie. Er beobachtete sie, wie sie in der kleinen Reisighütte und zwischen den dornigen Zweigen des Zaunes herumtastete und -stocherte, ein paar Fäden von einem Brombeerzweig zupfte und die Fasern auf dem Handteller glättete und an einem nassen Fleck am Boden schnüffelte.

»Was machst du da?« fragte er. »Weshalb kann ich nicht gehen? Ich muß Holz sammeln, und Grub und ich haben eine Stelle gefunden, wo wir schwimmen können.«

Sie stand alterskrumm vor ihm, und ihre Miene war scharfsinnig. »Ich frage mich, ob Ladon mit Harus Kum wirklich das gemacht hat, was er behauptet, getan zu haben.«

»Wie willst du das herausfinden? Indem du hier herumsuchst?« Moloquin war unruhig; der Tag wurde drückend warm, und er blickte nach Westen, wo der Fluß sich entlangschlängelte. Da drüben hatten sie ein tiefes Becken gefunden, in dem es sich bei der Hitze herrlich baden ließ. »Warum kannst du denn Ladon nicht in Frieden lassen?«

»Ach nein!« Sie wirbelte auf ihn los, plötzlich von Wut gepackt. »Jetzt hör mir mal zu, mein Junge. Du bist der Sohn von Ladons Schwester, und deshalb darf ich Ladon nicht trauen, niemals.«

»Karella . . .«, er warf ihr einen seltsamen Seitenblick zu und trat näher an sie heran. »Kann ich denn nicht nur dein Sohn sein? Warum muß ich denn immer gegen Ladon sein?«

Sie funkelte ihn an, und er spürte die Flammen ihres Zorns. »Verfluchter Kerl! Nein!«

Seine Augen blitzten. »An mir liegt dir gar nichts. Du haßt Ladon, und darum beherbergst du mich, Ladons wegen!«

»Oh!« Sie holte aus und schlug ihm ins Gesicht.

Er steckte den Schlag ein, ohne mit der Wimper zu zucken, aber seine Augen glühten schwarz vor Wut. Er sagte nichts mehr, doch sein Blick ruhte noch lange auf ihr, wütend und drohend zugleich. Sie zitterte; sie wollte die Arme um ihn schlingen, den Wall niederreißen, der plötzlich zwischen ihnen stand, doch ihr Stolz ließ sie reglos verharren, und er wollte ohne ein Zeichen von ihrer Seite nicht nachgeben. Abrupt wandte er sich um und lief aus Harus Kums verlassenem Lager, hinunter in die Ebene, und sie sah ihn nach Westen rennen, auf das flache Tal und den Fluß zu, wo Grub auf ihn wartete.

Karella stieß keuchend den Atem aus. Sie fühlte sich alt und dumm und leer. Sie sank auf die Fersen nieder, und die Tränen standen ihr in den Augen.

Sie war eine Närrin. Er hatte recht – sie wollte Ladon am Zeuge flicken, und deshalb wiegelte sie diesen Jungen gegen ihn auf. Doch war ihr mittlerweile der Junge wichtiger. Sie hob das Gesicht zum Himmel.

Wenn er zurückkam, würde sie ihn um Verzeihung bitten. Wenn er zurückkam, würde sie ihm sagen, daß sie ihn liebte. Sie würde ihn ihren Sohn nennen. Sie würde ihn nie wieder gegen Ladon benutzen, wenn er wiederkam. Sie kauerte sich im Lager der Fremdlinge nieder, die sie immer noch riechen und spüren konnte, und sehnte sich danach, ihn wieder bei sich zu haben.

Ladons Sohn wußte, wo Moloquin war. Er hatte den anderen Jungen am Tag zuvor gesehen, als er am Fluß Holz sammelte. Moloquin sammelte erst Holz und ließ es dann in Haufen liegen, um es später zu holen, und so war es nicht schwierig, ihm zu folgen. Man brauchte bloß von einem Holzhaufen zum nächsten zu gehen.

Er wäre froh gewesen, wenn es schwieriger gewesen wäre, Moloquin zu finden. Er wäre froh gewesen, wenn sein Vater ihm diese Aufgabe nicht zugeteilt hätte.

Harus Kum lief mit baumelnden Armen unmittelbar hinter ihm her. Die anderen drei Männer folgten dicht hinter ihnen. Sie hatten ihre Waren ein wenig weiter südlich, auf dem Weg zu Ladons Dorf, liegenlassen, als sie den Ort der Großen Versammlung verlassen hatten. Ladon hatte seinem Sohn aufgetragen, die Männer ohne Umweg auf den Pfad zu seinem Dorf zu führen, so daß alle, die sie aufbrechen sahen, annehmen würden, sie verschwänden auf dem kürzesten Weg und kämen niemals wieder. Also hatte Ladons Sohn sie weggeführt, alle hoch bepackt, so daß die Männer unter ihren Lasten ächzten, und sie waren direkt nach Westen gegangen, und erst als sie in das rauhere, hügligere Gelände ein gutes Stück westlich des Versammlungsplatzes gelangt waren, war Ladons Sohn in südlicher Richtung abgebogen, und sie waren dann, als sie sich wieder ostwärts gewandt hatten, auf den vielbegangenen Pfad gestoßen, der in südlicher Richtung zu Ladons Dorf führte.

Dort hatten sie ihre Lasten liegenlassen. Harus Kum hatte seinen Männern in seiner unschönen Sprache Befehle erteilt, und mit Seilen und Holzkeulen bewaffnet, waren sie wieder nach Norden aufgebrochen.

Ein-, zweimal hatte der Händler mit Ladons Sohn zu sprechen versucht, doch der tat so, als verstünde er ihn nicht. Der Händler roch seltsam, und die üble Geschichte, die in der Nacht zuvor im Lager geschehen war, hatte in den Augen von Ladons Sohn einen finsteren Schatten auf ihn geworfen, aber der Hauptgrund war, daß es dem jungen Mann widerstrebte, viel Worte über das zu machen, was sie vorhatten. Er versuchte, nicht darüber nachzudenken.

Statt dessen dachte er an Shateel, die seit gestern seine Frau war.

Seit der Nacht des Tanzes, als er zwischen ihren Schenkeln gelegen hatte, war sie ihm nicht mehr aus dem Kopf gegangen. Jeden Augenblick, den er nicht bei ihr war, hatte er das Gefühl, daß sie ihm entglitt, zu irgendeinem anderen Mann gegangen, es mit einem anderen Mann gemacht hatte. Und nun sollten sie nicht einmal verheiratet werden, ehe Ladons Folc nicht in ihr eigenes Dorf zurückgekehrt wären, und wenn Shateels Mutter sich weigerte, sie gehen zu lassen, würden sie dann überhaupt je Mann und Frau werden? Doch sie hatte sich ihm in jener Nacht hingegeben; gewiß war sie da seine Frau gewesen.

Eigentlich sollte er jetzt bei ihr sein und nicht hier, um jemandem zu helfen, einen von seinem eigenen Volk ins Verderben zu stürzen.

Sie liefen am Flußufer entlang, bis das Gesträuch und die niedrigen Bäume, die dort üppig wuchsen, so dicht wurden, daß sie nicht mehr durchkamen und sie sich ihren Weg ein Stück landeinwärts durchs hohe Gras suchten. Als sie das schlimmste Gewirr von Unterholz umgangen hatten, erblickte er vor sich zwei Gestalten; die eine eilte der anderen vergnügt voraus, die gebeugt unter ihrer Holzlast daherkam, und Ladons Sohn wurde das Herz schwer.

Die waren von seinem Volk, und er sollte sie Harus Kum ausliefern.

Sein Schritt verlangsamte sich. Aber nun hatte Harus Kum sie erblickt und erteilte seinen Sklaven knappe Befehle. Ladons Sohn trottete hinter ihnen her, während die drei Fremdländer davonstürzten und sich trennten, um den beiden Jungen den Fluchtweg abzuschneiden. Moloquin, der mit seiner Last auf sie zukam, ließ das Holz fallen.

Ladons Sohn öffnete den Mund, um eine Warnung auszustoßen, aber er brachte keinen Ton heraus. Er dachte an seinen Vater, der ihm diese Aufgabe erteilt hatte, und auf der ganzen Welt fiel ihm keine Macht ein, die stark genug gewesen wäre, seinem Befehl zuwiderzuhandeln. Statt dessen fiel er in Trab, um nicht hinter Harus Kum zurückzubleiben.

Dort hinten versuchte Moloquin unterdessen, Grub zum Weglaufen zu bewegen, indem er mit den Armen wedelte, ihn schubste und anschrie. Er trug nichts als einen Lendenschurz. Er hatte sein Hemd als Tragschlinge benutzt. Harus Kum und seine Männer hatten sie im Nu umzingelt und gingen mit ausgestreckten Armen auf sie zu. Grub zögerte, er wollte sich von seinem Freund nicht trennen, und Moloquin bückte sich und ergriff einen langen Ast.

Harus Kum brüllte. Er riß die Peitsche vom Gürtel, rollte sie ab, pflanzte sich vor dem Jungen auf und schwenkte die Peitsche.

»Laß das fallen«, schrie er, »laß das sofort fallen!«

Grub klammerte sich von hinten an Moloquin. »Was wollen die denn?«

Ladons Sohn kam, ein bißchen außer Atem, bei den anderen an. Die drei Sklaven schlichen im Kreis um die beiden Jungen herum, um sie an der Flucht zu hindern. Der Junge trat zurück, einen Arm nach hinten zu Grub ausgestreckt, in der anderen den Prügel, den er gegen Harus Kum erhoben hatte.

»Was soll das? Was willst du?«

Harus Kum ließ die Peitschenschnur aus dem Handgelenk heraus wie eine Schlange durchs Gras schnellen, und die Spitze züngelte, nur einen Schritt vor Moloquins Fuß, auf ihn los.

»Euer Häuptling hat euch an mich verkauft! Nun kommt schon, oder ich bestrafe euch!«

Grub wimmerte. Er preßte sich immer enger an Moloquin, der inzwischen den Arm um ihn gelegt hatte und ihn beschützte wie eine Mutter. Den Prügel hielt er zwischen sich und Harus Kum.

»Ich gehöre nicht zu den Sachen, die Ladon einfach weggeben kann«, sagte er, »und dieser Junge auch nicht – laß wenigstens ihn frei!«

Harus Kum hob den Arm, und die Peitsche schnellte in die Luft und rollte sich wieder zusammen. Moloquin zuckte zurück, aber er konnte der Peitsche nicht ausweichen: Sie wickelte sich ein ums andere Mal um ihn und zugleich um Grub, und der kleine Junge schrie auf, und Moloquin ließ seinen Knüppel fallen. Fest von der Peitsche zusammengeschnürt, biß er sich auf die Lippen, totenblaß im Gesicht, und seine Augen schwammen vor Schmerz.

Harus Kum trat vor sie hin, ohne die Peitschenschnur gelockert zu haben, und tastete sie ab, als wären sie Tiere.

»Diese zwei sehen mir nicht stärker aus als ein paar zusammengebundene Binsen. Schöne Versprechungen macht er, der mächtige Ladon!« Er spuckte aus. »Na schön, wir werden uns mit ihnen begnügen müssen.«

»Laß Grub frei«, sagte Moloquin.

Harus Kum wickelte sie aus der Peitschenschnur, und die beiden Sklaven näherten sich mit einem Seil und fesselten sie Hand an Hand und Knöchel an Knöchel. Moloquin rührte sich nicht. Die Striemen der Peitsche sprangen in langen roten Wülsten auf seiner Brust hervor.

Er sagte: »Laß mich meiner Mutter auf Wiedersehen sagen!«

Harus Kum schlug ihm mit voller Kraft ins Gesicht. »Schweig, bis ich das Wort an dich richte! Du hast keine Mutter, Junge, du hast kein Volk, alles was du hast, sind meine Peitsche und meine Hand über dir.«

Bei diesen Worten heulte Moloquin auf. Er warf sich vorwärts, gefesselt wie er war, hechtete sich mit dem ganzen Körper vorwärts, nicht auf Harus Kum, sondern auf Ladons Sohn zu, der hinter dem Fremdländer stand. Die drei Sklaven packten ihn. Ladons Sohn riß die Fäuste hoch, mit einem Mal ganz gespannte Wachsamkeit.

»Laßt ihn los«, schrie er, »ich kämpfe mit ihm . . .«

»Feigling«, schrie Moloquin, »Feigling.«

»Ich bin kein Feigling. Ich hätte mich ihm zum Kampf gestellt . . .«

Harus Kum grunzte in seine Richtung. »Na los schon, fesseln wir ihn richtig, und dann schnell weiter. Ladon, dein Vater, hat gesagt, daß du uns zu seinem Dorf führen und zu den Vorräten verhelfen würdest, die er uns versprochen hat.«

»Ja«, sagte Ladons Sohn, »ich weiß, wo alles ist.«

Er konnte den Blick nicht von Moloquin abwenden, der halbtot am Boden lag. Er dachte: Er hätte ihn nicht niederzuschlagen brauchen. Ich wäre mit ihm fertiggeworden, wenn wir gekämpft hätten. Er dachte daran zurück, wie oft er und Moloquin miteinander gekämpft hatten, an all die Steine, die sie geworfen, die wütenden Worte, die sie einander zugeschrien hatten. Und war er damals nicht immer Sieger geblieben? Er riß sich aus seinen Gedanken und setzte sich in Bewegung. Um den Körper am Boden machte er einen Bogen. In südlicher Richtung lag Ladons Dorf, und nach Süden führte er Harus Kum.

***

Als die Sonne unterging, war Moloquin immer noch nicht zurückgekehrt, und Karella stand auf und machte sich auf die Suche nach ihm. Erst sah sie sich an den Herdstellen der Folc um, weil sie dachte, daß er in seiner Wut vielleicht zu einem anderen Feuer gegangen sei, als es Abend wurde, doch sie fand nur die anderen Frauen, die ihren Kindern gerade zu essen gaben. Die meisten Folc bereiteten sich auf den Aufbruch vom Versammlungsplatz vor, und die riesige Fläche des Lagers war ein einziges Durcheinander von gepackten Habseligkeiten und Abfall. Alle waren zerstreut und müde, und wenn sie nach ihrem Sohn fragte, erhielt sie kurze, beiläufige Antworten – niemand hatte ihn oder Grub gesehen.

Sie kämpfte sich durch die ganze Unordnung, um zurückzugehen, und hielt dabei auf Rulons Dorf zu. Es ging ein lebhafter Wind, und die Sterne begannen gerade, am Himmel aufzugehen. Während sie ziellos weiterlief, traf sie auf Fergolin, den Bärenschädel-Meister, zu dessen Füßen eine Reihe junger Männer im Halbkreis saß – die neuen Mitglieder der Gesellschaft, denen er die Anfangsgründe der Sternenkunde beibringen wollte. Um den Hals trug Fergolin etliche von den Perlenschnüren, die Harus Kum mitgebracht hatte, und um den Kopf hatte er ein bemaltes Lederband gebunden.

»Habt ihr meinen Sohn Moloquin gesehen?« fragte sie.

»Moloquin«, murmelte einer der Jungen, und es erklang Gelächter. »Sie wünscht Moloquin.«

Fergolin sagte: »Nein, Ana-Karella.«

Die Jungen kicherten immer noch, und er brachte sie mit einem Blick zum Schweigen. Karella blieb unschlüssig stehen, da sie irgend etwas Unheilvolles aus dem Gelächter herauszuhören meinte. Sie fragte sich, ob nur der Scherz, das Spiel mit Moloquins Namen, die Jungen zum Lachen gebracht hatte, oder ob sie wußten, daß ihm irgend etwas Schlimmes widerfahren war.

Sie ging zum Rand des Lagers am Fluß und blickte über die Ebene. Von hier aus gesehen, stieg sie zum Horizont hin an, nicht ebenmäßig, sondern in welligem Auf und Ab, gefurcht wie die Oberfläche eines Sees, wenn der Wind darüberbläst, und der Wind striegelte das Gras, das er in Wellen von ihr wegblies. Die Dunkelheit kroch darüber hinweg, und sie war voller Geister und Dämonen. Ihre Furcht vor der Dunkelheit, vor dem Alleinsein dort draußen, hielt sie noch einen Augenblick zurück, doch sie hatte dem Lager bereits den Rücken zugekehrt und erkannte von weitem einen Haufen Holz, der darauf wartete, abgeholt zu werden. Sie wußte, er war dort draußen.

Langsam schritt sie auf die leere Ebene hinaus. Der Wind umhüllte sie und heulte ihr übermütig in die Ohren. Ihre Füße durchwateten das Gras. Irgendwo da draußen sang ein Nachtvogel, und bei seinem wundervollen, süßen Gesang überlief sie ein Schauder. Sie eilte am Flußufer entlang und folgte dabei den Holzhaufen, die er aufgestapelt hatte.

Einmal blieb sie stehen und blickte sich um und sah hinter sich den gelben Schein der Feuer der Folc, die die Dunkelheit vertrieben, und den schwarzen Himmelsbogen darüber. Ihre Haut war kalt und prickelte vor Wachsamkeit. Irgend etwas plumpste neben ihr in den Fluß, und sie machte einen Satz.

Moloquin, dachte sie, Moloquin, wenn ich dich finde, werde ich nie wieder von Ladon sprechen, ich werde dich auf alle Zeiten meinen Sohn nennen, Moloquin, mach, daß ich dich finde.

Von einem Holzhaufen ging sie zögernd zum nächsten, und dann fand sie mitten im Gras, ein Stück vom Fluß, sein Hemd, das halb mit Holz bedeckt war.

Diesen Haufen hatte er nicht gestapelt. Das Hemd lag zusammengeknüllt darunter, als hätte er alles auf einmal zu Boden geworfen. Sie zog den Stoff unter den Stöcken hervor. Hier war das Gras überall niedergetrampelt. Sie kniete nieder, betastete den Boden mit den Händen, senkte den Kopf und schnüffelte an der Erde.

Sie konnte ihn riechen. Er hatte hier gelegen. Und nun wischten ihre Finger etwas Klebriges vom Gras, und sie hob die feuchten Finger an die Nase und probierte mit der Zunge und wußte, es war Moloquins Blut.

Sie heulte auf. Sie wußte jetzt, daß ihm etwas Schreckliches zugestoßen war. Sein Hemd an sich gepreßt, schoß sie hin und her und suchte nach ihm, und ein-, zweimal nahm sie ihren ganzen Mut zusammen, blieb stehen und rief seinen Namen in die Dunkelheit.

Er war nicht mehr da. Ihre Ohren wußten das, es sprach aus der Art des Schweigens, das ihr antwortete, und ihr Magen wußte es, der hohl war von einem Mangel, der nie wieder behoben werden würde. Er war weg. Sie hatte ihn verloren.

Sie sank zu Boden und legte ihr Gesicht auf sein Hemd und weinte um ihret- und um seinetwillen. Das Hemd schmeckte nach ihm. Sie beschnüffelte es rundherum, wischte sich die Tränen weg und suchte jeden Faden nach Blut ab. Am Hemd selbst war kein Blut, doch als sie wieder dahin trat, wo sie es entdeckt hatte, sah sie im Licht des hinter ihr aufgehenden Mondes das Blut im Gras.

Sie stand da und rief seinen Namen, und es war ihr jetzt völlig gleichgültig, welcher Dämon vielleicht durch ihre Stimme angezogen werden könnte. Rufend stolperte sie nach Westen. Sie verlor einen Schuh und bückte sich nicht, um ihn wieder aufzuheben, sondern eilte weiter, halb barfuß, und die Augen taten ihr weh, so sehr versuchte sie, in jeden dunklen Schatten und in die dunkle Ferne zu spähen. Der Kopf tat ihr weh. Erschöpft setzte sie sich für eine Weile hin, sein Hemd auf dem Schoß, und wurde vom Schlaf überrascht. Sie träumte, sie sähe Moloquin, wie er über den Himmel lief, in Sterne gekleidet wie Abadon, doch entfernte er sich von ihr und schenkte ihr überhaupt keine Beachtung.

Als sie erwachte, lief sie weiter, es war mittlerweile finstere Nacht, und schlug wieder die Richtung ein zum Lager und rief und rief. Ihre Füße brannten, und ihre Kehle war wund und schmerzhaft zugeschnürt. Im Morgengrauen gelangte sie endlich wieder an ihrer Herdstelle an.

Niemand war da. Die Asche war kalt, das Holz halb verbrannt. Sie breitete Moloquins Hemd am Boden aus. Ihre Hände zitterten. Sie füllte das Hemd mit Stroh aus und anderen Dingen von ihrem Lagerplatz, bis es aussah, als steckte ein Mann darin, und strich mit den Händen darüber und sagte Gebete und flehte den Himmel an, ihn zu behüten. Als das getan war, raffte sie sich auf und lief schwerfällig durch das Lager zu Ladons Plattform.

Die Männer machten sich zum Aufbruch bereit. Der Tragsessel wartete vor der Plattform, und alle Männer drängten sich um einen Platz an den Tragstangen. Karella zwängte sich zwischen ihnen durch, nahm die Ellenbogen und die Füße zu Hilfe und tauchte schließlich unmittelbar vor der Plattform auf.

Dort saß Ladon auf seinem Bett aus Fellen und aß aus einem bemalten Topf. Sie stieg hinauf zu ihm und pflanzte sich vor ihm auf.

»Du hast mir meinen Sohn weggenommen, Ladon.«

Er hob den Kopf, das Gesicht so ausdruckslos wie ein Schälchen Sahne, den Blick ins Leere gerichtet. »Was meinst du damit, Ana-Karella-el?«

»Ich will meinen Sohn wiederhaben!«

»Ich weiß nichts über den Unerwünschten«, sagte Ladon höflich.

Sie begann zu weinen. Ihre Finger krümmten sich; sie hätte ihn gern in Stücke zerrissen, ihn zu Fetzen zerkaut. »Ich will meinen Sohn wiederhaben!«

»Er hat viele Feinde. Niemandem liegt etwas an ihm außer dir. Ich habe ihm nichts getan.«

»Du hast meinen Sohn getötet«, schrie sie, und die Tränen rannen ihr über das Gesicht und tropften zu seinen Füßen auf den Boden.

Er versuchte zu lachen. Seine Wangen über dem schimmernden Schwarz des Bartes waren rot wie Ton. Seine Blicke glitten hin und her, als suchten sie einen Weg an ihr vorbei. Um die Plattform herum drängten sich seine Männer, um zuzuhören und nichts zu versäumen. Er sagte: »Ich weiß nicht, wovon du sprichst, alte Frau. Geh jetzt.«

»Du hast meinen Sohn getötet.«

»Geh jetzt«, sagte Ladon und stand auf, warf sich in die Brust und stemmte die Hände in die Hüften.

Sie starrte ihn eine Weile durch den verzerrenden Schleier ihrer

Tränen an. »Ja«, sagte sie, »ich werde gehen. Für den Augenblick. Doch du, Ladon, du wirst dafür büßen. Das schwöre ich dir. Du hast meinen Sohn getötet, und du wirst dafür büßen.«

Sie wandte sich um und trat aus dem Schatten der Plattform. Sie hörte, wie Ladon in ihrem Rücken zu lachen versuchte, doch der Laut blieb ihm halb in der Kehle stecken und fiel in das Schweigen wie ein Stein. Karella ging allein von dannen, um sich auf den Heimweg zu machen.

Fergolin hatte einen Lederbeutel voll regelmäßig geformter Steine, die er zur Unterweisung seiner Novizen benutzte. Er saß mit den Jungen auf der Erde im Hof von Ladons Rundhaus und legte die Steine in Kreisen auf den Boden, so daß sie die Wenden-des-Jahres darstellten, und die Novizen drängten sich um ihn, um alles zu sehen.

»Von jedem dieser Steine«, sagte er und zeigte auf die Westseite des Kreises, »können wir über einen dieser Steine hinausblicken«, er wies auf die Ostseite, »und dann, am Mittsommernachtsabend, zum Horizont schauen und dort einen bestimmten Stern aufgehen sehen. Ein Bärenschädel-Meister kennt jeden Blickwinkel und jeden Stern, und wenn neue Dinge auftauchen, dann merkt er sie sich und nimmt sie in den Schatz seines Wissens auf.«

In der letzten Mittsommernacht war nun der alte Wanderer, Vater-der-Zeit genannt, dessen Leben von einem Anfang bis zum nächsten so lang wie ein Menschenleben war, gemeinsam mit dem großen roten Stern aufgegangen, dessen Herdstelle der Mittsommernachtshorizont war, mit dem Fixstern namens Samen-des-Feuers. Was das bedeutete, erfüllte Fergolin mit Unbehagen. Der alte Wanderer gehörte zu seinen besonderen Zuständigkeitsgebieten. Er hatte seine Bahn verfolgt, seit er in den Bund eingetreten war, und ihn genau den halben Weg über den Himmel zurücklegen sehen. Mit seinen seltsamen Kehren und Schlaufen umkreiste er viele der wichtigsten Fixsterne. Als er Seite an Seite mit dem heißen Lodern von Samen-des-Feuers aufgegangen war, hatte er unmittelbar zu Fergolins Herzen gesprochen, und die Botschaft hatte ihn erbeben lassen.

»Mein alter Meister«, sagte er, an die Jungen, aber auch an sich selbst gerichtet, »gab mir ein Geschenk von unschätzbarem Wert. Er hatte den alten Wanderer den gesamten Weg über den Himmel zurücklegen sehen. Er erzählte mir, Stern für Stern, wie sein Weg verlaufen war. Ich hoffe, einer von euch wird sich würdig erweisen, solches Wissen von mir zu erlangen.«

Die Gesichter, die ihn anblickten, waren schlaff und verständnislos. Der Reiz des Neuen war verflogen, und nun sahen diese Novizen sich der langwierigen, öden Aufgabe gegenüber, die Grundkenntnisse des Bärenschädel-Wissens auswendig zu lernen. Fergolin wußte, keiner von ihnen würde der Aufgabe gewachsen sein. Sie hatten kein Feuer, hatten kein leidenschaftliches Interesse an den Sternen; sie hatten Seelen wie Erdklumpen. Vielleicht war das nur gut. Denn in seinem Herzen pochte der sternengleiche Fleck, der ihn an den Himmel band, seine warnende Botschaft. Sein Blick fiel auf die winzigen Steinkreise, die vor ihm im Sand lagen.

»Es gibt fünf Wanderer«, sagte er und betrachtete die Steinchen. »Zwei davon kann man am Himmel kaum übersehen: den weißen Wanderer, der immer in der Sonnenbahn steht, entweder vor oder hinter der Sonne, niemals weit von ihr entfernt – das Rechte Auge, die Gesegnete, die Sternenmutter, der Himmlische Mutterschoß, das ist alles dasselbe. Und der andere ist der große Wanderer, der so hell ist, daß der Blick ihm, wenn er zwischen den anderen Sternen am Himmel steht, wie auf Flügeln zufliegt. Er wird Himmelstrommel, Weißer Reiter und Boot-der-Seelen genannt.«

Er blickte nicht auf, um ihre gelangweilten Gesichter nicht sehen zu müssen. Er liebte dieses Wissen. Vom Grunde des Gedächtnisses, nicht nur des eigenen, sondern dem des ganzen Volkes, drang das Echo der Namen zu ihm empor. Wenn er sich dieses Wissen vergegenwärtigte, war er eins mit dem ersten Vater, und die Söhne der Söhne der Söhne seiner ungeborenen Söhne waren bei ihm. Es war ihm unerträglich mitanzusehen, wie diese Gabe denen zuteil wurde, die damit überhaupt nichts anzufangen wußten.

»Noch zwei weitere Wanderer lassen sich leicht finden: der Rote, hitzig und zornig, das Linke Auge, der Böse, der Friedensstörer, Tränen-der-Mütter, und der alte Wanderer, Vater-der-Zeit. Der fünfte ist kaum je zu sehen. Er ist ein Geschenk der Oberwelt an ihre Lieblinge – ein Geschenk und ein Auftrag, ein Zeichen des Wohlwollens ebenso wie ein Aufruf zu großer Pflichttreue. Das ist die Flinke, Fuß-der-Sonne, die in ihrem Haus lebt und niemals ausgeht, es sei denn, um in die Tür zu treten und hinauszusehen und der Sonne alles zu erzählen, was sie sieht.«

Er schwieg. Die gelangweilte Unaufmerksamkeit seiner Schüler war in lebhafte Abgelenktheit übergegangen. Alle blickten mit langem Hals an ihm vorbei. Er wandte sich um.

Karella trat in den Hof des Rundhauses.

Fergolin straffte die Schultern und starrte sie wie gebannt an, als sie den Hof des Rundhauses durchquerte, ihre Riedmatte und ihre Rükkenlehne aus Weidenruten und Stoff niederlegte und sich unmittelbar neben dem Eingang des Rundhauses niederließ, als habe sie die Absicht, dort lange Zeit zu bleiben. Sie wandte sich ihm zu. Ihr faltiges kleines Eichhörnchengesicht mit den runden Bäckchen war undurchdringlich.

Fergolin gaffte sie an; alle Jungen gafften sie an; alle anderen, die im Hof waren, standen stumm und gafften sie an. Als sie sicher war, daß nun alle warteten, sagte sie: »Ich bin hier, um eine Geschichte zu erzählen.«

Fergolin stand beunruhigt auf. »Ana-Karella-el, hör mal –«

Ihre Stimme übertönte die seine. Ihre zornigen Worte kamen laut und nachdrücklich. »Ich bin hier, um die Geschichte zu erzählen von einem Mann, der in seinem anmaßenden Hochmut gegen die Ordnung aller Dinge verstieß, seine Schwester ins Verderben brachte und seinen Sohn, seinen eigenen Erben, tötete.«

Fergolin verschlug es den Atem. Das würde schlimm ausgehen. Schon rutschten seine Novizen immer weiter von ihm weg, zu Karella hinüber, und von überall aus dem Hof kamen noch mehr Männer herbei, die die Neugier zu ihr trieb und die sich zu ihren Füßen niederließen. Fergolin erschauderte. Der kleine Sternenfleck in seinem Innern versetzte ihm pulsierende, warnende, schmerzhafte Stiche. Er trat ins Rundhaus, um Ladon zu sagen, was draußen geschah.

Karella saß in der Sonnenhitze und sprach mit ihrer vom vielen Gebrauch spröde und trocken gewordenen Stimme, und die Geschichte spann sich unaufhaltsam fort. Sie kam ohne ihr Zutun aus der Tiefe, hervorgetrieben vom Zorn und vom kalten Kummer, die ihr Herz erfüllten. Sie hatte sich immer darauf verstanden, ihre Zuhörer mit ihren Worten, durch die Macht ihrer Stimme und die Anmut ihrer Gesten in ihren Bann zu schlagen, und jetzt, als sie mitten unter ihnen saß und eine Geschichte nach der anderen erzählte, sich ein wenig hin- und herwiegte, während sie sprach, und der Luft vor sich mit ihren Gesten immer neue Gestalt verlieh, versammelte sich das ganze Dorf, um zuzuhören, und niemand rührte sich, nicht einmal, um den Kopf zu wenden.

Sie erzählte jede erdenkliche Geschichte, die mit diesem Verbrechen Ladons zu tun hatte. Sie erzählte Geschichten von der Ermordung von Söhnen, Brüdern und Neffen, von Mordtaten zwischen Bruder und

Schwester, zwischen Mann und Frau. Sie erzählte alle Geschichten über die Beschaffenheit der Welt, die sie wußte, über die Beziehungen ihrer einzelnen Teile zueinander, über die Pflichten der Frauen und die Vorrechte der Männer, über die Herrschaft der Frauen und den Neid der Männer, über die Macht der Frauen und das Ansehen der Männer. Manche Geschichten erzählte sie, von denen sie gar nicht mehr wußte, daß sie sie kannte, und andere, die sie nie zuvor erzählt hatte, doch meldeten sie sich jetzt alle zu Wort, und jedes Wort bot sich ihr so, wie sie es brauchte.

Ladons Sohn und seine junge Frau saßen vor ihr und lauschten, und der junge Mann weinte. Als seine Frau das merkte, wandte sie sich ab. Ihr Gesicht zuckte vor Abscheu, doch sie war hier eine Fremde und konnte nirgendwo sonst hin, und so saß sie neben ihrem Gatten, mit abgewandtem Gesicht, und seine Tränen tropften zwischen sie wie Gift.

Brant kam und setzte sich vor Karella und lauschte und hob das Gesicht zum Himmel, und sie erblickte darin seine Pein, seine Verzweiflung darüber, daß er den verloren haben sollte, der vielleicht das Wissen von der Säule des Himmels weitergetragen hätte.

Jede Mutter eines Sohnes saß vor ihr, und während sie sprach, verloren sie ebenfalls ihre Söhne und trauerten mit ihr. Und jeder Mann vor ihr erkannte in sich den Sohn, der verlorengegangen war und dessen Mutter trauerte und dessen Vater ihn verraten und das Band durchschnitten hatte, das ihn an die Welt band.

Ladon kam nicht. Ladon sollte niemals kommen.

Als die Nacht hereinbrach, hörte sie auf zu sprechen, aber sie rührte sich nicht, sie war zu erschöpft, um sich zu rühren. Die Folc gingen weg in ihre Langhäuser und ins Rundhaus und ließen sie allein dort sitzen, und sie lehnte sich zurück gegen ihre Lehne und schaute zu, wie die Nacht sie umstellte, und wartete, daß das Licht kommen und ihr die Zunge lösen würde.

Dann huschten in der Dunkelheit von überallher Füße heran, und Schalen mit Essen wurden am Rand ihrer Matte abgestellt, und Lippen berührten ihre Matte und entfernten sich wieder. Da wußte sie, daß das, was sie getan hatte, geheiligt war.

Sie fand darin jedoch keinen Trost, denn Moloquin war nicht mehr. Sie aß nur ein wenig, dann verschloß ihr Magen sich gegen eine Mahlzeit, die sie nicht mit ihm teilen konnte. Sie trank gerade genug, um ihre Lippen zu benetzen, ehe ihre Kehle sich zu trinken weigerte, was er nicht trinken konnte. Wenn sie einschlief, dann, um von ihm zu träumen.

Am Morgen begann sie erneut, und die Folc füllten den Hof des Rundhauses, um ihr zuzuhören. Sie erzählte davon, wie Abadon der Ordnung der Dinge getrotzt hatte und unweigerlich dafür bestraft worden war. Dreimal hintereinander erzählte sie die Geschichte, wie die Himmelsmühle zerbrochen war, wodurch Abadon in seiner Narrheit die ganze Welt in ein heilloses Durcheinander gestürzt hatte.

Immer noch kam Ladon nicht. Sie rief ihn nicht beim Namen. Sie erzählte bloß Geschichten. Einmal begann sie zwischen zwei Geschichten das Mühlenlied zu singen.

Sam-po, Sam-po
La li la la li li la
Die Mühle dreht sich, die Mühle mahlt
Nichts entgeht der Himmelsmühle
La li la la li li la
Sam-po, Sam-po

Alle Frauen in der Menge hoben ihre Stimmen und sangen mit ihr, und ihre Stimmen waren rauh und krächzten wie die der Krähen, die das Fleisch der Toten aßen, und alle Augen wandten sich dem Rundhaus zu. Doch Ladon blieb unsichtbar.

Karella war müde. Die Kehle tat ihr weh, und ihre Brust schmerzte. Sie fuhr mit ihren Geschichten fort, und die Folc hörten ihr zu, und als die Dunkelheit hereinbrach, blieb Karella, wo sie war, und sie brachten ihr zu essen, um sie bei Kräften zu halten. Die ganze Nacht lang saß sie unter den Sternen und wartete und wußte: Im Innern des Rundhauses wartete Ladon ebenfalls auf die Wiederkehr des Lichts und den Wiederbeginn des Angriffs.

Ein paar Tage nach der Rückkehr von der Großen Versammlung begann die Krankheit. Gnadenlos packte sie Kinder und Erwachsene und Alte und raffte sie in wenigen Tagen dahin. Ihre Opfer glühten vor Fieber und schrien vor Schmerz und Raserei. Die Krankheit wütete im ganzen Lager und raffte ein oder zwei von jeder Herdstelle hinweg und manchmal auch alle, die zu einer Herdstelle gehörten, so daß es in den Langhäusern kalte, verwaiste Feuerstellen gab und solche, die nur noch von Kranken und Sterbenden in Gang gehalten wurden.

Es gab welche, die behaupteten, dies sei ein weiteres Geschenk von Harus Kum, der Händler habe einen Fluch über sie verhängt. Vor allem die Frauen sprachen von der bösen Macht, die in den blauen Perlen stecke, die Harus Kum Ladon gegeben hatte. Ladon selbst wurde jedoch nicht krank, und es gab auch solche, die meinten, er sei gegen alles gefeit, selbst gegen Karellas Angriffe.

Sie scharten sich zusammen, um ihr zuzuhören, und viele Kranke und Sterbende wurden zu ihr getragen, damit sie sie hören konnten. Dann wurde auch sie krank. Ihre Stimme schwankte, jene wunderbare, wohltönende Kraft, die in den Köpfen ihrer Zuhörer Bilder entstehen ließ, die die Welt auslöschte und sie neu machte, und als sie verstummte, da sahen alle, daß sie nur eine uralte Frau war, die so leicht war und so zerbrechlich wie ein totes Blatt. Ihre ganze Macht war dahin.

Und so starb sie denn, vor ihren Augen, aber ehe sie ihr Leben aushauchte, gerade in dem Augenblick, fand sie die Stimme noch einmal wieder. Sie schob die Geschichten beiseite, gerade so, wie ihre Seele ihr Fleisch beiseite lassen würde, und sprach ohne Umschweife zu ihnen. Sie verweilte noch einen Augenblick auf jener Grenze zwischen Leben und Tod, die kleine, beengte, unglückliche Welt ihres Lebens hinter sich und die unendliche, strahlende Pracht der Oberwelt vor sich, wandte sie sich noch einmal um und sprach die Warnung aus, daß die ganze Welt zugrunde gehen würde, sollte jemals ein Sohn Ladons den Thron besteigen.

Dann war sie tot, und ihr Körper lag, eine weggeworfene Hülle, auf der Matte im Hof des Rundhauses.

Die Frauen beweinten sie am heftigsten. Sie hoben sie hoch, viele Hände, obwohl eine einzige Frau ausgereicht hätte, um sie zu tragen, so leicht war sie, und trugen sie fort zur Säule des Himmels. Schon viele Folc lagen da und dienten den Krähen als Futter, so viele, daß es schwierig war, innerhalb des steinernen Ringes einen Platz für sie zu finden. Dort betteten sie sie zur Ruhe.

Sie war die letzte, die an der Krankheit starb. Es gab solche, die behaupteten, sie habe sie über die Folc gebracht, die Oberwelt schütze Ladon vor ihr, und seine Macht sei größer als die ihre, und er habe sie besiegt.

Es gab jedoch auch solche, die sagten, der Kampf sei noch nicht beendet.

II
Die Schmiede

Harus Kum fand, daß er betrogen worden war: Ladon hatte ihm zwei kräftige Männer versprochen, und statt dessen hatte er zwei Jungen bekommen, von denen einer zu gar nichts taugte. Er verschliß seine Peitsche auf ihren Rücken, mehr aus Wut auf Ladon, als weil das irgend etwas eingebracht hätte – die Jungen konnten nun einmal nicht so gut ziehen wie Männer, und wenn er sie schlug, schrie der eine, und der andere hörte völlig zu ziehen auf und beschimpfte Harus Kum, bis er den Bengel niederschlug, was die Lage nur verschlimmerte, denn nun mußten sie warten, bis er das Bewußtsein wiedererlangt hatte.

Danach spannte er beide Jungen vor einen Schlitten, indem er ihnen die Seile über die Schulter legte und sie ihnen um die Hüfte band, und erklärte ihnen, wenn sie nicht mit den anderen Schritt hielten, würden sie die ganze Nacht ziehen müssen, bis sie im Lager angelangt wären, und zu essen würden sie auch nichts bekommen. Von nun an schleppten die Jungen gemeinsam und zogen den Schlitten mit seinen Körben voll Bohnen und Schrotmehl über die buckligen Hänge, und Harus Kum und sein Zug setzten den Weg nach Hause fort.

Am Ende des ersten Tages glaubte er, er würde den kleinen Jungen zurücklassen müssen, so schwach und erschöpft war er, doch der andere Junge schien recht kräftig, ja, er schien sich sogar ins Zeug zu legen. Harus Kum gab beiden zu essen und ließ sie vom Sonnenuntergang bis zum Morgengrauen schlafen, dann schirrte er sie wieder an, und sie brachen auf und folgten dabei dem Fluß in westlicher Richtung.

Sie folgten dem Pfad, den sie genommen hatten, um das Land des Volkes von den Steinen zu erreichen, und der allmählich durch den wiederholten Gebrauch zu einem schmalen Weg wurde und leichter begehbar war als das wirre Dickicht zu beiden Seiten. Die Schlitten rutschten und tanzten und krachten über die felsigen Abhänge. Wenn es sehr steil hinabging, stellte Harus Kum ans hintere Ende eines jeden Schlittens jeweils einen Mann, während gleichzeitig vorne einer zog, und die beiden ließen den Schlitten vorsichtig zu Tal gleiten. Am zweiten Tag ihres Marsches kamen die Jungen auf diese Weise häufiger zu einer ausgedehnten Erholungspause, und der kleine Junge schien am Abend in besserer Verfassung zu sein, auch wenn er über seiner Hafergrütze einschlief, so daß seine Nase in den Napf niedersank.

Der andere Junge saß am Feuer und schaute sich um. Er war groß und mager, seine Haut war dunkel wie gegerbtes Leder und sein Haar eine wilde schwarze Mähne. Harus Kum trat zu ihm und stupste ihn mit dem Fuß an, und der Kopf des Jungen schnellte empor. Aus seinen dunklen Augen zuckten zornige Blitze.

Harus Kum lachte. Es machte ihm Spaß, Ungebärdige zu brechen.

»Gefällt dir das nicht?« fragte er und trat den Jungen fester, um dessen Zorn anzustacheln.

Zu seiner Überraschung sprang der schwarzhaarige Junge jedoch nicht auf und schrie auch nicht los, sondern saß bloß da und funkelte ihn an. Harus Kum war neugierig, was ihn wohl auf die Beine bringen würde, und er trat ihn abermals, und wieder steckte der Junge den Tritt weg, ohne zurückzuweichen oder wütend aufzubegehren. Er starrte ihn nur an.

»Wie heißt du?« fragte Harus Kum.

Eine Weile gab der Junge keine Antwort, und Harus Kum war drauf und dran, ihm die Peitsche zu geben; eine unerklärliche Wut packte ihn, weil es ihm nicht gelang, den Jungen zu irgendeiner Tat zu reizen. Doch dann sagte der Junge: »Mein Name ist Moloquin.«

»Ach ja.« Das hatte er schon gehört, als die Jungen überwältigt worden waren. Es war ein komischer Name, der »der Nutzlose« bedeutete oder etwas Ähnliches. »Na, wir werden schon dafür sorgen, daß du dich nützlich machst, wie? Ob dir das nun paßt oder nicht.« Er lachte wieder. Der Junge starrte ihn nur an. Harus Kum hob erneut den Fuß, und die Lippen des Jungen kräuselten sich. Er wandte das Gesicht ab, als ob das Ganze ihm langweilig würde, und Harus Kum begann, sich wie ein Dummkopf vorzukommen. Er wollte vor seinen Sklaven jedoch nicht wie ein Dummkopf aussehen, also drehte er sich um und trat näher ans Feuer. Ihm war unbehaglich zumute.

Mitten in der Nacht begann der Regen. Am nächsten Tag fiel er unaufhörlich, mal stärker, mal schwächer, und sie kamen sehr schlecht voran. Der Pfad führte durch einen Fichtenwald hügelabwärts, und der Regen floß wie ein reißender Bach den Pfad hinab. Manchmal wateten sie knöcheltief in dem dahinschießenden Wasser. Harus Kum legte sich bisweilen selbst in die Seile eines Schlittens, um ihn in der Spur zu halten. Als sie an einen langen Abhang kamen, wickelten sie ihre Seile um Baumstämme und ließen die Schlitten einen nach dem anderen über das schlüpfrige Gras und die Felsbrocken hinab.

Eines der Seile riß, so daß der Schlitten und seine Fracht in hohem Bogen in eine sumpfige Senke flogen, und sie verbrachten den Rest des Nachmittags damit, wieder einzusammeln, was noch zu retten war, und es wieder auf dem Schlitten zu verstauen.

So gingen sie weiter, Tag um Tag. Am Morgen wärmte die Sonne ihnen den Rücken, und während sie sich plagten und ächzten und Harus Kum seine Peitsche hin- und herschwang, jagte die Sonne über den Himmel und rollte, wie um sie zu verspotten, weiter nach Westen, dorthin, wo sie unter Mühen hinstrebten, und stieg am nächsten Morgen empor und brannte ihnen abermals auf den Rücken. Das Gelände war rauh und dicht bewachsen. Ein Schlitten zerbrach, und sie machten halt, um einen Baum für neue Kufen zu fällen. Sie mußten sich weit von ihrem Pfad entfernen, um einen passenden zu finden.

Der Junge Moloquin folgte ihnen und beobachtete alles mit einer Aufmerksamkeit, der nichts entging. Harus Kum hatte die Axt mitgenommen, die er aus Bronze gemacht hatte, und er legte selbst Hand an, um den Baum zu fällen, doch nach kurzer Zeit schon wurde die Axt stumpf, und er warf sie wütend zu Boden und nahm eine andere. Später, als er dastand und die Sklaven überwachte, während sie den gefällten Stamm mit Keilen und Schlegeln spalteten, bemerkte er, daß Moloquin in der Nähe im Gras kauerte und die Finger über die herrliche Klinge der stumpf gewordenen Axt gleiten ließ.

Sie setzten ihren Weg fort. Wieder regnete es, und im Schlamm eines halsbrecherisch steilen Hangstücks riß ein Seil, und der Schlitten donnerte über den glitschigen Boden talwärts und begrub einen der Sklaven unter sich. Als sie den Schlitten von ihm herunterhoben, lag er im Sterben. Harus Kum schrie und ließ die Peitsche tanzen wie ein Wahnsinniger, aber er brachte keinen der beiden anderen dazu, wieder an seine Arbeit zurückzukehren. Sie standen im dichten Regen bei dem sterbenden Mann und weinten. Schließlich mußte der Händler sich wütend damit abfinden zu warten, bis sie bereit waren – bis ihr Gefährte seinen Geist aufgegeben hatte und reglos in Schlamm und Blut lag. Dann endlich waren sie bereit, die Seile wieder hochzunehmen, doch beide bückten sich, als sie den Toten hinter sich ließen, und pflückten etwas Gras ab oder einen grünen Zweig und legten sie über den Leichnam.

Die Sonne trocknete sie. Da nun ein Mann fehlte, mußten sie die Schlitten in zwei Gruppen voranschaffen, indem sie erst die eine Hälfte ein Stück weiterzogen und dann zurückliefen, um die zweite zu holen und dann wiederum die erste etwas weiterzuschleppen.

Dadurch hatten sie zwischendurch ein wenig Muße, und in dieser Zeit sangen und schwatzten sie wie die Narren. Moloquin fing ein Kaninchen und zwei Eichhörnchen und fand ein paar Vogeleier, die er an diejenigen verteilte, die etwas haben wollten und fragten. An dem Singen und Schwatzen beteiligte er sich jedoch nicht. Der andere Junge folgte ihm auf Schritt und Tritt.

Sie schleppten die vier verbliebenen Schlitten über einen Hügelkamm, dessen verwitterter Boden bröckelig war und bei jedem Schritt nachgab, ein gefährlicher, scharfkantiger Boden, und stiegen auf der anderen Seite wieder ins Tal hinab, durch das der kleine Fluß lief, der nach Hause führte. Die Sklaven erkannten ihn wieder und jubelten, als seien sie bereits an ihrer Herdstelle angelangt.

Moloquin stand und starrte nach Westen, blickte in die enge Schlucht des Flusses hinein, deren dunkelgrüne Fichten von einem niedrighängenden Dunst umwallt waren, während darüber ein klarer blauer Himmel stand.

»Was ist das für ein Lärm?« fragte er.

Harus Kum begriff zuerst nicht, daß der Junge mit ihm sprach. Moloquin hatte bis jetzt noch nie das Wort an ihn gerichtet. Der Junge zupfte an seinem Arm.

»Das Geräusch – was ist das für ein Geräusch?«

»Häh?« Harus Kum spitzte die Ohren. Er hörte eine Unzahl von Geräuschen um sich herum, das Vogelgezwitscher im Gebüsch, das Klatschen und Gurgeln des Flusses und den Wind, der durch die Fichtenzweige strich. »Was für ein Geräusch?« Er versetzte Moloquin einen Klaps, weil der ihm soviel Aufmerksamkeit abnötigte.

»Das da – das tiefe. Das Brüllen. Das hört sich an, als brüllte der Boden.«

Harus Kum sagte: »Du bist ja verrückt, Bengel.« Er hörte nichts dergleichen. Er entfernte sich und ging an die Spitze des Zuges, wo die albernen Fragen des Jungen ihn nicht erreichten.

Sie schleppten die Schlitten hintereinander in die Schlucht hinab. Die Sklaven sangen triumphierend, so als sei ihre Arbeit bald getan – als müßten sie nicht, sowie die Schlitten in den Palisadenhof geschleppt wären, wieder in den Minen arbeiten. Moloquin starrte immerfort geradeaus, selbst noch, als er das Seil über der Schulter hatte, und hielt nach irgend etwas Ausschau. Er schnüffelte, er spitzte die Ohren. Der Wind schlug ihnen ins Gesicht. Er wehte flußaufwärts und schmeckte nach Salz, nach moderndem Seetang, dem Geschmack der Küste. Ab und zu brachte er das Brandungsdonnern mit sich, und nach einiger Zeit ging Harus Kum auf, daß es dieses Geräusch war, das Moloquin gehört hatte: das Stampfen der See. Der Boden brüllte. Harus Kum lachte. Die Vorstellung gefiel ihm.

Die anderen schritten singend an ihm vorbei und zogen an ihren Seilen, als zupften sie Distelblüten, und die Schlitten tanzten am Flußufer entlang.

Endlich, am Abend, zogen sie die Schlitten aus der engen Öffnung der Schlucht hinaus in das weite, flache, sandige Tal, wo der Fluß ins Meer mündete. Hier war Harus Kum zu Hause, wenn er auch nicht hier geboren worden war. Es war ein alter Ort. Männer aus seinem Heimatdorf von der anderen Seite des Meeres waren lange vor ihm schon hierhergekommen, eine Generation nach der anderen, um das Zinn aus den Steilufern des Flusses abzubauen, und sie hatten das Unterholz in diesem flachgründigen, keilförmigen Tal zum größten Teil niedergetreten und am Ende, dicht beim Meer, Palisaden und ein Haus errichtet. Berge grauweißer und schwarzer Schlacke türmten sich zu beiden Seiten des Flusses, so daß die Schlitten immer noch einzeln hintereinander herschlängeln mußten. Als sie fast am Ziel waren, erhob die riesige Möwenschar, die am Abfallhaufen herumgepickt hatte, sich wie eine schmutzigweiße Wolke in die Luft.

Harus Kum hatte es eilig, die Schlitten in den Palisadenhof zu bekommen. Die Frauen traten aus der Tür des großen Hauses, um sie zu begrüßen und beim Abladen zuzuschauen. Harus Kum konnte riechen, daß Bier gebraut wurde. Es tat gut, zu Hause zu sein. Er stieß einen Seufzer der Erleichterung aus. Er spazierte in seinem Palisadenhof auf und ab, die Peitsche über der Schulter aufgerollt, und schrie und versetzte den Sklaven Fußtritte, die die Körbe mit dem Schrotmehl ins Lagerhaus schleppten. Die Frauen eilten herbei, um zu helfen und zu sehen, was die Männer mitgebracht hatten. Mit Geschrei und Gejohle stürzten die Männer auf das große Haus zu, als ihre Arbeit getan war.

Moloquin folgte ihnen nicht. Harus Kum, der das Tor zuschob, sah den Jungen allein im Hof stehen bleiben, als die anderen an ihm vorbeirannten. Sogar der kleine Junge war hineingegangen. Moloquin wandte sich um und steuerte das Tor an.

»Wo willst du hin?« Harus Kum trat ihm in den Weg.

Moloquin sagte: »Ich möchte es sehen.«

»Sehen? Was denn sehen?« Doch die glühende Entschlossenheit, die aus dem Blick des Jungen sprach, war unwiderstehlich. Er trat zurück und hielt ihm das Tor auf. Wo konnte er schließlich schon hinwollen? Moloquin trat hinaus. Er war noch nicht ganz draußen, als er auch schon zu rennen anfing.

Harus Kum wurde unruhig. Doch dann sagte er sich, daß der Junge eben verrückt war. Aber seine Füße wollten ihn nicht seinem behaglichen Haus, seinem Feuer, seinem Bier und der lockenden Wärme der Frauen entgegentragen. Seine Füße trugen ihn dorthin, wo Moloquin hinlief.

Als er aus dem Tor trat, war Moloquin schon auf halbem Weg zum

Wasser, denn er rannte wie ein Verrückter. Zwei von den halbwilden Rindern, die Harus Kum mit Fleisch versorgten, grasten dort unten auf der Salzweide. Als der Junge herangestürmt kam, scheuten sie und galoppierten schwerfällig davon. Harus Kum folgte ihm, die Hand an der Peitsche. Er sagte sich: Ich sorge schon dafür, daß er nicht wegrennt.

Der Junge rannte den ans Ufer schlagenden Wellen entgegen, und dann blieb er stehen, während das Meerwasser ihm bereits um die Knöchel brodelte. Es gab hier eine Art Sandstrand. Weil die Flußmündung einen gewissen Schutz gegen die berstende Brandung gewährte, hatte sich hinter den gezackten schwarzen Felsen ein kleines, unregelmäßig geformtes Stück Strand gebildet. Er erinnerte Harus Kum immer an ein weibliches Geschlechtsteil. Moloquin stand am Rand dieses Sandflecks, das Gesicht dem Wind zugekehrt und umgeben vom gewaltigen Getöse der Brandung. Als Harus Kum neben ihn trat, lief der Junge bis zur Hüfte ins Wasser.

Die Gischt fegte mit dem Wind herein wie salzige Peitschenschnüre. Harus Kum konnte die Augen nicht offenhalten. Er rief, und der Junge hörte ihn und wandte sich um und watete wieder aus dem Wasser. Er war völlig durchnäßt.

Er trat zu Harus Kum und fragte ihn mit glühenden Augen: »Was ist das?«

»Das?« Harus Kum lachte. Er platzte fast vor Überlegenheit. »Das Meer, du Dummkopf. Das Meer ist das.«

»Ah!« Der Junge fuhr wieder herum und blickte in die wilde Brandung. »Karella hat mir vom Meer erzählt.«

»Du Dummkopf, willst du jetzt wohl ins Haus gehen, komm aus dem Wasser raus!«

Er hob die Hand, um den Jungen zu schlagen, doch Moloquin sagte ruhig: »Schlag mich nicht«, und Harus Kum ließ die Hand sinken.

»Dann geh jetzt rein, du Dummkopf!«

Statt dessen wandte Moloquin sich um und schaute wieder aufs Meer hinaus. Er sagte: »Was ist dahinter?«

»Dahinter! Die restliche Welt natürlich!« Harus Kum lachte wieder. Doch der Wind blies seine Heiterkeit fort. Er schmeckte Salz auf der Zunge. Er fragte sich, weshalb er hier herumstand und die Fragen dieses Bengels beantwortete.

»Der Rest des zerbrochenen Mühlsteins«, sagte Moloquin, »oh, sie ist klug, meine Mutter. Du –«, er zeigte auf Harus Kum, »du bist von da drüben gekommen?«

»Ich . . . ja. Ja.«

Moloquins Gesicht war von der Gischt benetzt, sein Haar durchnäßt, seine Wimpern trieften. Harus Kum sagte: »Komm jetzt rein«, doch diesmal klang das anders als zuvor, und er nannte ihn auch nicht Dummkopf.

»Nein«, sagte Moloquin, »du gehst – ich komme später rein.«

Er entließ Harus Kum. Der Händler erstarrte vor Zorn, doch der Wind war kalt. Im Innern des Palisadenzauns gab es ein warmes Feuer und einen Becher Bier und die Frauen, von denen er so lange getrennt gewesen war. Langsam ging er weg.

Am Tor blieb er stehen und blickte zurück. Die Sonne ging gerade unter. Der Himmel war gestreift von Wolkenbändern, die sich gelbrot und rosig und dunkelrot verfärbten. Moloquin war wieder in die Brandung hineingegangen, und als Harus Kum hinschaute, ließ er gerade irgend etwas aus den Armen ins Wasser fallen. Er lief wieder auf den Strand hinauf, blieb stehen, hob einen Felsbrocken hoch und noch einen Felsbrocken und trug sie in die Brandung und türmte sie aufeinander. Er baute eine Säule aus Steinen.

Harus Kum unterdrückte seine aufwallende Wut, die Anwandlung von Furcht, die er verspürte. Er hatte geglaubt, er und dieser Junge seien weit weg vom Land der steinernen Ringe. Doch Moloquin hatte sie auf irgendeine Weise mitgebracht. Harus Kum wandte sich um und kehrte zurück in den schützenden Pfahlring.

Harus Kums Minen, die in die schwarzgesprenkelten Felsen hineingegraben waren, von denen der Fluß eingefaßt war, lieferten Brocken von grauem Erz, das reich an Zinn war. Harus Kums Sklaven gruben das Erz aus und schleppten es auf einen flachen Streifen Erde außerhalb der Palisaden. Dort zerschlugen sie das Felsgestein mit riesigen Steinen und Holzhämmern, bis es wie Schrot war. Der Sklavenhalter persönlich überwachte diesen Vorgang und jeden weiteren Schritt, und die Arbeit war schwer und schmutzig, und der Staub deckte alles zu.

Wenn das erzhaltige Gestein zu Körnern zerschlagen war, die nicht viel größer als Sandkörner waren, ließ Harus Kum es zu den Öfen im Innern der Palisaden schleppen. Da gab es eine Mauer aus geschwärzten, zerklüfteten Schlackeklumpen, die drei Löcher im Erdboden einfaßte, und diese Löcher waren wiederum mit Felsstein ausgekleidet. In ihnen wurde das Erz gekocht.

Harus Kum selbst setzte die Öfen in Gang, indem er eine dichte Schicht Kohle aufstapelte, über die er eine Schicht Erzstaub streute, dann folgten wieder eine Schicht Kohle und abermals eine dünne Schicht Erz, bis alle Öfen gefüllt waren.

Er zündete die Öfen mit einer in frisches Fett getauchten Fackel an, und dann mußten die Männer sich dicht um das Feuer scharen und dünne Röhren wie von Schilf ans Feuer halten und so kräftig blasen, wie sie konnten, damit das Feuer ordentlich heiß wurde. Das war die härteste Arbeit überhaupt, obwohl niemand rennen oder springen oder etwas tragen mußte, und weil ein Mann, der mit aller Kraft in den Ofen blies, alsbald so erschöpft und elend war, daß er umkippte, mußte Harus Kum sie in Gruppen von je zwei Männern arbeiten lassen, eine Gruppe an jedem Ofen, während die anderen Männer darauf warteten, einzuspringen, sowie einer nicht mehr konnte.

Wenn das Feuer nachließ, schaufelten sie die Öfen leer und breiteten ihren Inhalt auf dem Boden aus. Was aus den Öfen herauskam, war ein Gemisch aus Asche und Klumpen schwammiger schwarzer Schlacke. Harus Kum zertrümmerte diese faustgroßen Klumpen gekochten Felsgesteins eigenhändig und klaubte die winzigen Stückchen von dem glänzenden Zeug heraus, die er sorgfältig in einen Lederbeutel tat. Achtzehn Männer von Harus Kums Mannschaft brauchten – angefangen vom Hauen des Erzes am Flußufer – mehr als einen halben Monat dazu, bis jenes dünne Rinnsal Zinnperlen in Harus Kums Beutel tröpfelte.

Moloquin und Grub arbeiteten mit den anderen; sie schleppten Erz, zerschlugen die Felsbrocken und bliesen in die Öfen. Am Morgen, nachdem sie dabeigestanden und das klägliche Resultat ihrer Arbeit klickernd in Harus Kums Beutel hatten rinnen sehen, sagte Grub: »Ich hasse diesen Ort.« Am nächsten Morgen war er krank.

Die beiden Jungen schliefen auf dem Boden des großen Hauses, an der Wand. Als Moloquin im grauen Morgenlicht erwachte, wußte er sofort, daß Grub im Sterben lag. Er spürte die Hitze, die vom Körper des Jungen ausging, und auf Grubs Lippen trockneten Sprenkel eines gelblichen Schaums, und während Moloquin ihn, auf den Ellenbogen gestützt, betrachtete, begann der andere zu husten. Moloquin hüllte ihn in den Lappen, auf dem er geschlafen hatte, und setzte sich angsterfüllt neben ihn.

Grub wachte nicht auf. Er lag fieberglühend da und hustete grünliches Zeug. Moloquin nahm seine Hand und wartete auf etwas, worauf, wußte er nicht. Er wartete. Die anderen wurden schon munter; er konnte sie in der Dunkelheit des Hauses umherhuschen sehen. Die jüngere der beiden Frauen kniete am Feuer und harkte durch die Kohle, und die Flammen beleuchteten ihr Gesicht. Die Männer gähnten und reckten sich und rückten näher an die Herdstelle heran. Harus Kum stampfte mit schwerem Schritt und lauter Stimme aus dem kleinen Raum im Hintergrund, wo er schlief.

Er rief die Frauen zu sich und führte sie zum Vorratshaus, und sie kehrten mit Töpfen und einem Korb Nahrungsmittel zurück. Die Männer scharten sich um sie und bekamen zu essen. Moloquin kauerte auf seinen Fersen, eine Hand auf Grubs Hand, und schaute zu.

Neben ihm wimmerte Grub im Schlaf. Seine Haut war heiß und trocken und rissig um die Mundwinkel. Wenn er starb, wäre Moloquin allein hier, unter Menschen, die seine Sprache nicht sprachen und deren gutturales Gemurmel er gerade erst als Worte zu akzeptieren begann.

»Grub«, sagte er, »stirb nicht. Stirb nicht.« Doch er spürte den Tod im schlaffen Körper des Jungen, der wie ein Ofen brannte.

Harus Kum stapfte auf ihn zu. »Was macht ihr denn, ihr Faulpelze? Steht auf und seht zu, daß ihr was in den Magen kriegt, auf euch wartet eine Menge Arbeit.«

»Er ist krank«, sagte Moloquin.

»Hmm.« Harus Kum hockte sich hin und berührte Grub, befühlte dessen Kopf und Glieder und sagte wieder: »Hmm.« Er starrte Grub eine Weile stirnrunzelnd an und warf schließlich die Decke über ihn. »Nun mach schon, du. Geh und iß was, du hast zu arbeiten.«

»Nein«, schrie Moloquin, plötzlich von panischer Angst ergriffen. Er wußte, wenn er wegginge, würde er Grub hinterher tot wiederfinden. »Nein, ich –«

Harus Kum schlug ihn. »Geh an die Arbeit. Mit dem Essen hast du Pech – jetzt ist nichts mehr da. Dann geh mal mit leerem Magen arbeiten – da bleibst du beweglich.«

Der große Mann stand auf und wandte sich zum Gehen, blickte jedoch noch einmal auf Moloquin. Der Junge kauerte wieder neben Grub, entschlossen, das einzige Wesen, das so war wie er, nicht zu verlassen. Harus Kum fuhr wieder herum, und seine Hand ging zum Gürtel.

»Komm raus hier und arbeite, Bengel, oder ich befördere deinen Freund hier auf dem schnellsten Weg ins Grab!«

Während er sprach, zog er ein kleines Messer aus dem Gürtel, und das Licht tanzte auf der blitzenden Klinge. Es war aus demselben Zeug gemacht wie die große Axt. Moloquin leckte sich die Lippen. Er hatte zwar Angst, Grub zu verlieren, doch jedesmal, wenn er dieses magische Zeug sah, war sein Begehren geweckt.

Er wandte sich wieder Grub zu; er wußte, Harus Kum würde es

überhaupt nichts ausmachen, ihn zu töten – für ihn bedeutete Grub nur ein Paar Hände, einen Rücken, ein Paar Füße. Wenn er nicht arbeiten konnte, war er nutzlos, ein zerbrochenes Werkzeug. Moloquin stand auf und ging mit den anderen hinaus zu den Minen.

Sie gruben zu dieser Zeit abseits vom Flußufer ein bißchen oberhalb der Palisaden. Hier ringelte sich eine dicke Schicht sprödes, knolliges Eisenerz wie ein Wurm durch die wuchtigen Kreidefelsen des alten Flußbetts.

Überall am Flußufer entlang lagen kegelförmige Haufen von Felsgestein und Erde, die sie weggeschafft hatten, um die Erzader freizulegen. Mit Schlegeln und Keilen hackten sie Erzklumpen heraus und stapelten sie in Ledertragschlingen, worin sie fortgetragen werden sollten. Moloquins Arbeit bestand darin, die Erzklumpen aufzusammeln, nachdem die anderen Männer sie aus der Felswand herausgebrochen hatten. Im Zickzack huschte er zwischen den Sklaven umher, die am Flußufer schufteten, und wich dabei den mächtigen Schwüngen ihrer Schlegel aus. Der Staub drang ihm in Nase, Augen und Mund, und er lief, sooft er konnte, zum Fluß hinunter und tauchte Kopf und Schultern in das rasch fließende Wasser. An den Krach, den die Arbeit machte, gewöhnte man sich leichter.

Um die Mittagsstunde brachte die jüngere Frau ihnen Schrot und Bier, und die Männer gingen über den Fluß zu einem kleinen Grasfleck und setzten sich hin und aßen. Moloquin saß abseits von ihnen, ausgeschlossen auch hier. Eine der Frauen brachte ihm einen Topf Bier und zwei Handvoll Schrot; sie war ein junges Mädchen mit breiten Backenknochen, platter Nase und stets gesenkten Lidern. Er dankte ihr in seiner Sprache, obwohl er wußte, daß sie ihn nicht verstand, und sie schien nichts gehört zu haben.

Sie würde wissen, wie es um Grub stand, doch er hatte keine Möglichkeit, sie danach zu fragen. Wahrscheinlich war Grub ihr gleichgültig. Allen hier waren Grub und er gleichgültig. Er war weit weg von dem Land, wo seine Vorfahren gelebt hatten, weit weg von den Zufluchtsorten ihrer Geister; hier war er nichts, ohne Zusammenhang mit der Welt, so etwas wie Spreu, vergessen.

Um ihn herum saßen die anderen; wie Klumpen hockten sie im Gras, tranken Bier und spülten damit ihr Schrotmehl hinunter. Sie waren muskelbepackt und grau vom Staub, der ihnen Haar und Wimpern verklebte; sie schienen beinahe keine Menschen zu sein. Was wußten sie schon von dem tiefen grünen Wald, dem weiten, welligen Hügelland und dem stets wechselhaften Himmel? Sie wühlten in der trostlosen Erde, und ihr Rücken war von Harus Kums Peitschenhieben gemustert.

Er goß sich etwas Bier in den Schrotnapf und verrührte es mit dem Mehl zu einem dicken Mus. Es schmeckte ganz anders als das Essen, das er gewöhnt war. Auf einmal überwältigte ihn eine tiefe Niedergeschlagenheit.

Das war das einzig Vertraute in dieser gänzlich neuen Umgebung – dieses Gefühl, völlig allein zu sein. Von jeher hatte es ihn begleitet.

Und nun erschien Harus Kum wieder und schwenkte seine aufgerollte Peitsche. Hastig sprangen sie auf und durchquerten den Fluß, um wieder an die Arbeit zu gehen.

Im Zwielicht trug Moloquin, inzwischen erschöpft und immer noch unglücklich, die Tragschlingen mit dem Erz zum Palisadenhof. Sie trugen die gewaltige Last so, wie die Männer der Folc Ladon trugen – mit Hilfe von Schulterstangen. Moloquin wischte sich mit der freien Hand das Gesicht. In den Nasenlöchern und Augenwinkeln hatte er Erzstaub. Die Männer um ihn herum sangen mit müden und doch freudigen Stimmen. Sie gingen nach Hause.

Er hingegen ging von zu Hause weg, ging zum Nicht-Zuhause, zum Totenbett.

Mit einem Mal dachte er an seine Mutter. Doch nicht zu Karella flogen seine Gedanken wie ein Vogel, der heimkehrt zu seinem Nest. Zum ersten Mal seit langer Zeit dachte er an Ael.

Er erstarrte. Er sah sich, wie sie ihn gesehen hätte, wäre sie hier gewesen – sah sich mit den anderen Sklaven vorwärts trotten, den Blick gesenkt, die Schultern schlaff von der Fron, und er straffte sich. Er ließ sich vom Wind durchpusten. Er war der Sohn seiner Mutter. Sie hatte zu niemandem gehört, zu nichts außer zu ihm, und jetzt hatte er aus irgendeinem Grund das Gefühl, daß sie noch bei ihm, um ihn war.

Jetzt hörte er den Wind in den Föhren an den Hängen oben murmeln. Irgendwo hoch über den Baumwipfeln stieß ein Habicht seinen durchdringend schrillen Schrei aus. Wie ein Mann, der nahe am Ertrinken gewesen war, reckte Moloquin den Kopf in die Luft, und neues Leben durchströmte ihn.

Grub wimmerte und schluchzte und glühte vor Fieber. Der Lumpen, in den er gehüllt war, war schweißdurchnäßt. Moloquin hob den Jungen hoch und trug ihn aus dem Haus, in den Palisadenhof hinaus.

Die Sonne war untergegangen, und die Sterne erschienen am Himmel. Die Luft schmeckte nach Salzwasser. Moloquin taten die Arme weh. Er trug Grub zu dem nassen Sand und der klatschenden See hinunter und legte ihn ins kühlende Wasser.

»Grub«, sagte er, »Grub, sie sind noch da. Die Geister sind hier irgendwo, die Seelen unserer Vorfahren, und sie werden uns beschützen, wenn wir tapfer sind.«

Er setzte sich neben den sterbenden Jungen und beobachtete, wie die Sterne gleich Tränen über die rußige Wange des Himmels hinabliefen. Da drüben irgendwo war der Rest der Welt, waren andere Menschen, die ihre eigenen Gebräuche hatten. Der Mühlstein war zerbrochen, die Ordnung der Dinge war durcheinandergeraten, doch die Wahrheit war, daß alle diese scheinbar verschiedenartigen Dinge eigentlich eins waren. Der Mühlstein sollte ganz sein. Die Menschen sollten alle ein Volk sein. Deshalb war er auch nicht allein, und er war immer zu Hause.

Die See bäumte sich auf und brach sich zu seinen Füßen und wirbelte um ihn herum, schäumte um seine Hüfte, gluckste um die Felsbrocken, die auf dem Strand verstreut lagen. Hinter ihm kämpften die Möwen um irgendwelchen Unrat auf dem Abfallhaufen von Harus Kums Palisadenhof.

Moloquin dachte an die Steine, die er an dieser Küste zu einer Säule aufzutürmen versucht hatte. Er wußte noch, was er dabei empfunden hatte – Wehmut und Verwunderung und Entzücken – und wie seine Hände das Bedürfnis gehabt hatten, dieser neuen Wahrheit, die er entdeckt hatte, ein Denkmal zu errichten. Er stand auf und watete in der Brandung umher und hielt nach den Steinen Ausschau, doch seine Säule war weg. Nur die klobigen schwarzen Felsbrocken waren übriggeblieben. Die Meeresbrandung hatte seine Säule umgestürzt.

Das war eine Herausforderung für ihn. Ruhelos ging er am Strand auf und ab und schlug dann einen Bogen, um nach Grub zu sehen, ihn zu berühren, zu ihm zu sprechen, die Geister seiner Vorfahren anzurufen, damit sie ihm beistanden. Bisweilen blieb er stehen, um die langsam vorbeiziehenden Sterne am Himmel zu beobachten. Den größten Teil der Nacht verbrachte er damit, nach irgendeinem brauchbaren Material zu suchen, nach etwas, das er mit den Händen formen konnte, um ein Zeichen hinterlassen zu können, daß er hier gewesen war.

Es gab Unmengen von Felsen. Diejenigen, die er bewegen konnte, waren jedoch zu klein; diejenigen, die groß genug waren, konnte er wiederum nicht bewegen. Er stemmte sich mit der Schulter gegen ein schwarzes Ungetüm und schob mit aller Kraft und hatte das Gefühl, daß die ganze Welt dagegenhielt. Mit einem Seufzer gab er es auf.

Die Nacht wich dem ersten zaghaften Sonnenlicht, und die Sterne verschwanden. Der Wind pfiff. Er hob Grub aus dem kühlen Wasser und trug ihn zum Palisadenhof zurück. Das Tor war geschlossen und verriegelt, und so legte er seinen Freund an der Schwelle nieder, kletterte über den Zaun und öffnete das Tor von innen. Er ließ beide Torflügel offenstehen, so daß Harus Kum unfehlbar bemerken mußte, was er gemacht hatte. Er hob Grub wieder hoch, trug ihn ins Haus zurück und legte den Jungen auf dem feuchten, schmutzigen Lappen an der Wand nieder.

Die anderen begannen gerade, aus ihrem tierhaften Schlaf zu erwachen. Moloquin vergewisserte sich, daß Grub es bequem hatte, und trat dann zum Vorratshaus hinaus, wo die Frauen mit ihren Körben und Töpfen darauf warteten, daß Harus Kum ihnen die Tür öffnete und sie die Nahrungsmittel herausholen ließ.

Moloquin trat an ihnen vorbei unmittelbar vor die Tür. Unter ihren erstaunten Blicken drückte er auf die Klinke und fand die Tür unverschlossen. Nur Harus Kums Autorität versperrte ihnen den Zugang. Er ging hinein.

Als er hineinkam, quiekten die Mäuse und huschten raschelnd zwischen den Getreidesäcken davon. Ein gewaltiges Tiergerippe hing vom Dachbalken herab. Rechts von ihm stand der Bierzuber. Er fand einen Topf auf dem Wandbrett und tauchte ihn durch den dicken Schaum in das Gebräu, nahm sich eine Handvoll Schrot aus einem offenen Sack und ging wieder hinaus.

Grub war wach, als er zu ihm zurückkehrte, wenn er auch alle Mühe hatte, die flatternden Lider offenzuhalten. Moloquin kniete neben ihm nieder und hielt ihm das Bier an den Mund, so daß er trinken konnte. Während er damit beschäftigt war und Grub mit der Hand und dem Knie stützte, kam Harus Kum ins Haus gestürmt.

»Bengel!« Er stürzte auf Moloquin los und schlug ihm den Topf aus der Hand. Dann zog er ihm eins mit der Peitsche über den Kopf, die zwar noch aufgerollt war, deren Griff jedoch so hart gegen die Stirn des Jungen schlug, daß er eine Platzwunde davontrug.

»Bleib aus meinen Lagerhäusern, elender Bengel – und jetzt steh auf, laß ihn, wo er ist, und geh arbeiten.«

Moloquin hockte neben Grub. Er hob das Gesicht. Das Blut rann ihm zu beiden Seiten der Nase hinab.

»Es muß jemand auf ihn aufpassen. Wenn ihn jemand pflegt, muß er vielleicht nicht sterben.«

»Das ist mir völlig gleichgültig! Geh an die Arbeit!«

»Mir ist es aber nicht gleichgültig«, sagte Moloquin.

Harus Kum warf wutentbrannt die Peitsche weg und zog das Messer mit der kurzen, zugespitzten Klinge aus dem Gürtel. »Dann werde ich ihn mir vom Halse schaffen.«

Grub wimmerte und streckte die Hand nach Moloquin aus. Moloquin griff nach seinem Handgelenk und hielt es fest.

»Wenn du ihn tötest, mußt du mich auch töten.«

Harus Kum befingerte die Klinge. »Daran täte ich wahrscheinlich gut, dann hätte ich gleichzeitig einen Dieb und einen Drückeberger vom Hals.«

»Moloquin«, flüsterte Grub und umklammerte die Hand seines Freundes.

Moloquin sagte: »Töte uns, wenn du willst, Harus Kum, wir können dich nicht daran hindern, aber wenn du uns nicht tötest, werde ich für dich so hart arbeiten, wie ich nur kann.«

»Ach, du willst mit mir feilschen, Junge? Ein Sklave, der mit seinem Herrn feilscht?«

Das Wort *feilschen* sagte er in seiner eigenen Sprache. Moloquin verstand es nicht. Er wiederholte verlegen: »*Feilschen.*«

Harus Kum trat nach ihm. Als Moloquin zurückfuhr, trat er nach Grub. »Weshalb sollte ich mir die Mühe machen, solche wie euch zu töten? Soll das Fieber das doch übernehmen.« Er steckte sein Messer wieder in den Gürtel. »Aber ich bin hier der Herr!«

»Ja«, sagte Moloquin, dem der Atem stockte, weil er merkte, daß Harus Kum nachgeben würde.

»Sag es!«

»Du bist der Herr!«

»Noch mal!«

»Du bist der Herr!«

»Vergiß es nicht wieder.« Harus Kum stolzierte von dannen.

Moloquin wischte sich über das blutige Gesicht. Er hatte damit gerechnet, sterben zu müssen. Er hatte geglaubt, lieber sterben zu wollen, als noch länger hier an diesem fremden Ort bleiben zu müssen. Jetzt aber, wo ihm das Leben wiedergegeben war, prickelte seine Haut, das Blut pochte ihm in den Adern, er erschauderte unter der Berührung der Luft, und er wußte, er würde alles tun, um am Leben zu bleiben.

Er blickte auf Grub nieder, der neben ihm lag.

»Du hast mich gerettet«, wisperte Grub.

»Nein«, sagte Moloquin, »Harus Kum hat dich gerettet.«

Er hätte gern gewußt, weshalb Harus Kum sie nicht getötet hatte. Er hatte es ganz gewiß vorgehabt. Irgendein Geist hatte ihn beeinflußt, irgendeine Macht. Das fremde Wort hatte sie auf irgendeine Weise herbeigerufen. Er konnte sich an das Wort nicht mehr erinnern. Er wußte nur noch, daß er dem Händler versprochen hatte, daß er arbeiten würde, wenn er ihn am Leben ließe.

Nicht Harus Kum schuldete er diese Arbeit, sondern dem Geist, der ihn gerettet hatte. Er verneigte sich, wo er war, auf die Hände gestützt, so daß sein Gesicht fast den Boden berührte, und stattete seinen Dank ab.

Er legte sich neben Grub und schlief; als er erwachte, waren die anderen Männer alle hinausgegangen. Die beiden Frauen machten sich im Haus zu schaffen, fegten und scheuerten. Die junge sang mit einer lieblichen hohen Stimme. Moloquin lag still, den Kopf auf den Arm gebettet, und lauschte. Sein Gesicht schmerzte.

Die Frauen rückten allmählich näher. Auf der Bank, die nicht weit von seinen Füßen an der Wand stand, schöpfte die junge Bier aus einem großen Topf in einen kleinen. Da kam Harus Kum herein.

Die Frauen wichen vor ihm zurück, und die ältere verzog sich bis in die dunkle Ecke am anderen Ende des Raumes. Der große Mann beachtete sie jedoch gar nicht, sondern ging herum und suchte etwas. Was immer er suchen mochte, er fand es nicht, und das, was er fand, warf er mit einem Schwall von Schimpfworten zu Boden. Dann stapfte er in den hinteren Teil des Raumes, in die Nähe von Moloquin und Grub, nahm sich einen Topf von dem Bier neben der jüngeren Frau und trank es in einem Zug, während sie sich mit gesenktem Kopf davonzustehlen versuchte.

Mit lauter, freundlicher Stimme sagte er etwas zu ihr, das Moloquin nicht ganz verstand – etwa, daß heute aber auch alles schiefgehe –, und knuffte sie in die Seite. Sie ließ ein ängstliches Kichern hören, als habe er gescherzt. Er packte sie um die Taille und zog sie an sich.

»Nein«, sagte sie, »nein, bitte – nicht hier . . .«

Harus Kum gab ihr eine Ohrfeige. »Dreh dich um!«

»Er ist wach«, sagte das Mädchen und schaute zu Moloquin.

»Sei still!« Harus Kum drehte sie um, so daß sie ihm den Rücken zukehrte, und drückte sie mit der einen Hand nach vorn über die Bank. Sie hielt sich mit den Händen an der Kante der Bank fest. Ihr Haar verdeckte ihr Gesicht, aber Moloquin sah, daß sie die Zähne zusammenbiß. Harus Kum hob ihre schweren Hüllen hoch, bis ihr nacktes Hinterteil zum Vorschein kam. Moloquin hielt den Atem an und schaute wie gebannt zu. Harus Kum zerrte an seinen Kleidern und holte seinen Penis heraus, ging ein wenig in die Knie und stieß ihn hart in den Leib des Mädchens.

Sie erstarrte, wehrte sich jedoch nicht, während der Mann über ihr ruckte und stöhnte. Ihr Kopf hüpfte bei jedem Stoß auf und ab. Moloquin biß sich auf die Lippen. Er hatte noch nie gesehen, daß ein Mann eine Frau mit so wenig Hochachtung behandelte. Eine derartige Erregung packte ihn, daß sein Magen scheuerte und seine Eingeweide sich zusammenzogen und sein eigener Penis hart wurde wie ein Stab. Noch aufregender war ihre Unterwürfigkeit. Seine Muskeln zuckten. Er wäre am liebsten losgestürzt, hätte Harus Kum von ihr weggerissen und sie selbst genommen, seine Kraft in ihr Fleisch gepumpt.

Sie trennten sich, traten auseinander, und ihre Kleider glitten wieder über ihre Blöße. Harus Kum klopfte ihr aufs Hinterteil und ging weg, das Mädchen blieb jedoch noch eine Weile stehen, über den Biertopf gebeugt, den Kopf gesenkt. Als sie sich umwandte, galt ihr erster Blick Moloquin.

Sie sah, daß er sie anblickte, und ihre Wangen röteten sich. Sie senkte den Kopf, bis ihr Haar ihr Gesicht verhüllte, und entfernte sich.

Moloquin rollte sich herum, so daß er Grub und die Wand anschaute, und legte die Hand auf sein Geschlecht. Seine Hand war nicht gut genug. Er konnte das Bild ihres Hinterteils nicht loswerden, der beiden Halbmonde, zwischen denen der harte Penis hindurchstieß.

Sie hatte ihn nicht gewollt, aber Harus Kum hatte sie trotzdem genommen. Halb fühlte Moloquin sich von der Vorstellung abgestoßen, halb entzückte sie ihn.

Eine Weile lag er so und lauschte den Geräuschen der Frauen, die sich im Raum hin und her bewegten, Feuerholz hereinbrachten, Wasser schleppten und den Boden fegten. Das Mädchen sang nicht wieder. Selbst mit geschlossenen Augen konnte er die schwereren Schritte von Harus Kum unterscheiden, als der Herr wieder hereinkam und wieder nach etwas suchte. Endlich schloß sich die Tür hinter ihm, und die schweren Schritte waren nicht mehr im Haus zu hören. Moloquin stand auf.

Er ging zur Herdstelle, einem erhöhten Rund aus Steinen in der Mitte des Hauses. Da standen der Bottich mit Bier und ein Topf zum Schöpfen, und auf den warmen Steinen quollen Körner in einem Töpfchen mit Wasser. Die Körner waren bereits gequollen, und einige waren schon aufgeplatzt, so daß ein dicker, milchiger Pudding entstanden war, und ihm lief bei diesem Anblick das Wasser im Munde zusammen. Harus Kum würde wütend werden, wenn er ihn nahm. Er dachte einen Augenblick lang nach, dachte auch an sein schmerzendes Gesicht und setzte sich schließlich am Rand der Herdstelle nieder und rührte den

Pudding um und aß ihn auf, selbst die harten Körner, die noch nicht aufgeplatzt waren.

Das Mädchen trat neben ihn, um etwas Bier zu schöpfen, und sah, was er da machte, und sie sagte etwas in ihrer Sprache, sah ihn stirnrunzelnd an und schüttelte den Kopf. Ihre Augen waren nicht minder traurig als der Mund mit den herabgezogenen Mundwinkeln. Er dachte: Sie kann es ihm nicht verwehren. Daraufhin beschloß er zu tun, was er wollte, ganz gleich, was Harus Kum mit ihm machen würde.

Er kehrte zu Grub zurück, befühlte dessen Gesicht und zog die Decke zurecht. Grub schlief ruhig, seine Haut war kühl, sein Atem ging tief und gleichmäßig. Er befand sich auf dem Weg der Besserung. Moloquin begann, seine Decke aus Lumpen glattzuziehen, und das Mädchen kam herüber und kniete sich neben ihn. Mit den Händen forderte sie ihn auf, Grub hochzuheben, und als er das tat, nahm sie die Lumpen und schüttelte sie aus, legte sie wieder auf den Boden und strich sie mit den Händen glatt. Moloquin legte seinen Freund auf sein frischgemachtes Bett und deckte ihn zu.

Das Mädchen stand auf und wollte wieder an seine Arbeit. »Warte«, sagte Moloquin. Er packte sie beim Handgelenk und hielt sie fest, trat vor sie hin und spürte, wie seine Begierde sich wieder zu regen begann. Sie versuchte, seine Hand wegzustoßen. Sie ließ ein leises Wimmern hören. Ihre Augen glänzten dunkel, und sie biß sich auf die Lippe.

Er konnte es mit ihr machen – das, was Harus Kum gemacht hatte. Sie würde ihn nicht daran hindern. Doch hinderte ihn die Verzweiflung, die aus ihren Augen leuchtete. Wie er, war sie Harus Kums Gnade ausgeliefert, und wenn sie auch nicht genügend eigenen Willen besaß, um sich zu wehren, so wollte er ihr gegenüber doch kein zweiter Harus Kum sein. Er ließ sie gehen.

Sie wich zurück, bis sie sich vor ihm sicher fühlte, und sie starrten einander eine Weile an. Endlich senkten beide den Blick. Moloquin kehrte zu Grub zurück, und das Mädchen entfernte sich, um irgendwo anders im Haus zu arbeiten. Kurz darauf fing sie wieder zu singen an, doch war ihre Stimme jetzt leiser als vorher, und das Lied war traurig. Moloquin legte sich schlafen.

Moloquins Gesicht heilte, und es blieb nur eine lange rote Narbe zurück, die Harus Kum jedesmal daran erinnerte, daß er ein Auge auf ihn haben mußte. Er hatte erwartet, daß Moloquin aufsässig sein würde, vor allem, als es dem kleinen Jungen wieder gutging, doch zu seiner Überraschung ging er bereitwillig wieder an die Arbeit. Der kleine

Junge klagte und drückte sich, und Moloquin wurde böse auf ihn und schrie ihn an, bis der Kleine wieder weiterarbeitete. Die anderen Männer machten so langsam wie möglich, Moloquin hingegen ging an jede Arbeit, die Harus Kum ihm zuteilte, heran, als käme sie seinen eigenen Absichten nur entgegen.

Er aß zuviel. Er lernte zu schnell – noch ehe der Mond wieder voll war, konnte er mit den anderen Männern in ihrer Sprache sprechen, obwohl sie wenig zu ihm sagten und er wenig zu ihnen. Zwischen ihm und den anderen Sklaven schien eine halb versteckte Feindseligkeit zu herrschen. Harus Kum rechnete damit, daß es zwischen ihnen irgendwann zum Kampf kommen würde, und freute sich sogar darauf – es gab nur wenig Abwechslung während der paar Tage, als die sommerlichen Regenfälle sie zwangen, alle gemeinsam im Haus zu bleiben. An solchen Tagen verfolgte er begierig, wie Moloquin, der sich überall zu schaffen machte, in Tors Nähe kam und mit einem bösen, warnenden Knurren bedacht wurde, und ein-, zweimal schrie er dem einen oder anderen sogar ein paar anfeuernde Worte zu in der Hoffnung, daß etwas passieren würde. Moloquin aber fing mit niemandem Streit an. Tor tobte und zeterte, weil er in seinem Stolz verletzt war, dem Stolz eines Sklaven, der nichts besaß als den Raum, der ihn umgab, und die Autorität, die er gegenüber den anderen Sklaven ausübte. Moloquin ging jedoch auch weiter herum, wie es ihm gefiel, und tat, was ihm paßte.

Harus Kum wollte ihn gefügig machen; er wußte, es konnte nur einen Herrn geben, und alle anderen mußten Sklaven sein, oder der Herr war kein Herr. Also gab er Moloquin mehr Arbeit als den anderen, schickte ihn in die Höhlen am Flußufer, um die tiefer im Fels liegenden Erzbrocken herauszuschlagen, schickte ihn mit immer neuen Aufträgen hierhin und dorthin. Moloquin erledigte sie alle. Harus Kum traute ihm schließlich mehr zu als den anderen Sklaven. Er fing an, Moloquin zu brauchen.

Eines Tages, als die Sklaven lustlos in der sengenden Sommersonne saßen – das Essen hatten sie bereits hinuntergeschlungen, das Bier war alle – und darauf warteten, daß ihr Herr sie wieder an die Arbeit peitschen würde, sah Harus Kum Moloquin im Fluß umherwaten. Ehe er seine Befehle brüllen konnte, kam der Junge zu ihm und hielt ihm die Hand hin.

»Hier – sieh mal, was ich habe!«

Er hielt eine Menge Kiesel aus dem Flußbett in der hohlen Hand. Harus Kum blickte stirnrunzelnd und ungeduldig auf sie nieder und wollte sich nicht zu längeren Erörterungen verleiten lassen, erkannte jedoch, daß Moloquin die Felsstückchen nicht aufs Geratewohl gesammelt, sondern es auf interessante Dinge abgesehen hatte. Er hielt die Hand des Jungen ins Sonnenlicht, um dessen Funde zu begutachten.

»Hm. Dieses hier –«, er pickte sich einen kleinen grünblauen Kiesel heraus, »ist eine Art Erz. Wenn wir genug davon finden könnten, hätten wir viel mehr Arbeit. Dieser hier –«, sein Zeigefinger strich über ein Stückchen weißen Stein, »das ist nur Quarz. Das zerstampfe ich und mische es mit Kupfer und Soda, um die blauen Perlen zu machen, die dein Volk so gern hat.«

»Aber sieh mal«, Moloquin drehte das Steinchen um und zeigte ihm eine dünne, ganz andersgeartete Ader, die ihn durchzog, »was ist denn das?«

So saßen sie am Flußbett und unterhielten sich über eine Handvoll Steine. Als Harus Kum endlich wieder bei nüchternem Verstand war, bemerkte er, daß die anderen Sklaven immer noch im Gras herumlagen und die Nachmittagssonne bereits die Hälfte ihrer Bahn zurückgelegt hatte. Moloquin hatte es geschafft, daß sie den Nachmittag halb vertrödelt hatten. Er brüllte los. Er holte seine Peitsche hervor und hieb damit um sich, und alle machten sich wieder an die Arbeit.

Danach brachte Moloquin ihm fast jeden Tag Kiesel. Harus Kum gab sich alle Mühe, sich nicht dafür zu interessieren, aber er liebte nun einmal Steine, liebte es, in Flußbetten nach Erzbrocken und Quarzstükken zu wühlen. Und noch mehr liebte er es, seine Kenntnisse herauszustreichen, und wenn Moloquin zu seinen Füßen saß und an seinen Lippen hing, konnte er einfach nicht gleichgültig bleiben.

Moloquin arbeitete ständig. Solange sie Harus Kums Zugriff entzogen waren und ganze Tage in diesem lieblichen kleinen Tal landeinwärts verbringen durften, verspürte Grub hingegen nicht die geringste Neigung zu arbeiten. Er tat alles langsam und setzte sich oft hin. Lächelnd betrachtete er die Bäume und die offenen Wiesen, die ihn so sehr an seine Heimat erinnerten, und unterdessen drangen unablässig die dumpfen Schläge von Moloquins Axt an sein Ohr.

Er nannte sich jetzt nicht mehr Grub, sondern Hems. Die anderen Sklaven hatten ihm diesen Namen gegeben, es war ein Wort aus der Sprache von Harus Kums Volk. Mit den anderen Sklaven konnte er jetzt ohne Schwierigkeiten sprechen, da er eine Menge Wörter ihrer Sprache gelernt hatte, und sogar wenn er mit Moloquin allein war, sprach er die andere Sprache.

Trotzdem erfüllte der Anblick der Wiese ihn mit Sehnsucht nach seiner alten Heimat, und als er jetzt sprach, entschied er sich für seine alte Sprache.

»Moloquin, warum arbeitest du bloß so viel? Weißt du noch, wie das war in Ladons Dorf, als wir nie etwas anderes getan haben, als den ganzen Tag lang zu spielen?«

Das rhythmische dumpfe Schlagen der Axt hinter ihm hörte einen Augenblick auf. »Grub«, sagte Moloquin, »du hast kein Gedächtnis.«

»Bitte, Moloquin, nenn mich nicht Grub, ich bin doch jetzt Hems.«

Ein Grunzen war die Antwort. Die Axtschläge setzten wieder ein, schwere, dröhnende Schläge, dumpfer als der harte, hellere Schlag des Hammers gegen den Stein. Grub – Hems – drehte sich um, um zuzuschauen. Moloquin fällte eine Eiche. Der Baum stand unmittelbar am Rand der Wiese, ein kahles graues Skelett inmitten des üppigen sommerlichen Grüns. Vom Boden bis auf Schulterhöhe war die gesamte Borke vom Stamm gefressen, und das hatte den Baum getötet. Moloquin setzte die Axt in der Mitte dieses kahlen Stückes Stamm an.

Hems stand auf, streckte sich und entfernte sich. Er spazierte über den ebenen Boden des schmalen kleinen Tales, wo sie ihr Lager hatten. Ihr Lagerplatz befand sich hinter ihm, in einer kleinen Höhle am Fuß des steilen Hügels, der das Tal auf der einen Seite begrenzte. Der Fluß entfernte sich schlängelnd ins Sonnenlicht und plätscherte munter über sein Kieselbett.

Das andere Flußufer war dicht von Bäumen und Büschen bewachsen. Es war die Jahreszeit, wo alles Grün sich zum Sterben anschickte, und bei jedem Windstoß flatterten Blätter durch die Luft. Er trödelte am Ufer entlang und versuchte, sich geräuschlos zu bewegen, aber er konnte die Frösche ins schützende Wasser springen hören, als er sich näherte, und nun torkelte sogar eine große, alte Schildkröte, die sich auf einem Baumstamm in der Mitte des Flusses gesonnt hatte, schwerfällig los und tauchte in die grüne Flut ein, obwohl er stehengeblieben war und versucht hatte, wie ein Baum auszusehen. Hems gab es auf, irgend etwas zu fangen. Er ließ sich platt auf den Bauch fallen, beugte sich zum Fluß hinab und schlürfte Wasser, bis sein Magen prall gefüllt und kühl war.

Sowieso würde Moloquin ihnen etwas zum Abendessen fangen. Er hatte schon einen kleinen Damm gebaut und den Fluß unmittelbar unterhalb eines tiefen Beckens gestaut, und bald würden sie einen dicken Fisch haben, den sie über dem Feuer braten konnten. Hems seufzte. Er lag in der Sonne und träumte von Fisch.

Nach einer Weile hörte er Moloquin rufen. Sie gruben weiter oben, in der Nähe ihrer Höhle, ein Loch. Die Erde war dort weich, denn auf ihr lag eine dicke Schicht von verrottetem Holz und Laub, das von den Bäumen am Hang stammte. Während Grub dieses Loch mit Steinen auskleidete, fällte Moloquin einen weiteren Baum.

Zwei Tage arbeiteten sie so. Die Bäume zerteilten sie in handliche Stücke und bereiteten die Grube vor. Dann warfen sie das gesamte Holz hinein, deckten die Grube ab und machten obenauf ein Feuer an.

»Können wir jetzt Fische fangen?« fragte Hems. »Ich habe das ewige Getreide satt.«

Er hatte einen flachen Stein gefunden, den er sorgfältig sauberkratzte und am Rand des Feuers in die Asche legte.

»Mal sehen«, sagte Moloquin. Er lag ausnahmsweise einmal reglos im Gras und blickte in den Himmel hinauf.

Sie hatten sich zwar Schrot und etwas Bier mitgebracht, doch das war nun fast aufgebraucht. Hems tat sich eine Handvoll Schrot in seinen Napf und rührte einen Schuß Bier hinein. Das war etwas, das er von den anderen Sklaven gelernt hatte.

»Die Lachse haben noch nicht begonnen, flußaufwärts zu wandern«, sagte Moloquin. »Da sind zwar Fische im Becken, aber wir haben keine Netze. Die Schildkröte wäre gewiß gut, aber es ist nur eine da, soweit ich gesehen habe, und es widerstrebt mir, sie zu töten.«

Hems schüttete die Mischung aus Schrot und Bier auf den flachen Stein, wo sie zischte und Blasen warf und aufging wie eine kleine Wolke. Vorsichtig wendete er den Teig mit Hilfe von zwei Stöcken.

»Na los, komm«, sagte Moloquin und wälzte sich hoch, »gehn wir zum Fluß runter – wir können uns irgendwas zu essen beschaffen, und ich kann Steine suchen.«

»Ich esse gerade«, sagte Hems. Der gebackene Schrotbrei lag jetzt kreisrund und flach auf dem Stein. Rasch rollte er den Fladen mit den Fingern auf und hielt die Luft an, so heiß war er. »Aua!« Er legte den aufgerollten Schrotkuchen zum Abkühlen ins Gras und steckte die Finger in den Mund.

»Du kannst im Gehen essen.« Moloquin trat neben Hems und bewegte ihn aufzustehen, indem er ihm mit dem Knie zwischen die Schulterblätter stupste. »Los, komm.«

»Moloquin, warum mußt du nur unentwegt umherlaufen?«

»Grub, warum willst du immer nur dasitzen und nichts tun? Komm schon!«

»Hems, Moloquin. Bitte nenn mich jetzt Hems! Warte! Warte auf mich . . .« Er rannte hinter Moloquin her, der auf den Fluß zulief.

Sie fingen ein paar Fische in dem Staubecken, indem sie langsam unter Wasser auf sie zuschwammen. Die Fische standen Seite an Seite in den tiefen Wasserlöchern. Moloquin war dabei besonders geschickt. Er hielt den Atem an, während er sich an die Fische heranpirschte, und packte sie mit beiden Händen, während sie schliefen. Am Nachmittag saßen sie am Feuer und brieten ihren Fisch, da fing es leise zu regnen an, und kurz darauf stürzte das Wasser vom Himmel. Sie krochen in die Höhle, und Moloquin schleppte das ganze Feuerholz mit hinein, so daß sie kaum mehr genug Platz zum Liegen hatten. Sie hielten das Feuer über der Grube mit dem Eichenholz in Gang und brieten weiter Fisch und saßen in der Höhle. Hems erzählte Geschichten: Er konnte das gut und hatte von Karella ein paar gelernt. Moloquin spielte im weichen Erdboden mit ein paar Steinen.

»Was machst du da?« fragte Hems.

Moloquin reihte die Steine hochkant zu Ringen aneinander und versuchte, allerdings ohne Erfolg, einen kleinen Querbalken darüberzulegen. Er sagte: »Ich habe einmal von der Säule des Himmels geträumt – da sah sie so aus wie das hier.«

»Ein gräßlicher Ort«, sagte Hems, »obwohl ich viel darum geben würde, ihn wiederzusehen.«

Moloquin nahm einen Stein in jede Hand und haute sie gegeneinander, um Stücke von ihnen abzuschlagen. Hems aß noch mehr Fisch. Er beobachtete die Schatten, die das Feuer an die Wand und die Decke der Höhle warf, von der allerlei verfilzte Wurzeln herabhingen.

»Leg Holz nach, Hems.«

»Du machst das.«

»Ich habe es letztesmal gemacht, Hems.«

»Ach, und was macht das, wenn das Feuer ausgeht? Diese Arbeit finde ich gräßlich.«

»Du findest jede Arbeit gräßlich. Wenn das Feuer ausgeht, wird das Holz nicht zu Kohle, und wenn die Kohle nicht fertig ist, wenn Harus Kum kommt . . .«

Hems grunzte. Er sah seinen wütenden Herrn vor sich, erhob sich widerwillig und griff sich einen Armvoll Feuerholz. Sie hatten die Zweige der beiden Eichen zu Feuerholz zerkleinert und die zerkleinerten Stämme zum Verkohlen in die Grube gestapelt. Laut nörgelte er vor sich hin. Von Harus Kum war die Rede und von zu Hause – wenn er nur erst wieder da wäre, wo kein Mensch einen anderen zu derart harter Arbeit zwang. Moloquin beachtete ihn nicht. Er balancierte einen Stein auf der Spitze von zwei anderen und hatte den Kopf bis zum Boden hinabgebeugt, um besser sehen zu können. Hems zerrte das Holz in den Regen hinaus und legte es ins Feuer. Eilig kehrte er ins Trockene zurück. In der Höhle war es viel wärmer als im Freien.

»Ich wäre froh, wenn du Harus Kum nicht so gern hättest.«

Moloquin warf ihm einen flüchtigen Blick zu. »Ich hasse Harus Kum.«

»Du haßt ihn!« Hems blinzelte ihn überrascht an. »Aber . . . warum machst du dann das alles? Weshalb machst du ihm dann seine Kohle? Weshalb warten wir dann darauf, daß er kommt und uns wieder in sein Rundhaus schleppt und uns immer noch mehr arbeiten läßt? Warum können wir dann nicht einfach wieder nach Hause gehen?«

Bei dem Gedanken daran ging sein Atem schneller, und in seiner Vorstellung schrumpften die Hügel und Wälder und gefährlichen Sümpfe zu einer Hügelkette mit ein paar Bäumen zusammen. »Komm, dann gehen wir jetzt!«

Moloquin hob den Kopf und starrte ihn an, und sein Schatten lag über den kleinen Steinringen. »Wir gehen ja bald. Bis zum Mittsommer sind wir zu Hause. Wir gehen zu den Wenden-des-Jahres und tanzen die Mittsommertänze, ich schwör's dir.«

»Warum denn erst dann? Warum nicht jetzt gleich?«

»Weil es hier so viel gibt, was ich lernen muß. Und ich werde es lernen. Harus Kum ist ein schlechter Mensch, dem wir völlig gleichgültig sind, aber er verfügt über eine wunderbare Macht.«

Mit einem Mal sprang er auf und machte weit ausholende Gesten mit den Armen, als wollte er die ganze Welt heranholen.

»Fragst du dich denn gar nicht, weshalb wir das alles machen? Wir graben Erdklumpen aus und kochen sie und holen winzig kleine Stückchen heraus, und das mit solcher Mühe, daß wir uns halb totschuften und uns gerade noch Zeit zum Schlafen bleibt, und dann trägt Harus Kum die Klümpchen ins Lagerhaus und bewahrt sie sorgfältig auf. Warum denn? Wozu soll das gut sein? Sie können nicht gegessen oder getrunken werden. Keiner macht Körbe oder Krüge daraus.«

Während er so in der engen Höhle auf und ab schritt und gestikulierte, warf das Feuer seinen Schatten riesenhaft an die Wand. Hems beobachtete ihn nachdenklich. Er liebte diese Leidenschaft an Moloquin sogar noch mehr als die Hitze des Feuers.

»Das ist dazu da, um Bronze zu machen«, sagte Moloquin, »es hat irgend etwas mit der Bronze zu tun. Die Axt mit der Bronzeklinge – die kleinen Messer, die Schüsseln, sogar die Perlen und Ringe, die unbedeutendsten Dinge – in denen steckt irgendeine Zauberkraft, ja irgendein Schlüssel zur Macht. Selbst Ladon wußte das – du hast ja gesehen, wie er sich die Macht zunutze machte, die in den Perlen steckt, um die anderen Häuptlinge zu besiegen, obwohl Ladon keine Ahnung hat, wie die Perlen gemacht werden.«

Er wandte sich Hems zu, und seine Augen funkelten wild. Der kleine Ring aus Steinen zu seinen Füßen war umgestürzt.

»Harus Kum aber weiß es. Ich will es auch wissen. Ich habe vor, diese Zauberkräfte beherrschen zu lernen wie Harus Kum, ein Meister dieser Kunst zu werden.«

Hems schwieg einen Augenblick, zutiefst beeindruckt. Er hatte sich nie gefragt, weshalb sie all diese Dinge taten. Für ihn war das nur eine Arbeit, die er haßte, eine unumgängliche Tatsache seines Lebens, wie der Himmel über ihm.

»Und was dann?« fragte er endlich. »Können wir dann nach Hause zurückkehren?«

Moloquin nickte. Er ließ sich auf die Fersen nieder und fügte seine Steine wieder zum Ring zusammen. Dann fuhr er unvermittelt herum und trat aus der Höhle, um wieder Holz nachzulegen. Der Regen fiel puffend und zischend in die Flammen. Hems beobachtete ihn nachdenklich. Er liebte Moloquin, aber er war doch froh, daß er nicht so war wie er. Behutsam hob er ein Stück Fisch von seinen Gräten und ließ es sich schmecken, obwohl er längst gesättigt war.

Harus Kum führte seine übrigen Sklaven über den Hügel und durch den Wald und fand das Lager, wo Moloquin und Hems Eichenholz zu Holzkohle brannten. Sie hatten schon eine Menge gemacht, als er dort eintraf, und er war erfreut. Er hatte es eilig und verschwendete deshalb keine Zeit damit, Moloquin zu loben, sondern trieb seine Männer mit Hilfe seiner Peitsche und seiner nicht minder scharfen Zunge an, sich die Holzkohle auf den Rücken zu laden und sich damit auf den Weg zu seinem Palisadenhof zu machen.

Er lief hinter ihnen her und schwang die aufgerollte Peitsche in der Hand. Sie liefen einer hinter dem anderen vor ihm her und schleppten ihre Körbe mit Kohle auf dem Rücken oder balancierten sie auf den Köpfen, eine lange Schlange von Männern, und er beglückwünschte sich, daß er Moloquin hatte.

Wie er Hems kannte, hatte der Sklave sehr wenig Arbeit geleistet. Moloquin mußte alles Wichtige selbst getan haben, das Fällen und das

Graben und die Versorgung des Feuers. Harus Kum war entzückt, denn bisher hatte er immer hier heraufkommen und die Köhlerarbeit selbst überwachen müssen, so daß seine Minen zwischendurch stilllagen. Er fragte sich, was für einen Lohn sich Moloquin wohl für seine Mühen erhoffen mochte. Wenn er dachte, sich auf diese Weise bei seinem Herrn einschmeicheln zu können, irrte er sich, sagte sich Harus Kum.

Unterdessen ging Moloquin an der Spitze des Zuges, wo er mit seinem langen Schritt und seiner Unermüdlichkeit dafür sorgen konnte, daß die anderen einigermaßen vorankamen. Er trug einen großen Korb Kohle auf dem Rücken und einen weiteren auf dem Kopf. Er war ein Wilder. Er bestand nur aus Muskeln und Knochen, wie ein wildes Tier, und er sättigte sich mit Arbeit, wie andere Menschen sich mit Fleisch und Getreide und Bier sättigten.

Ein Wilder, ein dreckiger Wilder.

Jetzt schlängelten sie sich den Pfad durch die Hügel hinab, die sich am Meer erhoben, und bisweilen konnte der Händler durch die Lücke vor ihnen das Sonnenlicht auf dem Wasser blitzen sehen. Der Weg hügelabwärts war für Harus Kum leicht, zumal er selbst nichts trug außer seiner Peitsche, und der lebhafte frische Seewind stärkte ihn. Er ertappte sich dabei, daß er vor sich hinlächelte.

Vielleicht würde er Moloquin eine von den Frauen haben lassen, zur Belohnung. Schließlich hatte Harus Kum, während der dreckige Wilde Holz fällte und Holzkohle brannte, einen ganzen Beutel voll Zinn aus seinen Minen geholt. Er war kein Junge mehr, auch wenn Hems immer noch einer zu sein schien. Sollte er eine von den Frauen nehmen, nur für eine Weile, das würde ihm gefallen.

Die Männer sangen. Er hatte sie bisher nie singend erlebt, schon gar nicht, während sie arbeiteten. Moloquin hatte das eingeführt. Harus Kum hörte zu, sein Wohlwollen schwand dahin, und er fragte sich, wie er sich dazu stellen sollte.

Das Lied hatte keine richtigen Worte, es war nur irgendein Geplapper in Moloquins Sprache.

La li la la li li la
Sam-po, Sam-po

Die Melodie paßte zum Rhythmus ihrer Bewegungen, und tatsächlich schienen sie jetzt ein bißchen schneller zu gehen. Harus Kum spielte mit dem Gedanken, das Lied zu verbieten. Wenigstens konnte

Moloquin richtige Wörter benutzen, wenn er sang. Jetzt würde er ganz bestimmt keine Frau von ihm kriegen. Sowieso stammten die beiden Frauen aus Harus Kums Volk, von jenseits des Meeres, und waren damit zu gut für einen dreckigen Wilden.

Dann, als er den Kopf hob, den Blick über seine Sklaven schweifen ließ und auf das sonnenglänzende Meer hinausblickte, entdeckte er etwas, das ihn alles andere im Nu vergessen ließ.

»Das Boot!«

Er machte einen Satz und stürzte los, an seinen Sklaven vorbei, die er fast umrempelte, und rannte voraus zu einem spitzen Felsturm, den er auf allen vieren erkletterte wie eine Eidechse. Von dort oben überblickte er einen breiten Küstenstreifen, das gekräuselte Wasser, die Bahn, die die Sonne über das Meer legte, und dort, im Griff der Wellen schaukelnd und schwankend, war der langgestreckte braune Umriß des Bootes zu sehen.

Harus Kum stieß einen zweiten Schrei aus. Er sprang von dem Felsen hinab und rannte durch den Zug seiner Sklaven hindurch, wobei er Hems beinahe umstieß. Als er bei Moloquin angelangt war, blieb er stehen und besann sich gerade noch auf seine Würde, seine Rolle als Herr über Sklaven.

»Bring sie alle runter. Laß keinen von ihnen herumtrödeln, oder du bezahlst es mir mit deinem Rücken, hörst du? Also weiter!« Er versetzte Moloquin mit seiner Peitsche einen Klaps auf die Schulter. Seine überschäumende Freude brach ungeachtet seiner Drohungen und Befehle mit einem breiten Lächeln durch. Moloquins Gesicht war ausdruckslos. Dumpfes Vieh, was wußte der schon! Harus Kum stürzte davon.

Als er den Palisadenhof erreichte, kam das Boot gerade um die Landzunge im Westen gebogen und schob sich nun im Kampf mit der wilden Brandung und dem Wind an der Küste entlang. Harus Kum kletterte auf einen Felsen am Strand und schwenkte die Arme, und auf dem Boot schossen sofort etliche Arme empor. Er konnte noch keines der Gesichter erkennen, sie waren noch zu weit weg, doch ihre bloße Anwesenheit verführte ihn zu Freudentänzen.

Die Frauen waren ihm zum Strand hinunter gefolgt, und er schrie ihnen zu, sie sollten zurückgehen und ein Festessen vorbereiten.

Mittlerweile kämpfte das Boot sich durch das heftig bewegte Wasser, wo der Fluß ins Meer mündete. Die Ruder tauchten ein und schwankten und mühten sich, den langen schwarzen Rumpf über die windgepeitschte Gischt und die hüpfenden Wellen zu ziehen. Harus Kum wedelte wieder mit den Armen und schrie Anfeuerungsrufe. Er kniff die Augen zusammen, um zu erkennen, wer im Bug saß.

Es war ein einigermaßen großes Boot. Acht Männer oder mehr schienen darin zu sitzen. Der Rumpf war aus Häuten gemacht, die über einen Holzrahmen gespannt waren, und es ritt auf den Wellen wie ein kleiner Topf, der hin- und herschaukelte. Die Strömung an der Flußmündung trieb es ab, aber dann umrundete es den Hauptarm, und die hereinrollenden Wellen trugen es rasch auf die Küste zu und spotteten der schwächlichen Arbeit der Ruder.

»Achtung!« Die Brandungswellen warfen das Boot pfeilschnell an Land, auf die Felsen zu. Die Männer kämpften mit ihren Rudern gegen diese Gefahr an. Harus Kum brüllte. Es war sein Bruder, der im Bug stand. Mit ausgestreckten Armen rannte er in die Gischt hinein.

Sein Bruder johlte. Er kletterte auf den Bug hinauf, rang einen Augenblick lang mit gebeugten Knien um sein Gleichgewicht und sprang dann hinab, in die geöffneten Arme von Harus Kum.

»Hahha!«

»In Horthas Namen«, schrie sein Bruder, »ich habe schon nicht mehr dran geglaubt, daß ich dich jemals wiedersehen würde!«

Sie umarmten einander. Sie legten einander den Arm um die Schulter und liefen gemeinsam aus der Brandung, während die anderen Männer aus dem Boot sprangen und es durch die letzten Wellenausläufer an Land zogen. Das Boot war hoch beladen mit Säcken voller Waren. Harus Kum machte einen langen Hals.

»Was habt ihr mir denn mitgebracht? Ich hoffe, es ist eine Menge zu essen dabei – ich mag es nicht, auf die Eingeborenen angewiesen zu sein, wenn ich Nahrung brauche.«

Sein Bruder straffte sich und lächelte. Er war kleiner und hatte breitere Schultern als Harus Kum. »Du weißt ja, Getreide können wir dir nicht bringen, es nimmt zuviel Platz weg. Wir haben jedoch andere Sachen – Stoffe, Kupfer. Wie war deine Ausbeute?«

»Recht gut. Ich habe eine neue Ader freigelegt, die sehr ertragreich ist. Du wirst große Reichtümer mit zurücknehmen, wir werden weithin berühmt werden. Du hast wahrscheinlich eine schlimme Fahrt gehabt, wie?«

Sein Bruder ging auf und ab und streckte Beine und Rücken. Der Wind blies ihm Salz gegen die Wangen. »Es war eine schreckliche Überfahrt. Ein Sturm hat uns von der Heimatküste abgetrieben, und wir haben zwei volle Tage kein Land gesehen. Ich dachte, es würde uns hinausreißen. Dann haben wir Möwen gesehen und sind ihnen zur Küste gefolgt.«

Er seufzte, überwältigt von seinen Erinnerungen, und wandte sich dann zielstrebig dem Boot zu.

»Hortha hat unsere Gebete erhört. Wir müssen ihr vergelten, was sie uns gegeben hat.«

Er trat zum Boot, das jetzt auf die Seite gekippt war und glatt und schwarz dalag wie ein Wasserkäfer. In dem spitz zulaufenden Vorderteil hing eine hölzerne Figur, und Harus Kum nahm sie mit ehrfürchtiger Miene ab und rief die anderen Mitglieder der Mannschaft zu sich. Sie versammelten sich um die Figur und küßten sie, und der Bruder hob sie hoch über den Kopf und trug sie mit andächtiger Miene den Strand hinauf und in den Palisadenhof.

Harus Kum folgte ihm. Die Frauen standen wartend an der Tür des großen Hauses, und als sie die Ankömmlinge erblickten, strahlten ihre Gesichter, und sie verbeugten sich und winkten und lachten dabei. Zuerst beachteten die Bootsfahrer sie jedoch nicht. Sie trugen ihre hölzerne Figur ins Haus und legten sie nahe beim Feuer auf den Boden, und alle knieten davor nieder und dankten ihr, weil sie sie aus den entsetzlichen Gefahren des offenen Meeres errettet hatte. Harus Kum holte ein Schüsselchen Schrot und trug es zu der Figur, und sein Bruder setzte es vor deren hölzernem Fuß nieder.

»Sie ist wunderbar«, sagte der Bruder. »Als der Sturm losbrach, glaubte ich, wir würden kentern, doch als ich zu ihr betete, verlieh sie mir neue Kraft und Zuversicht.«

Die anderen murmelten zustimmend. Sie drängten sich um die Holzfigur, berührten sie, sprachen zu ihr, und Harus Kum legte ihr dankbar die Hand auf den Kopf, froh, seinen Bruder bei sich zu haben, auch wenn er kein Getreide mitgebracht hatte.

Jetzt entspannten die Seefahrer sich und verteilten sich im Raum, tranken das Bier, das die Frauen ihnen brachten, und lachten und erzählten einander Geschichten über die Reise, erinnerten einander nun, wo sie in Sicherheit waren, an die Gefahren, die sie hatten durchstehen müssen – Harus Kum konnte sich vorstellen, wie sie in allergrößter Not zueinander gesagt hatten, das sei alles gar nicht so schlimm. Er sah ein paar von ihnen mit der jüngeren Frau in den hinteren Teil des Hauses verschwinden. Er zog seinen Bruder näher ans Feuer heran und setzte sich mit ihm auf die Mauer an der Herdstelle.

»Wie steht es zu Hause?«

»Ach, unverändert. Der Fischfang war den ganzen Sommer über schlecht. Du fischst hier ja nicht.«

»Nicht viel.«

»Vielleicht sollten wir dir Netze und ein paar Haken herbringen.«

Harus Kum machte ein Gesicht, das seinen Bruder zum Lachen brachte. »Du hast doch gesagt, du brauchst mehr zu essen.«

»Ich habe genug. Ich habe Vieh, das mir Fleisch liefert, und die Wilden im Inland bauen Getreide und Bohnen an und machen Käse aus Ziegenmilch, und das alles habe ich in Hülle und Fülle, weil sie Furcht vor mir haben. Sie sind jedoch ein übles Pack, und es gefällt mir überhaupt nicht, daß ich mit ihnen Handel treiben muß. Letztes Mal bin ich gerade noch mit dem Leben davongekommen.«

»Was schlägst du also vor?« fragte sein Bruder. »Wirft diese Mine genug ab, um mehr Menschen hierher zu bringen und die Werkzeuge und Waren herzuschaffen, mit deren Hilfe sie sich hier selbst am Leben erhalten können?«

Harus Kum langte nach seinem Bier. Die Frauen hatten die Gerste den ganzen Nachmittag gemalzt, und der Raum roch würzig nach dem ziehenden Getreide. Er wandte sich wieder seinem Bruder zu.

»Meinst du, der König wäre dafür zu gewinnen?«

»Ich weiß nicht. Wir haben zwar aus diesem Ort schon immer Gewinn gezogen, aber, du weißt ja, es heißt immer, je mehr man in eine Mine hineinsteckt, desto weniger holt man heraus. Und wie du weißt, der König wird immer noch wütend, wenn dein Name fällt.«

»In Horthas Namen«, sagte Harus Kum und rutschte unruhig auf seinem Platz hin und her, »wie lange muß ich denn hier noch leiden? Soll ich mein ganzes Leben an diesem öden Ort verbringen, umgeben nur von Sklaven?«

In diesem Augenblick fiel ein Schatten über den Boden, und er wandte sich um und sah, daß Moloquin schweigend in der Tür stand und auf Anordnungen wartete. Harus Kum winkte ihn mit dem Daumen heran.

»Packt die Kohle in den Lagerraum. Weißt du, wohin sie soll?«

»Ich habe es schon gemacht«, sagte Moloquin und näherte sich dem Feuer.

»Na gut, dann nimm ein paar Sklaven und mach das Boot ebenfalls leer. Paß auf, daß nichts naß wird.«

»Gut.« Moloquin machte kehrt und ging hinaus.

»Wer ist denn das?« fragte Harus Kums Bruder.

»Einer meiner Sklaven«, sagte Harus Kum.

»Ein Sklave!«

»Warum überrascht dich das so? Gibt es hier vielleicht noch jemanden außer mir und den Sklaven?«

»Er kam mir aber gar nicht vor wie ein Sklave. So wie er mit dir geredet hat und wie du mit ihm geredet hast.«

»Ach ja?« Harus Kum blinzelte verblüfft. »Wirklich? Doch ist er tatsächlich ein Sklave, einer von den Wilden, von denen ich gesprochen habe.« Er wandte sich nach Moloquin um, aber der junge Mann war bereits gegangen. Er beschloß, Moloquin gegenüber künftig mehr als Herr aufzutreten.

Nach drei Tagen ungünstiger Winde wurde das Wetter wieder schön, und Harus Kums Bruder und seine Mannschaft beluden ihr Boot mit den Vorräten für die Reise und Säcken voll Zinn, banden ihre hölzerne Figur vorn im Boot fest und ruderten davon. Harus Kum stand am Ufer und beobachtete ihre Abfahrt. Das Boot bäumte sich in der Brandung auf, wälzte sich in das Tal hinter dem Brecher und mühte sich den nächsten Wellenberg hinauf. Auf dem Kamm ragte sein Heck steil in die Luft, und dann glitt es auf der anderen Seite das Wellental hinab und verschwand. Einen Augenblick später tanzte es wieder empor, eine Welle weiter entfernt, und die Ruder krallten sich ins Wasser. Harus Kum stand da und schaute, bis seine Augen vom Salz brannten und das Boot längst außer Sicht war.

Als er sich umdrehte, gebeutelt von Zorn und Heimweh, entdeckte er, daß Moloquin ebenfalls dastand und durch die Gischtfetzen blinzelnd aufs Meer hinaussah. Harus Kum knurrte ihn an: »Hast du nichts zu tun? Ich gebe dir gern Arbeit, wenn du untätig herumstehst.«

Moloquin senkte gefügig den Kopf. Er war jetzt fast so groß wie Harus Kum.

»Wie viele Tage müssen sie reisen?« fragte er.

»Kommt darauf an«, sagte Harus Kum. »Wenn das Wetter gut ist und die Strömungen in Fahrtrichtung laufen – acht Tage oder zehn. Dann gelangen sie an eine sumpfige Küste, die von kleinen Flüssen völlig zernagt ist und an der keine Menschen leben. Unsere Heimat liegt südlich davon auf der anderen Seite der großen Bucht. Unser Dorf ist auf Klippen gebaut, es sieht wunderbar aus, wie es sich über dem Wasser erhebt, wenn man in die Bucht gefahren kommt.«

Er schüttelte den Kopf und scharrte mit den Füßen im Sand. »Ich würde sonst was drum geben, um wieder dortsein zu können.«

»Und weshalb bist du dann nicht dort?« fragte Moloquin.

»Weil ich hier bin«, sagte Harus Kum und war plötzlich wütend. »Weil irgendwer diese Arbeit machen muß, euch dumme Kerle zur Arbeit anhalten und das Zinn schürfen muß. Aber eines Tages, da kannst du sicher sein, kehre ich nach Hause zurück, und dann werde ich wie ein reicher Mann leben und alles haben, was ich mir wünsche – irgendwann.«

Er stapfte den Strand hinauf und vermied dabei die schwarzen gezackten Felsnasen, die überall aus dem Sand ragten. Die Ebbe hatte eingesetzt, die das kleine Boot hinaustragen konnte in die Sicherheit des offenen Meeres, wo es keine Untiefen und keine Felsen gab. Er verzehrte sich danach, endlich selbst wieder ein Boot besteigen zu können. Moloquin folgte ihm immer noch, und er fuhr herum und machte seiner schlechten Laune Luft.

»Was, du glaubst wohl, weil wir jetzt alles losgeworden sind, was wir aus den Minen geholt haben, brauchen wir nichts mehr rauszuholen? Ruf die anderen, wir gehen flußaufwärts, da gibt's noch jede Menge Felsen!«

Diesmal gehorchte Moloquin ihm. Harus Kum starrte seinem Rükken nach, als der junge Mann mit langen Schritten den Strand hinauflief, und mußte sich beherrschen, um ihn nicht zurückzurufen – damit sie zusammen hinaufgehen konnten.

Er war eben einsam, sagte er sich, weil sein Bruder nicht mehr da war.

Doch es war gut, daß er Moloquin hatte. Er stellte interessante Fragen, und er legte seinem Herrn interessante Steine zur Begutachtung vor, und er lernte alles, was Harus Kum ihm beizubringen versuchte – er schluckte Wissen wie die durstige Erde den Regen. Er hatte von Natur aus eine Hand für diese Arbeit. Früher hatte Harus Kum diese Arbeit geliebt. Doch im Lauf der Jahre, die er hier damit verbracht hatte, Sklaven anzutreiben, ohne gleichwertige Gesellschaft und in der Ungewißheit, wann er je nach Hause würde zurückkehren können, war er abgestumpft, und sein Interesse war immer schwächer geworden. Moloquin hatte es wiederbelebt. Er hätte jetzt zu gern die kleine Hütte hinter dem Haus geöffnet, die Feuer angezündet, die Blasebälge gefüllt und diesem jungen Kerl gezeigt, welche Macht in Wirklichkeit in den Steinen steckte. Ihm Gelegenheit gegeben, seinen Herrn zu bewundern.

Er blickte zum Himmel empor, der wolkenlos blau war. Es war Unfug, die guten Tage zu vergeuden. Bald würden die Winterstürme sie ins Haus treiben, und dann würde der Augenblick kommen, um

Moloquin in die Schmiede mitzunehmen. Harus Kum ging ins Lagerhaus, um seine Peitsche zu holen.

Sie zerklopften das Erz zu Körnchen und schleppten es in den Palisadenhof, doch bevor es geschmolzen werden konnte, brach der Winter herein. Ein Sturm nach dem anderen kam über das westliche Meer gefegt; jeder brachte erst einen warmen, wütenden Wind, der von peitschenden Regengüssen begleitet war, dann legte sich der Wind, und es regnete tagelang ununterbrochen. Manchmal hörte der Regen gegen Abend auf, und die niedrigstehende Sonne brach durch, und dann gab es einen Regenbogen, der sich glitzernd zwischen den Wolken erhob.

Nachdem das eine Weile so gegangen war, kam Harus Kum zu Moloquin und sagte: »Ich brauche deine Hilfe. Komm mit.«

Der junge Mann stand schweigend auf und folgte ihm. Sie verließen das große Haus und gingen zu der kleinen Hütte, die dahinter stand, ein gutes Stück von allen anderen Gebäuden entfernt. Harus Kum öffnete die Tür und ließ Moloquin eintreten.

Der Regen schlug auf das Strohdach und rappelte und raschelte wie die Mäuse darin. Harus Kum öffnete ein Fenster auf der anderen Seite des Raumes, damit er besser sehen konnte, und dann nahm er eine große Muschelschale mit Öl und ließ einen Docht hineingleiten. Moloquin stand schweigend an der Tür und blickte sich um.

Die Hütte war klein und rund und vollgestellt mit seltsamen Gegenständen. In der Mitte war ein steinerner Bottich; er war hüfthoch, und auf halber Höhe führte auf der einen Seite ein Rohr hinein. Gleich daneben stand ein anderer riesiger Steinklotz, der fast viereckig zugehauen war und auf einem gewaltigen Baumstumpf ruhte. Harus Kum ging umher, und Augen wie Hände schienen gleichermaßen vertraut mit dieser Hütte, als er auf seine Werkzeuge zuging, die auf einer Bank aufgereiht lagen, und sich unterwegs bückte, um einen Lederbeutel vom Boden aufzuheben.

»Geh und hol mir einen Korb Kohle«, sagte er, als er an Moloquin vorbeikam. Als Moloquin hinausging, blickte er über die Schulter zurück und sah, wie Harus Kum den Lederbeutel an dem Rohr an der Seite des Steinkastens festmachte.

Moloquin kam mit der Kohle zurück, und Harus Kum erteilte ihm weitere Anweisungen. Er machte ein Feuer in dem Steinkasten an und legte nach und nach die Kohle hinein, bis in dem steinernen Bottich eine dicke Schicht Kohle lag, die gut brannte. Unterdessen lief Harus Kum geschäftig im Halbdunkel umher. Einmal ging er hinaus, und

Moloquin hörte ihn am Dach herumstochern. Es knirschte, und als der junge Mann nach oben blickte, war da unmittelbar über dem Steinbottich eine Öffnung im Dach. Ein Regentropfen flog herein und verdampfte zischend auf der Kohle. Harus Kum kam wieder in den Raum.

»Heute will ich nur Messer schärfen«, sagte er.

Er reihte etliche Messer auf dem Rand des Steinbottichs auf, der jetzt rot vom Kohlenfeuer glühte. Moloquin sagte nichts. Er hatte feuchte Hände vor Erregung. Sein Blick folgte seinem Herrn, der zur Bank hinüberging und Werkzeuge holte: In der rechten Hand hatte er einen schweren Holzhammer und in der linken einen langen flachen Stock. Er kehrte ans Feuer zurück, nahm eines der Messer, befestigte es sorgfältig in einem Loch des Stocks und legte die Klinge auf die heiße Kohle.

»Und jetzt . . .«

Er umrundete den Bottich und trat neben Moloquin. Der Lederbeutel hing zwischen ihnen an dem Rohr, das in den Feuerkasten führte. Harus Kum griff den Beutel mit beiden Händen, zog ihn auseinander und drückte ihn zusammen, und Moloquin hörte, wie der Wind aus dem Beutel durch das Rohr in die Kohle gedrückt wurde. Die gelbrote Kohleschicht loderte wild auf und zischte vor Hitze. »Nun pump«, sagte Harus Kum und gab Moloquin den Beutel.

Während Moloquin den Blasebalg betätigte, kehrte Harus Kum auf die andere Seite des Feuerkastens zurück, stieß die Messerklinge ein bißchen tiefer in die Kohle, zog sie heraus, musterte sie, schob sie wieder hinein und griff nach seinem Holzhammer. Er stand jetzt zwischen dem Feuerkasten und dem großen Steinklotz auf dem Baumstumpfsockel, und die Hand mit dem Holzhammer blieb bei dem Steinklotz. Dann nahm er das Messer aus dem Feuer, legte es auf den Stein und schlug mit dem Hammer drauf.

Die Klinge glühte, heiß wie die Kohlen. Moloquin betätigte den Blasebalg mit beiden Händen, aber seine Augen schauten wie gebannt auf die rotglühende Klinge. Er sah, wie sie, wenn der Hammer darauf niederging, nachgab, sich bog und flacher wurde, und beim nächsten Schlag wurde sie noch flacher.

Fast hätte er laut geschrien. Das Metall war steinhart, wenn es kalt war, und nun, wo es erhitzt war, wurde es nachgiebig wie Ton. Als er das erkannte, war ihm, als durchzuckte eine unbekannte Kraft seine Muskeln. Ein neues Wissen erwachte in seinem Kopf. Mit wahrem Feuereifer preßte und preßte er den Lederbeutel, bis die Kohlen weiß waren und vor Hitze flirrten und Harus Kum lachen mußte, einen Schritt zurücktrat und die Hand hob.

»Hör für eine Weile auf, es ist zu heiß.«

»Tut mir leid.« Moloquin trat ebenfalls zurück.

Harus Kum nahm die abkühlende Klinge und warf sie in einen Eimer Wasser zu seinen Füßen. Sie zischte, verfärbte sich dunkel, und eine Dampfwolke stieg auf. Harus Kum befestigte das nächste Messer an dem langen Stock und legte es zum Erhitzen auf die Kohle. Moloquin beobachtete jede Handbewegung des anderen. Die kundigen, zielstrebigen Bewegungen waren schön anzuschauen, jeder Schlag, den er tat, war vollkommen. Er hämmerte die stumpfen Klingen, bis ihre Schneiden schimmerten und so dünn wie Fingernägel waren, und ließ sie dann zum Abkühlen in den Wassereimer fallen. Als alles fertig war, hielt er Moloquin eine der Klingen zur Begutachtung hin.

Sie war so scharf wie ein Steinmesser, lag jedoch viel besser in der Hand. Moloquin seufzte. Er strich mit dem Daumen über die flache Seite der Klinge, ganz überwältigt von ihrer Glätte und ihrem Schimmer, und legte sie gegen die Wange. Harus Kum beobachtete ihn mit einem kleinen Lächeln.

»Na siehst du. Jetzt weißt du, wozu wir uns die viele Arbeit machen.«

Moloquin legte die Klinge auf den Stein nieder, wo sie gehämmert worden war. Er dachte an Ladon, wie der aufgeblasen mit seinen Perlen daherkam und keine Ahnung hatte von der Macht, in die er sich hüllte. Wie er über seinen Bemühungen, besonders klug zu sein, dumm geworden war.

Er dachte an Ladons Bauch. An das Messer, das jenen fetten Bauch durchbohrte.

»Und jetzt . . .«, sagte Harus Kum, und seine durchdringende Stimme riß Moloquin aus seinen Gedanken. Er legte den Hammer und den Stock auf den flachen Stein nieder und ging in den Hintergrund der Hütte. Als er wieder zurückkam, hatte er eine steinerne Schüssel und einen der schimmernden Metallblöcke, die sein Bruder ihm mitgebracht hatte, in den Händen.

»Das ist Kupfer«, erklärte er. »Man findet hier zwar welches, aber nicht genug, um es abzubauen – jedenfalls habe ich nicht soviel gefunden.«

Er setzte die Steinschüssel auf die Kohlen und ließ den Kupferblock hineinfallen. Währenddessen sprach er.

»Kupfer findet man in Erzen, die grün sind oder blau, sehr hübsch. Anfangs, so denke ich mir, benutzten die Menschen es, weil es so hübsch war, um Töpfe damit zu bemalen, und so haben sie herausgefunden, daß solche Erze schmelzen, wenn man sie erhitzt, und dann flüssig sind wie Wasser und in jede Form gebracht werden können.«

Moloquin sagte: »Ah ...«, nicht vor Überraschung, sondern vor Freude.

»Kupfer ist jedoch weich. Eine Schneide läßt sich daraus nicht machen, und es hält auch keine große Belastung aus. Also ...«

Er nahm einen Beutel Zinnkörner und schüttete sie auf das Kupfer.

». . . mischt man beide, und sie ergeben Bronze.«

Das Kupfer schmolz bereits. Auf der Oberfläche schwammen dunkle Flecken. Das Licht brach sich in zarten Farben auf der schimmernden Flüssigkeit. Harus Kum beugte sich vor, um es anzuschauen, rührte ein bißchen mit seinem Stock darin herum, und das weiche Glühen erleuchtete sein Gesicht wie eine Maske.

»Bleib an den Blasebälgen.«

Moloquin betätigte die Lederpumpe. Harus Kum ging in der Hütte umher und legte die erkalteten Messer aus und steckte ihnen die Griffe wieder auf. Er summte vor sich hin, während er damit beschäftigt war. Das hatte Moloquin bei ihm noch nie erlebt, und er schien tatsächlich glücklicher zu sein, als er ihn je gesehen hatte. In der Steinschüssel zerschmolz das Kupfer zu einer leuchtenden Suppe. Moloquin war völlig in seinen Anblick versunken. Sein ganzes Leben lang hatte er im Kampf mit der Welt verbracht, und die Welt hatte sich um ihn gestellt und ihn eingeschnürt, wie es ihrem Gang entsprach. Und nun, in der Steinschüssel, war die Erde selbst einfach nur ein Stoff, der sich formen ließ, wie es ihm gefiel. Er lächelte auf das willfährige Kupfer hinab.

Als es gänzlich geschmolzen war, holte Harus Kum ein breites, dikkes Tablett aus gebranntem Ton, das er auf den rechteckigen Amboßstein stellte. In die Oberfläche des Tabletts waren vier lange, regelmäßig geformte Höhlungen gekerbt. Der Herr goß die heiße Bronze in das Tontablett, und das geschmolzene Metall lief in die Höhlungen und blieb dort sanft glühend liegen.

»Die kühlen jetzt aus«, sagte Harus Kum und setzte den kleinen Schmelztiegel auf dem Rand des Feuerkastens nieder. »Scharr das Feuer zu. Morgen machen wir die Axt zurecht, und du kannst vielleicht ein bißchen daran arbeiten.«

Moloquin vergrub das Feuer unter seiner Asche, und sie deckten den Kasten mit einem Steindeckel zu. Harus Kum ging wieder in der Schmiede umher und machte sich an seinen Werkzeugen zu schaffen. Der Regen klatschte durch das Abzugsloch, schlug auf den Deckel des Feuerkastens, sprang zischend in die Luft. Moloquin stand mit leeren

Händen und beobachtete seinen Herrn dabei, wie er in seinen Sachen herumkramte. Er vermutete, daß Harus Kum sich nur ungern von diesem Ort trennte, und er wußte auch, weshalb: Ihm wohnte eine Macht inne, die alles überstieg, wovon die Folc auch nur zu träumen wagten. Moloquin füllte sich die Lungen mit Luft: ein Blasebalg für das Feuer in seinem Kopf. Harus Kum ging an ihm vorbei zur Tür, und die beiden Männer verließen die Schmiede.

Ap Min sagte: »Findest du nicht, daß er gut aussieht?«

Die ältere Frau grunzte. Sie sagte nie sehr viel; sie tat ihre Arbeit mit gesenktem Kopf, aß, was Harus Kum ihr gab, schlief an dem Platz, den er ihr zuwies, und stand am Morgen auf, um weiterzuarbeiten. Heute brauten sie Bier; zuerst hatten sie die Gerste gemalzt, die Harus Kum vom Inland mitgebracht hatte. Dazu hatten sie das Korn in flachen Körben ausgebreitet und es benetzt, bis es zu sprießen angefangen hatte, und nun kochten sie es in einem großen Wasserbottich. Dunkel und von bitterem Geruch, gab es Ap Mins Rührschaufel träge nach und ließ ein sanftes Murmeln hören, eine leise plätschernde Musik.

»Findest du nicht, daß er gut aussieht?«

Die ältere Frau sagte mit ihrer barschen, selten gebrauchten Stimme: »Er ist ein Mann.«

»Er ist freundlich zu mir.«

»Er will etwas.«

Ap Min schüttelte den Kopf. Moloquin wollte nichts von ihr. Er nahm nur Notiz von ihr, wenn sie unmittelbar vor ihm stand. Dann lächelte er und sagte ihr irgendeine Freundlichkeit, nicht um etwas dafür zu bekommen, nicht um zu einem Ziel zu kommen, sondern einfach nur, weil sie da war.

Das war für sie daran so erstaunlich. Für die anderen war sie nur ein Ding, das man benutzte. Moloquin schaute sie an und suchte ihren Blick und lächelte, so wie Männer einander anlächelten, um Freundschaft miteinander zu schließen.

Sie lehnte sich gegen den Bottich, rührte, und das Bier sang ihr etwas vor.

Die Kante des Bottichs drückte gegen ihren Bauch; etwas Hartes und Rundes in ihrem Bauch drückte seinerseits gegen den Bottich. Dasselbe hatte sie schon einmal gefühlt. Damals hatte Harus Kum ihr ein Gebräu gegeben, das nach Polei stank, und sie war sehr krank geworden, und nach dreitägiger Pein hatte ihr Körper einen winzigen verschrumpelten Leichnam freigegeben, der abstoßend häßlich war, und Harus

Kum hatte ihn ins Feuer der Schmiede geworfen und gesagt, das bringe Glück.

Ihr graute vor diesem Gebräu; ihr graute vor dem entsetzlichen Leichnam. Sie gab sich lieber wieder ihren Tagträumen von Moloquin hin.

»Meinst du, Harus Kum würde seine Sklaven heiraten lassen?«

Die ältere Frau hustete und lachte gleichzeitig, sagte jedoch nichts, erklärte es nicht für ausgeschlossen. Ap Min zog die Rührschaufel in weitem Bogen durch das junge Bier.

Hems kam herein; sein Haar war naß vom Regen, und er schleppte einen Korb gemalzte Gerste auf der Schulter. Er trat neben den Bottich und kippte das Getreide hinein. Er stellte sich dicht neben Ap Min, bewegte sich seitwärts und tat so, als sähe er sie nicht, bis er sich auf einmal an ihr rieb. Er lachte. Er blickte auf sie hinab und lächelte sie an, und sein Arm stupste gegen ihre Brust.

»Geh weg«, sagte sie hochmütig, obwohl sie Hems gern hatte. Er lächelte ihr immer zu wie Moloquin, doch wollte er etwas von ihr, und das war der Grund für sein Lächeln.

»Komm, wir gucken zu, wie Moloquin im Regen Holz hackt«, sagte er.

Sie richtete sich auf, ließ die Rührschaufel los, und die ältere Frau fing den Stiel auf und legte die Rührschaufel auf den Rand des Bottichs. »Geh schon«, sagte sie und schnaubte verächtlich.

Ap Min eilte zur Tür, Hems neben sich. Er ließ den Arm um ihre Taille gleiten und tätschelte ihre Brust. Sie schlug ihm auf die Finger, aber nicht, weil sie wirklich wollte, daß er aufhörte. Es war ein Spiel, Teil des Spieles zwischen ihnen, etwas, das auf seine Weise ebenso tröstlich war wie Moloquins Lächeln, wenn er sie erblickte. Hems liebkoste sie, wann immer er konnte, doch er nahm sie nie. Sie fragte sich, ob er sie wirklich wollte. Vielleicht gefiel ihm ja bloß das Spiel. Sie trat auf die Schwelle.

Der Regen strömte vom Himmel herab. Der Hof war halb verschwunden unter Pfützen, auf die die Tropfen niederprasselten, und inmitten von Schlamm und Wasser stand Moloquin, einen Holzkloben vor sich und eine Axt in der Hand.

Er schlug zwei-, dreimal auf das Holz ein, dann richtete er sich auf und ließ die Axt sinken. »Das klappt nicht«, sagte er über die Schulter.

Er sprach nicht mit den beiden in der Türöffnung, sondern mit Harus Kum, der im Schutz des Dachvorsprungs unmittelbar an der

Hausecke stand und ihm zusah. Er sagte: »Na schön, dann bring sie wieder rein, wir versuchen etwas anderes.« Seine Stimme klang gepreßt vor Enttäuschung. Moloquin schwang sich die Axt über die Schulter, und diese Geste sah so mühelos und so anmutig aus, daß Ap Min seufzte, als er hinter seinem Herrn auf die Schmiede zuging.

Hems drückte sie an sich. Er sagte ihr ins Ohr: »Wenn du nicht arbeiten mußt, könnten wir irgendwo hingehen.«

Das sagte er oft. Sie mußte aber immer arbeiten, wie er sehr wohl wußte, und es gab auch keinen Platz, wo sie hingehen konnten. Sie schüttelte ihn halb lachend, halb ärgerlich ab und kehrte zum Bierbottich zurück.

Mit jedem Schlag des Holzhammers wurde die Spitze der Bronzestange ein bißchen flacher. Er konnte sie mehr oder weniger flach hämmern, indem er stärker oder schwächer draufschlug. Das Metall trug den Abdruck des Hammers in Gestalt des Gesprenkels, das seine ganze Oberfläche bedeckte. Er hielt die Stange mit Hilfe eines Stockes, der ein Loch hatte, und wenn er den Hammer hob und ihn wieder fallen ließ, war das so, als mache er etwas wieder ganz, als vollende er einen Kreis. Sein Körper und die Bronzestange und der Holzhammer bildeten eine kleine Welt, eine Sphäre, die im Zeichen eines einzigen Zieles stand. Er wußte, er liebte Bronze.

Verdrießlich sagte Harus Kum: »Ich habe sowieso nicht geglaubt, daß das klappen könnte.«

Er zog den Überzug aus Bronze ab, mit dem sie die Axt umkleidet hatten. Fast den ganzen Winter über hatten sie versucht, eine Axt aus Bronze herzustellen, deren Klinge sich nicht verbog, und sie hatten alles mögliche ausprobiert und waren immer gescheitert.

»Und was machen wir jetzt?« fragte Moloquin.

»Ich habe da etwas . . .«

Der Herr stand auf, warf die Bronzeschnipsel zu Boden und lehnte die Axt gegen die Wand. »Bronze ist etwas Schönes«, sagte er, »es lassen sich schöne Sachen daraus machen, und vielleicht möchte sie ja nichts anderes. Vielleicht hat der Dämon ja etwas dagegen, für gemeine Zwecke verwendet zu werden. Vielleicht ist ja nur Stein roh und schlicht genug für so niedrige Dinge wie Werkzeuge.«

Moloquin legte die Bronzestange zurück ins Feuer und trat an den Blasebalg. Er wandte dabei Harus Kum das Gesicht zu, um ihn zum Sprechen zu ermuntern. Er hatte schon viel über Metalle gelernt, indem er Harus Kum einfach reden ließ und zuhörte. Jetzt schlenderte sein Herr in der Schmiede umher und blickte dabei in die kleinen Fächer und Nischen in den Wänden.

Er sagte: »Ich habe hier irgendwo noch ein anderes Erz, eines, das vielleicht tauglich sein könnte.«

»Mehr Zinn«, sagte Moloquin.

»Wenn das so einfach wäre! Erinnere dich, ich habe dir doch gezeigt, was passiert, wenn man versucht, reines Kupfer zu gießen.«

Moloquin nickte. Sie hatten ein wenig Kupfer geschmolzen und es ausgegossen, doch das Metall wollte nicht gleichmäßig fließen, und die erkalteten Abgüsse waren voller Löcher und ließen sich nicht weiterbearbeiten, sondern zerbrachen.

»So fügen wir also Zinn hinzu, und dann fließt es glatt und kühlt gleichmäßig ab, aber je mehr Zinn man dem Kupfer hinzufügt, desto spröder wird es, und am Ende läßt es sich überhaupt nicht mehr schmieden.«

Moloquin drückte die Blasebälge zusammen und schaute zu, wie die Bronzestange erglühte. Das war etwas so Schönes – man nahm leblose Erde und verwandelte sie in etwas Glänzendes, Hartes, das seinem Herrn auf anmutige Weise zu Willen war. Vielleicht genügte das ja, war das schon seine ganze Tugend; vielleicht hatte Harus Kum ja recht.

Doch als er die Bronze betrachtete, machte sich in seinem Innern ebenfalls etwas Hartes, Glänzendes bemerkbar, und es wollte sich nicht beugen. Er dachte: Ich mache eine Axt, und die Axt wird mich wieder nach Hause bringen.

Nun war Harus Kum ans Feuer zurückgekehrt. Er hatte einen kleinen Lederbeutel in der Hand, den er umstülpte, um ein paar Steinchen und etwas Staub auf den Amboß fallen zu lassen.

»Arsenik«, sagte er, »schwer zu kriegen, schwierig zu verwenden. Wir werden dem Kupfer ein bißchen davon hinzufügen und dann mal sehen, was passiert.«

Dieses neue Metall war weich und schimmerte. Moloquin streckte die Hand aus, um es anzufassen, und Harus Kum schlug ihm den Arm hinunter.

»Nein. Du darfst damit nur so umgehen, wie ich es dir zeige. Das ist ein schlimmes Zeug, es kann dich umbringen.«

Mit einem flachen Stöckchen schaufelte er das Arsenik in einen Tontiegel und warf danach die Kupferstücke hinein, mit der sie die Steinaxt umkleidet hatten. Mit Hilfe von zwei Stöcken setzten sie den Schmelztiegel ins Feuer, und Moloquin begann, den Blasebalg zu betätigen.

Harus Kum sagte: »Mein Bruder hat mir erzählt, die Händler aus dem Osten hätten diesmal – sie kommen im Frühling ...«

»Wo kommen sie denn her?« fragte Moloquin rasch.

»Übers Wasser. Sie kommen im Frühling und kaufen unsere Metalle, doch diesmal hätten sie von einem anderen Metall geredet. Sie waren auf dieses Metall versessener als auf Zinn und Kupfer, fast so sehr wie auf Gold, das so selten ist, daß ich selbst nur ein paar Gegenstände daraus gesehen habe. Doch wir haben das nicht, weder Gold noch das andere Metall, dessen Namen ich vergessen habe.«

Im Schmelztiegel verflüssigte sich das Kupfer und glühte rot. Moloquin beugte sich darüber, unwiderstehlich angezogen von den schimmernden Farben. Es gab nichts Herrlicheres als dieses Geschenk der Erde.

Er sagte träumerisch: »Der Baum macht die Axt stumpf. Holz macht ein Messer stumpf. Aber Fleisch – das nachgibt, so weich, wie es ist ...«

Harus Kum lachte bellend auf. »Bronze tötet, wieder und wieder.«

Moloquin lächelte in den Schmelztiegel hinab; er meinte, den Dämon des Metalls in den fließenden Bewegungen des geschmolzenen Kupfers zu erkennen.

»Du willst Ladon töten, habe ich recht?«

Moloquin brachte es nicht über sich, mit Harus Kum darüber zu sprechen. Das war etwas völlig anderes als sein Leben mit Harus Kum. Er schaute zu, wie die letzte kühle Ecke des Metalls in der Flüssigkeit versank.

»Sei nicht närrisch«, sagte Harus Kum. »Vergiß Ladon. Vergiß diese Leute. Du gehörst jetzt mir. Hier gehörst du her. Du hast die Hände und das Herz für diese Arbeit, und ich habe vor, dir alles beizubringen, was ich darüber weiß. Doch du wirst auf ewig mir gehören. Du wirst niemals zu deinem Volk zurückkehren.«

Moloquin hob den Kopf, sagte jedoch nichts. Von einem plötzlichen Schmerz gepackt, so als zerbräche sein Herz in zwei Stücke, sah er das Leben vor sich, das Harus Kum ihm geschildert hatte. Er dachte an Karella: Was sie wohl dachte? Ob sie glaubte, daß er tot war? Erinnerte sie sich überhaupt noch an ihn? Seine Gedanken eilten zu dem Augenblick zurück, als er das letztemal mit ihr gesprochen hatte. Schmerzlich sehnte er sich nach ihr. Hier gab es keine Geschichten, wie es dort keine Bronze gab. Sein Herz war gespalten. Grimmig senkte er den Blick auf das schimmernde Zeug in dem Schmelztiegel.

Moloquin wachte vor dem Morgengrauen auf. Er konnte den Regen auf das Strohdach fallen hören und das Schnarchen der anderen Sklaven um ihn herum. Das Haus war dunkel bis auf das Feuer, von dem noch ein schwaches rotes Glühen ausging. Leise, ohne Hems zu stören, der neben ihm lag, stand er auf und ging zur Tür.

Gerade als er dort angelangt war, öffnete sie sich. Er trat rasch zurück, der Atem stockte ihm, und er erwartete Harus Kum, doch es war Ap Min, die ins Haus kam. Sie sah bleich aus und hatte die Arme über die Wölbung ihres Bauches gelegt. Sie bedachte ihn mit einem überraschten Blick, und er trat zur Seite, um sie hereinzulassen, doch statt einzutreten, blieb sie vor ihm stehen und versperrte ihm den Weg. »Wo gehst du denn hin?«

»Raus«, sagte er.

»Geh nicht weg«, sagte sie lauter, und er blickte rasch zurück, um zu sehen, ob sie jemanden aufgeweckt hatte. Sein Herz jagte, er blickte sie erneut an, wie sie ihm da den Weg versperrte, und legte die Hand auf ihren Arm.

»Ich muß Wasser lassen«, sagte er und schob sie sanft beiseite.

»Moloquin«, sagte sie, »Moloquin, laß mich nicht hier zurück.«

Er sah sie verblüfft an und fragte sich, was sie damit meinen mochte, fragte sich auch, ob sie wohl wußte, was er vorhatte, erwiderte jedoch nichts und trat durch die Tür in den Hof hinaus.

Da aber pißte er nicht hin. Er ging auf den Palisadenzaun zu, kletterte hinüber und entfernte sich nach Osten, flußaufwärts. Ehe er die Minen erreicht hatte, bog er ab, kletterte die steile, bröckelige Böschung hinauf und ging in den Wald hinein.

Er wußte nicht, ob er nach Hause ging oder nicht. Er hatte Hems zwar versprochen, ihn mitzunehmen, wenn er ging, doch Hems fühlte sich hier mittlerweile ziemlich wohl, genauso wohl, wie er sich bei seinem Volk fühlen würde, oder jedenfalls redete Moloquin sich das ein, während er sich immer weiter von Hems entfernte. Von Harus Kum und von der Bronze.

Er lief weiter durch den Wald. Die Bäume wurden immer dichter; der Regen tropfte und rauschte um ihn herum, so daß der ganze Wald bebte. Wie gewöhnlich aß er, was er am Weg fand, Schnecken und Larven und Lilienzwiebeln, und seine Zunge sagte ihm, was er zu erfahren fürchtete, nämlich daß der Frühling zu Ende ging und der Sommer kam und die Folc sich bald an den Wenden-des-Jahres versammeln würden.

Er hatte Hems versprochen, ihn dort hinzubringen. Harus Kum

hatte dort ebenfalls zu tun, aber Harus Kum, vermutete er, würde die Versammlung dieses Jahr meiden, nach der Erfahrung des Vorjahres. Während er ging und der Regen ihm über die nackten Schultern und die Brust floß und ihm das Haar an den Schädel klebte, spielte er mit dem Gedanken, zur Versammlung zu gehen und Harus Kums Arbeit für ihn zu übernehmen.

Das würde allerdings bedeuten, daß er Ladon gegenübertreten mußte.

Wenn er an Ladon dachte, geriet sein Blut in Wallung. Es juckte ihn in den Fingern, jenen fetten, lächerlichen Hals zu packen.

Er dachte auch an Karella, an ihre Freude, wenn er zurückkäme. Ausnahmsweise hätte er einmal ihr Geschichten zu erzählen. Er würde ihr erzählen, daß er den geborstenen Rand des Mühlsteins gesehen hatte. Sie wußte ja bereits von ihm, die Geschichten hatten ihr dieses Wissen verliehen, obwohl sie ihn niemals selbst gesehen hatte. Das beeindruckte ihn immer noch, daß bloße Worte – Geräusche und Luft – eine solche Last tragen konnten, daß die ganze Welt in einem Atemzug enthalten war.

Er hatte die Wahl. Nach Osten zu gehen zu seinem Volk, wo die Worte waren, oder nach Westen, zu Harus Kum, wo die Bronze war.

Er sehnte sich danach, den Hammer wieder in der Hand zu halten, auf die Bronzestange auf dem Amboß zu hämmern. Was das für eine Macht war! Selbst die Männer, die Steine zu Werkzeugen meißelten, hatten keine solche Macht. Ein Mann, der Stein bearbeitete, mußte genau auf die richtige Stelle schlagen, sonst zerbarst der ganze Flintstein. Die Form lag bereits in der Flintknolle, und der Mensch legte sie mit seinen Schlägen bloß. Die Bronze hingegen würde all das sein, was er wünschte. Wenn er nur seine Stärke und seinen Willen und seinen Verstand einsetzte, konnte er sie uneingeschränkt beherrschen.

Um ihn herum erwärmte sich der ganze riesige, triefende Wald, sobald die Sonne aufging. Vögel zwitscherten in den Wipfeln, und er kletterte auf eine gespaltene Fichte, in die der Blitz eingeschlagen hatte, und fand ein Nest und aß die Eier. Das Harz klebte ihm in schwarzen Streifen an den Händen. Als er über den Fluß wollte, kniete er am Wasser nieder und versuchte, seine Hände sauberzuscheuern, doch das Harz ging nicht ab, obwohl er die Hände gegen den körnigen Sand des Flußbettes rieb.

Er blieb am Fluß, schrubbte immer wieder einmal an seinen Händen herum und ließ seinen Gedanken freien Lauf. Die Wahl, die er hatte, quälte ihn. Er sagte sich, wenn er diesen Fluß überquerte, würde er den ganzen Weg zu Karella zurückgehen, wenn er jedoch hierbliebe, an diesem Ufer, würde er zu Harus Kum zurückkehren. Der Wald wurde immer heller. Er saß und rührte sich kaum, und so wurden die Vögel immer kühner. Sie hüpften von Ast zu Ast und riefen einander schrille Laute zu, und ein Eichhörnchen rannte ganz in seiner Nähe einen Baumstamm hinunter und machte sich am Waldboden auf die Suche nach Nahrung.

Der Tag verging. Dreimal schien seine Entscheidung festzustehen, und er stand auf, um den Fluß zu überqueren, und dreimal wollten seine Füße ihn nicht auf die andere Seite tragen. Der Gedanke an Hems nagte an ihm. Wenn er nach Hause ging, würde er Hems vielleicht nie wiedersehen, aber sein Freund würde ihm das nicht vergessen; sein Freund würde immer daran denken müssen, daß Moloquin ihn allein zurückgelassen, sein Versprechen gebrochen und ihn bei Harus Kum gelassen hatte, und Moloquin würde es ebenfalls wissen. Als der Nachmittag zu Ende ging, stand Moloquin auf, wandte sich nach Westen und lief zu Harus Kums Palisadenhof zurück.

Die Männer waren dabei, eines der Rinder zu schlachten. Die Sklaven hatten sie schreiend und mit den Armen wedelnd in die Schlucht getrieben, und dort trennten sie eine Färse von den anderen. Ap Min stand im Hoftor und beobachtete, wie die Männer das Tier an dem Strick, den sie ihm um den Hals gelegt hatten, flußabwärts zerrten. Es sträubte sich mit gespreizten Beinen und riß mit den Hufen den Boden auf; hinter ihm ging Harus Kum, der ihm unaufhörlich die Peitsche gab.

Hems entfernte sich von den anderen Männern und lief zu Ap Min hinüber. »Ist er zurückgekommen?«

Sie schüttelte den Kopf. Sie vermochte nicht, Moloquins Namen auszusprechen.

Hems sagte mit zitternder Stimme: »Er kommt bestimmt wieder.«

Er umfaßte ihre Taille und legte plötzlich den Kopf an ihre Schulter. Sie wandte sich ihm zu, die Wange an sein Haar geschmiegt. Vom Fluß drang ein hohes Blöken herauf.

Sie setzte sich nieder, zog Hems zu sich hinab und tröstete ihn. Sie legte den Arm um ihn und drückte ihn an sich – falls Moloquin nicht wiederkäme, hätte sie immerhin noch diesen hier. Sie strich ihm übers Haar und murmelte ihm tröstliche Worte ins Ohr.

So saßen sie aneinandergeschmiegt, als Harus Kum vom Flußtal heraufkam. Hände und Ärmel waren blutbeschmiert. Ap Min stand auf, um ihn durchs Tor zu lassen, und er blieb stehen und blickte stirnrunzelnd auf sie hinab.

»Du wirst schon wieder dick, Ap Min!« Er legte ihr unsanft die Hand auf den Bauch. »Ich mach' dir das Zeug zum Trinken zurecht, dann haben wir dich bald wieder dünn.«

Sie erstarrte. Auf einmal schien alles um sie herum, die Palisaden und selbst Hems, weit, weit weg zu sein, und sie war allein mit Harus Kum. Sie blickte zu ihm auf.

»Nein – bitte nicht!«

»Du nützt mir nichts, wenn ich dich nicht kuriere. Es geht aber nicht sofort. Du kannst eine Weile machen, was du willst, ich muß erst die Kräuter zusammensuchen.«

Er ging weg. Sie sank zu Boden, als versagten die Beine ihr den Dienst, und wandte das Gesicht dem Palisadenzaun zu. Hems hob den Kopf und starrte sie an.

»Er wird mein Kind umbringen«, sagte sie, »und mich auch.« Dann verbarg sie das Gesicht in ihren Händen.

Hems rückte näher an sie heran und legte die Arme um sie. Sie lehnte den Kopf an seine Schulter und weinte.

Bei Sonnenuntergang gingen sie alle ins Haus. Sogar Ap Min, die den ganzen Tag in der Toröffnung des Zaunes gesessen und nach Moloquin Ausschau gehalten hatte, gab ihren Wachposten auf. Sie hatten an der Herdstelle ein großes Feuer angemacht und brieten frisches Fleisch darüber, und das ganze Haus war von köstlichen Düften durchzogen. Harus Kum säbelte sich einen Brocken ab und setzte sich zum Essen nieder, doch das Fleisch wollte ihm nicht schmecken; es verwandelte sich ihm auf der Zunge zu Asche.

Er sagte sich, daß er Moloquin gar nicht brauche. Er brauchte niemanden. Hatte er sich nicht gegen den König erhoben, als niemand sonst es gewagt hatte? Und dann war er hierhergekommen und hatte all die Jahre allein hier gelebt, ganz allein, und hatte niemanden gebraucht. Doch seine Gedanken kehrten immer wieder zu Moloquin zurück, und jedesmal, wenn jemand über die Schwelle trat, wandte er den Kopf, um zu sehen, wer hereinkam, und seine Ohren lauschten auf die Stimme dessen, der weggegangen war. Endlich stand er wütend auf, verließ das Haus, obwohl die Sonne bereits untergegangen war, und ging zur Schmiede.

Der Geruch von kaltem Metall empfing ihn. Die Hütte war unangenehm feucht vom Regen. Er zündete die Lampe an und scharrte in der

Kohle des Feuerbeckens umher, und während er damit beschäftigt war, ging die Tür auf, und Moloquin trat ein.

Harus Kum fuhr ihm entgegen und hätte am liebsten gleichzeitig geschrien, gelacht, ihn begrüßt und ihn bestraft, und so tat er schließlich nichts von alledem. Moloquin hielt den Kopf ein wenig gesenkt; er sah seinen Herrn aus dem Augenwinkel an, trat an ihm vorbei und nahm die Griffe des Blasebalgs in die Hand.

»Ist es jetzt zu spät zum Arbeiten?«

Harus Kum zuckte die Achseln. Es kostete ihn Mühe, die Genugtuung nicht zu verraten, die ihn erfüllte. Er hatte einen Sieg errungen; er wußte, jetzt besaß er Moloquin auf alle Zeiten. Gewaltsam unterdrückte er seine Freude. Er wandte sich den Werkzeugen an der Wand zu, griff nach Hammer und Zange. Er sagte: »Dann wollen wir mal sehen, was sich mit diesem Stück Bronze anfangen läßt.« Seine Stimme bebte. Er mied Moloquins Blick, verbarg das Lächeln, das um seine Lippen zuckte, und beugte sich über seine Arbeit.

Diesmal war es anders.

Sie hatten Kupfer und Arsenik und Zinn im Schmelztiegel miteinander vermischt und gossen das Metall zu einer Stange. Als es zu erkalten anfing, erhitzten sie es abermals in der Esse und begannen dann, es mit dem Schmiedehammer zu bearbeiten. Harus Kum versuchte es zuerst, und er hatte noch keine drei Schläge getan, als er kopfschüttelnd vom Amboß zurücktrat.

»Es ist zu hart. Es gibt nicht nach.«

»Laß mich versuchen«, sagte Moloquin.

»Es ist zu hart. Wir müssen mehr Zinn zusetzen.«

»Laß mich erst versuchen.«

»Dann versuch es, du Narr, du wirst schon sehen.«

Moloquin nahm den Hammer in die Hand und legte das Metallstück auf den Amboß. Er sammelte seine Kräfte, und der Hammer schwang in seinem Griff empor und schlug nieder, und die ganze Schmiede dröhnte von seinem Schlag. Harus Kum trat an den Blasebalg, um das Feuer heiß zu halten, und beim nächsten Hammerschlag standen ihm die Haare zu Berge. Er hatte das Gefühl, das Metall im Hammer singen zu hören.

Im Haus schliefen die anderen den Schlaf dumpfer Tiere. In der Schmiede kämpften die beiden Männer mit der Bronze.

»Kommt es?« schrie Harus Kum.

»Ich spüre es«, sagte Moloquin, und er stieß die Bronze ins Feuer.

Harus Kum pumpte Luft in den Feuerkasten und beugte sich vor. Die Bronze lag in den Kohlen, nahm die Hitze auf, und ihr satter Schimmer verblaßte. Sie war zwar immer noch klobig, doch nahm sie langsam Gestalt an: ein breiter Keil, eine leuchtende Oberfläche, und jetzt schon war der Umriß so ebenmäßig, der Schwung der Form so ausgeprägt, daß Harus Kum bei seinem Anblick frohlockte. Er spuckte ins Feuer.

»Du wirst bald Fleisch zu fressen kriegen«, schrie er in die Esse. »Mach weiter, Moloquin, mach weiter!«

Moloquin hob das glühende Metall empor und legte es auf den Amboß, und dann trat er mit erhobenem Hammer zurück und ließ ihn mit aller Kraft auf das Metall niederfallen. Harus Kum schaute hingerissen zu. Er sah etwas auf dem Amboß entstehen, etwas, das mehr war als nur eine Axt. Er sah darin Leben und Schönheit.

Das Metall war jedoch stark und starrsinnig; es ergab sich nicht so ohne weiteres. Selbst Moloquins Kraft konnte es nicht gänzlich zähmen. Als es abkühlte und wieder stumpf wurde und der Mann mit dem Hammer keuchend darübergebeugt stand, empfand Harus Kum auch Freude darüber, daß das Metall rebellisch widerstand.

»Noch mal«, sagte Moloquin, obwohl ihm die Ermüdung anzumerken war. Er legte das Bronzestück in das Feuerbett, und Harus Kum peitschte die Kohlen zur Weißglut.

Er dachte: Das könnte ein Meisterwerk werden, und wenn das so ist . . .

Der König liebte nichts so sehr wie großartige Waffen.

Moloquin nahm abermals das Stück Bronze hoch und legte es auf den Amboß. Er griff nach dem Hammer. Harus Kum beobachtete ihn eindringlich. Er sah, wie sein Schüler den Hammer packte, wieder und wieder die Finger beugte, weil er mit seinem Griff nicht zufrieden war. Er sah, wie Moloquin seine ganze Kraft anspannte und den Hammer hob, und in diesem Augenblick stürzte er auf ihn zu und umklammerte seinen Arm.

»Nein! Hör auf – du bist zu müde.«

»Ich kann es schaffen«, sagte Moloquin.

»Du kannst es vielleicht versuchen, aber du darfst es nicht. Wenn du irgendwelche Schwäche in dir hast, wenn du die Axt formst, wird sie darunter leiden. Schau her – siehst du nicht, was ich meine?« Harus Kum nahm ihm die Zange weg und trug die halbfertige Axt zum Glutbett hinüber. »Es geht darum, daß wir sie jetzt nicht verderben dürfen. Wir werden morgen an ihr weiterarbeiten.«

Moloquin stützte sich auf den Amboß. Er schien vor Erschöpfung gealtert. Sein Blick folgte der Axt vom Amboß zum Feuer, vom Feuer zu dem Zuber mit Wasser, in den Harus Kum sie tat. Er sagte: »Ich kann nicht bis morgen warten.«

Harus Kum lachte. Er hieb seinem Schüler kräftig auf die Schulter. »Nur Geduld. Gutes braucht seine Zeit. Jetzt wollen wir erst mal was essen – es ist reichlich frisches Fleisch da, und die anderen werden froh sein, daß du wieder da bist.«

Er warf Moloquin einen raschen Blick zu, als fürchte er, das Eingeständnis, daß der junge Mann weggewesen war, könnte es ihm erleichtern, erneut zu verschwinden. Moloquin hielt den Kopf gesenkt. Er war erschöpft. Das lockige schwarze Haar verhüllte seine Wangen. Harus Kum dachte: Er hätte weggehen können, doch er ist wiedergekommen. Jetzt gehört er mir, auf alle Zeiten. Wie ein König, der seinen Gefangenen wegführt, so nahm er Moloquin beim Arm und führte ihn triumphierend zum Haus.

***

Am Morgen, als Ap Min ihm Bier brachte, bemerkte Harus Kum erneut, wie weit ihre Schwangerschaft schon fortgeschritten war; ihr Bauch war grotesk geschwollen, sie war häßlich und nicht mehr begehrenswert. Da er wie gewöhnlich mit steifem Penis erwacht war, hätte er sie gern gehabt, doch die alte Warnung seines Volkes, daß man keiner Schwangeren beiwohnen sollte, hielt ihn davon ab, und er beschloß statt dessen, die Sache aus der Welt zu schaffen. Er stand auf, zog sich an und ging ins Vorratshaus, um Polei zu suchen.

Als das Gebräu genügend gezogen hatte, brachte er es ihr. Sie kniete gerade hinten im Haus vor einem steinernen Trog und zerstieß Getreide mit einem Mörser.

»Du solltest mir so was sagen, sobald du es weißt«, sagte er. »Dann kann man es kurz und schmerzlos wieder loswerden. So aber wirst du einiges mehr auszustehen haben als letztesmal. Jetzt steh auf und trink das!«

»Ich . . .«

Sie stierte ihn an. Ihr Gesicht war von Falten durchzogen, die vorher nicht dagewesen waren, und schien länger geworden zu sein, und er bemerkte die ungleichmäßige Farbe ihrer Haut und dachte: Wie häßlich sie aussieht. Er stieß sie ungeduldig mit dem Fuß an: »Steh auf, Ap Min, alte Schlampe, los, steh auf!«

Sie sprang im Nu auf die Füße, müheloser, als er ihr es zugetraut hätte, doch sie tat nicht, was er verlangte. Sie rannte los, auf die Mitte des Raumes zu, und als er ihr nachschrie, hielt sie sich die Ohren zu. Er ging ihr nach. Dort in der Mitte des Raumes, wo alle Männer saßen, lief sie einmal im Kreis herum und verschwand dann blitzschnell durch die Tür.

»Ap Min!« brüllte Harus Kum. Er beschloß, sie zu schlagen, bis sie ihr Kind verlor. Das würde sie Gehorsam lehren. Mit langen Schritten setzte er ihr nach. Er folgte ihr in den Hof hinaus.

Der Regen hatte aufgehört, auch wenn Erde und Himmel immer noch triefnaß zu sein schienen. Wasser tropfte von sämtlichen Vorsprüngen des Hauses. Ap Min war nirgends zu sehen; hinter dem Haus ertönte das stetige Schlagen der Axt, und Harus Kum ging auf das Geräusch zu.

Im Windschatten des Hauses, dort, wo der Abstand zum Palisadenzaun am geringsten war, hackte Moloquin Brennholz. Zu seinen Füßen kauerte Ap Min.

Moloquin nahm keine Notiz von ihr. Er hackte mit mächtigen Axtschwüngen Holz, und die Scheite flogen ihm um die Ohren. Harus Kum trat auf die Sklavin zu und hatte schon die Hand ausgestreckt, um sie hochzureißen.

»Nein«, sagte sie. Sie umklammerte Moloquins Bein. »Nein. Hilf mir. Nein, bitte, hilf mir!«

Moloquin hörte zu arbeiten auf. Er blickte Harus Kum ins Gesicht, und seine Miene sagte, daß ihm das Ganze nicht behagte. Er strich sich das Haar aus den Augen. Ap Min hielt sein Bein mit beiden Armen umklammert.

»Worum geht es?« fragte Moloquin.

»Du siehst ja selbst«, sagte Harus Kum, »sie ist schwanger. Sie nützt mir aber nichts, wenn sie dick ist oder ein Baby an der Brust hat. Ich habe etwas zum Trinken für sie, das schafft das Kind weg, und dann ist alles wieder in schönster Ordnung.«

Er langte nach ihr, um sie zu packen, und sie klammerte sich noch fester an Moloquin und wandte das Gesicht ab. Moloquin rührte sich nicht. Er starrte Harus Kum mit gerunzelten schwarzen Brauen an.

Er sagte: »Ich habe die Frauen in ihren Gärten arbeiten sehen, bis es soweit war, und dann haben sie sich hingelegt und ihr Baby bekommen, und dann sind sie wieder aufgestanden und haben die Hacke genommen und sind wieder an die Arbeit gegangen. Ich sehe keinen Grund, weshalb sie nicht so weitermachen soll wie bisher.«

Während er sprach, senkte er die Axt, stellte ihre Schneide neben seinen Fuß auf den Boden und stützte sich selbst auf den Griff und hatte so, zufällig oder aus irgendeinem instinktiven Geschick, eine Art Barriere zwischen Harus Kum und dem am Boden kauernden Mädchen errichtet. Sein Herr brüllte los.

»Was soll das heißen, Moloquin? Bist du hier der Herr?«

Moloquin sagte nichts, gab das Mädchen zu seinen Füßen jedoch nicht frei. Harus Kum beugte sich nieder, nahm ein Holzscheit und tat, als wollte er es nach ihr werfen.

»Sie gehört mir! Ihr alle gehört mir – ihr seid meine Sklaven, Moloquin, ihr gehört mir, nur mir!«

»Das Kind gehört dir auch«, sagte Moloquin.

»Was?«

»Das Kind gehört dir. Du nimmst sie, wann immer es dir gefällt – sie bittet dich nie darum, unter dir liegen zu dürfen, stimmt's? Und wenn das Vergnügen, das du an ihr hast, Früchte trägt, dann läßt du sie leiden für das, was du getan hast!«

»Moloquin«, schrie Harus Kum, »sie ist nur eine Frau und obendrein eine Sklavin. Gib sie sofort raus!«

Mit einem Mal handelte Ap Min selbst. Während die beiden Männer dastanden und einander anstarrten, machte sie einen Satz, schlug Harus Kum die Schale aus der Hand, und der Trunk spritzte über den Boden.

Harus Kum stieß mit dem Fuß nach ihr. Sie stolperte davon; linkisch rannte sie auf das Haus zu und ließ die beiden Männer allein.

Harus Kum grunzte. »Ich mische ihr einen neuen. Ich bekomme schon, was ich will, Moloquin. Sie ist nur eine Frau.« Er wandte sich um und marschierte hinter Ap Min her.

Nur eine Frau, dachte Moloquin und lachte.

Er starrte hinter Harus Kum her. Starker Minzgeruch drang ihm in die Nase. So schwach und dumm und einfältig Ap Min war, sie hatte doch mit einem Streich Harus Kums Pläne durchkreuzt. Sie war *nur eine Frau,* aber Harus Kum war auch nur ein Mann.

Doch an der Sache war noch mehr dran. Moloquin wandte sich zwar wieder seiner Arbeit zu, doch seine Gedanken kreisten um das, was er gerade erlebt hatte, und so stellte er erneut die Axt ab und starrte, auf ihren Griff gestützt, zum Haus hinüber.

Nur eine Frau. Harus Kum genoß die Arbeit in der Schmiede, die Macht der Schmiede, doch die Schmiede in ihrem Bauch hatte für ihn keinen Wert. Da er sich so viel auf seine eigene Macht zugute hielt, achtete er die ihre gering. Doch was war sein Werk denn, verglichen mit ihrem? Konnten seine Dinge aus Bronze etwa atmen und denken und laufen?

Und sein Geist drang zum Kern der Wahrheit vor: Mit einem Mal erkannte er, daß Harus Kums ganze Kunst nur eine Nachahmung der wirklichen Macht war, der einzig wahren Macht, die darin bestand, das Leben von einem Wesen zum anderen weiterzugeben.

Den ganzen Morgen hatte er, während er seinen kleinen Pflichten nachging, von der Axt in der Schmiede geträumt, von der rotglühenden Bronze, die dort bereitlag, und seine Hände hatten sich danach gesehnt, den Hammer zu ergreifen. Dieses leidenschaftliche Verlangen verließ ihn jetzt. Er sah sich nicht mehr als allmächtigen Schöpfer bei der Arbeit, der aus dem Nichts etwas schuf, sondern als den kleinen Jungen, der im Langhaus auf dem Boden gesessen und sich den Ton durch die Finger gequetscht hatte.

Und doch steckte irgendeine Macht in ihm, stark wie die der Frauen, irgendeine Leidenschaft, die sich nach einer Herausforderung sehnte, an der sie sich würde beweisen können. Zum ersten Mal seit langer Zeit dachte er mit neuem, unzähmbarem Verlangen an die Steine der Säule des Himmels.

Am Nachmittag ging er in die Schmiede, und während er auf Harus Kum wartete, zog er die Axt aus dem Wasserzuber, in dem sie die Nacht über geruht hatte, legte sie auf den Amboß und starrte sie an. Mit dem Zeigefinger zeichnete er den weichen Schwung des Blattes nach, und am Ende, dort, wo die Rundung noch grob und unbehauen war, zeichnete er den Umriß in die Luft.

Harus Kum machte die Tür auf. »Komm raus. Es ist ein Gewitter im Anzug, merkst du das nicht?«

»Komm und beweg den Blasebalg.« Moloquin griff nach dem Hammer. Er spürte die Energie, die ihn durchpulste.

»Das werde ich nicht tun«, sagte Harus Kum, »ich habe erlebt, was das heißt, wenn der Blitz in eine Schmiede einschlägt. Ich habe die Leichen mit rausgeschafft – oder vielmehr das, was von ihnen übrig war.«

»Dann mache ich es eben allein«, sagte Moloquin und trat an den Blasebalg und pumpte, bis dessen Atem die Kohle zu lodernder Hitze entzündet hatte.

Ohne die Hilfe Harus Kums ging die Arbeit freilich langsamer vonstatten. Noch ehe er die Bronze genügend erhitzt hatte, um sie bearbeiten zu können, fing der Regen an, auf das Strohdach über seinem Kopf zu prasseln, und der Wind erhob sich. Die Luft um ihn herum knisterte, und das Haar stand ihm zu Berge. Er fühlte die Aufmerksamkeit von Geistern auf sich gerichtet, meinte, die ganze gewaltige Oberwelt beobachte ihn, und als der erste Donner über den Himmel rollte, hob er den Hammer und schlug damit auf die Bronze.

Niemals hatte er eine solche Kraft in den Armen verspürt wie jetzt. Bei jedem Schlag sang die bronzene Axt, und während sie sang, gab sie seinen Schlägen nach, ergab sie sich ihm, eine reine, eine heilige Macht. Der Donner rollte über den Himmel, und die Blitze zuckten wie das Flackern einer himmlischen Schmiede. Er unterbrach seine Arbeit und betätigte erneut den Blasebalg und brachte die Bronze wieder zum Glühen, und als er den Hammer wieder in die Hand nahm, öffnete sich sein Mund, und er begann zu singen, fiel in das Lied des Donners und des Hammers, der die Bronze formte, ein.

Er erteilte dem Metall seine Befehle, und das Metall gehorchte ihm. Die Macht des Himmels verlieh der Bronze ihre Gestalt, Donner und Blitz, die Himmelsschmiede.

Das Gewitter ging vorbei. Die übernatürliche Kraft verließ ihn, und das Lied auf seinen Lippen erstarb. Da lag nun der Kopf der Axt auf dem Amboß, schön und kraftvoll zugleich, rötlich wie die aufgehende Sonne, gerundet wie der Sonnenball, und aus einer plötzlichen Regung heraus kratzte er, ehe sein Werk erkaltete, eine kleine strahlende Sonne in die Mitte der Schneide.

Harus Kum kam herein. »Du kannst von Glück sagen, daß du noch am Leben bist.«

»Ich bin fertig«, sagte Moloquin. Er ließ das Axtblatt in den Zuber fallen, hängte den Hammer auf und verließ die Schmiede.

Harus Kum wartete, bis Moloquin draußen war, und beugte sich über den Zuber. Die Axt zischte gleichmütig am Grund des Eimers vor sich hin. Mit der Zange und einem Stück Stoff hob er sie heraus.

Der König liebte derlei Dinge, und dies hier war eines Königs würdig. Die Schneide würde zwar niemals einen Baum fällen, doch sie würde einen Schädel spalten oder eine Brust aufreißen oder einen Arm abhauen, solange der Mann, der sie in den Händen hielt, die Kraft haben würde, sie emporzuheben.

Er entdeckte die unbeholfen hineingeritzte kleine Sonne und grunzte belustigt. Sein Schüler war zwar sehr tüchtig, aber von der Kunst der Verzierung verstand er nichts. Harus Kum zeichnete mit dem Finger eine größere Sonne auf das Blatt der Klinge. Er würde sie hineinkerben und die Einschnitte mit Draht füllen, das Ganze mit dem Knochen eines Hirsches polieren, die Bronze hämmern, bis das Glühen des Metalls tief aus seinem Innern zu kommen schien. Es über das Meer bringen. Es dem König zu Füßen legen und auf alle Zeiten dort wieder wohlgelitten sein, wo er zu Hause war.

Er lächelte bei dieser Vorstellung. Er fühlte sich leichter, beschwingt, als wüchsen ihm Flügel. Er ließ die Axt wieder in den Zuber fallen und kehrte ins Haus zurück.

Moloquin wachte mitten in der Nacht auf. Einen Augenblick lauschte er auf die Geräusche der Nacht: den Wind im Strohdach, das leise Zischen des Feuers, das Schnarchen der anderen, das Geraschel der Mäuse, die im Dunkeln hereinkamen, um Essen zu stehlen. Er wartete, bis er im Kopf ganz wach war, dann streckte er die Hand aus und rüttelte Hems, der neben ihm lag.

Sein Freund erwachte mit einem Grunzen und einer schlaftrunkenen Frage. Moloquin legte ihm im Dunkeln die Hand über den Mund, beugte sich zu ihm und flüsterte ihm etwas ins Ohr. Hems war sofort hellwach.

Sie zogen an, was sie hatten, und schlichen durchs Haus, auf die Tür zu. Hems blieb dort stehen, und Moloquin schlug eine andere Richtung ein, stieg über die schlafenden Sklaven, bis er in den Winkel kam, wo Ap Min auf ihrem Stroh lag.

Er kniete neben ihr nieder, berührte ihre Hand und ihr Gesicht, bis auch sie erwachte. Angstvoll erstarrte sie unter seiner Berührung.

Er beugte sich nieder und flüsterte ihr ein paar Worte ins Ohr. Sie umklammerte seine Hand. Einen langen Augenblick antwortete sie nicht, dann flüsterte sie endlich: »Ja«, erhob sich ebenfalls von ihrem Lager, zog ihr einziges Kleidungsstück an und folgte ihm durch das dunkle Haus.

Sie öffneten die Tür und traten ins Mondlicht hinaus, das bleich und verräterisch schimmerte. Hems und Ap Min gingen auf das Tor des Palisadenhofs zu, doch Moloquin machte einen Bogen und ging hinter das Haus.

Die Schmiede war verschlossen, damit die Sklaven sie nicht betreten konnten. Moloquin drückte vergeblich gegen die Tür und trat dann auf der Rückseite der Hütte vor das Fenster. Es war mit einem Stück Fell verschlossen. Moloquin schlug mit beiden Händen dagegen, bis es nachgab, und beugte sich hinein. Er machte den Arm so lang er konnte und griff an den Brettern mit den Werkzeugen und an der niedrigen

Bank vorbei, an der Harus Kum saß, wenn er kleine Werkstücke bearbeitete, in den Zuber am Fuß des Ambosses. Er zog die prächtige Axt heraus, die tropfend im Mondlicht schimmerte. Er steckte sie, kalt und naß, wie sie war, unter sein Hemd und folgte seinen Freunden.

Das Tor war wie gewöhnlich verschlossen, aber Moloquin brach den Riegel mit der Kante des Axtblattes auf. Ap Min in der Mitte, traten sie hinaus und gingen, ohne zurückzublicken, nach Osten, dem Mond nach.

Shateel ging früh am Morgen zum Fluß hinunter und holte die Binsen, die sie dort über Nacht eingeweicht hatte. Während sie zum Dorf zurücklief, ging die Sonne auf, und die Luft war erfüllt vom Licht des neuen Tages und von den Schatten, die sich zu behaupten versuchten. Die junge Frau hielt die Binsen vom Körper weg, so daß sie nicht naß wurde von ihrem Getropfe, und als sie im Hof zwischen den Langhäusern angelangt war, ging sie sofort zu dem Platz, wo ihre Matte lag, und setzte sich mit ihrer Arbeit nieder.

Die anderen Frauen wachten gerade erst auf, machten gerade erst ihre Kinder fertig, begannen gerade erst ihr Tagewerk. Shateel kniete mit gesenktem Blick nieder und breitete die gequollenen Binsen vor sich aus. Mit den Fingernägeln spaltete sie sie in dünne Fasern.

Jetzt öffneten sich die Türen der Langhäuser, und die anderen Frauen traten inmitten der wimmelnden Kinderschar in die Sonne hinaus.

Sie übersahen sie. Seit einem Jahr lebte sie nun in den Langhäusern von Ladons Volk und war immer noch eine Fremde. Sie arbeitete an den Binsen und hielt den Blick die ganze Zeit auf ihre Matte geheftet, während die anderen sich geräuschvoll um sie herum zu schaffen machten. Als alle Binsen gespalten waren, wählte sie die längsten aus und machte sich daran, sie miteinander zu verflechten. Sie sollten die Rippen ihres Korbes abgeben. Die anderen Frauen machten sich ebenfalls eine nach der anderen an ihre alltäglichen Aufgaben. Einige von ihnen nahmen Werkzeuge und Wasserkörbe und gingen in einer lärmenden Schar zu ihren Gärten hinauf. Andere setzten sich dichtgedrängt neben Shateel nieder, um mit Ton, mit Binsen, mit Spindeln und mit ihren Zungen zu arbeiten.

»Seht mal! Sie macht es immer noch falsch.«

»Bei den anderen wird es so gemacht.«

»Sie gehört aber jetzt zu uns und sollte ihre Körbe auf unsere Weise machen. Das ist die richtige Weise. Unsere Körbe sind besser als die von den anderen.«

»Vielleicht ist sie ja zu dumm, um zu lernen, wie wir das machen.«

»Ja, vielleicht.«

Dann lachten sie. Shateel beachtete sie scheinbar nicht und verflocht ihre Binsen zum Boden des Korbes, wie ihre Mutter es sie gelehrt hatte. Sie nahm an, die anderen Frauen wußten, daß sie zuhörte, und sprachen auf diese Weise, um sie dazu anzustacheln, sich zu verteidigen.

Sie war entschlossen, sich nicht weiter darum zu kümmern. Bald würde die Mittsommer-Versammlung beginnen, bei den Wenden-des-Jahres, und dann würde sie zu ihrer Mutter gehen und ihr sagen, daß sie wieder nach Hause zurückkehren wollte.

Sie hatte ihre Binsen mit Sorgfalt gesammelt, nur kräftige, lange Halme gewählt und sie gut gewässert und gespalten, wie es sich gehörte, und der Korb nahm unter ihren Händen rasch Gestalt an. Sie vollendete den flachen festen Boden des Korbes und bog die Rippen hoch, um die Seiten zu machen. Sie wand die Binsen zwischen den einzelnen Rippen hindurch, und bei jeder dritten sorgte sie durch eine halbe Drehung dafür, daß sie trotz der Rundung des Korbes flach liegenblieb. Während sie so arbeitete, kam ihr ein Lied in den Sinn, doch sie behielt es für sich. Hier sangen sie keine Lieder, die sie kannte. Das einzige, was sie hier sangen, war das Lied von der Mühle.

Sam-po, Sam-po
Li la li la li li la la
Laß kommen, was kommt
Laß gehen, was geht
Sam-po, Sam-po
Alles kommt wieder mit der Zeit
Sam-po, Sam-po
Alles vergeht mit der Zeit
La li la li la la la

Obwohl sie sich dagegen sträubte, liebte sie dieses Sampo-Lied. Seine Weisheit hatte es ihr ermöglicht, Geduld zu bewahren, den Kopf gesenkt und den Blick niedergeschlagen zu halten, wann immer sie während dieses endlosen Jahres das Gefühl gehabt hatte, es nicht länger ertragen zu können.

Sie saß nicht weit von der Tür zum Langhaus, wo die alten Frauen um die Mühle herum und die jüngeren mit ihren Körben und Tonklumpen saßen. Die Gärten waren alle schon bepflanzt. Shateel hatte das ganze Frühjahr damit verbracht, den Boden zu bearbeiten, den ihr Gatte ihr gegeben hatte, nachdem er sie hierhergebracht hatte. Ihr Garten lag oben am Hang, fast schon am Waldrand, wo sie vor Jahren die Bäume entrindet hatten. Im Jahr, ehe sie hergekommen war, waren sie niedergebrannt worden. Diesen Boden hatte sie bearbeitet, bis sie der Rücken schmerzte und ihre Hände sich verfärbt hatten. Sie hatte den ganzen Garten umgegraben, so gut sie es verstand, und die Samen gelegt.

Diese Arbeit hatte sie sehr gemocht, obwohl sie wie alle anderen wußte, daß der Garten ihr in seinem Säuglingsjahr für ihre Mühe nur sehr wenig geben würde. Wenn sie bei ihrem Volk geblieben wäre, nachdem sie geheiratet hatte, hätte sie ein Stück Land bekommen, das ihr zwar vertraut, aber nicht minder jung gewesen wäre, und die Geräte, die sie aus dem Haus ihrer Mutter mitgebracht hatte, waren ihr vertraut, und die Arbeit war dieselbe, die sie mit ihrer Mutter verrichtet hatte. Mit ihren Körben hatte sie das Wasser vom Fluß heraufgetragen und die Samen gewässert, und sie hatte sogar dort oben geschlafen. Nach Anbruch der Dunkelheit hatte sie sich aus dem Langhaus gestohlen und bei ihrem Garten auf der Erde geschlafen, bis die kleinen grünen Schößlinge durch den Boden gestoßen waren und ihre Blätter der Sonne geöffnet hatten.

Jetzt gab es dort weniger zu tun. Nachmittags ging sie hinauf und jätete Unkraut und brachte den Pflänzchen Wasser und arbeitete schon auf dem Land außerhalb ihres Gartens, so als habe sie die Absicht, dort im nächsten Jahr zu pflanzen. Doch im nächsten Jahr würde sie das Land bearbeiten, das ihre Mutter bebaute.

Sie steckte das Ende einer Binse in den halbfertigen Korb und nahm sich eine neue. Die anderen Frauen stöhnten und seufzten jetzt beim Anblick eines Korbes, den die dicke Grela gemacht hatte, die alle für die beste Korbmacherin hielten. Shateel hatte viele, viele Körbe in ihrem Leben gesehen, die besser gewesen waren; diese Leute hier hatten einfach keine Vorstellung von einem guten Korb. Unbegreiflicherweise füllten ihre Augen sich mit Tränen.

»Shateel«, sagte eine der Frauen, »schau her, Mädchen!«

Widerstrebend hob sie den Kopf. Alle sahen sie lächelnd an und hatten den funkelnden Blick prüfend auf sie gerichtet. Sie hofften auf eine Schwäche, um sie in die Knie zu zwingen. Eine streckte ihr Grelas Korb hin.

»Mädchen, siehst du?«

»Ja«, sagte sie, machte jedoch keine Anstalten, den Korb in die Hand zu nehmen, »er ist sehr schön.«

»Nimm ihn in die Hand, Mädchen! Siehst du, wie fest er gearbeitet ist?«

»Ja«, sagte sie, nahm den Korb jedoch nicht und senkte statt dessen den Kopf und richtete den Blick fest auf ihre eigenen Hände, die wieder zu arbeiten begannen.

»Seht ihr?« murmelten die anderen um sie herum, und ihre Stimmen klangen wie das Geflatter von Flügeln, »seht ihr? Sie kann sich für nichts erwärmen!«

Das stimmte nicht. Sie liebte ihr Zuhause, ihr eigenes Volk. Bald würde sie nach Hause zurückkehren, und Ladons Sohn konnte sich eine andere Frau suchen.

Am Nachmittag lief Ladons Sohn vom Rundhaus zum Langhaus hinauf, wo seine Frau lebte. Er wollte ihr einen Fuchspelz zum Geschenk machen. Die Leute, die ihn auf seinem Weg sahen – er bemühte sich, möglichst würdevoll auszuschreiten –, riefen ihm Freundlichkeiten zu, und er hob die Hand zum Gruß.

Seit er verheiratet war, wurde er von allen sehr gut behandelt. Sie riefen ihn zwar immer noch beim Namen seines Vaters, aber Ladon war schließlich ein so mächtiger Mann, daß man eigentlich nichts anderes erwarten konnte. Er war in den Bärenschädel-Bund aufgenommen worden, den wichtigsten aller Bünde, und verbrachte den größten Teil des Tages damit, sich dessen Lehre einzuprägen und an seiner Maske zu arbeiten. Bei der Mittsommer-Versammlung würde er zum erstenmal mit den Männern tanzen.

Er machte seiner Maske Augen aus Quarz. Er war darauf sehr stolz.

Es war jetzt ein langer Weg vom Rundhaus zum ersten Langhaus. Im Frühling hatten die Frauen alle vier Langhäuser verlegt. Sie sollten näher bei ihren Gärten sein, und der Boden unmittelbar um das Rundhaus herum war erschöpft und von Unkraut erstickt. Wie Flechten wanden sich Pfade durch diese verlassenen Gärten, und die Schar der Jungen jagte dort Mäuse und pflückte Beeren. Die Brennesseln standen hoch, wo der Boden feucht war, und wo er trockener war, bildeten stachelige Kletten und Disteln ein undurchdringliches Gewirr. Ladons Sohn fragte sich, warum dort, wo die Unkräuter so üppig wuchsen, nie etwas Eßbares gedieh.

Jetzt standen die vier Langhäuser mit ihrem Dornenwall vor ihm.

Alle Türen gingen nach Osten, und an dieser Seite waren sie schmaler als an der anderen, so wie die Bäume in Windrichtung niedriger wuchsen.

Wenn die Frauen die Häuser verlegten, machten sie nur die Matten aus Stroh und Binsen von den Pfosten der Wände ab, hoben das Dach herunter und trugen alles an den neuen Platz. Dabei sangen sie laut, um die Herdgeister mitzulocken. Das war herrlich anzusehen gewesen: die riesigen Strohdächer, die auf vielen kleinen Beinen zu der höhergelegenen Stelle hinaufwanderten.

Sein Vater hatte den Anblick weniger ergötzlich gefunden. Ladon hatte mit den Frauen herumgemurrt und sogar mit ihnen gestritten, und er hatte ein paar von den Männern angesprochen, weil er sie zurückhalten wollte, doch die anderen hatten davon nichts wissen wollen. Die Frauen sorgten mit ihren Gärten für die Nahrung. Die Männer taten also gut daran, ihnen bei ihrer Arbeit keinerlei Beschränkung aufzuerlegen. Folglich wanderten die Langhäuser vom Fluß weg und zum Wald hinauf, was immer Ladon davon halten mochte.

Es war unklug von Ladon gewesen, sich dagegen auszusprechen, dachte sein Sohn insgeheim. Der Weg war ja nur ein Stückchen länger als vorher. Wenn Ladon wollte, konnte er anordnen, das Rundhaus ebenfalls zu verlegen, und dann wären wieder alle beisammen. Sein Sohn fragte sich, weshalb dieser Schritt Ladon so sehr widerstand.

Vielleicht weil er fett wurde. Ladons Sohn kicherte bei diesem Gedanken. Irgendwie war sein Vater sehr rasch, im Verlauf nur eines einzigen Jahres, gealtert, und wenn er auch immer noch ein gefürchteter Mann war, so sah sein Sohn doch die Zeit kommen, wo er nicht mehr Häuptling sein würde.

Und dann . . .

Einige Männer meinten, Karella habe Ladon geschwächt, die alte Geschichtenerzählerin mit ihren Verwünschungen und Bezichtigungen. Das war unsinnig; schließlich war Karella gestorben, nicht Ladon.

Um die Langhäuser schwirrten die Frauen geschäftig umher und schwatzten und sangen, und die Kinder rannten nackt hin und her und verrichteten kleine Arbeiten und stifteten Unfug, und viele der Frauen riefen Ladons Sohn einen Gruß zu. Er grüßte bei jeder einzeln zurück. Jeder, der ihn ansprach, bewirkte, daß er sich stärker und der allgemeinen Bewunderung sicherer fühlte. Er blieb stehen, um ein Neugeborenes zu betrachten, und sprach mit der Mutter, und sie lächelte ihm zu, und ihre Wangen röteten sich. Er sah beim Melken der Ziegen zu und nahm das Angebot an, sich mit der frischen, schäumenden Milch zu stärken, die ihm seinem Gefühl nach auch zustand.

Die Frauen liebten ihn. Das hatten sie immer schon getan und würden es auch immer tun. Sie würden ihn immer nähren und hätscheln und tun, was er sagte, wie sie es mit allen Männern taten.

Er betrat das Langhaus, in dem seine Frau wohnte. Die Löcher im Dach waren noch offen, um die Nachmittagssonne hereinzulassen, doch war es kühler hier drinnen als draußen, und im dämmerigen Licht hing dichter Staub. Bis auf ein paar Babys, die bei ihren Müttern schliefen, waren die Herdstellen leer. Er lief durch den ganzen langgestreckten Raum, und seine Schritte hallten von der gestampften Erde wider. Das Haus stand erst seit wenigen Monaten an seinem Platz, doch herrschte bereits eine Unordnung wie auf einem Misthaufen. Er fragte sich, während er es durchschritt, weshalb die Frauen ihre Wohnung nicht sauber und ordentlich halten konnten wie die Männer. Überall lagen Kleidungsstücke umher, Töpfe und Körbe und Asche vom Herdfeuer, Holz, Matten und Decken waren über den ganzen Boden verstreut. Wie sie bloß wissen konnten, wem diese Habseligkeiten jeweils gehörten? Er erinnerte sich nicht mehr genau, wie er als Kind hier gelebt hatte. Es war besser für die Jungen, wenn sie früh von der Mutter wegkamen, dachte er, und unter Männern lebten, wo sie Ordnung und Disziplin lernten, ehe sie diese Eigenschaften bei den Arbeiten der Männer benötigten, bei der Beherrschung des Wissens und beim Tanz. Er wußte, wenn er erst einen Sohn hätte, dann würde er den Jungen dazu anhalten, die Herdstelle seiner Mutter zu verlassen, sowie er imstande wäre, mit der Schar der Jungen mitzuhalten.

Es schien jedoch unwahrscheinlich, daß er bald einen Sohn haben würde, da er seine Frau nicht finden konnte. Sie war niemals da, wenn er herkam. Er fragte sich, ob sie ihm aus dem Weg ging.

Er stand vor ihrer kalten Herdstelle und kämpfte gegen seinen Zorn an. Er mußte sich beherrschen, um nicht die Steine ihrer Feuerstelle umherzuwerfen und Asche über ihre wenigen Besitztümer zu streuen, die am Boden lagen. Warum besaß sie bloß so wenig? Er brachte ihr jedesmal etwas mit, wenn er zu ihr kam – einen Pelz, einen Topf, einen bearbeiteten Stein, der sich als Werkzeug verwenden ließ. Doch keines von all diesen Dingen war zu entdekken, als er seinen Blick über ihre Herdstelle schweifen ließ. Was machte sie bloß damit?

Er wußte, was sie mit den meisten Geschenken machte. Sie warf sie weg. Sie wollte sie nicht. Sie wollte ihn nicht.

Aus schmalen Augen blickte er nach beiden Seiten, um festzustellen, ob es Zeugen für seine Demütigung gab. Er ließ den Fuchspelz auf die kalte Feuerstelle fallen. Sollte sie den doch auch wegwerfen. Doch dann besann er sich eines Besseren, bückte sich, hob ihn hoch, klopfte die Asche ab und machte sich auf, um sie zu finden.

Er wußte, wo er sie finden würde. Er trat aus dem Langhaus und lenkte seinen Schritt weiter bergauf und folgte dabei dem ausgetretenen Pfad, der zu den Gärten der Frauen führte. Eine Gruppe junger Mädchen lief vor ihm her. Sie trugen Wasserkrüge auf der Schulter, und als er sie erreicht hatte, mit seinen längeren Beinen und ohne eine Last, traten sie lachend zur Seite, grüßten ihn und sprachen ihn an. Er lächelte ihnen zu. Jede von ihnen hätte auf der Stelle ihren Krug fallen lassen und wäre ihm nachgerannt, wenn er nur den Finger krummgemacht hätte. Weshalb haßte Shateel ihn nur?

Als er sie fand, fragte er sie. »Warum haßt du mich?«

Sie saß bei ihrem Garten und aß wilde Erdbeeren aus einem Körbchen. Anfangs übersah sie ihn einfach. Er ließ sich in die Hocke nieder und rieb die Handflächen aneinander. Sein Blick streifte über den Garten. Seine unregelmäßige Form füllte den Platz zwischen zwei alten Baumstümpfen aus. Die jungen Pflanzen wuchsen in säuberlichen Reihen, die einen Bogen machten, um dem Umriß der Parzelle zu folgen, und an beiden Enden stiegen die Bohnen von ihren Erdhügeln bereits die Stangen empor, die Shateel aufgestellt hatte, um die Ranken zu stützen.

Schließlich sagte sie: »Ich hasse dich nicht.«

»Weshalb gehst du dann hierher und bleibst nicht im Langhaus, wenn du weißt, daß ich zu dir komme?«

»Ich wollte –«, sie wies auf ihren Garten, »das Wild frißt sie auf, wenn ich nicht hierbleibe, um sie zu beschützen.«

Während sie sprach, wandte sie ihm das Gesicht zu. An ihrer offenen, arglosen Miene erkannte er, daß sie die Wahrheit sagte – daß diese winzigen Kräutchen ihr mehr bedeuteten als er.

Er setzte sich neben sie und legte ihr den Pelz in den Schoß. »Hier, für dich«, sagte er, »du könntest das Futter für einen Korb daraus machen.«

Sie strich den hübschen roten Pelz glatt. Das Fell war schön gefärbt und geschmeidig wie Tuch. Plötzlich hob sie es an ihre Wange und drückte ihr Gesicht hinein.

»Du könntest einen Korb damit füttern«, sagte er und legte ihr die Hand auf den Schenkel. »Um ein Kind hineinzulegen.«

Sie stieß einen so tiefen Seufzer aus, daß er schon glaubte, sie würde gleich zu weinen anfangen, doch statt dessen blickte sie ihn mit ernstem, offenem Gesicht an und sagte: »Mein Ehemann, ich hasse dich nicht. Es liegt nicht an dir, daß ich unglücklich bin.«

»Unglücklich!« Entsetzt starrte er ihr ins Gesicht, während seine Hand über ihren Schenkel strich. »Bist du unglücklich, Shateel?«

»Ich möchte zu meinem Volk zurück«, sagte sie.

»Ich ...«

Er biß sich auf die Lippe. Er war drauf und dran gewesen, ihr, ohne sich nur einen Augenblick zu besinnen, zu versichern, daß sie gemeinsam zu ihrem Volk gehen würden. Denn üblicherweise war es so, daß der Mann beim Volk seiner Frau lebte. Ihr Volk hatte ebenfalls einen Bärenschädel-Bund, und das war das Leben des Mannes: sein Wissen, seine Tänze, sein Bund und sein Häuptling. Doch Ladons Sohn begriff in diesem Moment, daß er, wenn er mit ihr ginge, vielleicht nicht hier wäre – aller Wahrscheinlichkeit nach nicht hier wäre –, wenn Ladon starb: Und wenn Ladon starb, würde der neue Häuptling gewählt werden, und falls er dann nicht da war ...

»Sei nicht albern«, sagte er, und seine Hand wanderte immer höher hinauf über ihre zarte Haut, bis zu ihrer verborgenen Stelle. »Sei nicht albern«, sagte er und drückte sie zu Boden.

»Nein«, sagte sie erstickt, versuchte jedoch nicht, ihn zu hindern.

»Dann wachsen deine Pflanzen schön«, sagte er, zog ihre Kleider weg und nahm sie, wo sie waren, im Gras. Sie öffnete die Beine für ihn, legte einen Arm um ihn und schien ihn zu wollen, doch drückte sie die ganze Zeit den Fuchspelz gegen ihre Wange und hielt die Augen geschlossen.

Als alle Folc bei den Wenden-des-Jahres zusammenkamen, ging Shateel in das Dorf ihres Bruders Rulon, das ganz in der Nähe lag. Sie fand ihre Mutter bei den anderen Frauen, die im Hof zwischen ihren Langhäusern saßen und webten und Körbe flochten. Alles war genauso, wie es gewesen war, als sie mit ihrem jungen Gatten weggegangen war. Jedes Gesicht, das sie erblickte, war ein Gesicht, das sie seit ihrer Säuglingszeit kannte.

Alles war ihr so vertraut, daß sie halb in Tränen aufgelöst war, als sie bei ihrer Mutter ankam.

Sie trat mit ausgestreckten Armen auf Joba zu, denn sie erhoffte sich eine liebevolle Aufnahme, und so war es auch: Ihre Mutter drückte sie an ihre Brust, und sie preßten die Wangen aneinander und weinten ein wenig. Doch dann trat ihre Mutter einen Schritt zurück.

»Nun, mein Mädchen, wie geht es dir?« Joba tätschelte Shateels

Bauch. »Kein Korbbauch, hm? Ist Ladons Sohn noch so grün, daß er den Saft nicht zum Fließen bringt?«

Shateel errötete. Diese freimütige Art zu reden machte sie verlegen. Die Frauen um sie herum – ihre Tanten und Kusinen – hoben die Köpfe und lachten.

»Mutter«, sagte sie, doch weiter kam sie nicht. Vor so vielen Zuhörerinnen konnte sie nicht richtig sprechen, und so nahm sie ihre Mutter bei der Hand. »Komm, laß uns ein Stück zusammen gehen.«

Die Heiterkeit wich aus dem runden, strahlenden Gesicht ihrer Mutter. Ihre dunklen Brauen runzelten sich, und ihre Augen glitzerten. Shateel hatte diesen Ausdruck bei ihrer Mutter immer gefürchtet. Joba verschmähte die angebotene Hand und sagte nur: »Also dann lauf, Shateel!«

Sie entfernten sich ein wenig, indem sie den Hof überquerten und auf das Tor der Umzäunung zugingen. Draußen blieben sie stehen. Vor ihnen lag der breite Streifen Grasland, wo die Folc sich zur Versammlung trafen. Alles war mittlerweile von Herdstellen und Matten bedeckt, und es herrschte lautes, geschäftiges Treiben von Männern und Frauen und Kindern, Hunden und Ziegen. Shateel führte ihre Mutter außen um den Dornbuschzaun herum und auf den Wall zu, der die Wenden-des-Jahres umgab.

Shateel senkte den Kopf. Sie wagte ihre Mutter nicht anzusehen. Ihre Worte überschlugen sich.

»Ich kann es nicht ertragen, Ana. Ich möchte nach Hause zurück. Ich hasse es, in Ladons Volk zu leben.«

»Ach ja?« sagte ihre Mutter kalt.

»Alles ist dort anders als hier. Sie necken und verspotten mich – sie sagen, ich mache alles falsch ...«

»Ist Ladons Sohn kalt oder grausam gegen dich?«

Shateel beobachtete, wie ihre Füße das Gras niedertraten, und wäre froh gewesen, wenn sie hätte ja sagen können. Ihre Mutter kam ihr nicht entgegen. Die Stille wurde immer lastender, so daß sie schließlich sprechen mußte.

»Nein. Er ist nett. Er ist sehr gut zu mir, er bringt mir oft Geschenke und gibt mir alles, was ich brauche. Er ist ein guter Ehemann.«

»Dir fehlt nichts außer einem Kind.«

»Mutter, ich möchte kein Kind. Ich möchte nach Hause zurückkommen und wieder bei dir sein.«

Während sie das sagte, hob sie den Blick in der Hoffnung, ein Lächeln im Gesicht ihrer Mutter zu entdecken, irgendein Zeichen der

Zuneigung und des Einverständnisses, aber Jobas Gesicht war schroff wie verwitterter Stein. Sie blieb stehen, legte ihrer Tochter mit allem Nachdruck die Hände auf die Schultern und hielt sie fest.

»Hör mir zu, Shateel. Du bist einfach noch ein Kind und weichlich und schwach. Du bist gegen meinen Wunsch, wie du dich vielleicht erinnerst, mit deinem Gatten in ein fremdes Dorf gegangen, und statt erwachsen zu werden und eine Frau, die die Arbeit einer Frau tut und die ihren eigenen Stolz hat, fängst du an zu weinen, wenn du Schwierigkeiten hast, und versuchst davonzulaufen. Nein, ich werde dir nicht erlauben, wieder zu mir nach Hause zu kommen, obwohl ich dich, wie du noch wissen wirst, einst gebeten habe, nicht fortzugehen. Nein. Bleib bei Ladons Sohn. Bebau deinen Garten, zieh dein Gemüse, krieg Kinder, laß dich nicht unterkriegen und lächle einfach über die anderen Frauen. Wenn sie dir sagen, daß du etwas falsch machst, dann hör ihnen ruhig zu! Vielleicht haben sie ja recht!«

Mit diesen Worten drehte sich Joba um, ohne ihre Tochter zu umarmen oder ihr ein Lächeln zu schenken, und machte sich auf den Rückweg zum Dorf. Shateel stand, den Tränen nahe, da, wo ihre Mutter sie zurückgelassen hatte. Seit Monaten hatte sie nur an den Augenblick ihrer Rückkehr gedacht. Alle Schmerzen, ihre ganze Einsamkeit hatte sie ertragen, weil sie sich der Liebe ihrer Mutter sicher gewesen war. Und nun stand sie da und schaute der älteren Frau nach, deren unförmige Gestalt in ihren erdfarbenen Gewändern davonwogte, als teilte ein riesiger Stein das hohe Gras. Shateels ganzer Körper wurde von Haß gepackt. Ihr Leben lang hatte sie sich auf ihre Mutter verlassen, und jetzt hatte Joba sie im Stich gelassen. Sie setzte sich ins Gras und schwor sich, daß sie niemals wieder zu ihnen zurückkehren würde. Weder zu ihrer alten noch zu ihrer neuen Familie.

Verdrießlich ging Shateels Mutter von dannen und kehrte nicht zu ihrer eigenen Herdstelle zurück, sondern nahm den Weg zu den Herdstellen von Ladons Volk.

Sie traf die alten Frauen dabei an, wie sie auf ihren Matten um eine Herdstelle saßen und unter Ah und Oh ein Neugeborenes herumreichten. In ihrer Mitte thronte die junge Mutter und glühte vor Stolz angesichts so vieler Schmeicheleien. Als Joba zu ihnen trat, blickten alle auf, und als sie sahen, wer es war, seufzten alle wie aus einem Munde.

»Nun, Joba, setz dich zu uns und erzähl uns, was du für Sorgen hast.«

Sie rückten zusammen, um ihr Platz zu machen, und die Mutter erhielt ihr Kind zurück und entfernte sich rasch.

Joba ließ sich zwischen Tishka und Grela nieder, zog die Beine unter ihren massigen Körper und rutschte hin und her, bis sie bequem saß. Sie legte die Hände in den Schoß und starrte in das Feuerchen, dessen kleine Flammen in dem starken Sonnenlicht nahezu unsichtbar waren, und schüttelte den Kopf.

»Es schenkt keine Freude, die Mutter einer Tochter zu sein«, sagte sie.

Tishka neben ihr grunzte, tätschelte Jobas Arm und sagte nichts. Grela an ihrer anderen Seite hingegen sagte: »Du hättest dem Mädchen Respekt gegenüber Älteren beibringen sollen.«

Einige alte Frauen murmelten zustimmend. Joba verzichtete darauf, aus gekränktem Stolz eine hitzige Antwort zu geben. Wozu sollte das schon gut sein? Sie beobachtete schweigend die Flammen, die von ihrem Bett aus Zweigen emporschlugen.

Tishka begann, in ruhigem, ernstem Ton zu sprechen: »Sie ist einfach nur einsam und heimwehkrank, Joba. Wir versuchen ja, nett zu ihr zu sein, aber sie denkt immer, wir wollen ihr übel.«

Thyrella auf der anderen Seite kicherte: »Schuld hat Ladons Sohn. Wenn er den Topf vollmachen würde ...« Sie lachte und klopfte sich auf ihren dicken Bauch, der mit dem Alter unförmig geworden war.

Grela sagte: »Wenn sie hier bei dir leben könnten, Joba, würden sie vielleicht besser zurechtkommen.«

Joba seufzte. Sie hielt das auch für sehr wahrscheinlich, nur, was nützte das, wenn man nicht die Macht besaß, um den Gang der Dinge zu beeinflussen. Sie sagte: »Ich wäre froh, wenn Karella da wäre. Sie hätte jetzt eine Geschichte für uns, um uns zu trösten und uns zu zeigen, was aus dieser verzwickten Sache werden wird.«

Grela sagte: »Wahrhaftig, seit Karella gestorben ist, habe ich keine Geschichten mehr gehört. Niemand kann sie erzählen so wie sie. Sie hat ihre Kunst niemandem weitervererbt.«

»Niemandem außer Moloquin«, sagte Tishka.

Diese Worte lösten ein Schweigen aus, das Joba verblüffte. Sie hob den Blick vom Feuer und schaute sich um. In den Gesichtern der Frauen sah sie ein tiefes Unbehagen, irgendein Grauen jenseits des Wissens. Sogar die dicke Grela, die doch unablässig schwatzte, sagte nichts mehr. Sie hatte ein Bein weggestreckt und ihre Webarbeit über ihren dicken Zeh geworfen, um den Stoff geradezuhalten, und er wurde länger und länger in dem Maße, wie das Schweigen andauerte. Joba erschauderte mit einem Mal von Kopf bis Fuß. Sie meinte in jenem Stück Webstoff das Schicksal der Welt zu erblicken, das dort Gestalt annahm.

Sie sagte mit lauter Stimme, wie um sich mit ihren eigenen Worten zu wappnen: »Ich habe meiner schlechten Tochter harte Worte gesagt und ihr erklärt, daß sie nicht zu mir zurückkehren kann. Wahrscheinlich wird sie sich auf den Weg machen und in euer Dorf zurückkehren. Aber nun erzählt mir doch, wie es bei euch aussieht.«

Sie sprachen über die Gärten, den regenreichen Frühling und die Verlegung der Langhäuser.

»Hat Ladon sein Rundhaus ebenfalls verlegt?« wollte Joba wissen.

Darüber mußte selbst Tishka lachen, und Grela klappte vor Vergnügen die Schenkel zusammen. »Aber nein. Glaubst du etwa, der große Ladon würde hinter einem Weiberhaufen herziehen?«

Das löste schallendes Gelächter aus. Tishka zupfte sich eine Klette vom Rock.

»Der wird noch weitere Wege zurücklegen müssen, wenn er seinen Hochmut nicht zügelt.«

Wieder lachten sie und stießen einander in die Seiten. Der Name Karella wurde wiederholt genannt. Karella, die sie alle beneidet und beargwöhnt hatten, solange sie lebte, und deren Name jetzt behandelt wurde wie ein geliebter Talisman; Karella, ihre Vorkämpferin gegen Ladon. Joba hörte sich das alles mit wachsendem Unbehagen an. In ihrer Jugend hatte sie miterlebt, wie ihr ganzes Dorf verlegt wurde. Es hatte etwas Niederschmetterndes an sich, wenn die Menschen ihre Dächer auf die Schultern hoben und damit weggingen. Doch es war notwendig, wenn der Boden sauer wurde. Sie sah voraus, daß Ladon Schwierigkeiten bekommen würde, wenn die Frauen die Langhäuser verlegt hatten. Wenn auch er sein Haus verlegte, wie sie es von ihm verlangten, würde er seine unumschränkte Entscheidungsfreiheit einbüßen, blieb er jedoch, wo er war, würden er und die Männer bald schon keine Frauen und die Frauen in ihren Langhäusern keine Männer mehr haben. Sie fragte sich nun doch, ob sie ihre Tochter nicht besser nach Hause zurückkommen lassen sollte.

Grelas Finger flogen über ihre Arbeit und woben Vögel in das Tuch. Die alte Thyrella ihr gegenüber schaute ihr zu, und ihre Finger mit den arthritischen Gelenken bewegten sich unruhig in ihrem Schoß. Joba sagte: »Nun gut, falls es nötig sein sollte, könntet ihr immer noch zu uns kommen – unsere Gärten gedeihen gut. Ich habe ein paar Samenkörner dabei...«

Sie nahm einen Beutel vom Gürtel und reichte ihn Tishka. Sie sprachen von der Notwendigkeit, Bohnen sorgfältig hochzubinden und für guten Wasserabfluß zu sorgen, und tauschten Kenntnisse über verschiedene Kräuter aus. Joba reckte sich behaglich. Sie genoß die freundschaftliche Plauderei. Der Gedanke schoß ihr durch den Kopf, daß Ladon, wenn viele von ihm weggingen und sich selbständig machten, nicht mehr lange der größte Häuptling sein würde, sondern ihr Sohn Rulon an seine Stelle treten würde.

Grela blickte auf und sah an ihr vorbei, weil irgend etwas in der Ferne ihre Aufmerksamkeit erregt hatte. Ihr Blick fiel wieder auf ihre Arbeit, und sie beugte sich vor und sagte zu Tishka: »Sag mal, Ana, wie würdest du denn jetzt den Faden verknoten?« Sie wollte ihrer Schwester schon die Webarbeit hinüberreichen, als ihr Kopf ruckartig herumfuhr. Sie starrte erneut in die Ferne, und ihr Mund öffnete sich.

»Oh! Oh, ich traue meinen Augen nicht . . .« Sie stand schwerfällig auf, hielt sich die Hand über die Augen und ließ ihre Arbeit achtlos in den Staub fallen.

Alle Frauen verrenkten sich nun den Hals, sogar die alte Thyrella, und blickten in dieselbe Richtung. Zuerst konnte Joba nichts Ungewöhnliches entdecken. Sie starrten über das Gewimmel des Lagers hinweg nach Westen. Die Kinder rannten umher und kugelten sich im Gras, die Frauen standen über ihre Herdfeuer gebeugt oder schleppten Holz herbei oder molken die Ziegen. Nichts an diesem Gewirr fand Joba bemerkenswert, gar nichts.

Doch da kamen weit hinten drei Menschen den Hang herab, ein großer Mann, nackt bis auf den Lendenschurz, ein kleiner Mann, der mit einem Hemd bekleidet war, und eine schwangere Frau, die hinter den beiden anderen ging.

Joba waren sie alle fremd. Doch Grela setzte sich immer noch nicht wieder, und nun kämpfte sich auch Tishka hoch.

Eine der anderen Frauen sagte ruhig: »Doch. Doch, das ist Moloquin.«

»Moloquin«, sagte Joba verständnislos. Der Name sagte ihr nichts. Wieder sah sie zu der Gruppe hinüber, die auf sie zukam. Und nun sagte Grela hinter ihr:

»Ja, Moloquin. Das ist Moloquin, Karellas Sohn. Aels Sohn. Moloquin.«

Und nun begriff Joba endlich. Sie kauerte sich zusammen und rührte sich nicht mehr.

Er trat in ihre Mitte, hockte sich neben das Feuer und hielt die Hände darüber, und seine schwarzen Augen wanderten von einer Frau zur anderen. Aus seinem Blick sprachen nicht der geringste Respekt, nicht die geringste Scheu. Er war so groß, daß er dünn wirkte, doch sein

Körper war außerordentlich kräftig, an den Oberarmen wölbten sich harte Muskeln, und im Nacken zog sich ein harter Wulst von Schulter zu Schulter, wie eine Kappe. Sein Haar war schwarz und zottelig. Am Gürtel hatte er irgendein Werkzeug, das in Hirschleder gewickelt war, aber er trug keinerlei Schmuck. Er war der nackteste Mann, den Joba je gesehen hatte.

Er sagte: »Ich möchte zu meiner Mutter. Wo ist Karella?«

Grela stand immer noch. Mit leiser Stimme sagte sie: »Moloquin, wir haben geglaubt, du wärst tot. Bei dem, was ich dir jetzt sagen muß, wirst du wahrscheinlich wünschen, du wärst es wirklich. Karella ist nicht mehr am Leben.«

Sein Mund öffnete sich ein wenig. Seine Augen veränderten sich. Wenn sie bis jetzt strahlend und hart geblickt hatten, so wurde ihr Blick jetzt eigenartig glänzend, strahlender noch, doch die Härte war verschwunden.

Er erwiderte: »Was ist mit ihr passiert?«

»Sie ist am Fieber gestorben.« Grela schaute von einer Frau zur anderen und wandte sich dann wieder Moloquin zu. »Komm mit, ich erzähle dir alles, aber den anderen hier wollen wir diesen Kummer ersparen, denn sie haben Karella genauso geliebt wie du.«

»Niemals«, sagte er, und seine Stimme klang gepreßt, »niemals.«

Grela entfernte sich vom Feuer. »Komm mit.« Sie hielt ihm die Hand hin, und sein Kopf fuhr herum, und er blickte ihr nach, stand jedoch nicht auf, jedenfalls nicht sofort. Sie ging dennoch unbeirrt weiter, entfernte sich Schritt um Schritt von ihm, wobei sie die Hand immer weiter in seine Richtung ausgestreckt und den Kopf gesenkt hielt.

Er wandte sich an die beiden anderen, die mit ihm gekommen waren. »Bleibt hier«, sagte er, sprang auf und stürzte hinter Grela her.

Die anderen beiden waren einen Augenblick lang unschlüssig. Der Mann lächelte den Frauen zaghaft zu und setzte sich dann unter wiederholten Respektsbezeugungen dort nieder, wo Moloquin gehockt hatte. Die alten Frauen rückten von ihm ab, und er rief der fremden Frau etwas zu und sprach irgendwelches fremdländische, unverständliche Zeug mit ihr, und sie setzte sich dicht neben ihn. Alle starrten ins Feuer.

***

Grela erzählte Moloquin, wie Karella gestorben war – wie sie Ladon mit ihren Geschichten bekämpft hatte und wie das Fieber sie hinweggerafft hatte.

»Da haben wir sie zur Säule des Himmels gebracht«, sagte Grela, »und als die Krähen ihr Fleisch weggepickt und ihren Geist befreit hatten, haben wir ihre Gebeine ins Grab gelegt.«

Sie schwieg und schaute ihn an. Sie waren am Fluß entlanggegangen, um allein zu sein. Sie hatte erwartet, daß er von Schmerz überwältigt werden würde und sich nun eine Zeitlang zurückziehen wollte, um seine Würde zu wahren, doch er sagte nichts dergleichen. Er schaute auf sie hinab, viel größer, als sie ihn in Erinnerung hatte, ein richtiger Mann, und obendrein einer, dessen bloßer Anblick ihr Schauder über den Rücken jagte.

Er sagte: »Ladon hat sie getötet.«

»Moloquin, alle müssen sterben. Nicht an jedem Tod ist jemand schuld. Allerdings muß man sagen, daß sie das Interesse am Leben verlor, als sie dachte, du wärst tot.«

»Ah ... ah ...«

Nun schien er zu trauern; er stöhnte und warf den Kopf hin und her. Er hob die Fäuste und hämmerte sich damit auf die Schenkel und gegen die Brust. Sie streckte die Hand aus und drückte ihm sanft die Arme herunter. Wo war er bloß gewesen? Es war Zeit, daß sie das endlich erfuhr.

»Ladon hat sie getötet«, sagte er.

»Du hättest nicht weggehen und sie allein lassen dürfen.«

Er blitzte sie an. Sein Blick war wieder hart. Die Tränen, die ihn verschleiert hatten, rannen ihm jetzt die Wangen hinab.

»Ladon hat mich verkauft. Mich an den Händler Harus Kum verkauft. Hat mich zum Schlittenziehen und Steineschleppen verkauft.«

»Ach!«

Sie warf einen Blick über die Schulter, in Richtung Versammlungsstätte.

»Habt ihr ihr geholfen?« fragte Moloquin. Seine Stimme war rauh. »Habt ihr bei ihr gesessen, und habt ihr Ladon zur Rechenschaft gezogen? Habt ihr irgend etwas gemacht außer zuzuschauen? Ihr alle? Habt ihr irgend etwas gemacht, außer zuzuschauen, wie sie starb? Oder war es wieder genauso wie damals, als er meine Mutter Ael in den Wald gejagt hat und ihr dagestanden und zugeschaut habt?«

»Moloquin«, sagte sie fassungslos. Von dieser Seite hatte sie die Sache noch gar nicht betrachtet.

»Wo ist Ladon jetzt?« fragte er.

»Er ist ...« Sie erkannte die Gefahr, die in ihrer Antwort lag, und redete nicht weiter, sondern ließ den Blick nachdenklich auf ihm ruhen. Sie fragte sich, was Ladon wohl gegen Moloquin unternehmen würde.

»Wo ist er?«

»Bei den Wenden-des-Jahres«, sagte sie. »Zusammen mit den anderen Häuptlingen.« Fergolin war ebenfalls dort, ihr Mann, und alle anderen auch. Bestimmt würde Moloquin nicht die gesamten Männer der Folc auf einmal herausfordern.

Einen Augenblick blieb er noch stehen und blickte auf sie nieder, und sie fragte sich wieder, was ihm wohl widerfahren war. Seine Hand ging zu seinem Gürtel, zu dem Werkzeug, das dort, in Tierhaut eingehüllt, steckte und dessen Eschenholzstiel ihm von der Hüfte herabhing. Dann drehte er sich auf dem Absatz um und machte sich auf den Rückweg zum Feuer, an dem er seine Gefährten zurückgelassen hatte.

Grela folgte ihm in geringem Abstand. Es widerstrebte ihr, noch länger mit ihm zu sprechen. Er hatte etwas Beunruhigendes an sich, aber das war schon immer so gewesen. Er war anders, fremd, vielleicht bösartig. Er erreichte vor ihr das Feuer und führte seine Gefährten von dort weg, auf den Wall der Wenden-des-Jahres zu. Grela trat zwischen die anderen Frauen.

»Kommt, schnell«, sagte sie.

»Wohin?« Die jüngeren, beweglicheren sprangen bereits auf.

»Moloquin sucht Ladon«, sagte Grela, »los, kommt, wir müssen sehen, was passiert.«

Nun hatte es jede eilig. Grela lief durch das Lager und rief allen Frauen zu, daß sie ihr folgen sollten.

Fergolin stand im Innern des kleineren Steinringes, seinerseits umringt von einer Schar Jungen, den Novizen des Bärenschädels. Die Sonne würde noch eine ganze Weile nicht untergehen, doch er wollte, daß die Jungen bereit waren, wenn es soweit war.

Er sagte: »Im Frühjahr und im Herbst bewegt sich der Punkt, wo die Sonne auf- und untergeht, sehr rasch und wandert sichtbar am Horizont entlang. Je mehr sich jedoch der Mittsommernachtstag nähert, der Tag also, an dem die Sonne am weitesten nördlich auf- und untergeht, bewegt sich der Punkt des Auf- und Unterganges nur noch sehr wenig fort. Dann ist es schwierig, den Unterschied von einem Tag zum anderen zu erkennen.«

Die Jungen schienen halb eingeschlafen zu sein. In der hinteren Reihe knuffte einer seinen Nachbarn, und Gekicher war zu hören. Fergolin tat so, als bemerke er es nicht.

»Deshalb ist es oft notwendig, die Tage zu zählen, nachdem die Sonne einen bestimmten Punkt überschritten hat, bis sie wieder zurückkehrt. Dann nimmt man die Hälfte dieser Zahl und hat genau den Mittsommernachtstag.«

Er unterbrach seinen Vortrag. Sie hörten ihm nicht zu; sie sahen an ihm vorbei und machten lange Hälse. Er wandte sich um.

Ein Mann kam mit langen Schritten über den Ringwall, aus der Richtung des Frauenlagers – ein großer schwarzhaariger Mann mit dem federnden Gang des Jägers. Er trug etwas in der Hand, das in Hirschleder gewickelt war. Fergolin stand wie vom Donner gerührt. Er zwinkerte, als sähe er nicht recht, fassungslos und verwundert.

Es war Moloquin. Oder war jedenfalls früher Moloquin gewesen, denn der hier war ein Mann.

»Was ist los, Meister?« fragte einer der Jungen, und ein anderer sagte: »Wer ist der Mann?«

Fergolin schenkte ihnen keine Beachtung. Er sprang auf, als Moloquin an ihm vorbeiging, und genau in diesem Moment zog Moloquin die Hülle von dem Werkzeug, das er in der Hand hielt, und wie die Sonne, die durch die Wolken bricht, erstrahlte der schwere rotgoldene Kopf der Axt.

Fergolin wußte, wohin Moloquin ging. Er folgte ihm, ohne den Abstand zu verringern, und näherte sich dem Platz auf der anderen Seite des äußeren Ringes, wo Ladon und die anderen Häuptlinge auf der Plattform saßen. Die Novizen eilten ihm nach, und von allen Seiten strömten die Menschen herbei, und alle folgten Moloquin.

Ladon saß auf einem großen Teppich aus zusammengenähten Tierfellen, und die anderen Häuptlinge saßen um ihn herum. Ihre Männer eilten hin und her und brachten ihnen zu essen und zu trinken, und bisweilen kamen sie auch nur, um ihnen Respekt zu bezeugen, Ehrerbietung zu zeigen und zu empfangen. Rulon saß und prahlte mit der Tüchtigkeit seiner Frauen, die gerade der größten Ernte entgegensahen, die die Welt je erlebt hatte; zwei andere spielten mit Knöchelchen, und die ältesten Häuptlinge waren eingeschlafen.

Ladon hatte, um die Wahrheit zu sagen, nicht das geringste Bedürfnis, mit irgendeinem von den anderen zu sprechen. Er war sich selbst genug.

Rulon hatte ihn in diesem Jahr nicht herausgefordert. Als die Häuptlinge bei den Wenden-des-Jahres angekommen waren, hatten sich alle Ladon gebeugt. Alle hatten vom ersten Augenblick an lauthals seinen Namen geschrien; er war der Größte von allen, und alle hatten dies als Tatsache hingenommen.

Er befühlte die Perlen um seinen Hals, die äußeren Zeichen seiner Macht, und lächelte. Harus Kum war nicht zur Versammlung erschienen. Wenn er niemals wiederkommen sollte, würde niemand sonst jemals solche Perlen besitzen, solche wunderbaren Armringe und Armbänder und so einen Gürtel, wie er ihn trug: Niemand würde jemals solche Macht erlangen wie er. Und wenn er starb, dann würde er diese Zeichen seiner Macht an seinen Sohn weitergeben, und auch gegen ihn würde sich niemand zu erheben wagen.

Sein höchstes Ziel hatte er erreicht. Er saß auf der Plattform, ein Mann, der alles bekommen hatte, was er wollte, und das kleine Problem mit seinem Dorf warf nicht mehr als den Schatten einer Vogelschwinge auf den strahlenden Glanz der Ruhmessonne.

Er hatte versucht, die Frauen davon abzuhalten, ihre Langhäuser zu verlegen, doch sie hatten ihm nicht gehorcht. Vielleicht würden sie ja nun auf ihn hören, wenn sie erkannten, wie mächtig er war, oder vielleicht konnte er sie auch zwingen, die Langhäuser dorthin zurückzubringen, wo sie hingehörten. Er hatte nicht die Absicht, sein Rundhaus zu verlegen.

Er hatte noch nie ein Dorf verlegt. Sein Onkel hatte die Folc an ihren derzeitigen Platz am Fluß gebracht, als Ladon noch ein kleiner Junge namens Twig war, der im Hof mit einer Kastanie spielte. Er erinnerte sich nur noch an die Aufregung des Packens und an den anstrengenden langen Weg zu dem neuen Platz.

Er hatte die Absicht zu bleiben, wo er war. Sein Rundhaus gehörte zu den ältesten Häusern der Folc, und solange er darin gelebt hatte, war es ihm wohlergangen. Wenn er sich an einen neuen Platz begab, setzte er sich unvorhersehbaren Gefahren aus – der Boshaftigkeit von Geistern, der Möglichkeit, einen Ort zu wählen, der Unglück brachte. Die Frauen hatten neue Gärten angelegt, die weiter oben an dem Hang lagen, der zum Fluß abfiel, und obwohl die zusätzliche Arbeit dazu geführt hatte, daß sie erst spät zum Pflanzen gekommen waren, war doch das Saatgut tüchtig gesprossen, weil er peinlich genau darüber gewacht hatte, daß alle Rituale durchgeführt wurden, wie es sich gehörte.

Seine Vorratskammern waren nahezu leer. Er hatte seine gesamten Vorräte Harus Kum gegeben, als der ihm die mit Zauberkräften begabten Schmuckstücke gebracht hatte, die er jetzt trug, die Zeichen seiner Macht, und zudem war die letzte Ernte nicht gut gewesen. Das war ein weiterer Grund, weshalb er froh war, daß Harus Kum nicht da war, denn Ladon hatte nichts, das er ihm hätte geben können.

Die diesjährige Ernte würde die Vorratskammern wieder füllen; er würde wieder reich sein, und niemand würde erfahren, wie viele der Körbe inzwischen leer waren und wie viele von den Krügen nur Wasser enthielten.

»Ladon!« schrie jemand.

Er achtete nicht darauf. Ständig rief irgend jemand seinen Namen. Er wandte seine Gedanken Karella zu, an der er sich nun, wo seine Macht gesichert war, zu rächen beabsichtigte.

Ihre Gebeine lagen in dem Rundgrab östlich des Dorfes. Wenn er sie herausholte und verstreute, dann würde Karella in kleinen Stückchen in der Oberwelt herumwandern und von allen anderen Geistern verspottet werden.

»Ladon! Ladon!«

Ärgerlich hob er den Kopf; sein Name sollte eigentlich in Komplimente und Respektsbezeugungen gehüllt und der Welt nicht nackt wie ein alter Knochen dargeboten werden. Das Gedränge der Körper um die Plattform ebbte ab, und es wurde stiller. Jemand kam auf ihn zu.

Um ihn herum verstummte alles. Rulon hörte auf zu prahlen, und die anderen Männer schoben ihre Knöchelchen weg. Ladon runzelte die Stirn. Vor ihm teilte sich die Menge, und ein langgestreckter leerer Zwischenraum, eine breite Gasse, tat sich auf. Ganz hinten am Ende stand ein hochgewachsenes Wesen, das eine Zottelmähne hatte wie ein Tier.

»Moloquin«, sagte Ladon, und fieberhafte Spannung bemächtigte sich seiner.

»Ladon«, schrie Moloquin und schritt auf ihn zu, und Ladon hockte zusammengesunken auf der Plattform und sah ihn näher kommen. Mit einem unbehaglichen Kribbeln in den Eingeweiden bemerkte er, daß der Ringwall, der die Steine umgab, schwarz war von Zuschauern. Alle Folc waren gekommen, um die Szene mitzuerleben.

»Ladon«, schrie der Sohn seiner Schwester abermals, »du hast meine Mutter getötet, und das zweimal. Du bist alt und böse und machtlos und vom Schicksal verflucht!«

Bei diesen Worten hob er den Arm, und aus der Menge der Zuschauer ertönte ein Schrei des Erstaunens. In der Hand hielt Moloquin eine gewaltige Axt, und deren Schneide war aus einem weithin leuchtenden Zauberzeug, das aussah, als wäre es aus demselben Stoff wie die Sonne.

»Ach so«, sagte Ladon mit ruhiger Stimme, »du hast dir so einen Stock von Harus Kum geliehen, und nun bist du gekommen, um dich zu rächen, wie, Moloquin?«

»Rache . . .«

Moloquin hob die Axt und holte aus, und ihr Kopf sauste durch die Luft. Er fuhr in die Plattform und zerschmetterte krachend die hölzerne Rampe. Die Häuptlinge schrien auf. Würdelos wie Kinder sprangen sie von der Plattform zu Boden und ließen Ladon allein oben sitzen.

»Ich brauche keine Rache an dir zu nehmen«, rief Moloquin, und wieder hob er seine Axt und hieb sie mit einem gewaltigen Streich in den mittleren Pfosten, der die Plattform trug. »Du bist zum Untergang verurteilt. Du und alle, die bei dir bleiben . . .«

Wieder schlug er mit der Axt gegen den Pfosten, und das Holz gab nach. Die Plattform sackte in der Mitte ein. Ladon breitete die Arme aus und versuchte, um jeden Preis das Gleichgewicht zu halten.

»Alt und böse und vom Schicksal verflucht!« rief Moloquin. »Dein Bestes starb, als meine Mutter Karella starb! Ich, Moloquin, der dies hier gemacht hat . . .«

Er drehte sich mit emporgerecktem Arm im Kreis, die Axt hoch ins gleißende Sonnenlicht haltend.

»Ich, Moloquin, bin gekommen, um euch alle zu verfluchen!«

Er wirbelte wieder herum und hieb abermals gegen den Pfosten, der nun endgültig in der Mitte durchbrach. Die Plattform krachte zusammen. Ladon glitt zu Boden, und seine Hände griffen verzweifelt nach irgendeinem Halt, doch er stürzte zu Moloquins Füßen in den Staub.

Benommen und entsetzt blickte er auf. Über ihm stand der große junge Mann mit seiner herrlichen Axt, und Ladon hob die Hand, um sich zu schützen. Moloquin hob die Axt über den Kopf.

Die Menge wurde totenstill. Niemand rührte sich. Niemand kam Ladon zu Hilfe. Wie sie dabeigestanden und gewartet hatten, während Karella starb, so standen sie nun und warteten darauf, daß Ladon sterben würde.

Moloquin senkte die Axt. Er sagte: »So leb denn weiter, alter Mann, das ist mein Geschenk an dich.«

Dann trat er an Ladon vorbei, und mit der gewaltigen Axt hieb er die Plattform der Häuptlinge in Stücke, so daß nur ein Trümmerhaufen von ihr übrigblieb. Er wandte sich um.

»Und jetzt gehe ich und gründe mein eigenes Dorf, wo Männer und Frauen in Gerechtigkeit und Anstand zusammenleben können. Und wer ein Leben führen will, wie es sein sollte, der mag mit mir kommen, und die übrigen –«

Er spie auf Ladon nieder, der zu seinen Füßen kauerte.

»– die übrigen können mit Ladon verfaulen!«

Wieder wirbelte er herum und hieb mit seiner Axt in den Holzhaufen. Dann schritt er von dannen, ostwärts, und diejenigen, die ihm im Weg standen, traten eilig beiseite. Hinter ihm gingen, bis dahin unbemerkt, ein anderer Mann und eine hochschwangere Frau. Zwischen zwei aufrecht stehenden Steinen hindurch gingen sie nach Osten davon.

Nun lösten sich hie und da Menschen aus der Menge und stürzten Moloquin nach. Nicht viele, erst nur zwei, drei, dann ein paar mehr, und dann, zu Ladons Überraschung, folgte der alte Brant, der Meister des Grünen Zweiges. Dann schien sich niemand mehr anzuschließen. Totenstill standen die Folc und beobachteten, wie Moloquin den Wall erklomm und auf der anderen Seite verschwand, und dann verschwand der kleine Zug seiner Gefolgsleute ebenfalls einer um den anderen in Richtung Osten.

Da schrie jemand: »Warte! Warte!«

Aus der Masse der Frauen auf dem Wall löste sich ein Mädchen, rannte zwischen den Steinen hindurch, rief dabei immer wieder, daß Moloquin auf sie warten solle, und Ladons Sohn, der hinter seinem Vater stand, starrte fassungslos hinter ihr her und schickte sich an, ihr nachzulaufen.

Ladon schoß herum und hob die Hand, und die anderen Männer packten seinen Sohn und hielten ihn fest.

»Shateel«, schrie sein Sohn, »Shateel . . .«

Doch sie war nicht mehr da, war über den Wall verschwunden und Moloquin gefolgt.

Moloquin legte ein langes Stück Weg zurück, ehe er sich das erste Mal nach den Wenden-des-Jahres umblickte. Was er sah, überraschte ihn, und er blickte wieder nach vorn und schritt rascher aus.

Eine ganze Schar von Menschen folgte ihm, nicht nur Hems und Ap Min, sondern auch Brant, der alte Meister des Grünen Zweiges, ein paar Frauen, eine davon mit kleinen Kindern, und zwei junge Männer. Sie verließen ihre Herdstellen und ihre Häuptlinge und folgten ihm, und sie erwarteten, daß er ab jetzt ihr Häuptling war; wann immer sie etwas brauchten, würden sie zu ihm kommen.

Er hatte das nicht beabsichtigt, als er vor Ladon derart stolze Worte ausgesprochen hatte. Die Wörter hatten sich seinen Lippen aufgedrängt, als hätte jemand anderes durch seinen Mund gesprochen.

Ael hatte durch ihn gesprochen. Ael und Karella hatten ihn benutzt, um Rache zu üben, und jetzt . . .

Seine Schritte wurden immer länger, gerade so, als wollte er die anderen abschütteln, und er lief zum Toten Fluß hinab und überquerte ihn und entdeckte einen Pfad, der sich auf der anderen Seite des tief eingeschnittenen Tales emporwand. Immer noch folgten ihm die anderen. Endlich, am Abend, die Sonne ging schon unter, erschien vor ihm auf der Ebene wie ein Kranz von Zähnen die Säule des Himmels.

Als er sie erblickte, tat sein Herz einen Sprung, und er fing zu laufen an. Er vergaß die anderen, die ihm folgten, und rannte den langen Abhang hinauf über das schlüpfrige Gras. Ein paar Trappen trollten sich schwerfällig aus dem Weg. Die Krähen erhoben sich als dichte schwarze Wolke in die Luft. Er rannte über den Wall und betrat seine geheiligte Stätte.

Es war, als kehrte er zu seiner Jugend zurück, in jene Zeit, als er hierhergekommen war, als Ael ihn hierhergebracht hatte. Sie hatte sich auf ihn gestützt, hustend und strauchelnd, und das Blut war ihr das Kinn hinabgelaufen, wenn sie gehustet hatte. Sie war so dünn und zerbrechlich gewesen – der größte Teil ihres Körpers war bereits gestorben –, so daß er am Ende imstande gewesen war, sie hochzuheben und durch die Steine in den Ring zu tragen.

Er stand inmitten des Ringes und drehte sich langsam einmal um die eigene Achse. Der Wind beugte das hohe Gras, seufzte und flüsterte und blies an den traurigen, im Kreis aufgereihten Steinen entlang, die zu Boden zu stürzen drohten, und drüben, bei den beiden höheren Steinen, die den nördlichen Rand kennzeichneten, ließen ein paar fette Krähen sich hungrig über einem halb abgenagten Leichnam nieder.

Hier hatte Karella ganz zuletzt gelegen.

Er wußte, sie war immer noch da. Er spürte ihre Gegenwart wie auch die von Ael, und wenn sie hierblieben, hier, wo ihre Leiber verwest waren, dann würden alle anderen auch bleiben, all die Generationen von Folc, körperlos in ihrem Haus aus Wind. Hatte er sie bereits enttäuscht, indem er ihre Kinder aus der Geborgenheit ihrer Dörfer herausführte?

Er fiel auf die Knie nieder und legte die Axt vor sich auf den Boden. Ihr Kopf war von den Schlägen gegen Ladons Plattform verbogen und zerschrammt. Alle anderen sahen ein Wunderding in ihr, er aber wußte, was sie war: ein Ding von Menschenhand – und ein mißratenes obendrein. Er senkte sein Gesicht ins Gras, und aus seinem bekümmerten, angsterfüllten Herzen heraus sprach er zu Karella und Ael.

»Helft mir, helft mir! Laßt mich nicht im Stich. Hilf mir, Mutter!«

Seine Bitte verlor sich nicht ungehört im Wind. Er wußte, daß sie ihn gehört hatten, und seine Worte überschlugen sich, als er sie um Hilfe bat und ihnen berichtete, wo er gewesen war und was Ladon ihm angetan hatte und weshalb er bei den Wenden-des-Jahres gesprochen hatte. Sie hatten es von ihm verlangt. Er hatte gespürt, daß ein anderes Wesen aus ihm sprach, als er gegen Ladon aufgestanden war. Nicht er hatte gehandelt, sondern er war das Werkzeug eines anderen gewesen, und nun rief er dieses andere Wesen um Hilfe an.

Die Männer, Frauen und Kinder, die Moloquin von den Wenden-des-Jahres gefolgt waren, beobachteten ihn jetzt vom Wall der Säule des Himmels aus. Einige von ihnen waren noch nie zuvor an diesem Ort gewesen. Andere hatten Angst vor seiner Macht und rupften Gras ab, um mit einem Gegenzauber Widerstand zu leisten. Die beiden Kinder waren, schutzsuchend an den Körper der Mutter geschmiegt, eingeschlafen, sobald sie sich auf dem Wall niedergelassen hatte. Eine ältere Frau rückte näher heran und legte den Arm um sie, damit sie es ein bißchen wärmer hatten.

Shateel hörte hinter sich jemanden sagen: »Was macht er denn jetzt?«

Shateel umschlang ihren Oberkörper mit den Armen. Sie hätte gern eine Decke gehabt, jetzt, wo die Sonne untergegangen war.

Einen Augenblick lang herrschte Schweigen, und niemand schien sich mehr zu rühren, bis Brant, der Älteste von ihnen, sein Gewicht von einem Fuß auf den anderen verlagerte, den Kopf hob und sich umblickte.

»Er spricht mit den Alten. Und jetzt hört mir zu: Wenn irgend jemand zu den anderen zurückkehren möchte, dann muß er es jetzt sofort tun, weil wir ein Lager aufschlagen werden, und jeder, der heute nacht in diesem Lager schläft, wird auf alle Zeiten zu Moloquin gehören.«

Shateel gefiel das nicht – sie gehörte zu keinem Mann, jedenfalls im Augenblick nicht. Aber ihr war kalt. Sie ging mit den anderen Frauen los, um Feuerholz zu holen. Sie hatte bislang mit keiner der Frauen auf freundschaftlichem Fuß gestanden, doch jetzt drängten sie zueinander und sprachen miteinander wie Schwestern.

»Was sollen wir denn essen?«

»Ich habe etwas Schrot dabei«, sagte Wahela, die junge Mutter. »Ich habe gerade gemahlen, als die anderen mich gerufen haben, und ich habe alles mitgenommen. Es ist in meinem Korb dort.«

Sie zeigte über die Schulter zum Ringwall mit seiner sanft ansteigenden, langgezogenen Schräge. Auf der Krone des Walls saßen die übrigen Mitglieder ihres neuen Volkes in der Dämmerung beisammen.

»Hier gibt es kein Holz«, sagte Shateel, »wir sollten dort hinübergehen, dahin . . .« Sie zeigte nach Osten, zum Waldrand.

»Warten wir besser, bis der Häuptling – bis Moloquin uns sagt, daß wir dahin gehen sollen.«

»Kommt hier entlang«, sagte die ältere Frau, die Taella hieß. Ihr langes Haar war von grauen Strähnen durchzogen, und sie hatte es zu dicken Zöpfen geflochten, die ihr über die Schultern herabhingen. Als sie ihnen mit der Hand die Richtung zeigte, glitt der eine Zopf ihr über den Arm. »Dort drüben ist ein Bach, und ich weiß, daß da Gestrüpp und ein paar Bäume sind.«

Die drei Frauen brachen gemeinsam auf. Die Sterne kamen heraus, und der Wind, der ihnen hangaufwärts entgegenwehte, war feucht und warm. Shateel vermutete, daß es bald regnen würde. Sie dachte an die Wärme ihrer Herdstelle, die Geborgenheit ihres Langhauses, und dann dachte sie: »Was habe ich bloß für eine Dummheit gemacht! Weshalb bin ich nur hierhergekommen?«

»Weshalb bist du mitgekommen?« fragte sie Wahela, die links von ihr ging.

Die andere hielt sich beim Laufen mit den Armen umfangen. Ihr Blick schweifte umher, auf der Suche nach Holz. »Ich weiß nicht. Ich habe Moloquins Stimme gehört, und irgend etwas hat mir gesagt, daß ich ihm folgen sollte, und so habe ich es getan.«

Sie lachte darüber, fröhlich wie ein Kind.

Diese Erklärung befriedigte Shateel nicht, und sie wandte sich Taella zu. »Und weshalb bist du mitgekommen?«

Taella strich sich die dicken Zöpfe zurück. Sie lief noch etliche Schritte weiter, ehe sie sprach. Schließlich antwortete sie mit einer Stimme, die nicht so unbeschwert war wie die Wahelas:

»Ladon hat kein Glück. Viele Dinge sind geschehen, seit Karella starb, und sie alle waren zu Ladons Schaden. Dazu gehört vor allem, daß Moloquin zurückgekommen ist. Irgendwie ist das ein Zeichen, daß er zurückgekommen ist. Das Glück ist jedenfalls auf seiner Seite, soviel steht fest.«

»Du meinst . . .«

»Ich meine gar nichts«, sagte Taella scharf, »es ist Sache des Häuptlings, Entscheidungen zu treffen und sich Meinungen zu bilden. Da ist der Bach.«

Vor ihnen zog das Land sich zu einer tiefen Falte zusammen, und dort verlief ein Bächlein, das knapp einen Finger tief war. An dieser windgeschützten Stelle wuchsen Buschwerk und ein paar kümmerliche Bäume. Die Frauen drangen in das Gestrüpp ein und sammelten trokkene Zweige, die sie als Anmachholz verwenden wollten. Gleichzeitig sahen sie sich nach dickeren Ästen um, die das Feuer in Gang halten sollten. Als sie alles irgendwie Brauchbare zusammengetragen hatten, häuften sie es an dem trockenen Hang auf, und Taella schüttelte den Kopf.

»Nicht genug.«

Sie ließen ihre Beute, wo sie sie aufgetürmt hatten, und gingen in östlicher Richtung weiter. Shateel war müde, und die Beine taten ihr vom vielen Laufen weh. Sie war zu müde, um noch länger nachzudenken. Auf einmal hatte sie das Gefühl zu schweben, so als paddelten ihre Beine ziellos vor sich hin, während die Luft um sie herum von Stimmen erfüllt war. Sie konnte die Worte nicht unterscheiden, aber die Stimmen trösteten sie. Sie wußte, sie war in guter Obhut. Sie folgte Taella über den Kamm eines weiteren niedrigen Hügels.

»Da!«

Vor ihnen stand, ein bißchen weiter östlich, eine hohe Ulme ganz allein auf einer offenen Ebene. Die drei Frauen eilten darauf zu. Als sie nahten, erhob sich ein Schwarm kleiner Vögel wie ein Windstoß aus den Zweigen. Weil sie keine anderen Bäume zur Gesellschaft hatte, mußte die Ulme sterben; viele der Äste in der Krone reckten sich nackt empor, ohne Borke, umgeben von spärlichem Sommerlaub. Der Boden war übersät von dürrem Holz. Sie sammelten alles auf, mehr als sie tragen konnten, und schleppten es dann mit vereinten Kräften davon: Jeweils zwei der Frauen zerrten das Holz gemeinsam weiter, während die dritte sich ausruhte. Auf diese Weise kehrten sie zur Säule des Himmels zurück.

Moloquin wachte im Morgengrauen auf. Er hatte die ganze Nacht im Schutz des Nördlichen Wächters geschlafen. Sowie er wach war, nagten Schuldgefühle an ihm. Er stand auf und blickte sich um.

Das Gras im Innern des Ringwalls regte sich im Wind. Die dicken schwarzen Krähen hüpften schwerfällig auf der anderen Seite des Kreises umher, und eine flog auf und setzte sich oben auf einen Stein, um ihn zu beobachten. Die ersten Regentropfen, vom Wind dahergetragen wie eine Handvoll Samenkörner, berührten sein Gesicht und seine Hände. Er konnte nichts entdecken, das auf die Anwesenheit der anderen aus Ladons Lager schließen ließ, die ihm gefolgt waren.

Er war erleichtert. Er hoffte, daß sie alle zu den Folc zurückgekehrt waren.

Er hob seine Axt auf, steckte sie in den Gürtel und durchschritt das Rund im Innern des Walls. Er lief zwischen den schiefstehenden Steinen hindurch und stieg auf die Erhebung hinauf. Da waren sie: An der Außenseite des Walls hatten sie sich zusammengeschart, und ihm sank der Mut, als er sie so sah, ungeschützt und ohne Nahrung, wie sie darauf warteten, daß er etwas tat.

Doch als er da stand und sie beobachtete, sah er, daß die Frauen dabeiwaren, eine Feuerstelle einzurichten. Schon knisterten helle Flammen aus einem Häufchen Zunder, und daneben wartete eine Ladung Holz. Er stand noch eine ganze Weile so und beobachtete das Lager, das sie dort aufgeschlagen hatten. Ihre paar Decken hatten sie ausgebreitet und ihre Körbe ringsherum gestellt, und das hohe Gras hatten sie bis auf einen Kranz niedergetreten, so daß eine kleine Einfriedung entstanden war. Irgendwie hatten sie etwas Eßbares gefunden, und das teilten sie nun untereinander auf. Er sah, daß die Kinder auf die Knie der Männer gekrochen waren, um sich zu wärmen und gegen den Wind zu schützen, und er sah, wie die sie mit ihren Armen und vorgebeugtem Oberkörper schützten, und seine Lebensgeister flackerten auf wie die Flammen der Feuerstelle. Er war nicht allein auf sich gestellt. Die Frauen würden sich immer ein Zuhause schaffen, ob sie nun unter seiner oder Ladons oder Rulons Führerschaft lebten; sie würden sich ihre Herdstellen einrichten, wo immer sie sein mochten. Er konnte sich auf die Frauen verlassen. Er begab sich in ihre Mitte, dorthin, wo das wärmende Feuer war.

Der Regen fiel den ganzen Tag. Moloquin führte seine Folc nach Osten, auf den Wald zu.

Als sie an den Rand des Waldes kamen, scheuten sie zurück und wollten umkehren. Sie hatten Angst vor dem Wald. Moloquin, der an ihrer Spitze ging, lief einfach weiter, weil er glaubte, sie würden ihm schon folgen, doch als er zurückblickte, standen sie immer noch im offenen Gelände im Abendsonnenlicht und beobachteten, wie er sich entfernte. Er fiel in Trab und drang weiter in den Wald ein.

Er hatte nie verstanden, weshalb die Folc solche Angst vor dem Wald hatten. Zu seinen frühesten Kindheitserinnerungen zählten jene, wie er auf Bäume gestiegen war und Vogeleier aus den Nestern geraubt hatte. Jetzt rannte er schreiend und lachend durch den Wald, sprang über Brombeergestrüpp und streifte mit der Hand im Vorbeilaufen an den riesigen Bäumen entlang. Seine Schritte führten ihn immer tiefer in den Wald. Hoch ragten die Eichen über ihm auf, riesige friedliche Wesen, und ihre Zweige kicherten und raschelten im leichten Wind. Als er zu ihren Füßen den Wald durchschritt, fühlte er sich wieder geborgen.

Die Folc warteten am Waldrand auf ihn. Sein Volk würde ihm nicht in sein Zuhause folgen.

Niedergeschlagen und wütend streifte er eine Weile durch den Wald und spielte mit dem Gedanken, sie zurückzulassen, wo sie waren. Wenn sie so wenig beherzt waren, sollten sie doch zu Ladon zurückkehren. Doch er konnte seine Gedanken nicht von ihnen lösen: Er wußte, sie waren hungrig, und sie hatten ihr Zuhause seinetwegen verlassen, um der Worte willen, die er gesprochen hatte. Also lief er umher und sammelte Nüsse und Beeren, fing eine Schildkröte, ein paar Eidechsen und eine Schlange und trug sie in einem Gefäß aus Borke zurück zum Waldrand.

Als er aus den Bäumen trat, waren sie noch immer dort. Sie hatten wieder ein Lager aufgeschlagen und drängten sich um das Feuer. Als er erschien, grüßten sie ihn mit finsterer Miene, doch als er zu ihnen trat und die Leckerbissen ausbreitete, hellten sich ihre Gesichter auf, und sie strahlten vor Dankbarkeit und Freude. Die Schildkröte kochten sie in ihrem Panzer, die Eidechsen und die Schlange häuteten sie; die Kinder aßen mit rotverschmierten Gesichtern die Beeren.

Er sagte: »Ihr dürft keine Angst haben vor dem Wald. Bis wir pflanzen können, finden wir dort mehr zu essen als auf der Ebene, und Bäume bieten uns Schutz.«

»Er ist voller böser Geister«, sagte einer der beiden fremden Männer, die ihm von den Wenden-des-Jahres gefolgt waren. »Ich höre sie bis hierher.«

Gerade als er sprach, wurde der Wind stärker und trug das Gemurmel und die Schreie des Waldes an ihre Ohren. Moloquin sagte: »Wie heißt du?«

»Bohodon, vom Springender-Lachs-Bund.«

»Bünde haben wir hier nicht«, sagte Moloquin. Er blickte Brant an, der stumm auf der anderen Seite am Feuer saß, und wandte sich dann wieder Bohodon zu. »Welche Kenntnisse besitzt du?«

Bohodon war ein untersetzter, vierschrötiger junger Mann, der mit seinem unregelmäßig sprießenden Bart etwas verlottert wirkte. Seine Augen blickten mißtrauisch. Er antwortete nicht auf Moloquins Frage, bis die Unruhe und das Gemurmel der anderen Folc und ihre grimmigen Blicke ihn zwangen, den Mund aufzumachen.

»Ich habe an Kenntnissen nicht viel mitbekommen. Ich kenne mich ein bißchen mit Steinen aus. Ich . . .«

Sein finsterer, mißtrauischer Gesichtsausdruck veränderte sich; mit einem Mal sah er viel jünger aus, wie ein Heranwachsender, und er senkte den Blick.

»Ich mochte das nicht. Deshalb bin ich auch weggegangen. Ich gehörte nicht zum Springenden Lachs.«

Brant sagte verständnisvoll: »Und was ist mit deiner Maske?«

»Ich habe keine Maske geschnitzt«, murmelte der junge Mann, und als er das Gesicht wieder hob, war er rot bis an die Ohren. »Ich . . . ich . . . ich habe es nicht geschafft. Der Baum hat mich abgelehnt. Ich konnte das Holz für die Maske nicht herausschneiden. Meine Werkzeuge sind mir zerbrochen.«

Moloquin schwieg dazu; er dachte: Alle, die mit Ladon nicht zurechtgekommen sind, sind zu mir gekommen. Alle Versager. Er wandte den Blick von Bohodon.

Der dritte der Männer in der kleinen Schar seiner Anhänger schaute ihn erwartungsvoll an. Moloquin sagte: »Und wer bist du?«

»Ich heiße Kayon.«

Er war ein junger Mann in Bohodons Alter mit borstigem braunem Haar. Moloquin sagte: »Warst du in einem der Bünde?«

»Keiner wollte mich haben.«

Moloquin starrte ihn einen Augenblick lang an und kämpfte mit seinem Unmut. Er hatte diese Menschen gerufen; er hatte verdient, was er sich eingehandelt hatte. Wieder schweifte sein Blick zu Brant. Unter Ladons Folc galt Brant als alter Tropf, doch Moloquin wußte es besser.

Er faßte die Männer insgesamt ins Auge. Da war noch Hems, der nicht gerade eine Eiche von einem Mann, aber doch halbwegs tüchtig war. Vielleicht würden die anderen beiden besser sein, als der erste Eindruck erwarten ließ. Viel Hoffnung hatte er jedoch nicht; sie kamen ihm wie Erdklumpen vor. Er seufzte.

»Ich habe die Absicht, in den Wald zu gehen. Ich bin dort aufgewachsen, und ich kenne da eine Stelle – sie ist ziemlich weit weg, mit den Kindern ist es ein Marsch von zwei Tagen –, wo wir gut leben können. Es gibt dort Wasser, Holz, Nahrung, Ackerland. Ich gehe dorthin. Wer möchte, kann mir folgen.«

Bohodon blickte über die Schulter in den Wald; Kayon zog die Knie an die Brust und umschlang sie mit den Armen. Die alte Taella beugte sich vor und blickte Kayon ins Gesicht.

»Nun sei kein einfältiger kleiner Junge! Wenn du dich nicht traust, wirst du erneut versagen. Ermanne dich, sei unerschrocken, und vielleicht bewährst du dich doch noch im Leben!« Sie wandte sich zu Moloquin. »Ich werde mit dir gehen. Ich bin zwar nur eine alte Frau, aber ich habe zwei Hände, die zupacken können, und zwei Füße, die mich tragen, und Kenntnisse genug, um bei der Gründung eines neuen Dorfes von Nutzen zu sein.«

Die beiden jungen Frauen neben ihr nickten einmütig. »Wir kommen auch mit.«

Die zwei kleinen Kinder saßen dem Feuer am nächsten, und der kleine Junge, dessen Gesicht über und über mit dem klebrigen Saft der Beeren beschmiert war, sagte: »Ich komme auch mit, Moloquin.«

Moloquin lachte. »Na, da habe ich ja eine tüchtige Gefolgschaft gefunden!« Er warf Bohodon und Kayon einen flüchtigen Blick zu und dachte: Falls diese beiden aufgeben, werden alle nur denken, daß sie sowieso nie etwas Rechtes zustande gebracht haben, und er zuckte die Achseln, als fühlte er sich von einer Bürde befreit. Er stand auf und steckte mit Hilfe der anderen ein paar Zweige in die Erde, die ihnen in der Nacht ein bißchen Schutz bieten sollten. Dann schliefen sie, und am Morgen setzten sie ihren Weg fort, der sie in den Wald führte.

Sie gingen, einer hinter dem anderen, in einer Reihe, und Moloquin lief ein wenig voraus, um ihnen den Weg zu bahnen. Anfangs versuchte er, ihnen mit der Axt einen Pfad zu öffnen, doch sie hatte ihre Macht durch ihren Einsatz gegen Ladon eingebüßt, und so begnügte er sich damit, Zweige zur Seite zu biegen und kleinere Steine aus dem Weg zu räumen. Die Folc gingen bereitwillig mit, wo immer er sie hinführte. Unterwegs fand er alles Mögliche, was sie essen konnten – Lilienwurzeln, Haselnüsse –, und er ließ die Nahrung für die anderen liegen, die nach ihm kamen. Sie wanderten durch Tannendickichte, austrocknende Sümpfe und gelegentlich durch ein Stück Eichenwald, wo der Boden unter ihren Füßen von Eicheln knirschte. Immer noch regnete es unaufhörlich, und die Zweige über ihnen waren vom Rauschen des Regens erfüllt wie von einer Musik. Ab und zu hörte er die Folc hinter sich Schreie ausstoßen, wenn sie etwas gesehen oder gehört hatten, das sie erschreckte, doch im Verlauf des Tages ließ die Angst der Leute immer mehr nach, und sie achteten nicht mehr auf jeden Laut des Waldes. Sie lernten rasch, die Früchte zu erkennen, die Moloquin für sie sammelte, und trieben selbst welche auf, während sie marschierten. Die Kinder rannten zuerst unternehmungslustig voraus, doch am

Nachmittag wurden sie müde, und die Männer trugen sie abwechselnd auf dem Rücken.

Am Abend machten sie in einem Hain aus alten Bäumen halt und steckten sich aus Gestrüpp und Zweigen ein Schutzdach, worunter sie schliefen. Ihr provisorischer Unterstand hielt jedoch den Regen nicht ab, und bei Sonnenaufgang waren sie alle naß, niedergeschlagen und sehr hungrig, und zu essen hatten sie nichts. Die Kinder verlangten weinend nach Nahrung, doch auch für sie gab es nichts. Moloquin führte sie weiter in den Wald hinein, und sie folgten ihm und nagten mittlerweile an Stöcken, rannten unbeholfen und erfolglos hinter Eichhörnchen her und drehten Holzkloben nach Larven und Schnecken um. Der Regen troff unablässig von den Bäumen; trübsinnig trotteten sie durch Schlamm und Dornengestrüpp hinter Moloquin drein, immer tiefer in den Wald hinein.

***

Gegen Mittag fanden sie einen Nußbaum, und die Frauen sammelten die Nüsse in Wahelas Korb. Shateel sammelte sie auch in ihren Rock. Als sie weitergingen, aß sie sie beim Gehen, während sie kraftvoll ausschritt, um nicht hinter Moloquin zurückzubleiben.

Sie versuchte, nicht an ihr Zuhause, an ihre Mutter, den Gatten, den sie verlassen hatte, oder an ihren Garten in Ladons Dorf zu denken. Besonders der Gedanke an den Garten schmerzte sie – das zarte Grün, die Knospen, die sich auftaten und nun vom Wild gefressen werden würden, während ihr Bauch sich vor Hunger zusammenkrampfte und die Kinder weinend nach Essen verlangten.

Ob Moloquin wußte, wohin er ging? Ihr Blick ruhte auf seinem geraden, nackten Rücken, der durch den tiefen Einschnitt der Wirbelsäule geteilt war. Er führte sie weg von allem, was sie im Leben gekannt hatte. Der Wald bedrückte sie. Die Bäume, die sich dicht gedrängt um sie schlossen, versperrten ihr die Sicht; wie sollten sie etwas Bestimmtes finden, wenn sie nicht weit sehen konnten? Einmal, als sie eine Pause machten, um an einem Bach zu trinken, kennzeichnete sie einen Stein, der ihr den Weg nach Hause zurückweisen sollte, falls sie allein heimfinden mußte.

Am späten Nachmittag stiegen sie einen steilen Hang hinauf, umgingen dabei ein dichtes Fichtengehölz, liefen dann einen alten Wildpfad hinab und gelangten in einen Geisterwald.

Beim Anblick der toten Bäume, die weiß und kahl inmitten des üppigen sommerlichen Grüns standen, schrien die Frauen wie aus einem Munde auf. Der tote Hain nahm die ganze Ebene am Fuß des Hanges ein. Gras und Gesträuch waren im Sonnenlicht so üppig gewachsen, daß sie Shateel bis zur Hüfte reichten. Als sie an den Rand der Wiese gelangten, sprangen zwei Rehe auf den lebenden Wald zu und brachen knackend durch das Unterholz.

Die Männer jagten sie schreiend. Moloquin blieb unbeteiligt. Er trat in das tote Gehölz, ging von einem Baum zum nächsten und legte die Hand an die Stämme, als kenne er sie.

Shateel näherte sich ihm unauffällig. Sie fragte sich, was er da tat. Er war ein seltsamer Mensch, und sie fürchtete sich ein bißchen vor ihm; sie scheute davor zurück, mit ihm zu sprechen, und nun benahm er sich sehr merkwürdig, streichelte die Bäume, lehnte sich dagegen und stieß jetzt plötzlich sogar einen schrillen Schrei aus, der ihr die Haare zu Berge stehen ließ.

Er kam wieder durch den toten Wald zurückgerannt, auf seine Folc zu, und schwenkte etwas mit ausgestrecktem Arm über dem Kopf. »Ich hab's gefunden! Sie hat es hiergelassen . . . es war die ganze Zeit hier . . .!«

Shateel blickte die beiden Frauen neben sich an und sah, daß die wiederum sie anblickten. Ihre Miene besagte, daß dieser Wahnsinnige ihnen allmählich unheimlich zu werden begann. Er rannte mit ausgestreckten Händen auf sie zu. Er trug eine plumpe Steinaxt. Shateel hatte Äxte gesehen, die so schön waren wie Blumen, von Meistern der Steinarbeit gemacht. Wer auch immer diese Axt gemacht haben mochte – von solcher Arbeit hatte er nur sehr wenig verstanden. Moloquin hob das Werkzeug unversehens an die Lippen und küßte es.

»Die Hütte ist hier irgendwo in der Nähe«, sagte er mit vor Erregung zitternder Stimme, und schon wirbelte er wieder herum und rannte davon, den Hang hinab, und verschwand zwischen den toten Bäumen.

Taella murmelte: »Das ist sehr seltsam.«

»Er ist wahnsinnig«, sagte Shateel. »Warum sind wir bloß hierhergekommen? Er ist wahnsinnig, wir werden alle sterben . . .«

Sie hatte plötzlich das Gefühl, in diesem Wald ersticken zu müssen, doch schüchterte das viele Grün um sie herum sie so ein, daß ihr die Worte im Halse steckenblieben. Taella versetzte ihr einen energischen Schlag auf den Arm.

»Nimm dich zusammen, Mädchen! Hier ist es nicht wie in den Dörfern – niemand wird sich deine Bürde aufladen, wenn du sie fallen läßt!« Sie warf ihre langen grauen Zöpfe zurück und eilte den Hang hinab, Moloquin nach.

Shateel rang nach Atem. Die anderen liefen an ihr vorbei. In wildem Durcheinander folgten sie ihrem Führer. Sie rief sich zur Ordnung. Sie war schließlich aus freien Stücken mitgekommen; sie konnte niemand anders verantwortlich machen als sich selbst, wenn es ihr schlecht erging. Auf einmal bezog sie daraus ein eigenartiges Vergnügen, so etwas wie eine tröstliche Gewißheit. Sie folgte den anderen in die Senke hinab.

Am Rande des toten Wäldchens war ein Fluß. An dieser Stelle schlug die Schar der Folc eine andere Richtung ein und folgte dem Wasser den Hang hinab. Unterwegs beugte der kleine Junge, Wahelas Sohn, sich nieder und fuhr mit der Hand durch die Bachkiesel, um einen Flußkrebs zu fangen. Vor ihnen wand der Fluß sich um einen hohen Uferwall, auf dem sich eine riesige Platane emporreckte. Der Fluß hatte das Ufer unterspült, und die Wurzeln der Platane hingen wie ein Schleier über den Pfad. In gebückter Haltung schlängelte Shateel sich durch das nach Erde riechende Gewirr der Wurzelfasern.

Als sie ins Freie gelangte, stand sie auf einem breiten, flachen, sonnigen Stück Grasland. Das Wasser floß auf der niedrigen Seite eines breiten Kiesbetts entlang; oberhalb des Flusses hob sich das ehemalige Bett gemächlich zu seinem früheren Ufer empor, das zweimal so hoch war wie ein Mensch. Zwischen diesem Ufer und dem Fluß leuchtete das alte Flußbett, das von hohem Unkraut und Gras bewachsen war, gelb in der Sonne. Die Folc traten auf diese Wiese hinaus. Moloquin ging an ihrer Spitze.

Er stieß einen Schrei aus. Dann rannte er auf das hohe Ufer zu, erreichte es und verschwand mit einem Male darin.

Die fremde Frau neben Shateel ließ ebenfalls einen Schrei hören. Die Folc blieben wie angewurzelt stehen, starrten den Uferwall an, den großen Haufen Treibholz an seinem Fuß, in dem Moloquin verschwunden war, und Shateel wurde erneut von einem Angstschauder gepackt. Er war ein Walddämon, er hatte sie hierhergelockt, um sie im Stich zu lassen, sie würden weit weg von ihren Heimatdörfern, von ihren Vorfahren, vom Weg zum Himmel sterben. Da steckte er den Kopf aus dem Haufen Gestrüpp am Fuß der Uferbank.

»Kommt rein – es ist Platz genug!«

Zögernd, witternd wie das Wild, schlängelten sie sich über Äste, die am Boden lagen, und durch das Dornengestrüpp vorwärts, und er stieß das Gestrüpp von innen beiseite und ließ sie hinein.

Shateel kroch auf Händen und Knien vorwärts und zwängte sich durch das Gestrüpp. Plötzlich war sie in einem Raum oder in einer

Höhle. Sie konnte nichts sehen; sie streckte die Hände aus und tastete blind in der Luft herum. Es roch nach Erde. Über den Boden kriechend, bewegte sie sich ungeschickt vorwärts, mit ausgestreckten Händen, bis sie eine feste Wand berührte. Sie wandte sich um.

Jetzt fiel etwas Licht von vorn herein, und ihre Augen gewöhnten sich rasch an das Dämmerlicht in der Höhle. Es war ein niedriger runder Raum, der halb in den Lehm der Uferbank gegraben, halb im Freien aus Stöcken und Stämmen und Zweigen errichtet worden war. Links von ihr lagen Haufen von Erde und vermoderten Blättern und Unrat. Taella kam durch den Eingang hereingekrochen.

»Ich sehe nichts! Wo sind wir?«

Shateel streckte ihr die Hand entgegen. Wahela schob sich ins Innere der Höhle und stieß dabei mit dem Fuß den Unrat beiseite.

Taellas Hand umschloß die Shateels mit festem, warmem Griff. Die alte Frau kroch in die Mitte des Raumes und spähte um sich.

»Das wird genügen«, sagte sie, »solange wir nichts Besseres haben.«

Wahela rief ihre Kinder in die schützende Unterkunft. Shateel atmete tief durch. »Ich suche uns etwas, womit wir fegen können«, sagte sie und ging wieder ins Tageslicht hinaus.

Der Regen wurde stärker. Die Frauen breiteten Zweige über das Dach der Hütte und flochten weitere Zweige dazwischen, aber der Regen tropfte immer noch hindurch. Sie hatten reichlich Feuerholz, und das Feuer brannte einigermaßen gut. Sie aßen zwei Schildkröten und eine Handvoll Flußkrebse, Brennesselsuppe, die sie in den Schildkrötenpanzern gekocht hatten, und Larven, die sie geröstet hatten, bis sie aufplatzten. Das war jedoch nicht ausreichend. Als sie alles aufgegessen hatten, drängten sie sich Schulter an Schulter um das Feuer. Schweigen breitete sich aus, denn jeder war in seinen eigenen Kummer versunken.

Dann begann Moloquin zu sprechen.

Er erzählte ihnen, wie die Folc an den Ort gelangt waren, wo sie jetzt lebten. »Vor langer Zeit«, sagte er und benutzte dieselben Worte, mit denen Karella ihm die Geschichte erzählt hatte, »vor langer Zeit lebten die Folc in einem hellen, sonnigen Land im Süden, wo die Sonne niemals ausblieb und wo immer Sommer war. Es gab Nahrung in Hülle und Fülle, Früchte, die man nur vom Baum zu pflücken brauchte, Wasser, das rein und kalt aus der Erde sprudelte.

Die Menschen waren jedoch unzufrieden. Es war genug da für alle, aber einige nahmen sich mehr, als sie brauchten, und versteckten es in Höhlen, und die anderen brachen in die Höhlen ein und nahmen die

Vorräte weg, und als das geschah, begannen die Folc, sich untereinander zu bekämpfen, und manche brachten sogar andere um.

Da wuchs aus dem Blut und den Gebeinen der Ermordeten ein Untier heran, und das passierte in einer einzigen Nacht, zwischen Einbruch der Dunkelheit und Morgengrauen, und es flog über das sanfte, sonnige Land und erschlug Männer und Frauen.

Nun war aber unter den Folc ein Mann namens Hradon, der sich für zu einfältig hielt, um listig sein zu können, und deshalb tat er nichts Böses, und dann war da noch eine Frau namens Rael, die wiederum zu klug war, um schlau zu sein, und folglich nichts Böses tat. Sie nahmen ihre Kinder und Brüder und Schwestern und flohen vor dem Untier.

Hradon hätte nichts lieber getan, als nach Süden zu gehen, wo die Sonne schien, doch sagte er: ›Wenn wir dorthin gehen, wird das Untier uns im Sonnenlicht sehen und uns verfolgen, und wir werden keinen Frieden haben.‹ Weil er zu einfältig war, um listig zu sein, glaubte er nicht, daß er das Untier würde überlisten können. Und folglich führte er sie nach Norden, in den Nebel und den Regen hinein, bis sie ans Ufer des Meeres gelangten, und dort lebten sie fortan.

Sie blieben dort zweimal zwei Umdrehungen der Sonne. Es gab dort Nahrung, für die sie zwar hart arbeiten mußten, die aber für alle reichte und insbesondere für diejenigen, die zu einfältig waren, um zu glauben, sie könnten die anderen für sich arbeiten lassen, und zu klug, um so etwas als wünschenswert anzusehen. Und zwei Sonnenjahre lang schien es den Folc gutzugehen. Doch dann gab es abermals welche, die weder einfältig noch klug waren. Und sie stahlen, und sie begingen Morde, und das Untier wuchs aus dem Blut und den Gebeinen der Toten und suchte sie abermals heim, bis keiner mehr übrig war außer Hradon und Rael und ihren beiden Kindern, einem Jungen und einem Mädchen.

Dann sagte Rael: ›Ich will einen Korb machen und mich und mein Kind hineinsetzen, und dann werden wir übers Meer davonschwimmen. Wo immer auch Wind und Wogen uns hintragen mögen, dort wollen wir leben, und sei es auch am Meeresgrunde.‹ Und sie machte einen Korb und stieg mit ihrem Kind hinein, und das Meer trug sie davon.

Hradon aber wartete und wartete, doch sie kamen nie zurück. Und so sagte er zu sich: ›Ich bin einfältig, aber Rael ist klug, und ich will es ihr nachtun.‹ Er hatte aber keinen Korb. So nahm er den Bauch eines Rehs und blies ihn auf und band ihn zu, setzte sein Kind und sich selbst darauf und trieb über die Wellen davon.

Der Wind blies ihn auf und ab, und das Meer trieb ihn um und um, aber endlich wurde er an eine felsige Küste geworfen. Dort stieß er auf Raels Korb, doch sie und ihr Kind waren nirgends zu sehen.

Da lud Hradon sich sein Kind auf die Schultern und sagte: ›Was siehst du?‹, und das Kind sagte: ›Ich sehe Nebel und Regen, aber Rael sehe ich nicht.‹ Sie gingen weiter, entfernten sich von der Küste und gelangten an einen Wald.

Wieder hob Hradon das Kind auf seine Schultern und sagte: ›Was siehst du?‹

Und das Kind sagte: ›Ich sehe Tannen und Eichen, aber Rael sehe ich nicht.‹ Und so gingen sie immer weiter.

Dann gelangten sie zu einer welligen Ebene, und Hradon hob seinen Sohn auf seine Schultern und sagte: ›Was siehst du?‹, und das Kind sagte: ›Ich sehe Gras und Sonne und Himmel, und ich sehe einen Garten und ein kleines Haus, und ich sehe Rael und ihr Kind.‹

Dann taten sie sich mit Rael und ihrem Kind zusammen, und Hradon legte einen Stein an die Stelle, an der er gestanden hatte, als das Kind Rael erblickt hatte, und dort lebten fortan die Folc.«

Als Moloquin verstummte, seufzten die Folc und streckten die Glieder und rubbelten sich aneinander. Sie legten die Arme um einander, um sich zu wärmen, und sie lächelten einander zu, und obwohl der Regen auf sie niederfiel und sie hungrig waren, waren sie zufrieden, jedenfalls für eine Weile.

Am Morgen hatte der Regen aufgehört. Hems streifte am Fluß entlang, um etwas Eßbares zu finden, und die anderen Männer folgten ihm, wobei sie dicht zusammenblieben. Moloquin war irgendwohin gegangen; sie waren allein, und der Wald, der sie umgab, kam ihnen wie ein Feind vor.

Die Frauen beschäftigten sich mit ihrer Unterkunft und machten dabei nicht wenig Lärm. Hems setzte sich auf eine Kiesbank und schöpfte sich mit der Hand etwas Wasser und trank es, um seinen nagenden Hunger zu besänftigen. Die beiden jungen Fremden Bohodon und Kayon ließen sich neben ihm zu Boden fallen, und Brant wanderte noch ein bißchen weiter.

Bohodon sagte laut: »Ich habe Hunger«, und blickte sich böse um, als erwartete er, daß jemand mit seinem Frühstück aus dem Wald trat.

Kayon rückte näher an Hems heran. Leise sagte er: »Wo ist er hingegangen?«

»Moloquin? Keine Ahnung.« Hems zuckte die Achsel. »Der hat immer irgend etwas zu tun, dieser Moloquin.«

»Bist du hier schon mal gewesen?«

»Ich? Noch nie. Aber Moloquin. Er hat hier früher mit seiner Mutter gelebt, das hat er mir jedenfalls gesagt.«

Er neigte sich wieder dem Wasser zu und schöpfte ein bißchen mit der hohlen Hand, und Kayon beobachtete ihn gespannt. Nicht die kleinste Einzelheit entging ihm, und dann tat er es ihm nach. Hems wandte lächelnd den Kopf ab.

Bohodon sagte: »Ich habe mein Volk nicht verlassen, nur um hierherzukommen und zu verhungern. Was sollen wir bloß essen? Es gibt hier nichts als Bäume.«

Während er sprach, hob er den Kopf und blickte sich im Wald um, und er erschauderte ein bißchen. Er fürchtete sich vor den Bäumen, erkannte Hems, und das nahm ihm ein wenig von seiner eigenen Angst. Brant watete flußabwärts durch das Wasser und spähte dabei zu seinen Füßen hinab. Wahrscheinlich war er auf Krebse und Schildkröten aus. Das Sonnenlicht flutete durch das Loch im Baldachin des Waldes hinab; schon jetzt war es heiß.

Dann schritt Moloquin auf sie zu. Es war, als sei er vom Himmel herabgefallen. Niemand hatte ihn auf die Lichtung treten sehen. Er kam geradewegs auf die Männer zu und hockte sich neben Hems nieder.

»Ein paar Dinge müssen sofort getan werden«, sagte er, wobei er seine Worte zwar an Hems richtete, jedoch laut genug sprach, um die anderen miteinzubeziehen. »Wir müssen einen ordentlichen Vorrat an Nahrung anlegen, wir müssen Brennholz sammeln, und wir müssen uns Werkzeug machen. Ich möchte, daß du flußabwärts gehst. Halt nach Wildspuren Ausschau, nach Vögeln, und wenn es tiefe Wasserlöcher gibt, dann finde heraus, ob Fische darin sind. Ich habe dir doch gezeigt, wie man Fische fängt – weißt du es noch?«

»Ja«, sagte Hems, »aber ich –«

»Komm mir jetzt nicht mit irgendeinem *Aber*, Hems, geh los und tu's. Geh so weit flußabwärts, wie du bis mittags kannst, und dann kehr um und komm zurück.«

»Aber wenn ich –«

»Tu, was ich dir sage! Ich verspreche dir, wenn du zurückkommst, sei es auch mit leeren Händen, bekommst du etwas zu essen.« Moloquin legte seinem Freund die Hand auf die Schulter und rüttelte ihn ein bißchen. »Tu, was ich dir sage, und ich sorge für dich. Hab Vertrauen zu mir.«

Die Hand noch immer auf Hems Schulter, wandte er sich an Bohodon. »Ich möchte, daß du mir beibringst, was du vom Werkzeugmachen weißt.«

Bohodon schaute ihn mißmutig an und rührte sich nicht. »Ich tue keinen Handschlag, ohne vorher etwas zu essen.«

»Dann kannst du lange hier sitzen, denn es gibt nichts zu essen, noch nicht. Komm schon – ich kenne mich mit Stein ein bißchen aus, doch du mußt mir zeigen, welche Art Steine sich zum Werkzeugmachen eignen.«

Bohodon grunzte und wandte das Gesicht ab.

Moloquins Hand glitt von Hems Schulter. Er pflanzte sich vor Bohodon auf, und seine Stimme wurde scharf.

»Tu, was ich dir sage, Bohodon!«

Der junge Mann sah ihn wütend an und murmelte etwas. Moloquin fragte: »Was?«

»Ich hab' gesagt, ich kenne mich mit Steinbearbeitung nicht aus!« schrie Bohodon. Der Kopf sank ihm zwischen die Schultern. »Ich habe es nie richtig gelernt. Ich hab' dir gesagt, ich habe nicht zum Springender-Lachs-Bund gehört. Ich habe nichts gelernt.«

In Moloquins Gesicht trat ein derart verächtlicher Ausdruck, daß Hems sich ein Stückchen aus der Reichweite seines Freundes zurückzog. Doch Moloquin richtete sich immer noch an Bohodon, und er zügelte seine Wut.

»Du weißt überhaupt nichts? Nicht einmal, wie man Steine findet?«

Bohodon murmelte wieder etwas vor sich hin. Er stocherte neben seinen Füßen in der Erde herum.

»Pah!« Moloquin schlug sich mit der Hand gegen den Schenkel. »Dann gehst du also und sammelst Brennholz.«

Bohodon funkelte ihn wütend an. »Ich bin nicht bis hierher mitgekommen, um Frauenarbeit zu tun.«

Moloquin preßte die Lippen aufeinander, und seine Augen glitzerten. Einen Augenblick lang herrschte Schweigen. Sie hörten das Geklapper der Frauen in der Schutzhöhle, ihre Stimmen, das Geräusch ihrer Besen, die lauter waren als das Plätschern des Flusses.

Schließlich sagte Moloquin: »Dann geh wieder zurück, Bohodon.«

»Na schön, das werde ich auch tun.« Bohodon erhob sich steif. Er blickte die anderen Männer zornig an, wandte sich um und ließ den Blick über die Lichtung und den Saum des riesigen, murmelnden Waldes wandern. Zögernd entfernte er sich einen Schritt von ihnen. Dann blieb er stehen und wandte sich wieder um.

»Du mußt mir den Weg zeigen.«

Moloquin hockte auf der Kiesbank und stocherte in den Steinen herum. Er blickte nicht auf. »Geh. Du gehörst nicht zu mir.«

Wieder blickte Bohodon sich um. Aus seinen weit aufgerissenen Augen leuchtete die Angst. Hems erkannte, daß er sich vor dem Wald fürchtete, und bestimmt kannte er den Heimweg nicht. Wenn er sich ohne Führer auf den Weg machte, würde er sich verirren. Bohodon wandte sich wieder Moloquin zu.

»Das kann ich nicht! Du hast mich hierhergebracht, nun mußt du mir auch den Weg nach Hause zeigen!«

Moloquin stand auf. »Dies hier ist das einzige Zuhause, das ich kenne, Bohodon!«

Der andere Mann maß ihn mit Blicken, stemmte die Hände in die Hüften und drückte die Brust heraus. »Du bist auch nichts Besseres als ich – du hast mir nichts zu befehlen!«

Moloquin stürzte sich auf ihn. Bohodon, der einen Schlag erwartete, tauchte weg, aber der andere packte ihn bloß beim Hemd und hielt ihn fest.

»Hör zu«, sagte Moloquin, »ich bin hier der Häuptling. Du gehörst jetzt mir, du mußt mir dienen, oder du bist nichts. Wenn du essen willst, Bohodon, dann mußt du auch arbeiten. Du wirst tun, was ich dir sage! Wenn nicht, werde ich dich dem Wald überlassen, Bohodon. Hast du verstanden?«

Bleich unter seiner schmutzigen Haut, starrte Bohodon Moloquin an. Seine Lippen bewegten sich lautlos.

Moloquin schüttelte ihn.

»Lauter!«

»Ich hab' gesagt, ja!«

Moloquin stieß ihn von sich weg. »Noch lauter, Bohodon – wer ist hier der Herr?«

Bohodon wankte und versuchte, sich auf den Beinen zu halten. »Ich ...«

Mit einer blitzschnellen Fußbewegung zog Moloquin dem anderen die Beine weg, so daß er der Länge nach in den Kies fiel, und zwang sein Gesicht zu Boden. »Wer ist hier der Herr, Bohodon?«

»Du!« schrie Bohodon. »Du!«

»Steh auf!« Moloquin versetzte ihm einen Tritt.

Bohodon richtete sich auf. An Hemd und Augenbrauen hing Schmutz. Moloquin wandte sich den umstehenden Männern zu und schaute einen nach dem anderen an. Hems fuhr sich mit der Zunge über die Lippen. Er hatte Moloquin niemals so außer sich gesehen, und es gefiel ihm gar nicht: Sein Freund erinnerte ihn an Harus Kum.

»Du«, sagte Moloquin und nickte Kayon zu, »du gehst mit Hems. Sucht nach irgend etwas Eßbarem. Hems, denk an Nußbäume, Lilienwurzeln, was auch immer. Besonders achtet auf Haselsträucher, weil die das Wild anziehen. Geht jetzt!« Er blickte wieder Bohodon an. Der gedrungene junge Mann säuberte seine Zähne von der Erde. »Geh Brennholz sammeln. Während du das tust, hältst du nach Steinen Ausschau. Los jetzt!« Er trat nach Bohodon, der auf allen vieren flüchtete. Hems stand eilig auf und nahm den Weg flußabwärts, Kayon dicht hinter sich. Den ganzen Tag lang, flußab- und flußaufwärts, tat Kayon genau das, was Hems tat.

Als die Frauen die kleine Hütte so gut befestigt hatten, wie sie konnten, das heißt, nicht besonders gut, traten sie auf die Wiese hinaus und fingen an, sich umzusehen.

Die Männer waren alle weg. Die Frauen hatten Moloquin vor einiger Zeit schreien hören, und Shateel war erleichtert, daß er nirgends zu sehen war. Sie folgte Taella durch das kniehohe Gras. Sie kamen an niedergetretenen Stellen vorbei, wo nachts Wild gelegen hatte, und näherten sich dem Waldrand.

Dort standen ein paar Pilze in der feuchten Erde unter den ersten Bäumen, und Taella schüttelte den Kopf.

»Wenn du die ißt, wirst du krank.«

Wahelas Kinder rannten durch das sonnenbeschienene Gras auf die Bäume zu, und ihre Mutter rief sie zurück. »Geht nicht in die Nähe der Bäume! Ihr wißt nicht, was für Gefahren im Wald lauern! Bleibt in meiner Nähe!«

Das kleine Mädchen drängte sich an die Beine seiner Mutter, und der Junge blickte sich furchtsam um. Shateel ging weiter und spähte in die Dämmerung des Waldes hinein. Die Bäume kamen ihr nicht so schrecklich vor, und sie hatte bemerkt, daß Moloquin unter diesen gewaltigen Wesen umherging wie unter geliebten Freunden. Sie blieb am Fuß einer Eiche stehen, deren dicke rissige Borke von grünen Moospolstern bedeckt war. Die gewaltige Höhe des Baumes zog ihren Blick empor, höher und höher, bis sie durch grüne Laubmassen hindurch in den Himmel starrte.

Der Wind regte sich. Während sie so dastand und emporblickte, begann das schwere Haupt des Baumes sich zu bewegen und neigte seine belaubte Krone ruckartig vor und zurück. Die Stimme des Windes kam von allen Seiten, ein gewaltiges Geräusch, wie der Atem eines riesenhaften Wesens, und sie erschauderte. Die Bäume schienen sich ihr zuzuneigen und sie zu beobachten.

Doch fürchtete sie sich nicht. Sie waren nicht bösartig oder auch nur unfreundlich. Sie ging noch ein Stück weiter in den Wald hinein. Sie fand winzige weiße Blumen auf dem moderigen Boden, und plötzlich sprang knackend und raschelnd etwas nach rechts ins Unterholz.

Ihre Haut kribbelte. Eilends kehrte sie zu den anderen zurück, wobei sie über die Schulter zum Wald hinübersah. Sie fand jedoch nicht heraus, was da vor ihr davongelaufen war.

Die anderen Frauen gingen über die Wiesen und blickten sich dabei unsicher um; die Fremde, die mit Moloquin zur Großen Versammlung gekommen war, folgte ihnen. Shateel hatte gehört, wie Hems und Moloquin sie Amin oder Abim genannt hatten, doch die Fremde kannte so gut wie keines der Wörter, die Shateel kannte. Bisher hatte Shateel sie absichtlich gemieden.

Sie gelangte zu den anderen Frauen, die als dichtgedrängte kleine Schar im Sonnenschein auf der offenen Wiese standen. Die Kinder hatten sich schon wieder selbständig gemacht, und Wahela wandte sich nach ihnen um und rief sie. Der Junge spang vom Dach der Hütte hinab, auf das er geklettert war. Das kleine Mädchen antwortete von irgendwoher, und Wahela rief sie ungeduldig herbei.

Taella schüttelte den Kopf. »Ich kann kein Anzeichen dafür entdekken, daß dieser Boden jemals bebaut worden ist. Hier wächst nichts, was ich kenne. Alles hier ist mir unbekannt, und ich bin hilflos und unwissend wie ein Säugling.«

»Moloquin kennt sich hier aus«, sagte Shateel.

Taella sah sie stirnrunzelnd an und schüttelte den Kopf. »Er versteht sich darauf, sich selbst zu ernähren. Er kann aber nicht für so viele jeden Tag Nüsse sammeln.«

Shateel bekam immer mehr Angst. Sie betrachtete das hohe weiche Gras mit den reifenden Ähren. Es sah ein bißchen so aus wie der Roggen und die Gerste, die in den Gärten der Folc gesät wurden. Sie streckte die Hand aus, um die Ähren zu berühren. Ihre Grannen waren scharf wie Dornen.

Wahela wandte sich wieder um, die Hände trichterförmig vor den Mund gelegt, und schrie den Namen des kleinen Mädchens. Keine Antwort. »Wo steckt sie denn bloß?« sagte Wahela ärgerlich und strebte mit langen Schritten der Hütte zu.

»Wir werden woanders hingehen müssen«, sagte Taella mit leiser Stimme. »Hier haben wir keinen Platz. Die Bäume sind überall.« Sie legte sich die Hände über die Augen. »Ach, ich wünschte . . . ich wünschte . . .«

Sie wollte nicht sagen, was sie wünschte, so als wäre das Aussprechen des Wunsches gleichbedeutend mit einem Verrat. Shateel legte die Arme um sie und kämpfte mit den Tränen.

Wahela hatte ihre Tochter gefunden. Sie zerrte das Kind hinter sich her, auf die anderen Frauen zu, und schimpfte unaufhörlich mit ihm. Das Gesicht des Kindes war tränenüberströmt. Impulsiv kniete Shateel nieder, um es zu trösten, und da sah sie, daß die Kleine mit ihrer pummeligen Hand irgendein grünes Zeug umklammert hielt, von dem sie offenbar gegessen hatte.

»Was ist denn das?« Sie packte die Hand der Kleinen. »Taella, was hat sie denn da gegessen?« Die Angst durchzuckte sie, daß das kleine Mädchen sich vielleicht vergiftet hatte.

Taella beugte sich nieder. Das Kind blickte in die runden Gesichter, die sich über es beugten, hob die Hände und öffnete sie.

Shateel riß die Augen auf. Sie blickte von Taella zu Wahela und wandte den Blick wieder dem Kind zu. Wahela hielt jetzt dessen geöffnete Hand und spreizte die Fingerchen auseinander. Auf der Handfläche lagen die Reste einer unreifen Bohnenhülse.

»Wo hast du das gefunden?« fragte Taella. »Komm, Kind, erzähl es uns!«

Shateel nahm ein Fetzchen von der Schote und roch daran. Es duftete köstlich, vertraut, heimatlich. Rasch folgte sie den anderen Frauen, die wiederum dem Kind nachliefen, das quer über die Wiese rannte.

Hier machte das ehemalige Flußbett einen Bogen und traf wieder auf das Wasser. Auf den ersten Blick schien das Ufer halb verdeckt zu sein von bloßer Erde, die wiederum von Ranken und Winden überwachsen war. Ein junger Baum wuchs daraus empor, und um den Fuß dieses Baumes wuchs eine riesige Bohnenpflanze, die sich unzählige Male um den Stamm geschlungen hatte.

Wahela schrie auf. Taella warf die Arme empor und kroch den sanften Hügel aus Geröll empor, um den Baum zu umarmen. Shateel näherte sich lächelnd. Selbst aus einiger Entfernung konnte sie die rosaweißen Blüten erkennen und die jungen Schoten, die zwischen den herzförmigen Blättern herabhingen.

Wie hatten sie die nur übersehen können? Weil sie sich vor dem Wald gefürchtet, weil sie Angst gehabt hatten, sich von der Hütte zu entfernen. Das Kind hatte die Pflanze gefunden, und sie hoben es hoch und herzten und küßten es, bis die Kleine zu weinen anfing.

Die fremde Frau trat auf die Pflanze zu und streckte die Hand aus, um sich eine Hülse abzupflücken, aber Taella fuhr dazwischen. »Nein«, sagte sie und schüttelte den Kopf. Sie wandte sich an die anderen beiden. »Geht nicht dran – wir brauchen den Samen. Wir lassen sie reif werden.«

Sie fiel auf die Knie und fing an, die dichte Schicht aus grünen Ranken und Brombeertrieben am Boden wegzureißen, und sie achtete nicht darauf, ob sie sich die Hände an den scharfen Dornen zerkratzte. Shateel sah, was sie tat, und kam ihr zu Hilfe, und Ap Min ebenfalls. Sie rissen die Ranken auf dem Hügel aus, die ihn verhüllten, bis sie auf die Erde stießen, und schon kurze Zeit später fanden sie eine alte Topfscherbe.

Taella kauerte sich lachend auf die Fersen nieder, und Shateel grub verbissen weiter. Sie brach sich die Nägel ab und suchte daraufhin ein Stück Borke zum Graben. Als sie zurückkam, reichte Taella Wahela das Stück Topfscherbe und sagte: »Das war ihr Abfallhaufen. Hier hat sie alles hingeschmissen, was sie nicht mehr brauchte. Sieh dich mal um, vielleicht finden wir ja noch etwas, das für uns nützlich ist.«

Shateel grub sich tiefer in den Hügel; die Erde war voller halbverrotteter Nußschalen. Wer immer das hier hinterlassen hatte, hatte es vor langer Zeit getan. Es war erstaunlich, daß die Bohnenpflanze noch immer hier wuchs.

Taella sagte: »Hier ist eine Frau gewesen, und sie hat Bohnen gepflanzt. Sie kannte sich hier aus. Sie hat dieses Land bearbeitet. Bestimmt ist ihr Geist hier irgendwo und wird uns beibringen, was wir tun müssen, damit wir hier leben können.«

Die Frauen drängten sich zusammen und umarmten einander. Es war, als nähme durch ihre Umarmung die unbekannte Frau in ihrer Mitte Gestalt an. Wenige Augenblicke später legte Shateel beim Graben das dicke Ende eines langen Stocks frei. Sie grub ihn aus, und Taella erklärte ohne Zögern, das sei einmal der Griff eines Rechens gewesen.

Weitere Schätze erbrachte der Abfallhaufen jedoch nicht. Er hatte seine Schuldigkeit getan. Die Frauen faßten Mut; sie gingen in den Wald und suchten sich Holz, um Werkzeuge zu machen, und dabei fanden sie verschiedenes zum Essen. Sie teilten die Wiese in Gärten auf, einen für jede von ihnen, und begannen, das Gras mit den Füßen niederzutreten und die Borke von den niedrigen Gehölzen zu schälen, die überall auf der Wiese wuchsen. Sie hatten das Gefühl, daß ihnen dieser Fleck Erde gehörte; sie wußten, daß sie hierher gehörten, und er machte ihnen keine Angst mehr, obwohl sie immer noch sehr hungrig waren.

Ap Min hatte noch nie mit solchen Frauen zusammengelebt.

Ihr ganzes Leben lang war sie eine Sklavin gewesen. Solange sie zurückdenken konnte, hatte sie getan, was Harus Kum sie geheißen hatte, hatte sich unter seinen Schlägen und Tritten und Flüchen geduckt und hatte später ertragen, daß er sie zu seiner körperlichen Befriedigung gebrauchte. Sie hatte es als selbstverständlich hingenommen, daß sie eine niedrige, wertlose Kreatur war und daß nur Männer Macht besaßen. In ihrem ganzen Leben hatte sie nur zwei Frauen gekannt – ihre Mutter, die gestorben war, als sie noch klein war, und die andere Sklavin in Harus Kums Palisadenhof, und beide waren stumpfsinnig und erschöpft gewesen von ihrer Schinderei, verkrümmt und ausgelaugt. Es war ihr niemals in den Sinn gekommen, daß Frauen aufrecht gehen oder lachen oder tun konnten, was ihnen gefiel.

Und hier waren nun Frauen, die erhobenen Hauptes umhergingen, mit leichtfüßigen, federnden Schritten, die lachten und wütend wurden und sangen und stritten, Frauen, die aus eigenem Entschluß ihre Familien verlassen hatten, um Moloquin zu folgen.

Sie wußte, daß sie zu ihnen gehörte – war denn nicht auch sie Moloquin gefolgt?

Natürlich konnte sie ihre Sprache nicht verstehen. Sie bemühte sich jedoch; ein paar Wörter kannte sie schon, und Hems brachte ihr noch mehr bei. Sie folgte ihnen über die ganze Wiese, tat genau, was sie taten, beobachtete ihre Lippen, wenn sie sprachen, beobachtete ihre Hände, wenn sie arbeiteten, und beobachtete den rasch wechselnden Ausdruck ihrer Gefühle auf ihren Gesichtern. Beim erstenmal, als eine von ihnen sich an sie wandte und sie berührte, weinte Ap Min.

Die meiste Zeit beachteten sie sie nicht. Sie konnten ja ebensowenig mit ihr sprechen wie sie mit ihnen. Sie hatten andere Dinge zu tun. Die Größte, die mit den blitzenden dunklen Augen, rief unablässig nach ihren Kindern, schimpfte mit ihnen oder jagte hinter ihnen her. Ap Min beobachtete die Kinder und war erstaunt über ihre Beweglichkeit und ihre Kühnheit. Der Junge stieg auf Bäume und kam mit einem Vogelnest voller piepsender Junger herunter – seine Mutter tötete sie grausamerweise sofort, kochte sie auf einem Feuerchen und fütterte ihre Kinder damit. Ap Min legte die Hand auf ihren Bauch, in dem ihr eigenes Kind sich regte.

Sie hatte nicht viel darüber nachgedacht. Vom ersten Augenblick an, seit sie wußte, daß sie schwanger war, hatte sie nur daran gedacht, daß Harus Kum sie den Kräutertrank trinken lassen würde. So hatte der Gedanke, daß sie ein Kind austragen, ein kleines Wesen, ein anderes Leben gebären würde, keine große Rolle gespielt.

Sie sehnte sich danach, daß Moloquin zurückkäme oder Hems, so daß sie jemanden zum Reden hätte.

Sie folgte der hellhaarigen Frau zum Fluß hinab und wusch sich sogar die Hände, wie Shateel es tat. Shateels Hände waren schmutzig, weil sie dort, wo sie die Bohnenpflanze gefunden hatten, in der Erde gewühlt hatte. Ap Mins Hände waren sauber, aber sie wusch sie trotzdem. Das Wasser war kalt und klar; sie konnte bis zum Boden hinabsehen, wo der Sand sich riffelte. Sie konnte ihr Spiegelbild auf der Wasseroberfläche sehen. Sie saß am Fluß und betrachtete lange Zeit selbstvergessen ihr Gesicht und merkte gar nicht, daß Shateel wieder gegangen war.

Als sie es bemerkte, machte sie sich jedoch nicht sofort wieder auf den Weg zu den anderen. Sie saß am Ufer und spürte, wie das Kind sich in ihr bewegte. Sie bemühte sich zu verstehen, was mit ihr geschah, doch es gelang ihr nicht. Sie hatte immer im voraus gewußt, was als nächstes geschehen würde; jeder Tag war eigentlich wie der vorhergegangene gewesen, und jede Handlung hatte ihre warnenden Vorzeichen und ihre Folgen gehabt – sie hatte immer gewußt, wann Harus Kum ihren Körper haben wollte, sie hatte es beinahe schon an seinem Schritt hören können, ob er lüstern war oder nicht.

Und jetzt gab es keine verläßlichen Zeichen. Was bedeutete es, daß ein Blatt an ihr vorbeitrieb? Was bedeutete es, daß der Wind blies? Sie blickte über den Fluß in den tiefen Wald auf der anderen Seite hinein, der sumpfig und feucht war und dessen Bäume von graugrünem Moos bewachsen waren. Irgendwo sang ein Vogel, und ein anderer antwortete. Auf einmal sprang aus dem Wasser vor ihr etwas in die Luft.

Sie fuhr auf und begann am ganzen Leibe zu zittern. Sie mußte an Ungeheuer denken, obwohl die Wasseroberfläche vor ihr sich wieder glättete. Sie wandte sich um und rannte zur Hütte zurück und kroch hinein, hinein in ihren dunklen warmen Schutz.

Shateel lief am Fluß entlang, in dessen Untiefen hohes Riedgras wuchs. Sie dachte, daß sie versuchen konnte, Körbe daraus zu machen, und pflückte sich, während sie weiterging, einen Armvoll davon. Als sie die Binsen zur Hütte trug, war Moloquin da und sah sich suchend vor dem Eingang um.

Als er sie erblickte, stürzte er ihr entgegen. Sein Gesicht war von Unmut verdüstert. »Hast du mit den anderen die Hütte leergeräumt?«

»Ja«, sagte sie.

Ihr war unbehaglich zumute, wenn sie mit ihm sprach. Es fiel ihr schwer, ihm in die Augen zu sehen. Sie beschäftigte sich angelegentlich mit ihren Binsen, die sie neben dem Eingang auf den Boden legte.

»Habt ihr irgend etwas Brauchbares gefunden? Wir hatten Werkzeug, als wir hier lebten – wir haben nichts mitgenommen; das eine oder andere mag noch da sein. Hörst du mir zu?«

»Ja.« Sie sah auf und strich sich mit der Hand das Haar zurück. »Nein – wir haben nichts gefunden, nicht einmal einen Stein. Außer –«

»Was?« Er packte sie beim Handgelenk und hielt sie fest.

»Wir haben eine Bohnenpflanze gefunden. Wir haben einen Abfallhaufen gefunden, und da liegt auch ein –«

»Wo?«

Sie zeigte zur anderen Seite der Wiese hinüber, und er lief auf den Abfallhaufen zu. Sie setzte sich zu ihrem Riedgras und schlitzte ein paar Binsen mit dem Daumennagel auf, um zu prüfen, wie stark die Fasern waren.

Kurz darauf war er wieder zurück. »Wie gut habt ihr da drinnen aufgeräumt? Habt ihr gar nichts gefunden – keinen Topf oder einen alten Korb?«

Sie schüttelte den Kopf. »Nichts. Vielleicht hatte sie ein Vorratshaus.«

Er starrte sie einen Augenblick lang an und hob dann den Kopf und ließ den Blick über die Lichtung schweifen. Sie beobachtete ihn insgeheim, während sie die Binsen in zwei Haufen sortierte. Unvermittelt verschwand er durch die Türöffnung der Hütte.

Sie stand auf und ging ihm nach. Sie war neugierig. Im Innern der Hütte war es feucht und dämmerig, und sie blieb einen Augenblick an der Tür stehen, weil sie kaum etwas sah. Dann gewöhnten sich ihre Augen ein bißchen an die Dunkelheit, und sie sah, wie er an der hinteren Lehmwand entlangkroch und sie mit den Händen abtastete.

Er schrie, als er mit den Händen an der Wand riß und ein großes Stück losbrach, das auf den Boden der Hütte fiel, wo es in Klumpen aus Erde und Ried zerbrach. Wo es an der Uferbank gehaftet hatte, war jetzt eine große Öffnung. Moloquin griff hinein und zog einen Stock hervor, den er über die Schulter warf, und dann ein altes Geweih.

Shateel schrie auf und trat neben ihn. »Das ist eine Pike. Sieh mal...« Sie beugte sich vor und nahm ihm die Geweihstange aus der Hand. Sie war brüchig vom Alter, und das Horn roch nach Lehm. Am dickeren Ende steckte noch immer ein Stück Holz, die Überreste eines Griffes.

Als nächstes zog Moloquin einen Haufen Unrat aus der Öffnung hervor – vermoderte Binsen und andere Fasern, die zerbröckelten, als er sie berührte. Shateel schaute zu, wie er das modrige Zeug durchsiebte und mit den Fingern zerkrümelte.

Er nahm einen formlosen Haufen hoch, der ebenfalls modrig roch. Ein Steinsplitter fiel heraus, und Shateel hob ihn vom Boden auf. »Eine Ahle«, sagte sie, »und sieh mal hier!« Sie tauchte in die Öffnung und zog einen Krug aus gebrannter Tonerde heraus.

Der Stopfen war noch an seinem Platz, und der Topf war halb gefüllt mit Honig. Während er in dem Unrat herumwühlte, der noch in der Maueröffnung lag, roch Shateel an dem Topf und steckte den Finger in die süße Masse. Es war so stark, daß ihr schwindlig wurde.

»Nichts Brauchbares«, sagte Moloquin. Er stand auf, wischte sich die schmutzigen Hände an den Schenkeln ab und verließ die Hütte.

Shateel blieb, wo sie war. Sie kniete inmitten des Unrats aus dem Vorratsraum. Sie streckte die Hand aus, nahm ein bißchen von dem Zeug und ließ es zu Boden rieseln. Was das wohl gewesen war, vielleicht ein Korb? Und dies waren bestimmt die letzten vermoderten Fasern von einem Stoff. Eine Frau hatte hier gelebt, eine Frau hatte hier, ganz auf sich gestellt, gelebt und gearbeitet und ihren Sohn großgezogen, frei, eine Welt für sich. Shateel wünschte sich sehnlichst, mehr über sie zu erfahren. Sie wünschte sich plötzlich sehnlichst, mehr wie sie zu sein. An diesem Ort schimmerte ihre Gegenwart wie ein weißes Strahlen in der Luft. Einer plötzlichen Regung folgend, kniete sie nieder und drückte die Lippen gegen den Boden, über den die Fremde geschritten war.

Bohodon war auf kürzestem Weg in den Wald gelaufen, mit dem festen Vorsatz, sich von Moloquin und diesen Narren zu trennen und nie mehr zurückzukehren. Die waren auch nicht anders als die übrigen Folc. Ausnützen wollten ihn die und zum Arbeiten zwingen, ohne sich um seine Seele zu kümmern. Er haßte sie alle. Am meisten haßte er Moloquin.

Er stapfte zwischen den Bäumen hindurch, ohne auf die Richtung zu achten, und stieß gegen Wurzeln und trat auf das Laub, das den Boden bedeckte. Der Untergrund wurde unvermittelt sumpfig, und er zog die Füße aus dem schwarzen Schlamm und stieg höher hinauf, wobei er sich an halb im Boden versunkenen Steinen und Stöcken weh tat. Auf dem Sattel des Hügels angelangt, geriet er unerwartet hinter einer Reihe Birken auf ein sonniges Stück Wiese, an deren hinterem Ende er drei Rehe erblickte.

Sie standen da und beobachteten ihn mit über die Schulter gewandten Köpfen. Er blieb wie erstarrt stehen, seine Haut prickelte vor Erregung, und er beschloß, näher an sie heranzuschleichen, doch sobald er den Fuß hob, stellten sie die Schwänze auf und sprangen davon.

Er lief ihnen nach, bekam sie jedoch nicht mehr zu Gesicht. Nun wanderte er zwischen Bäumen dahin und grübelte über die Schwierigkeiten nach, in denen er steckte. Sein Magen knurrte. Er war durstig, aber er konnte den Fluß nicht finden. Ganz plötzlich wurde ihm klar, daß er sich verlaufen hatte.

Er geriet in Panik. Er rannte den Weg zurück, den er gekommen war, strauchelte und schlug der Länge nach hin. Am Boden liegend, warf er wilde Blicke um sich, konnte jedoch nichts entdecken, das ihm vertraut war. Langsam stand er auf und kämpfte gegen seine Angst an, die ihn abermals zu zwingen drohte, blindlings loszulaufen. Die Bäume um ihn herum rückten näher und neigten sich bedrohlich und bösartig zu ihm herab. Er hörte, wie sich etwas im nahen Unterholz bewegte. Ein übler Geruch stieg ihm in die Nase.

Er stolperte durch den Wald und bemühte sich, nicht die Beherrschung zu verlieren. Wenn er immer geradeaus ging, würde er bestimmt an einem Wegzeichen ankommen, das er erkannte, und er zwang sich, immer geradeaus zu gehen, doch schon nach wenigen Schritten begann er, erneut die lastende Gegenwart der Bäume zu verspüren, die unsichtbaren Augen um ihn herum, und das Entsetzen überwältigte ihn und trieb ihn dazu, wie ein Gejagter einen Hang hinunter und in einen Sumpf zu hetzen. Er stand bis zu den Knien im Morast, ehe er anhalten konnte.

Er arbeitete sich aus dem Sumpf, blieb an dessen Rand stehen und hob das Gesicht zum Himmel. Er zwang sich, ruhiger zu werden, obwohl das Herz ihm im Halse schlug. Er machte sich klar, daß es niemanden kümmern würde, wenn er nicht zurückkäme; niemand würde ihn suchen. Er mußte sich allein retten. Er hatte keine Ahnung, wie er das machen sollte. Finster stapfte er weiter, wobei er versuchte, immer geradeaus zu gehen, und während er dahinging, blickte er sich aufmerksam um und bemerkte zum erstenmal, wie die Bäume wuchsen, wie der Boden beschaffen war, woher der Wind kam und wo die Sonne stand, und schließlich, es kam ihm vor, als sei er den ganzen Tag gelaufen, gelangte er an einen Fluß.

Ob das der Fluß war, der am Lager seiner Folc vorbeifloß? Er warf sich auf den Bauch und trank, bis sein leerer Magen prall gefüllt war. Als er sich wieder aufsetzte, hörte er den dumpfen rhythmischen Ton einer Axt, mit der Holz geschlagen wurde.

Erleichterung überflutete ihn, und er entspannte sich; einen Augenblick lang drohten seine zitternden Beine, unter ihm nachzugeben. Das Geräusch der Axt kam von flußabwärts. Er begann, in die Richtung zu laufen, doch dann fiel ihm wieder ein, daß er eigentlich Holz hatte sammeln sollen, und er klaubte ein paar kleine Äste auf. Hinter der nächsten Biegung des Flusses gelangte er an das obere Ende der Wiese, in die Nähe der Hütte.

Die Frauen hatten sich mitten auf der Wiese versammelt. Sie saßen im Kreis und schlugen auf etwas ein, das sich in ihrer Mitte befand. Bohodon holte tief Luft, um ihnen etwas zuzuschreien, doch im selben Augenblick entdeckte er Hems und Kayon, die sich aus der entgegengesetzten Richtung näherten, und Kayon hielt triumphierend ein Paar lächerlich magere Eichhörnchen in die Höhe.

Sie würden ihm gegenüber fürchterlich damit angeben. Bohodon wich zurück, und sein Gesicht verzog sich zu einer angewiderten Grimasse. Er selbst kam nur mit ein paar Stöcken an. Er wandte sich um und kehrte in den Wald zurück, um eine anständige Ladung Holz zu sammeln.

Die steinerne Axt war plump und brauchte eine neue Schneide. Moloquin ging durch den Fluß zum Hain der toten Eichen, und er nahm die Arbeit dort wieder auf, wo seine Mutter sie unterbrochen hatte, indem er die toten Bäume auf der großen Lichtung fällte, damit die Frauen im Frühjahr Platz für ihre Gärten hatten. Brant, der alte Meister des Grünen Zweiges, kam hinzu, um ihm zu helfen. Brant hatte ihm als erster vorgeschlagen, am nördlichen Ende der Lichtung ein Rundhaus zu errichten, dort, wo die riesige Platane sich am Flußufer erhob.

»Die Kunde der Säule des Himmels«, sagte er, »ist Baukunde.«

Er zeigte Moloquin, wie man den Baugrund auswählte, wie man einen Kreis darauf zeichnete, indem man ein Stück Seil und einen Stab benutzte, der den Mittelpunkt markierte, und er zeigte ihm, wie man das Seil außerdem dazu verwendete, perfekte Diagonalen durch den Kreis zu legen. Nachdem der Kreis auf diese Weise geviertelt war, zeigte Brant ihm, wie man ihn mit Hilfe von Seilen achtelte.

»Fürs erste ist das groß genug«, sagte Brant, »wir sind ja nur vier.«

»Da sind aber auch noch die Frauen«, sagte Moloquin.

»Die Frauen?« sagte Brant überrascht. »Aber die werden doch ihre eigenen Langhäuser haben!«

Moloquin stützte sich auf die Axt. »Nein, ich will, daß sie mit uns zusammenleben. Ich will keine derartigen Trennungen zwischen uns und ihnen.«

Brant sagte: »Die Frauen leben von jeher in ihren Langhäusern. Die Männer leben von jeher . . .«

»Brant«, sagte Moloquin, »ich will das so haben, wie ich es dir gesagt habe. Wir werden alle zusammenleben. Wir werden alle ein Volk sein. Die Frauen sollen mit uns Männern im Rundhaus leben.«

Im Gesicht des alten Mannes zuckte es ungläubig. Er blickte sich um, als stünde das Rundhaus bereits, und schüttelte den Kopf.

»Das Rundhaus ist für Männer gemacht. Die ganzen Rituale und die Kenntnisse der einzelnen Bünde sind Sache der Männer. Ich kann mir wirklich nicht vorstellen, wie –«

»Ich kann es mir vorstellen«, sagte Moloquin und wollte keine Einwände mehr hören.

Also vergrößerten sie den Kreis und markierten die Positionen der riesigen Pfosten, die die Wand bilden und das Dach tragen sollten. Brant beobachtete den Nachthimmel und sorgte dafür, daß alles richtig angeordnet wurde. Während der Sommer voranrückte, suchte Moloquin die geeigneten Bäume aus und fällte sie mit seiner Axt und stutzte sie zurecht, während alle anderen fieberhaft damit beschäftigt waren, Vorräte für den kommenden Winter anzulegen.

Sie hatten zwar kein Getreide, aber im Wald gab es eßbare Dinge in Hülle und Fülle: Nüsse und Wurzeln und Wild. Hems und sein neuer Gefolgsmann Kayon fischten und fingen Kaninchen und Eichhörnchen. Die Frauen sammelten Eicheln, während Moloquin Bäume fällte.

Er konnte ihre Stimmen hören; sie neckten Ap Min, die sich langsam die Sprache der Folc zu eigen machte, häufig wegen ihres riesigen Bauches und erklärten ihr, wie schrecklich es sei, Kinder zu kriegen. Durch das staubige Sonnenlicht hindurch erblickte er die Frauen immer wieder flüchtig zwischen den Bäumen des Eichenwaldes. Oft unterbrach er die Arbeit und ruhte sich zwischen den einzelnen Axthieben aus, und seine Augen folgten der einen oder anderen Frau.

Sie quälten ihn. Er bekam sie nicht aus dem Kopf, und sein Glied schien ständig hart zu sein. Er schämte sich bei dem Gedanken, daß sie es womöglich bemerkten, und versuchte, ihnen aus dem Weg zu gehen, wo er nur konnte, aber sie waren allgegenwärtig mit ihren herrlichen weichen Körpern, ihrem Lächeln, ihrem ungehemmten Lachen, ihrer Freundlichkeit, mit der sie einander bedachten, ihren Gerüchen, ihrem weichen Haar. Er wollte sich eine von ihnen zur Frau wählen, konnte sich jedoch nicht entscheiden, welche. Er wollte sie alle, sogar Ap Min und die alte Taella, sogar Wahelas kleines Mädchen, das auf seinen unsicheren Beinchen daherwackelte. Daß er sie hierhergeführt hatte, tagaus, tagein für sie sorgte, ihnen so nahe war, hatte ihn mit einer besitzergreifenden Zuneigung zu ihnen erfüllt. Ganz allmählich wurde ihm klar, daß sie zu ihm gehörten und daß er sie eigentlich alle haben mußte.

Während der Abende, wenn sie mit Brant am Feuer saßen und Geschichten erzählten, beobachtete er die anderen Männer. Auch sie warfen den Frauen verstohlene Blicke zu und waren auf verstohlene Zärtlichkeiten aus. Er wußte, bald würden sie Paare bilden.

Deshalb schickte er Ap Min eines Nachmittags in den Wald zum Pilzesammeln und folgte ihr. Als sie weit genug von den anderen entfernt waren, so daß niemand Zeuge seiner Demütigung werden konnte, falls sie ihn zurückwies, trat er hinter sie und umarmte sie. Sie wußte sofort, was er wollte. Wortlos hob sie ihren zerlumpten Rock, lehnte sich gegen eine Bergulme und ließ ihn in sich eindringen. Es war unerwartet schwierig, weil ihre Schwangerschaft so weit fortgeschritten war. Als er fertig war, lehnte er sich ausgepumpt und zitternd an sie, und sie streichelte sein Haar und flüsterte ihm etwas in ihrer alten Sprache zu.

»Sprich nicht so«, sagte er. Er setzte sich neben sie auf den laubbedeckten Waldboden. Er zupfte an ihrem Rock und zog sie zu sich hinab.

Eine Weile saß sie mit gesenktem Kopf und lächelte nur. Er kannte sie jetzt auf eine besondere Weise, und doch kam sie ihm jetzt noch verschlossener vor. Er würde sie niemals völlig besitzen. Er gab sich seinen Gedanken über sie hin und musterte ihr Gesicht, das Profil, das sie ihm zuwandte. Sie war ihm zuvor niemals hübsch erschienen, doch jetzt fand er die Höhlung ihrer Wange und das Rot ihres Mundes herrlich. Er nahm ihre Hand und drückte die Handfläche gegen sein Gesicht.

»Moloquin«, sagte sie, »was machst du mit mir?«

»Du wolltest doch, daß ich es mache«, sagte er, »du kannst nicht behaupten, daß ich dich gezwungen habe.«

Sie lächelte ihm zu. Sie sah ihn jetzt mit einem veränderten Blick an. Sie sah ihm mit einem ungezwungenen, vertraulichen Blick in die Augen. Plötzlich wurde ihm klar, daß nicht nur er sie jetzt besaß, sondern auch sie ihn. Das allein bewirkte, daß er ein wenig von ihr abrückte.

Sie beobachtete ihn ruhig, die Arme um den Bauch gelegt. Sie sagte:

»Nein, du hast mich nicht gezwungen. Aber ich habe dich schon sehr lange gewollt, und du bist niemals zu mir gekommen.« Sie schüttelte den Kopf. »Du brauchst eine Frau, Moloquin, aber ich bin nicht die Richtige für dich.«

Sie stand auf und ging Pilze sammeln, und Moloquin kehrte zu seiner Arbeit mit der Axt zurück. Er dachte den ganzen Nachmittag an das, was er getan hatte.

Der Akt selbst war wundervoll. Sie zu umarmen, mit ihr zu verschmelzen, das erfüllte ihn mit einem schwindelerregenden Gefühl von All und Raum, so als zerberste er im Moment des Verströmens und treibe in sie hinein und weltenweit über sie hinaus.

Wenn er jetzt die Bäume mit der Axt niederstreckte, dachte er bei jedem Schlag an den Geschlechtsakt; alles wurde im Abglanz seines Erlebnisses zu einer Ausweitung dieses Erlebnisses.

Aber dieser Abglanz verblaßte, und so suchte er sich als Nächste Wahela aus.

Er machte es genauso wie mit Ap Min: Er schickte sie mit dem Auftrag los, flußaufwärts nach Krebsen zu suchen, und er sorgte dafür, daß ihre Kinder bei den anderen Frauen blieben. Dann ging er Wahela nach.

Als er vor ihr auftauchte, war es anfänglich genauso, wie es bei Ap Min gewesen war. Sie wußte sofort, was er wollte, und an dem plötzlichen Erröten ihrer Wangen und dem lebhaften Aufblitzen ihrer Augen erkannte er, daß sie willig war, doch dann forderte sie ihn heraus, sie zu fangen, indem sie von Baum zu Baum huschte und gespielte Angstschreie ausstieß, wenn er ihr nahe kam. Sie führte ihn immer weiter von den anderen weg. Als sie sich schließlich auf dem Waldboden niederlegte, brannte er wie Feuer.

Von diesem Augenblick an ähnelte das Ganze kaum noch dem Akt mit Ap Min. Wahela bäumte sich auf und krümmte sich wie er; sie biß ihn und zerkratzte ihm die Schultern. Wenn er sie unter sich niederdrückte, wand sie sich wie eine Gefangene. Als er fertig war, zog sie ihn erneut an sich, und ihre Lust war kaum geringer als zuvor. Er verbrachte den ganzen Nachmittag mit ihr unter den Bäumen und sprach kaum ein Wort mit ihr.

Als sie zur Lichtung zurückgingen, begann sie zu reden.

»Du willst mich also heiraten?« fragte sie.

Er hatte keine Lust, darüber zu sprechen oder auch nur daran zu denken. Erst wollte er noch zwei weitere Frauen haben. Als er nicht antwortete, wurde sie wütend.

»Ach so! Du legst mich auf den Rücken, und nun willst du mich nicht heiraten, habe ich recht?«

»Wahela«, sagte er, »du hättest das doch für jeden anderen Mann genauso getan.«

»Was?!« Sie blitzte ihn mit ihren herrlichen schwarzen Augen an. »Na, dann sieh mal zu, wie du das noch einmal bekommst!« Sie schwenkte empört die Hüften und rannte davon, in die Hütte.

Als nächstes hatte er es auf Shateel abgesehen – Taella behagte ihm irgendwie nicht. Mit ihrem grauen Haar und ihrer scharfsinnigen Miene erinnerte sie ihn an Karella. Also schickte er als nächste Shateel los und folgte ihr. Er fand sie am Fuß einer Platane, wo sie im Gras saß und die lose Borke mit den Fingernägeln abzog.

Sein Erfolg bei den anderen Frauen hatte ihn kühn gemacht. Er ging ohne Umschweife auf Shateel zu und streckte die Hände nach ihr aus, weil er erwartete, willkommen zu sein, doch er erntete nur einen kalten Blick von ihr.

»Du meinst also, du bekommst mich so einfach, genauso wie die anderen«, sagte sie. »Ich habe es mir schon gedacht, aber ich wollte es nicht glauben.«

Er hockte sich vor ihr nieder. Schon jetzt wollte er sie mehr als alles in der Welt. Ihr Haar war flachsblond, aber ihre Augen waren groß und dunkel, und ihr Mund war wie eine rote Blume und unglaublich lieblich. Er legte ihr die Hand auf den Arm, und sie schüttelte sie ab.

»Shateel«, sagte er, »willst du mich denn überhaupt nicht?« Es kam ihm erstaunlich vor, daß jemand ein solches Vergnügen ausschlagen sollte, wenn es auf so einfache und angenehme Weise zu haben war.

Sie sagte: »Laß mich in Ruhe, Moloquin.«

Er packte sie in der Absicht, es mit Gewalt zu versuchen, und erwartete, daß sie sich wehren würde; statt dessen lag sie schlaff in seinen Armen und wandte das Gesicht ab. Sie sagte: »Ich war die Frau von Ladons Sohn, mußt du wissen, und jetzt trage ich sein Kind in mir. Was sagst du nun?«

Er ließ sie los, hockte sich auf die Fersen und starrte sie an. Er konnte kein Anzeichen einer Schwangerschaft entdecken. Schließlich sagte er: »Gut, aber Ladons Sohn ist nicht da. Du bist nicht länger seine Frau.«

»Ich bin jetzt keines Mannes Frau, Moloquin«, sagte sie. Sie stand auf und machte sich auf den Rückweg zum Lager. Er blieb, wo er war, und dachte über das Geschehene nach. Er konnte sich des Gefühls nicht erwehren, daß er sich in derlei Dingen wie ein Tölpel aufführte.

Wahela saß bei ihren Kindern, während sie aßen, und sprach mit ihnen und machte Ordnung, als sie fertig waren. Sie hatte einen kleinen Ring aus Steinen um ihren Teil der Hütte gelegt, um die anderen fernzuhalten, und gewöhnlich holte sie ein paar Kohlen vom Feuer herüber, um den Platz warm zu haben, während die Kinder ihr Abendessen verzehrten und sich schlafen legten. Ihr Sohn schlief sofort ein, doch das kleine Mädchen war unruhig und wollte in den Schlaf gewiegt werden und hielt Wahela noch lange auf, nachdem die anderen Folc gegessen und mit den abendlichen Verrichtungen begonnen hatten.

Moloquin kam als letzter herein und setzte sich in die Tür. Er schlief stets an der Tür, zwischen seinem Volk und der Nacht.

Wahela beobachtete ihn aus dem Augenwinkel. Sie hatte ihm zwar gesagt, daß sie nichts mehr mit ihm zu tun haben wollte, aber jedesmal, wenn sie ihn sah, sehnte sie sich nach seiner Nähe.

Er wollte nur ihr Geschlecht. Solchen Männern konnte man nicht trauen.

Nun saß er in der Tür, mit hängenden Schultern und gebeugtem Rücken, und sah zu müde aus, um sich zum Schlafen niederzulegen. Während sie ihre Tochter wiegte und hätschelte und ihr sanft ins Ohr murmelte, kam Shateel in die Hütte und mußte ihn bitten, zur Seite zu rücken. Als sie ihn ansprach, stand er auf und trat ins Freie, und Shateel errötete, runzelte die Brauen und schüttelte den Kopf. Wahela wußte sofort, daß etwas zwischen den beiden vorgefallen war, und da sie Shateel kannte, konnte sie sich schon denken, was.

Als Moloquin ein paar Minuten später zurückkehrte und seinen Posten an der Tür wieder einnahm, legte Wahela ihre Tochter in ihr Bett und trat zu ihm.

»Na«, sagte sie und setzte sich neben ihn, »du siehst aber müde aus!«

Sie streichelte seine Schultern und drückte sie dabei mit den Handflächen, und er seufzte und hob den Kopf. Seine Muskeln fühlten sich knotig unter ihren Fingern an. Sie berührte ihn mit großem Vergnügen. Sein Haar war vom Schweiß verklebt, und sie begann, es mit den Fingern zu kämmen.

»Warte«, sagte sie, »ich hole meinen Kamm.«

»Wenn du willst«, sagte er steif und ohne sie anzublicken.

Sie ging zu ihrer Herdstelle und holte den Holzkamm. Als sie wieder hinter ihm saß, zupfte und kämmte sie ihm das Haar sauber aus und knackte seine Läuse mit den Fingernägeln. Er sagte nichts zu ihr, aber als sie einen Blick in sein Gesicht warf, waren seine Augen geschlossen, und sein Mund wirkte entspannt und sinnlich. Sie versuchte nicht herauszufinden, ob Shateel sie beobachtete.

Der Bart wuchs ihm bis auf die Brust hinab, eine Matte aus dichten schwarzen Locken, und sie kämmte auch ihn. Immer noch sagte er nichts zu ihr. Sie rief sich ins Gedächtnis, daß er viel für sie getan hatte, daß sie sich alle auf ihn verließen und daß ein Häuptling fürsorgliche Behandlung verdient hatte. Als sie fertig war, nahm sie ihren Kamm und stand auf, um wieder an ihre Herdstelle zurückzukehren.

»Wahela«, sagte er und öffnete die Augen.

Sie blieb stehen. Er streckte die Hand aus und zupfte an ihrem Rock, und sie setzte sich vor ihm nieder, und während alle Folc zuschauten und murmelnd Bemerkungen austauschten, kämmte er ihr das lange dunkle Haar, bis es glatt herabfiel. In dieser Nacht schliefen ihre Kinder im Ring ihrer Steine, doch sie und Moloquin schliefen engumschlungen an der Tür.

Moloquin fällte die Eichen in der neuen Lichtung, schnitt die Äste zu Brennholz zurecht und stutzte die Stämme, die die Pfosten seines Rundhauses abgeben sollten. Brant zeigte ihm, wie man am einen Ende eines jeden Pfostens einen Zapfen zuschnitt, der in ein Loch im Balken passen und das Bauwerk auf diese Weise zusammenhalten sollte. Bohodon und Hems und Kayon gruben die Löcher. Brant benutzte sein Seil dazu, jeden Stamm zu vermessen, und setzte fest, wie tief jedes Loch werden sollte, damit alle Pfosten genau die gleiche Höhe hätten.

Der Sommer eilte seinem Ende zu. Es gab in Hülle und Fülle zu essen, die Bäume hingen voller Früchte, und Kräuter und Wurzeln der eßbaren Pflanzen konnten geerntet und getrocknet und für den Winter eingelagert werden. Der Wald wimmelte vor Wild. Bald würde es nur noch Kälte und Schnee geben. Die Folc arbeiteten fieberhaft, um soviel wie möglich zusammenzutragen, ehe der Winter hereinbrach. Die Blätter der riesigen Platane begannen bereits, sich zu verfärben, und der Wind war des Nachts schon so kalt, daß er die Kinder zum Weinen brachte.

Brant zeigte den Männern, wie man die Pfosten aufrichtete. Sie schlangen ein Seil um den riesigen grauen Stamm, und zwei Männer zogen, und die beiden anderen schoben, bis das dickere Ende an den vorgesehenen Platz im Loch glitt und die Erde beim Aufschlag erbebte. Während der Stamm über ihren Köpfen schwankte, rannten die Männer wie wildgeworden um ihn herum und warfen alles in das Loch, was sie finden konnten, um ihm Halt zu geben, und dann füllten sie das

Loch mit Erde und Felsbrocken aus dem Flußbett. Am Anfang waren die Pfosten zweimal einfach umgekippt.

Brant saß da und beobachtete sie und fertigte noch mehr Seile an, indem er die derben Hanffasern drehte, bis sie Schlaufen bildeten, und sie dann zwischen Bäumen spannte. Er sagte: »Draußen läßt sich das leichter machen. Unter der Erde ist Kalkstein, und Löcher, die man in Kalkstein gräbt, halten einfach alles.«

Moloquin saß erschöpft neben ihm. Sie hatten den Tag damit verbracht, zwei Pfosten aufzurichten, und einer von ihnen war umgekippt. Die anderen Männer waren zum Fluß hinuntergegangen, um sich zu waschen. Das Rundhaus stand wie ein Skelett auf der anderen Seite der Lichtung. Obwohl noch fünf der acht Pfosten fehlten, gefiel es Moloquin bereits, denn seine spätere Form und die Regelmäßigkeit des Entwurfs zeichneten sich bereits ab.

Er sagte: »Eines Tages werden wir etwas ganz Ähnliches an der Säule des Himmels bauen.«

Zu seiner Überraschung sah der alte Mann ihn stirnrunzelnd an. »An der Säule des Himmels kann gar nichts gebaut werden!«

»Ich werde dennoch etwas bauen.«

»Ich sage dir, das ist Wahnsinn, Moloquin, es ist zum Scheitern verurteilt. Dort kann nichts stehen.«

Moloquin schwieg, war jedoch enttäuscht über den alten Mann. Er senkte den Blick. Das Rundhaus gefiel ihm nicht mehr. Ein kaltes Gefühl böser Vorahnung beschlich ihn. Zum erstenmal fragte er sich, ob er jemals zu sehen bekommen würde, was er in seinem Traum von der Säule des Himmels gesehen hatte.

Der alte Mann beobachtete ihn aufmerksam, während seine Finger mit dem Seil beschäftigt waren. »Da ist etwas, das ich dich fragen muß.«

»Frag«, sagte Moloquin mit belegter Stimme; er war immer noch wütend auf Brant, den er für seinen Verbündeten gehalten hatte.

»Ich möchte gern heiraten«, sagte Brant. »Wenn du willst, daß wir alle zusammen im Rundhaus leben, dann möchte ich jedenfalls nicht so nah bei Frauen leben, ohne mich selbst mit einer trösten zu können.«

Moloquin sagte: »Also heirate!« Er lächelte dem alten Mann zu, denn er war für diesen Beweis der Lebenskraft seiner Folc dankbar.

»Taella will ich heiraten«, sagte Brant. »Ich werde sie gleich fragen.« Er stand auf, ächzte, weil die Knie ihm weh taten, und ging über die Lichtung auf die Frauen zu, die dabei waren, Nüsse für den Winter in Körben aus Borke und Binsen zu verstauen.

Moloquin wußte wenig über die Hochzeitsrituale. Um Brant und Taella zu verheiraten, bediente er sich dessen, was er bei den paar Hochzeiten seines Lebens mitbekommen hatte, und füllte die Lücken nach Gutdünken mit Begebenheiten aus Geschichten und eigenen Einfällen. Er flocht ein Seil aus Gras und füllte einen Schildkrötenpanzer mit Wasser und machte in der Mitte des halbfertigen Rundhauses ein kleines Feuer.

Inzwischen waren sieben von neun Pfosten an ihrem Platz. Der mittlere Pfosten, der höher war als die anderen, und die vier Hauptpfosten, der nördliche, der südliche, der östliche und der westliche, waren als erste aufgerichtet worden. Er führte Taella und Brant vor dem Mittelpfosten zusammen, den Brant den Nordstern nannte, und die übrigen Folc standen im Kreis um sie herum. In den Armen hielten sie die letzten Blumen des Sommers, weiße Tagsterne, gelbe Sonnenglut und rote und blaue Wassersporn. Die Frauen sangen mit leiser Stimme und wiegten sich dazu in den Hüften. Ihre Augen strahlten.

Moloquin nahm Taellas Hand und die von Brant, legte sie ineinander und band sie dann mit dem Seil aus Gras zusammen.

»Jetzt«, sagte er, »seid ihr verheiratet, wie Rebe und Ulme.«

Er ließ sie am Feuer vorbeigehen, Taella links und Brant rechts, so daß sie ihre miteinander verbundenen Hände über die Flammen hielten, und sagte: »Nichts soll euch trennen; das Feuer, das alle Dinge zerstört, soll euch nicht trennen.«

Er gab ihnen den wassergefüllten Schildkrötenpanzer, und Brant hielt ihn an Taellas Lippen und Taella an Brants, und Moloquin sagte: »Ihr sollt einander nähren, so gut ihr könnt, und sollt einander nichts verwehren.«

Dann hielt er die Hand über sie. »Ihr seid verheiratet«, sagte er und trat zurück und ließ sie allein in der Mitte des Kreises stehen.

»Küssen! Küssen!« schrie Wahela ausgelassen und warf ihnen eine Blume zu. Irgend jemand lachte zwar, doch Brant beugte sich vor, und Taella legte ihrem neuen Gatten die Hände auf die Schultern, und sie küßten sich. Die anderen um sie herum streckten die Arme aus und nahmen einander bei der Hand und fingen an zu tanzen. Während sie um das neue Paar herumwirbelten, warfen sie ihnen Blumen zu, und Wahela schrie: »Küssen! Noch mal küssen! Brant, sie gehört jetzt dir, mach mit ihr, was du willst! Taella ...«

Brant schien das gar nicht zu behagen, aber Taella packte ihn mit beiden Händen, und ein breites Lächeln trat in ihr Gesicht. Blütenblätter hingen in ihrem langen grauen Haar. Die Folc wirbelten singend um sie herum, und Taella zupfte auffordernd an Brants Kleidern, flüsterte ihm etwas zu und zog ihn schließlich zu Boden. Vor allen anderen paarten sie sich dort, während die Blumen auf sie niederrieselten, und die Folc tanzten und lachten und sangen und schrien Ratschläge und staunten über die Kraft des alten Mannes.

Moloquin zog sich zurück. Er hatte das zwar nicht erwartet, erkannte jedoch, daß es gut war; sie hatten mit ihrer Begattung einen besseren Weg gefunden, die Eheschließung zu besiegeln, als er mit seinen zweifelhaften Ritualen. Doch der Anblick eines Mannes und einer Frau bei der Paarung löste in ihm eine solche Begierde aus, daß ihm ganz elend wurde. Er entfernte sich, wobei er die Richtung zum Wald einschlug. Das kleine Feuer verlosch, und der Abend senkte sich über das Lager. Im blauen Zwielicht waren seine Folc nur Umrisse, die sich im Tanz schlängelten und ringelten wie Rauch. Er wandte sich ab und ging von dannen.

Alle Pfosten des Rundhauses hatten Namen, und einige sogar mehr als einen; mit jedem einzelnen hatte es seine Bewandtnis. Brant versuchte den anderen Männern das zu erklären, doch nur Moloquin schien ihm aufmerksam zuzuhören.

Brant sagte: »Dieser hier ist die Glocke-des-Schwarzen-Windes« und legte die Hand an den Pfosten an der Nordseite des Kreises. Er sagte noch ein paar weitere Namen, deren Klang und Bedeutung er sichtlich genoß. »Licht-Bogen und Weg-nach-Haus. Wenn in diesem Rundhaus jemand stirbt, müssen wir die Wand hier öffnen und den Leichnam herausschaffen, weil das hier der Anfang des Weges der Seele zum Himmel ist.«

Sie hatten nun alle Pfosten aufgerichtet und standen vor dem härtesten Teil der Arbeit. Brant sagte: »Jetzt müssen wir die Dachbalken hochziehen. Wir könnten damit bis zum nächsten Sommer warten und jetzt nur Stöcke statt Balken nehmen, um das Dach daraufzulegen.«

Moloquin sagte: »Wir müssen es jetzt fertigmachen. Wenn wir uns vor dieser Arbeit drücken, werden wir sie niemals tun.«

»Wir haben nicht genügend Männer.«

Moloquin betrachtete den alten Mann einen Augenblick nachdenklich. »Wovor fürchtest du dich, Brant?«

»Ich glaube nicht, daß ich mich . . . ich . . .«, Brant holte tief Luft. »Ich weiß nicht. Vielleicht werde ich alt. Irgend etwas an diesem Ort behagt mir nicht.«

»Sag mir, was du empfindest.«

Brant schüttelte den Kopf. Er wußte nicht, was er empfand. Er wußte nur, daß der Gedanke daran, daß man die Dachbalken hochziehen wollte, ihn in tiefste seelische Abgründe stürzte. Plötzlich dachte er: Ich werde hier sterben. Er preßte die Hände vors Gesicht.

»Was ist los?« fragte Moloquin. »Sag's mir! Wenn du das Gefühl hast, daß dieser Platz hier uns Unglück bringt, dann sag es mir jetzt. Es ist doch sonst sinnlos, daß wir an diesem Haus weiterarbeiten.«

Brant blickte sich um. Die Pfosten aus geschälten, bereits grau verwitterten Baumstämmen wirkten alle stabil und verläßlich. Was immer ihn für ein Gefühl bewegen mochte, es war nicht das, daß der Platz des Hauses Unglück bringen würde, und das sagte er auch.

»Dann werden wir das Haus vollenden«, sagte Moloquin.

»Ich werde seine Vollendung nicht erleben«, erklärte Brant, »ich ... ich –« Ein langgezogener Entsetzensschrei unterbrach ihn. Er kam vom Wald her.

Beide Männer sprangen auf und fuhren herum. Aus den Schatten des Waldes trat Wahela mit weit aufgerissenen Augen und aufgelöstem Haar.

»Ap Min – ihr Kind kommt ...«

Auf der anderen Seite der Lichtung tauchte Shateel auf und rannte in den Wald hinein. Sie nahm den Weg, den Wahela gekommen war.

Wahela kam auf Moloquin zugerannt und ergriff seine Hand. »Komm – du mußt dich beeilen ...«

»Wo ist sie denn?«

»Im Wald, beim Haselnußhain. Wir haben gerade Nüsse gesammelt ...«

»Ist Taella denn nicht bei ihr?« fragte Brant. »Sie müßte sich mit Geburtshilfe eigentlich auskennen.«

»Nein – sie sagt, sie versteht nicht genug davon ... Das Kind will nicht kommen, es hängt fest.« Wahela umklammerte Moloquins Hand. »Bitte, du mußt kommen, schnell, bitte ...«

Die anderen Männer kamen mit naßglänzenden Körpern vom Fluß herauf. Hems erreichte das Rundhaus als erster. Er schleuderte das lange nasse Haar mit der Hand zurück. »Was ist denn los?«

Moloquin sagte: »Ap Min kriegt ihr Kind. Sie hat irgendwelche Schwierigkeiten. Komm.« Er rannte mit Wahela in den Wald.

Ap Min lag auf dem weichen Waldboden unter dem Haselbaum. Ihr Bauch hob sich in rhythmischen Zuckungen. Shateel kniete neben ihr und preßte Ap Mins Hand, während Ap Min schrie.

»Ich sterbe . . . ich sterbe . . .«

Taella kniete zwischen Ap Mins Beinen, zwang ihre Knie auseinander und steckte die Finger in die Scheide der Gebärenden. »Ich fühle etwas. Ich glaube, das ist der Fuß des Babys.«

»Ein Fuß«, sagte Shateel verblüfft. »Dann kommt es doch, dann ist doch alles in Ordnung, oder?« Sie konnte nicht weitersprechen. Die Tränen saßen ihr in der Kehle. In ihrem eigenen Körper war auch so ein Baby, das wühlte und stieß und bereit war, ihr das gleiche anzutun. Wieder kreischte Ap Min, und wieder schoß aus ihrer Scheide ein Strahl Wasser und Blut und bespritzte Shateels Kleider. Shateel wandte sich ab, kroch auf allen vieren davon und übergab sich auf die verrottenden Nußschalen.

»Das ist schlecht«, sagte Taella. »Wenn der Fuß zuerst kommt, ist das schlecht. Ap Min, du mußt jetzt versuchen, das Baby hinauszustoßen. Los, versuch es!«

»Es tut so weh – oh!« Die nächste gewaltige Wehe durchlief den Körper des Mädchens, und Ap Min wand sich, bäumte sich auf und ächzte. Sie hob sich auf Fersen und Schultern vom Boden, ihr Gesicht lief rot an, und sie hatte die Augen zugepreßt. Sie schrie und schrie, bis der ganze Wald davon widerhallte.

Shateel sagte: »Ich kann das nicht ertragen.« Die Tränen strömten ihr die Wangen hinab.

»Sei still«, sagte Taella, »dir passiert ja nichts. Halt ihre Hand. Los, los, wir müssen ihr irgendwie helfen – ach, wenn ich doch mehr von Geburtshilfe verstünde. Meine Mutter hat mir zwar früher einmal etwas darüber erzählt . . .«

Jetzt kam ein Mann zwischen den Bäumen dahergerannt; es war Hems. Er war fast völlig nackt, und ihm nach kamen die anderen Männer. Hems warf sich neben Ap Min zu Boden und griff nach ihrer Hand: »Seht sie euch an – das ist ja schrecklich, wie sie leiden muß . . .« Er schlug mit der Faust auf den Boden. Als die nächste Wehe sie packte und sie zu kreischen begann, legte er sich flach neben sie auf den Boden und kreischte ebenfalls.

Taella schlug ihm zwischen die Schulterblätter: »Willst du wohl aufstehen, du dummer Kerl! Wir müssen etwas tun.«

»Da kommt Wahela«, sagte Shateel. »Und Moloquin.«

Als sie Moloquin kommen sah, beruhigte sich ihr wild pochendes Herz. Rasch wischte sie sich die Tränen von den Wangen, damit er nicht merkte, daß sie geweint hatte.

Moloquin kniete neben Ap Min auf dem Waldboden nieder und

beugte sich über sie, um ihre Stirn zu küssen. Selbst sie schien durch seine Anwesenheit ruhiger zu werden. Er nahm ihre Hand und legte sie gegen seine Wange.

»Moloquin«, flüsterte sie, »ich sterbe . . .«

»Nein«, sagte er und blickte fragend in die Gesichter der umstehenden Frauen. »Was ist denn nicht in Ordnung mit ihr?«

»Es liegt andersherum«, sagte Taella, »das Baby. Es kommt mit den Füßen zuerst heraus, aber es kommt nicht voran, es sitzt fest.«

»Was kann man da tun?« Er blickte erwartungsvoll in jedes einzelne Gesicht, und Shateels Wangen wurden heiß. Sie schämte sich, weil sie darauf keine Antwort wußte. »Wißt ihr das nicht?« schrie er. »Wie könnt ihr Frauen sein und das nicht wissen?«

»Ich habe schon Kinder zur Welt kommen sehen«, sagte Taella, »doch ist das nichts, das mir Vergnügen macht. Ich habe dieses Handwerk nie gelernt. Meistens geht alles wie von selbst. Ich habe jedoch noch nie erlebt, daß eines mit den Füßen voran geboren wurde.«

Sie legte die Hand wieder gegen Ap Mins Vagina und steckte die Finger hinein, und als sie das tat, wand sich das arme Geschöpf und kreischte, und Hems neben ihr wand sich und kreischte ebenfalls. Moloquin strich ihr abwesend über das Gesicht. Er hielt den Blick auf Taella gerichtet.

»Das ist ein Fuß«, sagte Taella, »ich bin sicher, es ist ein Fuß.«

»Zieh ihn raus«, sagte Moloquin.

»Damit bringt man es um.«

Shateel biß die Zähne aufeinander. Sie erinnerte sich an etwas, was sie früher, vor langer Zeit, gehört hatte – daß Rulon, ihr Bruder, mit den Füßen voran geboren worden war, daß er von der Hand einer Hebamme herausgezogen worden war. Sie sagte jedoch nichts aus Angst, daß sie dann selbst Hand anlegen sollte. Moloquin funkelte die Frauen zornig an, als wären sie an allem schuld, und mit einem Mal schob er Taella zur Seite und nahm selbst den Platz zwischen Ap Mins Knien ein.

»Ich mache es selbst.«

Er beugte sich über Ap Min. In ihren Zügen stand Entsetzen, und sie flüsterte: »Tu meinem Baby nicht weh!«

Er lächelte ihr zu. »Brav so! Denk nicht an dich, denk an das Baby!«

Als er jedoch seine Hand in ihren Körper gleiten ließ, wand sie sich und schrie, und er richtete sich wieder auf.

»Meine Hand ist zu groß.«

Shateel sagte: »Taella, mach du's!«

»Nein, nicht ich.«

Moloquin wandte sich Shateel zu. »Du machst es.«

Shateel schluckte. Sie mußte an die Geschichte über ihren Bruder denken und blickte auf ihre Hände nieder. Sie hatte in der Tat kleine Hände. Sie rückte näher an Ap Min heran, und Moloquin rutschte beiseite.

Ap Min beobachtete sie über die riesige Wölbung ihres Bauches hinweg. Eine weitere Wehe packte sie, und sie wurde ganz steif, ihr Kopf preßte sich gegen den Boden, und ihr Körper bäumte sich auf.

»Ap Min!« rief Moloquin. »Sei ganz ruhig.« Er berührte Shateels Schulter. »Los!«

Shateel biß sich auf die Lippen; sie ließ die Finger in die glitschige rote Scheide gleiten. Zuerst fühlte sie nichts als die nassen Wände. Angsterfüllt schob sie sich weiter hinein, stieß energischer vor und ertastete schließlich etwas.

Der Moment war jedoch verpaßt, der Schmerz ebbte ab, und Ap Mins krampfhaftes Pressen ließ nach. Hems kroch hinter sie und drückte ihren Kopf gegen seine Brust.

Moloquin kniete hinter Shateel. »Paß auf. Die nächste Wehe kommt.«

Ap Mins ganzer Körper spannte sich an wie in einer wilden Umklammerung mit sich selbst. Shateel ließ die Hand in die sich weitende schlüpfrige Öffnung gleiten. Jetzt konnte sie den kleinen Gegenstand am Ende des Durchgangs deutlich genug fühlen, um daran zu ziehen, und während Ap Min schrie und die Wehe sie auf und ab warf, stupste sie sanft dagegen und spürte, wie das winzige Füßchen sich bewegte.

»Zieh!« schrie Moloquin.

Shateel zog am Fuß des Babys, und während Ap Min wimmerte und sich aufbäumte, schien irgendeine Kraft in dem Maße zu schieben, wie Shateel zog, und glatt und schlüpfrig kam das ganze Bein herab, der Fuß ragte beinahe schon aus der Scheide. Shateel keuchte. Schlagartig war sie ruhig, und ihre ganze Aufmerksamkeit galt diesem einen Augenblick und diesem einen Vorgang. Eine wundervolle Kraft durchströmte sie. Sie spürte, wie das Leben selbst in ihrem Griff zitterte. Sie tastete sich an dem Beinchen aufwärts und suchte das andere, konnte es jedoch nicht finden, aber ohne Zögern griff sie nach dem kleinen Schenkel und wartete. Als Ap Min sich wieder zu krümmen und zu winden begann und von neuem schrie, zog Shateel, und wieder trieb die unbekannte, unergründliche Kraft des Lebens das Baby ihrer ziehenden Hand entgegen, und das ganze Bein kam heraus und ein Teil des Hinterteils, das winzig war und grotesk eingekerbt und weiß wie Asche. Dann rührte sich nichts mehr.

»Gut«, sagte Moloquin und strich ihr derb über die Schultern, »da kommt noch eines!«

Ap Min schrie; Shateel zog, aber die Kraft war nicht mehr am Werk. Der Kopf steckte fest und wollte sich nicht rühren. Shateel biß die Zähne zusammen. Eine kalte Angst drängte sich in ihre Zuversicht. Einen Augenblick lang wollte sie einfach mit aller Kraft ziehen, obwohl Ap Min noch nicht so weit war, und sie kämpfte diese Regung der Gereiztheit und der Ratlosigkeit nieder. Warte, warte, sagte sie sich und schloß die Augen.

Mit geschlossenen Augen, ganz auf ihre Hand konzentriert, glitt sie den Durchgang hinauf, an dem kleinen Körper vorbei, und bekam die Schulter zu fassen. Inzwischen ächzte und preßte und kreischte Ap Min wieder, und Shateel verspürte den Druck gegen ihre Finger, und das Köpfchen glitt zur Seite. Sachte lenkte sie es, und plötzlich wurde es beweglich, und sie spürte den ganzen Schädel in ihrer Handfläche, und von dieser Berührung ging eine solche wilde Freude für sie aus, daß sie den Mund öffnete und ihre überbordenden Gefühle heraussang.

Moloquin schlug ihr wieder in dieser eigenartigen Aufwallung von Zärtlichkeit auf die Schulter, und er sang ebenfalls. Ap Min ächzte. Als die nächste Wehe kam, warf sie sich empor, und ihr Körper ruckte, und das Baby glitt noch ein paar Fingerbreit heraus, und Shateel zog es, immer weiter singend, langsam zu sich her, bis das Neugeborene auf ihren Knien lag, durch seine gewundene bläulichweiße Nabelschnur immer noch mit seiner Mutter verbunden. Sein Körper war wächsern und grau.

Dann öffnete es den Mund und schrie, und der ganze Körper wurde rosig wie ein Sonnenaufgang. Shateel drehte es im Schoß herum und stellte fest, daß es auch vorne eine Kerbe hatte.

»Ein Mädchen«, sagte sie. »Ein Mädchen, Ap Min, eine Tochter!«

Ap Min begann zu lachen. Ächzend stieß sie mit einem Rudern ihres Körpers den Rest der verdrehten bläulichweißen Schnur aus und, mit deren Ende verbunden, eine große wabbelige Masse von dunklem Fleisch, die wie ein riesiger Blutklumpen aussah. Shateel starrte sie an.

»Was ist denn das?«

Wahela lachte. Sie beugte sich zwischen Shateel und Ap Mins angezogenen Knien nieder und biß die Schnur vor dem Klumpen durch. Blut tröpfelte von ihrem Ende hinab. »Das ist das Kind des Mondes.« Sie hob den blutigen Klumpen hoch. »Das müssen wir schnell begraben, sonst wird das Baby krank und muß sterben.«

Ap Min wiederholte ständig mit atemloser, erschöpfter Stimme, in der dennoch unendliche Freude mitschwang: »Mein Baby, mein Baby«, und Shateel legte der Mutter zögernd das Kind an die Brust. Alle standen um sie herum und starrten das Neugeborene an, und dann sagte Hems plötzlich: »Es ist kalt« und hielt Moloquin die Hand hin. »Gib mir dein Hemd!«

Moloquin zog sein Hemd aus und gab es ihm. Hems kauerte neben Ap Min und hüllte sie und das Kind in das Kleidungsstück. Er verharrte in dieser Stellung und hielt sie in den Armen, seine Wange an ihre gelegt. Ap Mins Gesicht leuchtete. Sie half dem Baby, die Brustwarze zu finden, und stützte das winzige Köpfchen mit der hohlen Hand. Ihre Finger fuhren über das dunkle Haar.

»Kann ich – darf ich es Moloquin nennen?«

Shateel saß mit gekreuzten Beinen und war immer noch erstaunt über sich selbst; sie fragte sich, warum niemand sonst der Meinung zu sein schien, daß sie etwas Wunderbares getan hatte.

Taella sagte: »Es bringt Unglück, jemanden nach einem Menschen zu nennen, der am Leben ist. Seine Macht würde ihr die Lebenskraft aussaugen. Und sowieso, sein Name hat nun einmal eine bestimmte Bedeutung, und so möchtest du sie ja wohl nicht nennen, hm?«

»Ach so.« Ap Min blickte auf das Baby hinab; plötzlich wandte sie sich an Hems. »Du gibst ihr einen Namen. Du kennst die Namen der Folc.«

Hems strahlte sie an und beugte sich schützend über sie. Alle scharten sich um das Baby. Shateel stand auf. Nach allem, was sie geleistet hatte, genoß Ap Min, die nichts getan hatte, außer zu schreien, die Aufmerksamkeit aller. Shateel sagte sich, daß es genug sei, jene Lebenskraft gespürt zu haben, und daß sie die Lobesworte der anderen nicht brauche. Sie stand auf und stellte überrascht fest, daß Moloquin nicht mehr da war, während alle anderen noch um das Baby versammelt standen. Sie ging durch den Wald auf den Fluß zu, um von seinem kühlen klaren Wasser zu trinken.

Als alle Pfosten im Boden steckten und gerade standen, richteten sie die Sparren zu. Bohodon hatte beim Holzsammeln eine Reihe von Steinen gefunden, die sich seiner Meinung nach gut zu Werkzeugen verarbeiten ließen, und nun saß er mit Brant und Moloquin am Flußufer und versuchte, aus Flintstein einen Meißel zu formen, mit dem sie Löcher in die Dachbalken schlagen konnten.

Brant saß nur still dabei und schaute zu und sagte kein Wort, doch Moloquin beugte sich über Bohodons Schulter und stellte ihm Fragen, und als er nicht vorankam, begann er ihn zu beschimpfen und verlangte, daß er sich geschickter anstellen sollte. Bohodon wurde rot. Verbissen bearbeitete er den Flintstein und versuchte, Moloquin gar nicht zu beachten und sich zu erinnern, wie man zu schlagen hatte, damit man saubere Splitter von der Schneide des Werkzeugs abbekam.

»Ach ja«, sagte er plötzlich, »ich brauche ein Stück Hirschhorn, das war es!«

»Was! Die ganze Zeit hast du nicht einmal das richtige Werkzeug gehabt?« rief Moloquin, und Bohodon sprang auf und starrte ihn wutentbrannt an.

»Dann mach du's doch, wenn du es besser kannst!« Er schmiß den Stein zu Boden und marschierte über die Lichtung davon.

Moloquin schrie: »Dann geh doch – lauf ruhig weg! Du bist nutzlos, ein Nichts!« Er setzte sich auf der Kiesbank nieder und nahm den Stein in die Hand.

Er schlug ein paarmal mit einem anderen Stein dagegen, und das Hauptstück brach auseinander. Brant lachte.

Moloquin reckte den Hals nach ihm und funkelte ihn an. »Lachst du etwa über mich?«

Brant sah weg. Er sagte: »Vielleicht können wir ja die Axt verwenden.«

Sie gingen zur Lichtung hinauf. Als sie an der Stelle vorbeikamen, wo die neuen Gärten entstehen sollten und die Frauen begonnen hatten, das geschnittene Gesträuch zu Haufen zusammenzurechen, kam Bohodon ihnen entgegen, der die andere Richtung eingeschlagen hatte. Seine Miene war finster. Er sagte kein Wort zu den beiden und ging geradewegs zurück zum Fluß. Moloquin warf ihm einen bitteren Blick nach. Er und Brant machten sich daran, mit der Axt Löcher in die Enden der Dachbalken zu schneiden, in die die Zapfen der Pfosten passen sollten.

Bohodon saß den ganzen Tag am Fluß und schlug Felsbrocken gegeneinander. Falls er irgend etwas Brauchbares zustande brachte, zeigte er es Moloquin jedenfalls nicht.

Die Dachbalken waren längsgespaltene Baumstämme, deren eine Seite flach und deren andere gerundet war. Als der Augenblick gekommen war, um sie auf die Pfosten zu heben, mußten alle mithelfen, sogar Wahelas Kinder.

Sie trugen jeden Dachbalken zu der Stelle, die er einnehmen sollte, und legten ihn neben den beiden Stützpfosten nieder. Sie legten ihn auf die gerundete Seite, weil er sich so leichter hin- und herrollen und aufstellen ließ. Dann hievten sie mit Hilfe von Stangen das eine Ende vom Boden, und Frauen und Kinder legten eilends Holzscheite darunter. Indem sie den Stamm von einer Seite zur anderen rollten, brachten sie die Kloben richtig unter den Stamm und fügten immer mehr hinzu, bis sie schließlich mehr als die Hälfte des Balkens auf einer Reihe kleiner Scheite liegen hatten. Dann sprangen möglichst viele Folc auf das hochragende Ende des Balkens, und das andere wippte in die Höhe.

Unter dieses Ende legten sie weitere Scheite, und das Ganze begann von neuem: Ein Ende wurde hochgehievt, dann wurden Scheite untergelegt, die Scheite so lange bewegt, bis der Balken aus der Schwebe nach oben gekippt werden konnte, und dann wurden die Scheite unter dem aufragenden Ende aufgeschichtet.

Als der Balken sich, gebettet auf viele Reihen von Scheiten, in die Luft erhob, knüpften sie Seile um ihn, und dann beschworen sie ihn und verfluchten ihn, weil er gefährlich schwankte und rollte, und etliche Male schien er von seinem Aufbau herunterkrachen zu wollen. Nach und nach verstanden sie sich jedoch besser auf die Arbeit und freundeten sich mit der Methode an, und es ging schneller voran.

Als sie ihn endlich auf der Höhe der Pfosten hatten, befestigten sie weitere Seile daran, und wieder fluchten und beteten sie, weil der Stamm sich nicht von der Stelle rühren, nicht herumrollen wollte, und dann zogen sie an den Seilen, und der Stamm kam in Bewegung und schlug krachend zu Boden und lag wieder unten, fast genau auf der Stelle, wo er vor Beginn ihrer Arbeit gelegen hatte.

Die Frauen schrien wie aus einem Mund auf. Die Männer standen da und starrten auf das Ergebnis gescheiterter Mühen, und an jenem Tag arbeiteten sie nicht weiter.

Am Tag darauf begannen sie von vorn. Noch zweimal fiel der Balken hinab, ehe sie ihn überhaupt auf der Höhe der Pfosten hatten. Als sie ihn endlich hoch genug gehoben hatten, ging Moloqin zur Hütte und kam mit seiner Bronzeaxt zurück und legte sie zwischen die beiden Pfosten, in die Mitte, so daß sie unter dem Balken liegen würde, wenn er an seinem Platz wäre. Er rief alle Folc zusammen, und sie warfen Seile über den Balken und nahmen lange Stangen, um ihn zu leiten, und dann begannen sie langsam, ängstlich, ihn hinüberzubewegen.

Moloquin begann zu singen, während er arbeitete; er sang das Sampo-Lied, und die Frauen fielen ein.

Sam-po, Sam-po
La li la li la la li la
Die Mühle dreht sich, die Mühle mahlt
Die Folc kommen und vergehen
La li la la li li la
Sam-po, Sam-po

Langsam rollte der Balken auf die Kante, und so hing er, starr gegen die Stangen gelehnt, und widerstand den Seilen. Während sie sich mühten, ihn weiterzubewegen, sangen sie, und nun sangen auch die Männer mit.

Sam-po, Samp-po
La li la la li li la
In die Mühle müssen alle Dinge fallen
Zwischen Himmel und Erde müssen alle Dinge liegen
La li la la li li la

Während sie gemeinsam sangen, vereinigten sich auch ihre Kräfte, und der Balken rollte herum und landete mit einem dumpfen Knall auf den Pfosten.

Am nächsten Tag hoben sie zwei weitere Balken hoch, und am Tag darauf drei.

Während sie am Rundhaus arbeiteten, konnten keine Vorräte angelegt werden, und die Jahreszeit wechselte. Unerbittlich drehte sich die Himmelsmühle über ihnen, und das Jahr sank seinem Ende zu. Moloquin brach mit den Männern auf zur Damwildjagd.

Es war die Zeit, wo die Hirsche um die Kühe kämpften, und das Wild war kühner als gewöhnlich. Es gab eine kleine Herde, die das ganze Waldgebiet durchstreifte, auch wenn sie die Orte zu meiden begonnen hatte, wo die Folc lebten und arbeiteten. Als die Folc gerade erst auf der Lichtung eingetroffen waren, hatte Moloquin das Wild zuweilen mehrmals täglich gesehen, doch jetzt sah er die Tiere nur noch selten und allein dann, wenn er nach ihnen Ausschau hielt. Moloquin führte die anderen vier Männer und Wahelas kleinen Jungen, den alle Lustig nannten, über das freie Land auf die Furt zu, wohin das Wild abends oft zur Tränke kam.

Der Wald veränderte sich mit dem Herannahen des Winters. Schon warfen die Platanen und Linden die Blätter ab und ließen das bleiche Sonnenlicht hindurch wie Regen. Nur die mächtigen Eichen hielten störrisch ihr Blattwerk fest, das denn auch als letztes sterben würde. Das Lärmen der Vögel und das Gezirpe der Insekten war einer Stille gewichen, die wie eine Atempause wirkte. Die Männer liefen unter einem Himmel, der von gekräuselten Wolkenbändern überzogen war, und der Wind blies schneidend von Norden. Ab und zu kamen sie an Bäumen vorbei, an denen die Bastfetzen der Geweihe hingen, und einmal hörten sie das Röhren zweier Hirsche, die einander zum Kampf herausforderten.

Jeder der Männer hatte irgendeine Waffe mitgebracht. Moloquin hatte seine Axt dabei. Hems und Kayon hatten Schlingen, mit denen sie während des Sommers Niederwild zu fangen gelernt hatten. Brant hatte eine Keule, die stärker aussah als er selbst. Der kleine Junge hatte die Hände voller Steine, und Bohodon hatte sich einen langen dünnen Speer aus Ulmenholz geschnitten.

Als sie sich der Furt näherten, tönte der Lärm der kämpfenden Hirsche durch den Wald – das Prasseln und Krachen ihrer Geweihe und ihr keuchender Atem. Der kleine Junge hielt sich so dicht wie möglich hinter Brant, und auch die anderen Männer blieben dicht beisammen. Moloquin ging an ihrer Spitze, geduckt, und bemühte sich, möglichst leise aufzutreten. Er führte sie an den oberen Saum der braunen Wiese an der Furt.

Als er vom Hang hinabblickte, hatte er das ganze Rudel im Auge. Die Hirsche kämpften beinahe in der Furt. Ihre riesigen Geweihe waren ineinander verhakt, und sie rieben die Köpfe gegeneinander und rangen, wobei sie gewaltig durch die Nüstern schnaubten und versuchten, den anderen niederzuwerfen. Weiter oben am Hang, im hohen Gras zwischen Moloquin und den Hirschen, standen die Hirschkühe und grasten im Licht der untergehenden Sonne.

Gleichmütig schauten sie dem Kampf der Hirsche zu, schlugen mit den Schwänzen und rupften ab und zu etwas Gras. Anders als die Hirsche achteten sie aufmerksam auf alles, was um sie herum vorging. Viel früher, als Moloquin gehofft hatte, erspähte die erste die Männer, die sich vorsichtig näherten.

Moloquin zischte durch die Zähne und blieb stehen; er vermied es, in die Richtung des Wildes zu schauen, und starrte statt dessen in den Wald. Er konnte Brant unmittelbar hinter sich atmen hören, und einer der anderen Männer bewegte sich und zertrat einen Zweig, der laut knackte, doch bemühten sich alle, völlig still zu sein. Die Hirschkühe hoben eine nach der anderen die Köpfe und sahen zu den Männern hinüber, für einen langen Augenblick verstummte das Krachen der Geweihe an der Furt.

Der kleine Junge hustete. Sofort flohen die Kühe zwischen die Bäume.

»Jetzt«, schrie Moloquin, und er rannte ihnen nach. Er setzte über Sumach- und Brombeergesträuch, und während er rannte, schrie er und schwenkte die Arme und trieb das Wild vor sich her. Die Hirsche trennten sich unter Mühen und röhrten, und der eine hielt noch einen Augenblick stand, während der andere davonjagte. Dann, nachdem er sich einen Augenblick in panischer Angst umgeblickt hatte, flüchtete auch der zweite Hirsch in langen Sätzen.

Wie Moloquin es vorausgesehen hatte, änderten alle Tiere jetzt die Richtung, um hügelan zu rennen. Er hetzte los, um ihnen den Weg abzuschneiden, und schrie sich dabei die Kehle wund, während seine Männer ihm lärmend folgten. Zwei der Hirschkühe brachen mit aufgestellten Schwänzen durch ihre Reihe, doch die meisten fuhren herum und rasten wieder hinab auf die Furt zu, und dort hielten das dichte Gestrüpp und die dicht bei dicht stehenden Bäume sie auf.

Schreiend liefen die Männer unmittelbar hinter der in Panik fliehenden Herde her. Bohodon blieb stehen, holte aus und schleuderte seinen Speer; der kleine Lustig warf Steine. Das Wild stob in alle Richtungen auseinander, indem es krachend durch das Unterholz brach. Die Geweihe der Hirsche streiften die Bäume. Dann waren sie mit einem Mal verschwunden, und nur die immer schwächer werdenden Geräusche ihrer Flucht durch den Wald erinnerten an ihre Gegenwart – ein Rascheln, ein Knacken.

Fassungslos schauten die Männer an der Furt umher; sie hatten kein einziges Tier getötet, ja nicht einmal eines ausreichend verwundet, um es verfolgen und zur Strecke bringen zu können. Moloquin watete bis zu den Oberschenkeln in den Fluß hinein und benetzte Gesicht und Arme mit kaltem Wasser. Bohodon nahm seinen Speer auf und prüfte die Spitze, so als hoffte er, Blut daran zu finden. Er und die anderen Männer starrten Moloquin stirnrunzelnd an – wahrscheinlich, so dachte Moloquin, fragten sie sich, ob er wirklich ein richtiger Häuptling war. Schweigend marschierte die Schar, Moloquin an der Spitze, wieder nach Haus.

Ein paar Tage später versuchte er es erneut. Er hatte gesehen, wie Brant das Seil anfertigte, indem er es zwischen Bäumen spannte, und das hatte ihn auf eine Idee gebracht. Er nahm alle Seile, die Brant hatte, und er und die Männer verbrachten einen großen Teil des Tages damit, sie an der Furt von Baum zu Baum zu spannen, bis der ganze schmale Streifen am Flußufer mit Seilen abgesperrt war. Dann verteilte er seine Männer entlang der Furt, so daß jeder hinter einem Busch versteckt war, und sie warteten.

Den ganzen Nachmittag bis in den Abend hinein warteten sie, doch das Wild kam nicht.

Sie kamen auch am nächsten Tag wieder und warteten in ihrem Versteck; lautlos hockten sie im Gebüsch, die Waffen neben sich, und warteten, warteten. Endlich, am späten Abend, als die Luft schon grau verhangen war vom feuchten Dunst, kam das Wild zur Furt. Eine alte Hirschkuh führte sie. Mit gesenktem Kopf leitete sie das Rudel leichtfüßig zum Wasser, und als sie es erreichten, schrie Moloquin, und die Männer sprangen auf.

Die Tiere schossen davon, und ihre weißen Schwänze blitzten in der Dämmerung. Sie sprangen flußaufwärts und in die Netze aus Seilen hinein. Die Bäume warfen das Geschrei der Männer zurück. Die Tiere hetzten durch das Gesträuch vor ihnen her und setzten über umgestürzte Bäume; als sie gegen die Seile rannten, versuchten sie, zappelnd und mit den Hufen um sich schlagend, zurückzuweichen, und die Männer fuhren dazwischen. Moloquin, der mitten unter ihnen war, erkannte nur vage das wilde Peitschen der Bäumchen und das Gewoge des Wildes um sich herum. Er schlug mit der Axt zu und traf ins Leere. Ein Tier sprang so dicht an ihm vorbei, daß es ihn mit der Schulter anstieß und sein Huf seinen Schenkel streifte. Er stürzte rückwärts ins Wasser. Als er wieder auf die Füße kam, nahm das wilde Gelärme bereits ab, und im Gesträuch um ihn herum waren nur noch seine johlenden, hin- und herjagenden Männer zu hören. Das Wild war verschwunden.

Schwerfällig richtete er sich auf. Sein Oberschenkel blutete, wo das Wild ihn getreten hatte. Seine Männer standen mit anklagenden Gesichtern im Zwielicht um ihn herum. Er senkte den Kopf und trat den Rückweg zur Hütte an und hoffte, daß sie ihm folgen würden.

Am Morgen kehrten sie zur Furt zurück, um Brants Seile zu holen. Zu Moloquin, der über seinen Fehlschlag nachsann, sagte kaum einer ein Wort. Während sie die Seile aufrollten, fand Lustig zwei Stöcke, die wie Hörner aussahen, und hielt sie sich an den Kopf und stürmte damit zum Spaß auf den alten Brant los.

Der alte Mann johlte. Er nahm einen Stock vom Boden auf und tat so, als wollte er auf den Jungen mit seinen Hörnern einschlagen, und lachend jagten sie die Wiese auf und ab. Der Junge schnaubte und scharrte mit den Hufen und schwenkte seine Hörner, und der alte Mann schlug drauflos wie ein Jäger.

Moloquin rollte die Seile auf und tat so, als bemerkte er das nicht, doch die anderen Männer beteiligten sich am Spiel. Sie nahmen Stöcke vom Boden und warfen sie nach Lustig mit seinen Hörnern, und als der Junge getroffen wurde und aufschrie, nahm Hems seine Hörnerstöcke, hielt sie sich an den Kopf und übernahm die Rolle des Wildes.

Den ganzen Vormittag über blieben sie bei diesem Spiel. Am Ende spielte keiner so besessen mit wie Bohodon, der wieder und wieder seinen Speer nach dem Wild warf, das davon niemals genug zu bekommen schien. Als Hems endlich aufhörte und sich in die Sonne legte, ging Bohodon mit seinem Speer davon und warf ihn gegen Bäume und Steine.

Sie trugen die Seile wieder nach Hause. Moloquin hielt beim Gehen den Kopf gesenkt. Sie brauchten Fleisch für den Winter, Fleisch, das getrocknet und geräuchert werden mußte. Er hatte gehofft, mehrere Stück Wild zu erlegen, doch nun erkannte er, daß irgendein Geist das Wild beschützte und den Tod der Tiere nicht zuließ.

Er spielte mit dem Gedanken, sich an diesen Geist zu wenden, doch er kannte kein Ritual, das ihm dies ermöglicht hätte. Er ging zu Brant und fragte ihn: »Gibt es irgendeinen Tanz für die Jagd?«

Brant saß in der Hütte am Feuer, den kleinen Lustig auf den Knien, und suchte dessen Haar nach Ungeziefer ab. »Es gibt einen Tanz für die Jagd. Was für einen Zauber man bei der Damwildjagd anwenden könnte, weiß ich allerdings nicht.«

Moloquin senkte den Blick ins Feuer. Er empfand seine Unwissenheit als eine große Leere, die ihn umgab und in die alle Folc zu stürzen drohten, weil sie durch seine Fehlschläge zum Untergang verurteilt waren. Draußen, weit weg, erhob sich ein Heulen aus dem Bauch der Nacht, das immer höher anstieg und in einem langgezogenen einsamen Jaulen endete. Auch die Wölfe jagten. Die Wölfe konnten das besser als er. Die Wölfe würden überleben. Er legte den Kopf auf die Knie und starrte ins Feuer.

Bohodon härtete die Spitze seines Speers im Feuer und ging danach in den Wald hinaus, wo er den Speer auf alles warf, was sich rührte. Er traf nichts, tötete nichts. Dann kam Moloquin mit seiner heftigen Stimme und seinem wütenden Blick und scheuchte ihn zum Holzsammeln.

Während er Holz suchte – er mußte sich immer weiter vom Neuen Dorf entfernen, da es in unmittelbarer Nähe kein gutes Holz mehr gab –, suchte er noch nach anderen Dingen, nach Flintstücken und abgeworfenen Geweihen, aus denen sich ein besserer Speer machen ließ.

Abends, wenn die Männer wie Frauen bei den Frauen saßen und

Riedgrasmatten für die Wände des Rundhauses webten, saß Bohodon am Feuer und schlug Steine gegeneinander. Allmählich entdeckte er einiges von der Kunst wieder, die die Meister seines Bundes ihn zu lehren versucht hatten. Er war zwar niemals imstande gewesen, auch nur einen der vielen Gesänge zu behalten, die man dazu brauchte, um einen Zauber in den Stein hineinzuarbeiten, doch fand er heraus, wie man genau im richtigen Winkel gegen den Flint schlug, um Splitter für Splitter die Schneide zu machen, und schließlich gelang es ihm, sich eine steinerne Speerspitze zu machen.

Er band sie mit Schnüren aus Tierhaut fest, doch als er sie im Wald zum ersten Mal nach einem Kaninchen schleuderte, fiel die Spitze ab, und er fand sie nicht mehr.

Also begann er von neuem und machte sich eine weitere Speerspitze, obwohl mittlerweile die Herbstwinde die Folc peitschten und es kalt war und im Wald sowieso kein Wild zu erlegen war. Er machte sich eine neue Speerspitze, und diesmal höhlte er das Ende des Schaftes aus und steckte das stumpfe Ende der Spitze hinein, dann band er sie mit Streifen aus roher Tierhaut fest und weichte das Ganze ausgiebig im Fluß ein. Als die Haut trocknete, schrumpfte sie so sehr zusammen, daß noch der härteste Stoß die Spitze nicht mehr zu bewegen vermochte.

Er ging mit dem Speer in den Wald hinaus und warf ihn gegen Bäume und Schatten und den Himmel, und die Speerspitze saß fest, und der Speer selbst lag ihm gut in der Hand, leicht, stark und ausgewogen, wie ein Teil seines Armes.

Moloquin tauchte neben ihm auf und sagte: »Leg das weg und komm und hilf uns.«

Bohodon trotzte ihm, den Speer in den Händen, und sagte: »Nein.«

Moloquin lächelte ihm zu, doch es war kein angenehmes Lächeln, nicht das, das er den Frauen schenkte, und er sagte: »Leg das weg und komm und hilf uns.«

»Nein«, sagte Bohodon wieder und hob seinen Speer.

Moloquin hob seine Axt und schlug zu, und der Speer zerbrach in zwei Teile. Moloquin lächelte immer noch. »Komm und hilf uns«, sagte er mit unveränderter Stimme, und als Bohodon sich entsetzt nach den Teilen seines Speeres bückte, stellte Moloquin den Fuß darauf.

Mit hängendem Kopf trollte Bohodon sich zu den anderen. Sein Herz war zerfressen wie eine verrottete Walnuß. Später ging er zurück, um seine Speerspitze zu holen, doch sie war nicht mehr da.

Während der Regen auf sie herabströmte und sie sich damit abmühten, den letzten Dachbalken des Rundhauses emporzustemmen, schwor er sich, daß er Moloquin dafür umbringen würde.

Dieser Balken war, weil er der letzte war, am schwierigsten zu handhaben. Der Regen hatte zudem alles schlüpfrig werden lassen. Wahelas Kinder saßen bei dem großen Pfosten Nordstern und weinten, und die Frauen weinten bisweilen ebenfalls, so erschöpft und verzweifelt waren sie. Immer höher schafften sie den schweren, in der Mitte durchgeschnittenen Stamm auf seinem Sockel aus Holzscheiten, und als sie halb oben waren, brach der Unterbau zusammen, und der Balken stürzte herab. Schreiend retteten die Folc sich vor ihm. Wie ein Lebewesen war der Baumstamm krachend herabgekommen und zwischen die Holzscheite gefahren, die nach allen Seiten flogen, und schließlich dumpf am Boden aufgeschlagen. Die Folc kamen ängstlich näher, um ihn zu betrachten, und der Regen rann ihnen über das Gesicht.

Moloquin sagte: »Kommt, wir müssen es noch einmal probieren.«

Die Frauen jammerten; Bohodon und die anderen Männer wichen kopfschüttelnd zurück. Moloquin blickte ruhig von einem zum anderen. Das Haar klebte ihm am Kopf und der Bart an der Brust. Er hatte die Axt im Gürtel stecken, doch er holte sie nicht heraus, um ihnen zu drohen. Statt dessen breitete er die Arme aus und versammelte sie dicht um sich herum, so daß einer die Körperwärme des anderen spürte, und erzählte ihnen eine Geschichte.

Er erzählte ihnen von Abadon, der aus einer Zauberquelle trank und in eine Eiche gezaubert wurde. Er konnte sich weder rühren noch schreien, aber der Baum schwankte und bebte von seinen Qualen, und all seine Blätter fielen wie Tränen von den Zweigen. Abadon konnte nichts tun, als es ertragen, und endlich im Frühling, als die Blätter wieder wuchsen und die Vögel kamen und die Sonne alles erwärmte, hörte Rael die Vogelfrau das Ächzen und Seufzen der Eiche, und sie fällte den Baum und befreite Abadon.

Während sie lauschten, fanden sie ihren Mut wieder, und sie machten sich wieder an die Arbeit. Sie bauten wieder einen Sockel aus Holzscheiten und hoben den Balken empor, und mit Seilen zogen und ruckten sie, und mit Stangen schoben und stupsten sie, und schließlich rollte der Balken an seinen Platz.

Das eine Ende wollte jedoch nicht auf seinem Pfosten liegenbleiben, sondern landete auf dem Balken daneben. Moloquin kletterte auf das Gerüst des Hauses und balancierte dort oben auf dem einen Balken und hieb mit der Axt auf den anderen ein, bis er an Ort und Stelle saß.

Eilends banden sie die Matten an die Pfosten und legten Stäbe von außen zur Spitze des mittleren Pfostens hinauf und spannten auch darüber Matten. Sie schnitten trockenes Gras und Zweige und häuften sie auf das Dach und legten die einzelnen Schichten über Kreuz, damit sie Schnee und Regen besser standhalten konnten. Der Regen durchnäßte sie bis auf die Haut. Brant wurde krank und saß hustend am Boden und ließ den Kopf hängen, doch niemand hatte Zeit für ihn. Alle waren damit beschäftigt, das Rundhaus behaglich herzurichten und es trockenzukriegen, und keiner achtete auf Brant. Taella, seine Frau, brachte ihm ein Paar Matten und eine Decke und setzte sich eine Weile zu ihm, doch die anderen riefen sie an die Arbeit zurück, und so ließ sie ihn wieder allein. Sie häuften Blätter und Gras von außen gegen das Rundhaus, bis die Mauer so dick war wie ein Mann groß. Sie schnitten Zweige, die sich in die Löcher der Matten stecken ließen. Als das getan war, eilten sie zu ihrer Hütte am Fluß hinab und schafften sämtliche Habseligkeiten von dort ins neue Rundhaus, und schließlich, am ersten Tag, als der Regen aufhörte, zogen sie in das neue Rundhaus, und die Frauen richteten ihre Herdstellen ein, und die Männer bohrten Abzuglöcher ins Dach und machten Matten, mit denen sie verschlossen werden sollten, wenn es stürmisch war.

Taella kehrte zu ihrem Mann zurück und sagte: »Komm mit ins Haus hinauf, wir machen Feuer, und dann hast du es warm.«

Brant lag auf dem Rücken, die Arme über dem Gesicht verschränkt, und hustete. Taella rannte los und holte Moloquin.

Als Moloquin an Brants Lager trat, hatte auch Shateel sich eingefunden, und sie und Taella hatten ihn mit so vielen Matten und Fellen bedeckt, daß er wie ein kleiner Hügel aussah, doch als Moloquin die Hand an das Gesicht des alten Mannes legte, war dessen Haut kalt wie Stein.

»Bringt mich nicht ins Rundhaus« sagte er, »sonst müßt ihr nachher doch nur die Wand wieder einreißen, um mich hinausschaffen zu können«, und Moloquin verstand, was er sagen wollte.

Taella sagte: »Wir machen ihm einen Trunk, der wird ihm wieder auf die Beine helfen.« Ihr Gesicht war vor Sorge zerfurcht. Ihr Blick zuckte von Brant zu Moloquin und wieder zu Brant. Sie legte ihrem Mann die Hand an die Wange. »Wenn du's erst warm hast, wirst du dich wieder besser fühlen.«

Brant sagte: »Ich werde es nie wieder warm haben.« Er schaute Moloquin an und sagte: »Erzähl mir eine Geschichte.«

»Welche?«

»Erzähl mir die –« Brant bekam keine Luft mehr. Auf seinen Lippen war Blut.

Shateel trat zu den beiden Männern und ließ sich auf die Knie fallen. »Geht es ihm bald wieder besser?« fragte sie leise.

Moloquin antwortete ihr nicht. Er beobachtete das Gesicht des alten Mannes und dachte, wenn Brant bei Ladons Volk geblieben wäre, müßte der alte Meister des Grüner-Zweig-Bundes jetzt vielleicht nicht sterben.

Er wollte eigentlich die Geschichte von Abadons Gefangenschaft in der Eiche erzählen, doch statt dessen drängte sich ihm eine Geschichte auf die Lippen, die er lange schon nicht mehr erzählt hatte.

»Es war einmal ein Kind, das liebte die Sonne mehr, als ein Mann eine Frau liebt oder eine Frau ihr Baby oder ein Häuptling sein Volk. Und das Kind sehnte sich danach, zu ihr zu gelangen. So fand es denn eines Tages einen Sonnenstrahl und begann, daran emporzuklettern.

Der Sonnenstrahl stieg zwischen den Zweigen eines Baumes empor. Als das Kind weiterkletterte, sagte der Baum: ›Geh zurück! Geh wieder runter, Kleines, sonst fällst du noch hinab!‹

Aber das Kind sagte: ›Ich falle bestimmt nicht hinab. Meine Mutter, die Sonne, wird mich auf ihrem Licht emportragen, und ich werde nicht fallen.‹ Und der kleine Junge kletterte höher, doch am selben Tag kam ein Mann mit einer Axt und fällte den Baum, und der Baum fiel.

Und das Kind stieg höher. Und es traf einen Vogel, der in der Luft schwebte, und stieß gegen ihn, und der Vogel fiel zur Erde hinab und war tot wie ein Stein.

Das Kind stieg immer noch höher und traf auf eine Wolke. Die Wolke sagte: ›Kehr um, Kleines, ehe du runterfällst!‹

Aber das Kind sagte: ›Ich falle schon nicht runter. Die Sonne, meine Mutter, wird mich auf ihrem Licht emportragen, und ich werde nicht fallen.‹ Und das Kind stieg höher.

Und noch am selben Tag kam die Wolke zu nahe an der Erde vorbei, und die Erde langte hinauf und fing sie und holte ihren ganzen Regen herab, und die Wolke fiel als Regen auf die Erde nieder und war nicht mehr.

Und das Kind stieg höher und höher. Nun wollte die Sonne untergehen und sagte: ›Kind, ich muß jetzt rasten. Ich werde dich jedoch an den Himmel stecken, damit du nicht fällst, sondern den Himmel mit mir teilst.‹

Und sie hob das Kind auf ihrem Licht empor und befestigte es mit einem bißchen Sonnenlicht am Himmel, und da leuchtete das Kind in alle Ewigkeit als Stern.«

Moloquin verstummte. Lange Zeit saß er wie blind da. Die beiden

Frauen warteten. Shateel beobachtete Moloquin, während Taella das Gesicht ihres Mannes streichelte.

Nachdem einige Zeit verstrichen war, sagte sie: »Er ist tot, Moloquin.«

Moloquin wandte ihr das Gesicht zu. Lange Zeit starrte er sie an, unfähig zu sprechen. Neben ihm in einer Hülle aus leblosem Fleisch lag das ganze Wissen über die Säule des Himmels, auf alle Zeiten dahin und verloren. Schließlich kämpfte er sich an die Oberfläche der Zeit zurück und nahm den alten Mann auf.

»Ich werde eine Weile fort sein«, sagte er zu Shateel. »Du mußt über die Folc wachen.«

Taella sagte: »Ich gehe mit dir.«

Sie folgte ihm in den Wald. Shateel lief ihnen ein paar Schritte nach.

»Wo geht ihr hin?«

»Zur Säule des Himmels«, sagte Moloquin und schritt tiefer in den Wald hinein. Taella rannte ein paar Schritte, um ihn einzuholen, und dann verschwanden sie zwischen den Bäumen.

Shateel sah ihnen nach und erschauderte am ganzen Leib. Als sie sich wieder umwandte, fiel ihr Blick auf das Lager, auf dem Brant gestorben war, das traurige Häufchen Matten und kleiner Felle, und sie fing an zu weinen. Sie klaubte die Eichhörnchenfelle auf und drückte sie ans Gesicht und weinte.

Wahela trat zu ihr und verdrehte den Hals, um zu sehen, wohin die beiden anderen verschwunden waren. »Wo geht er denn hin? Was hat Brant denn?«

»Brant ist tot«, sagte Shateel. »Während wir unserer Arbeit nachgegangen sind, ist er krank geworden, und niemand hat sich um ihn gekümmert, und nun ist er tot.«

Während sie sprach, überfiel sie das Grauen. Sie hatte das Gefühl, daß sie Brant gewissermaßen im Stich gelassen hatten, sie ihn vielleicht weiter am Strom des Lebens hätten teilhaben lassen können, wenn sie ihm nicht die Aufmerksamkeit versagt hätten. Wahela nahm ihre Hände, die immer noch die Felle umklammerten.

»Komm, Mädchen, er war ein alter Mann, und alte Männer sterben. Junge Männer auch.«

Shateel weinte noch heftiger, weil sie an die Geschichte von dem Kind denken mußte, das zur Sonne emporgeklettert war, und gerade in diesem Augenblick spürte sie das erste Mal eine Bewegung des Kindes in ihrem Leib.

»Oh«, sagte sie. Sie hatte die Hand auf den Leib gelegt.

Wahela legte den Arm um sie. »Komm mit ins Rundhaus. Du wirst sehen, wie schön es geworden ist. Wir wollen dir eine Herdstelle einrichten.«

Shateel ließ sich ein paar Schritte von der anderen mitziehen, dann fiel ihr plötzlich ein, was Moloquin zu ihr gesagt hatte, und sie blieb stehen und hob den Kopf.

»Er ist zur Säule des Himmels gegangen.«

»Was?«

»Er bringt Brant zur Säule des Himmels. Er wird tagelang weg sein.«

Wahela machte große Augen. Sie wandte den Kopf in die Richtung, in die Moloquin gegangen war, und legte den Arm fester um Shateel. »Ich kümmere mich schon um dich.«

»Nein, das wirst du nicht tun«, sagte Shateel, »er hat mir aufgetragen, auf euch aufzupassen.«

Wahela fuhr herum. Ihr Arm glitt von Shateels Schulter. »Du! Du bist doch nur ein grünes Mädchen!«

»Er hat es mir aufgetragen ...«

»Na, ich kann jedenfalls auf mich selbst aufpassen!« Wahela marschierte von dannen, in Richtung Rundhaus.

Shateel folgte ihr langsam und fragte sich, was Moloquin wohl von ihr erwartete – sie hatte keine Ahnung, wo sie anfangen sollte, und sie wußte, daß die Folc nicht auf sie hören würden, daß sie alle beleidigt sein würden, wie Wahela es gewesen war. Statt ins Rundhaus zu gehen, ging sie auf die andere Seite des Flusses hinüber, auf die neue Lichtung, wo sie im Frühling die Gärten anlegen würden.

Moloquin hatte alle toten Bäume gefällt, und die Frauen hatten das Gestrüpp beseitigt und um die Baumstümpfe herum alles zu Haufen zusammengeharkt. Nach dem langen Regen waren überall Pfützen, doch die Sonne brannte herab und trocknete den Boden. Sie dachte: Vielleicht sollten wir das Zeug verbrennen? Ob es wohl schon trocken genug ist?

Wenn sie eine Arbeit erledigte, konnte sie ihm bei seiner Rückkehr wenigstens etwas zeigen. Sie ging ins Rundhaus, wo die anderen Frauen sich unterdessen entlang den Wänden eingerichtet hatten, und holte einen Rechen.

***

Nun, da Moloquin fort war, sah Wahela keine Veranlassung, hart zu arbeiten. Und überhaupt, fand sie, wäre es eine schäbige Art, um Brant zu trauern, wenn man einfach nur hinausginge und arbeitete, als sei nichts geschehen, und so kehrte sie zu ihrer Herdstelle zurück und setzte sich hin.

Kayon kam herein; er wählte den Platz für seine Herdstelle auf der anderen Seite des Rundhauses und bezeichnete seinen Raum nach Männerart, indem er einfach nur seine paar Besitztümer niederlegte und mit dem Absatz einen Kreis darum herum zeichnete. Wahela zündete ein Feuer an und erhitzte ein paar Steine, damit sie ein Getränk brauen konnte, das der Trauer angemessen war. Sie schickte ihren kleinen Sohn zum Wasserholen und kramte in ihren Vorräten nach den Kräutern.

Kayon kam herangeschlendert und fragte: »Wo ist Moloquin?«

»Brant ist tot«, erklärte sie ihm, »Moloquin bringt ihn zur Stätte der Toten.«

»Tot.« Kayon blickte rasch um sich.

»Komm, setz dich her«, sagte Wahela, »es gibt sowieso nichts zu tun, da können wir ebensogut Tee zusammen trinken.«

Kayon trat in den Ring ihrer Herdstelle und setzte sich. Er war ein magerer, hochgewachsener junger Mann mit rötlichbraunem Haar, der eher schweigsam war. Wahela stellte eine kleine Rindentasse vor ihn hin. Als ihr Sohn mit dem Wasser zurückkehrte, füllte sie seine und ihre eigene Tasse und ließ in jede ein heißes Steinchen fallen, um das Wasser zu erhitzen.

»Tot«, sagte Kayon wieder, und wieder blickte er um sich.

Ap Min machte sich an ihrer Herdstelle zu schaffen. Da sie gehört hatte, was Kayon gesagt hatte, trat sie näher. »Wer ist tot?«

»Der alte Mann. Brant.«

»Oh.« Ap Min senkte den Kopf und bedeckte ihr Gesicht mit den Händen.

»Komm her«, sagte Wahela, »bring das Baby mit. Wir setzen uns zusammen und trauern.« Sie holte noch eine Rindentasse von dem Stapel an der Wand.

»Und wo ist Taella?« fragte Ap Min. Sie kam mit ihrem Baby an Wahelas Herdstelle, und Wahela nahm es sofort an sich und hätschelte es und küßte seine winzige Stirn.

Kayon sagte: »Ich komme gleich wieder« und stand auf und verließ das Rundhaus.

Das Wasser dampfte, und Wahela streute Kräuter hinein und rührte rasch mit einem Zweig um. Sie wiegte das Kind zufrieden an ihrer Brust. »Das Leben beginnt, und das Leben endet«, sagte sie und küßte das Baby abermals. »Die Mühle mahlt alles zu Staub, nichts wird jünger.«

Ap Min sagte: »Er war ein guter alter Mann.«

»Zu mir hat er nie viel gesagt«, sagte Wahela. »Hier.« Sie hielt Ap Min die Teetasse hin.

Kayon kam herein, die anderen Männer, Hems und Bohodon, folgten ihm. Sie drängten sich alle um Wahelas Feuer, und Hems sagte: »Was ist mit dem alten Mann los?«

»Er ist gestorben«, sagte Wahela. »Moloquin bringt ihn zur Totenstätte. Taella ist mitgegangen. Sie werden tagelang weg sein.«

Sie hob ihre Teetasse, aber Bohodon nahm sie ihr weg. »Was ist denn das?« Er schnüffelte daran, murmelte etwas und leerte sie mit einem Schluck. Wahela lachte. Sie waren schließlich gerade eben erst in ein neues Haus gezogen. Der Zeitpunkt für ein Fest war gekommen. Sie schickte ihren Sohn erneut zum Wasserholen.

Shateel wendete die Gestrüpphaufen mit dem Rechen, damit die Sonne sie schneller trocknete. Ihr fiel zwar auf, daß die anderen alle ins Rundhaus gegangen waren, doch sie dachte sich nichts dabei, bis sie von drinnen einen Schrei hörte. Sie fuhr herum.

Aus dem Rundhaus drang ausgelassener Gesang. Sie ging zur Tür und schaute hinein.

In der Mitte des Rundhauses tanzten Bohodon und Kayon. Ihre geröteten Gesichter und ihre raschen, ruckhaften Bewegungen verrieten ihr, was sie getrunken hatten, noch ehe sie den süßen trockenen Duft roch. Hinter ihnen saß lachend Wahela, wie eine Hauptfrau früherer Zeiten umgeben von Kindern inmitten ihrer Herdstelle – mit weit gespreizten Beinen, den Rock hochgerafft und die Haare zerzaust wie ein Schlangennest. Als Shateel hereinkam, hob sie eine Tasse an den Mund und stürzte ihren Inhalt hinunter, und Hems hinter ihr jubelte.

Sie waren alle betrunken. Shateel durchquerte das Rundhaus und umrundete die beiden Tanzenden.

»Nun hört schon auf«, sagte sie, »Moloquin würde das nicht billigen.«

Sie hoben ihr die Gesichter entgegen. Ihre Augen glänzten, und ihre Blicke waren unstet und selig. »Moloquin«, sagte Wahela, »der wird noch Tage weg sein. Und Brant ist tot.« Mit diesen Worten legte sie sich behaglich zurück, stützte sich auf den Ellenbogen und streckte Shateel ihre Tasse entgegen. »Komm, trink mit uns!«

Shateel zögerte, denn sie wäre auch gern dabeigewesen, bei ihnen gewesen, doch sie dachte daran, daß Moloquin sie beauftragt hatte, auf sie aufzupassen. Aber was konnte sie schon ausrichten? Sie würden ihr sowieso nicht gehorchen, einem grünen Mädchen, wie Wahela gesagt hatte. Sie trat ein bißchen näher, und die andere frohlockte.

»Da kommt sie! Sie will sich zu uns setzen, zu uns, den schlichten Folc! Da muß aber wirklich etwas ganz Besonderes los sein.« Wahela klatschte in die Hände. »Komm nur, Shateel, du wirst schon sehen – so schwer ist das gar nicht, glücklich zu sein!«

Das verletzte Shateel. Schlagartig erkannte sie, wie die anderen sie sahen, als eine, die sich abseits hielt und sich über die anderen erhaben fühlte. Die Männer hinter ihr tanzten zwar gerade Hand in Hand, doch als Bohodon an ihr vorbeikam, streckte er die Hand aus und streichelte ihr Hinterteil.

Da war ihr endgültig klar, daß sie hier nicht hergehörte. Sie wandte sich um und ging, und die Spötteleien und verächtlichen Schreie der anderen folgten ihr. Sie trat ins helle Sonnenlicht hinaus und kehrte an ihre Arbeit zurück. Es war besser, wenn sie allein blieb, befand sie. Sie machte sich verbissen mit dem Rechen über das Gestrüpp her. Besser, man war allein, als mit solchen zusammen.

Wahela brühte noch mehr Tee, und sogar ihre Kinder tranken ein bißchen davon. Der kleine Lustig torkelte durch das Rundhaus, warf sich in die Brust wie ein Mann und paradierte auf und ab. Er lief den Tanzenden hinterdrein und versuchte, es ihnen gleichzutun, und geriet ihnen zwischen die Füße.

Ap Min saß da und schwankte sachte vor und zurück; ihr Blick war leer, ihre Lippen bewegten sich, und das Baby schlief auf ihren Knien. Hems sank neben ihr nieder und flüsterte ihr etwas ins Ohr.

Das Mädchen kicherte. Sie streckte die Hand aus, um ihn wegzuschieben, doch verfehlte das seine Wirkung auf ihn.

»Was gibt's denn?« Wahela rutschte ein Stückchen näher. Sie hatte Mühe, geradeaus zu blicken. Ihre Zunge war schwer geworden. »Was will er? Ach, ich kann's mir schon denken!«

Wieder kicherte Ap Min, und ihr Kopf wackelte hin und her. Plötzlich fiel sie zur Seite, und Hems fing sie auf und legte sich neben sie. Wahela rettete das Baby, das zwischen ihnen schlief. Sie hatte erkannt, wie sehr Hems Ap Min liebte. Beifällig beobachtete sie, wie er die Kleider des Mädchens wegschob und sie streichelte, obwohl Ap Min ihm wieder und wieder mit vor Lachen halb erstickter Stimme sagte, daß er damit aufhören sollte. Eine Frau braucht einen Mann, dachte Wahela; vor ihren Augen war alles in flirrende goldene Glut getaucht, es kribbelte sie in den Fingerspitzen, und bei der kleinsten Berührung überliefen sie wollüstige Schauder. Eine Frau brauchte einen Mann, doch ihr Mann war weit weg und entfernte sich mit jedem Schritt mehr von ihr.

Er hatte ihr nicht einmal mitgeteilt, daß er fortging. Ja, schlimmer noch, er hatte Shateel beauftragt, auf sein Volk aufzupassen.

Sie stand auf und schwankte gefährlich auf ihren Beinen. In der Mitte des Rundhauses tanzten immer noch die beiden Männer, doch ihre Füße gehorchten ihnen nicht mehr. Ihre Köpfe baumelten herab, und sie versuchten nicht mehr, zu singen oder den Takt zu klatschen. Wahela trat zwischen sie und hängte ihnen die Arme um den Hals.

»Hier hat noch nie jemand getanzt«, sagte sie, »ihr habt das Rundhaus gegen die Geister gesichert, und ich danke euch.«

Zuerst küßte sie Kayon, doch der war dürr und knochig und widersetzte sich ein bißchen mit weit aufgerissenen Augen, vielleicht weil er Angst vor Moloquin hatte. Als nächstes küßte sie Bohodon.

Er antwortete mit leidenschaftlicher Glut. Seine Hände glitten um ihre Taille, und er zog sie an sich. Wahela lachte. Sie riß sich von ihm los und wirbelte herum wie eine Tänzerin.

»Komm, wir machen noch mehr Tee.«

Er folgte ihr begierig. Sie führte ihn zu ihrer Herdstelle zurück, wo Hems und Ap Min engumschlungen auf dem Boden lagen, und forderte ihn auf, sich zu setzen. Er schob ihr die Hand unter die Kleider, aber sie entwand sich ihm und blickte ihn dabei lächelnd über die Schulter an, um ihn nicht zu entmutigen.

Kayon kam dazu. Er half Wahela, die Tassen mit Wasser zu füllen, und warf heiße Steinchen hinein. Sie bewegten die Tassen hin und her, damit die Steine nicht durch die Rinde brannten, und der süße Dampf stieg auf und machte sie alle schwindlig. Unvermittelt fing Kayon zu singen an; es war ein altes Trauerlied der Folc, und alle sangen mit, soweit sie sich an die Worte erinnern konnten. Ihre Erinnerung reichte jedoch nicht weit. Das Lied verlor sich in der Stille, und sie saßen kopfschüttelnd und seufzend beieinander.

»Armer alter Mann«, sagte Wahela. Einen Arm legte sie Bohodon und den anderen Kayon um die Schulter. »Selbst ein alter Mann sollte betrauert werden, habe ich recht?«

Sie küßte sie wieder. Bohodon ließ die Hände unter ihren Rocksaum gleiten und legte sie an ihre Schenkel. Eine köstliche Wärme durchlief sie. Kayon wandte sich ab; er setzte sich mit dem Rücken zu ihr.

»Was, hast du etwa Angst? Hast du Angst vor Moloquin?«

Kayon warf ihr einen kurzen Blick zu, antwortete jedoch nicht. Bohodon drängte sich an sie und versuchte, sie mit den Händen zu Boden zu drücken. »Ich habe keine Angst«, flüsterte er ihr ins Ohr. Seine Finger berührten den lockigen Pelz ihres Geschlechts.

Wahela entwand sich ihm lachend und warf den Kopf zurück. »Nun sei doch nicht so ungeduldig! Der Tee ist fast fertig.«

Er machte ein wütendes Gesicht, und sie lachte wieder, entzückt. Sie nahm das Näpfchen mit den Kräutern und streute mehr davon ins Wasser, und der Duft stieg zwischen ihnen auf, fast greifbar, und verwirrte ihre Sinne.

Ap Min war eingeschlafen. Hems hob sie auf und trug sie zu ihrer eigenen Herdstelle. Gleich darauf kam er wieder und holte das Baby. Er vermied es, Wahela und Bohodon anzusehen. Er hatte ebenfalls Angst vor Moloquin. Wahela trank noch mehr Tee. Sie hatte keine Angst vor Moloquin; Moloquin würde tun, was sie wollte, sie brauchte ihn nur zu necken und mit ihm zu spielen, wie sie es mit Bohodon machte.

Kayon hatte ihr immer noch den Rücken zugekehrt. Sie beugte sich zu ihm und flüsterte, die Lippen an seinem Ohr:

»Komm schon, wovor hast du denn Angst? Bist du vielleicht kein Mann?« Sie langte um ihn herum und versenkte die Hand zwischen seine Schenkel und stieß auf den harten Beweis seiner Männlichkeit. Sie frohlockte.

»Hab doch keine Angst, Kayon. Sei kein Baby! Ich will dir doch nur zeigen, wie man ein Mann ist!«

Bohodon zog sie von dem anderen weg. »Laß ihn – komm lieber zu mir.« Er stieß sie mit einer Hand nieder und schob mit der anderen ihren Rock hoch.

»Was macht ihr hier?« schrie Shateel.

Ihre Stimme drang wie ein kalter Windstoß in die neblige Wärme von Wahelas Trunkenheit; sie hob ihren hin- und herschwankenden Kopf, und es gelang ihr nicht, Shateel in den Blick zu bekommen. Kayon stand auf und torkelte davon.

Shateel trat näher. Groß und schlank stand sie vor der Herdstelle und schimmerte in dem Lichtschleier, den der Tee über alles legte. Sie sagte: »Ist das eure Art, den guten alten Mann zu betrauern?«

»Shateel«, sagte Wahela, »geh weg!«

»Moloquin hat mir aufgetragen, auf euch aufzupassen.«

»Wir brauchen keine Aufsicht.« Wahela kämpfte sich hoch. Der Rock war ihr über die Knie hochgerutscht, und sie riß ihn wieder herunter. »Wenn hier eine Hauptfrau ist, dann bin ich das.« Plötzlich war ihr schlecht.

»Er hat es mir aufgetragen!« sagte Shateel. »Und er hat gut daran getan – sieh dich doch an! Was wird er bloß sagen, wenn er das erfährt?«

»Wer soll es ihm denn erzählen – du etwa?«

Shateels Lippen zuckten. Sie schien hoch, hoch über Wahela zu stehen, und es war anstrengend, den Kopf in diesem Winkel hochzuhalten. Wahela stemmte sich auf die Knie. Sie brauchte mehr Tee, damit sie wieder klar denken konnte. Sie langte nach dem Wasserschlauch und der Tasse.

Shateel beugte sich blitzschnell herab und schlug ihr die Tasse aus der Hand. »Hör auf!«

»Wer bist du, um mir zu sagen, was ich zu tun habe?« Wahela stand torkelnd auf. Vor ihren Augen drehte sich alles. Einen Moment lang sah sie nichts als ein Gewirbel von Farben, und sie spreizte die Beine, um Halt zu finden.

»Er hat mir gesagt –«

»Er kann sagen, was er will«, schrie Wahela, »doch schlafen tut er mit mir!«

»Hat er dich denn geheiratet?« fragte Shateel in gehässigem Ton.

»Im Herzen ist er mit mir verheiratet«, sagte Wahela. Sie funkelte Shateel haßerfüllt an.

Die andere Frau blickte sich betont langsam um. Sie blickte auf die beiden betrunkenen Männer und die mit Tassen und mit Kleidern übersäte Herdstelle. Am längsten verweilte ihr Blick auf Bohodon, der sie aus dem Augenwinkel belauerte. Als sie sich Wahela zuwandte, sagte sie: »Hast du ihn geheiratet?«

Wahela schaute sie finster an. Leicht schwankend stand sie da, und ihr dämmerte, daß Shateel im Recht war. Schließlich streckte sie die Hand aus und stieß Bohodon weg.

»Ja«, sagte sie, »ich bin seine Frau, und er ist mein Mann.« Sie wandte sich um und wich Bohodons zornigem Blick aus, wich auch Kayons Blick aus. »Geht weg!« Sie war sowieso müde. Es wäre kein sonderliches Vergnügen gewesen, sie war zu betrunken. »Geht weg!« Sie drehte sich um die eigene Achse, und ihre Fäuste schnellten vor, als sie sie allesamt von ihrer Herdstelle vertrieb, sogar ihre Kinder, und sie zog sich zurück und legte sich auf ihre Schlafmatte, deckte sich mit einer Binsenmatte zu und schlief ein.

Shateel konnte die anderen dazu bewegen, ihr zu helfen, und sie rechten das trockene Gestrüpp zusammen, das in Haufen im Garten lag, und verbrannten es, und sie verbrannten auch die Stümpfe der Eichen, soweit ihnen das gelang. Als Moloquin und Taella zurückkehrten, war der Garten ein einziges Bett aus rauchender grauer Asche.

Er sagte zu ihr: »Gut, das hast du gut gemacht!«

Shateel sagte: »Die anderen haben mir alle geholfen.«

Moloquin hatte die Axt seiner Mutter geschultert; er blickte sie einen Augenblick lang an, dann schweifte sein Blick über die Lichtung. »Hast du irgendwelchen Verdruß gehabt?«

»Nein«, sagte Shateel, »doch wir haben alle um Brant getrauert. Die Männer haben getanzt.«

Taella, die hinter Moloquin stand, hob den Kopf. Sie hatte sich die Wangen mit den Fingernägeln aufgekratzt, ein Zeichen ihrer Trauer; sie sah müde aus. Shateel trat an Moloquin vorbei auf die ältere Frau zu. »Komm rein und setz dich, ich bringe dir etwas zu essen.«

Bohodon hatte sich einen neuen Speer gemacht, und wann immer er konnte, stahl er sich in den Wald und hielt nach irgend etwas Ausschau, das er damit töten konnte. Er sah ein paar Kaninchen, und an einem Abend, als er niedergeschlagen an einer Ulme stand, glitt eine Eule an ihm vorbei wie ein Schatten, aber alle Würfe gingen fehl.

Eines Nachts schlief er auf der Wiese oberhalb der Furt ein, wo er und die anderen Männer das Wild gejagt hatten, und er träumte von einem großen Hirsch, der ihn mit seinem Geweih angriff und ihn zu Boden warf und ihn getötet hätte, wenn er nicht aufgewacht wäre. Als er die Augen auftat, stand der Mond hoch am Himmel, aber die Wiese um ihn herum war seltsam verwandelt, ganz blau, und sie glitzerte, und dann merkte er, daß es leicht schneite. In der Mitte der Wiese stand ein einzelner Hirsch, der den Schnee wegscharrte, um an das Gras heranzukommen. Der Schnee, der Bohodon bedeckte, hatte auch seinen Geruch überdeckt.

Sein Speer lag neben ihm. Er hielt den Atem an, um das Tier nicht zu erschrecken, und bewegte die Hand langsam, geduldig abwärts, bis er den hölzernen Schaft zwischen den Fingern hielt. Er wußte, er mußte jetzt eigentlich irgendeine Zauberformel sagen, irgendeinen Spruch, doch ihm fiel nichts anderes ein als Moloquins Name. Er sprang auf und schleuderte gleichzeitig den Speer. Das Tier fuhr herum, sowie er sich bewegte, doch es drehte sich in die Flugbahn des Speeres hinein, und die steinerne Spitze fuhr ihm in den Hals. Das Tier brach in die Knie, der Speer steckte fest in seiner Kehle, und Bohodon sprang mit langen Sätzen über den Schnee und fiel über das Tier her. Er packte den Schaft des Speeres und trieb ihn bis in den Boden, so daß der Hals des Tieres völlig durchbohrt war. Es kostete ihn seine ganze Kraft, den Speer festzuhalten, während das Tier sich aufbäumte und ausschlug, und dann brach ein Blutschwall, der schwarz aussah im Mondlicht, aus seinem Maul, und seine Kraft ließ nach, und schließlich lag es reglos da.

Bohodon sank neben ihm nieder. Er keuchte. Der Mond schien in die großen dunklen Augen des Tieres. Er sagte zu ihm: »Ich habe dich getötet, weil ich hungrig bin und dein Fleisch mich ernähren soll – mich und die Folc. Ich, Bohodon, habe dich getötet. Du sollst mich ernähren und mich groß machen vor meinem Volk, und ich bin dir dankbar.«

Das Tier erbebte ein letztes Mal, und seine Beine erstarrten. Er stand auf und griff nach dem Messer an seinem Gürtel.

Als der Schnee zu fallen begann, war Moloquin dabei, mit seiner Axt Holz zu hacken. Er schaute nicht auf, doch er spürte die Flocken, die wie Schläge auf seine Schultern niedergingen – Vorboten des kalten, toten Winters, der nun über ihn hereinbrach.

Als er fertig war, trug er eine gewaltige Ladung Holz ins Rundhaus, eine so schwere Last, daß sie ihn fast zu Boden drückte, und dann ging er von einer Herdstelle zur nächsten und gab allen so viel Holz, daß sie es über Nacht warm hatten. Was übrig war, trug er in die Mitte des Rundhauses, an den Fuß des Nordstern genannten Pfostens.

Während er sein eigenes Feuer anzündete und auf das Geschrei von Ap Mins Baby lauschte, kamen erst Taella und danach Wahela zu ihm, um ihm etwas von ihrem Essen zu bringen: einen Kuchen aus Eichelmehl, eine Kräutersuppe und Lilienknollen in einer Schildkrötenpanzerschale, die Taellas ganzer Stolz war. Moloquin nahm alles entgegen, ohne das Wort an die Frauen zu richten. Er aß zerstreut und unterbrach seine Mahlzeit immer wieder. Oft wandte er den Kopf nach der anderen Seite des Rundhauses, wo Ap Min mit dem schreienden Baby auf dem Arm auf und ab ging. Das Licht der verschiedenen Herdfeuer warf Ap Mins Schatten flackernd an die Wand und färbte ihr Haar kupferrot.

Er dachte: Wenn das Baby stirbt, wird mein ganzes Volk sterben.

Der Name des Babys war Elela. Er war nach langen Erörterungen gewählt worden und bedeutete Unsere erste Frau. Moloquin glaubte, daß dieses Kind, das erste, das seinem Volk geboren worden war, ein Talisman war, und er beobachtete es tagaus tagein mit Freude oder Besorgnis, je nachdem, wie es dem Baby ging.

Hems trat in die Tür und rief: »Es schneit! Hört alle her, der Schnee ist da!«

Lustig und seine Schwester rannten hinaus, obwohl es schon dunkel war, und Wahela eilte ihnen sofort nach, um sie zurückzuholen. Moloquin stand auf und ließ den Blick ruhig von Herdstelle zu Herdstelle wandern, bis er alle gesehen hatte. Bohodon war nicht da, aber Bohodon war in letzter Zeit oft weg, und außerdem war er sowieso zu nichts nutze, wenn er da war. Vielleicht trug er sich ja wieder einmal mit dem Gedanken, zu Ladons Volk zurückzukehren.

Moloquin dachte an Ladons Rundhaus, an die gewaltigen Berge in seinen Vorratskammern. Er hob den Blick zu den Sparren über seinem Kopf, wo die Vorräte seiner eigenen Folc verwahrt waren. Es schien so wenig zu sein. Jetzt hatte der Winter begonnen. Es würde nicht mehr zu essen geben, als das, was sie gesammelt hatten. Wenn das nicht reichte . . .

Er dachte: Ladons Volk hat viel. Wenn uns die Nahrung ausgeht, können wir von ihnen etwas stehlen.

Wenn sie von Ladons Volk stehlen mußten, dann gehörten sie im Grunde immer noch zu Ladons Volk. Moloquin sank nieder, stützte das Kinn in die Hand, den Ellenbogen auf das Knie. Brant war tot; sein Traum von der Errichtung der Säule des Himmels schien ebenfalls tot zu sein. Sein ganzes Leben wurde von der Frage beherrscht, wie er genügend Nahrung zusammenbekommen konnte, um sein Volk durch den Winter zu bringen.

Und danach, falls sie bis zum Sommer überlebten, was käme danach? Dann würden sie sich abmühen, um genügend Nahrung für den nächsten Winter beiseite zu schaffen. Das war ein unwandelbares, unumgängliches, unerbittliches Gesetz. Er konnte sich jahrelang abplagen, jahrelang alles richtig machen, und doch konnte ein einziger Fehler für sie alle schließlich das Ende bedeuten. Zum erstenmal ging ihm auf, daß die Mühle ihn möglicherweise zerstören konnte.

Das erschien ihm auf einmal als etwas, für das man dankbar sein konnte – die Verheißung der Ruhe, die Erlösung vom Leben. Wenn er seinen Traum von der Säule des Himmels nicht verwirklichen konnte, wäre alles übrige für ihn nur Überbleibsel eines fremden Festes.

Spät in der Nacht weckte ihn ein Geräusch an der Tür aus dem Schlaf. Er stand auf und langte nach der Bronzeaxt, die am Nordstern-Pfosten hing. Durch die Tür kam Bohodon, gebückt unter der Last eines Hirsches, den er auf den Schultern trug.

Hinter Moloquin schrie Hems: »Bohodon! Haha, seht mal, was er da hat! Ap Min, wach auf – heute gibt es frisches Fleisch!«

Auch die anderen erwachten, und es erhob sich ein Durcheinander verschlafener Stimmen. Erschöpft, doch über das ganze Gesicht strahlend, stapfte Bohodon mit schwerem Schritt in die Mitte des Rundhauses und ließ seine Bürde vom Rücken gleiten.

»Aaaaah!« sagte er und richtete sich auf.

Die anderen jubelten. Von allen Seiten rannten sie herbei, und der kleine Lustig warf sich johlend auf das Tier, als müßte er es erst noch töten. Die Frauen riefen Bohodons Namen, und die Männer grunzten und machten: Hmh! und gingen zu Bohodon und klopften ihm auf den Rücken und bewunderten seinen Speer. Moloquin stand still am Nordstern, beobachtete Bohodon, der zurückgekehrt war und Fleisch mitgebracht hatte, jedoch mit einem Lächeln.

Bohodon zeigte seinen Speer vor, und mit weit ausholenden Gesten und allen möglichen Grimassen machte er ihnen vor, wie er mit dem Tier gekämpft und es getötet hatte. Er tanzte ein paar Schritte des Rotwildjagd-Tanzes, und die Männer klatschten in die Hände, um den Trommelschlag anzudeuten, und die Frauen sangen ihm ein Triumphlied.

Wahela und Taella häuteten das Tier und nahmen die zarten Innereien heraus. Blutgeruch erfüllte das Rundhaus. Bohodon hob den Speer und zielte damit auf seine tote Beute, und alle Männer schrien; sie tobten in dem beengten Raum des Rundhauses umher, von der Jagdleidenschaft gepackt.

Endlich stand Bohodon Moloquin gegenüber, und ihre Blicke trafen sich. Die anderen verstummten und hielten den Atem an. Ihre Gesichter strahlten erwartungsvoll. Moloquin selbst wußte nicht, was als nächstes passieren würde. Seine Axt hing am Baumstamm hinter ihm. Wenn Bohodon gewollt hätte, hätte er Moloquin seinen Speer in die Brust treiben können.

Bohodon trat ein paar Schritte vor, bückte sich dann unvermittelt und legte Moloquin seinen Speer zu Füßen.

Die Folc brachen in Freudengeschrei aus. Die Männer drängten sich erneut um Bohodon, berührten ihn und gratulierten ihm und erhofften sich, daß sein Glück auf sie übergehen würde. Die Frauen gingen Feuermachen, um die Lunge des Tieres zu kochen.

Moloquin legte Bohodon die Hände auf die Schultern und sah ihm lächelnd ins Gesicht, und der Jäger wurde rot und stammelte irgend etwas.

»Du hast uns frisches Fleisch gebracht«, sagte Moloquin leise. »Als es schneite und die Erde uns versperrt war, hast du uns Nahrung gebracht. Deshalb wollen wir dich nicht länger Bohodon nennen, sondern Bahedyr, den Helden.« Er legte den Arm um ihn und drückte ihn an die Brust.

»Bahedyr!« schrie Hems und schüttelte die Faust über seinem Kopf, »Bahedyr!«

Der frisch Getaufte wirbelte herum. Er griff sich seinen Speer und tanzte durch das Rundhaus. Er tanzte mit der Behendigkeit des Wildes, tanzte dessen Sprünge und die Pirsch des Jägers. Das Feuer loderte empor und erhellte das ganze Haus und die Gesichter der Folc. Das Ragout, das im Magen des erlegten Tieres gekocht wurde, siedete und blubberte. Draußen herrschten Schnee und Kälte, aber drinnen gab es Wärme und Nahrung, Feuer und Freundschaft, und Moloquin konnte, jedenfalls für eine Weile, seine Sehnsüchte und Träume vergessen.

Im tiefsten Winter kam Ladons Sohn in Moloquins Dorf.

Er kam mit einem anderen Mann aus Ladons Volk. Sie hatten sich auf der Suche nach Moloquin im Wald verlaufen und bereits ihrem sicheren Tod entgegengesehen, so daß sie, als sie endlich menschliche Spuren im Schnee fanden und wenig später Rauch aufsteigen sahen, viel zu erleichtert waren, um viel auf Würde zu geben, und einfach nur ins Dorf stürzten.

Es war mitten am Tag, und die tiefstehende Sonne strahlte vom Himmel herab und vergoldete die blattlosen Äste. Moloquins Folc waren im Freien und freuten sich am Sonnenschein und an der Wärme. Sie hatten den Schnee rund um das Rundhaus weggeschoben und ein Feuer gemacht. Auf dem zugefrorenen Fluß ein wenig unterhalb des Rundhauses spielten die Kinder mit den Rippenknochen eines Rehs, die sie sich unter die Füße gebunden hatten, um damit über das Eis zu gleiten. Shateel und Wahela, die gerade Kastanien über dem Feuer rösteten, sahen die Neuankömmlinge als erste.

Shateel erkannte ihren Mann sofort und stand auf. Sie blickte sich rasch nach Moloquin um, doch der war zum Holzhacken in den Wald gegangen. Sie hob die Hand, und Ladons Sohn und der andere stapften den kleinen Hang hinauf auf sie zu. Aus dem Innern des Rundhauses rief Taella: »Wer ist denn da? Kommt da jemand?« und schaute hinaus.

Shateel legte Wahela die Hand auf die Schulter. »Lauf, hol Moloquin!«

Ladons Sohn trat als erster ans Feuer. Als er Shateel erblickte, lächelte er und streckte ihr die Hände entgegen. Er war jetzt ein erwachsener Mann, groß und schlank wie eine Birke, muskulös, aber geschmeidig, und sein Haar sah aus wie getrocknetes Gras, das aus dem Schnee hervorstach. Seine Haut, die der Sonne schon widerstanden hatte, als er noch ein Junge war, war jetzt so weiß wie Schnee.

Er streckte die Hände aus, doch Shateel wollte sie nicht nehmen. Sie sagte: »Moloquin kommt gleich. Ihr müßt euch an ihn wenden, was immer euch hierhergeführt haben mag.«

»Wo ist er denn?« fragte der andere, und Shateel bemerkte erst jetzt, daß es Fergolin war, der Bärenschädel-Meister, und fast hätte sie ihn nicht wiedererkannt, denn er war dürr wie ein Stock.

Ohne sich lange zu besinnen, sagte sie: »Setzt euch und eßt!« Sie bückte sich, um die Kastanien aus dem Feuer zu nehmen, und lud sie ein zuzugreifen.

Sie waren sichtlich um Haltung bemüht, doch dann fielen sie über die paar Bröckchen Essen her, und Mitleid ergriff Shateel. Sie wußte, daß Ladons Volk von einer Hungersnot heimgesucht worden war. Sie ging ins Rundhaus, um noch mehr Essen für sie zu holen. Als sie wieder herauskam, Nußkuchen und gedörrtes Wildfleisch in den Händen, war Moloquin eingetroffen.

Er stand Ladons Sohn auf der anderen Seite des Feuers gegenüber. Hochgewachsen und breitschultrig stand er da, die Axt geschultert, und gemessen an ihm schien Ladons Sohn doch wieder nur ein Junge zu sein.

Er sagte: »Was habt ihr mir zu sagen?«

Ladons Sohn beugte sich über das Feuer und versuchte, sich zu wärmen. Er sagte: »Opa-Moloquin-on, mein Vater liegt im Sterben.«

»Das höre ich ohne Bedauern«, sagte Moloquin.

Und nun stand Fergolin auf. Er erhob sich zu voller Größe und besann sich auf den Stolz eines Bärenschädel-Meisters. Er sprach mit leiser Stimme, und er sprach vom Hunger.

»Wir haben kaum so viel Nahrung, daß jeder von uns täglich eine Handvoll bekommen kann«, sagte er. »Die Kinder weinen unaufhörlich, und ihre Mütter sind froh, daß sie weinen, denn wenn sie aufhören, dann nur aus Erschöpfung, und oft sterben sie wenig später. Die Männer haben keine Kraft zum Tanzen, und die Geister haben uns heimgesucht. Die Langhäuser sind von ihrem Gemurmel erfüllt. Es ist jetzt ebensosehr ein Dorf der Toten wie eines der Lebenden.«

»Wie konnte das passieren?« fragte Shateel.

»Das Wetter war schlecht«, sagte Fergolin, »und andere Dinge kamen hinzu. Ich verstehe wenig davon, von Frauendingen – jedenfalls steht wohl fest, daß Ladon alle Vorräte weggegeben hatte, so daß wir, als diese Mißernte kam, nicht auf sie zurückgreifen konnten.«

»Geht zu Rulons Folc«, sagte Moloquin. »Wir haben hier zwar genug, um uns selbst zu ernähren, doch wir sind nur ein kleines Dorf. Geht zu Rulon.«

»Wir sind zu dir gekommen«, sagte Fergolin, »weil die Hauptfrauen dich nun, da Ladon im Sterben liegt, zum Häuptling gewählt haben.«

»Ach«, sagte Moloquin.

»Die Hauptfrauen sagen, daß nur du die Dinge wieder in Ordnung bringen kannst – und daß wir nur heimgesucht worden sind, weil Ladon die Ordnung der Dinge umzustürzen versucht hat. Du bist der Sohn seiner Schwester, und nur du kannst uns retten.«

Moloquin schaute Ladons Sohn an. »Was sagst du dazu?«

»Sie haben recht«, sagte Ladons Sohn. »Ich werde dir bestimmt keine Schwierigkeiten bereiten. Ich könnte es ohnehin nicht ertragen, für ein ganzes Volk verantwortlich zu sein.«

»Wir haben dich gewählt«, sagte Fergolin. »Willst du mitkommen und unser Häuptling sein?«

Alle, die zu Moloquin gehörten, waren mittlerweile so nahe herangekommen, daß sie diese Frage verstehen konnten, und sie verstummten und lauschten auf seine Antwort. Shateel sah in ihren Gesichtern, was sie selbst empfand: daß sie nahe daran waren, Moloquin zu verlieren, und ohne ihn waren sie nichts. Moloquin runzelte die Stirn. Lange blickte er die Männer aus Ladons Dorf an. Sein Gesicht war so ausdruckslos wie das Eis im Flußbett und ebenso kalt.

Schließlich sagte er: »Ihr habt meine Mutter Ael vertrieben, und sie starb. Ihr habt meine Mutter Karella sterben lassen, obwohl sie euch vor Ladon gewarnt hat. Aus diesen Gründen müßt ihr leiden. Nein, Fergolin, ich werde nicht euer Häuptling. Geht zu Ladons Volk zurück und sagt ihnen, sie sollen zu Rulon gehen.«

Fergolin senkte den Kopf; Ladons Sohn preßte die Finger gegen das Gesicht. Moloquin blickte sich nach Shateel um und streckte die Hand nach ihr aus.

»Willst du mit diesem Mann sprechen?«

Sie sagte: »Ich habe ihm nichts zu sagen.«

»Was hast du denn da in der Hand?«

Sie zeigte, was sie geholt hatte. »Ich wollte ihnen das geben.«

»Tu das.«

Sie ging zu den zwei Männern und legte ihnen das Essen in die Hände, und es versetzte ihr einen Stich, diese Hände zu sehen, die von der Kälte gekrümmt und rissig waren. Moloquin verschwand im Rundhaus.

»Wie habt ihr uns gefunden?« fragte sie.

Fergolin kaute an dem Dörrfleisch und schluckte den Saft hinunter, der sich in seinem Mund sammelte. Er sagte: »Wir haben bemerkt, daß Brant an der Säule des Himmels lag, und daher wußten wir, daß ihr nicht allzuweit weg sein konntet – und außerdem, daß ihr noch am Leben wart, noch zu den Folc gehörtet und den Ritualen gehorchtet. Daraufhin sind wir in den Wald gegangen und haben euch gesucht.«

Sie sagte: »Ich wünschte, ihr hättet euch diese Suche erspart. Hier habt ihr nichts zu erhoffen.«

Ladons Sohn ließ keinen Moment die Augen von ihr. Fergolin sagte: »Hier liegt unsere einzige Hoffnung. Wenn die Geister nicht bereits beschlossen haben, daß wir alle sterben sollen, werden sie Moloquin milder stimmen, und er wird uns retten. Es liegt jetzt allein in seinen Händen.«

»Das ist eine schreckliche Bürde«, sagte Shateel.

»Es liegt allein in seinen Händen«, sagte Fergolin noch einmal und rückte näher ans Feuer heran.

***

Moloquin trat zum Nordstern, nahm die Bronzeaxt von ihrem Pflock und kniete davor nieder. Seine Seele war in Aufruhr, und er bebte am ganzen Leib, so gewaltig war der Widerstreit seiner Gefühle.

Er wäre gern zu Ladons Volk gegangen, hätte gern seine Bestimmung erfüllt, doch der Gedanke, in jenes Dorf zu kommen und die Kinder wimmern zu hören und die Menschen leiden und sterben zu sehen und nichts tun zu können, war ihm unerträglich. Er dachte: Sie haben es verdient, daß sie so leiden müssen. Doch er sehnte sich so sehr danach, dorthin zu gehen, Ladon zu sehen, ehe er starb, daß er sich wie von einer Hand geschoben fühlte.

Als er das bedachte, wurde ihm klar, weshalb er so aufgewühlt war und was er zu tun hatte. Er nahm die Axt, preßte seine Stirn gegen das Blatt, dann steckte er die Waffe in seinen Gürtel und ging wieder hinaus.

Die Abgesandten hockten ums Feuer und wärmten sich. Nach und nach waren auch alle anderen gekommen und hatten ihnen etwas zu essen angeboten – sogar auf die Kinder machte ihr Leiden Eindruck. Lustig brachte ihnen einen Eichelmehlkuchen, den er zum Abendessen bekommen hatte, und das kleine Mädchen kam schüchtern näher und bot Fergolin eine Handvoll toter Blätter an.

Der Bärenschädel-Meister nahm die Blätter entgegen, als wären sie richtiges Essen. Er hob das kleine Mädchen hoch und drückte es an sich. Moloquin erschien in der Türöffnung, und Taella trat mit entschlossener Miene zu ihm.

»Wir haben auf unseren heutigen Anteil verzichtet und unser Essen ihnen gegeben – alles, bis auf den Anteil der Kinder.«

Er nickte ihr zu. »Ihr seid mein Volk – ich kenne die Großherzigkeit meines Volkes.«

Fergolin blickte zu ihm auf. Das kleine Mädchen hatte er auf dem Schoß. Moloquin sagte: »Ich werde mit euch zu Ladons Dorf zurückkehren. Ich will ihn sehen, ehe er stirbt.«

Ladons Sohn hob den Kopf und blickte ihn aus großen Augen an. »Davon hat er gesprochen.«

»Wie?«

»Er sagte, er würde nicht sterben, ohne dich wiedergesehen zu haben.«

Moloquin nickte und erkannte auch darin die Macht, die ihn an jenes Sterbelager zog. Sie waren aneinander gefesselt gewesen, er und Ladon, sein ganzes Leben lang. Es schien nur recht und billig, daß sie es auch im Angesicht des Todes blieben. Er sagte: »Ich mache mich fertig, wir brechen bald auf.«

Er kehrte ins Rundhaus zurück. Als er an Shateel vorbeikam, warf er ihr einen Blick zu, der sie veranlaßte, ihm in die dunkle Wärme ihrer Behausung zu folgen. Drinnen nahm er einen Mantel, den Wahela ihm aus Eichhörnchenfellen gemacht hatte, und füllte einen Beutel mit Proviant. Shateel beobachtete ihn beunruhigt.

Sie sagte: »Wirst du wiederkommen?«

Er fuhr herum, sah sie bestürzt an und legte ihr die Hand auf den Arm. »Natürlich! Machst du dir etwa Sorgen, du Närrchen? Meinst du, ich könnte mein Volk für lange Zeit verlassen?«

»Du könntest Ladons Volk haben, das viel bedeutender ist als wir.«

Seine Hand lag noch immer auf ihrem Arm. Er sah ihr eindringlich ins Gesicht und versuchte zu lächeln, konnte es jedoch nicht. Nach einem Augenblick sagte er leise: »Ihr seid mein Volk. Ich werde euch niemals im Stich lassen. Während ich fort bin, mußt du dich um alle kümmern. Es ist schon eine Menge Brennholz fertig, sorg dafür, daß die Jungen es hereinschaffen. Und verhindere, daß sie sich streiten.«

»Warum überträgst du mir diese Aufgabe? Wahela war letztesmal wütend und wollte mir nicht gehorchen.«

Er zog die Brauen hoch. »Dabei hast du deine Sache doch recht gut gemacht. Also klag nicht. Hast du Ladons Sohn das mit deinem Baby gesagt?«

»Das wird er doch wohl von allein gesehen haben.«

Moloquin ließ es bei einem kleinen Kopfschütteln bewenden. Er blickte noch einmal durch das Rundhaus. Schließlich sah er ihr wieder ins Gesicht.

»Paß gut auf mein Volk auf«, sagte er und packte sie so fest beim Arm, daß es weh tat. Er nahm die Bronzeaxt und verließ das Haus.

Ladons Sohn hatte geglaubt, der Weg durch den Wald zu Moloquins Dorf sei mühselig gewesen, doch der Rückweg war bei weitem schlimmer – Moloquin legte eine solche Geschwindigkeit vor, daß die anderen immer wieder in Laufschritt fallen mußten, um mithalten zu können, und außerdem wählte er eine Route, die über Hügel und gefrorenes Sumpfland führte. Ladons Sohn glitt einmal auf dem Eis aus und stürzte schwer; als er sich wieder erhob, schmerzte sein Rücken.

Er hatte den Wald schon immer gehaßt. Schon als Junge hatte er die Bäume gemieden und nur das offene Grasland gemocht, wo er weithin alles überblicken konnte. Jetzt, als er hinter Moloquin herhastete, empfand er die winterdürren Wälder um sich herum als einen Käfig, eine Erfindung der Dämonen. Gegen den bleichen Schneeboden hoben die Bäume sich als dünne schwarze Stangen ab, und zwischen ihnen wallten Nebelschwaden; Nebelfetzen klammerten sich wie besessene Frauen an die niedrigen Äste und stiegen wie Federn von den Sumpflöchern auf, die von knackendem, gurgelndem Eis gesäumt waren. Nichts Lebendes gab es hier, und doch fühlte er sich unablässig beobachtet und unablässig verhöhnt.

Nachts rasteten sie und machten ein Feuer und rollten sich am Boden zusammen. Fergolin deckte sich mit seinem Mantel zu und schlief gleich ein. Er sah wie vermodertes Holz aus, wie er da beim Feuer lag. Ladons Sohn erschauderte. Sein Körper war erschöpft, und seine Sinne waren überreizt, und er fürchtete die Totenstille des Schlafes. Er beobachtete Moloquin, der mit einem Stock im Feuer herumstocherte.

Trotz seines Bartes und seiner Zauberaxt war Moloquin unverändert, sagte er sich immer wieder, wie um sich zu beruhigen. Er war immer noch der dürre schwarzhaarige Junge, der nicht sprach. Immer noch der Ausgestoßene, immer noch der Unerwünschte. Ladons Sohn empfand die Ironie des Namens wie einen eisigen Windhauch, der sich zwischen den Bäumen regte. Sie wünschten ihn jetzt herbei. Sogar Ladon wünschte ihn herbei. Ladons Sohn versank tiefer in seinem Mantel, er fröstelte, und sein Magen knurrte.

»Hier, nimm!« Moloquin brach einen Samenkuchen in zwei Teile und reichte ihm die Hälfte.

»Nein«, sagte Ladons Sohn mannhaft, obwohl ihm bei dem Anblick das Wasser im Mund zusammenlief.

»Sei nicht dumm. Ich werde dich nicht tragen, wenn du vor Entkräftung nicht mehr laufen kannst. Iß.« Moloquin schob das Kuchenstück in den Schoß seines Feindes.

Ladons Sohn nahm es mit zitternden Fingern. Erst knabberte er nur daran, doch dann überwältigte ihn der Hunger, und er stopfte sich alles auf einmal in den Mund, kaute nur ein paarmal und schluckte dann den ganzen Kuchen hinunter, noch ehe er richtig weich geworden war. Weg war er. Er leckte sich den süßen Geschmack von den Fingern, bis er nur noch Salz schmeckte.

Moloquin beobachtete ihn mit ausdrucksloser Miene. Er sagte: »Was ist euch zugestoßen? Wie konnte ein Dorf mit so vielen Menschen in eine solche Lage geraten?«

Ladons Sohn leckte sich die Lippen. Er beugte sich zum Feuer vor, hielt die Hände darüber und blickte in die Glut, weil er sich vor der Verachtung fürchtete, die Moloquin ihn spüren lassen würde, sowie er die Wahrheit erfuhr.

»Ladon wollte das Dorf nicht verlegen. Die Frauen erklärten ihm, es sei erforderlich, aber er wollte nicht, weil er nicht tun wollte, was sie sagten, und weil er fürchtete, wenn er es verlegte, würden die Leute sagen, er habe Angst vor dir. Ich glaube nicht, daß er wirklich Angst vor dir hatte, doch er hatte Angst, diesen Eindruck zu erwecken.«

Moloquin räusperte sich. Ladons Sohn warf ihm einen verstohlenen Blick zu und sah, daß der andere wegblickte und dabei lächelte.

»Also blieben wir. Die Äcker wollten jedoch nicht ordentlich tragen, alles blieb klein und spärlich und trug keine Frucht, und unmittelbar vor der Ernte kam ein Unwetter, das alles im Schlamm versinken ließ. Als die Frauen ernten konnten, brachte jeder Garten nur ein paar Körbe.«

Er hielt sich die Hand vor die Augen, als er sich daran erinnerte, wie die Frauen inmitten ihrer Felder geweint hatten. Er selbst hatte das nicht begriffen. Er hatte, wie die meisten Folc, angenommen, daß zwischen den Dachsparren des Rundhauses genug Vorräte gelagert wären, von denen sie alle viele Winter hätten satt werden können.

»Doch da war nichts. Da gab es bloß leere Körbe, Säcke, die mit

Stroh ausgestopft waren. Er hatte alles Harus Kum gegeben, um die blauen Perlen zu kriegen.«

»Was taten die Frauen?«

»Sie verfluchten Ladon.« Ladons Sohn zog den Kopf zwischen die Schultern. »Und mich verfluchten sie ebenfalls. Sie wußten aber gar nicht, welchen Anteil ich daran hatte. Hätten sie gewußt ...«

Seine Schuld wurde ihm brennend bewußt, und die Stimme versagte ihm. Er hob das Gesicht und sah Moloquin an.

»Du mußt uns retten. Wir haben Böses getan, die Geister haben uns verdammt. Nur du kannst uns wieder auf den Pfad des Lebens zurückführen!«

Wieder wandte Moloquin sich ab. »Schlaf jetzt. Wir haben morgen noch einen weiten Weg.« Er hüllte sich in seinen Mantel. Ladons Sohn suchte die Züge des anderen lange nach irgendeinem Anzeichen dafür ab, daß er sich würde erweichen lassen, doch Moloquins Gesicht war hart wie Stein. Nach einer Weile legten beide sich nieder und schliefen ein.

Als Moloquin im Dorf von Ladons Volk eintraf, hatte er das Gefühl, sich in einem Dorf von Toten zu befinden.

Hunde, die hätten bellen können, gab es nicht mehr. Schweine gab es nicht mehr, Ziegen auch nicht. Alle waren aufgegessen worden. Lieder gab es nicht mehr, keine Tänze, auch nicht die Geräusche der vielfältigen Arbeiten. Der einzige Laut im ganzen Dorf war das Gewimmer und Weinen der Kinder.

Die Folc saßen in der Sonne und starrten Löcher in die Luft; einige von denen, die da saßen, waren bereits tot. Die Jungen von der Jungenbande saßen dicht bei ihren Müttern. Sie liefen nicht mehr umher, jagten einander nicht mehr und spielten ihre alten Spiele in den alten Gärten am Fluß nicht mehr. Die Frauen saßen mit ihren Kindern zusammen, die Hände in den Schoß gelegt. Sie gingen nicht mehr zu den Gärten am Hang hinauf, sie webten nicht mehr, machten keine Töpfe mehr und legten auch kein Holz mehr nach, denn die Feuer ihrer Herdstellen waren tot.

Die Männer saßen im Hof des Rundhauses; sie tanzten nicht, arbeiteten nicht an ihren Masken und machten keine Werkzeuge. Sie saßen, wo sie waren, und taten gar nichts, und ihre Leiber waren wie die Bäume im tiefsten Winter, die keine Blätter hatten, sondern nur ihre dürren, spröden Zweige.

Moloquin kam durchs Dorf, schaute sich bei jedem Schritt um, und es zerriß ihm fast das Herz in der Brust. Ihm schien, daß sie alle bereits vom Tod umfangen waren, daß sie ihn, der lebendig war und nicht ihr Leidensgenosse, gar nicht sehen konnten. Er hatte das Gefühl, sich unsichtbar in ihrer Mitte zu bewegen.

Er kam am Kreis der alten Frauen vorbei, und da sah er die Sampo, die stumm auf ihrer Achse ruhte, und drumherum saßen die alten Frauen wie Tonklumpen. Sie sahen aus wie tot, und erst, als er sie ganz genau ansah, bemerkte er in ihren Augen das letzte kleine Lebensfünkchen, das vor Schwäche zitterte und bald verlöschen mußte.

Er ging weiter und kam zum Rundhaus.

Als die Männer ihn erblickten, bemühten sie sich aufzustehen. Einige waren noch kräftig genug, um zu stehen, und sie standen auf, andere, die das nicht konnten, streckten die Arme aus, und ihre Brüder halfen ihnen beim Aufstehen, so daß sie ihren neuen Häuptling begrüßen konnten. Bei ihrem Anblick hatte Moloquin Mühe, nicht in Tränen auszubrechen. Er hatte sie gesehen, als sie seine Feinde waren, als sie stark und voller Lebenskraft waren, als sie ihn verfluchten und Steine nach ihm warfen, und jetzt wünschte er sich, daß sie noch dieselben wären wie zuvor, selbst wenn sie wieder seine Feinde werden würden.

Er betrat das Rundhaus und durchquerte es, bis er zu dem Lager gelangte, auf dem Ladon lag: in der Mitte des Rundhauses, unter dem Loch im Dach, das das Licht hereinließ, am Fuß des Nordstern genannten Baumstammes.

Moloquin ließ sich neben dem Lager auf eines seiner Knie nieder. Ladon lag da wie ein Leichnam. Sein Körper war zusammengeschrumpft wie ein Haufen toter Blätter. Erst als Moloquin sich neben ihn kniete, öffnete der Sterbende die Augen und sah ihn, und dann öffnete er den Mund und sprach.

»Moloquin«, sagte er, »du bist gekommen.«

»Ja«, sagte Moloquin.

»Ich wußte, du würdest kommen«, sagte Ladon und flüsterte fast. »Ich habe dir etwas zu sagen, ehe ich sterbe.«

»Sprich«, sagte Moloquin.

»Die alten Frauen haben dich zum Häuptling ernannt«, sagte Ladon.

»Ist es das, was du mir sagen wolltest?«

»Nein. Sondern dies: Ael und ich . . .«

Der Sterbende seufzte, und seine Augen schlossen sich. Moloquin erstarrte. Jeder Muskel war gespannt. Er zwang sich dennoch abzuwarten, und schließlich öffnete Ladon die Augen wieder.

»Ael hatte viele Männer«, flüsterte er, »oder jedenfalls glaubte ich das. Doch nun, wo ich hier liege und bald zu denen gehen muß, die vor mir dahingeschieden sind, denke ich noch einmal über alles nach, und ich kann mich nicht besinnen, mit Bestimmtheit gewußt zu haben, daß sie viele Männer gehabt hatte. Vielleicht habe ich das bloß geglaubt, um eine Entschuldigung für das zu haben, was ich mit ihr gemacht habe.«

Moloquin biß die Zähne zusammen. Er ballte die Faust auf seinem Knie, sagte jedoch nichts.

»Vielleicht war ich ja der einzige, der bei ihr gelegen hat«, flüsterte Ladon, »vielleicht bin ich ja dein Vater, Moloquin.«

»Nein«, sagte Moloquin.

»Wer weiß«, sagte Ladon und lächelte. Er hatte die Augen wieder geschlossen und lag da, als sei er bereits tot.

Moloquin stand auf. Er zitterte am ganzen Leibe. Er war hin- und hergerissen zwischen Zorn, Scham, Furcht und blindem Haß. Im nächsten Augenblick verließ er das alte Rundhaus mit seinen Dachsparren voller leerer Körbe und seinen Schatten voller Gespenster. Seine Schritte hallten in der Leere wider.

Er trat in den Hof hinaus, wo die Männer um ihr Feuer saßen, und er beugte sich nieder und nahm ein brennendes Holzscheit. Er blickte die Männer mit ihren hohlwangigen Gesichtern und ihren eingesunkenen Augen an und sagte: »Wenn ihr auf irgend etwas Wert legt, das da drinnen ist, dann müßt ihr es jetzt holen!«

Ladons Sohn trat zu ihm und sagte: »Was hast du vor?«

»Das Böse nistet in diesem Haus. Es muß zerstört werden.«

»Mein Vater –«

»Ladon ist tot«, sagte Moloquin und kehrte Ladons Sohn den Rücken zu.

Die anderen Männer gehorchten. Sie gingen ins Rundhaus und kamen mit ihren Masken, ein paar Werkzeugen, einer Decke, einem Mantel, ein paar Perlen, Federn, einer Flöte, ein paar Flintstücken wieder heraus. Ein paar von ihnen brachten die Körbe heraus, in denen die letzten Reste ihrer Vorräte lagen – etwas Schrotmehl, ein paar Wurzeln, ein paar Kräuter. Niemand stellte Moloquin eine Frage. Ladons Sohn selbst ging hinein und kam mit einem in eine Decke gewickelten Bündel wieder heraus. Als alle herausgeschafft hatten, was sie aus dem Rundhaus retten wollten, hob Moloquin die brennende Fackel und setzte das Dach in Brand.

Rasch schlugen die Flammen das ganze Dach hinauf und krochen an den Seiten des Rundhauses hinab. Binnen eines Augenblicks brannte das ganze Haus lichterloh. Moloquin trat zurück, und die anderen Männer taten es ihm nach, die Arme zum Schutz gegen die Hitze vors Gesicht gehoben. Die Frauen waren von ihren Langhäusern herbeigekommen, um zu erfahren, was passiert war, und sie streckten die Hände aus und wärmten sich an der Hitze des Feuers.

Die Körbe mit den restlichen Vorräten standen am Zaun, und der eine oder andere schlich sich heran, beugte sich über sie und steckte die Finger in das Mehl, um es, roh wie es war, wieder abzulecken. Wenn etwas zu Boden rieselte, beugten sie sich nieder, um es aufzulecken. Die anderen zögerten nur so lange, bis sie sahen, daß Moloquin nicht einschritt, und dann eilten auch sie zu den Vorratskörben und drängten sich zwischen die anderen, um soviel zu ergattern wie möglich.

Moloquin stand da und beobachtete sie, im Innern immer noch aufgewühlt und von finsteren Gedanken geplagt. Ladons Sohn trat zu ihm.

»Die werden alles aufessen«, sagte er. »Wir werden verhungern, wenn sie jetzt nicht aufhören. In wenigen Tagen werden wir tot sein.«

»Laß sie«, sagte Moloquin, und er wandte sich ab und ging von dannen.

Er lief zur Säule des Himmels. Hinter ihm stieg die Rauchfahne des lichterloh brennenden Rundhauses in die bleichen Wolken hinauf und trug den Gestank Ladons zum Himmel empor.

Er betrat das Innere der Säule des Himmels, als kehre er in die Arme einer Geliebten zurück. Das Gras war voller Gebeine. Als er über den Wall kam, flatterte eine riesige Krähenschar in die Luft empor, eine so dichte Wolke, daß sie einen tiefen Schatten über den Ring der schiefstehenden Steine warf. Moloquin lief auf die Mitte des Runds zu, warf sich nieder und weinte.

Er hatte sich niemals gefragt, wer sein Vater war. Seine Verbundenheit mit Ael war so groß gewesen, daß er keinen Vater gebraucht hatte. Irgendwie war er im tiefsten Innern davon ausgegangen, daß sie, wie immer sie zu ihm gekommen sein mochte, eine Frau ohne Tadel gewesen sein mußte. Und jetzt wußte er, daß sie etwas Unrechtes, etwas unvorstellbar Schlimmes getan hatte, ehe er geboren werden konnte.

Er weinte, bis er keine Tränen mehr hatte. Dann lag er erschöpft im Gras. Der Himmel verfinsterte sich, ein dunkler Schatten bildete sich über ihm, und die Krähen stürzten ins Gras hinab, eine schwarze flatternde Masse, und strebten mit ihrem schwerfälligen Gang auf die Leichen zu, die dort lagen, und trieben ihre Schnäbel wie Dolche in das rohe Fleisch und zerfetzten es.

Moloquin stieß einen rauhen Schrei aus. Er sprang auf die Füße und rannte drauflos und schwenkte dabei die Arme, und angesichts dieses Überfalls flatterten die häßlichen Krähen krächzend wieder in den Himmel hinauf.

Jetzt bemerkte er auch, wie voll die Totenstätte war. Einige der Leichen saßen aufrecht, gegen Steine gelehnt. Sie waren kurz vor ihrem Tod hierhergelaufen, um zu sterben, vielleicht um den anderen noch ein bißchen mehr Nahrung zu lassen, vielleicht auch nur, um ihrem Leiden ein Ende zu machen. Andere, die Kleinen, lagen zugedeckt unter Bergen von grünen Zweigen, und trotzdem waren die Aasfresser an sie herangekommen, hatten ihnen die Augen ausgerissen, ihnen die Haut mit ihren Schnäbeln durchlöchert, ihre Leiber aufgehackt, um sich gütlich zu tun.

So war auch Brant von dieser Welt in die nächste gegangen und mit ihm die ganze uralte Kunde von der Säule des Himmels, für alle Zeiten dem menschlichen Wissen entzogen: tausend Generationen geduldigen Lernens, dahin.

Hier hatte Karella mitsamt ihren Geschichten gelegen.

Bald würden alle hier liegen; bald würden die letzten den langgestreckten Abhang hinaufkommen, um ihre Plätze einzunehmen unter den Toten, am Tor zur Oberwelt. Wenn sie dahingegangen wären, wären alle dahin.

Dahin: ihr Lachen, ihre Hoffnungen, ihre Streitigkeiten, ihr Lieben und Hassen – dahin. Ihr Wissen, ihre Geschichten, ihr Können, ihr Verstehen, der ganze Sinn so vieler Leben – dahin.

Brant und Karella waren doch immerhin noch da – lebendig im Gedächtnis der Folc. Sogar Ael, die Ausgestoßene, war am Ende hierhergekommen, um ihre Seele mit den Seelen ihres Volkes zu vereinigen, und selbst an sie erinnerten sie sich, hielten sie in ihrem Gedächtnis am Leben. Ohne die Folc, die sie am Leben erhielten, würden die Geister verschwinden, versprengt in der herzlosen Tiefe der Ewigkeit.

Während er so dasaß und die Krähen wütend über ihm schwebten, erkannte er, wie klein seine eigenen Leidenschaften waren, wie oberflächlich und unbegründet. Hier entstand das wahre Grauen, das Grauen davor, daß das Streben und Lernen eines ganzen Volkes bald von der Welt gefegt werden sollte – ganz bald würde es so sein, als hätte niemals einer von ihnen gelebt.

Das Rund um ihn herum war vom Murmeln des Windes erfüllt; bestimmt waren alle Geister der Folc heute hier versammelt. Er wandte sich um, und seine Augen versuchten angestrengt, sie in der Luft zu erkennen – Karella wiederzusehen und Ael; und als er sich so abmühte, strömte ihm neue Kraft zu, und seine Seele lehnte sich gegen das Schicksal der Folc auf.

Er würde sie nicht sterben lassen. Was immer sie ihm angetan haben mochten, sie waren sein Volk. Er würde sie retten, wenn er konnte, oder mit ihnen dem Vergessen anheimfallen. Immer noch wand sich eine dunkle Rauchspur über dem Dorf in die Luft hinauf. Er trat aus der Säule des Himmels und lief den Hang hinab, jenem Mahnmal aus Rauch entgegen, um sein Schicksal zu erfüllen.

Ladons Sohn kämpfte sich durch das verdorrte Gras, das ihm bis zur Hüfte reichte. Er keuchte, und unter dem linken Rippenbogen spürte er einen stechenden Schmerz. Er preßte die Hand in die Seite. Als er endlich auf der Hügelkuppe angelangt war, sagte er: »Das ist sinnlos, Moloquin – Rulon wird uns nichts geben.«

»Sie müssen reichlich Nahrung haben«, sagte Moloquin und schritt unaufhörlich weiter aus. Sie liefen den langen welligen Hang hinunter, der zum Fluß abfiel. Den größten Teil des Tages waren sie dem Fluß nach Norden gefolgt, bisweilen ohne ihn zu sehen, und hatten immer wieder den Weg über die Hügel genommen, um dem Sumpfland und dem dichten Unterholz am Flußufer auszuweichen. Ladons Sohn war vom Hunger geschwächt, und oft glaubte er, nicht weiterzukönnen.

Jetzt sank er auf die Knie, denn der Schmerz unterhalb der Rippen war unerträglich geworden, und rief: »Laß mich hier zurück! Ich muß mich ausruhen.«

Moloquin kam zurück durch das wispernde Gras und sagte: »Es ist jetzt nicht mehr sehr weit. Komm weiter!«

Ladons Sohn setzte sich hin. Er kreuzte die Beine und stützte sich auf einen Arm. Er dachte, während er auf die braune Wasseroberfläche blickte, daß es nicht so schlimm sein würde, hier zu sitzen und draußen im Freien still zu sterben, während der Fluß vorbeirauschte. Seine Mutter, die nun schon viele Jahre tot war, hatte ihm einmal gesagt, daß der Fluß einer der Wege in den Himmel sei, und vielleicht war das ja wahr. Moloquin nahm ihn beim Arm.

»Komm, steh auf, noch bist du nicht tot. Du hast gestern doch ordentlich gegessen, oder?«

Gestern hatten alle ordentlich gegessen, manche hatten gegessen, bis ihnen schlecht wurde, und das Gegessene wieder erbrochen und es wie die Tiere wieder aufgeleckt vom Boden. Trotzdem waren in der

Nacht weitere fünf gestorben, zusammengekrümmt auf dem Boden nahe der Asche des Rundhauses.

»Ich kann nicht ... ich kann nicht ...«

Moloquin zog ihn hoch und hielt ihn fest. »Was bist du bloß für ein Schwächling! Sieh zu, daß du weiterkommst, oder ich mache dir Beine mit der Axt! Was Shateel wohl von dir denken würde, wenn sie dich wie ein Baby weinen sähe?«

Das bewirkte immerhin, daß Ladons Sohn die Knie durchdrückte und versuchte, sich allein auf den Beinen zu halten. Seine Knie gaben jedoch nach. Moloquin knurrte verächtlich und legte ihn sich mühelos über die Schulter.

»Du bist ein Baby«, sagte er und ging weiter, leichtfüßig wie zuvor, so als spüre er das Gewicht des ausgewachsenen Mannes überhaupt nicht. »Einfältig bist du, Bruder, und ein Schwächling, und deshalb mußt du auch tun, was ich dir sage, und darfst keinen eigenen Kopf haben.«

»Laß mich runter«, sagte Ladons Sohn. Er hing über Moloquins Schulter, und seine Füße und sein Kopf baumelten auf der Höhe von Moloquins Hüfte. »Laß mich runter – ich laufe.«

Im Nu fand er sich auf den eigenen Füßen wieder, und ihm war ein wenig schwindlig. Einen Augenblick lang wunderte er sich, daß Moloquin ihn Bruder genannt hatte, und er hätte ihn gern nach dem Grund gefragt, wagte es jedoch nicht. Schon war Moloquin ihm ein Stück voraus, und Ladons Sohn folgte ihm und versuchte, ihn einzuholen, die Hand in die Hüfte gepreßt.

Wieder folgten sie dem Fluß in nördlicher Richtung und gelangten alsbald an eine Stelle, wo das Flußbett leicht nach Osten bog. In der Mitte des Flusses war eine Insel, und darauf wuchsen drei alte knorrige Weiden, deren Zweige ins Wasser hineinhingen; wie drei alte Frauen sahen sie aus, die mit Netzen fischten. Hier blieb Ladons Sohn stehen und zeigte nach Westen.

»Da. Das da ist der Hohe Hügel – der Berg des Himmels. Abadons Thron. Rulons Rundhaus liegt unmittelbar an seinem Fuß.«

Sie gingen auf einem ausgetretenen Wiesenpfad weiter, und während sie sich Rulons Dorf näherten, kreuzten sie noch andere Pfade und sahen ein paar Kinder, die im Windschatten eines langgezogenen keilförmigen Hügels spielten. Als sie zwischen diesem Hügel und einer weiteren langgestreckten Anhöhe bergab liefen, kamen sie an einer Gruppe von drei aufrechtstehenden Felsen vorbei, und dann hatten sie den Hohen Hügel vor sich.

Er erhob sich aus der flachen Ebene, hoch und wohlgerundet, so ebenmäßig geformt wie die Brust einer Frau. Auf der Kuppe standen drei weitere Steine, und überall am Fuß des Hügels standen und lagen solche Steine, dieselben dunklen wie die an den Wenden-des-Jahres, manche davon zwei- oder gar dreimal so hoch wie ein Mann.

Es war eine reiche Ansiedlung, so wie es Ladons Dorf früher gewesen war. Viele Menschen arbeiteten hier. Rund um den Hügel zogen sich die Parzellen des urbar gemachten Bodens, und die Frauen waren dabei, das Gestrüpp zu beseitigen und Baumstümpfe abzubrennen, um die Frühjahrsbestellung vorzubereiten, und am Hang des Hügels graste eine kleine Ziegenherde, die von kleinen Jungen gehütet wurde. Als Moloquin und Ladons Sohn der Wegbiegung am Fuß des Hügels folgten, wären sie fast auf irgendwelchen Stoff getreten, der zum Bleichen in der Sonne ausgebreitet war, und eine Frau rief ihnen zu, daß sie sich einen anderen Weg suchen sollten.

Moloquin kümmerte sich jedoch nicht darum. Ladons Sohn im Schlepptau, ging er um den Hohen Hügel und hielt Ausschau nach Rulons Rundhaus.

Endlich sahen sie den Dornenwall und darüber drei Strohdächer. Als sie durch die Zaunöffnung ins Dorf traten, begann gerade die Sonne unterzugehen. Ladons Sohn roch den Duft einer Fleischbrühe, die irgendwo gekocht wurde. Er hörte die Sampo rattern und knirschen. Sie liefen zwischen den beiden Langhäusern hindurch, deren Türen nach Osten gingen, als gerade viele von Rulons Folc mit Brennholz, mit Körben und Schüsseln hineindrängten, um das Abendessen zuzubereiten.

Als Ladons Sohn das alles sah, die ganzen alltäglichen Dinge des Dorflebens – die Frauen bei der Arbeit, die Männer aufgeputzt mit Federn und Pelzen, die Kinder dick und vergnügt –, tat ihm das Herz weh, und er sehnte sich danach, selbst wieder an dergleichen teilzuhaben. Er ließ den Kopf hängen, als er daran dachte, wieviel Böses er und sein Volk getan und sich dadurch selbst ins Verderben gestürzt hatten, und er schwor sich, daß er nie wieder Böses tun wollte.

Sie erreichten das Rundhaus, blieben vor der Tür stehen, und Moloquin rief Rulons Namen.

Einer der Männer des Dorfes erschien in der Türöffnung. Er blickte sie finster an und sagte: »Was wollt ihr, Fremdlinge?«

»Wir sind keine Fremdlinge«, sagte Moloquin, »sondern solche wie ihr. Wir sind von Ladons Dorf oder dem, was einmal Ladons Dorf gewesen ist, und ich möchte mit Rulon sprechen.«

Der Mann hockte sich in den Eingang, die Hände in die Hüften gestützt. Sein Blick schweifte über Moloquins Schulter zu Ladons Sohn und kehrte dann zu Moloquin zurück. Von überallher kamen Rulons Folc herbei, um zu hören, was gesprochen wurde.

»Den da kenne ich«, sagte der Mann in der Türöffnung, »das ist der Sohn von Ladon, der Shateel nicht glücklich machen konnte und dessen Dorf jetzt verflucht ist. Dich kenne ich hingegen nicht. Wer bist du mit deiner ungehobelten Rede und deinem häßlichen Äußeren?«

»Ich bin Moloquin«, sagte der Angesprochene. »Ladon ist tot, und ich bin der Häuptling meines Volkes. Ich möchte mit Rulon sprechen.«

»Moloquin«, sagte der Mann in der Türöffnung höhnisch, »du bist hier unerwünscht, Unerwünschter.«

Ladons Sohn sah, wie Moloquin die Hand an den Gürtel legte, an die Axt in seinem Gürtel, und er hielt den Atem an. Aber Moloquins Finger strichen bloß über das Eschenholz des Griffes. Der Mann in der Türöffnung knurrte ihn an.

»Dein Volk ist verflucht. Großes Unrecht habt ihr getan, und nun muß Schlimmes über euch kommen, denn recht geschieht es euch. Das sagt Rulon.«

»Laß mich das von ihm selbst hören«, sagte Moloquin in freundlichem Ton.

Hinter seinem Rücken erhoben sich Stimmen. »Steinigt sie! Vertreibt sie – zurück mit ihnen zu ihren Hütten!« »Sollen sie leiden!« »Verschwindet, Bösewichter – verflucht seid ihr!« »Sie werden noch unser Dorf mit ihrer Schlechtigkeit besudeln!«

Doch dann trat eine Frau aus der Menge, riesenhaft und unförmig wie ein Berg: Joba, die Hauptfrau ihrer Sippe, Rulons Mutter.

Sie sagte: »Ist das die Art unseres Dorfes, einen Häuptling der Folc zu begrüßen?«

Bei diesen Worten verstummten die anderen Stimmen. Sie trat vor und stellte sich neben Moloquin, sah ihn aber nicht an. Sie stand da und blickte in das Rundhaus und rief nach ihrem Sohn, rief nach Rulon.

Und nun kam er, Rulon, und trat durch die Tür ins Sonnenlicht hinaus.

Er war nicht älter als Ladons Sohn. Sein Haar war geölt und geflochten und von bemalten Federn durchzogen, und sein Gesicht war bemalt wie eine Maske. Über den Schultern trug er ein riesiges schwarzes Bärenfell, und er hielt eine Keule in der Hand, die aus einer Baumwurzel gemacht und mit Flintsplittern gespickt war. Wenn er lief, wirkte er hochgewachsen wie ein junger Baum, und er schwankte ein wenig wie ein Schößling im Winde. Er ging auf Schuhen mit hohen Absätzen, um größer zu wirken.

Er sagte: »Wer macht in meinem Hof einen solchen Lärm? Ah, sieh da, Ladons Sohn, den meine Schwester wegen eines wilden Mannes aus dem Wald verschmäht hat. Und wer ist das, den du da mitgebracht hast?«

Er beäugte Moloquin, blinzelnd, als sähe er nicht gut.

Moloquin sagte: »Ich bin der wilde Mann aus dem Wald. Ich bin gekommen, um deine Hilfe zu erbitten, Rulon.«

Aus der dichtgedrängten Menge im Hof stieg ein Aufschrei zorniger Verachtung empor, und Rulon straffte sich, schwenkte seine Keule und verzog sein bemaltes Gesicht zu einer Maske der Empörung. »Sprich mich an, wie es meiner Würde entspricht, Waldkind, oder ich jage dich wie einen Hund davon!«

Moloquin blickte sich erneut um. Neben ihm stand Joba mit emporgerecktem Kinn, den Blick starr geradeaus gerichtet. An ihrem Sohn vorbei blickte sie in die Ferne. Moloquin wandte sich wieder Rulon zu.

»Ja, Opa-Rulon-on. Du bist der Häuptling eines starken, wohlgenährten Volkes und hast in deinen Kammern große Vorräte. Mein Volk stirbt den Hungertod. Wir brauchen Nahrung, und wir sind gekommen, um dich um Hilfe zu bitten.«

Als Rulon das gehört hatte, warf er den Kopf zurück und lachte, und die Menge lachte ebenfalls.

»Hilfe! Von mir? Für das Volk Ladons, der uns so lange seine Oberherrschaft aufgezwungen hat?«

Die Menge lachte. Ladons Sohn senkte den Kopf, als er sich so dem Gespött preisgegeben sah, und wünschte sich weit weg.

Moloquin trat mit ausgestreckten Händen vor. »Unsere Säuglinge sterben. Die Alten sterben. Wir haben nichts mehr zu essen. Ladon ist tot, und mit ihm ist das Böse gestorben. Wir bitten euch nur um das, was ihr erübrigen könnt. Wir werden euch auf ewig dafür ehren. In der Oberwelt wird dein Name auf alle Zeiten gerühmt werden.«

Rulon warf sich in die Brust und schwang seine Keule vor und zurück, und sein Volk johlte und höhnte. Irgend jemand rief: »Steinigt sie!«

Da warf Joba die Hände empor: »Schluß«, schrie sie, »Schluß damit!«

Rulon trat vor, die Keule vor sich ausgestreckt. »Es wäre frevelhaft, denen zu helfen, die die Oberwelt verdammt hat! Geht und ertragt eure Strafe, ihr habt bekommen, was ihr verdient.«

»Ladon ist tot«, sagte Moloquin. »Ladon war es, der den Zorn des Himmels über sein Volk gebracht hat.«

»Ihr leidet alle«, sagte Rulon, »folglich seid ihr auch alle schlecht.«

Von der dichtgedrängten Menge im Hof hinter Ladons Sohn kam ein Aufschrei der Zustimmung, und er seufzte und ließ den Kopf hängen. Er erkannte, daß Moloquin von diesen Folc nichts bekommen würde. Er streckte die Hand aus, um Moloquin wegzuziehen, doch Moloquin schlug seine Hand nieder.

»Rulon«, sagte er mit rauher Stimme, »sei dankbar, daß du etwas zu geben hast! Eines Tages wirst du vielleicht selbst nichts haben.«

»Rulon!« rief seine Mutter mit harscher Stimme. »Willst du uns alle der Verdammnis ausliefern? Hör auf seine Worte, er spricht in weiser Voraussicht!«

Rulon grinste sie beide an. Sein Haar war mit gebleichtem Flachs, rotem, gelbem und grünem, durchflochten; um den Hals trug er Muschelperlen, die klirrten, wenn er sich bewegte. Er sagte: »Du bist unhöflich und dumm, Moloquin. Du wagst es, mir zu drohen, wo du dich bettelnd zu meinen Füßen winden solltest. Doch meine Mutter hat mich gebeten, dir zu helfen, und um des Leibes willen, der mich geboren hat, werde ich dir meine Großzügigkeit zuteil werden lassen.«

Moloquin erwiderte: »Rulon ist groß; wir werden ihn vor allen anderen ehren.«

Ladons Sohn, der Moloquin inzwischen kannte, hörte aus dessen Stimme unterdrückte Wut und tiefes Mißtrauen heraus.

»Ja«, sagte Rulon verbindlich, »ihr könnt aus unserer Vorratskammer nehmen, was ihr tragen könnt, Unerwünschter. Keiner meiner Männer wird euch helfen, und ihr müßt es alles auf einmal tragen, und was ihr fallen laßt, müßt ihr liegen lassen!«

Die Folc johlten, denn das gefiel ihnen. Joba aber setzte sich nieder, wo sie stand, und zog sich ihr Schultertuch über das Gesicht.

Ladons Sohn sagte: »Das wird kaum mehr als einen Mundvoll für jeden von uns ergeben.«

»Es ist genug«, sagte Rulon, »um mir Ehre einzutragen und euch zu lehren, nicht betteln zu kommen. Einverstanden?«

Moloquin stand einen Augenblick reglos, gespannt von den Zehen bis zur Schulter. Unwillkürlich mußte Ladons Sohn an die glatten wohlgenährten Gesichter der Folc in Moloquins Walddorf denken. Sie hatten alles, was sie brauchten. Moloquin konnte auf dem Absatz kehrt machen, Rulon die passende Antwort erteilen und einfach die Stätte seiner Schmach verlassen. Ladons Sohn biß sich auf die Lippen und fragte sich, was wohl ein einzelner tragen konnte: nicht viel. Moloquin stand da, den Kopf in den Nacken geworfen, und sah Rulon zornfunkelnd an, bis der andere Häuptling die Stirn zu runzeln begann und erneut seine Keule hob.

»Nimm es, Waldkind, oder verschwinde!«

»Gut«, sagte Moloquin. »Zeig mir, was ich haben kann.«

Rulons Züge glätteten sich. Erfreut trat er einen Schritt zurück und machte eine einladende Geste: »Kommt.«

Moloquin setzte sich in Bewegung, und Ladons Sohn ebenfalls. Rulon streckte jedoch die Hand aus. »Du bleibst hier! Nur dieser große und mächtige Häuptling wird tragen, was ich ihm zukommen lasse. Komm, großer und mächtiger Häuptling!«

Er trat ins Innere des Rundhauses, und Moloquin folgte ihm. Ladons Sohn hielt sich die Hand vor den Mund. Sein Magen krampfte sich zusammen. Fast gegen seinen Willen mußte er daran denken, daß er und Moloquin heute wenigstens gut essen würden. Die Menge in seinem Rücken geriet in Bewegung, und als er über die Schulter blickte, sah er, daß sie sich am Weg durchs Dorf aufreihte, vom Tor des Rundhaushofes hin zu den Langhäusern und immer weiter bis zum Dornbuschwall, der das Dorf umgab. Die Leute hatten kleine Steine und Erdklumpen in den Händen und klaubten, während er sie beobachtete, immer noch mehr auf.

Ladons Sohn knirschte mit den Zähnen. Er wußte, was passieren würde.

Nach einiger Zeit kam Moloquin aus dem Rundhaus zurück. Er ging niedergebeugt unter einer gewaltigen Last von Körben. Selbst dem wartenden Mob verschlug es den Atem bei diesem Anblick. Moloquin war halb begraben unter seiner Bürde, und es schien unmöglich, daß ein Mann unter einem solchen Gewicht imstande sein sollte zu gehen. Ladons Sohn wollte ihm zur Hilfe eilen, besann sich jedoch darauf, daß er das nicht durfte, und verharrte mit pochendem Herzen, wo er stand.

Moloquin durchschritt das Tor im Zaun, und da erwarteten ihn die Folc. Dichtgedrängt standen sie zu beiden Seiten des Weges, der durchs Dorf führte. Als Moloquin zwischen diese beiden feindseligen Reihen trat, glitt er auf dem schlammigen Boden aus, und seine riesige Bürde schwankte und drohte zu Boden zu kippen. Die Männer begannen, ihn mit Steinen und Erdklumpen zu bewerfen.

Ladons Sohn rannte los. Mit ausgebreiteten Armen versuchte er, den Steinhagel von Moloquin abzulenken. Ein Stein traf ihn im Gesicht und ein Erdklumpen am Mund, so daß seine Zunge und seine Zähne voller Erde waren. Er taumelte, vornübergebeugt, und versuchte, Moloquin mit seinem Körper zu schützen. Blind kämpfte er sich durch den Hagel von Steinen und Dreck.

Er hörte Moloquin vor Anstrengung keuchen, und als er sich nach ihm umwandte, sah er, daß die Schritte des Häuptlings langsamer wurden. Moloquin ging immer mehr in die Knie, doch er ließ nichts fallen. Bald bis zum Boden vornübergebeugt, die Arme weit ausgebreitet, balancierte er seine turmhohe Last Schritt um Schritt durch das Dorf.

Steine prasselten gegen die Körbe. Ein Stock traf Moloquins Kniekehle, und fast wäre er gestrauchelt. Ladons Sohn, der vor ihm herging, konnte zwar einiges von ihm abhalten, doch Rulons Folc brauchten nur zu warten, bis Moloquin an ihnen vorüber war, dann konnten sie ihn von hinten bewerfen. Trotzdem hielt er weiter durch. Er setzte jeden Schritt mit äußerster Vorsicht, und als er am Rand des Dorfes angelangt war und die grölende Menge und ihre Steine hinter sich gelassen hatte, hatte er nichts – nicht eine Wurzel, nicht eine Bohne – in den Schlamm von Rulons Dorf fallen lassen.

Im hohen Gras am Dorfrand ließ Moloquin seine Last zu Boden gleiten und richtete sich seufzend auf. Er sagte: »Das reicht nicht.«

Ladons Sohn hob einen der Körbe an. Das Gewicht überraschte ihn. »Für eine Weile schon.« Der Korb war mit ganzen Körnern gefüllt, und er steckte die Hand hinein und wollte schon zu essen anfangen, als er an Moloquin dachte und den Kopf hob.

»Iß«, sagte Moloquin, der jetzt am Boden hockte, die Körbe im Kreis um sich herum gestellt, und über die Wiese zum Großen Hügel hinüberstarrte, wo die Ziegen von Rulons Folc am unteren Teil des Abhangs grasten.

»Da kommt jemand«, sagte Ladons Sohn.

Moloquin blickte über die Schulter. Das Dorf lag hinter ihnen. Von dem niedrigen Schutzwall aus Unrat und Gestrüpp, der seine Grenze markierte, kamen zwei Frauen auf sie zu, die eine etliche Schritte hinter der anderen. Sie trugen Töpfe in den Händen.

Hinter ihnen kam noch eine und dann noch eine. Sie kamen auf Moloquin zu, der zwischen Rulons mildtätigen Gaben saß.

»Es tut mir leid«, sagte die erste, »ich habe keine Steine geworfen.« Sie setzte ihren Topf zu Moloquins Füßen nieder und trat den Rückweg zum Dorf an. Eine nach der anderen kamen sie, jede mit ihrem Topf, dem Zeichen ihres guten Willens, und denselben Worten.

»Es tut mir leid. Ich habe nicht mit geworfen.«

Sie ließen ihre kleinen Gaben da und gingen wieder, und Moloquin starrte ihnen lange Zeit nach.

Ladons Sohn nahm den ersten Topf und schnüffelte gierig daran.

»Oh, köstlich! Oh, meine arme Zunge, mein armer Bauch!« Es war Fleisch, das mit Wasser und Kräutern gekocht und von einer Fettschicht bedeckt war. Er fing an, das Fett wegzulecken.

Moloquin sagte: »Paß auf, daß dir nicht schlecht wird!« Langsam stand er wieder auf und begann, sich die Körbe auf die Schultern zu laden. Ladons Sohn konnte nicht aufhören, sich Fleisch in den Mund zu stopfen, obwohl sein Bauch bereits zum Platzen voll war. Er beobachtete Moloquin dabei, wie er die Körbe zum Fluß trug. Jetzt, wo er es sich einteilen konnte, trug er immer nur wenige Körbe auf einmal.

Gemeinsam schleppten sie Rulons barmherzige Gaben zum Fluß und dann am Ufer entlang auf ihr Dorf zu. Ladons Sohn war erschöpft. Selbst das gute Essen in seinem Magen kam ihm jetzt vor wie ein Gift, das ihn lähmte. Er mühte sich mit vielen Körben gleichzeitig ab, doch die Finger wurden ihm steif, und er ließ alles fallen. Angespornt von Moloquins wütendem Gehänsel schleppte er sich unter einer kleineren Last vorwärts, war jedoch bald völlig außer Atem und mußte rasten.

Moloquin schalt ihn einen Tölpel, einen Schwächling, ein Weib, und sie mußten einen Teil der Vorräte zurücklassen, das Übrige ein Stück weitertragen, dann eine Pause machen, und während Ladons Sohn sich ausruhte, ging Moloquin den Weg noch einmal zurück, und auf diese Weise kamen sie Stück für Stück voran und schleppten die rettende Nahrung für ihr Volk nach Hause.

Als sie vom Fluß hügelan stiegen, kamen sie an der Säule des Himmels vorbei, und beim Anblick der Krähen, die dort ihr Mahl abhielten, büßte Ladons Sohn seine restliche Kraft ein. Er sank unter seiner Last zu Boden und setzte sich ins Gras.

»Geh weiter«, sagte er, »geh ohne mich weiter.« Sehnsüchtig wandte er den Blick der Totenstätte zu.

»Nein«, sagte Moloquin, »steh auf. Ich brauche länger ohne dich. Steh auf. Ich brauche dich. Ich brauche dich, verfluchter Kerl!«

Er schlug Ladons Sohn kräftig ins Gesicht, als er das sagte, und der blonde Mann fuhr zurück. Seine Faust zuckte empor.

»Wie kannst du es wagen, mich zu schlagen!«

»Steh auf«, sagte Moloquin, »oder ich schlag dich noch härter!«

Ladons Sohn nahm eine drohende Haltung ein, die Faust zum Schlag gehoben, doch dann fiel er vornüber auf Knie und Hände. An Moloquin vorbei blickte er den Hang hinab und entdeckte dort Gestalten, die auf sie zukamen.

»Wer ist denn das?«

Moloquin fuhr herum. Auf der Ebene unten kamen Menschen gelaufen, die ihnen mit den Armen winkten. Es waren Männer vom Dorf. Ladons Sohn stieß einen Schrei aus und hob die Hand, und keuchend und jubelnd kamen sie den langen, sanften Hang hinaufgerannt.

Als sie die Vorräte sahen, die Moloquin für sie beschafft hatte, brachen sie in Triumphgeschrei aus. Jeder griff sich, soviel er tragen konnte, und eilte damit auf das Dorf zu. Auch Ladons Sohn, dem neue Kräfte zuwuchsen, trug einen Korb ins Dorf hinunter.

Moloquin folgte ihnen mit leeren Händen. Er wußte, das, was er ihnen gebracht hatte, würde kaum ausreichen, um sie wieder zu kräftigen. Es mußte noch ein anderer Weg gefunden werden. Er hatte sehr wenig von Rulon bekommen, und das zu einem hohen Preis. Bald würde er abermals zu ihm gehen müssen.

Während er zum Dorf zurücklief, spielte er im Geist die Möglichkeiten durch, die er hatte, wenn er Rulon erneut gegenübertreten und das erlangen wollte, was er brauchte.

Die Schar der Männer, die die Last der Körbe übernommen hatte, war nun fast seinem Blick entschwunden. Sie waren losgerannt, hatten ihm den Rücken zugekehrt. Er konnte zwar ihre Stimmen noch hören, doch auch sie wurden immer schwächer und verloren sich in der Ferne. Auf einmal fühlte er sich ganz allein auf der Welt, so als habe das Dorf ihn vergessen. Müde und hungrig ging er weiter, dachte an Rulon und achtete kaum auf das, was um ihn herum war, als Trommelklänge an sein Ohr drangen.

Überrascht blieb er stehen und hob den Kopf. Die Trommeln kamen näher. Und da sah er vor sich sein Volk über die winterlich graue Ebene kommen: tanzend, singend und händeklatschend kamen sie ihm entgegen.

Ungläubig stand er da und verfolgte, wie sie näher kamen. Langsam, auf unsicheren Beinen, tanzten sie in zwei Reihen, Männer und Frauen, auf ihn zu. Als sie bei ihm ankamen, umringten sie ihn singend. Reglos stand er in ihrer Mitte, unsicher, wie er sich verhalten sollte, und sagte nichts. Er fühlte sich immer noch nicht als einer von ihnen. Dann nahmen die Männer ihn in ihre Mitte und hoben ihn auf die Schultern und trugen ihn zum Dorf hinab. Die Frauen umtanzten sie singend, immer wieder riefen sie seinen Namen und schmückten ihn aus mit allen erdenklichen Worten respektvoller Verehrung. Sie nannten ihn Opa-Moloquin-on und Ullahim-Moloquin und Lemmanion-Moloquin, Worte, die er nie zuvor gehört hatte, und sie hielten ihre halbverhungerten kleinen Kinder in die Höhe, damit sie ihn sehen konnten, und kehrten ihm als Zeichen ihrer Liebe und Verehrung die Handflächen zu. Die Männer setzten ihn in der Mitte des Dorfes zu Boden, hoben ihn auf einen Haufen Felle, brachten ihm Essen in schönen Schüsseln und Töpfen, und sie alle legten sich vor ihm zu Boden und nannten ihn Moloquin, den Unerwünschten, ihren Häuptling.

Am nächsten Morgen ging Moloquin zu Ladons Sohn und sagte zu ihm: »Bring alle Männer her, die kräftig genug sind, um eine längere Strecke zurückzulegen und vielleicht auch zu kämpfen.«

Ladons Lächeln erstarb. Sorgenvoll blickte er Moloquin an: »Kämpfen? Gegen wen sollen wir kämpfen?«

»Ach, du einfältiger Mensch«, sagte Moloquin, »glaubst du etwa, daß das, was wir mitgebracht haben, lange reichen wird? Bald werden sie wieder am Verhungern sein. Mach, was ich dir gesagt habe!« Und als Ladons Sohn sich nicht rührte, fragte er: »Bin ich nicht der Häuptling?«

»Doch«, sagte Ladons Sohn, und seine Miene hellte sich etwas auf. Er ging und tat, was Moloquin von ihm verlangt hatte.

Moloquin wartete am Hang zwischen dem Dorf und dem Wald, wo die einstigen Gärten lagen, auf denen nun ein Durcheinander von Unkraut und den Hülsen und Schalen der Mißernte herrschte. Er saß da, die Arme um die Knie gelegt, blickte sich um und fragte sich, ob sie es wohl wagen würden, diese Felder wieder zu bebauen. Ihm ging auf, daß er sich überhaupt nicht mit dem Gemüseanbau auskannte, und er schlug sich vor Ärger gegen die Schenkel. Wie konnte so einer Häuptling sein? Für einen Augenblick hatte er sie vor dem Abgrund gerettet, aber der Abgrund war noch da und wartete darauf, sie zu verschlingen.

Der Abgrund war immer da. Selbst in den Zeiten, wo es ihnen wohl erging, lebten sie stets am Rande der Auslöschung.

Er preßte die Fäuste aneinander, als er an die Säule des Himmels dachte. Als er an die steinernen Ringwälle dachte, die er dort errichten wollte. Als er an die Steine dachte, die am Fuß des Hohen Hügels lagen.

Wenn ich mein steinernes Tor an der Säule des Himmels errichtet habe, sagte er sich, dann wird es etwas geben, wodurch die Folc auf alle Zeiten weiterleben werden. Selbst wenn wir sterben bis auf die allerletzte Seele, werden wir niemals gänzlich verschwinden.

Nun kamen Ladons Sohn und die anderen Männer den grasbewachsenen, frostharten Hang herauf. Es waren fast sämtliche erwachsenen Männer, und ein paar von den älteren Jungen waren auch dabei. In langen Reihen kamen sie vom Langhaus herauf, auf Moloquin zu.

Hier und da, in den Senken, lag tiefer verharschter Schnee. Der Himmel wurde fahl, wenn die Sonne unterging. Heute abend würden sie alle zusammen gut essen, Geschichten erzählen und tanzen, wie in den alten Zeiten. Sollten sie ruhig glauben, die alten Zeiten seien noch nicht vorbei; Moloquin würde jedoch alles ändern, nun, wo er Häuptling geworden war.

In drei Reihen kamen sie auf ihn zu und setzten sich in respektvollem Abstand nieder. Moloquin nahm die Axt aus dem Gürtel. Er zog die Wildlederhülle ab und legte die Axt zwischen sich und die anderen in das spröde Gras.

Er sagte: »Ich möchte, daß ihr euch bereit macht, mit mir zu Rulons Dorf zu gehen. Ich will ihm gegenübertreten und ihn für das Unrecht, das er mir und euch angetan hat, zur Rechenschaft ziehen, und ihr sollt bei mir sein für den Fall, daß er zu töricht ist, um zu bereuen und angemessene Wiedergutmachung zu leisten.«

Bei diesen Worten wich ihnen das Blut aus dem Gesicht, und einige von ihnen stammelten erschrockene Worte, während andere stumm zu Boden blickten. Fergolin, der Bärenschädel-Meister, ergriff das Wort und sagte: »Hast du die Absicht zu kämpfen, Opa-Moloquin-on?«

»Wir kämpfen nicht gegen solche, die unseresgleichen sind«, sagte ein anderer.

»Pah!« sagte Moloquin. »Ihr seid doch in der Jungenbande groß geworden. Ich habe viele Male gegen die Jungenbande gekämpft, und damals haben alle kräftig Schläge ausgeteilt. Ich habe erlebt, wie ihr damals gegeneinander gekämpft habt. Das hier ist nichts anderes. Hat Ladons Sohn euch erzählt, was uns in Rulons Dorf widerfahren ist? Glaubt ihr, Rulon hätte mir das, was ich mitgebracht habe, bereitwillig und mit Worten des Friedens und der Freundschaft gegeben?«

Nun sahen sie Ladons Sohn an, der den Kopf schüttelte. »Rulon hat uns die Hilfe verweigert. Er hat uns eine Handvoll gegeben, wie man einem Hund einen Knochen hinwirft. Er ...« Sein Blick begegnete dem Moloquins, und er verstummte und blickte errötend zu Boden.

»Er hat mir soviel gegeben, wie ich auf meinem Rücken tragen konnte«, sagte Moloquin, »und als ich das aus dem Dorf trug, bepackt wie eine Frau, haben sie mich mit Steinen beworfen und mich verhöhnt. Das alles habe ich um euretwillen ertragen, und nun werdet ihr mir um meinetwillen Gehorsam leisten.«

Das machte ihnen Eindruck. Es weckte ihren Kampfgeist und ihre Entschlossenheit. Sie strafften die Schultern, und die Blicke, die von Mann zu Mann gingen, glühten vor Tatkraft. Doch wirkten sie immer noch etwas ängstlich, und er senkte die Stimme und schüttelte den Kopf.

»Ihr seid wie die Kaninchen. Glaubt mir – ihr seid zu einfältig und schwach, um zu wissen, was zu tun ist. Ich aber weiß es. Tut, wie ich es euch sage, und alles wird sich zum Besten wenden.«

Er berührte den Kopf der Axt, und sie reckten die Hälse, um sie zu sehen, und bestaunten sie murmelnd.

»Ich habe das gemacht«, sagte er, »ich habe den Staub der Erde gestreckt und gewärmt, bis er das geworden ist, was ihr hier seht, und in diesem Stoff steckt eine solche Kraft, wie ihr sie euch nicht im Traum vorstellen könnt. Ihr habt erlebt, wie ich Ladon und die anderen Häuptlinge damit bei der Großen Versammlung in den Staub geworfen habe, damals, als ich mein Volk gerufen habe. Wenn ich diese Axt in der Hand halte, kann Rulon mir nichts anhaben. Und jetzt hört mir zu. Wir werden in den Wald gehen und Äste zuschneiden, und diejenigen unter euch, die mit Stein umzugehen verstehen, werden uns Speerspitzen machen, und wir werden Speere anfertigen. Wenn wir fertig sind, werden wir zu Rulon gehen und ihn lehren, wie man seine Brüder behandelt.«

Die drei jungen Männer unmittelbar vor ihm stießen einen Schrei aus, und einer von ihnen rief: »Zeig's uns, Opa-Moloquin!«

Moloquin nickte erfreut. Er blickte von einem zum anderen und sah, daß alle bereit waren, seinem Geheiß nachzukommen.

»Zwischen Himmel und Erde ist kein zweites Volk wie das Moloquins. Gut. Macht euch also bereit, und heute nacht, wenn ihr tanzt, müßt ihr an den Kampf denken und daran, daß ihr die Sieger bleiben wollt. Nur sagt den Frauen nichts davon, habt ihr verstanden?«

»Ja, Opa-Moloquin«, sagten sie und standen auf und entfernten sich unter vielfachen Gesten des Gehorsams. Mit einer Hand hielt Moloquin Ladons Sohn zurück.

Der blonde Mann sank neben ihm ins Gras. Moloquin sah ihn lange stirnrunzelnd an. Nichts an diesem weichen, blassen Mann erinnerte an Ladon.

Er sagte: »Du mußt zu meinem Dorf im Wald gehen. Sag ihnen, daß ich für die nächste Zeit unabkömmlich bin. Sag Bahedyr, daß er herkommen und seinen Speer mitbringen soll. Sag Hems, daß er herkommen soll.«

»Darf ich mit Shateel sprechen?« fragte Ladons Sohn.

Moloquin bedachte ihn mit einem mitleidigen Blick. »Das darfst du. Ob sie dir zuhören wird, kann ich dir allerdings nicht sagen.« Er zog die Lederhülle über seine Axt.

Ladons Sohn lief mit der Leichtfüßigkeit und Behendigkeit eines Rehs durch den Wald, und je näher er Shateel kam, desto mehr verlangte es ihn danach, sie wiederzusehen.

Als er zum erstenmal in ihrem Dorf gewesen war, hatte sie ihn kaum angesehen, doch da war auch Moloquin dabeigewesen. Diesmal aber würde er mit ihr sprechen und durch sie auch mit dem Baby, das sie in sich trug, und er wußte, er würde sie wieder zu sich nach Hause holen.

Nachdem er zwei Tage lang gelaufen war, erreichte er das Dorf, wo Moloquins erstes Rundhaus stand. Er trat mittags aus dem Wald auf die Lichtung, wo die Frauen in der Sonne saßen und ein Fell schabten. Die zwei kleinen Kinder ließen Steine über das Eis des Flusses flitzen. Die Männer waren nicht zu sehen.

Shateel kniete im Kreis der Frauen, arbeitete jedoch nicht mit. Sie hielt ein in Kaninchenfell gewickeltes Etwas in den Armen, und im Gegensatz zu den anderen Frauen bemerkte sie Ladons Sohn nicht sofort, weil ihre ganze Aufmerksamkeit von diesem Kaninchenfellbündel in Anspruch genommen schien.

Ladons Sohn kam aus dem Wald gelaufen, und die älteste der Frauen stand auf und trat ihm entgegen. Da endlich bemerkte ihn auch Shateel.

Sie wurde blaß. Sie warf den anderen einen flüchtigen Blick zu, und dann hob sie ihr Baby an die Brust und preßte es fester an sich.

Ladons Sohn kam mit ausgestreckter Hand auf sie zu. »Bin ich an den Feuern meines Volkes willkommen?«

»Deines Volkes?« sagte Taella skeptisch. »Als er wegging, sagte er, daß er euer Angebot niemals annehmen würde.«

Shateel sagte: »Wo ist Moloquin?«

Als er das hörte, schwand die Zuversicht des jungen Mannes ein wenig. Er trat näher ans Feuer, und die Frauen versagten ihm die gehörigen Gesten der Gastfreundschaft und des Respekts nicht. Eine von ihnen, eine kräftige, rotwangige Frau, die er nicht kannte, brachte ihm eine Sitzmatte und eine Schüssel mit Brühe und Körnern, und er beschäftigte sich angelegentlich mit dem Essen. Jetzt, wo er Shateel so nahe war, vermochte er nicht, ihr ins Gesicht zu blicken. Er rührte die heiße Brühe um, bis die Körner gequollen waren, und besah sich die Lichtung, die frei von Gestrüpp und säuberlich geharkt im blassen Wintersonnenlicht lag. Schließlich ruhte sein Blick auf dem gewaltigen Holzstoß nahe der Rundhaustür und auf den Tierfellen, die nicht weit davon auf Gestellen aus Weidenzweigen gespannt waren.

»Ihr kommt gut voran hier«, sagte er.

»Moloquin hat uns hierhergebracht«, sagte Taella, »er wußte, was er tat. Er ist unser Häuptling – habt ihr Folc ihn uns abspenstig gemacht?«

»Er hat euch nicht im Stich gelassen«, sagte Ladons Sohn. Er sah sich wieder nach den Männern um. »Ich habe eine Botschaft für Bahedyr und Hems – er will, daß sie zu ihm kommen.«

»Wohin?« fragte Taella.

»Was macht er denn?« fragte die rotwangige Frau mit leuchtenden Augen.

Jetzt gelang es Ladons Sohn, Shateel rasch einen Blick zuzuwerfen, und er mußte feststellen, daß sie ihn anstarrte. Er spürte, wie die Röte ihm Hals und Wangen emporkroch. Er aß noch etwas von der Grütze in seinem Napf. Dann besann er sich auf das, was Moloquin ihm gesagt hatte, und erzählte ihnen ausführlich, was sie in Rulons Dorf erlebt hatten.

Sie lauschten mit glänzenden Augen. Als Ladons Sohn dort angekommen war, wo Moloquin als Bittsteller vor Rulon hintrat, und die vortrefflichen, ehrenvollen Worte wiedergab, die er gesprochen hatte, seufzten sie und lächelten einander zu, und als er ihnen erzählte, wie Rulons Antwort ausgefallen war, stockte ihnen der Atem, und die rotwangige Frau hieb mit der Faust auf den Boden.

Dann erzählte er ihnen, wie Moloquin sich alle Nahrung auf den Rücken geladen hatte, die er nur tragen konnte, gerade so, als habe er sein ganzes Volk auf seinem armen Rücken getragen, und aus Rulons Dorf hinausgewankt war. Die Frauen saßen mit gespannter Miene, vorgebeugt und mit halbgeöffneten Mündern. Er erzählte ihnen von den Steinen, die geflogen waren, den Beleidigungen, den Erniedrigungen, die Moloquin erlitten hatte, und sie heulten vor Wut auf.

Shateel schüttelte den Kopf. Sie zog sich den Kragen ihres schweren Mantels vor das Gesicht und sagte: »Ich schäme mich meines Bruders. Rulon ist nicht länger mein Bruder. Oh, ich schäme mich, ich schäme mich!« Als sie den Kopf wieder aus dem Fell hob, war ihr Gesicht tränennaß.

Und dann erzählte Ladons Sohn ihnen, wie Moloquin seine gewaltige Last nach Hause geschleppt hatte und wie die Folc ihm entgegengekommen waren und ihn ins Dorf getragen und ihn ihren Häuptling genannt hatten. Die Gesichter der Frauen rundeten sich vor Befriedigung, und sie blickten einander an und lächelten und nickten. Als Ladons Sohn ihnen jedoch erzählte, daß Moloquin die Männer in den Wald geführt hatte, damit sie Waffen anfertigen konnten, erstarrten sie.

»Ich sehe Unheil nahen«, sagte Taella. »Davon wird großes Unheil ausgehen.«

Daraufhin hob die vierte Frau, ein kleines braunes Geschöpf, das Ladons Sohn noch nie gesehen hatte, den Kopf und sagte: »Was Moloquin tut, kann nicht schlecht sein. Er will, daß mein Mann mit ihm geht, und ich bin froh, daß ich einen Mann habe, der ihm zu Diensten sein kann. Hems war der erste, der Moloquin gefolgt ist, und ich war die zweite, und wir werden niemals den Pfad verlassen, den er uns gewiesen hat.«

Taella und die rotwangige Frau griffen nach den Händen dieses braunen Geschöpfes und drückten sie lächelnd. Einzig Shateel runzelte immer noch die Stirn.

»Hat er dir gesagt, was er zu tun beabsichtigt? Nein. Moloquin sagt natürlich niemandem, was er vorhat. Er spricht nur von dem, was er von jedem von uns erwartet. Wagt denn niemand, ihn zu fragen, was er zu tun gedenkt?«

»Er hat um unseretwillen gelitten«, sagte Ladons Sohn. Er war selbst überrascht, sich Moloquin verteidigen zu hören.

»Die Sippen der Folc bekämpfen sich nicht untereinander«, sagte Shateel. »Niemals, seit der erste Mann und die erste Frau in dieses geheiligte Land kamen, haben sich die Sippen gegeneinander erhoben und ihr verwandtschaftliches Blut vergossen.«

»Wir brauchen Nahrung, um zu überleben. Er wird das an sich nehmen, was zu unserem Überleben notwendig ist. Wenn sie uns nicht bekämpfen ...« Ladons Sohn wußte jetzt, welche Worte er wählen mußte: »Wenn sie getan hätten, was recht ist, uns Hungerleidenden zu essen gegeben hätten, wo sie doch selbst soviel zu essen haben, dann würde ihnen auch nichts Schlimmes widerfahren.«

»Lieber verhungern«, sagte Shateel brüsk, stand auf und verschwand mit ihrem Baby im Rundhaus.

Die Frauen starrten ihr nach. Die rotwangige Frau sagte halblaut: »Sie nimmt ihre neue Aufgabe zu ernst, unsere Shateel.«

»Was ist denn ihre neue Aufgabe?« wollte Ladons Sohn wissen.

Taella nahm ihm die Schüssel aus den Händen und füllte sie wieder mit der Brühe, die auf dem Feuer stand. »Moloquin hat ihr für die Zeit seiner Abwesenheit die Aufgaben des Häuptlings übertragen.«

»Und nun hält sie sich für etwas Besseres«, sagte die rotwangige Frau.

»Das hat sie schon immer getan«, sagte Taella und lachte.

Die braune Frau, die Frau von Hems, sagte ruhig: »Sie hat es gut gemacht. Ich sage nichts gegen sie oder sonst irgendein Werk Moloquins.«

»Sie gehört nicht Moloquin«, platzte Ladons Sohn heraus. »Sie war meine Frau.«

Sie glotzten ihn an. Das hatten sie ganz vergessen. Taella gab ihm seine Schüssel zurück, aber er setzte sie nieder. Sein Herz schlug heftig. Er stand auf und folgte Shateel ins Rundhaus.

Es war winzig, aus einer einzigen Runde Stämme errichtet. Es hätte, so wie es war, in den Teil von Ladons Rundhaus hineingepaßt, den sein Vater sich reserviert hatte. Gleich hinter der Tür schlug ihm Wärme entgegen, die er nach der Kälte draußen als angenehm empfand. Seine Augen mußten sich allerdings erst an die Dunkelheit und seine Lungen erst an die warmen Dünste von Herdstellen, Fellen und Menschen gewöhnen. Dann hörte er Shateels Stimme aus dem Dunkel.

»Ich bin hier«, sagte sie mit spröder Stimme. »Du kannst hereinkommen.«

Er ging der Stimme nach und fand sie auf der anderen Seite des Rundhauses an einer Herdstelle. Sie kniete auf einer Strohmatte und machte ihr Baby sauber, das vor ihr auf dem Kaninchenfell lag.

Es war ein kleines Mädchen. Ladons Sohn plumpste neben Shateel nieder, so als habe ihm jemand die Luft abgelassen.

»Shateel«, sagte er, »wie heißt sie denn?«

»Dehra«, sagte Shateel stolz.

»Sie ist sehr schön.«

»Erzähl mir von Moloquin«, sagte sie. »Was hat er mit meinem Bruder und dessen Volk vor?«

»Ich will nicht über Moloquin reden. Ich möchte dich bitten, wieder zu mir zurückzukommen.«

Sie senkte den Kopf. Mit einer Handvoll trockenem Gras wischte sie das winzige Hinterteil des Babys ab. Das Dingelchen ließ ein Wimmern hören, zart wie es selbst, und die Mutter redete besänftigend auf es ein, und Ladons Sohn hatte plötzlich das Gefühl, um eine ganze Welt von ihnen getrennt, von ihnen ausgeschlossen zu sein.

Er blickte auf seine Hände nieder, und das Herz wollte ihm brechen. Er hatte erkannt, daß sie ihn überhaupt nicht mehr liebte.

Sie machte das Baby wieder zurecht, indem sie ihm sein Lendentuch mit Schwalbenwurz- und Distelflaum polsterte, und es dann wieder in das Kaninchenfell einwickelte. Schließlich nahm sie ihre Tochter auf den Arm und sah Ladons Sohn an.

»Was wolltest du mir also sagen?«

Er sah ihr lange ins Gesicht. Niemals war sie ihm so schön vorgekommen. Über ihren dunklen Augen wuchsen gerade, dichte Brauen. Ihr Kinn war störrisch wie das eines Mannes. Er wußte, daß er sie verloren hatte. Er streckte die Hand nach ihr aus.

»Warte, ich helfe dir auf!«

Sie nahm seine Hand, und er zog sie hoch. Sie sagte: »Ich gehe mit dir.«

»Was?!«

»Ich gehe mit dir zu Moloquin. Er darf etwas so Schreckliches nicht über die Folc bringen, und vielleicht kann ich ihn dazu bewegen, von seinem Entschluß abzuweichen. Vielleicht kann ich aber auch Rulon umstimmen. Es muß jedenfalls etwas geschehen.«

Sie warf sich den Mantel über die Schulter, so daß das Baby geschützt war, und verließ das Rundhaus. Sie rief den kleinen Jungen herbei, der auf dem Eis spielte, und schickte ihn nach Hems und Bahedyr.

»Wir brauchen uns nicht zu beeilen«, erklärte Ladons Sohn, »Moloquin wird einige Zeit benötigen, um die Waffen herzustellen, und die anderen Männer müssen erst einmal essen, um wieder zu Kräften zu kommen.«

Sie gönnte ihm kaum einen Blick. Was er sagte, schien ihr offenbar so gewichtig wie ein Blatt im Wind und ebenso interessant. Er legte ihr die Hand auf den Arm.

»Liebst du Moloquin?« fragte er leise.

Sie sah ihn an. Ihr betont argloses Gesicht glich einer Maske. »Alle lieben Moloquin«, sagte sie. Sie ließ ihn stehen und schritt in würdevoller Haltung zum Feuer zurück.

Shateel hatte das Dorf von Ladons Volk zuletzt gesehen, als es blühte und gedieh. Als sie jetzt dort wieder hinkam, war es so verändert, daß sie sich einfach hinsetzte, wo sie gerade stand, und es anstarrte.

Die Männer, die mit ihr gekommen waren, Hems, Bahedyr mit seinem Speer und Ladons Sohn, blieben stehen und warteten ungeduldig eine Weile auf sie. Wahela war ebenfalls mitgekommen; sie hatte die Hand über die Augen gelegt und ließ den Blick umherwandern.

Das Baby Dehra weinte, und Shateel gab ihm die Brust, die Augen weiter unverwandt auf die Ebene gerichtet, wo das Dorf gewesen war.

Früher hatte es das Gebiet vom Waldrand, der unmittelbar hinter ihr lag, bis hinunter zum Fluß eingenommen. Die Gärten hatten von arbeitenden Frauen gewimmelt. Das flache Gelände, auf dem die Langhäuser standen, war von Kinderlärm erfüllt gewesen, und am Fluß hatte das gewaltige Rundhaus ausladend und eindrucksvoll unter seinem Spitzdach gestanden. Jetzt waren die Gärten leer. Disteln und Brombeergestrüpp bedeckten den Boden, ein dürres braunes Gewirr von Ästen mit Dornen wie Klauen, und dazu hohes braunes Gras. Von den vier Langhäusern war eines gänzlich verschwunden, und eines war verfallen – die Wände waren zerlöchert und eingeknickt, und das Dach hing durch. Das Rundhaus hingegen war ein halb verwehter Aschehaufen.

Die Männer gingen weiter. Wahela blieb ihnen auf den Fersen, und ein wenig später erhob sich Shateel ebenfalls und lief in das sterbende Dorf hinab. Um den Hof zwischen den zwei noch verbliebenen Langhäusern herum saßen die Folc lustlos in der Sonne. Sie waren so dünn wie tote Blätter, von denen nur noch die Rippen übriggeblieben waren, und sie schienen keine Willenskraft, keinerlei eigenen Antrieb mehr zu besitzen. Shateel konnte ihnen nicht in die Augen sehen, nicht, während ihr munteres, dickes Baby in ihren Armen strampelte, nicht während sie selbst munter und wohlgenährt war. Dann hörte sie, als sie auf dem Hof stand, auf einmal die Stimme der Sampo.

Sie kam vom Hof des anderen Langhauses. Shateel bog um die Hausecke und sah die alten Frauen um die Mühle sitzen, die sich so vergnügt drehte und ratterte wie immer, obwohl sie nun nichts anderes mehr zermahlte als die Worte der alten Frauen. Shateel trat näher heran und setzte sich hinter sie und lauschte.

Sam-po, Sam-po
La li la la li li la
Die Mühle dreht sich, die Mühle mahlt
La li la la li li la
Wenn die Sampo stehenbleibt, endet die Welt
La li la la la

Die alten Frauen, die Shateel unveränderbar vorgekommen waren wie die Berge, hatten viel durchmachen müssen. Tishka war nicht mehr da; ihren Platz hatte unterdessen Grela eingenommen. Grela war einst dick gewesen, doch jetzt hing ihr die Haut leer und schlaff um die Knochen. Neben ihr saß eine, die kräftig gewesen war, als Shateel wegging, und die nun erschöpft vor sich hindöste, das Kinn auf der Brust, und die anderen Frauen, die um die Sampo saßen, waren nicht besser dran. Sie schienen Shateel gar nicht bemerkt zu haben, doch als sie sprachen, sprachen sie von den Dingen, die die andere brennend interessierten.

»Wo ist denn Moloquin? Warum ist er so lange fort? Wir haben schon wieder fast nichts mehr zu essen.«

»Wo hat er die Männer hingeführt?«

»Er hat uns zu essen gegeben. Er hat die Münder unserer Kinder gefüllt. Was er auch tun mag, ich bin damit einverstanden.«

»Mir gefällt das ganz und gar nicht. Vielleicht wäre es besser, wenn wir alle stürben.«

»Er ist Aels Sohn, unser rechtmäßiger Häuptling. Wir werden tun, was er uns sagt, was er von uns verlangt, solange er unser Häuptling ist.«

»Aber wo hat er denn bloß die Männer hingeführt?«

La li la li la la la
Sam-po, Sam-po
Die Mühle dreht sich, die Mühle mahlt
La li la li la li li
Die härteste Nuß, das weicheste Korn
Sam-po, Sam-po
Die Sampo zermahlt sie alle gleich

Shateel rückte näher heran. Sie beugte sich vor und stellte ihnen ihre Fragen, ohne sich direkt an eine der Frauen zu wenden.

»Wo ist Moloquin? Wie hat er euch gerettet?«

»Er hat uns Nahrung von Rulons Dorf gebracht. Einige sagen, er hätte sie auf dem Rücken hergetragen, Rulons ganze Vorräte, und es sei ihm mit Hilfe eines Zaubers gelungen. Andere sagen, er hätte Rulons ganze Vorräte durch Zauberkraft gestohlen.«

»Und wo ist er jetzt?«

»Im Wald, wegen irgendeines Zaubers.«

»Was hat er vor?«

»Das wissen wir nicht. Er hat uns einmal gerettet, er wird uns ein zweites Mal retten, wenn wir Vertrauen zu ihm haben. Doch er ist Aels Sohn. Er ist unser Häuptling, doch er ist auch Aels Sohn, und wie Ael setzt er sich über unsere Sitten hinweg.«

»Wir müssen ihm vertrauen. Karella . . .«

Als der Name fiel, verstummten alle. Die Frauen blickten einander an und senkten schließlich die Köpfe.

»Was ist mit Karella?« fragte Shateel.

Sam-po, Sam-po
La li la la li li la
Was lebt, mag verstummen
Was tot ist, mag bisweilen sprechen
La li la la li li la
Sam-po, Sam-po

»Karella hat gesagt, er würde uns retten. Karella hat gesagt, er würde unser Häuptling werden.«

Grela hob den Kopf. Die schlaffe Gesichtshaut hing ihr wie ein Kragen um den Hals.

»Im Traum haben wir Karella gesehen und ihre Worte gehört. Sie hat uns geheißen, auf die Suche nach Moloquin zu gehen. Wir haben es getan, und er hat uns Essen gebracht. Er hat große Macht, große Zauberkraft, und wir müssen uns ganz in seine Hände geben.«

»Doch hat er die Männer weggeholt«, sagte Shateel, »und nun seid ihr voller Befürchtungen; ein Blinder kann das sehen, ihr habt grauenhafte Angst!«

»Wir sind schwach. Moloquin ist stark. Wir müssen uns ihm unterwerfen.«

»Unterwerfen«, schrie Shateel, »was ist denn das für ein Wort aus dem Mund einer Hauptfrau der Folc?«

Nun wandten sie sich ihr zum erstenmal zu, alle gleichzeitig, als wären sie aus einem Stück. Ihre Gesichter waren unter der Haut geschrumpft, so daß sie sie tief von innen her anzuschauen schienen. Sie sagten nichts, doch an ihren Mienen erkannte sie, daß sie sich Moloquin bereits ergeben hatten.

Dann weinte Dehra, die unter Shateels Mantel verborgen war, und die Frauen gurrten und seufzten wie aus einem Munde und streckten die Arme aus und zogen Shateel in ihre Mitte. Sie deckte das Baby auf und zeigte es ihnen, und sie beugten sich über Dehra und sangen ihr etwas vor und reichten sie von einem schlaffen Paar abgemagerter Arme zum nächsten, und ein Lächeln erwärmte ihre Gesichter. Shateel saß in ihrer Mitte und sah die lebhafte Freude an dem Baby, und sie sah den Tod, der sich nach und nach der Frauen bemächtigte: Das Haar fiel ihnen aus, ihre Zähne verfaulten, die Haut schuppte sich. Sie beugten sich über das Baby, das sein ganzes Leben noch vor sich hatte, und ihre Stimmen waren liebevoll und leise. Shateel streckte die Hand aus und setzte die Mühle wieder in Gang.

Sam-po, Sam-po
Die Folc machen Pläne, die Folc haben Träume
La li la la li li la
Die Sampo dreht sich nur und dreht sich
La li la la li li la
Die Pläne und Träume der Folc sind Staub
Die Sampo dreht sich und dreht sich
La li la li la la la
Sam-po, Sam-po

***

Bahedyr sprach mit einem der Jungen vom Dorf und bekam ungefähr heraus, wohin Moloquin gegangen war. Mit Hems brach er in den Wald auf, und Wahela folgte ihnen.

Sie war froh, daß sie mitgekommen war. Als Shateel im Walddorf verkündet hatte, daß sie mitgehen würde, hatten die anderen Frauen entsetzt aufgeschrien. Wahela hatte jedoch sofort gewußt: Wenn Shateel mitging, würde sie ebenfalls mitgehen. Sie hatte keine Ahnung, was los war, begriff jedoch, daß es aufregend war, und außerdem wollte sie Moloquin sehen.

Jetzt folgte sie den beiden Männern durch den Wald zum Fluß hinab. Sie beachteten sie nicht, und sie bemühte sich nicht, mit ihnen Schritt zu halten. Wenn Moloquin sie sah, würde er vielleicht böse auf sie werden – dieses hier war schließlich reine Männersache –, aber alles, was sie bis jetzt mitbekommen hatte, kitzelte ihre Nerven und machte sie so neugierig und erlebnishungrig, daß sie sich nicht bezähmen konnte.

Die Männer liefen am Ufer des Flusses entlang, der sich an dieser Stelle durch den Wald schlängelte, und gelangten auf eine große Wiese und erblickten eine große Anzahl Männer. Einige saßen um ein Feuer und arbeiteten an irgend etwas, das sie im Schoß hatten, andere schnitten Stöcke am Rand der Wiese, und wieder andere stolzierten nur herum und schwenkten Stöcke über ihren Köpfen.

Bahedyr und Hems traten zwischen sie, und schon erhob sich Moloquin vom Boden.

Bei seinem Anblick konnte Wahela sich nicht mehr beherrschen. Sie rannte los, auf die Wiese hinaus, und rief seinen Namen.

Er wandte sich um. Er sah sie und schaute flüchtig nach beiden Seiten. Sie blieb stehen, noch ein Stückchen von ihm entfernt, weil sie sich nicht sicher war, ob er sie nicht wegjagen würde. Doch er kam mit ausgestreckten Armen auf sie zu, und sie stürzte lachend an seine Brust.

»Was machst du denn hier?« murmelte er ihr ins Ohr. Er preßte sie an sich und rieb sich an ihrem Körper.

»Ich wollte dir helfen«, sagte sie.

Er strahlte. Er wandte sich um und ließ den Blick über die Männer schweifen, wandte sich ihr wieder zu und sagte: »Solch ein Geist wie deiner sollte eigentlich die Männer beseelen, Wahela. Und nun sieh dir all die anderen hier an, die doch Männer zu sein scheinen – die ganze Zeit haben sie gezaudert und gezweifelt, und selbst jetzt bin ich mir nicht sicher, ob sie das tun werden, was ich verlange. Im Grunde sind sie die Frauen, und du bist der Mann.«

Er sagte das so laut, daß ihn alle hören konnten, und dann umarmte er sie erneut, und sie küßten einander. Wahela zog ihn an sich. Alle sollten sehen, wie sehr er sie liebte. Als er sie wieder losließ, blieb sie stehen, die Hände auf seine Arme gelegt, und wollte sich nicht von ihm trennen.

»Was macht ihr hier?«

Er sagte: »Ich mache Zähne und Klauen, um meine Feinde zu bezwingen.«

»Wo sind deine Feinde?«

»In Rulons Dorf. Komm, wir sind fast fertig, bald werden wir uns aufmachen, um der Gerechtigkeit zum Sieg zu verhelfen.«

Er nahm sie beim Arm, und sie gingen auf der Wiese umher, und er sah sich die Waffen an, die die Männer angefertigt hatten – Keulen und hölzerne Speere, deren Spitzen im Feuer gehärtet worden waren. Moloquin trug seine Axt am Gürtel, und seine Hand ruhte oft auf ihr. Wahela sah seinen Eifer, und das brachte ihr Blut in Wallung. Sie berührte seine Hand.

»Komm mit«, sagte sie, »wir sind schon lange nicht mehr zusammengewesen.«

Er lächelte zu ihr hinab. »Ich bin bereit.«

»Ich sehe, du bist zu allem bereit«, sagte sie, »dann komm!«

Er folgte ihr in den Wald, und sowie sie außer Sichtweite der anderen waren, legten sie sich nieder und verschafften einander Befriedigung.

Als sie fertig waren, fragte er jedoch: »Was ist mit Shateel?«

Wahelas Miene verfinsterte sich schlagartig. Sie setzte sich mit einem Ruck auf und ordnete ihre Kleider. »Shateel! Was sprichst du jetzt von Shateel?«

Er beobachtete sie scharf. »Was denn – bist du eifersüchtig? Wie kommt sie denn zurecht? Ich habe sie schließlich als meine Stellvertreterin im Dorf zurückgelassen.«

»Ich wäre froh, wenn du das nicht getan hättes. Sie hält sich für besser als alle anderen.«

Er faßte ihr unters Kinn. »Hast du Angst, daß ich sie statt deiner nehmen könnte? Was für eine Närrin du doch bist, Wahela. Sie ist kalt wie Eis, und du . . .« Er zog sie an seine Brust und preßte sie an sich. »Und du bist so warm wie mein eigenes Herz, Wahela.«

Besänftigt streichelte sie ihn, und sie tauschten eine Weile Zärtlichkeiten aus, bis er wieder anfing: »Erzähl mir etwas über Shateel.«

»Weshalb bist du so versessen darauf? Sie hat ihr Kind bekommen.«

»Tatsächlich!«

»Ein Mädchen. Als Ladons Sohn gekommen ist, hat er zwar mit ihr gesprochen, doch sie hat ihn wieder abgewiesen. Du hast recht, sie ist die reinste Schneefrau.«

Moloquin lachte. Er wandte sich ab. »Und die anderen?«

»Die sind alle wohlauf.«

Von der Wiese tönte auf einmal Gebrüll herüber. Moloquin sprang auf, griff Wahela bei der Hand und zog sie hoch. Sie kehrten zur Wiese zurück.

Dort stand Bahedyr, umringt von den anderen Männern. Er hob den Speer, den er in der Hand hielt, und schleuderte ihn mit aller Kraft. Die Männer stießen Schreie des Erstaunens aus. Der Speer flog in einem langen flachen Bogen durch die Luft und fuhr am anderen Ende der Wiese in einen Baum, in dem er zitternd steckenblieb, und die Männer brüllten. Jeder drängte sich danach, als nächster seinen Speer werfen zu dürfen.

Halblaut sagte Moloquin: »Hoffentlich sind sie auch so eifrig, wenn es sich um Männer handelt und nicht um Bäume.«

»Was hast du bloß vor?« fragte Wahela.

»Ich habe vor, Rulons Volk einen neuen Häuptling zu verschaffen«, sagte er.

»Wie willst du das machen?«

Er lächelte ihr zu. »Wart's nur ab, liebste Wahela.« Wieder brüllten die Männer mit den Speeren.

Kurz vor Sonnenuntergang kam ein Junge in das sterbende Dorf gerannt und rief: »Moloquin kommt! Moloquin kommt!«

Die Frauen hoben die Köpfe. Shateel wickelte hastig ihr Baby in ihren Mantel und sprang auf, und zusammen mit allen anderen ging sie

Moloquin und seinen Männern entgegen, die binnen kurzem aus dem Wald kommen mußten.

Die Sonne ging unter. Tiefstehende Wolkenbänke zogen sich am Himmel entlang, und die Strahlen stachen hindurch wie Speere aus Licht. Unter diesem riesenhaften Himmel wirkte die Schar von Männern, die durch das wogende Gras kam, winzig und unbedeutend. Doch sahen alle Frauen, daß sie Speere und Keulen trugen.

Das Baby in Shateels Armen zuckte zusammen. Sie schützte es sorglich mit ihrem Schultertuch gegen den Abendwind, der über die Ebene pfiff. Die Speere in den Händen der Männer stachen nach dem Bauch des Himmels. Ein Schauder überlief sie. Sie dachte: Er wird noch den Himmel selbst angreifen!

Sie sah, daß Wahela neben ihm ging, und sie wußte sehr wohl, wie gut die andere ihrem Temperament nach zu Moloquins Neigungen paßte. Sie stand kerzengerade, wenn auch ein wenig gegen den Wind gestemmt, der sie umzublasen drohte.

Jetzt hatte Moloquin sie entdeckt. Er bedeutete Wahela mit dem Arm, daß sie zurückbleiben sollte, und kam allein auf sie zugeeilt. Sie löste sich aus der Schar der Dorfbewohner, und er trat vor sie hin.

»Habe ich mein Volk nicht in deine Obhut gegeben?« fragte er. »Was machst du also hier?«

»Es mißfällt dir offensichtlich, mich zu sehen, Moloquin – vielleicht nicht zu Unrecht, denn ich bin gekommen, weil ich etwas gehört habe, das mir das Herz zerreißt.«

»Rulon ist dein Bruder«, sagte er.

»Rulon bedeutet mir nichts«, sagte sie. »Nicht Rulon will ich beschützen, sondern alle Folc.«

»Ich bin hier, um mein Volk zu führen«, sagte er.

»Du bist hier, um deinen Willen mit Gewalt durchzusetzen«, sagte sie.

»Und das hältst du für falsch?«

»Du wirst die Folc in Stücke reißen«, sagte sie.

»Dann geh zu Rulon«, sagte er, »und sag ihm das. Denn das ist Rulons Werk. Alles, was uns jetzt zustößt, hat mit Rulon begonnen, der seinem Volk nicht helfen wollte.«

»Lieber sterben«, sagte sie, »als einander umbringen.«

Als sie das sagte, rührte sich das Baby Dehra unter ihrem Mantel und ließ ein klägliches, hungriges Geschrei hören.

Moloquin riß die Augen auf. »Zeig sie mir«, sagte er und streckte die Hände aus.

Das Baby war hungrig. Shateel öffnete ihren Mantel und zeigte ihm das Kind. Sie wollte es an die Brust legen, doch noch ehe sie dazu kam, entriß Moloquin ihr die Kleine.

»So«, rief er, »jetzt wollen wir deine Worte einmal auf die Probe stellen, Shateel!«

Sie schrie auf. »Gib sie mir!« Sie stürzte auf ihn los, die Arme nach dem Baby ausgestreckt.

Er duckte sich. Er hielt das Baby weit von sich und tänzelte von Shateel weg, die ihr Kind zu greifen versuchte. Mit der freien Hand zog er die gewaltige Bronzeaxt aus seinem Gürtel und schleuderte sie zwischen sich und Shateel zu Boden.

»So, Shateel! Jetzt sag, daß sie lieber sterben soll!«

Shateel war fassungslos. Das Kind schrie jetzt, und jeder Schrei durchbohrte seine Mutter wie ein Speer. Sie streckte verzweifelt die Arme nach ihrem Kind aus. »Gib sie mir!«

Moloquin hüpfte von dannen. Das Baby strampelte und wand sich, und fast hätte er es fallen lassen. Shateel brach in Wutgeheul aus. Sie bückte sich, nahm die Axt in beide Hände und rannte damit hinter Moloquin her, entschlossen, ihn damit niederzuschlagen.

»Gib mir mein Baby!«

Sie schwang die Axt über die Schulter. Sie war viel schwerer, als sie erwartet hatte, kopflastig, und sie strahlte eine Macht aus, als träfe einen ein eisiger Hauch. Das Baby kreischte. Sie stürzte weiter, und die Axt pfiff durch die Luft, als sie schwungvoll damit gegen Moloquin ausholte.

»Hoho!«

Er fing das Heft mit der freien Hand ab. Dann wandte er sich um, ließ das Kind mit einer einzigen Bewegung in die Arme seiner Mutter gleiten und trat zurück.

Shateel schluchzte. Sie umklammerte das Kind, hob es empor, drückte es an ihr Gesicht und legte es schließlich an ihre schwellende, nässende Brust. Sie setzte sich nieder, um es zu stillen.

Die Folc scharten sich um sie und Moloquin. Sie lachten. Die kleine Vorführung hatte ihnen gefallen. Schamrot beugte Shateel sich über das Baby. Sie hatte sich von ihm aufziehen lassen, und es war albern von ihr gewesen, sich dermaßen zu empören. Jetzt befahl er allen, ins Dorf zurückzukehren und von den letzten Vorräten, die sie hatten, ein Festmahl zuzubereiten. Jetzt waren sie mehr denn je seine Geschöpfe. Und er hatte sich irgendwie verändert – einem Baby Angst zu machen, und sei es auch nur zum Spaß . . . Sie wiegte das Baby, und bei der bloßen Erinnerung an die überstandene Gefahr stiegen ihr bereits wieder die Tränen in die Augen. Das Baby saugte selig, die Hand an die Brust der Mutter gelegt.

Die Folc gingen weg. Sie sangen, einige tanzten, und die Männer reckten stolz die Speere. Die Nacht brach an. Shateel zog ihr Schultertuch enger um sich. Ihr war kalt.

Etwas, das wärmer und schwerer war, legte sich plötzlich um sie: Moloquins Mantel. Er hockte sich neben sie und schützte sie mit den ausgebreiteten Armen.

»Du bist wütend auf mich, Shateel«, sagte er. »Das freut mich, Shateel.«

»Das freut dich.« Sie blickte ihn überrascht an.

»Ich habe all diese Leute satt, die mir nach dem Mund reden«, sagte er, »ich möchte jemanden haben, der mir ab und zu widerspricht.«

»Moloquin«, sagte sie, »du verlangst viel.«

»Ja«, sagte er, »wirst du zu deinem Bruder gehen?«

»Ist das dein Wunsch?«

»Ja. Ich will nicht mehr Verdruß als notwendig. Aber ich werde bekommen, was ich haben will. Sag ihm das. Sag ihm, er kann nachgeben, oder er wird die Folgen tragen. Sag ihm, ich hätte viele Männer und eine Macht, wie er in seinem ganzen Leben keine in den Händen gehabt hat, und ich würde ihn fällen, wie ich die Häuptlinge auf der Versammlung gefällt habe, wenn er mir noch einmal die Stirn zu bieten wagt.«

Sie mußte daran denken, daß sie ihn mit Steinen beworfen hatten, und ihr Gesicht wurde heiß. Jetzt wandte ihr Zorn sich gegen ihren Bruder, der dumm und grausam war, und sie sagte: »Du hast dein Volk gerettet. Das ist deine Macht, Moloquin, nicht die deiner Axt und auch nicht die der Speere deiner Männer.«

»Das wird sich noch herausstellen«, sagte er.

Er stand auf. Die Folc waren ins Dorf zurückgekehrt, alle, bis auf eine Frau, die etwas entfernt von ihnen stand und wartete, Wahela, deren Haar im Wind wehte. Moloquin kehrte zu ihr zurück und nahm ihre Hand, und gemeinsam gingen sie ins Dorf zurück. Shateel beugte den Kopf über ihr Baby.

Rulon trug die Keule des Häuptlings. Er trug die bemalten Federn des Häuptlings und die Schuhe des Häuptlings, die ihn größer als alle anderen machten. Er saß in der Mitte seines Rundhauses, und sein Volk brachte ihm, was immer er wünschte, und bald, so sagte er sich, bei der nächsten Großen Versammlung, würde er als erster in die Wenden-des-Jahres treten, und alle würden wissen, daß er der größte Häuptling aller Folc war.

Jetzt saß er auf seinem Bärenfell und aß die Kuchen, die man ihm zum Frühstück gebracht hatte. Er hörte erregtes Geschrei vor dem Rundhaus, achtete jedoch nicht weiter darauf. Dann trat einer seiner Männer vor ihn hin.

»Opa-Rulon-on«, sagte er und verneigte sich vor seinem Häuptling, »Größter von allen, draußen ist jemand, der eine Gefälligkeit von dir erbitten möchte.«

»So mag er sie von mir erbitten«, sagte Rulon, der niemals irgendwelche Gefälligkeiten erwies.

»Opa-Rulon-on, mächtig ist er, es ist deine Schwester Ana-Shateel-el, die vor dem Rundhaus steht.«

»Shateel«, sagte Rulon verwundert, »wo kommt die denn her?«

Der vor ihm kniende Mann sagte nichts. Rulon stellte seinen Napf hin und stand auf.

Er legte sich seinen Bärenfellmantel um und sein Halsband aus bemalten Federn, und er zog seine hölzernen Schuhe an, mit deren Hilfe er alle anderen überragte, und nahm seine Keule. Dann trat er in die Tür des Rundhauses. Und dort blieb er stehen.

Es war Shateel. Sie stand vor der Tür seines Rundhauses, eine ganz gewöhnliche Frau, in Kleidern, die braun waren vom Staub, und seine Folc drängten in Scharen durch das Tor herein, um alles mitzubekommen. Rulon machte sich so groß wie möglich.

»Was willst du von mir, Frau?«

Sie sagte: »Ich bin gekommen, um dich zu bitten, deine Pflicht zu tun, Rulon!«

»Meine Pflicht!« Er musterte sie. Sie hatte bestimmt nicht viel zu sagen – sie trug keine schönen Kleider, keine Perlen und keinerlei Zeichen der Macht. »Hat Moloquin dich geschickt? Hat Ladons Sohn dich geschickt?«

»Moloquin hat mich geschickt.«

»Und du möchtest eine Gefälligkeit von mir erbitten?« Rulon lächelte. »Knie nieder, Frau.«

Sie kniete vor ihm auf der nackten Erde nieder, den Kopf gesenkt. Sie hatte einen langen Weg hinter sich, und ihr langes feines Haar mit seinen Bändern war staubbedeckt, und ihr Gesicht war schmutzig wie das eines kleinen Kindes. Er dachte daran, wie oft sie ihn gekränkt hatte, als sie noch Kinder gewesen waren – wie er immer ihretwegen hatte zurückstehen müssen: Rulon, der Häuptling werden würde. Sie jedoch war Shateel, die Mutter von Häuptlingen, und nun kniete sie vor ihm.

Sie sagte: »Ich bitte dich, Bruder, alles, was du erübrigen kannst, den Verhungernden zu geben.«

Aus der Menge, die sie umringte, erhoben sich erregte, widerstreitende Stimmen.

»Jagt sie weg! Wir haben genug gegeben!«

»Gib ihnen zu essen, Rulon – gib ihnen zu essen . . . !«

»Sollen sie doch Gras fressen!«

Rulon lächelte, als er auf den Kopf seiner Schwester niederblickte, und dachte: Was ist das nur für ein Mann, dieser Moloquin, daß er um Nahrung betteln kommt, sich mit Steinen bewerfen und demütigen läßt, und der jetzt auch noch so feige ist, daß er eine Frau schickt, damit sie seine Aufgabe übernimmt. Rulon wollte groß sein, und er wollte jetzt etwas Großartiges tun, und so nahm er seine Schwester bei der Hand, um ihr aufzuhelfen.

»Shateel«, sagte er mit falscher Zärtlichkeit, »komm wieder zu deinem eigentlichen Volk zurück, und wir werden alle glücklich sein. Verlaß die anderen, die verflucht und zum Untergang verurteilt sind.«

Sie warf den Kopf zurück und blickte ihn an. Sie sah jetzt älter aus und verbraucht, war nicht mehr das schöne Kind, das sie immer gewesen war, schön und launisch. Hinter ihr stand ihre Mutter Joba mit einem Neugeborenen auf dem Arm. Shateel umklammerte die Hand ihres Bruders, stand jedoch nicht auf. Sie zog an ihm, als wollte sie ihn zu sich herabziehen.

»Rulon, Rulon«, sagte sie, »ich bitte dich – wenn du nicht tust, was recht ist, wird das schreckliche Folgen haben. Tu, was recht ist, Rulon. Rette deine Brüder.«

»Das sind nicht meine Brüder. Ladon hat mich vor allen Folc herabgesetzt. Keiner von ihnen ist damals aufgestanden und hat ihm Reden über Recht und Unrecht und ernste Folgen gehalten. Nein!« Er entriß ihr seine Hand. »Ich habe gesprochen. Ich bin der Häuptling meines Volkes, und wir werden behalten, was uns gehört!«

Shateel stöhnte. Sie wandte sich ihrer Mutter zu und sagte: »Kannst du ihn nicht überreden?« Ihre Stimme ging jedoch im Geschrei der Folc unter. Die meisten unterstützten Rulon und wollten Ladons Volk nichts zu essen geben, das sich den Zorn des Himmels zugezogen hatte. Rulon stand mit untergeschlagenen Armen und herausgedrückter Brust da, so als wollte er sagen, daß die Sache für ihn erledigt sei. Er wußte, daß er unter den anderen ein Riese war. Neben ihm lehnte seine gewaltige Keule an der Wand des Rundhauses, und um ihn herum rief sein Volk seinen Namen: Was konnte ihm ein vaterloser Bettler schon anhaben?

Er sagte: »Bleib bei uns, Shateel, die anderen sind zum Untergang verurteilt.« Er wandte sich um und strebte ins Rundhaus zurück.

»Halt!«

Die Stimme ließ ihm das Blut in den Adern gerinnen. Gegen seinen Willen erstarrte er und wandte sich langsam in die Richtung, aus der die Stimme gekommen war. Auch die Folc verstummten. Alle wandten sich um, selbst seine Mutter. Nur Shateel blickte ihn weiter an, und aus ihrer Miene sprach ein solcher Kummer, daß es ihm das Herz abdrückte. Dann kam Moloquin durch die Menge auf ihn zu.

Keine Federn, keine Farbe, kein prächtiges Bärenfell trugen zu Moloquins Herrlichkeit bei. Trotz der Kälte war er fast nackt, trug nur einen Lendenschurz, und das lange schwarze Haar hing ihm zottelig über Schultern und Brust. Er ging federnd wie ein Tier. In der Hand trug er seine Axt.

Rulon griff nach seiner Keule, die so viele Häuptlinge getragen hatten und die ebenfalls Zauberkräfte besaß. »Also, Bettler, bist du noch einmal zum Betteln hergekommen?«

Moloquin blieb vor ihm stehen. »Ich bin gekommen«, sagte er, »um dieses Volk aufzufordern, sein Geschick zu erfüllen.«

Bei diesen Worten erhob sich aus der versammelten Menge ein derartiges Geschrei, daß Rulon die Ohren weh taten, und einen langen Augenblick, während die Menge sich donnernd vernehmen ließ, blieb ihm und Moloquin gar nichts anderes übrig, als einander stumm zu messen. Rulon kribbelte es in den Fingern. Das war sein Volk, und niemand durfte es an seine Pflicht gemahnen, kein Herrscher und keine Macht außer ihm, seinem Häuptling. Seine Finger spannten sich um die Keule.

»Was für ein Tor«, schrie er, doch der ohrenbetäubende Lärm war noch nicht so weit abgeklungen, daß es ihm gelungen wäre, sich Gehör zu verschaffen. Er mußte seine Worte wiederholen und krähte mit hoher Stimme: »Was für ein Tor!«

»Nicht ich«, sagte Moloquin, »sieh dich um, Rulon, schau genau hin, Volk Rulons!«

Er drehte sich um die eigene Achse und vollführte dabei eine schwungvolle Bewegung mit seiner Axt. Die Sonne glänzte auf ihrem prächtigen Blatt, als sie durch die Luft sauste. Die Folc wandten ruckartig die Köpfe, um hinter sich zu blicken. Rulon, der sie alle überragte, hatte den besten Überblick. Einen Augenblick lang gab es nichts Besonderes zu sehen, nur den Zaun des Rundhaushofes und den leeren blauen Himmel, und dann kam auf einmal ein Mann über den Zaun geklettert, der einen langen Stock schwenkte, und ein zweiter erschien neben ihm und noch einer. Die Folc schrien auf. Im Hof des Rundhauses zusammengepfercht, umgeben von Männern mit Speeren, wandten sie sich bestürzt ihrem Häuptling zu und schrien: »Rulon . . . Rulon . . .«

»Ich bin hier«, brüllte Moloquin mit einer Stimme, die im ganzen Dorf zu hören war, »ich bin hier, um Übeltaten zu bestrafen und um für Gerechtigkeit zu sorgen, und wer es wagt, soll mir entgegentreten!«

Rulon sagte: »Du hast also vor, unsere Vorräte zu stehlen.«

»Nein«, sagte Moloquin, »ich habe vor, dafür zu sorgen, daß die, die hungrig sind, genährt werden, und daß die, die mehr haben, als sie brauchen, denen etwas geben, die nichts haben. Du hättest das selbst tun sollen, doch du hast versagt. Du bist hier nicht länger Häuptling. Ich werde Häuptling aller Folc sein.«

Rulons Mutter drängte sich mit dem Baby in den Armen vor. »Du kannst dich nicht selbst wählen, Moloquin – wir wählen unsere Häuptlinge . . .«

»Ihr habt mich gewählt«, sagte Moloquin, »durch euer Handeln, Joba. Als Rulon mir die Hilfe verweigert hatte, wer kam damals und versuchte, es wiedergutzumachen, soweit das möglich war? Du warst das und die anderen Frauen. Ihr wußtet, daß er sich falsch verhalten hatte. Nun denn! Es gibt Gut und Böse, und der Mensch muß das Gute im Auge behalten, oder er ist verloren. Ich bin hier der Häuptling, und ihr habt keine andere Wahl.«

Wieder schrien alle Folc durcheinander, und ihre Stimmen waren heiser vor Kummer, und ein Baby wimmerte – Shateels Baby. Sie stand neben Rulon und blickte ihn immer noch an, und nun rannen ihr Tränen über das Gesicht. Rulon riß den Blick von ihr los. Sein ganzes Leben lang hatte er stets genau gewußt, was er zu tun hatte und wer er war und was er von den anderen erwarten konnte: Die ganze Ordnung seines Lebens hatte festgestanden, ihm und jedermann bekannt. Und nun war diese Ordnung zerbrochen.

Moloquin hatte sie zerbrochen. Moloquin hatte die sittliche Ordnung der Folc verletzt.

Rulon holte tief Luft; seine Finger umspannten den Schaft der Keule, die so lang und so schwer war, daß er beide Hände brauchte, um sie zu heben, die bemalt war und mit Steinen besetzt, die von einem Häuptling auf den nächsten übergegangen und niemals mit Blut befleckt worden war.

Der Aufruhr unter den Folc war wie ein fernes Gewitter, Donner und Blitz am Himmel, während er und Moloquin einander gegenüberstanden.

Er sagte: »Komm rein, Moloquin, wir besprechen das. Drinnen.«

Der Lärm der Folc erstarb zu atemlosem Schweigen. Die beiden Frauen inmitten des Runds tauschten einen Blick; Shateels Gesicht war tränennaß und der Mund ihrer Mutter bitter. Dann erwiderte Moloquin: »Ich bin bereit, drinnen mit dir zu reden, Rulon.«

Rulon räusperte sich. Die Kehle war ihm auf einmal trocken geworden. »Komm«, sagte er, wandte sich um und trat ins Rundhaus.

Shateel blickte ihm nach. Sie wußte augenblicklich, was er vorhatte, und sie wußte auch, daß Moloquin sich darüber im klaren war. Nun trat Moloquin auf die dunkle Öffnung der Rundhaustür zu, um ihrem Bruder ins Innere des Hauses zu folgen, und Shateel öffnete den Mund, um eine Warnung auszustoßen, doch sie wußte nicht, welchen von beiden sie warnen sollte, ob sie die alte Welt der Folc verteidigen sollte, so mangelhaft und schuldbehaftet sie auch war, oder ob sie die neue Sitte verfechten sollte, die schreckliche Gefahren mit sich zu bringen schien. Während sie unschlüssig zauderte, betrat Moloquin das Rundhaus.

Wieder wandte sie sich ihrer Mutter zu, um einen Blick mit ihr zu tauschen, und da drang ein lauter Schrei der Überraschung und des Schmerzes aus dem Rundhaus, und gleich darauf war ein dumpfer Schlag zu hören.

Die Menge im Hof schrie wie aus einem Munde auf. Shateel sank auf die Knie, die Augen wieder auf das Rundhaus gerichtet. Sie wußte, einer der beiden würde gleich aus der Tür treten, doch graute ihr vor seinem Anblick, welcher von beiden es auch sein mochte.

Durch jene Tür würde die Zukunft ihres Volkes treten, und sie und ihr Volk hatten die Macht eingebüßt zu bestimmen, wer das sein würde. Ihr Schicksal lag nun im Schlag einer Keule und dem Gegenschlag einer Axt beschlossen, in der Treulosigkeit eines Häuptlings und dem Mut eines Ausgestoßenen.

Moloquin trat aus der Tür. In der Hand hielt er seine gewaltige Bronzeaxt, und das Metall war blutbesudelt.

»Er ist im Dunkeln auf mich losgegangen«, sagte er zu Shateel und zeigte ihr das Blatt der Axt. »Sprich mit deiner Mutter. Sag ihr, daß sie und die anderen Hauptfrauen Rulons sämtliche Vorräte aufteilen sollen, so daß jeder bekommt, was er braucht. Ich werde nachher zu den Meistern der Bünde sprechen, am Fuß des Hohen Hügels.«

Sie streckte die Hand aus und berührte das Blut, das an dem Metall zu trocknen begann. Geistesabwesend führte sie die Finger an die Lippen. Moloquin ließ sie stehen und durchschritt die schweigende Menge.

***

Am Abend ging Moloquin mit den Meistern der Bünde von Rulons Volk am Fuß des Hohen Hügels entlang und sprach von dem Tor, das er bei der Säule des Himmels zu errichten beabsichtigte.

»Der Grüner-Zweig-Bund hat keinen Meister mehr.«

»Der Grüner-Zweig-Meister bin ich«, erwiderte Moloquin, und keiner wagte zu widersprechen.

Er blieb vor einem gewaltigen Stein stehen, der im Gras lag. »Den hier. Bringt den dorthin.«

»Du willst, daß wir diese Steine zur Säule des Himmels schleppen? Das ist unmöglich.«

»Dort gibt es doch auch Steine.«

»Kleine Dinger – keine so großen wie hier.«

»Diese Steine sind hier. Sie sind nicht vom Himmel herabgefallen, sie sind gezogen worden.«

»Das ist unmöglich.«

»Ihr werdet schon einen Weg finden«, sagte Moloquin.

Er wandte sich ihnen zu. Die kleine Schar von Männern rückte näher zusammen, als sie ihm gegenüberstand. Er trat zwischen sie und drängte sie auseinander, so daß er überall hindurchkonnte, und er schaute jedem einzelnen in die Augen, als er zwischen ihnen umherging.

Er sagte: »Als die Folc am Verhungern waren, gab es noch viele andere außer Rulon, die uns alle mit Freuden hätten sterben sehen. Ist jemand von euch bereit, das zuzugeben?«

Er ging zwischen ihnen auf und ab, und sie schwiegen.

»Da ihr es nicht zugeben wollt«, sagte er, »müßt ihr wissen, wie schlimm das gewesen ist. Dann wißt ihr auch, welch großartige Tat ihr vollbringen müßt, um die Untat, die ihr fast begangen habt, wiedergutzumachen.«

Sie schauten einander an, als könnten sie ihm nicht ins Gesicht sehen. Er ging davon, auf die Steine zu, die den Weg bis zur Kuppe des Hohen Hügels säumten. Seine Hände zitterten.

Er verabscheute diese Männer. Sie hatten ihn mit Steinen beworfen und geschmäht, und sie hatten Shateel dafür verachtet, daß sie sich erniedrigt hatte, um sie zu retten. Vor allem aber hatten sie Rulon gedient. Selbst jetzt noch loderte unbändiger Zorn in ihm auf, wenn er an jenen Augenblick im dunklen Rundhaus dachte, als Rulon sich umgewandt und zugeschlagen hatte, und er ballte die Fäuste.

Wenn ein solcher Mann hatte Häuptling werden können, was konnte man dann von dessen Volk erwarten? Er kehrte zu ihnen zurück, und seine Stimme fuhr auf sie nieder wie Peitschenhiebe.

»Ich will so viele Steine, wie ich auswähle, zur Säule des Himmels gebracht haben. Bewegt sie auf dieselbe Weise vorwärts, wie ihr große Bäume für Rundhäuser bewegt. Rollt sie über Rundhölzer, zieht sie mit Seilen. Bringt sie zum Fluß hinunter und flößt sie flußabwärts. Wenn ihr das nicht tut . . .«

Er hielt inne und schüttelte den Kopf. »Tut es«, sagte er.

»Wir werden es versuchen«, sagte der Älteste von ihnen, der Springender-Lachs-Meister.

»Ihr werdet es tun«, sagte Moloquin. »Und nun geht!«

Sie verließen ihn. Er lief eine Weile am Hohen Hügel umher und bewunderte die Steine.

Auf die wäre Verlaß. Wenn er diese Steine in sorgfältig ausgehobene Löcher setzte, würden sie ewig stehen. Kalk hält alles, hatte der alte Mann gesagt. Moloquin blieb stehen und setzte sich auf einen Stein, der unter einem kleinen grünen Baum lag.

Von Rulons Dorf kam jemand zu ihm herauf. Es herrschte Zwielicht, das letzte Sonnenlicht verblaßte zu dunstiger Abenddämmerung, und die Gestalt, die auf ihn zukam, schien sich aus diesem Dunst zu bilden. Dann erkannte er, daß es Shateel war.

Er stand auf. Sie kam geradewegs auf ihn zu. Sie hatte das Baby im Dorf gelassen, und ihre Arme schwangen ungehindert beim Gehen vor und zurück.

»Es ist alles erledigt«, sagte sie. »Es ist genug da für alle. Niemand wird Hungers sterben, jedenfalls nicht so bald.«

Er griff nach ihrer Hand. »Setz dich zu mir. Ich muß dir etwas sagen.«

Sie setzte sich neben ihn auf den Stein. Er wußte nicht, wie er anfangen sollte, starrte auf seine Hände nieder, und zwischen ihnen entstand ein langes, unbehagliches Schweigen.

Schließlich wandte sie sich ihm zu: »Mein Bruder ist auf dich losgegangen?«

Er nickte. »Er war ungeübt. Sonst hätte er mich mit einem Hieb getötet.«

»Viele sagen, du habest ihm keine Chance gelassen.«

»Es ist mir gleichgültig, was sie sagen.«

»Was hast du mit diesem Dorf vor? Hast du schon darüber nachgedacht? Hast du die Absicht, die Folc dieser beiden Dörfer und obendrein die in unserem eigenen ganz allein zu regieren?«

Er sah sie an. »Meinst du, ich bin dazu nicht imstande?«

»Ich verstehe nur nicht, was dir daran liegt.«

»Shateel...« Er nahm ihre Hand. »Beschäftigst du dich denn niemals mit der Welt – ich meine mit der Frage, warum sie so ist, wie sie ist? Früher einmal muß sie vollkommen gewesen sein – niemand hungerte, niemand litt; an einzelnen Bruchstücken kann man diese einstige Vollkommenheit noch erkennen. Und nun sieh dir an, was daraus geworden ist! Überall plagen die Menschen sich, leiden und sterben, und es herrscht keine Gerechtigkeit, keine Ordnung...«

Sie blickte ihn stirnrunzelnd an und widersprach ihm dann lebhaft: »Ich erblicke in allem eine Ordnung, im grünen Leben des Baumes wie in meinem eigenen Kind. Was hast du vor?«

»Ich habe vor, alles in Ordnung zu bringen. Ich will für Gerechtigkeit unter den Menschen sorgen. Ja, ich will sie alle regieren und noch mehr, wenn ich Gelegenheit dazu habe. Wer kann es besser als ich?«

»Ich meine, daß du die Oberwelt mit deinem Hochmut herausforderst, Moloquin.«

Er hielt noch immer ihre Hand, und sie versuchte nicht, sie ihm zu entziehen. Sein Griff wurde fester.

»Ich will dich heiraten. Das wird es Rulons Volk erleichtern, mich anzuerkennen.

»Ja«, sagte sie, »das leuchtet mir ein. Denkst du an eine Heirat, die ausschließlich dazu dienen soll, ihnen die Dinge näherzubringen? Ich habe kein Interesse an einer Scheinehe.«

»Nein«, sagte er, »ich habe dich immer haben wollen. Und das wird für dich kein Hinderungsgrund sein, denn du bist zu jung, um dein Leben jetzt schon aufzugeben, um wie eine graue Witwe zu leben. Du hast das Zeug zum Regieren, und wenn du mit mir verheiratet bist, wirst du ebenso regieren wie ich.« Er preßte ihre Hand. »Heirate mich, Shateel. Gemeinsam werden wir die Welt wieder zusammenfügen.«

»Und was ist mit Wahela?«

Er ließ ihre Hand fahren. »Ich werde Wahela nicht aufgeben. Aber sie ist anders als du. Zwischen ihr und mir geht es um etwas anderes; wir wollen es weiter so halten.«

»Wir werden sehen, ob das möglich ist«, sagte Shateel.

Sie neigte sich ihm zu, die Hand auf seinen Arm gelegt. Keusch wie die Steine küßten sie einander, und er legte ihr den Arm um die Schultern.

»Du bist zu stark, um irgendwo zu verkümmern, Shateel.« Er sprach ihr ins Ohr, und seine Visionen beschleunigten seine Worte. »Ich brauche dich. Ich habe Arbeit für fünfzig solche wie du und ich. Ich habe vor, aus allen Dörfern ein Volk zu machen, wie es früher ein einziges Volk gegeben haben muß. Man sieht es doch – in den Sternen, an den Geschichten, an den Tänzen, an unserem Wissensschatz. Früher gab es nur ein Volk, und alle kannten nur eine Wahrheit, und deshalb war das, was sie taten, auch groß. O Shateel – ich will uns wieder groß machen . . .«

Sie legte ihm die Finger über den Mund. »Moloquin, sei jetzt still, steck nicht soviel in die Welt hinein, sondern schau dich um und sieh zu, was du aus ihr herausholen kannst.«

Er packte sie beim Handgelenk. »Pah! Ich kann mir überhaupt nicht vorstellen, wie das ist – die Welt anschauen, ohne sofort den Wunsch zu verspüren, sie zu verändern. Doch jetzt komm, Frau – es drängt mich ins Brautbett!«

Sie folgte ihm, bereit, seine kleineren menschlichen Begierden zu stillen.

III
Das Tor

Die Folc von Rulons Dorf schnitten Rundhölzer zu, und sie hoben den ersten der riesigen Steine an, indem sie ihn aus dem Gras ausgruben, in dem er so lange gelegen hatte, und die Hölzer darunterschoben. Sie fertigten Seile an, und mit Hilfe der Seile und der Männer, die schoben, bewegten sie den Stein zum Fluß hinab, und sie hatten bis weit in das Frühjahr hinein zu tun, um nur mit dem ersten Stein den Fluß zu erreichen.

Am Flußufer bauten sie einen hölzernen Rahmen um den Stein. Sie nähten Schweins- und Ziegenhäute zusammen und füllten sie mit Wasser und stießen sie unter den Rahmen, so daß der Stein sich vom Boden des Flusses hob, und dann wateten sie auf beiden Seiten neben ihm her und zogen ihn von beiden Ufern aus an Seilen, und so brachten sie den ersten großen Stein den Fluß hinab und zogen ihn an der Stelle an Land, die der Himmelssäule am nächsten war.

Dort legten sie ihm wieder die Rundhölzer unter, und dann zogen sie wieder an den Seilen und schoben und stöhnten und sagten viele Gebete und machten den Geistern viele Geschenke, damit auch sie stark waren, und so schleppten sie den Stein über die Ebene zur Säule des Himmels. Sie brauchten bis zur Mittsommernacht-Versammlung, viele Monde, seit Moloquin ihnen die Aufgabe gestellt hatte, um den ersten Stein zur Säule des Himmels zu schaffen.

Moloquin ging nicht zur Großen Versammlung. Die meisten Folc gingen hin, doch Moloquin blieb bei der Säule des Himmels, wo er den alten Ring der Steine ausgrub, und viele von denen, die ihn liebten, blieben bei ihm.

Er hatte den Folc aus Ladons Dorf befohlen, ihre Langhäuser auf einen Platz hinter der Säule des Himmels zu verlegen, und dort errichteten sie ihr neues Rundhaus und bauten einen Zaun um das ganze Dorf. Dort beseitigten sie auch das Gestrüpp und fällten die Bäume und verbrannten sie und gruben den Boden um, um neue Gärten anzulegen. Er wies sie an, von diesen Gärten all diejenigen zu ernähren, die bei der Säule des Himmels arbeiteten.

Unmittelbar an der Baustelle, außerhalb des Ringwalls, bauten er und die Männer aus dem Walddorf ein weiteres Rundhaus, und dort aßen sie am Abend und erzählten Geschichten und schliefen. Alles, was sie aßen, und alles, was sie besaßen, kam von den anderen Dörfern. Die Arbeit dieser Männer bestand ausschließlich darin, Moloquins Tor zu bauen.

Als es auf die Tagundnachtgleiche zuging, trafen die Männer ächzend und klagend mit einem zweiten gewaltigen Stein von Rulons Dorf ein. Damit waren die beiden größten Steine von denen, die Moloquin ausgewählt hatte, angekommen. Er hatte sie als erste herbringen lassen, weil er befürchtete, daß die Männer sich weigern würden, auch nur zu versuchen, die größeren Steine zu bewegen, wenn sie mit den kleineren angefangen und gemerkt hätten, wie schwer diese Arbeit war. Die ersten beiden waren so riesig, daß sie, selbst wenn alle Männer des Dorfes mitarbeiteten, täglich nur ein paar Schritte vorwärtskamen und hinter sich eine Spur zurückließen, einen Pfad aus Schlamm und zerquetschtem Grün, der, wie eine gewaltige Narbe, weithin sichtbar war. Nun lagen beide Steine nebeneinander im hohen Gras der Säule des Himmels.

Die Ernte begann. Moloquin ging von einem Dorf zum nächsten, um ein Auge auf die Ernte zu haben, um sicherzugehen, daß für alle genug da sein würde. Er nahm seine Familie mit, als er vom Walddorf aufbrach, wo Wahela ihren Garten bebaut und ihm einen Sohn geboren hatte; zuerst zogen sie zum Neuen Dorf hinauf, wo Ladons Sohn Moloquin vertrat und die Rolle des Häuptlings übernahm, wenn Moloquin nicht da war, und von dort zu Rulons Dorf, wo Shateel lebte und in Moloquins Sinne über die Dinge wachte.

Während er dort war, kamen alle Männer zu ihm und erklärten ihm, sie seien es leid, Steine durch die Gegend zu schleppen.

Er saß vor dem Rundhaus und hörte sich mit ausdrucksloser Miene an, was sie ihm zu sagen hatten. Die Männer stellten sich in zwei ordentlichen Reihen auf, als tanzten sie, und Shateel kam, stellte sich ein Stückchen abseits hin und hörte ebenfalls zu.

»Du kannst uns nicht zwingen, diese Arbeit zu tun«, sagte der Anführer der Männer, der alte Springender-Lachs-Meister, der Ruak der Sprecher hieß. »Wir müssen unsere eigenen Aufgaben erfüllen, die, die uns unsere Vorfahren übertragen haben – die Tänze abhalten, die das Dorf schützen, und das altüberlieferte Wissen erwerben. Wir haben keine Zeit, Steine herumzuschleppen.«

Moloquin sagte: »Was ihr da mit den Steinen macht, ist wichtiger als die Tänze.«

Ruak erwiderte: »Du bist unser Häuptling, oder jedenfalls hast du das gesagt, und wir haben versucht, dich anzuerkennen. Doch du lebst nicht in unserem Dorf. Du führst die Tänze nicht an. Du kommst nicht zur Großen Versammlung, so daß wir nicht stolz sein können, dich inmitten der anderen Häuptlinge zu sehen. Mit einem Häuptling wie dir könnten wir ebensogut ein führerloses Volk sein.«

Moloquin sagte: »Ich leite euch zu Taten an, die alles in den Schatten stellen werden, was ihr bisher getan habt.«

»Wir sehen nichts, als was wir vor Augen haben, und wir schämen uns.«

Moloquin starrte Ruak einen Augenblick lang an. Sein Gesicht war leer und glatt wie das eines Säuglings. Er wandte sich Shateel zu und winkte sie heran.

»Frau«, sagte er, »warum ist mein Volk unglücklich? Haben sie genug zu essen?«

»Die Ernte ist dieses Jahr sehr reich ausgefallen«, sagte Shateel, »wie du sehr wohl weißt, mein Mann.«

»Werden sie von Wölfen oder Dämonen geängstigt?«

»Nein, sie leben ungestört im Dorf.«

»Weshalb beschweren sie sich dann?«

Sie trat noch näher. Ihre Augen strahlten. Er war am Abend zuvor im Dorf eingetroffen, und sie war zu ihm ins Rundhaus gegangen, und sie hatten die ganze Nacht zusammengelegen.

Sie sagte: »Es sind nur gewöhnliche Männer, mein Mann. Sie sehen nicht, was du in der Säule des Himmels erblickst, sie sehen nur Arbeit, eine Arbeit, die ihnen nichts bedeutet.«

Wieder blickte er die Männer an. Er sagte: »Schon einmal habt ihr mir etwas verweigert, und ihr wißt, was dann geschah. Habt ihr immer noch kein Vertrauen zu mir? Jetzt hört mir zu: Ich will Geduld haben, denn ihr seid mein Volk, und ich liebe euch. Diese Geduld ist allerdings knapp bemessen, und die Säule des Himmels bedeutet mir sehr viel. Ihr habt die beiden größten Steine dorthin gebracht. Die, die ihr als nächste hinschleppen müßt, sind kleiner, und ich werde alle Männer vom Neuen Dorf zu euch hinüberschicken, damit euch die Arbeit erleichtert wird.«

Ein Aufschrei der Empörung stieg aus allen Kehlen empor. Moloquin hob die Hand, doch sie schrien weiter, und da nahm er die Bronzeaxt vom Gürtel und hielt sie empor. Sie verstummten.

Er sagte: »Ihr werdet tun, was ich sage, oder ich gehe zum Neuen Dorf, wo die Menschen sich auch jetzt noch erinnern, daß ihr sie abgewiesen habt, als sie hungrig waren, und ich werde alle Männer hierherbringen und euer ganzes Dorf dem Erdboden gleichmachen.«

Daraufhin sagte niemand mehr einen Ton. Sie schauten einander an, und dann blickten sie alle zu Ruak, doch der alte Mann wandte sich einfach um und verließ den Hof des Rundhauses. Die anderen folgten ihm mit hängenden Köpfen.

Shateel trat zu ihrem Gatten und legte ihm die Hand auf die Schulter. »So barsch, wie du zu ihnen bist, werden sie dich niemals lieben.«

»Sie sind dumm«, sagte er. »Sie wollen es nicht aus freien Stücken tun und zwingen mich, ihnen zu drohen.«

»Sie werden gegen dich murren, wenn du nicht mehr hier bist.«

»Sie werden mir meine Steine zur Säule des Himmels schleppen«, sagte er, »und das ist das einzige, was für mich zählt.«

Sie blickte besorgt zu ihm nieder und streichelte langsam seine Schulter. Er schaute sie an und dachte an die letzte Nacht. Sie war nicht von der zügellosen Leidenschaft Wahelas, doch sie paßten gut zusammen. Sie war auf ihre Weise aufregend. Was in Wahelas Kopf vorging, wußte er immer, und es war ihm gewöhnlich ziemlich gleichgültig, doch was in Shateel vorging, konnte er nur ahnen, und ihre Gedanken setzten ihn jedesmal in Erstaunen.

Jetzt sagte er: »Was beunruhigt dich, mein Weib?«

»Es hat sich gegenüber früher so vieles verändert«, sagte sie. »Wir können zwar so tun, als sei alles beim alten geblieben, aber alles hat sich verändert, und das erfüllt jeden von uns ein wenig mit Bangigkeit. Niemand weiß, wie das alles einmal enden wird.«

»Wirst du hier geliebt?«

»Sie lieben mich«, sagte sie. »Anfangs taten sie es nur meiner Mutter wegen. Inzwischen tun sie es auch um meiner selbst willen. Ich bin ihnen eine gute Hauptfrau. Du hast ja gesehen, wie unsere Ernte ausgefallen ist.«

Er nahm sie beim Handgelenk und zog sie neben sich, und sie saßen zusammen auf der Schwelle des Rundhauses. Nach und nach kamen die Männer zurück, vermieden es jedoch, zu Moloquin hinzublicken. Sie gingen ein und aus, und das Paar an der Tür machte Platz, um sie durchzulassen. Ein paar von den Männern setzten sich mit Steinen, die sie bearbeiteten, in den Hof, andere holten ihre Masken und schnitzten an ihnen herum, und wieder andere saßen nur da, unterhielten sich und taten gar nichts.

Es kränkte Moloquin, daß sie nichts taten. Er biß sich zwar auf die Lippen und mahnte sich zur Geduld, war jedoch entschlossen, diesen Menschen zu zeigen, was Arbeit war.

Er wandte sich Shateel zu. »Ich werde einen großen Teil eurer Ernte brauchen, um die Folc bei der Säule des Himmels zu ernähren.«

»Es ist genug da«, sagte sie.

»Ich möchte von dir genau wissen, wieviel da ist«, sagte er. »Nimm einen langen Stock und mach für jeden Korb Getreide eine Kerbe hinein. Achte darauf, daß alle Körbe dieselbe Größe haben. Wenn du alle Getreidekörbe gezählt hast, mach dasselbe mit den Bohnen und dem anderen Gemüse. Danach hängst du die Stöcke an einen Dachsparren im Rundhaus, und dann werden wir sehen, was übrig sein wird, wenn alle hier im Dorf genügend haben, um durch den Winter zu kommen.«

»Ich werde es tun«, sagte sie, »es wird ihnen jedoch nicht gefallen.«

»Es kümmert mich nicht, ob es ihnen gefällt oder nicht.« Er rückte näher an sie heran, legte den Arm um sie und küßte sie vor den Augen aller anderen Männer. Das verstieß gegen die alten Sitten, doch er hatte nun einmal die Absicht, die alten Sitten außer Kraft zu setzen. »Komm rein«, sagte er, »ich will ein Kind von dir.«

Sie lachte. »Moloquin, du erwartest doch wohl nicht, daß wir alle genauso hart arbeiten wie du?« Doch sie stand auf und ging ihm ins Rundhaus voran.

In jenem Winter, als die Ernten alle eingebracht waren, gingen sämtliche Männer der drei Dörfer mit Moloquin an der Spitze zum Hohen Hügel, und gemeinsam wählten sie einen weiteren Stein aus. Sie schoben Rundhölzer darunter, schafften ihn zum Fluß, flößten ihn flußabwärts und schleppten ihn über die Ebene zur Säule des Himmels.

Danach kehrten sie wieder zum Hohen Hügel zurück und holten den nächsten Stein. Dann kam das schlechte Wetter, doch Moloquin ließ sie die Arbeit nicht unterbrechen. Der Stein kroch vorwärts, Moloquin hingegen schien zu fliegen. Er war überall, schrie und trieb die Männer mit den Seilen an, spornte die an, die schoben, und drangsalierte die Jungen, die die Gleithölzer bewegten. Der Regen geißelte sie; Schnee fiel auf sie herab, so daß ihnen die Hände steif wurden und die Fingerspitzen von der Berührung mit dem Stein aufplatzten und blutig wurden, aber Moloquin trieb sie immer weiter an.

Abends machten sie Lagerfeuer und drängten sich zitternd darum, und Moloquin selbst teilte das Essen aus. Zu essen gab es stets in Hülle und Fülle, und er selbst aß nicht, ehe nicht auch der kleinste Junge sein Teil bekommen hatte – das erkannten sie bei aller Verdrossenheit an und bewunderten es ebenso wie seine Stärke, seine Willenskraft und seine Unermüdlichkeit. Wenn er ihnen den Rücken zukehrte, verfluchten sie ihn leise und träumten davon, ihn umzubringen.

Um die Mitte des Winters herum hörte das schlechte Wetter für eine Weile auf. Der zweite Stein erreichte gerade die Säule des Himmels. Die plötzliche Wärme und der Sonnenschein erfüllten alle mit neuem Leben, und in jener Nacht versammelten sich nach dem Essen alle Männer im Innern des Ringwalls und tanzten.

Tänze, die mit der Säule des Himmels zu tun hatten, gab es nicht. Die meisten Männer hatten, da ihnen vor diesem Ort graute, kaum mehr als ein paar Augenblicke dort verbracht, wenn sie die Leiber ihrer Toten dort niederlegten. Inzwischen war die Stätte jedoch eine Art Heimstatt für sie geworden, ein Ort der Freude, denn daß man dort ankam, hieß, daß man aufhören konnte zu arbeiten. Sie bildeten Kreise im Innern des Runds und tanzten, wie es ihren Füßen gerade einfiel, und das schien völlig angemessen – ein neuer Tanz für ein neues Volk.

Moloquin trat hinzu, um sie zu beobachten. Der Rhythmus der Trommel drang, vom weichen Wind des Tauwetters getragen, an sein Ohr. Sie hatten oben auf dem Wall rundherum Feuer angezündet, und ihre Leiber bewegten sich wie Schatten durch das gelbrote Licht. Er und die Männer des Neuen Dorfes hatten die alten Steine im ersten Winter seiner Häuptlingszeit ausgegraben, und diese Steine lagen nun, achtlos hingeworfen, an der Südseite des Platzes. Er kletterte auf diesen Haufen und schaute den Männern beim Tanz an der Säule des Himmels zu.

Er hätte sie gern am Tanzen gehindert. Von jeher war das hier sein Platz gewesen. Das Grauen, das sie davor gehegt hatten, war sein Schutz gewesen. Er hatte sich hier sicher gefühlt. Jetzt erkannte er, zu spät, daß das, was er begonnen hatte, auch für ihn alles verändern würde. Er setzte sich auf einen Stein, dachte an Karella und wurde plötzlich von Sehnsucht gepackt. Die alte Frau hatte alles gewußt. Sie hatte für alles eine Geschichte gehabt. Jetzt blickte er in die Zukunft und sah nur graue Leere. Sie hätte ihm eine Geschichte geschenkt, mit der er diese Leere hätte ausfüllen können.

Er dachte an seine Mutter Ael und vertrieb diesen Gedanken sofort wieder. Er haßte Ael. Er dachte nie mehr an sie.

Dadurch fühlte er sich jedoch einsam. Allein in der Dunkelheit sitzend, beobachtete er sein Volk dabei, wie es in dem einzigen Zuhause tanzte, das er je gekannt hatte, und er begriff, daß er etwas verloren hatte, etwas, das seiner Vorstellung nach untrennbar mit seiner Person verbunden gewesen war.

»Moloquin!«

Er wandte den Kopf nach der Stimme. Dort stand Wahela hinter ihm im Schatten, und der warme Wind blähte ihren Rock. Sie streckte die Hand nach ihm aus. »Moloquin!« rief sie.

Er stand auf. Er warf einen letzten Blick auf die Säule des Himmels, und dann wandte er sich um und verschwand mit Wahela in die Dunkelheit.

Als nächstes machte er sich daran, die Ringe zu markieren, die von den Steinen gebildet werden sollten, und zum erstenmal mußte er feststellen, daß seine Pläne von Dämonen durchkreuzt werden konnten, die nur darauf warteten, ihn hereinzulegen.

Er hatte bis dahin noch keinen Gedanken daran verschwendet. Als Brant das Seil gemacht und die Kreise des Rundhauses damit vorgezeichnet hatte, hatte Moloquin ihn nicht gefragt, woher er denn gewußt hatte, daß das Seil eine ganz bestimmte Länge haben mußte. Doch nun erkannte er, daß er, noch ehe er das Seil zuschnitt, wissen mußte, wie seine Steine stehen sollten, wie weit auseinander, und folglich auch, wie lang die steinernen Querbalken des Tores sein würden.

Die anderen Männer warteten darauf, an die Arbeit gehen zu können, oder waren bereits bei der Arbeit. Der Springender-Lachs-Bund, der viel von Steinbearbeitung verstand, begann bereits, die Steine zuzuhauen, die sie umgeworfen hatten. Moloquin stand, seine Dämonen im Hinterkopf, dabei, um zuzuschauen.

Diese Steine waren hart. Er hatte schon bei der Flintsteinbearbeitung zugeschaut, die vergleichsweise einfach war. Wenn man den Schlag an der richtigen Stelle anbrachte, flog der Steinspan genau in der Größe und Form ab, wie der Meister es wollte, und kundige Hände konnten einen plumpen Brocken mit wenigen Schlägen in ein Werkzeug verwandeln. Harus Kum hatte Moloquin ebenfalls viel über Steine gelehrt, doch war das aus einem anderen Blickwinkel geschehen. Er selbst hatte Steine in den Minen zertrümmert und war dabei auf solche gestoßen, die bei der bloßen Berührung zu Staub zerfallen waren, und auf andere, die Widerstand geleistet hatten, doch kannte er keine Steine, die sich so hartnäckig widersetzten wie diese hier.

Ruak, der Meister des Springender-Lachs-Bundes, leitete seinen Bund bei der Arbeit an. Er benutzte einen Steinmeißel, und mit seiner ganzen Kraft schlug er damit gegen die Kante eines der Bausteine, doch nichts rührte sich. Er hieb mit voller Wucht auf den Stein ein, bis endlich ein wenig Staub aufflog und zu erkennen war, daß Ruaks Bemühungen eine gewisse Wirkung zeigten, doch war das Ergebnis äußerst dürftig.

Jetzt trat Moloquin hinzu und übernahm den Meißel von Ruak. Er begann, gegen den Stein zu schlagen – angeleitet von Ruak, der ihm mit wendigen Gesten bedeutete, wo er den Meißel ansetzen mußte. Der Meißel war schwer, es kostete Moloquin seine ganze Kraft, ihn zu heben, und er hieb mit Macht auf den Stein ein. Zunächst schien er damit überhaupt nichts auszurichten, doch dann erkannte er allmählich, daß die Kante des Steins sich zu glätten begann.

Er stieß einen Schrei aus. Er warf den Meißel zu Boden, fuhr herum und hob die geballte Faust, um den Triumph mit den anderen zu teilen. Die starrten ihn jedoch nur verblüfft an. Ärgerlich wandte er sich an Ruak.

»Bleibt an der Arbeit. Es läßt sich machen, wenn wir nur Vertrauen zu dem Stein haben.«

»Vertrauen zu dem Stein haben«, wiederholte Ruak ungläubig. »Wie kannst du nur so etwas sagen – der Stein sperrt sich doch, er will nicht gehorchen, wie sollen wir da Vertrauen zu ihm haben?«

»Hör zu«, sagte Moloquin. »Indem wir uns sagen: Wenn wir genügend Männer sind, wird der Stein nachgeben, und dann werden wir etwas gemeistert haben, das zu meistern sich lohnt. Und jetzt – vollendet, was wir begonnen haben, denn wenn wir es unvollendet lassen, wird hier ein so großes Loch in der Welt sein, daß sämtliche Dämonen, die je ausgebrütet worden sind, hereingestürzt kommen und uns verschlingen werden!«

Ruak bedachte ihn mit einem unverhohlen argwöhnischen Blick, aber er ging und holte die Männer und sprach mit ihnen, und als Moloquin ins Innere des Rings zurückkehrte, um sich wieder seinen Vermessungsproblemen zuzuwenden, hörte er die Meißel gegen den Stein schlagen.

Er saß auf den Fersen und betrachtete die Säule des Himmels. Nun, wo der lückenhafte Ring aus Steinen nicht mehr da war, lag sie glatt und rein vor ihm wie eine Jungfrau. Die einzigen Steine, die übriggeblieben waren, waren die vier ehemaligen Ecksteine, die Wächter, mit deren Hilfe Brant Untergang und Aufgang der Mittwinter- und der Mittsommersonne zu beobachten pflegte, die Steine am Haupteingang des Ringwalles auf der Nordwestseite, und der ein paar Schritte dahinter stehende mißgestalte, zernagte Stein, der, von der Mitte des Kreises aus betrachtet, auf den Mittsommersonnenaufgang wies. Das ganze Rund war so makellos, daß es beinahe schändlich schien, dort etwas bauen zu wollen. Er versuchte, sich sein Tor in diesem Rund vorzustellen, doch das überstieg seine Vorstellungskraft. Er konnte kein vollständiges Bild davon gewinnen.

Er trat aus dem Ring und glättete den Boden zu seinen Füßen, und dort zeichnete er seine Kreise mit dem Zeigefinger in den Sand. Anfangs kam er nicht damit zurecht, doch erkannte er rasch, daß man das Ganze am besten von oben betrachtete, und dann zeichnete er zwei Kreise, und ihm wurde alles klar. Die Größe des Kreises hing von der Länge der Balken ab. Wenn er Balken von einer bestimmten Länge auswählte, würde die Kreislinie genauso lang sein, wie alle Balken zusammen, wenn man sie aneinanderlegte, oder sie würden nicht passen.

Je kürzer der Balken war, desto leichter würde man ihn an seinen Platz oben auf dem Tor schaffen können. Er ging zu den gewaltigen Steinen, die wartend im Gras lagen, nahm sein Seil und maß ihren Umfang dort, wo sie am schmalsten waren. Wenn alle Steine gleich aussehen sollten, durfte selbstverständlich keiner dicker sein als der schmalste von ihnen, und die Arbeit der Steinmetze würde ihnen noch etwas von ihrem Umfang nehmen. Um den Zwischenraum zu bestimmen, maß er seine eigene Schulterbreite. Die Breite des entsprechenden Balkens zeichnete er mit einem Stück Kreide auf den kürzesten der Steine, die im Gras lagen.

Dann spannte er sein Seil vom Nördlichen Wächter zum Südlichen Wächter und markierte diese Linie am Boden, und als nächstes markierte er die vom Östlichen zum Westlichen Wächter, und wo die beiden Linien sich schnitten, war der Mittelpunkt des Kreises. Mit Hilfe des Seils und von Stangen fand er die Senkrechte, die durch den Mittelpunkt ging, und kennzeichnete sie mit Steinen.

Dann nahm er das Seil und vermaß den Balken zehnmal, bis er dessen Maße in den Fingerspitzen hatte. Auch ohne es auszuprobieren, erkannte er, daß die Länge des Seils einen zu kleinen Kreis ergeben würde, und er vermaß den Balken weitere zehn Male, und dann rief er die anderen Männer herbei.

Sie kamen bereitwillig, froh über diese Unterbrechung ihrer harten Arbeit. Sie waren staub- und schweißbedeckt, und ihre Hände waren blutig vom Meißeln. Sowie sie im Innern des Ringwalls waren, ließen sie sich zu Boden fallen. Moloquin zählte zwanzig von ihnen ab, und die mußten wieder aufstehen, und dann band er das Seil an den Enden zusammen und ließ die Männer damit einen Kreis bilden.

Ruak saß mit den anderen im Gras, und als er sah, wie klein der Kreis der Männer war, wandte er sich an seinen Nebenmann und sagte: »Wenigstens hat er nicht vor, mit den Wenden-des-Jahres zu wetteifern!«

Moloquin fuhr herum. Ruak und die anderen hatten noch keine Ahnung, daß er die Absicht hatte, über alle steinernen Pfosten Querbalken zu legen. Er sagte: »Dann kommt her, und wir machen ihn größer. Zehn Männer mehr, los!«

Er erweiterte den Kreis um zehn Männer. Ruak höhnte: »Die Wenden-des-Jahres sind aber noch größer!«

»Ich bin eben ein bescheidener Mann«, sagte Moloquin. Er markierte den Kreis mit Steinen und rollte sein Seil wieder auf. »Ich begnüge mich hiermit.«

Ruak weidete sich sichtlich an seiner Überlegenheit. »Ich werde mich jedenfalls nicht mehr beschweren, da ich doch sehe, daß man von mir nichts anderes verlangt, als was andere Männer vor mir bereits getan haben.« Er stolzierte auf den Ringwall zu, und die übrigen Männer folgten ihm. Ihre Stimmung hatte sich merklich gebessert. Moloquin nahm sein Seil und legte einen zweiten Kreis, der auf halbem Wege zwischen dem äußeren Kreis und dem Mittelpunkt verlief.

Als das getan war, verließ er das Kreisinnere und kehrte wieder zu der Stelle zurück, wo er seine Kreise in den Sand gezeichnet hatte, und hockte sich nieder und starrte die Zeichnung eine Weile an. Schließlich fügte er die anderen Merkmale der Säule des Himmels hinzu: Die vier Wächter, die beiden Eingangssteine und den dahinter stehenden Stein.

Die Zeichnung begann ihm zu gefallen. Sie erschien ihm vollständig, abgeschlossen. Doch als er sie länger betrachtete, wurde er erneut unzufrieden, weil seine Augen von einem Punkt zum anderen wandern mußten, um sie in den Blick zu bekommen. Es schien keine Einheit vorhanden zu sein, die einen ruhigen Überblick gestattet hätte. Die beiden Kreise im Innern schienen nichts miteinander zu tun zu haben, und er zeichnete den kleineren noch einmal, zeichnete ihn mal kleiner, mal größer und verschob den Mittelpunkt entlang der Linie des Mittsommersonnenaufgangs. Im Geist sah er die beiden Ringe aus Pfeilern, die oben durch den ebenmäßigen Ring der Querbalken verbunden waren. Er hatte den inneren Kreis immer höher machen wollen als den äußeren, so daß er zum Himmel hinaufstreben würde, und jetzt hatte er plötzlich den Einfall, daß der innere Kreis gar kein geschlossener Kreis sein sollte, sondern ein Ring aus fünf freistehenden Toren. Sowie der Gedanke in seinem Kopf Gestalt angenommen hatte, schnellte seine Hand vor und öffnete den inneren Kreis an der Stelle, die dem Mittsommersonnenaufgang gegenüberlag, wie geschaffen, um die Lichtflut einzulassen, und sogleich erfullte die Zeichnung ihn mit tiefer Befriedigung, denn alles schien nun Teil einer Ordnung zu sein, und der Eindruck steigerte sich, wenn man von außen her ins Zentrum mit seiner ebenmäßigen Rundung und den nach Osten wie einladend geöffneten Armen blickte.

Während er dort hockte und auf die Skizze im Sand niederblickte, verspürte er wieder die Macht, die dieser Ort über ihn hatte. Wieder sah er das vollendete Bauwerk vor sich. Er sah die gleichmäßigen

Linien, die Riesenhaftigkeit der Steine, und die Vorstellung, wie das Sonnenlicht zwischen ihnen hindurchfließen würde, versetzte ihn in eine Ekstase, die der des Geschlechtsakts gleichkam. Eine Weile sah er die Säule des Himmels vor sich, alles als ein Ganzes, und alles erschloß sich seinem tieferen Verständnis.

In der Nähe, nicht in Sicht-, aber in Hörweite, hämmerten die Männer aus Shateels Volk. Was immer Ruak ihnen auch gesagt haben mochte, sie klagten und fluchten, während sie die Steine bearbeiteten, und ihre Flüche waren gegen Moloquin gerichtet. Sie riefen die Dämonen an, die sein Fleisch fressen sollten, flehten den Untergang seiner gesamten Sippe herbei, die Ausrottung seines Volkes, und er hörte das alles und gab nichts darauf. Mit der Fingerspitze zeichnete er noch einmal die Umrisse in den Sand. Vor ihm, im Schmutz, lag der Schlüssel zum Himmel, und mehr begehrte Moloquin nicht.

Als Shateel wieder in das Dorf ihrer Mutter zurückgekehrt war, um dort zu leben, wartete alles gespannt darauf, wie sie sich nun verhalten würde, wo sie doch Moloquins Frau geworden war.

Seit dem Tod Rulons hatte das Dorf keinen Häuptling mehr. Moloquin beanspruchte diese Rolle zwar für sich, doch war er weit weg und zeigte kein Interesse an ihnen. Im Hinblick auf diesen Anspruch wäre es allerdings zu riskant gewesen, einen anderen Häuptling zu ernennen, und ohnehin war niemand aus jener Familie alt genug, um Rulons Platz einnehmen zu können. Deswegen waren einige auch froh, daß Shateel zurückkehrte, um mit ihrer Tochter, doch ohne ihren Gatten, bei ihnen zu leben.

Joba freute das nicht. Sie war Hauptfrau ihrer Sippe, und wenn sie mit den anderen Frauen um die Sampo saß, lauschten diese ihren Worten mit Respekt. Und Joba wußte, sowie Shateel dabeisaß, würde sie ihr wieder die Stirn bieten, so wie sie ihr immer schon die Stirn geboten hatte.

Ebenso wie die anderen Frauen, die um die Sampo saßen, rechnete sie damit, daß Shateel sich zu ihnen setzen und ihre Ansichten kundtun und Aufmerksamkeit verlangen würde, weil sie Moloquins Frau war.

Shateel kam jedoch nicht. Während der ersten paar Monate, die sie wieder mit den Folc verbrachte, mit denen sie aufgewachsen war, tat sie überhaupt nichts, um Rang und Ansehen zu erwerben. Sie richtete sich im Langhaus eine Herdstelle ein, die nicht weit von der Jobas entfernt war, und gab einer anderen Frau einen schönen Korb und eine Decke dafür, daß sie ihr den Platz abgetreten hatte. Sie ging hinaus auf das

Brachland am Rand des Dorfes und grub es um und legte einen Garten an.

Sie hatte kein Saatgut, das wußte Joba, und sie wartete darauf, daß ihre Tochter zu ihr kam und sie darum bat. Doch Shateel kam nicht. Shateel schien gar nicht zu wissen, daß ihre Mutter da war, obwohl sie doch einen schönen Korb und eine gute Decke dafür gegeben hatte, um eine Herdstelle in ihrer Nähe zu bekommen, und statt sich an sie zu wenden, gab sie einem Läufer, der zur Säule des Himmels aufbrach, eine Botschaft für ihren Gatten mit, und als er zurückkehrte, hatte er einen Beutel Saatgut für sie dabei.

Und nun kam Shateel, Dehra auf dem Arm, zur Herdstelle ihrer Mutter. Sie trat durch die Öffnung in dem Ring aus Steinen, der Jobas Heim von denen der anderen trennte, kniete dort nieder, unmittelbar vor der Feuerstelle, und stellte einen runden Korb und einen glasierten Tonkrug mit zwei Schnäbeln vor sich auf den Boden, dann breitete sie ein Stück gegerbtes Wildleder aus, und schließlich stellte sie ein flaches Schälchen dazu und tat eine Handvoll Samenkörner hinein. Dann saß sie mit gesenktem Kopf da und wartete ab, ob ihre Gaben angenommen oder zurückgewiesen werden würden.

Joba saß auf ihrem Platz und sagte kein Wort. Das Auftreten ihrer Tochter beglückte sie, erkannte sie darin doch deren Eingeständnis, sich zuvor ihrer Mutter gegenüber nicht richtig verhalten zu haben, und lange Zeit konnte Joba nicht sprechen, weil die Rührung sie zu überwältigen drohte. Dann hob Shateel den Kopf, und die beiden Frauen neigten sich einander zu und umarmten einander.

Das löste Jobas Zunge, und so fragte sie sofort: »Wie willst du denn hier leben?«

»Wie ich es jetzt schon tue«, sagte Shateel. Sie hatte ihr Baby auf dem Schoß. Das Kind erwachte, fing an zu schreien, und Jobas Tochter machte die Brust frei und gab sie der Kleinen. Sofort schien sich Jobas Brust ebenfalls mit Milch zu füllen. Shateel streichelte die Wange des Babys. Sie blickte ihrer Mutter wieder ins Gesicht.

»Verstehst du«, sagte sie zu Joba, »als ich die Große Versammlung verließ, um Moloquin zu folgen, hat er uns an einen Ort geführt, wo es überhaupt nichts gab – kein Dorf, keine älteren Leute, keine Herdstelle, nichts als den Wald und die Erde, und wir haben mit nichts angefangen, und lange Zeit haben wir nichts gehabt. Und jetzt hier zu leben, unter so vielen Menschen, und so viel zu haben – ich bin sehr froh, einfach nur, weil ich wieder hier bin und weiß, was ich hier habe. Ich will gar nichts anderes.«

Joba sagte: »Was will Moloquin von dir?«

»Ich weiß es nicht«, sagte Shateel. »Sein Sinn ist wie ein wilder Vogel, der nur hin und wieder den Boden berührt, und das nur sehr flüchtig. Ich weiß nicht, was Moloquin von uns allen will.«

Joba strich sich über das Kinn. Sie erkannte, daß Shateel eine gewisse Verehrung für Moloquin hegte. Sie selbst, so meinte sie, sah ihn in nüchternerem Licht.

Sie erwiderte: »Er achtet unsere Sitten wenig. Doch als er Rulon gegenüberstand, sprach er mit einer Stimme, die mich angerührt hat. Ich kann mir nicht vorstellen, daß er möchte, daß wir einfach nur so leben, wie wir wollen.«

»Dann wird er selbst hierherkommen müssen«, sagte Shateel. »Ich habe jedenfalls nicht vor, anders zu leben, als ich es gegenwärtig tue.«

Joba sah sie lächelnd an. »Weshalb hast du ihn dann geheiratet?«

Shateel öffnete den Mund, doch die Antwort kam ihr nicht über die Lippen, und langsam errötete sie. Sie senkte den Blick und schwieg. Joba drang nicht weiter in sie. Sie sprachen von anderen Dingen, vor allem von dem Baby, das eine leichte Ähnlichkeit mit Joba aufwies.

Als die Männer aufgebrochen waren, um die Steine zur Säule des Himmels zu schleppen, verlief das Leben im Dorf äußerst friedlich. Der alte Bärenschädel-Meister, der dem Dorf den Jahreslauf ansagte, brachte die Neuigkeit von den Wenden-des-Jahres, daß die Sonne ihrem Mittsommerstand entgegenstieg, und die Frauen bereiteten alles für die Große Versammlung vor. Shateel sandte einen Läufer in die anderen Dörfer, nach Norden und nach Süden, der den Folc dort ankündigte, daß die Versammlung bald beginnen würde.

Sie tat das, scheinbar ohne überhaupt zu merken, daß sie sich damit von den anderen absetzte. Es war die Pflicht des Häuptlings, die Läufer loszuschicken. Joba sah, wie Shateel das bewerkstelligte, wie selbstverständlich und ohne die mindeste Aufmerksamkeit zu erregen, und fragte sich, wie lange Shateel wohl der eigenen Macht gegenüber wohl noch blind sein würde. Wenn die Frauen, die um die Sampo saßen, sie fragten, wie ihre Tochter zurechtkommee, zuckte Joba nur die Achseln.

»Du solltest dich zu uns setzen«, sagte sie zu Shateel, »du könntest vielleicht Dinge erfahren, die für dich von Interesse sind.«

»Ich kann jetzt nicht«, sagte Shateel, »mein Garten wächst zu schnell. Ich war zu ehrgeizig, ich habe zu viel gepflanzt, und jetzt muß ich von morgens bis abends arbeiten. Ich bin jeden Tag völlig erschöpft.«

Sie gingen alle gemeinsam zur Versammlung. Moloquin kam nicht.

Das war der Hauptgesprächsgegenstand in allen Lagern, und die Folc aus den Dörfern im Norden hatten ihren Spaß, indem sie Moloquins Folc verhöhnten, sie das Unerwünschte Volk nannten und bei jeder Gelegenheit über Moloquins Namen witzelten.

Die Männer waren alle von der Säule des Himmels zur Großen Versammlung gekommen, und als sie die Spöttelei derer aus dem Norden hörten, waren an allen Herdstellen verdrossenes Gemurmel und Streit und wütendes Gerede zu hören. Die Männer tanzten jede Nacht, bis sie erschöpft zu Boden fielen, und niemand tanzte länger, sprang höher und trommelte schneller als die Männer aus Shateels Dorf, die keinen Häuptling hatten, der sie anführte.

Doch die aus dem Norden machten sich weiter lustig; das war nun mal die Art der Folc, wenn Dinge geschahen, die sie nicht verstanden.

Die Versammlung war beendet. Die Männer aus Shateels Dorf kamen alle nach Hause, um einen weiteren Stein aus der Ansammlung am Hohen Hügel auszugraben und ihn zu Moloquins Totenstätte zu schleppen. Sie murrten über die Arbeit. Sie hatten es gar nicht eilig, damit anzufangen, und lungerten die meiste Zeit des Tages im Hof des Rundhauses herum, um an ihren Masken zu arbeiten und sich im Schwitzhaus abzuwechseln. Dann erschien eines Tages ein Bär auf dem Misthaufen des Dorfes.

Die Bande der Jungen entdeckte ihn am frühen Morgen, als sie vom Fluß heraufkamen, und sie rannten sofort ins Dorf und posaunten die Neuigkeit aus.

Als die Frauen des Dorfes von der Bedrohung erfuhren, riefen sie ihre Kinder zu sich, hockten sich in die Langhäuser und weigerten sich, sie zu verlassen. Erwartungsvoll blickten sie zum Rundhaus hinüber, zu einem Häuptling, der nicht da war.

Joba ging mit den anderen alten Frauen in den Hof des Rundhauses, wo die Männer immer noch faulenzten. Shateel war zwar mitgekommen, stand jedoch inmitten der anderen und sagte nichts.

Joba ergriff das Wort. Sie trat in die Mitte des Hofes, blickte sich zornig um und sagte laut: »Da haben wir einen Bären auf dem Abfallhaufen, und niemand kann aus dem Dorf hinausgehen; die Gärten werden verkommen, wir werden alle verhungern, und ihr sitzt hier und legt die Hände in den Schoß!«

Die Männer starrten sie unverschämt an. Unter ihnen waren viele junge Männer, Novizen des Bärenschädels, Steinmetze, Sternenbeobachter und nun auch Steinschlepper. Sie starrten der Hauptfrau dreist ins Gesicht, dann erhoben sie sich betont gleichgültig und langsam, nahmen ihre Masken und verließen den Hof des Rundhauses.

Sie gingen mit ihren Trommeln und Masken und Flöten los, und das ganze Dorf lief zusammen, um zu sehen, was sie tun würden. Sie traten jeweils zu zweit aus dem Tor, weil es schmal war, blieben jedoch auch paarweise beisammen, als sie durch das Dorf gingen, und als sie das Tor des Dorfzaunes erreicht hatten, das ganz in der Nähe des Abfallhaufens war, tanzten sie.

Shateel folgte ihnen inmitten der Frauen. Sie hatte den Bären noch nicht gesehen.

Der Abfallhaufen lag südöstlich vom Dorf, außerhalb des Dornbuschzauns. Zwischen dem Abfallhaufen und dem Weg, der aus dem Dorf führte, lag eine breite ebene Wiese, deren Gras niedergetreten war. Hier tanzten die Männer, paarweise, und ihre Füße stampften im Rhythmus der Trommeln. Sie setzten die Masken auf. Während die übrigen Dorfbewohner sich am Rand der Wiese drängten, bewegten sie sich auf den Abfallhaufen zu und schüttelten dabei die Fäuste und warfen den Kopf vor und zurück. Zuerst sah keiner den Bären.

Der Abfallhaufen war alt, und der Unrat türmte sich zu einem Berg. Hier brachten die Frauen jeden Tag die Abfälle ihrer Herdstellen her, hier warfen sie allen Müll hin, die Innereien der geschlachteten Schweine und Ziegen, die Spreu ihres Getreides. Der Abfallhaufen lag in einer Senke am Rande des niedergetretenen Grases, am Fuß einer steilen Anhöhe, die von jungen Bäumchen gekrönt war. Als die Männer langsam darauf zutanzten, schien nichts Schrecklicheres auf sie zu warten als eine Reihe Schößlinge.

Dann fuhr oben auf dem Abfallhaufen ein großer schwarzer Kopf empor, und die Männer kamen aus dem Tritt – statt weiter vorwärtszutanzen, tanzten sie nun nach beiden Seiten und bildeten eine geschwungene Linie vor dem Abfallhaufen. Der Kopf reckte sich höher empor und schnüffelte. Seine Schnauze war braun. Seine Augen waren winzig und rot wie die eines Schweins.

Die Männer schrien und vollführten Luftsprünge, und der schwarze Kopf ruckte hin und her. Ein Grunzen war zu hören. Torkelnd erhob sich der Bär zu voller Größe, riesenhaft, stark und ganz ohne Angst.

Die Frauen schrien wie aus einem Munde auf. Der Bär trottete ein paar Schritte vorwärts, ruckte wieder mit dem Kopf und ließ ein so wildes Brüllen hören, daß selbst die Kühnsten aus der Jungenbande zu ihren Müttern flitzten.

Die Männer schlugen wütend auf ihre Trommeln. Überall brach die

Reihe der Tanzenden auseinander, viele waren drauf und dran, vor dem Bären die Flucht zu ergreifen, doch andere wieder tanzten auf ihn zu, schwenkten die Arme und forderten den Angriff des Bären heraus.

Die Frauen blieben mit den Kindern in sicherer Entfernung stehen und streckten die Hälse, um alles mitzubekommen. Shateel hörte sie murmeln. »Was können sie schon ausrichten, wenn sie keinen Häuptling haben, der sie führt?« Ein paar schüttelten die Köpfe. »Nun seht sie euch an! Was für ein Unfug – sie haben keinen Häuptling, keine Macht; der Bär wird sie töten!« Andere wiederum stellten Vermutungen über die Kraft des Bären an und fragten sich, ob er ein Dämon sei oder einfach nur ein wildes Tier aus dem Wald.

Shateel ging ein bißchen näher heran, um besser sehen zu können. Der Bär zockelte schnüffelnd am Rand des Abfallhaufens entlang, und dann erhob er sich mit einem Male auf die Hinterbeine und brüllte erneut.

Jetzt wichen nahezu alle Männer zurück. Der Rhythmus des Tanzes war gestört, die Trommeln kamen fast schlagartig zur Ruhe, und nur die Stimmen einiger weniger, die noch Mut genug hatten, ertönten in der plötzlich eintretenden Stille.

Ein paar von den Männern gaben nicht auf. Sie drangen sogar weiter vor, als die anderen zurückwichen. Sie verhöhnten und beschimpften den Bären. Sie vollführten immer höhere Sprünge, schüttelten wütend die Fäuste und wetteiferten darin, wilde Entschlossenheit zu zeigen, und es war, als bezögen sie ihre Stärke von ihrem Gegner, dem Bären.

Shateel erkannte, was sich anbahnte: Bald würde einer von diesen Männern dem Tier ganz allein Trotz bieten, und wenn es diesem einen gelänge, den Bären zu vertreiben oder ihn gar zu töten, dann hätte er Anspruch auf das Rundhaus, und Moloquin, der weit weg war, würde kämpfen müssen, um sich zu behaupten.

Für sie konnte das nur einen Kampf auf Leben und Tod bedeuten. Dehra lag in ihren Armen, und Joba stand neben ihr. Hastig übergab sie das Kind ihrer Mutter und trat aus der Schar der Frauen heraus.

Zwischen zwei Tänzern hindurch, die verstummt waren und den Rückzug angetreten hatten, ging sie auf die anderen Männer, die Herausforderer, zu. Sie empfand sich einfach nur als einen weiteren Rivalen im Kampf um die Bezwingung des Bären. Doch kam ihr plötzlich die Idee, daß der Bär sie womöglich sogar als Mann ansehen würde, wenn sie so täte, als sei sie einer.

Sie reckte sich, so hoch sie konnte. Sie warf sich in die Brust und stolzierte mit langen Schritten voran, und sie brüllte mit tiefer, rauher

Stimme. Sie schwenkte die Arme über dem Kopf und bewegte sich langsam auf den Bären zu.

Das gewaltige Tier stand auf allen vieren und beobachtete sie. Es schnaubte. In seinem glänzenden schwarzen Pelz hing allerhand Unrat vom Abfallhaufen. Shateel tanzte wilder. Sie schüttelte die Fäuste, warf den Kopf hin und her, hob die Beine mit angezogenen Knien und zog häßliche Grimassen, indem sie die Zunge herausstreckte und mit den Augen rollte, um eine Maske anzudeuten. Die Trommeln in ihrem Rücken fingen wieder zu dröhnen an. Eine Flöte durchdrang mit ihrer schrillen Stimme die Luft.

Der Bär richtete sich wieder auf. Er öffnete die Vorderbeine zu einer mörderischen Umarmung. Shateel sprang in die Luft und schrie und spreizte Arme und Beine, und kaum berührte sie den Boden, schnellte sie wieder empor, und die Trommeln dröhnten wütend.

Der Bär grunzte. Dann wandte er sich um und trottete die andere Seite des Abfallhaufens hinab, und einen Augenblick später sahen sie ihn die steile Anhöhe unmittelbar dahinter hinaufklettern und zwischen den Bäumen verschwinden. Shateel sank zu Boden. Sie zitterte.

Die Folc rannten an ihr vorbei und krabbelten auf den Abfallhaufen hinauf, als könnten sie die Gegenwart des Bären auslöschen, indem sie seine Spuren zertrampelten. Shateel kehrte ins Dorf zurück. Joba folgte ihr. Unmittelbar hinter dem Dornbuschwall hatte sie sie eingeholt.

»Was habe ich bloß getan?« fragte Shateel. »Was habe ich bloß getan?«

Joba gab ihr ihre Tochter zurück. »Das, was du wolltest, Shateel.« Sie nahm ihren Platz an der Sampo wieder ein und ließ eine Shateel zurück, die alle Beherztheit eingebüßt hatte, mit der sie sich dem Bären gestellt hatte.

Das ganze Dorf wartete nun darauf, daß Shateel ihren Platz an der Sampo einnehmen würde. Doch statt dessen ging sie Tag für Tag in ihren Garten und arbeitete inmitten ihrer Pflanzen. Sie kümmerte sich um ihr Kind und lebte still und unauffällig wie alle anderen Frauen.

Die alten Frauen um die Sampo sprachen nun von den Zeiten, in denen es keinen Häuptling gegeben hatte, weil der Häuptling plötzlich gestorben und der Sohn von der richtigen Mutter nicht alt genug gewesen war, um seine Nachfolge anzutreten. In solchen Zeiten hatten die Frauen eine aus ihrer Mitte zum Oberhaupt der Folc gewählt. Sie sprachen auch von Rael, der Vogelfrau, die die Macht besaß, die Gestalt von Vögeln und Bäumen anzunehmen, und die so unauffällig zwischen all ihrem sprießenden Grün lebte, daß niemand sie bemerkte und man sie für einen Grashalm oder einen Sprößling hielt, und doch steckte ihrer Hände Arbeit in jeder Ernte.

Joba hatte Shateel die Wolle einer ihrer Ziegen gegeben, und Shateel machte sich aus einer Holzscheibe und einem langen Stock eine Spindel. Um aber spinnen zu können, mußte sie hoch über dem Boden sitzen, damit sie die Spindel mit den Füßen in Bewegung halten konnte. Deshalb ging sie, nicht lange, nachdem der Bär verschwunden war, zum Rundhaus, traf dort ein paar Männer an, die untätig herumsaßen, und forderte sie auf, ihr einen Baumstumpf von den Feldern zu holen. Das taten sie und setzten ihn vor der Tür des Langhauses nieder, direkt gegenüber der Sampo, die auf der anderen Seite des Hofes stand. Von da an saß Shateel den ganzen Sommer lang auf dem Baumstumpf und verspann das Ziegenhaar zu Garn, und von ihrem hochgelegenen Sitzplatz aus überblickte sie das ganze Dorf, und für die anderen wurde es bald zur Gewohnheit, sie dort sitzen zu sehen.

Nicht alle Männer klagten über die Arbeit an der Säule des Himmels. Fergolin bereitete sie Freude.

Gemeinsam mit Ruak haute er den ersten der großen Tragpfeiler zu. Sie standen einander gegenüber und hämmerten die gegenüberliegenden Kanten gerade und glatt, wobei sie ein Seil als Richtschnur benutzten, und während Ruak murrte und Moloquin verfluchte, beobachtete Fergolin, wie der Stein seiner Kraft nachgab, und er kam zu der Überzeugung, daß Moloquin recht gehabt hatte: Wenn sie dem Stein vertrauten, würden sie seiner Herr werden.

Während sie arbeiteten, erlernte er Schritt um Schritt den geschickten Umgang mit seinem Material. Zwar hatte er sein ganzes Leben lang Werkzeuge hergestellt, doch dieses hier war etwas anderes: Nicht allein die Härte des Steines, sondern auch seine Größe und sein Zweck unterschieden ihn von allem, was er bislang bearbeitet hatte. Die neuen Fertigkeiten waren nicht schwer zu erlernen: Dazu benötigte man nichts als Kraft und Entschlossenheit. Sie behauten die Längsseite des Steins, bis an der Oberfläche eine Vertiefung entstanden war, und dann kerbten sie diese Rille über die ganze Breite in die Oberfläche und fuhren auf der gegenüberliegenden Seite mit dieser Arbeit in umgekehrter Richtung fort. Zwischen den einzelnen Vertiefungen entstand ein Wulst, den sie rasch entfernten, indem sie von beiden Seiten hämmerten.

Im Innern des Ringwalls waren Moloquin und eine Reihe von Männern dabei, das erste Loch zu graben. Sie entfernten das Gras und die oberste Erdschicht. Darunter stießen sie auf Kalkstein, den sie mit Hirschhornpicken aufbrachen. Moloquin kam mit seinem Seil und vermaß den Stein, den Ruak und Fergolin bearbeiteten, und trat dann zu dem nächsten langen Stein, der, verglichen mit der Form, die sich an dem Stein zwischen Ruak und Fergolin langsam abzeichnete, klobig wie ein Wildschweinhauer aussah. Er vermaß auch diesen und kehrte dann an seinen Platz unmittelbar an der Außenseite des Ringwalls zurück, wo er das Gras entfernt hatte, und zeichnete mit dem Finger etwas in den Sand.

Ruak sagte: »Der ist verrückt. Woher kommt der eigentlich? Warum habt ihr ihn zum Häuptling gewählt?«

Fergolin richtete sich mit schmerzendem Rücken auf. In seinen Händen pochte stechend das Blut nach den vielen kleinen Zusammenstößen mit dem Stein. Er wandte sich um, und sein Blick suchte Moloquin.

»Die Frauen haben ihn gewählt. Wir befanden uns in ungeheurer Not, da brauchten wir jemanden mit sehr viel Macht.«

»Was für eine Macht hat er schon? Der tut doch nichts als im Sand sitzen!«

Fergolin lächelte ihm zu, und Ruak bückte sich mit einem Fluch nach seinem Meißel und machte sich mit einer solchen Wut wieder über den Stein her, als täte er das um seiner selbst und nicht um Moloquins willen.

Als die Seiten des Steins glatt waren, trat Moloquin zu ihnen und nahm mit seinem Seil abermals Maß. Er legte die Hand auf das eine Ende und sagte: »Dieses hier ist das obere Ende. Hier, obenauf, macht ihr einen Zapfen.«

Ruak bedachte ihn mit einem Grunzen und einem Kopfschütteln und sagte: »Was?«

Moloquin strich über das obere Ende des Steins. Mit dem Seil nahm er zwei-, dreimal flüchtig Maß. »Hier«, sagte er. »Schlagt an beiden Seiten oben etwas weg und macht in der Mitte einen Zapfen, so als wenn ihr einen Pfosten für ein Rundhaus machen wolltet.«

»Warum?« fragte Ruak. Die anderen Männer kamen näher, um alles mitzubekommen.

Moloquin erklärte ruhig: »Weil ich einen Querbalken obenauf legen will. Der Zapfen wird verhindern, daß er wegrutscht.«

Ruak und die anderen Männer umringten ihn. »Was hast du vor?«

Moloquin erklärte es ihnen noch einmal. »Wenn die Pfeiler stehen, werden wir einen Querbalken oben drüberlegen. Deshalb . . .«

Der Rest seiner Erläuterung ging im Geschrei und den Widerreden der Männer unter. Fergolin entfernte sich von den anderen. Er ging langsam auf die Öffnung im Ringwall zu und schaute hinein.

Der Platz war kahl und leer. Ohne den alten Steinring sah er auf gewisse Weise öder, reiner und heiliger aus. Er versuchte sich Moloquins Steine dort vorzustellen, es gelang ihm aber nicht. Doch ergriff ihn eine gewisse Erregung. Die beiden steinernen Stützpfeiler und der Querbalken nahmen vor seinem inneren Auge Gestalt an, und er sah, wie sie sich dort dank seinen wunden Händen und seinen schmerzenden Rücken erheben würden – das Ergebnis der Anstrengung, die er auf den Stützpfeiler verwendet hatte. Als er sich das vorstellte, prickelte seine Nackenhaut vor Erregung. Langsam kehrte er zu der Schar der Männer zurück, die Moloquin umringte. Ruak stand dem Häuptling gegenüber und schrie ihm ins Gesicht.

»Es ist unmöglich! Unmöglich!« schrie er. »Wir können keinen dieser Steine auch nur so hoch vom Boden heben, daß wir einen Finger drunterschieben können!«

»Wenn wir es bei diesem ersten nicht schaffen«, sagte Moloquin, »dann hören wir ganz auf. Wenn ich an diesem hier scheitere, werde ich es nicht weiter versuchen.«

Das brachte Ruak zum Schweigen. Moloquin blickte sich um, sah die Männer an, aus deren Mienen Ungläubigkeit und Abneigung sprachen. Sein schwarzes Haar und sein Bart umringelten seinen Kopf. Er war nur mit einem Lendenschurz bekleidet. Die Jahre harter Arbeit hatten seinen Körper muskulös und sehnig gemacht. Sein Gesicht war ausdruckslos wie ein Stein. Nur das Funkeln seiner Augen verriet die Leidenschaft, von der er besessen war.

Er sagte: »Wenn ich nicht schaffe, was ich vorhabe, könnt ihr nach Hause gehen, und ich werde euch nicht weiter belästigen. Doch ihr müßt mir alles geben, was ihr habt. Ich warne euch – wenn ihr euch drückt, dann werden die Mächte, die hier walten, euer Herz und eure Seele zerfressen und unser ganzes Volk auseinanderreißen.« Er starrte ihnen ins Gesicht. »Und jetzt müssen wir anfangen. Ruak, tu, was ich dir aufgetragen habe, und mach den Zapfen!«

Ruak knirschte mit den Zähnen. Er warf Moloquin einen grimmigen Blick zu. Ein Tuch, das er sich um die Stirn gewunden hatte, hielt sein langes graues Haar zurück. Jetzt riß er es mit einer wilden Bewegung herab, löste es, wand es sich wieder straff um die Stirn und steckte es fest. Mit demselben Schwung packte er seinen Meißel und machte sich über den Stein her, und Fergolin trat zu ihm, um ihm zu helfen.

»Hier und hier.« Ruaks Hand strich hastig über das stumpfe Ende des Steins. Seite an Seite begannen die beiden Männer, die Oberfläche abzuschlagen.

An einem kalten, regnerischen Tag machten sie sich daran, den ersten Stein aufzurichten. Mit Seilen auf Rollhölzern zogen sie ihn durch die Öffnung des Ringwalls. Während sie schufteten und dabei ächzten, verbreitete sich im Neuen Dorf unten die Nachricht, daß sie den Stein aufrichteten, und die Frauen und Kinder strömten hinauf, um zuzuschauen. Als die Männer dabei waren, den Fuß des Steins über das Loch zu zerren, drängten sich die Neugierigen auf dem Ringwall.

Moloquin sprang in das Loch hinab und vermaß es mit seinem Seil. Die anderen Männer standen, die Hände in die Hüften gestützt, um das Loch herum. Fergolin hatte noch niemals erlebt, wie ein Stein aufgerichtet wurde, und brannte darauf anzufangen, doch die anderen Männer setzten sich hin oder ließen sich der Länge nach über den Stein fallen und stöhnten laut vor Erschöpfung.

»Auf, auf!« Moloquin schoß aus dem Loch empor und rannte um den Stein herum, um die Männer zur Arbeit anzutreiben, und sie fuhren auf wie Spreu unter einem Windstoß. Die einen schickte er die Rundhölzer holen, die im Windschatten des Ringwalls gestapelt lagen, und den anderen gab er das Seil und zeigte ihnen, wie sie es um den Stein schlingen mußten, wenn sie ihn in den Griff bekommen wollten.

Der Stein rührte sich nicht. Fergolin hatte die Stützpfeiler von Rundhäusern mit aufgerichtet und das als schwere Arbeit empfunden. Jetzt setzte er seine ganze Kraft ein, ebenso wie alle anderen Männer, und sie konnten den Stein doch nicht von der Stelle bewegen. Moloquin sprang wieder in das Loch hinab.

Ruak murmelte: »Jetzt schubsen wir ihn einfach runter!«, und die Männer in seiner Nähe lachten und taten, als wollten sie den Stein anheben.

Moloquin verlangte nach Hilfe. Fergolin und ein paar andere traten vorsichtig näher. Moloquin stand in dem Loch und schaute an ihnen vorbei zum Ringwall hinauf. Er sagte: »Holt Hacken und Schaufeln. Rasch!«

Ein paar Frauen, die im Garten gearbeitet und ihre Geräte mitgebracht hatten, kamen vom Ringwall herab. Fergolin ließ sich eine Hakke und eine Schaufel geben und kehrte damit wieder zum Loch zurück.

Moloquin packte die Hacke. Immer noch im Loch unter dem stumpfen Ende des Steins stehend, begann er die Wand unmittelbar unter dem Stein zu lockern, indem er die Hirschhornpicke in den Kalk keilte und sie auf und ab bewegte, bis ein großer Steinbrocken aus der Wand fiel. Er trat beiseite und bedeutete Fergolin, daß er zu ihm herabkommen und den Kalkstein herausschaufeln sollte.

Fergolin stieg in das Loch hinab und schaufelte eine Weile Kalksteinbrocken heraus, dann richtete er sich auf, wandte sich um und warf einen Blick auf den Stein.

Das Herz wäre ihm fast stehengeblieben. Der Stein schien über ihm zu schweben. Wenn er in dieses Loch herabkippte, würde er den gesamten Hohlraum ausfüllen. Er würde alles zermalmen, was sich unter ihm befand. Und jetzt stand er hier mit Moloquin und grub den Boden unter ihm weg, um ihn zum Herabstürzen zu bringen. Fast wäre er aus dem Loch herausgesprungen. Die Hände zitterten ihm. Er bückte sich und richtete den Blick starr auf den Boden und arbeitete weiter, aber sein Rücken wußte, daß der Stein da war. Sein Rücken kribbelte in Erwartung des fallenden Steins.

Moloquin lockerte das Erdreich und füllte das Loch mit Geröll an, das Fergolin wegschaufelte. Schließlich hatten sie fast die ganze Wand unterhalb des Steins entfernt. Moloquin schlug Fergolin auf die Schulter. »Geh rauf!«, sagte er, und Fergolin flog aus dem Loch, leicht wie ein Vögelchen. Moloquin stieg auf der anderen Seite heraus.

Ein leichter Regen begann zu fallen. Die Männer standen mit gesenkten Köpfen und zornfunkelnden Augen, und Ruak trat vor, den Mund zum Reden geöffnet. Moloquin hob die Hand, um ihm das Wort abzuschneiden. »So, jetzt müssen wir das andere Ende anheben. Wir brauchen Stöcke, Stangen – seht zu, daß ihr jederzeit Rollhölzer unterschieben könnt.«

Die Männer brachen in ein solches Gestöhne aus, daß die Zuschauer auf dem Wall lachen mußten. Moloquin sorgte dafür, daß jeder ein Werkzeug zur Hand nahm, und sie scharten sich um das obere Ende des Steins, wo der Zapfen war.

Wieder trat das ein, was Ruak vorausgesagt hatte. Sie konnten den Stein nicht von der Stelle bewegen, nicht ein bißchen. Sie schoben die Enden ihrer Stangen darunter und stemmten und fluchten und warfen sich mit ihrem ganzen Gewicht darauf. Sie taten es einzeln und alle gemeinsam, aber der Stein wollte sich nicht aufrichten.

Dann kamen die Frauen vom Wall herab, eine nach der anderen, und sie ließen ihre Gartengeräte fallen und vereinigten ihr Gewicht und ihre Kraft mit dem Gewicht und der Kraft der Männer, und sie stemmten und stemmten. Der Regen nieselte auf sie herab und rann an der glatten Oberfläche des Steins entlang und benetzte die Gesichter der Arbeitenden.

Sie versuchten es zum erstenmal und schafften es nicht. Viele ließen sich niedergeschlagen ins Gras fallen, aber Moloquin ging umher und zwang sie, wieder aufzustehen, und wieder versuchten sie es mit aller Macht, und wieder scheiterten sie.

Immer mehr Menschen aus dem Neuen Dorf kamen herbei und schlossen sich den anderen an. Mittlerweile regnete es stärker, und sie rutschten im Gras aus. Moloquin stand daneben, während sie sich abmühten, und als sie es wieder nicht geschafft hatten, trat er zwischen sie, nahm die Stangen, die sie benutzten, und ließ die Männer so Aufstellung nehmen, daß an jeder Stange gleich viele standen. Unter die Mitte einer jeden Stange legte er Kalksteinbrocken und Stücke von zerbrochenen Rundhölzern, so daß die Spitze der Stange sich jeweils unter dem Stein befand und das Ende, an dem die Männer arbeiteten, hoch in die Luft ragte und das Mittelstück auf dem Stein- und Holzhaufen auflag, und dann trat er zurück und forderte sie auf, sich alle gleichzeitig an die Stangen zu hängen.

Sie zogen die Stangen nieder, und hinter Moloquin rief ein kleiner Junge: »Er hat sich bewegt, er hat sich bewegt!«

Die Folc fingen an zu lachen und zu johlen. Sie ließen die Stangen los und rannten lachend umher, sprangen auf den Stein und trommelten mit den Fäusten darauf herum. Als Moloquin ihnen zurief, sie sollten an die Arbeit zurückgehen, fielen sie über die Stangen her wie die Wölfe über ein verendendes Wild und zerrten und zogen mit aller Gewalt.

Der Stein bewegte sich. Er bewegte sich nur ein wenig, gerade so viel, daß die Kinder Hölzer unterschieben konnten, und als sie die Stangen abermals niederzogen, bewegte er sich abermals ein wenig, und wieder konnten sie Hölzer unterschieben, um die Höhe zu wahren, die sie gewonnen hatten. Während der Regen ihnen über die Gesichter strömte, hoben sie den Stein immer weiter empor, Stückchen um Stückchen, bis das Ungetüm bei Anbruch der Nacht, als sie aufhören mußten, mit dem Fuß über dem Loch hing und mit dem Kopf auf einer Höhe mit den Köpfen der Kinder war, während sein Leib auf Erde, Holz und Kalkbrocken gestützt lag.

Singend wanderten die Frauen und die Kinder ins Dorf zurück, und die meisten Männer folgten ihnen. Die Männer von Shateels Dorf machten sich zu ihrem Rundhaus auf, das auf der anderen Seite der Säule des Himmels stand. Fergolin sog die Essensdüfte ein, die von den Kochfeuern aufstiegen, und sein Magen krampfte sich vor Hunger zusammen. Er lief umher, während es immer dunkler wurde, sammelte die Werkzeuge ein und stapelte sie am Fuß des Ringwalls auf.

Er glaubte, allein zu sein. Doch als er den Wall umrundete, traf er auf Moloquin, der am Boden hockte und mit dem Finger etwas in den Matsch zeichnete.

Fast hätte Fergolin ihn angesprochen. Er suchte nach den geeigneten Worten, ganz gewöhnlichen, wie man sie zu einem sagt, um ihm ein wenig näherzukommen, doch am Ende sagte er nichts. Moloquin war mit seiner Zeichnung beschäftigt. Was immer Fergolin zu ihm sagen mochte, es würde ihn doch nur stören. So ging Fergolin davon, auf das Neue Dorf zu, wo die Männer waren, die er kannte.

Am Morgen, es regnete immer noch, machten sie sich wieder an die Arbeit. Die Frauen gingen nicht in ihre Gärten, die Jungen verzichteten auf die Spiele und die üblichen kleinen Arbeiten der Jungenbande. Selbst die kleinsten Kinder eilten herbei, um beim Aufrichten des Steins zu helfen.

Den ganzen Morgen über schufteten sie mit ihren Stangen und Hölzern und Körben voller Erde und wuchteten den Stein ein wenig höher und noch ein wenig höher, bis er über dem Loch zu schweben und jeden Augenblick über die schräge Wand hineingleiten zu wollen schien. Moloquin war überall, er rannte um den Stein herum, schrie Befehle und stürzte hinzu, wenn er den Eindruck hatte, daß sie den Stein nicht mehr halten konnten. Der Regen ließ ein wenig nach. Gegen Mittag, als sie den Stein abstützten, der inzwischen mannshoch aufragte, glitt das Ungetüm ein wenig vorwärts.

»Er fällt! Er fällt!« Alles schrie, warf die Geräte beiseite und wich zurück.

Da hing er, notdürftig gehalten von seinem Bett aus Erde und Holz, den Kopf in die Luft erhoben, den Fuß bis ins Loch hinabgestreckt, und alle meinten, ihn schwanken zu sehen. Moloquin jagte zum Wall und kehrte mit Seilen zurück.

»Fergolin! Ruak, Hems, Bahedyr –« Er schleuderte Ruak ein schweres Seil in die Arme, und sie warfen die Enden über den gewaltigen Stein, eins zur rechten, eins zur linken Seite. In diesem Augenblick glitt der Stein wieder ein Stück vorwärts.

Die Folc schrien auf. Die Männer an den Tauen stemmten die Fersen in den Boden, um den gewaltigen Stein festzuhalten, der auf seinem Keil aus Erde hin- und herkippte, und Moloquin klaubte, immer noch im Laufschrirt, die Stangen auf und drückte sie denen in die Hand, die untätig herumstanden, und dann rannte er auf den Stein zu, drückte das Ende einer Stange dagegen und schob. In diesem Augenblick kam die Sonne heraus.

Das Licht und die plötzliche Wärme entlockten den Folc ein Seufzen, und sie hoben die Gesichter und die Arme der Sonne entgegen. Moloquin schrie, sie sollten schieben. Er holte so viele Männer zusammen, wie er finden konnte, stellte sie zu dritt und viert an eine Stange, drückte die Stangenspitzen gegen den Stein, und sie schoben, und wieder glitt der Stein knirschend ein Stück vorwärts, bevor er erneut liegenblieb. Die Männer an den Seilen stemmten sich gegen den Boden, sie schrien vor Aufregung und wußten kaum mehr, was sie taten, die Männer mit den Stangen legten sich mit ihrem ganzen Gewicht nach vorn und schoben, doch der Stein schien das Gleichgewicht wiedergefunden zu haben und wollte sich nicht mehr rühren. Dann donnerte er plötzlich hinab, rutschte mit dem Fuß voran die schräge Wand des Lochs hinunter und schlug in dem Loch mit solcher Wucht auf, daß die Erde erbebte, und stand schwankend aufrecht, und den Männern riß es die Seile aus den Händen.

Behäbig schwankend wie ein mächtiger alter Baum im Wind neigte der Stein sich vor und zurück, und Moloquin heulte auf. Er schnappte sich eine Schaufel und stürzte los, in den Schatten des Steins, der kippte und schwankte, und begann, Erdklumpen in das Loch zu schaufeln.

Nur der Kalkstein unmittelbar um seinen Fuß herum hielt den Stein aufrecht. Während Moloquin das Loch um den Stein mit Erde auffüllte, schwankte der über ihm, halb über ihn geneigt, als wollte er ihn im nächsten Augenblick zermalmen. Fergolin rannte los, um ihm zu helfen, doch der Schatten des Steins fiel auf ihn, und er scheute zurück. Moloquin schrie: »Helft mir!« Seine Arme schaufelten wie besessen. Fergolin landete mit einem Satz an seiner Seite, fiel auf die Knie und begann, die Erdhaufen am Rand des Lochs mit den Händen hineinzuschieben.

Als erwachten sie mit einem Mal aus der Betäubung, so stürzten nun auch die anderen Männer herbei. Was sie finden konnten, warfen sie in das Loch, um dem Stein Halt zu verleihen, und der gewaltige schwankende Pfeiler faßte allmählich Fuß und rührte sich nicht mehr. Sie traten zurück und blickten an ihm empor, und ein Schrei entstieg ihren Kehlen. Dann schlugen sie einander auf den Rücken, lobten ihr eigenes Werk, warfen sich in die Brust und marschierten triumphierend um den Stein herum. Moloquin entfernte sich ein wenig von den anderen und betrachtete den Stein.

Fergolin trat zu ihm und sagte: »Er ist großartig.«

»Das ist aber erst der erste, Fergolin-on«, sagte Moloquin, »und das Schwierigste liegt noch vor uns.«

Er klopfte Fergolin auf die Schulter, auf halb kameradschaftliche, halb zärtliche Weise, und lief auf die Öffnung im Ringwall zu. Die anderen Männer tanzten um den Stein, den sie aufgerichtet hatten. Sie hatten vergessen, wie sie den Stein und Moloquin gleichermaßen verflucht hatten, als das gewaltige Ungetüm noch im Gras lag. Fergolin lächelte vor sich hin. Die Männer waren gefügig und weich, viel weicher als der Stein. Was konnten sie unter dem Meißel von Moloquins Willen nicht alles erreichen? Um sich danach tüchtig selbst zu loben! Fergolin ging Moloquin nach, dorthin, wo der nächste Stein lag, und er nahm sein Werkzeug und machte sich an die Arbeit, ihm eine ebenmäßige Gestalt zu verleihen.

Im späten Frühling, als die Männer das Loch für den nächsten Stein gruben und die Frauen ihre Gärten versorgten, spielte ein Junge in der Asche von Ladons Rundhaus unten am Fluß.

Im allgemeinen mieden die Folc diesen Ort, weil sie das Gefühl hatten, Ladons böser Geist treibe sich dort herum. Ladons Sohn hatte zwar die Knochen aus den Überresten des Hauses geborgen und sie an eine der alten Grabstätten auf der anderen Seite des Flusses geschafft, doch hatten die Folc nicht vergessen, daß Ladons Leib nicht zur letzten Ruhe zur Säule des Himmels gebracht worden war, wo sein Geist hätte aufsteigen und sich mit den anderen Toten hätte vereinigen können. So hegten sie den Verdacht, daß ihr toter Häuptling sich vielleicht immer noch dort aufhielt, wo er gestorben war, und auf den Augenblick der Rache wartete.

Die Mitglieder der Jungenbande scheuten den Platz zwar auch, aus dem einfachen Grund, weil ihre Eltern es taten, doch ein Junge war wagemutig, und als die Sonne am höchsten stand, ging er hinab zu der mächtigen Narbe am Flußufer, der Ansammlung von Asche und Holzkohle, und begann, die halbverkohlten Balken herumzudrehen. Es dauerte nicht lange, bis er ein paar Tonschälchen fand, die in der Hitze rissig und steinhart geworden waren, und das befeuerte ihn. Immer wieder umkreiste er das riesige flache Bett der Brandruine und fand als nächstes ein Steinmesser.

Aufgeregt rannte er den Hang hinauf, an dem die Jungenbande die Ziegen des Neuen Dorfes weidete, und zeigte den anderen Jungen, was er gefunden hatte. Der Anführer der Jungenbande war Grelas Sohn, dessen Jungenname Sichel war, denn er war so dünn, daß seine Knochen messerscharf hervorstachen. Sichel führte die anderen in wildem Lauf zu dem alten abgebrannten Rundhaus hinab.

Einige der Stützbalken, die das Dach getragen hatten, waren nicht vollständig niedergebrannt, und ihre Stümpfe ragten aus der schwarzen Asche empor. Unter den Trümmern verbargen sich hier und da Löcher, und Holzstücke lagen herum, über die die Jungen stolperten. Während sie alles durchstöberten, wirbelte der Wind plötzlich einen Haufen Asche empor und trug ihn auf den Fluß zu, und die kleineren der Jungen schrien auf, weil sie glaubten, Ladon durch die Trümmer wandern zu sehen, und sie ergriffen die Flucht. Daraufhin erstarb auch die Begeisterung eines großen Teils der älteren Jungen, und sie erklärten mit Bestimmtheit, hier sei sowieso nichts zu finden, und trollten sich ebenfalls.

Der Junge aber, der das Steinmesser gefunden hatte, blieb; Sichel blieb, und ein paar andere blieben. Sie durchkämmten das schwarzgebrannte Rund, indem sie mit den Füßen am Boden herumstocherten und Klumpen regenfeuchter Asche umdrehten. Dann sah der Junge, der das Steinmesser gefunden hatte, etwas im Schmutz schimmern.

Er beugte sich hinab und zog daran: Es war ein Klumpen aus irgendeinem glänzenden Zeug, wie ein Stein. Aber es war kein Stein. Er blickte sich um, und als er sah, daß die anderen Jungen von ihrer eigenen Suche völlig in Anspruch genommen waren, versteckte er das glänzende Ding in dem Beutel an seinem Gürtel und durchwühlte nun die Asche mit den Händen und fand fast sofort noch mehr von demselben Zeug. Einige Stücke hatte das Feuer verzerrt. Andere hatten ihre Form bewahrt: Kettenglieder aus glatten rotgelben Scheiben und solche aus geschwungenen Formen.

Er versuchte, alles in seinen kleinen Beutel zu stecken, doch das gelang ihm nicht. Er erwog, das Zeug an Ort und Stelle zu verstecken und später wiederzukommen, doch die wirbelnde Aschensäule hatte auch ihn erschreckt, und die Vorstellung, noch einmal hierher zurückkehren zu müssen, war ihm zuwider. Er steckte den Schatz in seinen Lendenschurz und versuchte unauffällig zu verschwinden, so als habe er das Interesse an dem Ort verloren.

Sichel sah ihn jedoch sofort und folgte ihm mißtrauisch in kurzem Abstand. Den kleineren Jungen überwältigte die Angst, und er fing zu rennen an, und während er rannte, fiel der schimmernde Schatz Stück für Stück hinter ihm zu Boden. Sichel stieß einen schrillen Schrei aus und sammelte auf, was er zu fassen bekam. Er wußte sofort, um was es sich handelte. Er setzte sich hin, wo er war, streifte sich die Reifen über Hand- und Fußgelenke und legte sich die Kette um die Taille und stolzierte, die Arme schwenkend, los, um vor den anderen Jungen der Bande mit seinen Errungenschaften zu prunken.

Wahelas Sohn Lustig zog mit der Jungenbande umher, obwohl sie ihm gegenüber argwöhnisch war und ihn oftmals ausschloß, weil seine Mutter nicht aus ihrem Dorf stammte. Als er sah, was die Jungen im ausgebrannten Rundhaus gefunden hatten, ging er auf kürzestem Weg zum Neuen Dorf, wo seine Mutter mit anderen Frauen zusammensaß.

Sie hatte in diesem Jahr nicht gepflanzt, weder im Walddorf noch hier im Neuen Dorf. Sie hatte für sich beschlossen, daß Moloquin schon für sie sorgen würde, und folglich brauchte sie nicht zu arbeiten. Sie hatte den ganzen Tag nichts anderes zu tun, als in der Sonne zu sitzen und mit ihren Kindern zu spielen. Ein paar von den jüngeren Frauen setzten sich gewöhnlich mit ihren Webarbeiten oder ihrer Wolle zu ihr, doch die älteren, die um die Sampo saßen, wollten sie nicht bei sich haben und ließen nicht zu, daß sie sich zu ihnen setzte.

Tonangebend unter diesen Rivalinnen war Grela. Tishka war während der Hungersnot gestorben, und Grela war an ihrer Stelle Hauptfrau geworden, ein Ereignis, das sie sehr verändert hatte. Vorher war sie geschwätzig und unbekümmert gewesen, doch jetzt fühlte sie das Gewicht aller Folc auf ihren Schultern, und bei allem, was sie tat, prüfte sie gewissenhaft, ob es den anderen als Beispiel dienen konnte. Wahela war ihre besondere Feindin. Wahela tat nichts, was Grela für nachahmenswert hielt. Niemand wußte genau, wie sie zu Moloquin stand – außer, daß sie offensichtlich von Zeit zu Zeit das Lager mit ihm teilte und ihm einen Sohn geboren hatte, doch Shateel war Moloquins richtige Frau. Außerdem ernährte er Wahela statt Wahela ihn, was alle Frauen als Ungeheuerlichkeit empfanden.

Also saß Wahela mit ihrem eigenen Kreis zusammen, den jungen Frauen, denen die Macht der Alten ein Dorn im Auge war, und Grela saß mit den Alten um die Sampo, und sie spannen die bösartigen Netze ihrer Klatschgeschichten, und die Frage, die das ganze Dorf bewegte, war, wer bei Wahela und wer bei Grela saß.

Jetzt saß Wahela in der Sonne, die Hände müßig im Schoß. Ihr kleiner Sohn spielte in ihrer Nähe im Sand mit einem Haufen kleiner Knochen, die er auf eine Schnur fädelte und wieder heruntergleiten ließ. Die anderen jungen Frauen waren mit ihren Arbeiten beschäftigt. Während sie arbeiteten, verbreiteten sie sich darüber, wie häßlich und alt die Hauptfrauen waren, doch Wahela war dessen überdrüssig; die

Worte hatten ihre Unterhaltsamkeit für sie eingebüßt. Da trat ihr Sohn Lustig zu ihr.

Er sagte: »Ana-el, Sichel und die anderen Jungen haben im alten Rundhaus etwas gefunden.«

»Was hatten sie denn da zu suchen?« Eine der anderen Frauen hob den Kopf. »Da geht Ladon um – der wird sie bestimmt auffressen.«

Wahela packte ihren Sohn bei den Armen und stellte ihn vor sich hin. Geschäftig zupfte sie an ihm herum, staubte ihn ab, rückte seinen Lendenschurz zurecht und glättete ihm das wirre Haar. Als sie nichts mehr an ihm auszusetzen fand, langte sie unter seinen Lendenschurz und zupfte ihn an seinem Geschlecht, und er quiekte und faßte sich zwischen die Beine. Die anderen Frauen lachten.

»Ana«, sagte er wieder, »die haben etwas ganz Wunderbares gefunden!«

Wahela wandte sich den anderen Frauen zu. »Was kann es da schon Wunderbares geben? Das ist ein verrufener Ort.«

Die anderen nickten zustimmend und lächelten ihr zu – Wahela erwartete von ihrem Kreis, daß man ihr in allem bedenkenlos zustimmte. Der kleine Junge zuckte die Achseln.

»Ich glaube, ich gehe besser zu Moloquin und sag's ihm«, sagte er laut.

Wahela setzte sich ruckartig auf, und sie runzelte ärgerlich die schwarzen Brauen. »Was soll das heißen? Alles, was du Moloquin sagen willst, kannst du genausogut mir sagen!«

»Ich hab's dir doch gesagt!« antwortete der Junge und ließ die ineinander verschränkten Hände vor- und zurückschwingen. Er sprach in einem spöttischen Singsang. »Du wolltest es ja nicht hören.«

»Dann sag's mir noch mal!«

»Ich hab's dir doch gesagt!« Lustig machte alle möglichen Verrenkungen und genoß die Aufmerksamkeit seiner Mutter.

»Sag's mir noch mal, du kleiner Wurm, oder ich zieh dir das Fell über die Ohren!«

Die anderen Frauen kicherten. Lustig entfernte sich einen Schritt von seiner Mutter.

»Ich glaube, ich sag's lieber Moloquin!«

Wahela reckte sich vor und erwischte seinen Knöchel. »Komm her, damit ich mir die Hand an deinem Hintern wärmen kann, du unverschämter Floh!«

»Nein«, schrie er, als sie ihn auf ihren Schoß hinabzog, »nein, nein, ich sag's dir!«

Sie nahm ihn, wie er war, auf den Schoß, als wäre er ein Baby, und drückte ihn an sich. Sie gab ihm einen schmatzenden Kuß auf die Stirn. »Na, dann mal los! Sishka, gib mir doch was von dem Honigkuchen für diesen ungezogenen Jungen!«

Sishka gab ihr einen klebrigen, harten Kuchen aus Honig und Nüssen, und Wahela brach ihn durch und gab die eine Hälfte Lustig und die andere dem Kleinen, der hinter ihr im Sand saß und die Knochen auffädelte.

»So«, sagte sie gutgelaunt, »und nun sag's mir.«

»Sachen, die glänzen«, sagte Lustig mit vollem Mund, »Sichel hat die jetzt. Er hat sie an – ein Gürtel und Armreifen und Fußreifen.«

»Pah«, sagte Wahela, »irgendwelcher Männerschmuck!«

»Nein!« rief Lustig. »Das da hat Zauberkräfte – das ist dasselbe wie das, aus dem Moloquins große Axt gemacht ist! Dasselbe!«

Wahela wurde schlagartig ernst. Sie machte eine Bewegung auf ihren Sohn zu, als sei sie eine Schlange auf Beutesuche und er ein Vögelchen, und sah ihn durchdringend an. »Was sagst du da?«

Lustig schluckte das letzte Stückchen Kuchen herunter. »Ich habe gesagt, Sichel und die anderen Jungen haben Sachen im alten Rundhaus gefunden – Sachen, die aus demselben Zauberzeug gemacht sind wie Moloquins Axt.«

»Hah!« Wahela erstarrte. Dann bewegte sie den Kopf und blickte ins Leere.

»Es stimmt!«

»Ich glaube es dir«, sagte sie geistesabwesend.

Nun fiel ihr wieder ein, daß Ladon bei der Großen Versammlung, bei der Moloquin die Plattform der Häuptlinge zusammengehauen und die Folc aufgefordert hatte, ihm zu folgen, wunderbare Schmuckstücke getragen hatte. Bis jetzt hatte sie die rätselhafte Schönheit dieser Schmuckstücke nicht mit der gewaltigen Axt in Zusammenhang gebracht, mit der Moloquin die Macht der Häuptlinge zerstört hatte. Die ganze Zeit über mußten die Schmuckstücke im Rundhaus versteckt gelegen und gewartet haben. Sie stand auf.

»Wo gehst du hin?« wollten die anderen Frauen wissen.

Sie winkte ihnen zu. Sie scheuchte Lustig weg, der ihr folgen wollte, und lief den Weg durch das Dorf hinab, auf die Sampo zu.

Das Neue Dorf war seiner Anordnung nach dem alten ziemlich ähnlich. Es stand auf einer Anhöhe nicht weit von der Säule des Himmels, und die Gärten lagen alle an den Abhängen, wo das Wasser gut ablief und der Boden leicht war. In einer Senke an der Hangseite gab es einen kleinen Weiher, aus dem die Folc sich mit Wasser versorgten. Das Dorf blickte nach Osten, wie es alle Dörfer taten. Wo früher vier Langhäuser gestanden hatten, gab es jetzt allerdings nur noch zwei, weil so viele Menschen während der Hungersnot gestorben waren.

Das Rundhaus war klein, das Dach ruhte auf nur zwei Kreisen von Stützpfosten, und es hatte keinen Hof. Die Männer waren ständig an der Säule des Himmels beschäftigt, und Moloquin war niemals in seinem Rundhaus anzutreffen. Ladons Sohn lebte darin, und sie bewahrten dort ihre Nahrungsvorräte auf, doch es war nicht wie die Rundhäuser in den anderen Dörfern. Es strahlte keine Macht und keine Schönheit aus, sondern war einfach nur ein kleines rundes Gebäude, wo sie Werkzeug und Nahrung aufbewahrten und wohin die Frauen gehen konnten, wenn sie mit Ladons Sohn sprechen wollten.

Der wirkliche Mittelpunkt des Neuen Dorfes war die Sampo, die die Frauen hingebungsvoll den langen Hang vom alten Dorf hinaufgeschleppt und zwischen den beiden Türen der Langhäuser aufgestellt hatten. Da saßen nun die Hauptfrauen und mahlten das Mehl, so viel, wie jeden Tag gebraucht wurde, und drehten gleichzeitig die täglichen Neuigkeiten des Dorfes durch die Mühle. Dorthin lenkte Wahela nun ihren Schritt, während ihr die Worte ihres Sohnes im Kopf herumgingen.

Die alten Frauen sahen sie kommen, und eine nach der anderen hob den Kopf – es waren ergraute Köpfe, häßliche alte Gesichter, untauglich für die Macht, und dabei besaßen sie doch so viel Macht. Wahela trat zwischen sie und ließ sich auf die Knie niedersinken.

Sie wandte sich an Grela. Ohne alle Umschweife sagte sie: »Ich möchte das haben, was dein Sohn in der Asche des alten Rundhauses gefunden hat.«

Grela bekam vor Verblüffung den Mund nicht zu. Sie schaute zuerst die Frau zu ihrer Linken und dann die zu ihrer Rechten an, ehe ihr Blick zu Wahela zurückkehrte.

Sie sagte: »Verschwinde, törichtes Geschöpf! Wir geben nichts auf deine Worte, du redest zuviel Unfug.«

Wahela erwiderte: »Ich sehe, wie gewöhnlich weißt du von nichts. Also paß auf: Dein Sohn hat etwas im alten Rundhaus gefunden – etwas, das die Macht hat, ihn zu einem Häuflein schwarzer Asche zu verbrennen und sein Innerstes erstarren zu lassen, wenn er es nicht in die Hände dessen legt, der seinem Zauber zu begegnen vermag. Tu also, was ich dir sage, alte Frau – geh und hole mir das Zauberzeug, oder großes Unheil wird über dich kommen, und ich werde nichts dafür tun, um es von dir abzuwenden.«

Einen Augenblick lang verharrte sie noch zwischen den alten Frauen und schaute sie mit funkelndem Blick an, dann erhob sie sich und machte sich, gerade gewachsen und schlank wie eine Birke, auf den Rückweg.

Grela blickte ihr nach. Grela senkte den Kopf, den Blick auf die Sampo gerichtet, und streckte die Hand aus, um den Stein in Bewegung zu setzen.

Sam-po, Sam-po
La li la la li li la
Alles muß steigen, und alles muß fallen
La li la la la la li la
Sam-po, Sampo

»Was hat das zu bedeuten?« fragte eine der anderen Frauen.

Grela zuckte die Achseln. Sie schaute zu, wie die Mühle sich drehte und drehte und das Schrotmehl zwischen den Steinen herausrieselte, und sie wünschte sich, ein Messer und den nötigen Mut zu besitzen, um es in Wahelas Herz zu stoßen.

Sie sagte: »Die Mühle dreht sich, weiter nichts. Ich werde meinen Sohn suchen gehen.«

»Grela! Du wirst doch nicht tun, was dieses Weib verlangt?«

Sie stand auf und bedachte ihre Gefährtinnen bei der Mühle mit einem finsteren Blick. Sie sagte: »Seid ihr dumm? Wartet nur ab, Hochmut kommt vor dem Fall. Ich kehre bald wieder.«

Moloquin strich mit der Hand über den Stein, der warm von der Sonne war, und dann kniete er nieder und betrachtete die Kante. Ruak und Fergolin beobachteten ihn ungeduldig, und als er sich aufrichtete und nickte, verzogen ihre Gesichter sich zu einem freudestrahlenden Lächeln.

»Den Zapfen müßt ihr an diesem Ende machen«, sagte Moloquin, »das andere Ende ist uneben.«

Einen Augenblick stand er da, die Hand auf den Stein gelegt, doch sein Blick wanderte zu dem anderen, dem, der gleich jenseits des Ringwalls stand und das Haupt in den Himmel reckte. Er brannte darauf, diesen Stein neben dem anderen aufzustellen, endlich mit der krönenden Arbeit zu beginnen, den Querbalken auf die Torpfosten zu legen. Es machte ihn rasend, daß alles so langsam vonstatten ging. Da standen nun diese beiden Männer und lächelten, weil er gesagt hatte, daß dieser Stein fertig sei und aufgestellt werden könne, so als sei ihre Arbeit damit beendet. Dabei hatte sie doch gerade erst begonnen, und die Tage gingen dahin – die Tage schwanden dahin wie die Wolken, die über dem aufragenden Stein dahinhuschten, die Zeit schwand und schwand.

Er sagte: »Das Loch ist noch nicht ganz fertig. Kommt, sehen wir uns mal an, wie tief es ist.«

Ruak sagte: »Ich warte lieber hier.« Er setzte sich auf das Ende des Steins.

»Kommt«, sagte Moloquin und lief auf die Öffnung im Ringwall zu, Fergolin auf den Fersen.

Die anderen Männer gruben Kalkstein heraus, schaufelten das Loch leer und häuften Erde und Geröll daneben auf. Moloquin trug sein Seil über der Schulter. Er nahm es und ließ das eine Ende bis auf den Grund des Loches hinab.

Ruak trat zu ihnen. Er murrte vor sich hin und schlug die Handflächen gegen die Oberschenkel. Dann blickte er zum Himmel auf und sah blinzelnd ins Sonnenlicht.

»Bald ist die Große Versammlung. Mich zieht es dorthin, ich kann nicht warten, bis die Sonne über dem Stein steht.«

Moloquin, der am Rand des Loches kniete, antwortete: »Wir haben hier viel zu tun.«

»Ich habe trotzdem vor, zur Großen Versammlung zu gehen«, sagte Ruak.

Moloquin richtete sich auf, das aufgerollte Seil in der Faust. Er sagte: »Wie kannst du bloß dorthin gehen wollen, wo alle Steine seit Generationen an ihrem Platz stehen, wenn du unterdessen diesen hier aufrichten kannst? Hier!«

Er kehrte zu dem neuen Stein zurück, der außerhalb des Ringwalls im hohen Gras lag. Die anderen Steine, die darauf warteten, behauen und geglättet zu werden, lagen nicht weit davon entfernt. Wie ein Schatten zeigten zerdrücktes Gras und Schlamm, wo der fertige Stein gelegen hatte, ehe sie ihn umgedreht hatten, um die andere Seite zu bearbeiten. Moloquin vermaß ihn abermals mit seinem Seil. Er tat das jeden Tag viele Male. Die anderen Männer lächelten jedesmal, wenn sie das sahen, und er wußte, sie hielten ihn für verrückt, doch die Sorge um die genauen Maße der Steine verfolgte ihn ständig. Nachts träumte er sogar manchmal davon, daß er die Steine vermaß. Jetzt nahm er ein Stück Kohle aus dem Gürtel und markierte den Stein.

»Soviel wird in das Loch passen. Diese Linie hier –«, er zog einen Strich von Kante zu Kante, »diese Linie hier zeigt, von wo ab der Stein aus der Erde herausragt, und das hier –«,

Er nahm mit seinem Seil Maß und zog eine weitere Linie, die etwa eine Handbreit unterhalb der Oberkante verlief, »das hier zeigt, wo die Oberkante später verlaufen wird, wenn ihr den Zapfen gemacht habt. Richtet euch dabei nach dieser Linie, wenn ihr oben etwas wegschlagt, um den Zapfen zu machen.«

Ruak knurrte: »So genau kommt's doch wohl nicht drauf an!«

Moloquin beachtete ihn nicht. Er hatte sich daran gewöhnt, daß Ruak gegen alles, was er tat, etwas einzuwenden hatte.

Fergolin ging mit seinem Meißel daran, den Zapfen herauszuschlagen, und Ruak trat neben ihn, um ihm zu helfen. Moloquin machte sich zu seinem Lieblingsplatz auf, der Stelle unmittelbar außerhalb des Ringwalls, wo er in den Sand zeichnen konnte. Als er dort angelangte, war Wahela eingetroffen.

Sie saß mit gekreuzten Beinen im Gras, den Rücken an den Wall gelehnt, und schien halb zu schlafen. Die Arme hatte sie wohlig im Sonnenlicht ausgestreckt, und ihr sonnenwarmes Haar umfloß sie, doch er bemerkte das Aufblitzen ihrer Augen, als er sich näherte, und wußte, sie war so wach wie ein Raubvogel und wollte etwas. Er setzte sich neben sie und wandte ihr das Gesicht zu.

»Ich habe dir schon oft gesagt, daß Grela ein übles Weib ist, und vielleicht glaubst du es mir diesmal.«

Er verzog verächtlich das Gesicht. »Ich wäre wirklich froh, wenn du mir nicht mit euren kleinen Zänkereien kommen würdest. Ich habe viel zu tun.«

Er beugte sich vor und zeichnete Kreise in den Sand und zog Linien hindurch, kreuz und quer, und betrachtete ihren Schnittpunkt in der Mitte. Wahela beugte sich ebenfalls vor und wischte die Zeichnung mit der Hand wieder aus.

»Du willst mir also nicht zuhören? Moloquin, manchmal glaube ich, daß du über der Arbeit hier oben den Verstand verloren hast!«

Er glättete den Sand mit der Handfläche. »Also, dann erzähl!«

»Grela haßt uns. Sie wünscht unser Ende herbei, und jetzt hat sie auch die Macht, es herbeizuführen!«

Moloquin warf den Kopf zurück und lachte aus voller Kehle, und sein Gelächter stieg himmelwärts. Alle Männer drehten sich um, um herauszufinden, was diese ungewohnte Heiterkeit hervorgerufen haben mochte. Er blickte Wahela wieder an, und seine Hand schob sich dabei schützend vor den Sandfleck, ja, er rückte sogar so weit herum, daß sein Körper sich zwischen sie und die Stelle schob, wo er seine Zeichnungen machte.

»Oho«, sagte er, »das mußt du mir genauer erklären, Wahela.«

»Sie hat irgendein Zaubermittel, glaube mir, ein Zaubermittel wie deine Axt. Ihr Sohn hat es im alten Rundhaus gefunden. Sie wird es dazu verwenden, uns die bösen Geister auf den Hals zu schicken, weil sie uns haßt.«

Während sie sprach, leuchteten ihre Augen; sie hob die Hände und strich sich das Haar zurück. Sie war schön. Er liebte es, ihre glutvolle Schönheit zu betrachten, und erinnerte sich jedesmal daran, wie sie ihm ihre Schönheit geschenkt hatte, und seine Begierde erwachte bei ihrem Anblick aufs neue. Jetzt neigte sie sich ihm zu und blickte ihm mit solcher Eindringlichkeit in die Augen, als wollte sie ihm die Seele heraussaugen, und sagte: »Ich will das Zaubermittel haben, Moloquin. Mach, daß sie es mir gibt!«

Er lachte. Er legte ihr die Hände auf die Arme und zog sie an sich und roch die Sonne in ihrem Haar und auf ihrer Haut und spürte ihre weiche Haut an seiner.

Sie rüttelte ihn mit beiden Händen. »Hörst du mir überhaupt zu?«

»O ja«, sagte er, »du willst sagen, daß Grela die Schmuckstücke gefunden hat, die Harus Kum Ladon gegeben hat.«

»Ich will sie haben«, schrie sie und trommelte mit den Fäusten auf ihre Schenkel, »sie stehen mir zu – so wie du deine Axt hast; und da ich deine Frau bin, muß ich die Schmuckstücke kriegen, die Grela hat!«

Er saß da und schaute sie an, die Hände noch immer auf ihre Arme gelegt, und lächelte über ihren Temperamentsausbruch. Sie warf das lange schwarze Haar mit einer Hand zurück und funkelte ihn an.

»Sie stehen mir zu!«

»Sie haben Ladon kein Glück gebracht«, sagte Moloquin, »sie haben niemandem Glück gebracht. Wenn du Grela übelwillst, dann brauchst du sie ihr nur zu lassen, sie bringen ihr bestimmt Unglück.« Er verschwieg, daß der Schmuck der Preis für die beiden Jungen gewesen war, die Harus Kum in die Sklaverei verschleppt hatte.

»Moloquin«, sie beugte sich zu ihm und zischte zwischen den Zähnen hindurch, »ich will sie haben. Sag ihr, daß sie sie mir geben soll, oder ich kehre wieder in den Wald zurück.«

Er sah sie lächelnd an. Ihre Wildheit entzückte ihn. »Willst du mir etwa drohen? Dann geh – geh und komm niemals wieder, Wahela!«

Sie sah ihn finster an, ihr Gesicht glühte, und er lachte sie aus. Er wußte ebensogut wie sie, daß sie ohne ihn nichts hatte, nicht einmal einen Garten. Er zog sie bei den Armen zu sich heran und küßte sie auf den Mund.

»Heute nacht«, sagte er weich, »liegen wir beieinander, und du kannst deinen Zorn an mir auslassen. Und jetzt hör mir zu – was Grela da hat, wird ihr nichts Gutes bringen. Hör auf, mit ihr über das Zeug zu streiten. Laß den Dingen ihren Lauf.«

Bitter sagte sie: »Ich bedeute dir überhaupt nichts. Ich habe dir mein ganzes Leben gegeben, und du willst mir nicht einmal diesen einzigen kleinen Wunsch erfüllen.«

»Nein«, sagte er, »das will ich nicht. Und jetzt geh und laß mich arbeiten.«

Sie fauchte ihn an. Dann stand sie auf und ging davon, mit steifem Rücken, die Röcke gerafft, und kehrte zum Neuen Dorf zurück. Moloquin blickte ihr nach. Er beruhigte sich mit dem Gedanken, daß sie bis zum Anbruch der Dunkelheit bereits vergessen haben würde, daß sie böse mit ihm war. Er sagte sich, daß er recht daran getan hatte, sie nicht zu heiraten. Über den Boden gebeugt, zeichnete er mit dem Zeigefinger seine Kreise in den Sand.

Am späten Nachmittag, als der Tag warm und prall war wie eine reife Frucht, ging Moloquin von der Säule des Himmels ins Dorf hinab. Er trat zu den alten Frauen an der Sampo und ließ sich am Rande ihres Kreises auf die Fersen nieder.

Anfangs schenkten sie ihm keine Beachtung. Noch nie war ein Häuptling zu ihnen gekommen. Früher waren immer sie hierhin oder dorthin bestellt worden, um die Fragen eines Häuptlings zu beantworten oder seine Befehle entgegenzunehmen oder seinen Unmut über irgendwelche Fehlschläge über sich ergehen zu lassen. Moloquin war anders als die anderen Häuptlinge. Es gab Zeiten, da meinte Grela, er sei überhaupt kein richtiger Häuptling, und während sie so dasaß und das Mühlrad drehte und den Dorfklatsch mit den anderen austauschte (in der Nacht war ein Kind geboren worden, und nun mußte die gesamte Abstammung des Mädchens durchgesprochen werden, damit man sich über ihren Namen, ihre verwandtschaftlichen Beziehungen und ihre Pflichten klarwurde), wurde sie wütend auf ihn, weil er sich in allem so zweideutig verhielt.

Sie wußte, weshalb er da war. Am Abend zuvor hatte sie ihrem Sohn Sichel einen ganzen Haufen rotgelber Schmuckstücke abgenommen, die wunderschön leuchteten, und hatte sie außerhalb des Dorfes versteckt, weil sie nicht wagte, etwas, das soviel Macht besaß, in die Einfriedung zu bringen. Sie hätte darüber gern mit den anderen Frauen gesprochen, aber sie hatte Angst, den Schatz auch nur zu erwähnen. Sie fürchtete seine Zauberkraft ebenso wie diejenigen, die sich seiner zu bemächtigen suchten. Da sie sich keinen Rat wußte, wurde sie wütend und wandte sich energisch an Moloquin. »Nun? Was hast du uns zu sagen?«

Er hockte dort wie ein kleiner Junge aus der Jungenbande, und seine lebhaften dunklen Augen blitzten wie Lichtstrahlen. Er musterte sie eine Weile, und sie hielt seinem Blick stand, spürte jedoch seine Macht, und auch das reizte sie.

Schließlich sagte er: »Wie kommst du darauf, daß ich hier bin, um zu euch zu sprechen, Ana-Grela-el? Was für ein Wissen kann ich euch, die ihr den ganzen Tag am Fuß der Mühle sitzt, schon anbieten? Ich bin hier, um zuzuhören.«

Die Frauen wandten sich nach ihm um und kehrten der Mühle den Rücken zu. Sie zogen ihre Schultertücher über die Köpfe hinauf und starrten ihn an, sieben alte Frauen, eine jede der anderen so ähnlich, daß sie ein- und dasselbe Wesen hätten sein können. Dann sagte Grela: »Was können wir einem schon erzählen, der so mächtig ist wie du, Opa-Moloquin-on, und der sich nicht einmal vor dem Himmel verneigen will?«

Er sagte: »Ich bin gespannt, zu hören, was ihr zu sagen habt.«

»Pah! Geh doch und hör dir an, was deine Frau Wahela dir zu sagen hat!«

»Wahela habe ich schon gehört. Jetzt möchte ich gern dich hören, Ana-Grela.«

»Hah!« Grela sah ihn stirnrunzelnd an. Der Gedanke an den Schatz drückte sie zwar, doch sie konnte sich nicht überwinden, davon zu sprechen, schon gar nicht ihm gegenüber. Er war ein Mann und ein Häuptling und hatte mit den Frauen nichts zu schaffen. Sie hatte keine Gemeinsamkeiten mit ihm. Doch sie erinnerte sich, wie er neben Karella gesessen hatte, wenn die alte Geschichtenerzählerin sich zu dem Kreis um die Mühle gesellt hatte, und wie er damals gelauscht hatte. Er hatte sich nicht verändert. Er sprach immer noch eher wie ein Kind unter Frauen als wie ein Häuptling unter Männern, und diese Einsicht löste ihr die Zunge, auch wenn sie es immer noch nicht über sich brachte, von dem Schatz zu sprechen.

»Um Wahela geht's!« rief sie und warf ihr Schultertuch zurück. Ihr Zorn floß über wie ein übervoller Krug. »Sie gebärdet sich unter uns, als besäße sie eine ungeheuerliche Macht, dabei, was hat sie denn? Ist sie denn nicht ebenso eine Frau wie alle anderen auch? Und du! Das ist dein Werk, daß sie so ist, wie sie ist. Du hast sie zur Frau genommen und doch nicht zur Frau, und niemand weiß, was sie für dich ist, außer dir!«

Er sagte: »Abadon hat viele Geliebte und heiratet keine.«

»Was! Du wagst es, dich mit Abadon zu vergleichen, der unter den Sternen wandelt?«

»Ich vergleiche Abadon mit mir, der auf der Erde wandelt. Hast du meine Steine an der Säule des Himmels schon gesehen?«

Grela hing noch der Erwähnung Abadons nach, der in der Tat einige Ähnlichkeit mit Moloquin besaß. Widerstrebend sagte sie: »Ich habe dein Werk gesehen, Opa-Moloquin-on.«

»Das ist meine Antwort. Jeder, der meine Frömmigkeit bezweifelt, soll hingehen und es anschauen. Kein Mensch empfindet größere Verehrung für die Ordnung von Himmel und Erde als ich.« Er ließ den Blick von einer alten Frau zur anderen wandern, wie sie da mit ihren vom Alter schlaff und faltig und wulstig gewordenen Gesichtern vor ihm saßen. »Vor allem denke ich an euch. An der Säule des Himmels begründe ich euren höheren Ruhm. Wenn ich euch in kleinen Dingen enttäusche, dann richtet euer Auge auf die größeren.«

Jetzt sagte Grela: »Und was ist mit dem Schatz, den die Jungen in Ladons Haus gefunden haben?«

Er schüttelte den Kopf. »Der Schatz bedeutet mir nichts.«

Das beeindruckte sie. Sie musterte sein Gesicht noch eine Weile, und als sie den Blick wieder den alten Frauen zuwandte, stellte sie fest, daß alle sie beobachteten und darauf warteten, daß sie weiterspräche.

Zaudernd sagte sie: »Die Jungen haben ihn in Ladons Haus gefunden.«

Er nickte nur einmal mit dem Kopf. Die Sache schien ihn nicht sonderlich zu interessieren, und das machte sie kühn. Sie wußte, er würde ihr die Wahrheit sagen.

»Er hat viel Unheil über uns gebracht«, sagte sie, »er besitzt ungeheure Zauberkräfte.«

Moloquin schüttelte den Kopf. »Er hat keine eigene Macht. Jeweils derjenige, der das Wissen darüber besitzt, hat auch die Macht, und das Wissen darüber hat hier niemand außer mir.« Er stand auf und grüßte sie mit einer Hand. »Steht treu zu mir«, sagte er, »und ich werde treu zu euch stehen.«

Grela sank wieder auf ihren Platz zurück. Die anderen Frauen brachen in aufgeregtes Geschnatter aus und ereiferten sich über die kleinsten Einzelheiten seines Äußeren und über die Betonung jedes einzelnen seiner Worte. Noch bevor es Abend wäre, würde das ganze Dorf die Kunde vernommen haben, daß Moloquin bei den Frauen gesessen hatte. Grela zog sich das Tuch enger um die Schultern und versank in tiefes Brüten.

Der Schatz lag, nur wenige Schritte von ihr entfernt, außerhalb des Dornbuschzauns in einem Loch im Boden, das mit Gras zugedeckt war. Was Moloquin gesagt hatte, erleichterte sie ein wenig. Bei aller schimmernden Schönheit, die Ringe und der Gürtel waren nur Zierrat, Schmuckstücke, Gefäße der Macht, und hatten selbst keine Bedeutung.

Wenn sie Zauberkraft besessen hätten, hätte er sie gewiß haben wollen. Wahela hingegen wollte sie haben. Grela zog das Tuch noch enger, als sie zornerfüllt an Wahela dachte. Moloquin hatte ihre Beschwerden beiseitegeschoben, er hatte Grelas eigene Macht, die darin bestand, unter den Frauen für Recht und Sitte zu sorgen, auf die leichte Schulter genommen.

Glatt und geschmeidig und leuchtend war der Schatz Ladons. Selbst jetzt, wo er außerhalb des Dorfes vergraben lag, zog er sie unwiderstehlich an. Ihre Füße sehnten sich danach, sie dorthin zu tragen, ihre Finger verlangte es danach, ihn zu berühren, ihn hochzuheben, den Schmuck dem Leib anzulegen.

Demnach besaß er also doch eine eigene Macht. Dann hatte Moloquin ihr etwas vorgelogen.

Sie kaute auf der Unterlippe. Sie wollte ihm gern glauben – das war seine Gabe. Wenn er mit ihr sprach, glaubte sie ihm einfach alles. Ihr Blick ruhte auf der Sampo, die sich drehte, doch sie blieb in sich gekehrt und kämpfte mit ihren Zweifeln. Als sie nur Tishkas Schwester gewesen war, war ihr die Arbeit der Hauptfrauen so leicht erschienen – die saßen da, hörten alles und sorgten dafür, daß alles den Regeln des Himmels entsprach. Jetzt, wo sie selbst hier saß, waren diese Regeln in Rätsel gehüllt. Was sollte sie bloß tun?

Unheilvoll, dieser Schatz, unheilvoll und mächtig, was immer Moloquin sagen mochte.

Doch das war wiederum nicht einleuchtend, denn wenn der Schatz so wertvoll war, dann würde er ihn doch wohl für sich selbst wollen, und er schien ihm gleichgültig zu sein. Was hatte er doch noch gesagt – daß der Schmuck selbst leer sei, daß die Macht bei ihm liege, weil er das Wissen besaß.

Nur Moloquin besaß das Wissen über den Schatz.

Sie saß da und wiegte sich vor und zurück, während sie nachdachte, und sie hielt den Mühlstein mit der Hand in Schwung. Die anderen Frauen hatten ihre Ansichten über Moloquin bis aufs letzte Körnchen zermahlen. Ihr Gespräch wandte sich bereits anderen Themen zu – Babys, Gärten, Webarbeit, den tausend kleinen Fertigkeiten, die den

Kreislauf der Welt garantierten. Doch Grela hockte immer noch in ihr Schultertuch gehüllt da und konnte ihre Gedanken nicht von dem Schatz lösen.

Sam-po, Sam-po
La li la li la la li la
Die Mühle dreht sich vorwärts, niemals rückwärts
Die Mühle kehrt stets dahin zurück, wo sie war
La li la la li li la
Sam-po, Sam-po

Grela bedeckte ihr Gesicht mit ihrem Tuch.

Am Nachmittag kam der Läufer von den Wenden-des-Jahres, um sie alle zur Teilnahme an der Großen Versammlung aufzufordern. Die Frauen des Dorfes hatten damit gerechnet – ihre Gärten zeigten ihnen so genau die Zeit an wie das Firmament den Männern –, und sie begaben sich sofort in die Langhäuser, um die nötigen Reisevorbereitungen zu treffen.

Auch Wahela ging ins Langhaus und packte dort ihre Decken, ihre Kleider und die Sachen für die Kinder zusammen. Die Frauen aus ihrem Kreis halfen ihr und flatterten um sie herum wie die Schmetterlinge um die Blüte, und als alles fertig war, nahm sie ihren kleinen Sohn Twig, der auch Moloquins Sohn war, und lief zur Säule des Himmels hinauf.

Die Männer waren alle dort und arbeiteten, so rasch sie konnten, weil Moloquin den zweiten Stein aufrichten wollte, ehe sie zur Versammlung aufbrachen. Sie hatten den Fuß des Steins bereits über dem Loch, und der Kopf ragte in die Luft, während sein Rumpf auf Erdhügeln ruhte, die mit Holzkloben befestigt waren. Auf der anderen Seite des Loches hatten sie drei hohe Holzpfosten aufgerichtet, die schräg standen, so daß ihre Spitzen sich kreuzten, und über diesen Schnittpunkt hatten sie weitere Seile geworfen, so daß der gewaltige Stein von Seilen umgeben war wie von einem Spinnennetz. Als Wahela dort ankam, stützten die Männer den Stein gerade mit ihren Stangen ab, während sie ihn mittels der Seile, die über die Holzpfosten liefen, hochzerrten, um mehr Erde drunterschieben zu können. Moloquin stand fast schon in dem Loch und blickte zu den arbeitenden Männern empor.

Sie rief seinen Namen. Er kam jedoch nicht gleich, sondern bedeutete ihr, ohne sich umzudrehen, daß sie auf ihn warten sollte. Sie stampfte mit dem Fuß auf. Der Stein würde immer da sein, und sie wollte mit ihm sprechen, nur ein paar Worte. Twig begann in ihren Armen zu strampeln, weil er runtergesetzt werden wollte.

»Nein«, sagte sie, »das ist viel zu gefährlich. Du willst doch wohl nicht, daß der Stein auf dich drauffällt?«

Er sah zu ihr auf. Er hatte die großen schwarzen Augen seines Vaters, und wenn er sie ernst und aufmerksam anblickte, hatte sie oft Mühe, nicht zu glauben, daß das Moloquin selbst war, der auf irgendeine Weise in den Körper eines kleinen Jungen gesperrt war. Manchmal sprach sie zu ihm lange und ausführlich von Dingen, die selbst Moloquin verwundert hätten.

Er zeigte auf den Stein. »Opa«, sagte er.

»Ja, das ist dein Vater.«

»Runter!« Er strampelte wieder und trat mit seinen dicken Beinchen gegen ihre Schenkel. »Runter!«

In diesem Augenblick kam der Stein plötzlich ins Rutschen. Die Männer schrien auf, laut genug, daß Twig sich an die Kleider seiner Mutter klammerte und sich an ihre Brust preßte und sie sich instinktiv duckte und schützend über ihn beugte. Die Männer warfen sich mit fieberhafter Energie über den Stein, schlangen die Seile herum und hängten sich mit ihrem ganzen Gewicht an die Stangen, die sein Haupt in die Höhe zwangen.

Der Stein war nur ein Stückchen nach vorne gerutscht. Sein Fuß hing immer noch über dem Loch, in dem er stehen sollte, und so sehr sie sich jetzt auch anstrengten, sie konnten ihn keinen Fingerbreit vorwärtsbewegen. Wahela richtete sich lächelnd auf. Es amüsierte sie, daß die Steine zuweilen ihren eigenen Willen hatten und sich dem Moloquins nicht immer fügten.

»Runter!« schrie Twig, und er entwand sich dem Griff seiner Mutter, landete auf beiden Beinen und rannte durch das niedergetrampelte Gras der heiligen Stätte auf seinen Vater zu.

Moloquin rief den anderen Männern Anweisungen zu. Er winkte mit den Armen, um den Männern mit den Seilen anzuzeigen, wo sie zu beiden Seiten des Steins zu stehen hatten, und er selbst schloß sich den Männern an, die um die Stangen geschart waren. Auf halbem Weg blieb Twig stehen. Wahela wartete ab, bereit, ihm nachzuspringen und ihn zurückzureißen, falls er noch näher an den Aufbau heranging. Die Männer mühten sich an den Stangen ab, doch der Stein widerstand und verharrte reglos in seiner Wiege aus Seilen und Erde. Alles Mühen fruchtete nichts, und schließlich gaben sie es auf. Sie ließen von den

Stangen ab, und die Seile wurden schlaff, und Moloquin wischte sich das Gesicht mit dem Unterarm ab und umrundete den Stein, wobei er von unten zu ihm aufsah.

»Wartet«, rief er und holte sich eine Schaufel, die neben anderen Geräten gegen den bereits aufgerichteten Stein gelehnt stand. Er sprang damit in das Loch.

Wahela kreischte auf. Er sprang unmittelbar unter den Fuß des Steins, und sie sah ihn schon zerschmettert daliegen und stürzte los, und Twig rannte ebenfalls auf seinen Vater zu. Er rannte bis dicht an den Rand des Loches, und in diesem Augenblick begann der Stein, in Bewegung zu geraten.

Die Männer brüllten auf; sie stürzten an die Seile, um den Stein zu lenken. Moloquin sprang aus dem Loch heraus und warf die Schaufel beiseite, und der gewaltige Stein glitt an ihm vorbei in das Loch und schlug an seinem Boden auf.

Die Seile spannten sich ruckartig. Die Männer warfen sich mit ihrem ganzen Gewicht hinein. Im Netz der Seile gefangen, schwankte der riesige Stein hin und her, und sein Schatten schwankte über den Boden. Moloquin und die anderen stürzten auf ihn los und schaufelten die Erde in das Loch – einige der Männer stemmten sich sogar gegen den Stein, als könnten sie ihn mit ihrem bloßen Gewicht aufrecht halten.

Mitten zwischen ihnen, am Rand des Loches, stand Twig und blickte zu dem Ungeheuer empor, dessen Schatten über ihm hin und her schwankte.

Allmählich kam der Stein zur Ruhe. Die Männer drängten sich um seinen Fuß, stampften das Erdreich fest und lösten die Seile. Ihre Stimmen erhoben sich zu einem erregten Gewirr. Wahela trat zu ihrem Sohn.

Moloquin wandte sich um. Erst jetzt entdeckte er den kleinen Jungen. Er hob ihn hoch in die Luft. »Was machst du denn hier?«

Twig streckte energisch den Arm nach dem Stein aus. »Meins!« schrie er, und Moloquin brach in Gelächter aus.

»Deins, ja? Deins ist das?« Er warf den kleinen Jungen in die Luft. Die anderen Männer wandten sich um und schauten lachend zu. Der Kleine lief rot an. Er fiel in die Arme seines Vaters und strampelte, weil er runter wollte. Er zeigte wieder auf den Stein.

»Meins!«

Moloquin setzte ihn zu Boden und trat zu Wahela. Er legte die Arme um sie, doch sein Blick suchte den Stein, nicht sie.

Sie sagte: »Ich gehe jetzt zur Versammlung.«

»Ach ja?« Er ließ sie los. »Ich gehe nicht hin.«

»Deswegen gehe ich ja hin«, sagte sie, sprang von ihm weg und warf den Kopf zurück. »Vielleicht merkst du ja, wenn ich weg bin, wieviel ich dir bedeute!« Sie griff sich Twig und nahm ihn, obwohl er sich wehrte, auf den Arm.

Moloquin stemmte die Arme in die Seiten. »Vielleicht«, sagte er und lächelte ihr zu. Er unternahm nichts, um sie aufzuhalten, und versuchte auch nicht, sie umzustimmen, indem er ihr den Schatz versprach. Sie setzte sich ihren Sohn auf die Hüfte und lief wütend ins Neue Dorf zurück.

Moloquin saß am Boden zwischen den beiden aufrechtstehenden Steinen, und diejenigen, die ihm gewogen waren, kamen einer nach dem anderen, um ihm auf Wiedersehen zu sagen.

Als erste hatte Wahela auf die ihr eigene Weise auf Wiedersehen gesagt und war mit ihren Kindern zur Versammlung aufgebrochen. Als nächster kam Bahedyr, der ebenfalls zur Versammlung ging und der Moloquin in Sachen Heirat um Rat fragen wollte. Bahedyr beabsichtigte, sich bei den Wenden-des-Jahres eine Frau zu suchen, und brauchte den Rat seines Häuptlings.

Moloquin sagte: »Such dir eine Häßliche. Sie wird dir dankbar sein und keine unvernünftigen Ansprüche stellen.« Er dachte dabei an Wahela, die so schön war wie ein Unwetter.

Bahedyr lachte, weil er meinte, Moloquin habe gescherzt, und Moloquin lächelte ihm zu und versetzte ihm einen Klaps auf den Arm. »Du wirst schon wissen, welche«, sagte er, »dazu brauchst du mich nicht.«

Bahedyr grüßte und ging, sein Bündel geschultert, seinen Speer in der Hand. Als nächster kam Hems und hockte sich vor seinem Freund nieder.

»Ich kehre ins Walddorf zurück«, sagte er, »um Ap Min wiederzusehen.«

»Mach's gut«, sagte Moloquin, »und sag ihr von mir, ich hoffte, sie bald wiederzusehen.«

Während er sprach, dachte er an das Walddorf, und er sehnte sich schmerzlich danach, nach seiner Stille, seinem Frieden. Hems berührte ihn mit der Hand und brach auf.

Dann kam eine ganze Schar anderer, die ihm nicht viel bedeuteten, außer insofern sie zu den Folc gehörten, und sie teilten ihm mit, daß sie aufbrechen würden, und fragten ihn in unwichtigen Angelegenheiten um Rat, und dann gingen auch sie.

So saß er am späten Vormittag allein dort, die Steine hinter sich, und seine Gedanken waren bei der Arbeit an der Säule des Himmels. Als er jetzt zurückblickte auf seine anfänglichen Vorstellungen von der Säule des Himmels, erkannte er, was für ein Kindskopf er damals gewesen war: Ohne die geringsten praktischen Kenntnisse hatte er einfach angenommen, alle Dinge würden sich verwirklichen lassen, nur weil er sie sich wünschte. Er hatte zwei volle Jahre dazu gebraucht, hier zwei Steine aufzustellen. Die Folc beklagten sich unaufhörlich und drückten sich und wollten nicht tun, was er von ihnen verlangte; ihre Begeisterung flammte bei jedem Triumph auf und erlosch ebenso schnell wieder, sobald ihre Kraft und ihre Willensstärke auf die Probe gestellt wurden. Mittlerweile fürchtete er, daß er das Bauwerk niemals würde fertigstellen können. Als er die Männer davongehen sah, als sie ihm und der Arbeit den Rücken kehrten, empfand er eine schmerzliche Bedrückung, und er hatte das Gefühl drohenden Unheils, das sich wie ein Schatten über ihn senkte.

Da kam jemand den Hang herauf auf ihn zu. Er hob den Kopf.

Es war Grela. Sie war allein. Ihr Schultertuch bedeckte ihren Kopf, und sie hielt einen Korb in den Armen. Als sie bei ihm anlangte, kniete sie nieder und öffnete den Deckel.

In dem Korb lag der Preis, den Harus Kum Ladon vor langer Zeit für zwei Jungen, einen Berg Korn und die Zukunft der Folc gezahlt hatte. Moloquin streckte die Hand aus, hob den Gürtel mit seinen rechteckigen Gliedern hoch und ließ ihn wieder fallen.

»Das gehört dir«, sagte Grela. »Du allein verstehst dich auf seine Macht, und deshalb bringe ich es dir.«

»Danke«, sagte Moloquin.

Sie stand auf und schob das Tuch auf ihrem Kopf zurecht. »Ich möchte den Korb wiederhaben.«

Er kippte den Schatz ins Gras und reichte ihr den Korb, und sie ging damit von dannen, nicht zurück ins Neue Dorf, sondern zu den anderen, die bereits auf dem Weg zur Großen Versammlung waren. Moloquin blieb noch lange Zeit auf seinem Platz sitzen und betrachtete das Sonnenlicht, das auf die Bronze im Gras fiel.

Die Plattform in der Mitte der Wenden-des-Jahres war wiederaufgebaut worden, allerdings niedriger als früher, so daß die Häuptlinge sanfter fallen würden, falls Moloquin kommen und sie wieder zusammenhauen sollte. Shateel stand bei ihren Folc und schaute zu, wie die Häuptlinge der drei nördlichen Dörfer auf den Eingang zuschritten. Sie erblickte Wahela in der Schar ihrer Anhängerinnen etwas weiter oben auf dem Ringwall und wandte ihr den Rücken zu.

Moloquin war nicht da. Moloquin brachte sie unablässig in Schwierigkeiten, einfach dadurch, daß er nicht da war, wo er sein sollte, und daß er nicht tat, was man von ihm erwartete. Daß Wahela es für richtig befunden hatte, herzukommen, verschlimmerte die Lage noch. Verdrießlich beobachtete Shateel, wie Barlok, der so alt war, daß er geiferte, auf die Arme seiner Unterlinge gestützt dem Ring zutaperte.

Sein Volk rief seinen Namen, aber Shateels Volk, die Folc aus dem Neuen Dorf, blieben stumm, und die aus dem Walddorf waren gar nicht da, so daß Barloks Name doch eher wie eine schwache Brise zum Himmel stieg, als der Häuptling unter Hochrufen vorwärtsschlurfte.

Und nun kam Mithom, der den Gang eines Bären hatte und dessen Körper bedeckt war von Federn und Quarz- und Bernsteinstückchen; an den Armen trug er Lederbänder, die mit bunten Perlen aus Stachelschweinstacheln besetzt waren. In der Rechten hielt er eine bemalte Keule und in der Linken einen runden Korb, der in der Mitte eine Tragschlaufe hatte – das waren die Embleme seiner Macht.

Als er sich näherte, brachte sein Volk Hochrufe auf ihn aus, doch auch diese Stimmen klangen eher zaghaft, und die meisten Folc blieben stumm.

Als nächstes kamen die Zwillingsbrüder Eilik und Muon, deren Körper von aufgemalten Emblemen bedeckt waren und deren schwarzes Haar von roten Federn strotzte. Ihre Leiber waren blau und rot und grün bemalt, und in den Händen hielten sie die Speere und Pfeile, die für die Zeremonien vorgesehen waren. Am Eingang schlossen sie sich den anderen Häuptlingen an, und wie ein schwaches Fächeln des Windes in den Zweigen erhoben sich die Stimmen ihres Volkes, doch im großen und ganzen herrschte Schweigen.

Die Häuptlinge standen da und schauten einander an und warteten darauf, daß die Folc ihre Wahl trafen, warteten darauf, daß die Folc einen von ihnen zum Ersten bestimmten, und das Schweigen dauerte an.

Dann trat eine Frau aus der Menge und trug nur ein langes Frauenkleid aus gewebtem Stoff und keinerlei Embleme, und sie trat unter die Häuptlinge, und überall aus der Menge auf dem Ringwall ertönte ihr Name, den ihr Volk aus voller Kehle brüllte: »Shateel! Shateel! Shateel!«

Dann erhob sich vielstimmiges Gebrüll unter den Folc vom Neuen Dorf, die sie zwar nicht alle kannten, die aber Moloquin kannten und wußten, daß sie Moloquins Frau war: »Shateel! Shateel! Shateel!«

Sie stand da und schaute sich verwundert um. Sie hatte die anderen nur auffordern wollen, doch gemeinsam den Ring zu betreten, und nun stand sie vor den vier Häuptlingen, in ihrem prächtigen Aufputz und ihrer männlichen Herrlichkeit, und von überallher erscholl ihr Name.

Sie wandte den Häuptlingen mit klopfendem Herzen den Rücken zu und überlegte. Donnernd stieg ihr Name zum Himmel empor. Vor ihr erhob sich die Plattform, die gedrungen und klobig wirkte inmitten des Ringes aus Steinen, und sie wollte schon darauf zugehen, wollte schon die Führung übernehmen, als der drängende Ruf der Menge sich plötzlich veränderte.

»Shateel!« schrien die Folc in einem Atemzug, und im nächsten: »Moloquin! Moloquin! Moloquin!«

Jetzt verstand sie. Sie wandte sich von der Plattform ab, kehrte den Wenden-des-Jahres den Rücken zu und wandte sich an die Häuptlinge aus dem Norden.

»Geht«, sagte sie, »sie rufen nach einem, der nicht da ist. Also laßt die Plattform leer.«

Sie ging an ihnen vorbei und stieg wieder auf den Ringwall hinauf, begleitet von tosendem Lärm, den Hochrufen auf Moloquin. Als sie durch die Menge schritt, wandten die Folc sich nach ihr um und überschütteten sie mit Hochrufen auf ihren Gatten.

Auf dem Kamm des Walls angekommen, blieb sie stehen und blickte hinab. Alle Folc hatten sich ihr zugewandt und den Steinen und den unbedeutenderen Häuptlingen den Rücken zugekehrt. Doch dann trat Mithom plötzlich durch den Eingang und strebte auf die Plattform zu.

Die beiden Brüder eilten ihm nach, und Barloks Unterlinge trugen den alten Mann hurtig hinterher. Die Folc auf dem Ringwall klatschten und sangen. Moloquins Name ging allmählich im rhythmischen Klatschen und in Gesängen unter, und die Menge löste sich in eine Vielzahl kleiner Gruppen auf, die alle jeweils etwas anderes taten. Keiner beachtete indessen die Häuptlinge, die mittlerweile an der Plattform in der Mitte der Wenden-des-Jahres angelangt waren und sich darum zankten, wer zuerst auf ihr Platz nehmen sollte. Shateel ging und kehrte zu ihrer Herdstelle zurück.

Wahela hatte sich Bahedyr als Begleiter auserkoren, und als sie hörte, daß er eine Frau suchte, übernahm sie es selbst, eine für ihn zu finden. Weil er von der Springender-Lachs-Sippe war, mußte er eine Frau aus dem Eichenbaum-Geschlecht heiraten, und so ging Wahela zu Shateels Folc, unter denen sich viele vom Eichenbaum befanden.

Außerdem wollte sie Shateel aufsuchen, um sich mit der anderen zu messen: Es kam ihr albern und gefährlich vor, daß ein Mann eine Frau haben sollte, die niemals zu ihm kam, und als Geliebte eine andere, die er nicht seine Frau nennen wollte.

Sie überquerte den Versammlungsplatz, und ein ganzes Rudel Anhängerinnen folgte ihr. Das waren jüngere Frauen, die noch ruhelos und unsicher waren und die Alten herausfordern wollten. Während sie durch die Menge ging, blickten alle Folc auf sie, und ihr Name eilte ihr voraus, und sie drängten sich, um sie zu sehen, und mit jedem Schritt trug sie den Kopf höher, denn die Aufmerksamkeit, die ihr zuteil wurde, tat ihr wohl.

Am Lagerplatz von Shateels Folc kamen nicht so viele Neugierige. Einige bedachten sie mit Blicken, die finster und zornig waren. Sie hatte das Gefühl, daß ihr hier ein kalter Wind entgegenblies, und als sie sich an der Herdstelle niederließ, an der Shateel saß und ihrer Tochter das Haar kämmte, begriff Wahela, aus welcher Richtung dieser Wind wehte.

Sie setzte sich Shateel gegenüber ans Feuer und verschränkte die Hände im Schoß. Hinter ihr stand ihre eigene Tochter, ein linkisches halbwüchsiges Mädchen, das Twig auf der Hüfte trug.

»Ich bringe dir Grüße, Shateel«, sagte Wahela. »Es ist lange her, seit wir dein Gesicht zum letztenmal an unseren Herdfeuern gesehen haben.«

»Ich habe getan, was Moloquin mir aufgetragen hat«, sagte Shateel. In ihrer langen Hand wirkte der Kamm wie eine Reihe von Zähnen, die sich in das Haar des Kindes bohrten.

Wahela sagte: »Offenbar tust du seine Arbeit sehr gut, denn ich sehe, daß deine Folc wohlgenährt und munter sind, und sie haben deinen Namen mit der glühenden Hingabe derer gerufen, die ihren Häuptling lieben.«

»Ich bin nicht ihr Häuptling«, sagte Shateel, und der Kamm ruckte durch das lange blonde Haar des Kindes.

»Nun ja«, sagte Wahela, »es widerfahren einem manchmal merkwürdige Dinge. Ich bin hier, weil ein Mann aus meinem Volk, der von der Springender-Lachs-Sippe ist, eine Frau sucht.«

»Ach ja? Wer denn? Bahedyr?« Shateel begann zu lachen – wenn sie lachte, sah sie viel jünger aus, und ihre Augen blitzten. Wahela wollte sie sofort wieder ernst sehen.

»Das ist doch wohl kein Anlaß zur Heiterkeit? Weißt du, ob es unter deinen Folc heiratsfähige Mädchen von der passenden Sippe gibt?«

»O ja, viele«, sagte Shateel. »Ich werde mit ihren Müttern sprechen. Bahedyr muß sich schönmachen, oft bei den Wenden-des-Jahres erscheinen und seine rote Feder deutlich sichtbar tragen. Sollen die Mädchen und ihre Mütter sich ihn erst einmal anschauen, und dann warten wir ihre Entscheidung ab. Sag mir, wie es Moloquin geht.«

Das kam so überraschend für Wahela, daß ihr keine andere Antwort einfiel als die Wahrheit. »Er verbringt den ganzen Tag bei der Säule des Himmels und hat für nichts Sinn als für die Steine.«

Shateel sagte ruhig: »Er hat für Menschen nie sehr viel Sinn gehabt.«

Nun warf Wahela einen Köder aus, um zu sehen, ob der Fisch anbiß. »Vielleicht würde er sich ja für die Freuden der Ehe erwärmen, wenn du ihn öfter besuchtest.«

»Wie ich sehe, verschaffst du ihm diese Freuden der Ehe bereits in ausreichender Weise. Ist das sein Kind? Gib ihn mir mal.«

Sie streckte die Arme nach Twig aus. Wahela nickte, und ihre Tochter setzte den kleinen Jungen zu Boden, der jedoch zu schüchtern war, um zu der Fremden zu gehen. Statt dessen ging er zu seiner Mutter und drängte sich in ihren Arm.

Dann beugte er sich vor, um Shateel ansehen zu können, und plapperte einen ganzen Schwall Unsinn, und seine Mutter lachte.

»Weißt du – er kennt dich ja nicht.« Sie nahm den kleinen Jungen hoch und gurrte: »Sieh mal, Twig, das ist die Frau deines Vaters!«

Er drängte sich an seine Mutter und bedachte Shateel mit einem mißbilligenden Blick. Shateel lachte.

»Oh, er ähnelt seinem Vater sehr!«

Sie wandte den Kopf ab, während sie sprach. Wahela spürte, daß sie sich ein Kind von Moloquin wünschte. Sie sagte: »Kein Wunder, daß eure Ehe unfruchtbar ist, wo ihr euch doch nie seht – du glaubst wohl, die Kinder kommen von der Frühlingsbrise?«

Twig wandte sich ihr wieder zu und plapperte auf sie ein. Wahela brachte ihn zum Schweigen, indem sie ihm die Hand über den Mund legte.

Shateel runzelte die Brauen. »Was hat er da gesagt – etwas von einem fallenden Stein?«

Wahela nahm das Kind auf den Schoß. Ihr ging auf, freilich ein wenig spät, daß Twigs hartnäckiges Geplapper etwas mit einem Stein zu tun hatte – mit dem großen Stein, den er an der Säule des Himmels gesehen hatte, als er gerade aufgerichtet wurde. Er hatte seitdem unaufhörlich von ihm gesprochen. Es ärgerte sie, daß Shateel das verstanden hatte und sie, die Mutter, nicht.

»Sind seine Steine umgefallen?« fragte Shateel.

»Moloquin hat erst zwei Steine aufgestellt«, sagte Wahela und rümpfte die Nase. »Es ist eine mühselige und langwierige Arbeit, und keiner weiß, wozu sie dienen soll. Nein, kein Stein ist umgekippt. Der Kleine hat mitangesehen, wie einer der beiden Steine in sein Loch hinabgelassen wurde, und das beschäftigt ihn ungeheuer.«

»Kluges Kind«, murmelte Shateel und streckte die Arme aus. »Twig, komm her, in gewisser Weise bin ich ja auch deine Mutter.«

Twig wandte sich ab und preßte das Gesicht gegen die Schulter seiner Mutter. Wahela lachte. »Du hast kein Geschick mit Kindern, Shateel.«

Shateel zuckte die Achseln und wandte sich wieder dem Haar ihrer Tochter zu. Ihr Gesicht war ausdruckslos. Zufrieden verabschiedete Wahela sich und kehrte in ihr eigenes Lager zurück.

Bei Tageslicht feierten die Folc Moloquin, doch in der Dunkelheit hörten sich ihre Stimmen anders an.

Shateel saß bei Anbruch der Nacht auf dem Wall und hörte die Folc um sie herum murmeln.

»Warum ist er nicht da? Keiner ist da, um die Tänze anzuführen, keiner, der bei der Sterndeutung die Befehle gibt.«

»Die Sterne werden auch so gedeutet. Und die Tänze . . .«

»Wir haben keinen Häuptling, den wir preisen und ehren können, keinen Häuptling, der Zeugnis unserer Größe ablegt. Die nördlichen Dörfer lachen über uns.«

»Immerhin steht bei uns alles zum besten. Die Ernte wird dieses Jahr sehr reichlich ausfallen.«

»Das ist Shateels Werk. Wir haben Moloquin länger als ein Jahr nicht gesehen.«

»Seht euch doch an, wie seine Frau hier herumgeht, hübsch anzusehen wie ein Häuptling. Wir werden von Frauen regiert.«

Und die Leute aus den nördlichen Dörfern mischten sich unter Shateels Folc und verspotteten sie, indem sie sagten: »Ihr seid ein Frauendorf! Wo sind eure Männer denn das ganze Jahr über gewesen?«

»Die arbeiten an der Säule des Himmels, bei Moloquin.«

»Wo ist denn euer Häuptling?«

»An der Säule des Himmels.«

»Pffft! Ihr seid ein richtiges Frauendorf!«

Shateel stellte sich die Welt als einen eng geflochtenen Korb vor, der aus den ineinandergreifenden Leben der Menschen gebildet wurde. Moloquin stand jedoch allein. Er hatte ein Loch in den Korb gemacht, durch das die ganze Welt hinausrieseln konnte. Sie hatte das Neue Dorf gemieden, weil Wahela oft dort war. Sie hatte angenommen, Moloquin werde wohl zu ihr kommen, wenn er das wollte. Doch jetzt wußte sie, daß er die Säule des Himmels niemals verlassen würde. Sie würde zu ihm gehen müssen. Shateel kehrte zu ihrer Herdstelle zurück, wo ihre Tochter in ihren Decken schlief, und machte sich fertig, um über die Ebene zu ihrem Gatten zu gehen.

Während die Folc auf der Großen Versammlung waren, schlief Moloquin an der Säule des Himmels, in der Höhle unter dem Nördlichen Wächter. Im Morgengrauen wachte er auf und ging ins Neue Dorf hinab, wo er sich am Weiher wusch und in der Tür des Rundhauses saß. Die Tage waren lang und leer. Bisweilen ging er auf die Hügel hinaus und jagte Trappen, deren Küken jetzt gerade fliegen lernten, doch er mußte feststellen, daß er nicht mehr gewandt und schnell genug war, um sie zu fangen, auch mit Netzen nicht, und er holte sich sein Essen aus dem Rundhaus wie alle anderen Männer der Folc auch.

Die meiste Zeit des Tages verbrachte er an der Säule des Himmels, wo er das Loch für den dritten Stützpfeiler grub, obwohl die nächste Arbeit darin bestehen würde, den Querbalken auf die beiden Steine zu legen, die bereits standen. Im Geist bewältigte er diese Aufgabe unzählige Male, doch wenn sie bewältigt war, lag der Querbalken am Boden, und die beiden anderen Steine reckten sich in den Himmel, ohne etwas zu tragen.

Er war damit beschäftigt, das neue Loch tiefer zu graben, als die ersten Folc von der Versammlung zurückkehrten: Ruak, mürrisch wie immer, und einige seiner Anhänger vom Springender-Lachs-Bund. Er stapfte durch die Säule des Himmels, begrüßte seinen Häuptling mit einem Grunzen und ging weiter bis zum Rundhaus, das unmittelbar hinter dem Ringwall stand, um seine Habseligkeiten zu verstauen. Danach kam einer nach dem anderen in kurzen Abständen herein.

Die Sonne war fast am Untergehen, als die Folc zurückkehrten, zu spät, um noch irgendeine Arbeit anzufangen. Als sie ihre Sachen in die Häuser gebracht hatten, versammelten sich alle in der Dorfmitte, machten ein Feuer und feierten ihre Rückkehr mit einem Festmahl. Danach tanzten die Männer, und die Frauen schwatzten im Schein des Feuers, die schlafenden Kinder auf dem Schoß.

Moloquin ging ins Rundhaus, und Wahela folgte ihm.

Sie sagte: »Du hättest zur Großen Versammlung kommen sollen. Da sind Dinge gesagt worden, die du hättest hören sollen.«

»Ach ja? Was denn für welche?«

Sie zuckte kokett die Achseln, und ihre dunklen Augen taten so, als blickten sie in eine unbestimmte Ferne. Sie wiegte sich in den Hüften. »Wenn du dagewesen wärest, hätte sie niemand zu sagen gewagt.«

»Wahela«, sagte er, »du sprichst in Rätseln. Setz dich zu mir, damit ich dich begrüßen kann.«

Er saß auf einem Stapel Felle in der Mitte des Rundhauses, den Rücken an den Pfosten Nordstern gelehnt. Der Schildkrötenpanzer zu seinen Füßen, der mit Schweinefett gefüllt war, in dem ein kleiner gedrehter Docht brannte, verbreitete helles Licht. Wahela bewegte sich langsam um ihn herum, immer noch mit wiegenden Hüften, den Blick von ihm abgewandt. Sie umkreiste ihn, ohne sich ihm zu nähern, und ihre Stimme war sehnsüchtig und träge.

Sie sagte: »Sie haben hinter vorgehaltener Hand schlecht über dich geredet. Besonders die Dörfer im Norden mögen dich nicht, Moloquin, Sie haben den anderen einreden wollen, daß sie sich deiner entledigen müßten.«

Ihre Worte trafen ihn wie ein Steinhagel. Er sprang auf und setzte sich gleich wieder. Im Schein der Lampe war ihre Miene schwer zu durchschauen, ihre großen Augen blickten rätselvoll, und die geschmeidigen Gesten ihrer Hände sagten ihm mehr als alle ihre Worte.

Sie sagte: »Wenn du zur Großen Versammlung gekommen wärst und dich mit dem Schatz aufgeputzt hättest . . .«

Bei der Erwähnung des Schatzes hielt es ihn nicht länger an seinem Platz. Er stand auf und schritt auf die Tür des Rundhauses zu. Wahela folgte ihm murmelnd, und ihre Röcke zischelten wie ein Gewand aus Nattern. In der Tür des Rundhauses blieb er stehen, wandte ihr den Rücken zu und blickte über den kleinen Hof hinaus zur Dorfmitte, wo die Männer tanzten.

»Wer hat gegen mich gesprochen?«

»Die nördlichen Dörfer. Sie sagen, wir würden von Frauen regiert! Sie sehen dich ja nie. Wenn du in deiner ganzen Macht, vom Glanz des Schatzes umgeben in ihrer Mitte geweilt hättest . . .«

»Wer noch?«

»Shateels Folc lieben dich nicht unbedingt.«

Er nickte kurz, denn das leuchtete ihm ein. Sie haßten ihn um Rulons willen, oder jedenfalls nahm er das an, denn er wußte nicht wirklich, wie sie über ihn dachten. Jetzt kam jemand vom Feuer her auf ihn zu, ein großer gebeugter Mann mit Federn im Haar.

Es war Ladons Sohn. Er begrüßte Moloquin mit einem Lächeln, und

Moloquin streckte ihm die Hände entgegen, weil er froh war, jemanden zu sehen, der keine vergiftete Zunge hatte.

»Willkommen zu Hause, Bruder«, sagte er und drückte Ladons Sohn die Hände.

»Ich freue mich, wieder zu Hause zu sein«, sagte Ladons Sohn, »vielleicht halte ich nächstes Jahr meine Versammlung lieber mit dir zusammen ab, Moloquin-on. Es ist zu weit bis zu den Wenden-des-Jahres, und dort geschieht auch nichts Wichtiges.«

Die beiden Männer setzten sich draußen vor dem Rundhaus nieder. Es war Hochsommer, doch die Luft war kühl und feucht. Dunstschwaden zogen über ihre Köpfe hinweg und umwallten die Spitzen der Rundhauspfosten, so daß der Nachthimmel sternenlos zu sein schien. Wahela trödelte an der Tür des Rundhauses herum.

Ladons Sohn sagte: »Was hat sie dir erzählt?«

»Daß die Folc schlecht über mich reden«, sagte Moloquin.

»Das stimmt«, sagte Ladons Sohn, »jedenfalls die, die dich nicht kennen. Dem Himmel sei gedankt, daß ich nicht Häuptling bin, Moloquin-on.«

»Schlimmer wäre es«, sagte Moloquin und lachte, »wenn diejenigen schlecht über mich sprächen, die mich kennen.«

»Es gibt nur viel mehr Folc, die dich nicht kennen. Ich würde an deiner Stelle eher die fürchten, die dich nicht kennen, als auf uns bauen, die dich kennen.«

Moloquin lachte wieder, doch es klang gezwungen, und er zog fröstelnd die Schultern hoch. Er schob den beunruhigenden Gedanken an die Folc beiseite. »Morgen fangen wir an, den Balken hochzuziehen!«

Ladons Sohn nickte. Er stocherte zwischen seinen Füßen im Sand herum. »Ruak ist also zurück?«

»Ja, und seine Novizen.«

»Das ist gut. Er hätte ebensogut in sein eigenes Dorf zurückkehren können.«

Eine Vorahnung packte Moloquin wie eine eisige Hand. Er fürchtete, daß all das Gemurmel und Getuschel der Folc ihm womöglich die Säule des Himmels wegnehmen würde, und der Drang packte ihn, die Arbeit wieder aufzunehmen, auf der Stelle, im Dunkeln, solange die Männer noch da waren. Doch er fing sich wieder. Es war töricht, in Panik zu geraten. Dann kam Bahedyr auf das Rundhaus zu.

»Hat Bahedyr eine Frau gefunden?«

Wahela lachte. »Mehrere«, sagte sie und winkte dem Helden zur Begrüßung zu. »Wann heiratest du nun, Bahedyr-on?«

Der Mann antwortete mit einem Grunzen und war offensichtlich müde und ein wenig betrunken. Er trat geradewegs ins Rundhaus und bemerkte Moloquin nicht. Moloquin blickte ihm erleichtert nach. Die Folc mochten ja murren und tuscheln, aber bestimmt würden sie ihre Töchter nicht an Bahedyr verheiraten, wenn sie seinen Häuptling haßten.

»Wenn du den Schatz herausholen würdest«, fing Wahela wieder an, und er fuhr zu ihr herum.

»Halt den Mund, Wahela. Ich habe während der letzten paar Tage hier meine Ruhe gehabt, und ich habe sie schätzen gelernt!«

Sie sah ihn mit glitzernden Augen an. Sie sagte: »Wenn du dich weniger um die Säule des Himmels und mehr um mich kümmern würdest ...«

Er sprang auf. Sie erkannte, daß mit ihm nicht zu spaßen war, und wich zurück, doch er verfolgte sie und ging auf sie los, so daß ihr keine Wahl blieb, als schnellstens wegzulaufen. Mit fliegenden Röcken floh sie in Richtung Feuer.

Moloquin kehrte zu Ladons Sohn zurück. »Ist sonst noch irgend etwas passiert, das ich wissen sollte?«

Ladons Sohn stand auf und reckte sich. »Wir haben die Sterne beobachtet. Darüber kann dir Fergolin besser berichten als ich.«

»Du bist doch aber vom Bärenschädel?«

»Das stimmt, aber ich bin nie daraus schlau geworden. Sie sagen – Fergolin hat mir gesagt, daß zwei Sterne, die sich auf ihrer Bahn sehr nahe kommen, irgend etwas bewirken.« Er zuckte die Achseln und lächelte entschuldigend, ein sanfter, blasser Mann. »Frag Fergolin!«

Moloquin wandte sich dem Feuer zu. Dort unten tanzten sie wieder. Er dachte an Wahela, die mitten unter ihnen war und tanzte. Fergolin war wahrscheinlich auch dort, und er wollte schon auf das Feuer zugehen, doch statt sich zu seinen Folc zu gesellen, wandte er sich ab und stieg den Hang zur Säule des Himmels hinauf.

Shateel war über die Hügel zur Säule des Himmels gewandert, doch war sie nicht mit dem breiten Strom der Folc aus Moloquins Dorf gekommen, sondern allein. Als sie am Dorfrand angelangte und das Feuer brennen sah und die Trommeln und Flöten hörte und die Männer tanzen sah, brachte sie es nicht über sich, das Dorf zu betreten. Statt dessen lief sie den Hang hinauf, auf den Wall der Säule des Himmels zu, der sich vor dem Nachthimmel abzeichnete, und auf die Dunstschwaden, die um die beiden neuen Steine wogten.

Die Steine setzten sie in Erstaunen. Sie waren größer als alle Steine bei den Wenden-des-Jahres, und im Gegensatz zu den Wenden-des-Jahres hatte diese Stätte sich, seit sie sie das letztemal gesehen hatte, sehr verändert, und so kam sie aus dem Staunen nicht heraus, als sie die neuen Steine und die völlig veränderte Umgebung sah. Es fiel einem nicht schwer zu glauben, daß es die Wenden-des-Jahres schon immer gegeben hatte, doch diese Stätte hier war mit Gewißheit von Menschen errichtet worden, und zwar von ganz gewöhnlichen Menschen, die sie kannte.

Zwei Leichname lagen in der Mitte des Ringes im Gras, und sie machte einen Bogen um sie. Sie stand zwischen den beiden neuen Steinen und schaute zu ihren Spitzen hinauf. Die Nebelschwaden der Nacht umwallten sie und ringelten sich wie Rauch um ihre Kanten. Die Steine waren vollkommen gleich. Sie legte die Hand an einen von beiden und spürte die gewaltige Kraft, die darin steckte.

»Shateel!«

Die Stimme ertönte hinter ihr und kam so unerwartet, daß sie zusammenfuhr. Es war Moloquin. Er trat neben sie und blickte ihr ins Gesicht.

»Was machst du denn hier? Bringst du mir schlechte Nachrichten?«

Sie sah ihn an. Ihre Hände zitterten noch von dem Schrecken, in den die Stimme aus der Dunkelheit sie versetzt hatte.

»Schlechte Nachrichten? Bin ich für dich gleichbedeutend mit schlechten Nachrichten, mein Mann? Das ist wohl auch der Grund dafür, weshalb du niemals zu mir kommst?«

Er sagte: »Ich habe von Ladons Sohn und – von anderen gehört, daß die Folc bei der Versammlung gegen mich gesprochen haben.«

Sie hob das Gesicht zu den beiden Steinen empor, die im Dunst schwammen. Es war kalt hier, und sie erschauderte.

»Ja – sie haben Zeichen der Unzufriedenheit erkennen lassen. Das tun sie wohl immer. Die Leute sind nun einmal gern unzufrieden mit Häuptlingen, so kommen sie sich selber wie Häuptlinge vor. Als die Häuptlinge bei den Wenden-des-Jahres einzogen , war es dennoch nicht Mithoms Name, den die Folc gerufen haben, auch nicht Barloks, sondern deiner.«

»Meiner«, sagte er überrascht.

Sie schlang die Arme um den Oberkörper, um sich gegen die Kälte zu schützen. »Sie haben nach dir gerufen – wärst du dagewesen, wäre niemand vor dir in den Ring getreten. Das ist doch immerhin etwas, nicht wahr?«

Er fragte: »Ist dir kalt?«

»Du solltest zur Versammlung kommen«, sagte sie, »du solltest die Sitten der Folc ehren, wenn du willst, daß sie dich ehren. Um dir das zu sagen, bin ich hergekommen, Moloquin.«

Er legte den Arm um sie und zog sie an sich, in die Wärme seines Körpers. »Komm – hier gibt es einen Platz, wo du es warm haben kannst.«

Sie ließ sich von ihm über den riesigen flachen, grasbewachsenen Platz führen. Er machte keinen Bogen um die verwesenden Leichname im Gras, sondern ging unmittelbar an ihnen vorbei, und führte sie in die Höhle am Fuß des Nördlichen Wächters. Dort drinnen, in dem windgeschützten Unterschlupf, fanden sie beide Platz, und er ließ den Arm um sie gelegt, und ihr wurde wieder warm.

Sie sagte: »Die Steine sind wundervoll.« Sie war plötzlich müde nach dem langen Weg. Sie legte den Kopf an seine Schulter.

Er sagte leise: »Sie werden herrlicher sein als alles, was es je gegeben hat.«

»Ist Ruak wiedergekommen?«

»Ja.«

»Dann brauchst du dir wegen der Gefolgstreue der Folc keine Sorgen zu machen.«

Er wandte sich ihr zu, zog sie noch enger an sich, und seine Hände tasteten in unbeholfener Zärtlichkeit über ihr Gesicht und ihren Körper. »Ich will mehr als Gefolgstreue, Shateel!« Er preßte sein Gesicht in die Vertiefung ihres Halsansatzes.

Sie legten sich in der Höhle am Fuß des Nördlichen Wächters nieder. Sie wollte ihn, nach mehr als einem Jahr, das sie nicht mit ihm zusammengewesen war. Sie tanzten den ersten Tanz unter dem Stein. Während sie ihn umklammerte und stöhnte und ihm die Hüften entgegenhob, blickte sie auf und sah den Stein und stellte sich vor, daß es dieser Stein war, der in ihrem Körper stieß und arbeitete. Als sie gemeinsam schrien und ihre Säfte sich mischten, hallten ihre Stimmen von dem Stein wider.

Sie konnten nicht ewig aneinandergeklammert bleiben. Als die Hitze verflogen war, zerfielen sie wieder zu zwei getrennten Wesen. Die kühle Luft umfloß sie. Traurig kehrte sie das Gesicht der rauhen dunklen Oberfläche des Steines zu.

Er sagte: »Hier hat mir Karella die ersten Geschichten erzählt, die ich im Leben gehört habe.«

Seine Stimme zitterte. Sie wandte ihm das Gesicht wieder zu.

»Erzähl mir eine Geschichte«, sagte sie.

Er öffnete den Mund, und die Geschichten strömten heraus, eine nach der anderen. Zuerst erzählte er ihr die Geschichte vom Anfang, als alles Eis war und die Sonne mit ihrer Wärme die Erde aus Kälte und Tod emporhob und der Mond sie deshalb bekämpfte. Er erzählte ihr, wie Abadon die Himmelsmühle stahl und sie zerbrach. Er erzählte ihr, wie Rael die Vogelfrau einen Pakt mit dem Rotwild geschlossen hatte, der lautete, daß sie dem Wild eine Seele geben würde, wenn es ein wenig Feuer vom Himmel raubte und es den Folc brächte.

Während er sprach, erschien alles, was er erzählte, vor ihren Augen in der Dunkelheit. Es war, als hörte sie diese Geschichten zum allerersten Mal. Sie rückte näher an ihn heran, und er legte den Arm um sie und murmelte in ihr Ohr.

Er sagte ihr: »Hier oben hat Brant mir erzählt, daß die Welt eine Ordnung hat.«

Das war keine Geschichte, und doch bedeutete es dasselbe, was eine Geschichte für Moloquin bedeutete. Sein Gesicht war völlig in Dunkelheit getaucht. Seine Stimme drang durch die Dunkelheit zu ihr, als käme sie von der anderen Seite der Welt.

Er sagte: »Karella hat hier gelegen, und Brant hat hier gelegen, und Ael hat ebenfalls hier gelegen, und ich wäre froh, wenn Ladon ebenfalls hier gelegen hätte, weil er dann in den Himmel aufgestiegen wäre. Ich wollte, ich hätte ihn nicht umgebracht. Jetzt ist er ständig an meiner Seite, er drängt sich an mich wie ein Geliebter, er nistet in meinem Kopf und kann jeden Augenblick auftauchen. Ach, hätte ich ihn doch einfach sterben lassen und dafür gesorgt, daß sie ihn hierhergebracht hätten, damit er seinen Weg in den Himmel hätte finden können.«

Sie sagte dazu nicht ein einziges Wort, obwohl sie bei der Vorstellung, daß er Ladon getötet hatte, vor Entsetzen schauderte. Wie von der anderen Seite der Welt kam seine Stimme zu ihr, ein Sturzbach von Worten, der sich aus seiner Seele ergoß.

»Jetzt werde ich ihn niemals loswerden. Er wird mich bis zum Ende aller Zeiten verfolgen. Ich sehe ihn jedesmal in mir, wenn ich meine Schwäche sehe, jedesmal, wenn ich daran denke, daß ich hier scheitern könnte, sehe ich Ladon in mir, aufgebläht von den ehrgeizigen Wünschen, die zu verwirklichen nicht in seiner Macht stand, ein gewöhnlicher, unbedeutender Mann im Spinnennetz seiner Träume.«

Er hatte die Arme um sie gelegt, und jetzt umschlang auch sie ihn, legte das Gesicht an seine Kehle und küßte ihn. Immer noch schwieg sie, weil sie das Gefühl hatte, ein einziges Wort könnte genügen, um ihn am Weitersprechen zu hindern in diesem wichtigen Augenblick, wo er sich von all den Dämonen freizumachen versuchte, die seine Seele bedrängten.

»Schon zwei volle Jahre sind vergangen«, sagte er, »zwei Jahre, und alles, was ich vorzuweisen habe, sind diese beiden Steine. Mein Leben zerrinnt mir unter den Fingern. Ich werde es niemals zu Ende führen können, die Zeit bekämpft mich, und mein Volk bekämpft mich, und alles mögliche andere – der Schatz etwa –, alle diese Dinge stehlen mir Zeit und Kraft, die ich für meine Arbeit brauche.«

»Was für ein Schatz?«

Er drängte sich an sie, seine Haut glitt an ihrer entlang. Er wandte sich ihr zu und preßte sie an sich, hungrig suchte sein Mund ihre Wange, ihr Ohr, ihren Hals und ihre Brust, und wieder vollzogen sie, dort unter dem Stein, jenes magische Ritual, das Leben aus Leben schafft.

Er schlief. Sie lag in der Wärme seines Körpers, den Kopf an ihn geschmiegt, und spürte um sich herum die unruhigen Geister jener, von denen er gesprochen hatte – den der alten Geschichtenerzählerin Karella, in Shateels Erinnerung nur eine zusammengesunkene Gestalt in Ladons Hof, dem Tod bereits nahe, während sie sprach, und jedes Wort war eine Figur von seltsamer Macht. Ladons Geist, dessen Seele sich um die Fasern und Stränge von Moloquins Herz geschlungen hatte, Ael, die einsame Frau.

Er wollte nicht von ihr sprechen. Sie hatte schon bei früheren Gelegenheiten bemerkt, daß Ael in seinem Empfinden einen Platz eingenommen hatte, den er nicht mehr zu betreten wagte. Doch in Shateels Seele wurde sie mit jedem Male, wo sie an sie dachte, lebendiger: Ael, die in den Wald gegangen war und allein gelebt und weder Mann noch Frau gebraucht hatte.

So schlief sie ein, und im Schlaf sah sie Ael, die größer war als die Steine und im Gras und dem Dunst der Säule des Himmels stand, die Folc klein und demütig zu ihren Füßen und das Haar verflochten mit den Wolken, die am Himmel dahintrieben.

Am nächsten Morgen gingen sie ins Neue Dorf und setzten sich ans Feuer am Rundhaus und aßen. Es herrschte geschäftiges Treiben unter den Männern, die kamen und gingen, und jeder grüßte Moloquin im Vorübergehen. Wahela ließ sich nicht blicken. Shateel saß am Feuer und aß Honigkuchen und trank Kräutersud. Sie sah, wie die Männer zu Moloquin kamen und wie er ihnen diesen oder jenen Auftrag erteilte, sie jedoch mahnte, zur Säule des Himmels zu kommen, sobald alles andere erledigt war.

Sie erkannte, wie heftig es ihn danach verlangte, wieder an seine Arbeit zurückzukehren, wie seine Blicke unablässig dorthin zurückkehrten.

Sie sagte: »Moloquin, ich habe mit den Frauen meines Dorfes über die Körbe gesprochen. Du hast doch gesagt, sie sollten ihre Ernte alle in Körben derselben Größe zu mir bringen – und sie wollen das nicht.«

Er hockte am Feuer und aß die letzte Handvoll Körner. »Die Erntekörbe sind doch Gaukelei, sinnloses Wetteifern ist das. Warum halten sie bloß so hartnäckig daran fest?« Er spülte sich den Mund mit einem Schluck Brühe aus, die er wieder ausspuckte. »Wir können das Getreide doch nicht messen, wenn sie es in unterschiedlich großen Körben bringen.«

»Es ist aber nun einmal so Sitte bei ihnen. Bei uns. Die Frauen setzen ihren Stolz darein, prächtige Körbe für die Ernte zu machen, und das wollen sie sich nicht nehmen lassen.«

Er blickte sie stirnrunzelnd an. Bahedyr trat zu ihm und kniete abwartend neben ihm nieder, und ehe Moloquin das Wort wieder an Shateel richtete, sagte er zu ihm: »Wir brauchen alle neuen Seile – hol sie aus dem Rundhaus. Laß dir von den Jüngeren helfen. Achte darauf, daß sie sie aufgerollt lassen.«

»Ja, Moloquin.« Bahedyr eilte davon.

Shateels Gatte wandte sich ihr wieder zu. »Dann laß sie eben ihre Körbe behalten – nur wenn sie dir die Ernte bringen, halt deine eigenen Körbe bereit, die alle gleich sein müssen, und dann leerst du ihre da hinein.«

»Das wird ihnen ebensowenig gefallen.«

»Denen gefällt überhaupt nichts von dem, was ich tue, habe ich den Eindruck. Mach's im Rundhaus, wo es keiner sehen kann.«

»Ich soll sie hintergehen? Das wäre mir sehr unangenehm.«

»Sie werden es ja nie erfahren, wenn du es heimlich tust.«

»Das werden sie wohl, und zwar ziemlich schnell.«

Er lächelte ihr zu. »Um so besser.«

Irgend etwas an diesem Lächeln gefiel ihr nicht, es hatte etwas Verschlagenes, Gehässiges. Etwas, überlegte sie, das sie an Ladon erinnerte.

Sie stand auf und schüttelte ihre Röcke aus. »Ich muß zu meinem Volk zurück.«

»Komm mit«, sagte er.

Er führte sie ins Rundhaus. Im Dämmerlicht unter den Dachsparren sagte er, während sie auf den Lichtschaft in der Mitte zugingen: »Zu Mittwinter komme ich in dein Dorf, und dann sollen sie mit ihren ganzen Klagen zu mir kommen, und ich werde dafür sorgen, daß sie zerstieben wie Spreu im Wind.«

»Und was ist mit deiner Arbeit hier?« fragte sie, weil sie bemerkt hatte, wie verhaßt es ihm war, sich auch nur die wenigen Schritte von der Säule des Himmels zu entfernen, die das Neue Dorf davon trennten.

»Ich habe Ruak gesagt, wenn wir die Steine nicht aufrichten können, wie ich sie haben will, werde ich das ganze Unternehmen aufgeben. Bis zum kommenden Frühjahr werde ich entweder der Narr der Folc sein oder mehr Steine brauchen.«

Sie standen in der Mitte des Rundhauses, wo ein Stapel Felle lag, wo seine Axt an dem Pfosten namens Nordstern hing, wo die anderen Embleme seiner Macht den Platz als den seinen kennzeichneten, auch wenn er ihn so selten einnahm. Er zog die Felle beiseite, holte einen Korb hervor und bedeutete Shateel hineinzuschauen, als er den Deckel hob.

»Oh!«

Vor ihr in dem Korb lag ein Haufen schimmernder rotgelber Gegenstände. Sie streckte die Hand aus, um die glatte, kühle Oberfläche des Metalls zu berühren. Moloquin fing ihren Arm ab; er wählte einen Armreif aus der Vielzahl der Schmuckstücke aus und streifte ihn ihr über die Hand.

»Nimm das als Zeichen meiner Macht ebenso wie der deinen«, sagte er. »Zu Mittwinter bin ich bei dir.«

Er tat den Deckel wieder auf den Korb, deckte ihn mit den Fellen zu und richtete sich auf. Ohne auf sie zu warten, verließ er das Rundhaus, und sie konnte ihn draußen die Männer zusammenrufen hören, die ihm zur Säule des Himmels folgen sollten. Sie rührte sich nicht vom Fleck. Lange stand sie dort, spürte das Gewicht des schweren Armreifes, und in ihrem Innern arbeitete es. Schließlich hob sie den Schmuck ans Gesicht und preßte das kalte Metall an ihre Wange.

Der Stein, den Moloquin als Querbalken für das erste Tor verwenden wollte, war im groben fertig. Ruak tränkte Holzspäne und kleine Zweige in Schweinefett, legte das stinkende Zeug an die Längsseite des Steines und zündete es an.

Beim Auflodern der Flammen traten alle Männer zurück, die Arme vors Gesicht gehoben. Moloquin ging auf und ab und beobachtete alles. Er hatte so etwas noch nie gesehen. Seine Unwissenheit, seine Abhängigkeit von Ruak wurmten ihn. Der Meister des Springender-Lachs-Bundes beobachtete die Flammen gelassen. Hinter sich hatte er eine Reihe Jungen versammelt, die jeder einen Krug kaltes Wasser in der Hand hielten, und als die Flammen kleiner wurden, winkte er mit den Armen, und sie stürzten los und schütteten das kalte Wasser über den Stein.

Nichts geschah. Sie stießen das nasse Zeug beiseite, die verkohlten nassen Holzreste und die triefnasse Asche, und die Männer schlugen mit ihren Steinmeißeln entlang der Linie, die das Feuer gezogen hatte, auf den Stein ein. Wie gewöhnlich hinterließen ihre Werkzeuge kaum Spuren. Moloquin schritt auf und ab und auf und ab.

Gegen Mittag häufte Ruak abermals seinen fettgetränkten Zunder entlang der Linie auf, wo der Stein brechen sollte, und wieder steckte er ihn in Brand. Das Fett prasselte und zischte, als es brannte, und dicker schwarzer Rauch stieg zum Himmel auf und wurde als zerfetzte Rauchfahne nach Osten geblasen. Die Jungen mit ihren Krügen stürzten hinzu und schütteten das kalte Wasser auf den Stein, und wieder hatte das in Moloquins Augen keinerlei Wirkung.

Er konnte es nicht mehr ertragen, die langen, langsamen, fruchtlosen Bemühungen mitanzusehen. Er ließ die Männer alleine weiterarbeiten und ging auf den Nördlichen Wächter zu. In der Luft hing ein gemeiner Gestank, der vom Feuer herrührte. Im Gras vor ihm lag ein wirrer Haufen Gebeine. Seine Gedanken kehrten zu Shateel zurück und zu dem, was er ihr in der letzten Nacht erzählt hatte, als sie unter dem Stein lagen – das hätte er niemandem sonst erzählt. Er wunderte sich, daß er es überhaupt einem Menschen erzählt hatte.

Zu Wahela hätte er so nicht sprechen können. Wenn er Wahela die geringste Schwäche spüren ließe, würde sie ihn verachten, und das ganze Dorf würde davon erfahren – wenn nicht aus ihrem Munde, so doch durch die Art ihres Verhaltens. Er wußte, daß Shateel niemandem etwas davon erzählen würde.

Und doch war er erleichtert, daß sie nicht mehr da war. Er hatte ihr seine Seele offenbart und fürchtete nun, sich in ihren Augen gespiegelt zu sehen, wenn er sie jetzt anschaute. Er würde die Wahrheit über sich selbst in Shateels Augen erblicken, und deshalb war er froh, daß sie wieder gegangen war.

Hinter ihm sprang das Feuer jetzt mit tausend Zungen, mit Brüllen empor, und er wandte sich um und lief zu den anderen zurück. Die

Jungen stürzten mit ihren Krügen los und schütteten das Wasser aus, der Rauch quoll wie eine dicke, derbe Feder empor, und der Stein barst.

Bei dem Geräusch standen ihm die Haare zu Berge. Wie ein Stock zerbrach, so zerbarst der Stein über die ganze Länge, und die Männer schrien und johlten. Moloquin trat näher. Gemeinsam mit Ruak beugte er sich über den Stein, und sie schoben die Überreste des Feuers beiseite, das stinkende schmierige Zeug, und beugten sich hinab und sahen den langen Riß, den der Stein bekommen hatte, und der frische Stein leuchtete in einem Dutzend Farben hervor und kam zum erstenmal mit Luft und Sonne in Berührung wie ein neugeborenes Baby. Sie hoben die Köpfe und sahen einander lächelnd an.

Ruak bellte seine Männer an, und sie sprangen mit ihren Meißeln hinzu und begannen, dem Balken seine endgültige Form zu geben. Der Meister des Springender-Lachs-Bundes trat zurück, die Hände auf die Hüften gestemmt, und lächelte. Er blickte zu Moloquin auf, der neben ihm stand.

»Du hast geglaubt, es würde nicht klappen.«

Moloquin zuckte die Achseln. »Da hast du mir eben wieder einmal bewiesen, daß ich unrecht habe, Ruak.«

Ruak sagte: »Du kannst mir ja beweisen, daß ich unrecht habe, wenn wir ihn hochzuschaffen versuchen, Moloquin-on!«

Moloquin warf ihm einen überraschten Blick zu. Er hatte angenommen, daß Ruak hoffte, er würde scheitern, so daß sie alle wieder nach Hause zurückkehren konnten. Der Meister des Springender-Lachs-Bundes stand untersetzt und vierschrötig wie ein zugehauener Stein vor ihm und beobachtete seine Novizen bei der Arbeit. Seine Hände, die Arme und das Gesicht waren von öligen schwarzen Streifen überzogen. Moloquin ging sein Maßseil holen.

Viele Tage lang arbeiteten sie an der Gestalt des Steins, indem sie Kanten wegschlugen und die Vertiefungen machten, in die die Zapfen hineinpassen sollten. Diejenigen, die keine Steinarbeit machten, fertigten Seile an und schnitten Pfähle zu. Die Sommersonne stand sengend am Himmel und schlug auf sie ein, wie sie auf den Stein einschlugen. Wenn es Mittag war, waren diejenigen, die im Morgengrauen mit der Arbeit begonnen hatten, zu erschöpft, um weiterzumachen. Sie setzten sich in den Schatten des Ringwalls und verzehrten das Essen, das die Frauen ihnen vom Neuen Dorf heraufgebracht hatten.

Auch Fergolin saß im Gras. Seine Augen brannten vom Schweiß und vom Staub des Steines, und er hatte sich einen Finger gebrochen, der immer mehr anschwoll und schwarz wurde und ihm bei jeder Bewegung weh tat. Als er im Gras lag und zu den beiden Steinen emporblickte, die er bereits mit aufgerichtet hatte, war er überzeugt, daß es ihnen niemals gelingen würde, das zu vollenden, was Moloquin sich wünschte. Erschöpft, wie er war, kam ihm die Idee einfach lächerlich vor – Steine in der Luft schweben zu lassen! Er schloß die schmerzenden Augen.

Als er nichts mehr sah von dem, was ihn umgab, traten die kleinen Geräusche in seiner Nähe stärker und deutlicher hervor. Das unablässige Hämmern der Meißel, die den Balken bearbeiteten, verblaßte zum Hintergrundgeräusch. Klarer vernahm er das Seufzen und Stöhnen der Männer, die sich im Schatten des Ringwalls ausruhten, und er hörte ihre Kiefer mahlen und das Schwappen der Suppe in den Näpfen. Er hörte eine Frau lachen, gleich hinter dem Wall, und auch den Singsang eines Kindes.

»Ein Stein, ein Stein, ein St-aaa-inn!«

Fergolin schaute sich um. Es war Twig, Wahelas Sohn, der auf dem Wall herumkletterte und das Liedchen vor sich hinsang. Der Junge spazierte oben auf dem Wall entlang, rutschte aus und rollte über den grasbewachsenen Abhang zu den Männern hinab.

Sie lachten. Erschöpft, wie sie waren, warfen sie ihn in die Luft und spielten Fangball mit ihm, und der Junge kreischte vor Vergnügen, und als sie ihn losließen, purzelte er ins Gras und ließ sich weiterrollen, bis Fergolin sich aufsetzte, ihn einfing und küßte.

»Na, was machst du hier, Kleiner?«

»Steine messen!« Twig hopste aus Fergolins Armen zu Boden und flitzte zu dem Stein, der am nächsten lag und halb in dem Graben versunken war, der sich um die Rundung des Walls schmiegte.

Fergolin schlenderte hinter dem Kind her. Seine Lebensgeister begannen, sich wieder zu regen. Bei den Wenden-des-Jahres, wo er die Sterne beobachtet, die Sonne und den Mond aufgehen sehen und sich das alles eingeprägt hatte, war ihm der Gedanke gekommen, daß die Steine an der Säule des Himmels wahrscheinlich ebenfalls Sternweiser waren. Moloquin hatte zwar den Ring der Steine eingerissen, die alten vier, die an jeder Seite des Platzes standen, jedoch stehen lassen. Fergolin ging zu dem, der ihm am nächsten stand und wo Twig gerade spielte, lehnte sich dagegen und blickte zum Horizont.

Diese beiden Steine waren bestimmt ein Paar: Wenn er hier auf der Hügelkuppe stand und über die Spitze des zweiten Steines nach Westen blickte, verlief seine Sichtlinie haargenau durch eine Öffnung im Wall, die einen Ausschnitt des Horizonts einrahmte. Er lächelte erfreut. Er hatte das Gefühl, gerade eine Entdeckung zu machen.

Was mochte das sein? Das Kind tollte um ihn herum und sang sein Lied.

»Ein Stein, ein Stein, ein St-aaa-inn!«

Fergolin ging weiter zu dem anderen Paar Steine, wandte sich um und blickte zurück. Auf einer Anhöhe stehend, ragte der Stein gerade über den Kamm des Walls hinaus und legte seine Spitze an den Himmel.

Er wußte, wenn er heute hinschaute, würde er nichts sehen. Die Steine sollten bestimmt an einem bestimmten Tag benutzt werden, wahrscheinlich am Mittsommer- oder Mittwintertag. Brant hatte das alles gewußt.

Brant wußte es. Die Steine wußten es ebenfalls.

Während er dort stand und darüber nachdachte, packte ihn eine seltsame Erregung. In den Steinen war ein bestimmtes Wissen eingeschlossen, und wenn er einen Weg fände, es zu befreien . . .

Mit langen Schritten durchquerte er den grasbewachsenen Kreis und steuerte das zweite Paar Steine an. Hier stand der westliche Stein auf einer Anhöhe, die von einem Graben umgeben war, und er stellte sich mit dem Rücken zu diesem Stein und blickte zu dem östlichen Stein hinüber, und mit tiefer Genugtuung sah er die Spitze des östlichen Steines jetzt genau in einer Vertiefung zwischen den fernen Hügeln stehen.

Was für ein Stern da wohl aufging? Was für ein Leuchtfeuer dort wohl an einem bestimmten Tag erstrahlte, das seine Strahlen durch die Vertiefung in den Hügeln und über den östlichen Stein hinweg demjenigen ins Auge warf, der an dieser Stelle stand? Eine Hand zupfte an seinem Hemd.

Twig stand neben ihm. »Was machst du, Opa?«

»Ich . . .« Fergolin bückte sich und nahm den Jungen auf den Arm. »Ich bin bei meinen Vorfahren, Kind. Und bei den Söhnen der Söhne meiner Söhne.« Er küßte den Jungen auf die Stirn.

»Was sagst du?«

Fergolin schüttelte den Kopf. Es hatte keinen Sinn, einem kleinen Jungen soviel zu erklären. Die Freude, die ihm seine Entdeckung bereitete, war etwas, das er nicht mitteilen konnte. Er hatte das Gefühl, auf einmal seinen Platz in der Welt zu finden, ein Teil des Universums zu werden. Alles paßte zusammen, alles war von Bedeutung. Er setzte seinen gemächlichen Rundgang fort.

Unmittelbar hinter dem Ringwall war der Boden von Kalksteinbrokken durchsetzt. Das Gras wuchs dort nur unregelmäßig, und an manchen Stellen wollte es überhaupt nicht wachsen, und während er weiterging, erkannte er, daß sich im ganzen Rund in regelmäßigen Abständen solche Kalksteinansammlungen befanden. Ob Brant wohl auch gewußt hatte, wovon diese Kalkbuckel kündeten? Er gelangte am Fuß des Nördlichen Wächters an, der sich am Rand der Öffnung im Ringwall erhob. Er stand schief, und an seinem Fuß befand sich eine Vertiefung, wie eine Höhle. Er hatte Moloquin hier ungezählte Male schlafen oder einfach nur dasitzen sehen.

Was Moloquin wohl wußte? Ob er die Steine verstehen konnte?

Fergolin glaubte es nicht, denn Moloquin war in keine der männlichen Wissenschaften eingeweiht. Als er dort stand und nachdachte, bemerkte er zum erstenmal, wie seltsam und verwunderlich das eigentlich war. Hier gab es einen Häuptling, einen bedeutenden obendrein, der Herr war über mehrere Dörfer und der weder tanzte noch eine Maske hatte und der über kein Wissen verfügte und der doch die Folc an diese Stätte brachte, um etwas zu errichten, wovon noch niemand etwas gehört hatte: ein steinernes Rundhaus.

Denn das war es, was Moloquin hier erbaute: ein steinernes Rundhaus, eine Heimstatt für Geister. Fergolin rieb sich erregt die Hände. Sein Körper vibrierte vor frischer Tatkraft. Rasch kehrte er zu dem Stein zurück, um seine Arbeit wieder aufzunehmen.

Als der steinerne Balken seine endgültige Form gefunden hatte, hievten sie das eine Ende hoch, zwängten die Rollhölzer darunter und schoben ihn durch den Ringwall zum Fuß der beiden aufrechtstehenden Steine. Und nun begann der unmögliche Teil ihrer Aufgabe.

Sie verfuhren mit diesem Balken, wie sie es schon mit so vielen anderen gemacht hatten; sie hoben das eine Ende an, schoben Holz darunter, hoben das andere an und schoben dort welches unter. Die eine Hälfte der Männer ächzte und stöhnte an den Hebeln, die andere Hälfte beeilte sich, die Holzkloben unterzulegen. Da das Gewicht des Steines auf den Kloben lastete, sanken sie in die weiche Erde ein, und der Stein hob sich kaum vom Boden.

Wieder zwangen sie die Stangen unter das eine Ende und hängten sich mit aller Kraft daran, um den Stein hochzuheben, und zwängten mehr Hölzer darunter.

Als sie das andere Ende anzuheben versuchten, rollte eines der Hölzer plötzlich weg, und ein anderes zerbarst, und der Balken rutschte zur

Seite. Die Männer stoben davon, weil sie Angst vor seinem Gewicht hatten, und Ruak und Moloquin mußten sie gemeinsam mit wütendem Geschrei und Drohungen an die Arbeit zurücktreiben. Doch als sie den Stein so weit hochgewuchtet hatten, daß sie einen weiteren Kloben darunterzwängen konnten, zerbarst noch mehr Holz, und der Balken kippte zur Seite.

Moloquin trat zurück, hockte sich auf die Fersen nieder und starrte den Stein an. Die Männer standen dicht gedrängt und unterhielten sich murmelnd darüber, ob das Ende ihrer Plackerei in Sicht sei.

Ruak ging auf und ab, die Hände in die Hüften gestützt. »Also? Was sollen wir machen?«

Moloquin stand auf. »Holt die Jungen her. Wo sind sie denn?«

Die Jungenbande lungerte jenseits des Ringwalls herum, spielte und beobachtete die Männer. Sie kamen zögernd und schüchtern ins Innere des Ringes und stellten sich vor Moloquin auf.

»Geht ins Dorf«, sagte Moloquin, »und holt alle Körbe, die ihr finden könnt, und füllt sie mit Erde und Steinen und bringt sie hierher.«

»Meine Mutter gibt mir aber keine Körbe«, sagte der Anführer der Jungenbande, Grelas Sohn Sichel.

»Ich habe nicht gesagt, daß du sie darum bitten sollst«, sagte Moloquin. »Lauf und stiehl sie, wenn sie sie nicht rausrückt. Und nun los!«

Sie rannten davon und verschwanden durch die Öffnungen des Ringwalls. Twig tapste auf seinen dicken Beinchen hinter ihnen her. Ruak grinste Moloquin an.

»Die Frauen werden dir was erzählen, Opa-Moloquin.«

Er zuckte die Achseln. »Dann werde ich ihnen antworten, daß sie mehr Körbe machen müssen.«

Sie kehrten zu dem Stein zurück, der auf seinem zermalmten Holzhaufen ruhte, und den ganzen Rest des Tages verbrachten sie damit, das unbrauchbar gewordene Holz hervorzuziehen und den Stein wieder auf die Erde zu betten. Am Abend kehrten die Jungen zurück, gebückt unter Körben voller Erde und Steine, und in jener Nacht schliefen sogar die Jungen von der Jungenbande im Rundhaus bei der Säule des Himmels.

Am Morgen begannen sie von vorn. Sie hoben das eine Ende des Steines an, schoben Eichenhölzer darunter, hoben das andere an und taten dort dasselbe. Dann holte Moloquin Seile, und sie vertäuten den Stein mit den Hölzern, um ihm eine Hängematte zu machen.

»So, und jetzt hebt das Ganze hoch«, sagte er und ließ die Jungen vortreten, jeden mit seinem Korb, und als die Männer an den Stangen zerrten und der Stein sich wie ein Ungeheuer schwerfällig in die Luft hob, schrie er den Jungen zu, daß sie ihm die Körbe zureichen sollten.

Der Stein hing ein paar Handbreit über dem Boden, und die Männer an den Hebestangen schrien vor Anstrengung. Moloquins Stimme übertönte sie, als er die Jungen herbeirief und die Körbe, auf den Knien liegend, unter den Stein zwängte. Die Jungen verstanden. Ohne daß er es ihnen befehlen mußte, machten sie es so wie er und füllten den Hohlraum unter dem Stein mit Erde aus, so daß er, als die Männer den Riesen losließen, nicht auf dem Holz, sondern auf der Erde ruhte.

Die Körbe gaben nach, das Erdreich und die Steine jedoch nicht. Sie sanken zwar ein wenig zusammen, hielten den Stein jedoch wie ein Kind auf dem Schoß der Mutter, und als sie erkannten, daß sie es auf diese Weise schaffen konnten, brachen die Männer in Hurrageschrei aus, daß der Himmel erbebte.

Nun waren die Körbe aufgebraucht. Moloquin scharte die Jungen um sich.

»Ihr müßt mir mehr Körbe bringen.«

»Opa-Moloquin-on«, sagte Sichel, »wenn ich meiner Mutter noch mehr Körbe wegnehme, schmeißt sie Steine nach mir, und wir haben keine mehr für die Ernte.«

Moloquin schwieg. Er sah ein, daß der Junge recht hatte, doch das mit den Körben schien die einzige Möglichkeit zu sein. Er mußte sich zusammenreißen, um nicht zu sagen, daß die Ernte nicht so wichtig sei.

Er starrte Sichel eindringlich an. »Dann bringt mir Erde und Steine. Wie ihr das macht, ist mir egal, doch ich brauche hier Erde und Steine, und das so rasch wie möglich.«

Der Junge hielt den Atem an, und seine Empfindungen waren ihm vom Gesicht abzulesen. Zweifel und Verwunderung, Unschlüssigkeit und Entschlossenheit wechselten einander ab, und sein Gesicht war wie ein Himmel, an dem die Wolken dahineilten.

»Ja, mache ich«, sagte er. Er schrie der Bande einen Anfeuerungsruf zu, und sie verschwanden durch die Öffnung des Ringwalls.

Moloquin kehrte zu dem Stein zurück; die Männer standen davor und beobachteten ihn. Mit dem Balken kamen sie fürs erste nicht weiter. Er ließ sie weitere Löcher graben, und die Erde sammelte er sorgfältig in Haufen.

Am nächsten Morgen kehrten die Jungen zurück. Sie hatten sich aus Stoff und Stöcken Tragschlingen gemacht und schleppten die Erde darin herbei. Sie brachten Erde in Säcken, die sie aus ihren Kleidern gemacht hatten, und sie hatten neue Körbe voller Erde und Steine dabei, und die kleinen Jungen trugen Steine auf den Armen. Während die Männer den Stein vom Boden hochhievten, stießen die Jungen die Erde mit Schaufeln und Besen darunter. Moloquin kniete neben ihnen, das Gesicht genauso schmutzig wie ihre, und stieß mit den Armen nach und schob die Erde tief in den Hohlraum. Die kleinen Jungen gehorchten ihm, als er sagte, sie sollten darunterkriechen, und der Stein schwankte über ihren Köpfen, während die Männer an den Hebestangen schrien und ächzten. Als sie den Stein dann jedoch herunterließen, lag er wieder ein wenig höher als zuvor auf seinem Bett aus Erde.

Doch dann kamen die Frauen.

Grela ging an ihrer Spitze. Ihr Fett wogte, als sie den Hang erklomm, und man sah ihr an, daß sie vor Wut kochte. Als sie Moloquin erblickte, marschierte sie geradewegs auf ihn los und sagte: »Du hast die Jungen dazu angehalten, unsere Körbe zu stehlen!«

Er antwortete: »Ich brauche sie. Du siehst ja, um welche Arbeit es hier geht.«

Sie fuchtelte mit den Armen. »Ich sehe nur Erde und Steine, sonst nichts! Ich brauche meine Körbe für die Ernte und meine tägliche Arbeit.«

»Dann mach neue. Und mach für mich auch gleich welche.«

»Stoff haben sie auch gestohlen!«

»Dann fertige neuen Stoff an«, sagte er.

Sie sah sich mit finsterem Blick um. Erst blickte sie ihn an und dann den Stein. »Du wirst ihn niemals hochbekommen«, sagte sie, »er gehört in die Erde, und da wird er auch bleiben.«

»Er liegt ja noch auf der Erde. Die Erde wird mir helfen, ihn hochzuheben.«

»Pah! Du Narr!«

Er erwiderte: »Du hast mich keinen Narren genannt, als ich dir etwas zu essen gegeben habe, Ana-Grela-el!«

Ihr Gesicht erschlaffte. Sie trug ihre Empörung wie eine Maske, während ihre wahren Empfindungen sich dahinter verbargen. Schließlich sagte sie: »Du hast getan, was du getan hast.«

»Ja.«

Sie blickte weg. Als sie ihr Gesicht wieder seinem Blick aussetzte, war ihr Zorn wie weggewischt. Sie sagte: »Ich werde tun, was du wünscht.« Gewichtig wie ein Stein durchschritt sie den Ring. Sie gönnte der Arbeit der Männer kaum einen Blick, sondern verschwand sofort durch die Öffnung des Ringwalls, und die anderen Frauen folgten ihr.

Alle außer Wahela. Mit schwingenden Hüften kam sie über den Wall auf Moloquin zu. »So, nun ist es dir gelungen, die Frauen in Aufruhr zu versetzen, und wenn du denkst, daß du Schwierigkeiten mit den Steinen hast, dann wirst du jetzt erleben, was richtige Schwierigkeiten sind.«

Moloquin stemmte die Hände in die Hüften. »Wirst du mir beistehen?«

»Dir beistehen!« Sie lachte, und ihre Augen funkelten. »Was kann ich dir schon nützen, du Schatzhüter!«

Er wurde wütend. Er packte sie mit beiden Händen, und als sie sich ihm zu entwinden versuchte, griff er nach ihrem Rock und riß ihn ihr vom Leib.

Sie schrie auf. Vor allen Männern taumelte sie halbnackt aus Moloquins Reichweite, duckte sich, um ihre Blöße zu bedecken, errötete und rannte hinter den anderen Frauen her. Die Männer schrien und pfiffen. Moloquin blickte ihr nach, ihren Rock in der Hand.

»Hier!« Er drückte Sichel den Rock in die Hand. »Da kannst du noch eine Tragschlinge draus machen.«

Den ganzen Tag über hoben sie den Stein an. Sie stemmten ihn einen Fingerbreit hoch und stützten ihn mit Erde und Steinen ab, trugen die Hebestangen zum anderen Ende und taten dort dasselbe. Bei Anbruch der Dunkelheit lag der Stein auf einer Ebene mit Moloquins Knie.

Die Männer gingen zum Rundhaus hinab. Moloquin blieb bei dem Stein. Er hatte mittlerweile erkannt, wo die Dämonen bei dieser Aufgabe lauerten, und nun sah er eine weitere Tücke voraus. Die Männer mußten ihre Stangen auf Holzkloben legen, um den Stein anzuheben, doch mußten die Holzkloben höher liegen als die Unterseite des Steins, damit die Hebestangen greifen konnten, und das würde bald nicht mehr möglich sein.

Er saß da und sann über das Problem nach, und hinter ihm waren gewisse kleine Geräusche zu hören, die er kannte. Er achtete kaum auf sie, da er sie erwartet hatte, und es dauerte in der Tat nicht lange, da ließ Wahela sich neben ihm nieder.

»Du hast mich vor den Männern gedemütigt!«

»Du solltest mich nicht herausfordern, Wahela.«

»Wie kannst du mich nur so behandeln? Wo ich dich seit so langer Zeit liebe.«

Sie schlang die Arme um seinen Hals und bedeckte sein Gesicht mit Küssen. Er musterte den Stein und ließ die Liebkosungen geistesabwesend über sich ergehen, doch als er sie nicht erwiderte, machte sie sich von ihm los und schlug ihn.

Er zuckte zurück. »Warum hast du das getan?«

»Du sollst mich beachten!«

»Ich werde dich beachten.« Er holte aus und schlug sie mit der flachen Hand. Sie sank zu seinen Füßen nieder, sprang jedoch sofort wieder auf und fuhr weinend mit den Nägeln auf ihn los. Moloquin schlang die Arme um sie und hielt sie fest, indem er ihr die Arme einklemmte, und als sie ihn zu beißen versuchte, drehte er sie gegen alles Sträuben herum, so daß sie mit dem Rücken zu ihm stand. Sie versuchte, mit den Füßen nach ihm auszuschlagen, und er hob ihre Beine hoch und hielt sie wie ein Baby.

»Laß mich los!« schrie sie, und er ließ sie fallen.

Er entfernte sich ein wenig und setzte sich wieder nieder und wandte sich dem Stein zu, der vor ihm in der Dunkelheit ruhte. Sein Herz hämmerte. Der Kampf hatte sein Verlangen nach ihr neu entfacht. Erst vor kurzem hatte er bei Shateel gelegen, aber das Verlangen nach Shateel war ein Aufflackern seiner Begierde im Vergleich mit der Glut, mit der er sich nach Wahela verzehrte, und wenn er mit ihr kämpfte, steigerte sich sein Verlangen noch.

Sie war davongekrochen. Sie saß in einiger Entfernung im Gras, und er konnte ihr lautes Schluchzen hören. Er wußte, sie weinte um seinetwillen. Sie war hart wie Stein; alles, was er ihr antat, prallte von ihr ab und ließ sie unbeeindruckt. War das der Grund, weshalb er sie so sehr begehrte – weil sie nicht zu zähmen war?

Sie hatte die Hände vors Gesicht geschlagen und weinte laut. Trostlosigkeit beschlich ihn. Vor ihm waren die Steine. Er konnte Steine in die Luft heben, doch er konnte es nicht über sich bringen, die Frau zu trösten, die er liebte. Um seiner Steine willen hatte er den Frauen die Körbe weggenommen, und um seiner Steine willen würde er den Folc alles wegnehmen, was sie besaßen.

Er wußte selbst, daß Grela ihn zu Recht einen Narren genannt hatte. Er schuftete sich ab, um etwas zu erreichen, was sich nicht erreichen ließ und was ihm kein Glück bringen würde, während das, was ihm Glück bringen könnte, jedem Mann zu Gebote stand; und doch konnte er es nicht tun.

War das nicht Ladon in ihm? Hörte er Ladons Lachen nicht selbst in diesem Augenblick in seinen Ohren gellen? Ladon, den er verbrannt hatte und dessen Seele jetzt hinter seiner Stirn auf- und abtanzte. Ladon, sein Vater.

Fast wäre er aufgestanden. Auf einmal wuchs in ihm die Kraft aufzustehen, den Steinen den Rücken zuzukehren, zu Wahela zu gehen, sie hochzuheben und ihr zu schwören, daß er sie nie wieder schlecht behandeln würde. Sie würden zum Rundhaus hinabgehen, in Frieden zusammenleben, und er würde nicht mehr zur Säule des Himmels gehen.

Es war jedoch zu spät. Ehe er noch nachgeben konnte, hatte sie bereits nachgegeben. Weinend kam sie durchs Gras auf ihn zu, sank neben ihm nieder und schmiegte sich an ihn. Sie wandte das Gesicht den Steinen zu, und er mußte nicht zwischen ihr und den Steinen wählen. Er legte ihr den Arm um die Schultern. Er wandte sich den Steinen zu und dem gewaltigen Problem, das mit ihnen verbunden war, und sie drängte sich an ihn, und wie sie so neben ihm saß, traten seine Reue und die Fürsorglichkeit, die er noch eben für sie empfunden hatte, in den Hintergrund, während die Steine ihm wieder vor Augen standen, wie sie es immer getan hatten – riesig, wirklich, das einzige, das wirklich wichtig war.

Am nächsten Morgen, als die Arbeiter sich an der Säule des Himmels versammelten, teilte Moloquin der Hälfte von ihnen die Aufgabe zu, den Balken hochzustemmen, immer erst das eine Ende und dann das andere, und Erde und Kalkstein darunterzustopfen. Die andere Hälfte der Männer ließ er ganz nah bei dem Balken auf der anderen Seite der aufrechtstehenden Steine eine hölzerne Plattform bauen.

Er suchte das Holz für die Plattform selbst aus, indem er jedes einzelne Stück sorgfältig mit den Händen auf Risse oder Löcher abtastete, die es schwächen würden, und er ließ die Männer keinen Moment aus den Augen, als sie die Pfähle an die vorgesehene Stelle schleppten und miteinander verbanden, wobei sie die Spitzen mehrfach kreuzweise vertäuten, damit die Konstruktion den Stein aushielt. Für diese Arbeit brauchten sie viele Tage.

Ruak beaufsichtigte unterdessen den anderen Arbeitsgang, das Anheben der Steine. Eines Tages beobachtete Moloquin gerade, wie eine Schicht Stangen mit der darunterliegenden verbunden wurde, als Ruak zu ihm trat und sagte: »Wir können den Stein nicht mehr höher heben.«

Moloquin nickte geistesabwesend. »Laßt es fürs erste gut sein.«

Ruak ging nicht gleich wieder fort, sondern beobachtete ihn eine Weile, doch Moloquin schenkte ihm keine Beachtung. Schließlich ging Ruak weg und führte seine Männer zum Fluß, damit sie ein kühles Bad nehmen konnten.

Der Sommer stieg seinem Zenit entgegen. Die Sonnenhitze kochte die Welt und machte die Bohnen in ihren pelzigen grünen Mänteln fett und sahnig, brachte Roggen und Gerste in ihren bärtigen Köpfchen zum Reifen. Die Sonnenhitze ballte die Wolken zu Gebirgen finster brodelnden Unmuts zusammen. Die Männer kauerten sich im Graben außerhalb des Ringwalls nieder und schauten zu, wie das Unwetter über sie hinwegrollte. Der Regen schlug auf sie ein, strömte auf beiden Seiten des Walls in den Graben hinab und bildete Tümpel zu ihren Füßen, doch versteckten sie sich eher vor der Stimme des Unwetters, vorm Heulen des Windes und dem Gepolter in den Wolken und vor deren langen Händen mit ihren Zinken, die herablangten, um die Seelen der Menschen an sich zu reißen.

Die Arbeiter begannen sich zu fragen, ob das Unwetter nicht dazu dienen sollte, Moloquin zu warnen, weil er so hoch hinauswollte – ob der Himmel das Ding, das er da erbaute, das Ungeheuer, diesen Stein, der in der Luft hängen sollte, nicht mit Mißbilligung betrachtete. Als der Regen aufgehört hatte und die Sonne wieder herausgekommen war, mußte Moloquin sie mit dem Blitz seiner Zunge und dem Donner seines Zorns wieder an die Arbeit zurücktreiben.

Er stand mit Ruak vor dem Stein, der mittlerweile auf einem hohen Bett aus Erde, Kalkstein und Geröll lag, und zeigte dem Springender-Lachs-Meister, wie der Stein seiner Vorstellung nach auf die hölzerne Plattform gelegt werden sollte, die neben ihm stand. Ruak schüttelte den Kopf.

»Das hättest du mir vorher sagen sollen, Opa-Moloquin-on.« Der Arbeiter legte die Hand auf den Balken, der an jedem Ende ein tiefes Loch hatte, das auf die Zapfen oben auf den Stützpfeilern passen sollte. »Jetzt geraten die beiden Löcher auf die falsche Seite.«

»Dann macht neue Löcher«, sagte Moloquin.

Ruak warf die Arme hoch. »Du sagst das so, als sei es genauso einfach, diese Sachen zu machen, wie sie zu sagen!«

Sie riefen alle Männer zusammen und gruben einmal mehr zwei Löcher in den Boden und steckten zwei lange Stangen hinein, die am oberen Ende so zusammengebunden waren, daß man über das Kreuz Seile werfen konnte. Mit Hilfe dieser Konstruktion und der Stangen, die immer noch auf der anderen Seite der Stützpfeiler standen, und unter Verwendung von Hebestangen kippten sie den Stein langsam auf die Seite und rollten ihn so zärtlich auf die Plattform hinüber, als sei er ein Neugeborenes.

Das Holz ächzte, doch es hielt stand. Moloquin umkreiste ruhelos den Aufbau und hielt nach Rissen und Anzeichen für einen Zusammenbruch Ausschau, während Ruak und Fergolin mit ihren steinernen Meißeln auf die Plattform kletterten und neue Löcher in die Enden schlugen.

Die eigentliche Arbeit konnte beginnen. Die Plattform war groß genug, daß alle Männer auf ihr Platz fanden, um das eine Ende des Balkens anzuheben, die Scheite unterzuschieben und dann das andere anzuheben, doch ging die Arbeit sehr langsam voran, weil sie die Plattform in dem Maße, wie sie vorwärtskamen, ebenfalls erhöhen mußten. Noch ehe der Balken sich auf einer Höhe mit Moloquins Kopf befand, ging ihnen das Holz aus; und er mußte sie alle in den Wald führen, um mehr Holz zu beschaffen.

Bei der Gelegenheit begegnete er abermals der Furcht, die die meisten Folc vor dem Wald hatten. Die meisten Arbeiter weigerten sich, auch nur einen Schritt zwischen die Bäume zu tun. Also schickte er jemanden zum Walddorf, wo Hems und Bahedyr sich bei den Frauen aufhielten, und wies sie an, Holz für die Säule des Himmels zu fällen.

Auch ließ er ihnen ausrichten, daß sie zum Sommerende, wenn die Beeren reiften, zum Neuen Dorf kommen sollten. Weshalb, ließ er ihnen nicht sagen. Was der Grund dafür war und weshalb er wollte, daß das erste Tor noch vor der Tagundnachtgleiche fertig werden sollte, behielt er für sich.

Sie bekamen mehr Holz, bauten die Plattform in die Breite und die Höhe aus, und der Balken hob sich, Stückchen um Stückchen. Als die Plattform höher wurde, begann sie zu beben und zu schwanken, und Moloquin ließ seine Männer um sie herum Löcher graben und dahinein schwere Stämme stellen wie diejenigen, die die Rundhausdächer trugen, und dann vertäuten sie die Plattform mit diesen Pfosten.

Eines Nachts träumte einer von Ruaks Novizen, daß die Steine zum Himmel hinaufreichten und die Plattform beinahe bis zum Himmel, und er war bei der Arbeit und fiel von der Plattform und lag sterbend am Boden. Der Traum kam ihm so wirklich vor, daß er, als er schweißbedeckt und zitternd auf dem Boden im Innern des Rundhauses erwachte, seine Freunde schreiend anflehte, ihn nicht allein an der Stätte der Toten zurückzulassen. Und danach wollte keiner der Männer mehr die Plattform besteigen. Nur Ruak und Fergolin und Moloquin wagten sich hinauf.

Nun befahl er ihnen, den Erdhügel wegzuschaufeln, auf dem der Balken zuerst gelegen hatte und der zwischen ihm und den beiden aufrechtstehenden Steinen lag, und als sie das getan hatten, ließ er sie nahe bei den Steinen eine zweite Plattform bauen. Aus dem Walddorf traf Holz ein, das auf Schlitten herangeschleppt und von Männern und Frauen auf den Schultern getragen wurde. Wahela kam mit ihrem Sohn Twig vom Walddorf herauf.

Sie schleppten und hoben den Balken über die Plattform, bis er so nahe bei den Stützpfeilern lag, daß nur noch ein Finger zwischen seine

Kante und die beiden Steine paßte. Die Arbeit ging so langsam und mühselig vonstatten, daß niemand mehr zum Zuschauen hinaufkam. Es war Spätsommer, und die Frauen waren auf den Feldern und beschützten ihre Ernte vor Wild und Mäusen. Des Nachts war der Himmel sternenklar. Fergolin saß, Twig auf dem Schoß, abends spät auf dem Wall und zeigte auf die einzelnen Sterne und sagte ihm ihre Namen und erklärte ihm, welche Macht die jeweils besaßen, und irgendwann konnte der Junge schon genauso gut wie ein Novize des Bärenschädels die Wanderer der Nacht finden und ihren Namen sagen und die Orte nennen, an denen sie sich aufhielten.

Sie hoben den Balken genau auf eine Höhe mit den Enden der beiden senkrecht stehenden Steine, und wieder schlangen sie Seile um ihn und um die gewaltigen Pfosten, die mittlerweile auf der ganzen Baustelle aufragten. Moloquin holte jeden Mann vom Neuen Dorf herauf, und als Leute von Shateels Dorf kamen, holte er auch die herauf, obwohl sie sich wehrten – sie waren doch nur gekommen, um ihm zu sagen, daß die Tagundnachtgleiche nahe war, nicht aber, um zu arbeiten. Mit all diesen Händen an den Seilen und so vielen Rücken, die sich unter den Hebestangen plagten, gelang es ihnen, den Balken so behutsam zu bewegen, wie eine Mutter ihren Säugling bewegt. Sie rollten ihn hinüber auf die Enden der Stützpfeiler, und dort blieb er liegen.

Doch immer noch war viel zu tun. Moloquin ließ ihnen keine Zeit, um sich an ihrem Werk zu freuen. Er trieb sie an, die Plattform abzubauen, das Holz ordentlich am Wall zu stapeln, die Pfosten wieder auszugraben und die Löcher mit zerkleinertem Kalkstein und Geröll auszufüllen. Der Tag war heiß und die Arbeit beschwerlich, und die Männer murrten. Sie taten ihre Arbeit, mit gesenktem Blick wie die Frauen, und schauten niemals auf. Fergolin schleppte, Twig auf den Fersen, Körbe voller Kalksteinbrocken, um Löcher zu füllen, und der Rücken schmerzte ihn; und seine Hände waren wund. Als sie fertig waren – die Sonne stand noch am Himmel –, war er erschöpft.

Moloquin sah, wie ausgelaugt die Leute waren, und ließ sie aufhören. Die Sonne stand ohnehin schon tief am Horizont. Gebeugt vor Erschöpfung, müde und hungrig machten sich die Arbeiter auf den Weg zum Rundhaus. Da wandte Fergolin sich zufällig um und schaute zurück.

Er schaute zurück, und was er da sah, ließ ihn wie angewurzelt stehenbleiben. Er stieß einen Schrei der Verwunderung aus, und alle anderen wandten sich ebenfalls um.

Sie wandten sich alle um und blickten zurück, und da sahen sie mit einem Male, was sie vollbracht hatten. Zum erstenmal standen sie da und blickten zu dem gewaltigen Tor auf, das vor dem Himmel schwebte, und das Sonnenlicht fiel hindurch. Niemand sprach, niemand rührte sich. Sie standen mit offenen Mündern und staunten über ihr eigenes Werk, und die Last der Erschöpfung fiel von ihnen ab. Sie reckten sich, und ihre Augen begannen zu strahlen. Sie wandten sich einander zu und lachten und schlugen einander auf die Schulter und fanden sich unversehens zu einem wirbelnden Tanz zusammen, und immer noch lachend rannten sie zum Tor hinauf und bildeten einen Kreis und brüllten vor Freude über das, was sie vollbracht hatten: Steine aufzurichten, einen Stein in die Luft zu hängen.

An jenem Abend verließ niemand die Säule des Himmels. Die Frauen kamen vom Neuen Dorf herauf, und als sie sahen, was sich da auf der Ebene erhob, riefen sie die Kinder zusammen, und sie brachten Essen für alle Folc und setzten sich alle gemeinsam dort oben nieder und aßen und bewunderten ihr Werk. Sie tanzten jedoch nicht. Die Männer waren dazu zu erschöpft. Sie machten Feuer und erzählten Geschichten, und wenn Moloquin vorbeikam, dämpften sie die Stimmen zu einem Flüstern und blickten ihm mit verehrungsvoller Scheu und Liebe nach.

Fergolin saß auf dem Wall und starrte das Tor an, das vor ihm stand, und bei jedem Herzschlag sah er es mit neuen Augen, und er kam aus dem Staunen nicht heraus. Da war er, der Stein, der in der Luft hing, obwohl er doch wußte, daß das gar nicht möglich war. Er dachte an ihre Arbeit zurück, seine und die der anderen Männer, doch jetzt, da sie das viele Holz und all das Erdreich weggeschafft hatten, war die Erinnerung daran angesichts der handfesten Tatsache der Steine vor ihm ein blasser Traum.

Moloquin hatte ihnen zwar gesagt, wie sie es machen sollten, doch Fergolin selbst hatte es vollbracht, er und all die anderen Männer, die gewöhnlichen, unbedeutenden Männer.

Moloquin war ein Mann von großer Macht, von größerer Macht gewiß, als Fergolin sie in seinem Leben kennengelernt hatte. Doch der Stein war nicht durch Magie in die Luft gestiegen. Moloquins Begabung hatte darin bestanden, gewöhnliche Menschen dazu zu bewegen, das Unmögliche zu vollbringen.

Als er so vor dem Tor saß, erkannte Fergolin, daß die ganze Welt sich verändert hatte. Dadurch, daß sie die Steine aufgerichtet hatten, war alles neu geworden. Nichts schien ihm mehr unmöglich. Wenn gewöhnliche Menschen so etwas vollbringen konnten, dann konnten sie alles vollbringen, und die einzige Grenze, die ihrem Tun gesetzt war, war die ihrer Vorstellungskraft.

Als er das erkannte, frohlockte er im ersten Augenblick. Im nächsten überfiel ihn tiefe Verzweiflung. Das Tor war die Verheißung ihrer Freiheit, es war aber auch die ihres Untergangs.

Doch er würde sich dadurch nicht abschrecken lassen. Das Tor würde sie zu einer Welt führen, die weiter und größer und gefährlicher war als diese, und Fergolin stand auf und schritt auf die Steine zu und durchquerte das Tor, das Moloquin erbaut hatte, dort oben auf der Ebene an der Säule des Himmels.

IV
Das Haus des Himmels

Die Leute, die von Shateels Dorf gekommen waren, um Moloquin mitzuteilen, daß die Tagundnachtgleiche bevorstand, kehrten zu ihren Herdstellen zurück und brachten den anderen die Kunde von dem herrlichen Tor, das an der Säule des Himmels entstanden war. Viele kamen daraufhin herüber, um es mit eigenen Augen zu sehen, und als sie es erblickten, waren sie höchst verwundert und neidisch auf die, die das Tor erbaut hatten und die jetzt mit geschwellter Brust einherstolzierten. Alle, die die Arbeiter einst wegen ihrer Mühen verlacht hatten, sehnten sich nun danach, zu ihnen zu zählen.

Moloquin hatte andere Dinge zu tun, konnte so viele Arbeitswillige jedoch nicht einfach übersehen. Deshalb beauftragte er Ruak und Fergolin, die das ganze Vorhaben kannten, alle Helfer zu versammeln, damit diese das nächste Paar steinerne Pfosten zuhauten und es in seine Löcher setzten.

Es gab an der Säule des Himmels sowieso nur noch zwei Steine. Sobald die aufgestellt waren, würden sie alle verfügbaren Hände brauchen, um neue vom Hohen Hügel heranzuschleppen.

Er kennzeichnete den Platz für die beiden Löcher, gab Fergolin sein Seil, damit er die nötigen Messungen vornehmen konnte, und sagte ihm, wie hoch das nächste Tor sein sollte. Dann ergriff er seine Axt. Er rief Bahedyr, Hems, Kayon und Ladons Sohn zu sich, die Männer also, die ihm länger als alle anderen in Treue ergeben waren, und brach mit ihnen, ohne ein Wort der Erklärung, nach Westen auf.

Bei der Tagundnachtgleiche, erinnerte Moloquin sich, war das Schiff übers Meer zu Harus Kum gekommen.

Er hatte seine Axt. Bahedyr hatte wie üblich seinen Speer dabei. Als die Männer über die welligen, grasbewachsenen Hügel westlich der Säule des Himmels wanderten, forderte Moloquin sie auf, sich Waffen zu besorgen, wollte ihnen jedoch nicht sagen, wohin sie gingen.

Hems wußte es. Moloquin konnte es an seinem Gesichtsausdruck sehen, als sie westwärts gingen. Hems erkannte den Pfad wieder, dem sie folgten, und hin und wieder warf er Moloquin einen fragenden Blick zu, sagte jedoch nichts. Nur nachts am Feuer, wenn sie sich das brieten, was sie unterwegs erlegt hatten, bat Hems Moloquin, ihnen Geschichten zu erzählen.

»Erzähl uns von Abadon«, sagte er dann, »erzähl uns etwas von den Helden.«

Moloquin erzählte ihnen, wie Abadon in das Land-wo-keine-Männer-sind gegangen war. Die Frauen in jenem Land waren genauso stark und wild wie Männer. Sie trugen ihr Haar am Hinterkopf zu Knoten gebunden, damit es sie nicht störte, und wenn sie sprachen, dröhnten ihre Stimmen wie der Wind, der aus den Felsklüften heraufbläst. Sie kämpften mit Bären und Wölfen und trugen Felle wie die Männer, und wenn ihre Babys geboren wurden, dann kerbten sie sich oberhalb der Brustwarze die Haut ein und ließen das Kind dort saugen, damit das Kind als erstes Blut und nicht Milch zu schmecken bekam. Sie ließen jedoch nur ihre Mädchen am Leben. Die männlichen Kinder überließen sie im Wald den Wölfen und Bären.

Nun kam Abadon zu diesen Frauen und stahl ihnen ihre Ziegen. Die Frauen riefen ihre Anführerin herbei, die Essa hieß, und sie forderte Abadon zum Kampf heraus.

Sie trafen zu diesem Zweck auf einer riesigen Ebene zusammen, und sämtliche Frauen bildeten einen engen Kreis um die Kämpfer, und Abadon erkannte, daß sie ihn auch dann erschlagen würden, wenn er ihre Anführerin besiegte. Er war zwar kräftiger als jede einzelne der Frauen, nicht aber kräftiger als zwei von ihnen. Deshalb war ihm klar, daß er erschlagen werden würde, wenn er es nicht schlau anstellte.

Er nahm seinen Speer, der aus dem Holz der Esche, dem männlichen Baum, war und der im Feuer gehärtet war, das ebenfalls männlich ist, und schleuderte ihn gegen Essa. Essa hatte sich jedoch einen Schild aus dem Holz der Ulme gemacht, die weiblich ist, und den hielt sie empor, und der Speer durchbohrte ihn zwar, verfiel dabei jedoch dem Zauber des Schildes, und aus dem Schild sprangen drei weitere Speere, und die nahm Essa und schleuderte sie zurück gegen Abadon und verwundete ihn am Fuß, an der Hand und im Gesicht.

Abadon nahm seine Schleuder, die aus dem gegerbten Fell von der Hinterhand eines männlichen Bären gemacht war, und legte einen spitzen Stein hinein und schleuderte ihn gegen Essa. Essa hatte aber einen Korb aus Binsen vom Flußufer gemacht, und als der Stein in den Korb fiel, erschienen drei runde Steine, und die nahm sie und warf sie gegen Abadon, und sie verwundete ihn an der Hüfte und dem Schenkel und der Brust.

Da begann Abadon zu erkennen, daß er nicht überleben würde, wenn er sich nicht etwas anderes einfallen ließ. Und er hatte seine Flöte dabei, die Zauberkraft besaß und die Rael die Vogelfrau ihm gegeben hatte, als sie bei der Quelle gelegen hatten, wo das ganze Wasser der Welt hervorsprudelt. Und nun setzte Abadon sich hin und fing an, ganz leise die Flöte zu spielen.

Und die Frauen drängten näher, um ihn hören zu können, doch als sie näher kamen, spielte Abadon noch leiser. Und Essa konnte ihn überhaupt nicht hören, und sie kam noch näher heran und legte sich nieder und lauschte, den Kopf in seinem Schoß, der Musik.

Und dann lag Abadon bei ihr, und sie brachte vier Kinder von ihm zur Welt, die alle männlichen Geschlechts waren. Diese Kinder lieferte sie jedoch nicht den Wölfen und Bären aus, sondern zog sie selbst auf, und von da an gab es in diesem Volk auch Männer, und sie waren wie andere Völker auch, außer daß die Männer, ehe sie bei den Frauen lagen, um Kinder zu zeugen, stets die Flöte bliesen.

Hems hörte sich diese Geschichte an und schüttelte den Kopf. »Wenn man bedenkt, wo wir hingehen, ist das keine geeignete Geschichte.«

»Wohin gehen wir denn?« fragte Bahedyr, doch Hems wollte ihm nicht antworten. Moloquin wollte ihm ebenfalls nicht antworten.

Sie gingen immer weiter nach Westen, und jeden Abend, wenn sie am Feuer saßen, erzählte Moloquin ihnen Geschichten. Er erzählte ihnen alle Geschichten, die er kannte, worin Männer mit anderen Lebewesen kämpften und sie besiegten. Während sie dem alten Pfad folgten, der sich schwach im Gras und im wilden Gestrüpp der Gegend abzeichnete, die sie durchquerten, suchten die Männer sich Keulen und fertigten sich Schleudern an und zielten damit und warfen ihre neuen Speere gegen Baumstämme, und auf die Weise wurde ihnen klar, daß sie sich auf irgendeine große Schlacht vorbereiteten. Moloquin wollte ihnen jedoch nicht sagen, gegen wen sie kämpfen sollten.

In der Morgendämmerung eines kalten, regnerischen Tages kamen sie von den baumbestandenen Hügeln zum Flußbett hinab und folgten ihm. Dabei kamen sie auch an den Stellen vorüber, wo Harus Kums Männer Erz aus der Uferbank geschürft hatten, an den unordentlichen Haufen von Felsbrocken, den Hülsen des Erzes, die Harus Kums Männer zurückgelassen hatten. In Regen und kaltem Wind liefen sie in das enge Tal an der Flußmündung hinein, wo Harus Kums Palisadenhof sich im Sand an die schwarzen Felsen kauerte, während der Seewind hereinblies.

Aus dem Schornstein des großen Hauses kam Rauch, und schon außerhalb des Palisadenzauns konnte Hems die Geräusche der Menschen hören, die sich zur Arbeit fertig machten, und als er Harus Kums Stimme wieder hörte, wehte die ihn kälter an als der Wind. Er zitterte, weil er wieder hier war. Mit beiden Händen hielt er seine Keule umfaßt und bebte am ganzen Leib.

Moloquin legte ihm die Hand auf die Schulter. »Hast du Angst?« fragte er.

Hems' Blick sagte ihm alles. Moloquin umfaßte seine Schulter und schüttelte ihn aufmunternd.

»Denk an deine Frau. Denk an das Böse, das hier geschehen ist. Das, was uns angetan worden ist, werden wir ihnen jetzt vergelten. Und nun faß dir ein Herz. Ich möchte, daß du über den Palisadenzaun steigst, das Tor aufmachst und uns hereinläßt.«

Hems nickte. Er dachte an Ap Min, seine Frau, die er liebte, und er wußte, daß das, was Moloquin gesagt hatte, stimmte: Jetzt konnte er heimzahlen, was ihm hier angetan worden war. Er legte seine Keule nieder und kletterte auf die Mauer aus Baumstämmen, sprang auf der anderen Seite hinab und ging zum Tor.

Als er das Tor aufmachte, hörte er Harus Kum im Innern des großen Hauses schreien. Er schob den Riegel beiseite, und seine Freunde und Moloquin kamen, einer nach dem anderen, herein. Kayon gab ihm seine Keule, und so bewaffnet näherte Hems sich dem großen Haus.

Eine Frau mit einem Korb kam um die Hausecke. Sie war im Vorratshaus gewesen. Sie hielt den Kopf gesenkt, weil es regnete, und die Eindringlinge bewegten sich so leise, daß sie sie weder sah noch hörte, bis sie an der Ecke des großen Hauses unmittelbar vor ihnen stand.

Als sie sie entdeckte, sprang Kayon sofort auf sie zu und schlug sie mit der Keule nieder. Moloquin gab mit dem Arm das Zeichen, und die kleine Schar stürzte auf die Tür zu, drückte sie krachend ein und schwärmte in den rauchigen, halbdunklen Raum, der dahinter lag.

Die Sklaven saßen am Feuer und aßen, und als die Tür aufflog und der kalte Wind hereinblies und Moloquin und seine Männer hereingestürmt kamen wie Geschöpfe des Windes, schrien sie auf und duckten sich mit erhobenen Händen am Herdfeuer nieder. Harus Kum an der anderen Tür des Raumes fuhr herum.

Hems ging mit erhobener Keule auf ihn zu. In seiner Erinnerung war Harus Kum ungeheuer groß, hatte einen Bart wie ein Tannendikkicht und eine Stimme wie die Brandung. Mit zum Schlag erhobener Keule schritt Hems auf ihn zu.

»Warte!« schrie Harus Kum und hob die Hand.

Hems blieb stehen. Das Herz hämmerte ihm in der Brust. Er hatte erwartet, daß Harus Kum ihn angreifen, den Kampf suchen würde, und nun stand ein Mann vor ihm, der nicht größer war als er selbst, mit einem kleinen, verfilzten, ergrauenden Bart und einer Stimme, die bebte, als er sagte: »Warte!«

Moloquin trat auf ihn zu. »Harus Kum«, sagte er, »ich bin wieder da.«

Harus Kum ließ die Hände sinken. Sein Blick flog durch den Raum und nahm alles auf: Die Sklaven, die an der Herdstelle kauerten, und Moloquins Männer, die mit erhobenen Waffen im ganzen Raum verteilt waren. Hems sah, wie der Händler fieberhaft nachdachte, und dann hob Harus Kum erneut die Hände und kehrte Moloquin zum Gruß die Handflächen zu.

»Moloquin«, sagte er. »Das Kind meines Herzens ist zurückgekehrt!«

Moloquin schwieg.

»Moloquin«, sagte Harus Kum, »komm, setz dich ans Feuer, wärm dich an meiner Herdstelle. Bist du hungrig? Wir werden dich sättigen. Ruf deine Gefährten ans Feuer, wir werden dir ein Festmahl bereiten.«

Hems leckte sich verdutzt die Lippen. Das hatte er nicht erwartet. Sein Blick suchte Moloquin, der in seiner Nähe stand, die Axt in den Händen. Auge in Auge maßen Moloquin und Harus Kum einander, und eine Weile sagte keiner von beiden ein Wort.

Dann setzte Harus Kum ein Lächeln auf wie eine Maske, breitete die Arme aus und sagte: »Kommt, setzt euch ans warme Feuer. Ihr sollt Bier und Fleisch haben, kommt!«

»Gut«, sagte Moloquin gelassen, doch seine Augen glitzerten. Er machte seinen Männern ein Zeichen, und sie setzten sich ans Feuer, um sich zu wärmen. Sie streckten die Hände über die Flammen, legten die Waffen nieder, und Harus Kum rief seinen Frauen zu, sie sollten Essen und Bier bringen, und dann schickte er jemanden, die Tür zu schließen.

Nach dem langen Marsch, nach der Aufregung des Überfalls ließen Moloquin und seine Männer sich von der Wärme und Behaglichkeit einhüllen und entspannten sich. Die Sklaven brachten ihnen Decken, damit sie sich abtrocknen konnten, und legten Feuerholz nach. Die Frauen – das Mädchen, das sie draußen niedergeschlagen hatten, kam, noch halb benommen herein und wurde sofort losgescheucht, um sie zu bedienen – brachten ihnen Schüsseln mit Fleisch und Getreide und Becher mit frischgebrautem Bier.

Die Männer tranken viel, da sie den Umgang mit Bier nicht gewöhnt waren, und so waren sie nach kurzer Zeit halb eingeschlafen. Harus Kum rief daraufhin seine Sklaven zusammen und sagte laut: »Wir gehen jetzt in die Mine. Wenn wir wieder zurück sind, halten wir noch ein Festmahl ab. Macht es euch nur behaglich, tut, wozu ihr Lust habt, ich werde bis zum Abend fort sein« , und mit übertriebenem Gelärm verließen er und die Sklaven das Haus.

Moloquin saß am Feuer, seine Männer um sich versammelt. Sie dösten vor sich hin. Hems schlief, den Kopf auf dem Arm, den halbvollen Becher mit Bier in den erschlafften Fingern. Kayon stand auf, ging zur Tür und trat gähnend hinaus. Er pißte und kam wieder herein. Er legte sich auf den Boden und schlief ein, und Moloquin sah das alles, schwieg jedoch und ließ sie gewähren.

Einer nach dem anderen schliefen seine Männer, ermüdet von der Wärme und die Bäuche voll Bier, am Herdfeuer ein, und Moloquin legte sich in ihrer Mitte nieder, die Axt neben sich, und schloß die Augen. Moloquin schlief jedoch nicht.

Es dauerte nicht lange, da hörte er, das Ohr an den Boden gepreßt, leise Schritte.

Er schloß die Augen und rührte sich nicht, hatte die Hand jedoch am Stiel seiner Axt. Jetzt hörte er, wie die Tür leise geöffnet wurde. In seinem Ohr, das er immer noch an den Boden gepreßt hielt, hörten die leise tappenden Schritte sich wie Herzschläge an.

Er wartete immer noch und lauschte, die Hand am Stiel der Axt, bis er die leisen, vorsichtigen Schritte zwischen seinen schlafenden Männern vernahm, bis er, unmittelbar über sich, hörte, daß jemand tief einatmete wie ein Mensch, der seine Kräfte sammelt, ehe er zum Schlag ausholt.

Und nun sprang Moloquin auf. Er schrie, und seine Axt fuhr von seiner Hüfte empor, ein mächtiger Streich, und vor ihrer Schneide zuckte Harus Kum zurück, und die gewaltige Keule in seinen Händen verfehlte Moloquins Kopf und hieb in den Boden.

Wieder stieß Moloquin einen Schrei aus, und seine Männer sprangen auf die Füße. Sie waren zwar umringt von Harus Kums Sklaven, doch als sie sich aufrichteten, wichen die Sklaven zurück, und Bahedyr brüllte und schleuderte seinen Speer.

Ein Sklave schrie auf. Den Speer in der Brust, taumelte er rückwärts und brach zusammen. Daraufhin warfen die anderen Sklaven sich zu Boden und flehten um Gnade.

Harus Kum tat das nicht. Er hielt immer noch die Keule umklammert – einen Stößel, mit dem er gewöhnlich Erz zerkleinerte –, und während alle anderen fassungslos Bahedyr und den Sklaven mit dem Speer in der Brust anstarrten, trat Harus Kum vor und holte mit aller Kraft gegen Moloquin aus.

Moloquin wich zurück, und die Keule sauste unmittelbar vor ihm nieder. Harus Kum brüllte. Er schwang die Keule und holte zum nächsten Streich aus, doch dann stürzten sich Moloquins Männer von hinten und von den Seiten auf ihn und überwältigten ihn mit den bloßen Händen. Er ging unter ihrem Gewicht vor Moloquin zu Boden.

»Verschone mich«, sagte Harus Kum und rang nach Atem, »verschone mich, und ich gebe dir, was du willst.«

»Bis ich dir das nächstemal den Rücken kehre«, sagte Moloquin. »Ich habe dir einmal getraut, Harus Kum, und du hast mich betrogen. Jetzt wirst du dafür büßen!« Er hob die Axt und spaltete Harus Kum den Schädel. Er starb augenblicklich.

Er sank Moloquins Männern in die Arme, und sie hielten ihn nicht. Sie traten zurück und ließen ihn am Boden liegen, und nun schlichen sich die Sklaven heran und vergewisserten sich, daß ihr Herr wirklich tot war, und als sie das sahen, brachen sie in Freudengeschrei aus und fielen vor Moloquin und seinen Männern auf die Knie und dankten ihnen.

Moloquin nahm einen von ihnen beiseite und fragte ihn, ob das Boot schon gekommen sei. Der Sklave schüttelte den Kopf.

»Gut«, sagte Moloquin, »und nun geht und eßt, soviel ihr mögt, und ruht euch aus, solange ihr mögt.«

»Wirst du uns mitnehmen?«

»Ich weiß nicht«, sagte Moloquin, »wir werden sehen«, und er durchquerte den Raum und trat neben Harus Kum.

Der Herr der Sklaven war tot. Sein Schädel war gespalten, und Blut und graues Hirn verklebten sein Haar. Moloquin kniete neben ihm nieder. Harus Kum begann bereits, kalt und steif zu werden. Moloquin berührte des Mannes Hände, deren Fertigkeiten nun für immer verloren waren, und er fragte sich, ob er Harus Kum nicht hätte am Leben lassen sollen.

Doch dann dachte er wieder an die Falschheit, mit der Harus Kum sie begrüßt hatte, und an seinen arglistigen Angriff auf ihr Leben, und er war froh, daß der andere tot war. Er rief ein paar Männer zu Hilfe, und sie trugen den Leichnam in den Hof hinaus.

Der Sklave, den Bahedyr mit dem Speer getroffen hatte, war ebenfalls tot. Moloquin ließ beide Leichen durch das Tor hinaustragen, und nicht weit vom Fluß legten sie sie auf die Erde nieder und deckten sie mit Steinen zu. Moloquin wollte ganz gewiß nicht, daß Harus Kums Geist ihm künftig auf den Fersen saß wie der Geist Ladons, und tat folglich alles, um sicherzugehen, daß Harus Kums Seele den Weg in den Himmel finden würde. Er kehrte das Gesicht des Sklavenhalters nach Westen, und in den Sand um seine Grabstätte zeichnete er einen Kreis, der sich nach Westen öffnete, und er zeichnete einen kleinen Weg in den Sand, der ebenfalls nach Westen führte, so daß der Geist wissen würde, welchen Weg er nehmen mußte. Er legte ein bißchen Korn zu der Leiche, um den Geist zu sättigen, und stellte noch eine Schale Bier dazu. Um schließlich ganz sicherzugehen, öffnete er den Mund des Toten und stopfte Erde hinein, damit Harus Kums Seele wenigstens keine Stimme hätte, falls es ihr einfallen sollte, dazubleiben und sich an Moloquin zu heften.

Den toten Sklaven bestatteten sie auf dieselbe Weise. Als das getan war, ruhten Moloquin und seine Männer sich aus, doch stellte Moloquin am Ufer eine Wache auf, die nach dem Boot Ausschau halten sollte. Sie ließen sich in Harus Kums Palisadenhof nieder, warteten und taten ausnahmsweise einmal gar nichts.

Buras Ram war mehr Tage auf See gewesen, als er an den Fingern abzählen konnte. Als er den spitzen Hügel erblickte, der sich dort an der Küste erhob, wo die Mine seines Bruders lag, weinte er fast vor Erleichterung. Er und seine Mannschaft legten sich in die Ruder, und er lenkte das kleine, mit Tierhäuten bespannte Boot durch die Wellen, wobei er immer wieder über die Schulter blickte und den Hügel an der Küste suchte.

Das Boot kam bei jedem Windstoß, bei jeder gegenläufigen Welle von seinem Kurs ab. Sein runder Rumpf glitt, selbst wenn das Boot schwer war, über die Wasseroberfläche, und manchmal neigte er sich plötzlich zur Seite und grub seinen Dollbord in die Wellen, so daß das Wasser ins Boot schlug. Unzählige Male bewahrte sie nur die schützende Gegenwart der Göttin vor dem Kentern, und während Buras Ram sich ins Ruder warf und immer wieder zur Küste blickte, beteten die anderen unablässig zu Hortha, die die Meere des Kosmos mit ihrem Muschelboot durcheilte.

Das Meer leistete Widerstand; das Meer verlangte nach ihnen, wollte sie für sich, wollte sie verschlingen, und so plagte das Boot sich noch in den stillsten Gewässern. Das Meer hielt sie zurück, ließ sie nicht an Land, auch wenn das Ufer so nah war wie jetzt, und Buras Ram verfluchte es insgeheim – lautlos, weil das Meer ebenfalls eine Gottheit war und hören und grollen konnte. Außerdem schenkte es ihnen für jedes Ungemach tausend Vergünstigungen. Buras Ram beschloß seine Flüche mit einem inbrünstigen Gebet an Hortha und flehte sie an, sie sicher an Land zu bringen.

Wieder blickte er über die Schulter. Die zerklüftete schwarze Küstenlinie schien genauso weit entfernt zu sein wie zuvor.

Den ganzen restlichen Tag lang plagten er und seine Mannschaft sich mit ihren Rudern und kämpften mit dem Gegenwind und einer heftigen Strömung, die ihr Boot landeinwärts zog. Sie hatten viele Tage lang gerudert, ihre Hände waren hart und ihre Rücken kräftig. Diesmal blieben sie nicht Gefangene des Meeres, diesmal lockerte das Meer widerstrebend seinen Griff und ließ sie an Land schlüpfen in der kleinen Sandbucht, wo Harus Kum seinen Palisadenhof und seine Mine hatte.

Gewöhnlich stand Harus Kum am Ufer, um das Boot zu begrüßen, diesmal jedoch stand niemand wartend am Strand.

Buras Ram gefiel das nicht. Er sprang in die schäumende Brandung und zog das Boot zwischen den gezackten Felsen hindurch an den sicheren Strand, und dann bargen sie es alle zusammen und trugen es aus der Reichweite des Wassers. Immer noch kam niemand, um sie zu begrüßen.

Die Sonne ging unter. Buras Ram blickte sich um, stampfte mit den Füßen auf, reckte die Arme und war froh, sich nach dem langen Aufenthalt in dem engen Boot endlich wieder bewegen zu können. Auch jetzt war noch keine Menschenseele zu sehen. Die anderen Seefahrer vertraten sich die Füße und riefen einander Bemerkungen über die gelungene Reise zu. Einer von ihnen näherte sich andächtig dem Bug des Bootes und begann, Hortha aus den Riemen zu lösen, mit denen sie befestigt war. Buras Ram lief den Strand hinauf.

Der Palisadenhof stand ein wenig landeinwärts und war von der Bucht aus nicht gleich zu sehen, doch als Buras Ram ein Stück hinaufgestiegen war und der bloße Sand dem Seegras und dem Gewirr aus Ranken und Gestrüpp zu weichen begann, erblickte er, wie erwartet, den Palisadenhof. Alles schien in Ordnung zu sein. Er lief auf das Tor zu, jeden Augenblick damit rechnend, seinen Bruder rufen zu hören oder wenigstens einen Sklaven auftauchen zu sehen, den er mit der Botschaft von ihrer Ankunft zu seinem Bruder hätte schicken können, doch es kam keiner. Ein paar Rinder grasten oben am Hang hinter dem Hof, doch weit und breit war kein Mensch zu sehen.

Die kleine Siedlung war ausgestorben. Aus dem Dach des Hauses stieg kein Rauch auf. Ein ahnungsvoller Schauder lief Buras Ram über den Rücken, eine Botschaft irgendeiner Gottheit: Irgend etwas stimmte nicht. Vorsichtig stieß er gegen das Tor, und es öffnete sich widerstandslos.

Ob alle Bewohner des Hauses einer Krankheit zum Opfer gefallen waren? Buras Ram streckte den Kopf durch das Tor und schaute umher. Es war niemand zu sehen. Irgend etwas stimmte nicht. Er wandte sich um und öffnete den Mund, um seine Mannschaft herbeizurufen, doch noch ehe er einen Laut ausstoßen konnte, sprang irgend etwas Großes, Schweres vom Zaun auf ihn herab und hielt ihm den Mund zu.

Er schrie, doch der Arm seines Angreifers erstickte den Schrei. Er versuchte, sich zu befreien, doch der Mann hinter ihm hielt ihn fest umklammert. Dann tauchte eine gewaltige Axt mit geschwungenem Blatt vor seinen Augen auf, die von einer braunen Hand gehalten wurde, und zielte auf seine Kehle.

Eine Stimme sagte in der ihm vertrauten Sprache: »Sei still, bis ich dich auffordere, etwas zu sagen!«

Buras Ram preßte die Lippen aufeinander. Sein Herz pochte. Er sah das bronzene Blatt der Axt vor seiner Kehle schimmern. Langsam lockerten die Arme sich, die ihn umklammert hielten.

»Gut«, sagte der Mann hinter ihm, »und jetzt ruf sie her, immer nur zwei auf einmal.«

»Wer bist du?«

Die Axt stupste ihn. »Ruf deine Männer her. Immer nur zwei.«

Buras Ram zögerte noch immer; es widerstrebte ihm, seine eigenen Männer in eine Falle zu locken. Außerdem sah es so aus, als wären die Fremden in der Minderzahl; und wenn es ihm auf irgendeine Weise gelänge, seine ganze Mannschaft auf einmal hierherzubekommen ...

Die Hand auf seinem Arm drehte ihn blitzschnell um die eigene Achse. Er stand einem hochgewachsenen Mann mit krausem schwarzem Bart und leuchtenden schwarzen Augen gegenüber, einem Mann, den er schon einmal irgendwo gesehen hatte – offensichtlich hier. Dieser Mann sagte: »Du bist Harus Kums Bruder?«

Buras Ram nickte kurz und versuchte, sich zu erinnern.

»Ich bin Moloquin«, sagte der Mann, der vor ihm stand.

»Aha«, sagte Buras Ram.

»Dein Bruder ist tot«, sagte Moloquin. »Ich bin hierhergekommen, um auf ehrliche Weise mit ihm zu handeln, und er hat versucht, mich heimtückisch zu ermorden, so daß ich ihn töten mußte.«

Buras Ram schwieg. Seine Handflächen waren feucht geworden, und er spürte ein nervöses Prickeln im Rücken. Er fragte sich, ob sie hier lebend wieder herauskommen würden, und er hatte seine Zweifel. Er richtete im stillen ein kurzes Gebet an Hortha, obwohl die Göttin niemals die Neigung hatte erkennen lassen, Menschen zu helfen, die festen Boden unter den Füßen hatten.

»Ruf deine Männer«, sagte Moloquin.

»Ich erinnere mich an dich«, sagte Buras Ram, »ich habe meinen Bruder einmal vor dir gewarnt, als du noch jünger warst.«

»Das kann schon sein«, sagte Moloquin und lächelte. Es war ein gehässiges Lächeln ohne eine Spur von Humor. »Vielleicht bedeutet das ja, daß du klüger bist, als er es war!«

»Was hast du mit uns vor?«

»Ich will ein ehrliches Abkommen mit dir treffen, wie ich es auch mit deinem Bruder vorhatte, wenn du mir gegenüber anständig bist. Wenn du mich reinlegst, werde ich euch alle töten und hier alles niederbrennen. Und jetzt ruf deine Männer, oder ich fange gleich damit an!«

Buras Ram wandte sich langsam dem Tor zu. Ihm war höchst unwohl in seiner Haut. Er fühlte sich zwischen widerstrebenden Empfindungen hin- und hergerissen, und es galt, sich zu entscheiden. Die Gesetze der Blutsbande verpflichteten ihn, seinen Bruder zu rächen; wenn Harus Kum jedoch schändlich gehandelt hatte und zu Recht bestraft worden war, erübrigte sich die Rache. Was für ein Abkommen Moloquin wohl mit ihm treffen wollte? Seine Mannschaft war besser unten am Strand aufgehoben, wo sie zusammenbleiben und aufs Meer hinausflüchten konnte.

Moloquin, der hinter ihm stand, sagte: »Du brauchst Zinn. Wenn du Zinn willst, dann mußt du mit mir verhandeln. Und nun los!«

Das stimmte. Bei allen widerstrebenden Empfindungen, die ihn unschlüssig verharren ließen, stand eines unumstößlich fest: Das Zinn war hier, und er brauchte es. Wenn er ohne Zinn nach Hause käme, wäre er ruiniert. Seine ganze Familie wäre ruiniert. Er trat ans Tor in der Palisadenwand und rief zwei seiner Männer herein.

Während er das tat, hob Moloquin den Arm, und von der Rückseite des Hauses kamen eine ganze Reihe Männer angerannt, jeder mit Speer und Messer bewaffnet, und sie stellten sich zu beiden Seiten des Tores auf. Buras Ram wartete, und der Magen krampfte sich ihm zusammen. Er wußte, seine Mannschaft würde ihn deswegen hassen. Er bereute seinen Schritt inzwischen, doch es war zu spät. Die ersten beiden kamen herein, Hortha zwischen sich, und Moloquins Männer stürzten sich auf sie, überwältigten sie mühelos und fesselten ihnen die Hände.

Buras Ram senkte den Blick. Seine Ruderer funkelten ihn wütend an, doch angesichts des Messers an ihrer Kehle unternahmen sie nicht den geringsten Versuch, die anderen zu warnen, und so kamen auch sie herein, zahm wie die Lämmer, und wurden gefangengenommen. Alle wurden gefesselt bis auf Buras Ram, doch Moloquin behielt ihn unablässig im Auge, und seine Hand entfernte sich niemals weit von der mächtigen Bronzeaxt an seinem Gürtel.

Als die gesamte Mannschaft des Bootes gefangengenommen war, führte Moloquin sie in das große Haus. Seine Männer befolgten seine Befehle, ohne daß es vieler Worte bedurfte. Sie schienen seine Gedanken lesen zu können, und sie bewegten sich, als seien sie ein einziges Wesen, das sich um Moloquin schlängelte, oder ein Spinnennetz, in dessen Mitte Moloquin saß. Buras Ram setzte sich neben die Herdstelle, die kleine hölzerne Göttin neben sich, und starrte sie an. Sie mußte zu essen bekommen, sie hätte Ehrungen erfahren sollen, sie würde eine derart schnöde Behandlung nach der langen schwierigen Reise bestimmt übelnehmen. Doch er wagte es nicht, sich ohne Moloquins Erlaubnis vom Fleck zu rühren.

Der große Mann wanderte ruhelos auf und ab. Es waren noch weit mehr Menschen im Raum als seine und Buras Rams Männer. Das mußten Harus Kums Sklaven sein. Buras Ram beobachtete sie und suchte nach irgendeinem Anzeichen dafür, daß sie ihm gegen diesen Fremden beistehen würden. Doch die Sklaven schenkten ihm keine Beachtung. Sie überschlugen sich fast, um Moloquins Wünsche zu erfüllen, und sanken zu seinen Füßen nieder, wenn er ihren Weg kreuzte. Buras Ram wandte den Kopf ab und blickte wieder auf die Statue neben sich.

Eine der Frauen brachte ihm zu essen. Obwohl er einen wölfischen Hunger hatte und sich nach einer warmen Mahlzeit verzehrte, setzte er seine Speisen vor der Göttin nieder. Er brauchte sie jetzt mehr denn je, und er hatte Angst, daß sie ihn im Stich lassen könnte, wenn er sie unwürdig behandelte.

Als Moloquin das sah, trat er zu Buras Ram und sagte: »Hast du keinen Hunger?«

»Die Göttin ist hungrig«, sagte Buras Ram.

Moloquin musterte ihn einen Augenblick lang, wandte dann den Kopf und rief einem der Sklaven zu, er solle mehr Essen für Buras Ram bringen. Der Seefahrer nahm es dankbar entgegen. Moloquin blieb bei ihm stehen und schaute ihm beim Essen zu.

Als er endlich gesättigt war, setzte Buras Ram seinen Napf nieder und blickte zu dem Mann empor, der seinen Bruder getötet hatte. »Was hast du mit uns vor?«

»Komm mit«, sagte Moloquin.

Buras Ram stand auf und folgte ihm, und Moloquin führte ihn nach draußen. Es war inzwischen dunkel geworden. Vom Meer stieg Dunst auf und wallte über die untere Hälfte des Himmels, an der anderen Hälfte funkelten jedoch die Sterne. Der Wind war warm und feucht, und man spürte förmlich, daß Regen in der Luft lag. Buras Ram folgte Moloquin zum Vorratshaus.

Der hochgewachsene Mann öffnete die Tür und trat zur Seite, so daß Buras Ram hineinblicken konnte. Es war dunkel, und er vermochte nichts weiter zu erkennen als den Rumpf eines geschlachteten Tieres, der vom Dachbalken herabhing, und die Umrisse irgendwelcher gestapelten Vorräte, doch Moloquin bückte sich und nahm einen Ledersack vom Boden und reichte ihn ihm.

Der Sack war ziemlich schwer, und Buras Ram grunzte, als er ihn entgegennahm. So wie die Körnchen sich durch das Leder hindurch anfühlten, wußte er, der Sack war voll Zinn.

Moloquin sagte: »Du brauchst Zinn. Ich will Kupfer, Bronze – was immer für Metalle du mir bringen kannst. Ich will Wissen über Metalle und die Geheimnisse der Metallbearbeitung. Du kommst hierher und baust das Zinn ab, und jedes Jahr gibst du mir Kupfer und Bronze, und ich lasse dich hier in Frieden. Tust du das aber nicht, komme ich hierher und töte alle und brenne alles nieder.«

Buras Ram wog den Ledersack mit Zinn auf den Armen. Harus Kum hatte das Vertrauen dieses Mannes enttäuscht und somit verdient zu sterben. Er würde mit den Familienoberhäuptern sprechen, wenn er in sein Dorf zurückkehrte, und sie um Rat fragen. Sie würden schon wissen, welche Opfer gebracht werden konnten, um die Götter zu beschwichtigen, falls er seine Pflicht an Harus Kum versäumt hatte. Fürs erste wollte er nur diesen großen schweren Sack voll Zinn.

Er sagte: »Das scheint mir annehmbar.«

Moloquin sagte: »Harus Kum ist nicht mehr da. Du mußt jemanden herbringen, der sich auf die Arbeit versteht. Von denen hier weiß niemand Bescheid.«

Buras Ram nickte und fuhr sich mit der Zungenspitze über die Lippen, während er im Geist die Schwierigkeiten vorauszusehen versuchte, die damit verbunden waren. Eine weitere Seefahrt beispielsweise. »Das werden wir tun.« Er konnte auch selbst hierbleiben, wenigstens so lange, bis das Wetter sich gebessert hätte.

»Ich habe einen Freund, er ist für mich wie ein jüngerer Bruder. Er spricht deine Sprache, und er hat eine Frau aus deinem Volk. Ich lasse ihn hier bei dir, und du mußt ihm das Handwerk beibringen, so daß er zu meinem Volk zurückkehren und die Arbeit dort übernehmen kann.«

»Manche eignen sich aber nicht dazu.«

»Wenn er nicht dazu taugt, schicke ich einen anderen her.«

»Du konntest das doch selbst!«

»Nicht alles. Und jetzt bin ich mit anderen Arbeiten beschäftigt.«

»Ich werde tun, was du sagst.«

Moloquin beobachtete ihn. Buras Ram konnte seinen Gesichtsausdruck in der Dunkelheit nicht erkennen und begann, sich unter diesem eindringlichen Blick unbehaglich zu fühlen. Dann nahm Moloquin ihn beim Arm und führte ihn ins Freie.

Er nahm das Messer vom Gürtel – es war ein Bronzemesser, erkannte Buras Ram jetzt, eines, das Harus Kum gemacht hatte –, streckte es Buras Ram hin und sagte: »Schneid mich damit!« Er reckte seinen Unterarm der Klinge entgegen.

Buras Ram hielt das Messer ratlos in der Hand. »Was?« Er blickte sich um und fragte sich, ob das eine Falle war.

»Schneid mich damit«, sagte Moloquin. »Die Seele deines Bruders wird sich rächen wollen, und obwohl er selbst verschuldet hat, was ihm passiert ist, gefällt mir der Gedanke nicht, daß sein Geist auf mein Blut aus ist. Deshalb mußt du mich schneiden und dem Geist mein Blut geben, vielleicht wird ihn das zufriedenstellen.«

Buras Ram umklammerte das Messer. Sein Herz klopfte. Der dumme Wilde hatte ihm zu einer günstigen Gelegenheit verholfen. Im Nu hätte er Moloquin das Messer in die Brust gestoßen, sie alle aus der unvorhergesehenen Bedrängnis befreit und gleichzeitig seinen Bruder gerächt.

Während ihm dieser Gedanke durch den Kopf schoß, drehte er das Messer in der Hand um und bemerkte dabei, daß Moloquins Blick der kleinen Bewegung der Klinge folgte und sich sämtliche Muskeln an seinem Arm anspannten und schwollen. Auf einmal, so als habe ein Gott ihm etwas zugeflüstert, erkannte Buras Ram die Falle. Moloquin wollte herausfinden, ob er ein Betrüger war oder nicht. Wenn er jetzt gegen Moloquin vorginge, würde der Wilde mit ihm verfahren, wie er es mit Harus Kum getan hatte. Buras Ram ließ einen Seufzer hören, als sei er gerade einer Katastrophe entronnen.

Er hob das Messer. Er ritzte seinen eigenen Daumen und ließ das Blut herausströmen. »So soll es sein«, sagte er und reichte Moloquin das Messer. »Möge mein Blut herhalten, nicht deines.«

In Wirklichkeit tat er das jedoch nicht im Hinblick auf Harus Kum, sondern um den Gott zu ehren, der ihn gerade gerettet hatte.

Der wilde Häuptling verzog das Gesicht zu einem breiten Grinsen. Er nahm das Messer entgegen und umklammerte Buras Rams Arm mit der freien Hand. Er sagte: »Gehen wir ins Haus, es wird gleich regnen.« Und die beiden Männer kehrten gemeinsam ins Haus zurück.

Zu Mittwinter ging Moloquin nach Norden, in Shateels Dorf, um das Versprechen einzulösen, das er den Folc dort gegeben hatte: daß er sich zu ihnen setzen und sich ihre Beschwerden anhören würde.

Er schlug von der Säule des Himmels aus den Weg nach Norden ein, und die Männer, die das erste Tor errichtet und auch die beiden weiteren Stützpfeiler aufgestellt hatten, gingen mit ihm. Sie hatten an der Säule des Himmels keine Steine mehr und wollten neue holen. Das erste Tor hatte bewirkt, daß sie inzwischen alle geradezu erpicht auf diese Arbeit waren. Sie klagten nicht mehr, daß die Aufgabe unerfüllbar sei. Jetzt bemühten sie sich mit Zuversicht und Stolz, was bewirkte, daß ihnen dieArbeit schneller von der Hand ging, und während sie mit Moloquin nach Norden wanderten, sangen sie.

Jeder von ihnen trug eine Schnur mit blauen Perlen um den Hals. Ruak trug gleich mehrere. Als sie Shateels Dorf betraten, warfen sie sich in die Brust und stolzierten hocherhobenen Hauptes einher, damit ihr Schmuck zur Geltung kam, und sämtliche Frauen eilten herbei, um sie anzustarren, und sie pfiffen und bestaunten mit offenem Mund diese Schönheit.

Shateel wartete am Tor zum Rundhaushof. Als ihr Gatte erschien, trat sie beiseite, um ihm den Vortritt zu lassen, doch er blieb vor ihr stehen und ging nicht in den Hof. Hinter ihm versammelte sich die Masse der Folc, die seinen Namen riefen und klatschten und lachten. Einige der Männer versuchten bereits zu tanzen, doch in dem Gedränge hatten sie zum Tanzen keinen Platz.

Moloquin stand vor Shateel. »Da bin ich«, sagte er.

»Ja«, sagte sie, »komm ins Rundhaus, so daß wir dich willkommen heißen können, wie es einem Häuptling gebührt.«

Er schüttelte den Kopf. »Ich muß zum Hohen Hügel hinausgehen und mir Steine aussuchen. Willst du mitkommen?«

»Du solltest dich ausruhen«, sagte sie, »du solltest dich ins Rundhaus setzen, damit die Leute sich an die Vorstellung gewöhnen können, daß du da bist.«

»Ich muß Steine finden«, sagte er und entfernte sich bereits einen Schritt. »Komm mit.«

»Gut, ich komme«, sagte sie.

Sie folgte ihm auf dem Weg durch das ganze Dorf zurück. Die Männer paradierten und gaben vor den Frauen mit ihrer Schönheit an und nahmen den Ort mit wilden Schreien und Luftsprüngen wieder in Besitz. Die Frauen waren um die Langhäuser versammelt, um den Männern zuzuschauen, und einige von ihnen trafen Vorbereitungen zu einem Begrüßungsfestmahl. Die Hunde bellten ohrenbetäubend, und die Kinder rannten schreiend und lachend umher.

Einige Männer wollten Moloquin folgen, doch er bedeutete ihnen, daß sie zurückbleiben sollten. Als er und Shateel den Dornbuschzaun am Dorfrand erreichten, holte ein Kind sie ein.

»Ana, Ana, ich will auch mit!«

Moloquin blickte stirnrunzelnd auf das Kind nieder. »Wer ist das?«

»Dehra.« Shateel blieb stehen und umarmte das kleine Mädchen, dessen wirres Haar voll toter Blätter war und das Moloquin, an seine Mutter geschmiegt, finster anblickte. »Nein, nein«, antwortete Shateel dem Kind, »wir gehen zum Hohen Hügel, und du mußt hierbleiben. Lauf nur, heute gibt es doch ein Festessen und Tänze.«

Sie küßte Dehra, die ihr gar nicht zuhörte, sondern Moloquin wütend anstarrte. Moloquin betrat den ausgetretenen Pfad, der zum Hohen Hügel führte, und Shateel folgte ihm.

Lange Zeit setzten sie ihren Weg schweigend fort, und anfangs mußte Shateel sich anstrengen, um mit ihm Schritt zu halten, doch nach einer Weile nahm er ihre Hand. Sie waren schon weit vom Dorf entfernt. Er blickte sich um, blieb stehen, und sie umarmten sich.

»Mein Mann«, sagte Shateel, »du warst zu lange nicht da.«

»Das ist vielleicht wahr«, sagte er. »Ich dachte, nachdem wir letztes Mal zusammen waren, würde ich bald zu hören bekommen, daß du ein Kind in dir trägst.«

Sie schüttelte den Kopf und wandte sich ein wenig ab. »Es tut mir leid.«

»Dann machen wir eben diesmal ein Kind.«

Sie wandte sich ihm wieder zu, und er beugte sich hinab und küßte sie. Sie schloß die Augen und begann, sich seinen Liebkosungen zu überlassen, als plötzlich mit einem lauten Schrei etwas in sie hineinrannte.

Es war Dehra. Sie tanzte und sprang schreiend und mit den Armen wedelnd um sie herum, und obwohl sie lachte, sah sie eher wütend als vergnügt aus. Moloquin ließ Shateel los und trat einen Schritt zurück.

»Verschwinde, du Plagegeist«, sagte er und schlug nach Dehra.

Das Kind kreischte. »Er hat mich geschlagen! Er hat mich geschlagen!«

Shateel beugte sich nieder und fing das kleine Mädchen ein. »Ich habe dir doch gesagt, du sollst im Dorf bleiben, Kind. Jetzt geh, tu, was ich dir gesagt habe.«

»Nein! Ich will bei dir bleiben.«

Moloquin stand mit undurchdringlicher Miene dabei und wartete. Shateel erkannte, daß er wütend war. Sie packte Dehra bei den Armen und schüttelte sie energisch.

»Jetzt hör mir mal zu – du gehst jetzt zurück zu Großmutter und hilfst ihr, das Festessen vorzubereiten. Los!«

»Nein, will ich nicht«, schrie Dehra und warf Moloquin erneut einen wütenden Blick zu. »Ich will bei dir bleiben.«

Moloquin sagte: »Auf Wiedersehen, Shateel.« Er wandte sich ab und entfernte sich in Richtung des Hohen Hügels.

Shateel blickte ihm nach. Ihre Augen füllten sich mit Tränen. Sie hockte sich vor Dehra nieder und ging mit dem Gesicht so nahe an das des Kindes heran, daß ihre Nasen sich fast berührten.

»Tu, was ich dir sage! Geh zum Dorf zurück, oder ich haue dich!«

Dehra sah sie gar nicht an, sondern starrte hinter Moloquin her, der jetzt halb im Gebüsch verschwunden war. »Ich mag den nicht«, sagte sie, »ich hasse ihn.«

Shateel hob die Hand und schlug dem Kind hart ins Gesicht. »Geh!«

Dehra sperrte den Mund auf. Sie legte die Hand an ihre brennende Wange. »Ana«, sagte sie wimmernd, und noch einmal: »Ana« und warf sich weinend in die Arme ihrer Mutter.

»Ist ja schon gut.« Shateel hielt sie in den Armen und murmelte ihr beruhigend ins Ohr. Sie hatte das Kind noch nie geschlagen, und nun begann sie plötzlich, selbst zu weinen. Sie blickte sehnsüchtig hinter Moloquin her, der zwischen Büschen und Bäumen verschwunden war. In ihren Armen zitterte und weinte Dehra, ein warmes, nasses, verstörtes Bündel. Shateel stand auf, nahm sie auf den Arm und trug das Kind zum Dorf zurück.

Ruak und seine Novizen, herausgeputzt mit blauen Perlen, tanzten die ganze Nacht und zeigten den übrigen Folc, wie sie die Steine zugehauen und aufgerichtet hatten. Alle Folc erkannten nun, daß diejenigen, die an der Säule des Himmels gearbeitet hatten, sich ein besonderes Ansehen erworben hatten. Sie sprachen ganz ungezwungen mit dem Häuptling, der doch kein Mann war, dem jeder sich ohne weiteres nähern konnte, und sie trugen die besonderen Zeichen seiner Freundschaft, und sie hatten eine neue Macht, ein neues Gefühl für ihre Macht, das von ihnen ausstrahlte.

Das hatte zur Folge, daß alle Folc zu Moloquin gingen und darum baten, an der Säule des Himmels arbeiten zu dürfen.

Er lebte den ganzen Winter über im Rundhaus. Jeden Tag saß er im Rundhaushof, Shateel neben sich, und hörte sich die Klagen und Probleme der Folc an. Er tanzte jedoch keinen der Tänze und hatte auch keine Maske.

Die alten Frauen, die ebenfalls keine Masken hatten, behaupteten, er beziehe seine Macht nicht von seinen Vorfahren, deren Geister ja durch die Maske in die Welt gelassen worden wären, sondern von der Bronzeaxt, die er stets bei sich hatte. Die Axt war sein Emblem. Solange er die Axt nicht besessen habe, erzählten sie einander, habe er überhaupt keine Macht gehabt. Die Folc hätten sogar gedacht, daß er ein Schwachkopf sei, denn er war noch weit über die Zeit, wo die meisten Frauen ihn weggeschickt hätten, bei seiner Mutter Karella geblieben. Dann bekam er auf irgendeine Weise seine Axt, und nun stand er vor ihnen, und es gab nichts, was er nicht konnte.

Außer, sagten die Boshaften, Shateel ein Kind machen.

Alle bemerkten, wieviel die beiden zusammen waren. Sie kannten Shateel mittlerweile recht gut, gut genug, daß jede ihrer Gesten, jedes Senken der Lider, jede Andeutung eines Lächelns ihnen ihre tiefsten Gedanken und Empfindungen verriet, und sie wußten, daß sie bereit war. Doch sie zeugten kein Kind miteinander.

Denn da war Dehra.

Joba insbesondere fiel auf, daß Dehra ihrer Mutter überallhin folgte und alles tat, um sie und Moloquin zu stören. Dehra hatte diese Ehe vergiftet, jedenfalls war das Jobas Überzeugung.

Sie behielt ihren Verdacht lange Zeit für sich, fast den ganzen Winter lang, doch an dem Tag, an dem alle Folc zum Hohen Hügel gingen, um beim Schleppen des Steines zu helfen, machte Joba ihrer Tochter gegenüber endlich den Mund auf.

Als erstes sagte sie: »Du bist in letzter Zeit viel mit deinem Mann zusammengewesen.«

Shateel stand neben ihr am Hang des Hohen Hügels. Auf dem ebenen Gelände unter ihnen wimmelte es von Menschen. Ruak und seine Novizen und etliche andere Männer hatten einen Schlitten gebaut, auf dem sie den Stein befördern wollten. Ein anderer Bund, das Ochsenhorn, hatte den Winter über Rollhölzer zugeschnitten und sie hergebracht, und wieder ein anderer, der Grashalm, hatte Seile gemacht, und all diese Gruppen schickten sich nun an, Nutzen aus ihren Vorbereitungen zu ziehen. Der Grashalm-Bund wartete auf der einen Seite mit seinen Seilen, der Ochsenhorn-Bund stand auf der anderen Seite stolz neben seinem gewaltigen Holzhaufen.

Der Stein, den sie haben wollten, lag umgekippt am Hang des Hohen Hügels. Ruak und seine Männer hatten den Schlitten aufgerichtet und dagegengelehnt, und nun beeilte sich der Grashalm-Bund, auf ein Zeichen von Moloquin hin, den Stein an dem hölzernen Gestell festzubinden. Trommeln wurden geschlagen, und viele Folc klatschten dazu, so daß das ganze Gelände von diesem Rhythmus bebte. Moloquin tauchte bald hier, bald da auf, um sich zu vergewissern, daß alles genauso war, wie er es haben wollte.

Joba sagte: »Du bist viel mit deinem Mann zusammengewesen, doch die Frucht bleibt aus.«

Shateel sah ihre Mutter wütend an und sagte: »Weshalb zerbricht sich bloß alle Welt deswegen den Kopf? Er hat ja schon viele Kinder.« Vor gar nicht langer Zeit war ein Läufer aus dem Walddorf eingetroffen und hatte sie wissen lassen, daß Wahela eine gesunde Tochter zur Welt gebracht hatte.

»Du hast nur Dehra«, fuhr Joba unbeirrt fort, denn sie sah sehr wohl, daß Shateel allein deshalb wütend war, weil sie sich selbst Sorgen machte.

Shateel wandte sich wieder den arbeitenden Männern zu. Die Trommeln dröhnten ihr in den Ohren. Vergeblich hielt sie unter den Schwärmen von Kindern, die überall herumrannten, nach Dehra Ausschau.

»Aus deinem Leib muß der Häuptling hervorgehen«, sagte Joba, »wenn du keine Söhne bekommst, werden wir keinen Häuptling haben, wenn Moloquin stirbt.«

»Es ist noch viel Zeit, ihm einen Sohn zu gebären, wenn dir das wirklich so wichtig ist«, sagte Shateel.

»Irgend etwas steht zwischen deinem Schoß und seiner Manneskraft«, sagte Joba. »Zuerst einmal muß irgend etwas mit Dehra geschehen.«

Shateel fuhr zu ihr herum. »Was? Was soll ich mit meinem Kind anstellen?«

Joba sah überrascht drein. Sie riß die Augen auf und schürzte die Lippen. Schließlich sagte sie: »Ich habe nur gedacht, daß du sie ja vielleicht zu mir schicken könntest, an meine Herdstelle, oder zu irgend jemand anderem. Ich will ihr wirklich nicht übel, Shateel.«

Shateel wandte sich heftig von ihrer Mutter ab. Ihre Augen brannten. Sie tastete nach dem Handgelenk, an dem sie den bronzenen Armreifen trug.

Er hatte ihr diesen Armreifen geschenkt, und er hatte ihr die Macht über dieses Dorf gegeben. Er würde ihr ebenfalls die Macht über das Leben geben, wenn alles so ginge, wie es in den Augen aller anderen gehen sollte. Sie starrte auf die Arbeitenden hinab, die den Stein mit Stangen emporhievten, auf die Männer, die ächzend in den Seilen hingen, doch sie sah sie nicht.

Worin bestand ihre Macht? In jedem Wesen gab es so etwas wie einen Mittelpunkt, einen Kern, dem alle Wünsche und Fähigkeiten entsprangen. Wo war eigentlich ihr Kern? Sie konnte doch nicht bloß die Nichte eines Häuptlings sein. Sie konnte doch nicht bloß die Frau eines Häuptlings oder die Mutter eines Häuptlings sein. Doch wo war dann ihre eigene Macht?

Wieder hob sie den Blick zu den Kindern, die schreiend im Kreis herumliefen, und hielt nach Dehra Ausschau, konnte sie jedoch nirgends entdecken. Sie wußte, daß Joba recht hatte. Um Dehras willen blieb sie oft bei ihrer Tochter, statt zu Moloquin zu gehen. Um Dehras willen hatte ihr Leib sich gegen die Möglichkeit eines Rivalen verschlossen. Um Dehras willen. Und was geschah um Shateels willen?

Ihr leerer Blick heftete sich jetzt an den gewaltigen Stein, der an den hölzernen Rahmen gebunden war und den die Männer mit aller Gewalt dem Hohen Hügel entreißen wollten. Sie sah sie alle nicht; sie sah nur Schatten, die durch das Licht der Welt glitten. Sie sah nur, daß die Welt vor ihr lag und daß es nicht in ihrer Macht stand, sie zu betreten.

Dann gab der Hügel plötzlich seinen Besitz preis, und der Stein bäumte sich auf.

Die Folc brüllten. Die Männer stoben auseinander und wichen zurück, und der Stein richtete sich auf, ragte einen Augenblick gefährlich empor und fiel dann mit einem Donnern, das die Erde erbeben ließ, vornüber. Obwohl sie tief in Gedanken war, ließ Shateel einen Schrei der Verwunderung hören, und die anderen Folc, die alles gespannt verfolgt hatten, stürzten los und umringten den Stein.

Sie begruben den Stein unter sich. Sie fielen über ihn her, streichelten ihn, versuchten, ihn anzuheben, erprobten ihre Kraft an ihm. Moloquin stand abwartend in der Nähe, denn er wußte, in ihrer rasenden Begeisterung würden sie ihn gar nicht hören, und er wartete, bis ihre Leidenschaft sich etwas abkühlte. Shateel gab sich einen Ruck. Sie stand allein am Hang, allein blickte sie auf den Stein und auf die Folc nieder, die alles daransetzten, um den Stein zu bezwingen. Und jetzt tauchte plötzlich Dehra neben ihr auf.

»Ana, was ist?«

Shateel antwortete nicht. Sie streckte den Arm aus und zog das Kind an sich. Ihre Finger griffen in das Haar des kleinen Mädchens und schlossen sich. Das Kind eng an sich gepreßt, beobachtete sie die Arbeit der Männer am Fuß des Hanges.

Jetzt hoben sie das vordere Ende des Steins mit Hebestangen an und versuchten, ein Rollholz darunterzurammen. Sie hatten bereits Seile vorn am Schlitten angebracht, und die Folc kämpften um einen Platz an den Seilen. Erregtes Stimmengewirr erhob sich wie Flammen, wie ein Feuer, das zum Himmel schlägt. Sie stellten sich in Reihen auf, jede Reihe umklammerte ein Seil, und jede Reihe erstreckte sich so weit in die Ferne, daß sie blinzeln mußte, um das Ende zu erkennen. Dann, auf ein Handzeichen Moloquins hin, fingen die Trommeln wieder zu dröhnen an, und ein alter Mann blies auf einem Horn, das von einem Ziegenbock stammte, und die Folc legten sich in die Seile.

Der Stein widerstand. Er hatte so lange an seinem Platz gelegen, daß er dort Wurzeln geschlagen hatte. Er wollte einfach nur bleiben, wo er war. Die Folc zerrten an den Seilen. Die Trommeln dröhnten wütend, und das Horn ertönte wieder und wieder. Moloquin umkreiste unablässig den Stein und strich dabei mit den Händen darüber. Die Folc zogen an den Seilen. Sogar Joba hatte sich unter die Menge gemischt, sogar Joba bot ihr Gewicht gegen das Gewicht des Steines auf.

Sie schrien, sie brüllten, und die Trommeln dröhnten, und die Hörner tönten. Der Stein hörte sie und antwortete ihnen, indem er sich langsam, langsam von der Erde löste und seinem neuen Zuhause entgegenkroch. Als er nachzugeben begann, kam von den Folc ein einziger, gewaltiger Schrei. Sie hatten ihre Gesichter bislang dem Stein zugekehrt, um ihn besser bitten, besser locken zu können, doch jetzt drehten sie sich um und zogen ihn, vornübergebeugt, Schritt um Schritt hinter sich her. Und der Stein folgte ihnen fügsam auf dem Fuße.

Die Jungenbande sprang und tanzte am Rande des flachen Wiesenstücks. Jetzt winkte Moloquin sie herbei, und sie rannten zum hinteren Ende des Steins, der gerade das letzte Rollholz hinter sich ließ. Zwei Jungen packten es an jedem Ende, und zwei andere faßten in der Mitte an, und dann rannten sie zum vorderen Ende des Steins, schlängelten sich durch das Gewirr der Seile und legten das Rollholz nieder, so daß der Stein, der langsam vorwärtsglitt, auf das neue Rollholz hinaufkroch und gleichzeitig ein anderes hinter sich ließ, und schon rannten die Jungen wieder zurück und brachten dieses nach vorn.

Shateel stand da und sah zu, und sie hatte das Gefühl, daß die ganze Welt ihr entglitt, während der Stein sich Stückchen um Stückchen vorwärts bewegte.

Wieder berührte sie ihren Armreifen. Das war Macht: andere Menschen dazu zu bringen, das zu tun, was man wollte – wie Moloquin es tat. Das war Moloquins Macht. Sie wandte sich um. Sie wollte etwas anderes, doch war ihr nicht klar, was das war. Sie ging davon, Dehra an ihrer Seite, und folgte der Rundung des Hohen Hügels.

Die Arbeit an der Säule des Himmels gehörte nicht mehr Moloquin allein. Es war nun die Arbeit der Folc, und sie widmeten sich ihr mit den heißen Herzen von Liebenden. Das ganze Jahr über schleppten sie Steine vom Hohen Hügel zur Säule des Himmels, und auch das ganze darauffolgende Jahr verbrachten sie damit, bis zehn weitere Steine vor dem Ringwall lagen und sie sich an die Arbeit des Aufrichtens machen konnten.

Moloquin vermaß alles und sagte ihnen, was sie zu tun hatten, und jeder Stein stellte sie vor neue Probleme: Entweder war einer der Stützpfeiler zu kurz und mußte am unteren Ende einen riesigen Zapfen erhalten, damit er in seinem Loch festen Stand hatte, oder die Löcher in den Querbalken paßten nicht auf die Zapfen der Stützpfeiler und mußten neu gemacht werden. Doch jedes Problem schien sich angesichts der Entschlossenheit der Folc in Nichts aufzulösen. Nachdem sie die Steine zur Säule des Himmels geschafft hatten, errichteten sie im darauffolgenden Jahr das dritte Tor und im übernächsten Jahr das vierte.

Alle Folc waren der Meinung, daß der Ort, an dem ihr Werk entstand, ihnen Glück brachte. Jeder, der an der Aufgabe beteiligt war, galt als Glücksbringer, und diejenigen, die dort nicht arbeiten konnten, die Frauen, die sich um die Gärten kümmern mußten, die Alten und die Kranken, beneideten die anderen und suchten ihre Nähe, weil sie Glück brachte, suchten ihren Rat und bemühten sich, ein wenig vom Abglanz ihrer strahlenden Größe zu erhaschen. Viele von ihnen machten sich zur Säule des Himmels auf den Weg, selbst wenn sie dort nicht mitarbeiten konnten, und jeder konnte mittlerweile erkennen, wie herrlich das Bauwerk war, das dort entstand.

Das riesige erste Tor stand am Fuß der Anlage. An jeder Seite stand ein weiteres, genau gleich beschaffenes Tor, das niedriger war als das Haupttor, und jetzt erhob sich auf der Nordwestseite das erste eines weiteren Paares. Wenn die Sonne auf sie herabschien, tanzten die Folc oft in ihre Schatten hinein und wieder aus ihnen heraus und ergötzten sich an diesem Wechselspiel.

Sie brachten ihre Toten zwar immer noch auf den Platz im Innern des Walls, legten die Leichname jedoch ganz am Rand des Runds nieder, dort wo die beiden Eingangssteine standen. Nicht mehr alle brachten die Gebeine in eines der vielen alten Gräber in der Nähe, wenn das Fleisch verwest war. Einige Familien waren dazu übergegangen, die Gebeine in einem Tontopf zu verbrennen und sie dann an der Säule des Himmels zu bestatten.

Am äußeren Rand des Platzes waren unmittelbar am Ringwall Löcher, die mit altem Kalk gefüllt waren, und die Folc machten sich daran, diesen Kalk auszugraben und die verkohlten Gebeine und die Asche in diese Löcher zu tun und dann den Kalk wieder obendrauf zu stopfen. Auf diese Weise, lautete ihre Begründung, würden die Geister der Vorfahren schließlich einen schützenden Kreis um die Stätte bilden, wie die Ringe der Steine, wie der Kreis der Horizonte, der die Welt umschloß.

Einen Sommer später machten sie sich daran, das letzte der Tore, das fünfte, aufzustellen.

Ruak kannte sich mittlerweile besser mit der Arbeit aus als irgend jemand sonst, abgesehen von Moloquin. Er und Moloquin vermaßen die Steine und überwachten das Ausschachten der Löcher. Sie waren zu der Erkenntnis gelangt, daß es empfehlenswert war, die Löcher mit Holz auszukleiden, damit der Pfeiler, wenn er herabgedonnert kam, gleich einen gewissen Halt fand, und so brachten sie die hölzernen Keile gleich im Innern der Löcher an, wenn sie sie aushoben, und warteten nicht mehr, bis der Stein fertig war.

Der Sommer war heiß und regnerisch. Moloquin mußte zum Walddorf gehen, und während er weg war, leitete Ruak die Arbeiten und freute sich, einmal zeigen zu können, daß er, Ruak, selbst ein mächtiger Mann war.

Keiner von den Folc des Neuen Dorfes, keiner von den Arbeitern aus Shateels Dorf, keiner von den Folc des Walddorfes ging zur Mittsommerversammlung bei den Wenden-des-Jahres. Nicht einmal Fergolin, der Meister des Bärenschädels, ging hin. Er hatte inzwischen herausgefunden, wie er den Sternenlauf auch von der Säule des Himmels aus beobachten konnte, und er hatte jetzt auch wieder einen Novizen, nämlich Twig, Wahelas Sohn, der bereits alles gelernt hatte, das Fergolin ihm beibringen konnte, und der immer noch mehr lernen wollte. Statt zur Großen Versammlung zu gehen, blieben die Folc bei der Säule des Himmels und tanzten und feierten, erzählten Geschichten und sangen, schlossen Ehen und ließen sich die Sterne deuten.

Am Ende des Sommers, als die beiden Stützpfeiler für das fünfte Tor bereits im Boden standen und der Balken zugehauen war und darauf wartete, auf die Pfeiler gelegt zu werden, war Moloquin im Walddorf, um Hems zu begrüßen, der dabei war, sich seine Schmiede einzurichten.

Als er nach beendeter Lehrzeit von Buras Rams Mine aufgebrochen war, hatte Hems eine Kiste aus Zedernholz mitgenommen, die mit dem Kupfer gefüllt war, das Buras Ram Moloquin versprochen hatte, doch es widerstrebte ihm ein wenig, sie mitzunehmen. Er hatte hineingesehen und wußte, was darin war. Er vermutete, daß Moloquin davon nicht erbaut sein würde.

Deshalb zeigte er Moloquin als erstes sein Meisterstück, das Stück, das er zum Abschluß seiner Lehrzeit in der alten Schmiede von Harus Kums Mine hergestellt hatte und das am feinsten gearbeitet war. Es war ein Halsband, das aus Kupferdraht bestand, von dem Bronzeplättchen herabhingen, in die Muster ziseliert waren und die mit Stücken von geschliffenen Steinen besetzt waren. Als Moloquin es sah, nahm er es in beide Hände und starrte es eine Weile lächelnd an.

Dann kam Hems mit der Kiste voll Kupfer, und als Moloquin hineinblickte, erstarb sein Lächeln. Mit einem unwirschen Grunzen griff er in die Kiste und holte einige der Armreifen und Halsketten und Armbänder und Ringe heraus, mit denen sie angefüllt war. »Die trennen sich von ihren Abfällen.«

Hems stocherte in der Kiste voller Rohlinge und mißglückter Schmuckstücke herum. Buras Ram hatte so getan, als übergebe er Hems einen ungeheuren Schatz für seinen Häuptling, dabei trennte er sich in Wirklichkeit nur von fehlerhaften, wertlosen Arbeiten. Sie konnten nur wieder zu Kupfer eingeschmolzen werden, das unrein sein würde und zudem eine viel geringere Menge ergeben würde, als es den Anschein hatte, weil die Schmuckstücke in der Kiste den Eindruck der Fülle hervorriefen.

Hems sagte: »Es tut mir leid, ich habe dich enttäuscht.«

»Nein«, sagte Moloquin, und sein Blick glitt zu dem Halsschmuck, der neben ihm auf der Matte lag, »das ist ganz vortrefflich. Ich bin sehr zufrieden mit dir. Wir werden hier eine Schmiede einrichten. Aus diesem Zeug hier läßt sich etwas Besseres machen als Ringe und Anstecknadeln.«

Sie traten aus dem Rundhaus hinaus und auf die breite Lichtung am Fluß, auf der Moloquins erstes Dorf stand. Das Rundhaus hinter ihnen war mittlerweile, seit Hems und Bahedyr Frau und Kinder hatten und Kayon ebenfalls verheiratet war, zu klein geworden, und sie hatten sich am anderen Ende der Lichtung ein zweites Rundhaus gebaut. Zwischen diesen beiden Häusern errichteten Hems und Moloquin eine Schmiede.

Als erstes bauten sie aus Steinen und Schlamm vom Fluß die Esse, und dann schleppten sie einen Baumstumpf herbei und versenkten ihn ein wenig im Boden. Das sollte der Amboß sein. Was diese und die anderen Arbeiten anging, wußte Hems besser Bescheid als Moloquin und übernahm bei allem die Leitung, und zum erstenmal, solange er zurückdenken konnte, erlebte er, daß nicht er Moloquin folgte, sondern Moloquin ihm willig und vertrauensvoll gehorchte und alles machte, was Hems von ihm verlangte.

Es war die Bronze und deren vollendete Bearbeitung, die ihm diese neue Stellung eingetragen hatte. Sie hatte ihm Kraft und Selbstachtung verliehen, eine ganz ungewohnte Männlichkeit für diesen Jungen, den andere Jungen stets gehänselt hatten. Als er sich mit Moloquin zusammen damit abplagte, die Eckpfosten der Schmiede aufzurichten, schwor er sich, daß er diesen hart erkämpften Platz nie wieder abtreten würde, an niemanden.

Abends, als sie mit der Arbeit fertig waren, saßen sie im Rundhaus, und Ap Min brachte ihnen zu essen und Bier, das sie inzwischen unter Verwendung der Gerste aus dem Neuen Dorf und der Hefe, die Buras Ram Hems geschenkt hatte, im Walddorf selbst braute.

Hems knurrte sie ungnädig an. »Das ist kalt«, sagte er und stieß den Teller mit Fleisch weg, den sie ihm gereicht hatte. Sie nahm den Teller wieder mit und holte Hems eilends etwas Besseres, und er wandte sich lächelnd Moloquin zu.

»Sie ist so froh, daß ich wieder da bin, daß sie alles tut, was ich ihr sage.«

Moloquin brach einen Getreidekuchen in zwei Teile. »Sie hat auch alles gemacht, was Harus Kum ihr gesagt hat.«

Hems blickte ihn finster an. »Was willst du damit sagen?«

Moloquin zuckte die Achseln. »Ich wäre sehr froh, wenn meine Frauen täten, was ich ihnen sage. Die Männer jenes Volkes scheinen es in dieser Hinsicht besonders geschickt anzustellen.«

»Das kommt von der Bronze«, sagte Hems laut. Ap Min kehrte zurück, setzte das Essen vor ihn hin und strich um ihn herum, um ganz sicher zu sein, daß er zufrieden war.

»Kann schon sein«, sagte Moloquin.

»Es ist kein übles Volk«, sagte Hems. »Als ich Sklave war, habe ich die Leute gehaßt, doch diesmal war ich einer von ihnen und kein Sklave, und da haben sie mich sehr gut behandelt.«

Ap Min brachte ihnen frisches Bier. Als ihr Mann sie am Rock festhielt und sie zu sich hinabzog, kicherte sie. Hems umarmte sie. Er hatte seine Frau sehr gern. Er war Herr in diesem Dorf, sogar Moloquin wußte das und zollte ihm Respekt, und er hatte eine Frau, die ihm immer gehorchen, ihn immer hätscheln und ihn niemals verlassen würde. Das alles kam von der Bronze, von Hammer und Amboß, von der Macht des Hammerschlags.

Er sagte: »Die anderen sagen, es gäbe einen Geist, der über die Männer wacht, ein Geist, der ...«

Seine Stimme geriet ins Stocken. Er hatte immer noch Mühe, sich den Geist vorzustellen, von dem Buras Ram ihm erzählt hatte – einen Geist, der in der Bronze lebte und der Arbeit eines tugendhaften Mannes, nicht aber der eines schlechten zum Gelingen verhalf. Eigentlich hatte Buras Ram nicht gesagt, daß der Geist in der Bronze steckte, sondern daß der Geist die Bronze bearbeitete, wie ein Mann, in einer Art Geisterschmiede, irgendwo im Himmel, und daß seine Hammerschläge die Blitze machten und das Dröhnen des Metalls den Donner.

Es war eine schöne Geschichte, doch für Buras Ram war es mehr gewesen als eine Geschichte. Hems schüttelte den Kopf.

»Er hat gesagt, wir sollten eine Maske haben und Opfergaben darbringen, um der Bronze willen.«

Moloquin sagte: »Das sind deren Geister. Die haben mit uns nichts zu tun. Wie könnten sie auch? Die sind nicht unsere Vorfahren, das ist nicht einmal ihr Land. Hör nicht so genau hin, wenn Buras Ram von solchen Dingen spricht, er ist verblendet.«

Ap Min ging hinaus und kehrte mit einem hohen Krug voll Bier zurück, doch als sie wieder durch die Tür trat, brachte sie einen Mann mit herein.

Er gehörte nicht in dieses Dorf, doch Moloquin kannte ihn und stand sofort auf, als er ihn erblickte. »Was ist los?«

Der Fremde stolperte ins Rundhaus. Er war erschöpft, schmutzig von dem langen Weg, und er sank auf alle viere nieder, sowie die

Wärme des Rundhauses ihn umfing. Auf ein Nicken ihres Gatten holte Ap Min ihm zu essen und zu trinken.

Moloquin sagte nur: »Das ist einer meiner Männer von der Säule des Himmels. Warum bist du gekommen? Was ist passiert?«

Der Mann schüttelte den Kopf. »Schrecklich. Entsetzlich. Du mußt zurückkommen.« Völlig entkräftet stützte er sich auf einen Arm und vermochte kaum, den Kopf zu heben. Ap Min kniete mit einem Becher Bier neben ihm und nötigte ihn sanft zu trinken.

Moloquin stand auf. Er ging und holte seinen Bärenfellumhang. Zu Hems sagte er: »Mach's gut. Bau die Schmiede so weiter, wie du es für richtig hältst, ich habe Vertrauen zu dir.« Er steckte die Bronzeaxt in den Gürtel.

»Warte!« rief Hems und sprang auf. Mit drei Sätzen war er bei seinen Sachen und kehrte gleich darauf mit dem wundervollen Halsschmuck zurück, den er gemacht hatte.

»Das ist für dich«, sagte er und reichte ihn Moloquin, und der ganze neuerworbene Stolz und seine unerschütterliche Liebe leuchteten aus seinen Augen. »Ich habe es für dich gemacht.«

Moloquin nahm die Kette lächelnd entgegen und drückte Hems die Hand. »Mach mir jedes Jahr etwas«, sagte er, »etwas Schönes.« Er rollte den Schmuck zusammen und ließ ihn in den Beutel an seinem Gürtel gleiten, und schon war er zur Tür hinaus.

Twig sagte: »Meister, wenn sie noch mehr Tore aufstellen, versperren sie uns die Sicht.«

Beunruhigt umkreiste Fergolin wieder und wieder den Nördlichen Wächter, der nach vorne zu sacken begann. Die Regenfälle hatten ihn gelockert oder, so dachte Fergolin, vielleicht auch Moloquin, als er als Junge darunter gegraben hatte, um sich unter den Steinen Höhlen einzurichten. Bald würde der Stein umfallen. Er ging und holte einen Holzkloben, um ihn abzustützen, obwohl er im Grunde wußte, daß sich der Stein von einem Stück Holz nicht am Umfallen hindern ließ. Es tröstete ihn jedoch, überhaupt etwas zu tun.

Er sagte: »Wenn Moloquin zurückkommt, müssen wir mit ihm darüber sprechen.«

Twig sagte: »Meister, hast du gehört, was ich gesagt habe? Die Tore werden uns die Sicht verstellen.«

Fergolin richtete sich auf. Das Zentrum des weiten Runds war voller Männer, die mit den Toren beschäftigt waren. Aus ihrer Mitte erhob sich, als wüchse sie aus ihren Leibern empor, die Plattform, die den fünften Querbalken trug, und auch auf ihr wimmelte es von Männern, die über die Bretter krochen, an den Seilen zogen, an den Stangen hingen und fieberhaft arbeiteten, um den Balken in die Luft zu bekommen, ehe Moloquin heimkehrte.

Die Männer, die gerade keine Arbeit hatten, saßen hier und dort und erzählten sich Geschichten, aßen und tranken Bier. Viele von ihnen behaupteten, das Bier schenke ihnen Träume und Visionen und offenbare ihnen den Willen des Himmels, doch Fergolin mochten den bitteren Geschmack nicht. Ihm fiel wieder ein, was Twig gesagt hatte, und er betrachtete die Tore und schüttelte den Kopf.

»Ich verstehe dich nicht. Die Sicht auf die Gestirne ist doch unbehindert. Die Tore stehen in der Mitte, die Sichtlinien verlaufen am Rand entlang.«

»Meister«, sagte Twig und trat näher an ihn heran, so als gäbe es zwischen ihnen ein Geheimnis, das die anderen nicht mitbekommen durften. Hochgewachsen und dürr, wie sein Name schon andeutete, das Haar zottelig und schwarz wie das seines Vaters, mit demselben durchdringenden schwarzen Blick, war er wie ein wandernder Fluß, in dem alles Wissen zusammenströmte, während Moloquin der stürmische Wind war, der niemals rastete, ehe er nicht alles eingerissen hatte, was vor ihm stand.

»Meister«, sagte Twig jetzt und legte Fergolin die Hand auf die Schulter, »weißt du nicht mehr? Vielleicht sehen wir ja das, was wir eigentlich sehen könnten, wenn wir am nächsten Mittwintertag von dem Stein dort zu dem anderen schauen!«

Er zog mit dem Finger die Diagonale zwischen dem Nördlichen und dem Südlichen Wächter. Fergolin zuckte die Achseln. Wenn sie nicht etwas unternahmen, würde der nördliche Wächter vor dem nächsten Mittwintertag schon umgefallen sein.

Er sagte: »Das hast du gesagt, mein Junge, nicht ich. Denn ich habe es versucht, und am Horizont gibt es nichts, das als Anhaltspunkt dienen könnte. Folglich ist es nicht beabsichtigt, daß man in dieser Weise Gebrauch davon macht.

»Aber du hast doch gesagt, ich könnte es versuchen.«

»Wir werden es versuchen.« Fergolin nickte geistesabwesend. Er wandte sich den Toren zu und runzelte die Stirn: Ob sie wirklich irgendwelchen Sichtlinien im Weg stehen würden?

Ruak, der das graue Haar mit einem Stück Strick zurückgebunden hatte, stieg auf der Plattform gerade über den Balken und vermaß ihn mit dem Seil, vermaß ihn auch mit Hilfe seiner eigenen Körpermaße.

Sie hatten ihn jetzt fast oben, morgen oder vielleicht übermorgen würden sie ihn auf die Stützpfosten legen.

Und dann? Würde Moloquin dann zufrieden sein? Fergolin blickte sich um und versuchte sich zu erinnern, wie das Ganze vorher ausgesehen hatte. Es hatte sich so sehr verändert, daß er Mühe hatte, sich an die schiefen Steine, an die Leere zu erinnern.

Er glaubte nicht, daß Moloquin sich hiermit begnügen würde. Er kannte ihn mittlerweile. Er bezweifelte, daß Moloquin aufhören würde, immer mehr zu wollen, ehe er nicht selbst eines Tages hier auf dem Rücken lag und die Krähen ihm die Augen auspickten.

Er wandte sich wieder Twig zu. »Wir werden uns oben auf den Stein stellen, wenn es sein muß. Wenn es sein muß, lassen wir uns von deinem Vater eine Plattform bauen, auf die wir uns stellen können.«

Twig fand das komisch, was Fergolin auch beabsichtigt hatte, doch seine Augen blickten weiter träumerisch. Er liebte sein Wissen. Fergolin streckte den Arm aus und zog den Jungen zu sich heran.

Ruak schrie gerade: »Jetzt! Hoch . . . hoch . . .« Seine Stimme riß ab, ein dünner, hoher Schrei im allgemeinen Stimmengewirr. Fergolin setzte sich in Bewegung, um gegebenenfalls helfen zu können. Twig kehrte zu seinen Aussichtssteinen zurück. Dann war plötzlich ein ohrenbetäubendes Krachen zu hören und gleich darauf das Geräusch eines brechenden Balkens.

Die Männer stöhnten laut auf, denn das bedeutete einen Rückschlag und noch mehr Arbeit, und alle reckten den Hals, um zu sehen, was los war. Der Querbalken sackte am hinteren Ende nieder. Die Plattform war unter ihm zusammengebrochen. Ruak kroch darauf herum, brüllte Flüche und trommelte mit den Fäusten auf dem Stein herum.

»Hierher! Schnell – bringt neues Holz – hierher!«

Die Männer standen in aller Ruhe auf, und einige gingen zum Holzstoß hinüber. Andere schlenderten näher an die Plattform heran, von der die Gruppe, die gerade oben gearbeitet hatte, jetzt herunterkletterte, um sich den Schaden zu besehen. Immer noch hockte Ruak auf dem Stein und trieb sie schreiend zur Eile an. Fergolin schlug einen weiten Bogen um den Stein, um sich anzusehen, was passiert war.

Ehe er angesichts des ganzen Wirrwarrs von zerbrochenem Holz zu irgendeinem Schluß gelangt war, erfolgte ein weiteres explosives Krachen, und die ganze Plattform geriet ins Wanken.

Fergolin schrie: »Ruak!« Er stürzte mit ausgestreckten Armen los. Ruak sprang oben zur Seite, um nicht von dem fallenden Balken mitgerissen zu werden, und einen Augenblick lang balancierte er auf der zusammenbrechenden Plattform neben dem abwärtsgleitenden, kippenden Balken, und es sah so aus, als könnte er zur Seite ausweichen. Doch dann verfing sich sein Fuß irgendwo, in einem Seil, im Holz, am Stein selbst. Die Plattform sackte in sich zusammen, der Balken rollte auf die Seite, wurde immer schneller, als er von der Plattform herabglitt, donnerte schließlich zu Boden und riß Ruak mit sich.

Ein Stöhnen des Entsetzens ging durch die Reihen der Männer. Sie stürzten los, und es entstand ein solches Gedränge, daß keiner an Ruak herankam. Fergolin bahnte sich gewaltsam seinen Weg durch die Menge. Als er endlich vorn angelangt war, schrien die wenigen, die sich noch zwischen ihm und dem Stein befanden, auf, und die ganze Menge erstarrte. Ruak war tot.

Fergolin blieb stehen. Die Männer wichen zurück und ließen ihn allein, wo er war, allein mit Ruak, der zwischen dem Stein und der Plattform am Boden lag. Sein Schädel war zertrümmert. Er war im Fallen auf den Stein aufgeschlagen. Sein Kopf war an der Seite gespalten, und Blut und Hirn quollen heraus.

Die Männer hinter Fergolin stießen einen Schrei aus, der aus ihren tiefsten Tiefen hervorzubrechen schien. Sie drehten sich um und stürzten davon, weg von der Stätte der Toten, durch die Öffnung des Ringwalls, hinaus auf die offene Ebene.

Nur Fergolin rührte sich nicht vom Fleck, obwohl er angesichts des Todes erschauderte. Er stand da und blickte auf den Toten hinab, und selbst jetzt noch meinte er, Ruaks Stimme Befehle schreien, Hilfe herbeirufen zu hören. Es war unmöglich, daß eine solche Lebenskraft wie die Ruaks einfach von einem Augenblick auf den anderen ausgelöscht sein sollte.

Doch so war es. Ängstlich kniete Fergolin neben dem Leichnam nieder, berührte Ruaks Hand und fühlte das kalte, schlaffe Fleisch. Der Geist war bereits entwichen. Vielleicht war er hier, unmittelbar am Anfang des Wegs in den Himmel, schon im selben Augenblick in die Oberwelt entschwunden, wo der Körper zu leben aufhörte.

Fergolin zuckte zurück. Der Gedanke schoß ihm durch den Kopf, daß Ruaks Schicksal unausweichlich gewesen war. Die Säule des Himmels hatte die ganze Zeit über gewartet – während sie gestört wurde in ihrer Machtausübung, während ihr Gesetz niedergetrampelt wurde von unbedeutenden Menschen, bis diese Menschen schließlich fehlgetreten waren und die Macht des Ortes über sie gekommen war und Ruak gerade in dem Augenblick zermalmt hatte, als er glaubte, Herr über diese Stätte zu sein. Es war eine Warnung und eine Botschaft. Nur ein

Narr würde sich über diese Botschaft hinwegsetzen. Fergolin wandte sich um und rannte davon, rannte, so rasch er konnte, durch die Öffnung im Ringwall, durch das hohe Gras, hinter den anderen Männern her, die bereits nur noch kleine Gestalten in der Ferne waren.

Später, viel später kehrte Fergolin zurück.

Twig nahm er nicht mit. Der Junge versuchte mit allen Mitteln, ihn umzustimmen, und schrie ihn schließlich sogar wütend an, weil er unbedingt mitkommen wollte, doch Fergolin, dem das Entsetzen noch in den Gliedern steckte, wollte den Jungen, den er liebte, keinerlei Gefahr aussetzen und befahl ihm am Ende mit ungewohnter Barschheit, im Dorf zu bleiben. Allein stieg Fergolin den langen Hang zur Säule des Himmels hinauf.

Er hatte seine Maske dabei. Sein Gefühl sagte ihm zwar, daß die Maske ihn gegen die zermalmende Gewalt der Säule des Himmels nicht schützen würde, aber er brauchte Mut, und die Maske mit ihrer Verbindung zu seinen Vorfahren verlieh ihm Mut. Als er am Ringwall angelangt war, blieb er stehen und setzte sie auf.

Zitternd betrat er den geheiligten Bezirk.

Alles war unverändert. In der Mitte standen die Tore massig, riesig erhoben sie sich über dem Schutt der Baustelle, wie ein übernatürliches Wesen, das aus seiner Schale hervorbrach. Einen langen Augenblick verharrte er und betrachtete sie. Selbst jetzt, wo er sich fürchtete, hob er die Augen zu den Steinen empor, die sich gegen den Himmel abzeichneten, und Stolz erfüllte ihn.

Aber selbst in seinem Stolz war er doch überzeugt davon, daß es gerade der Stolz der Erbauer gewesen war, der den Himmel zu seinem furchtbaren Schlag herausgefordert hatte. Als das erste Tor aufgestellt worden war, hatte er selbst sich da nicht eingebildet, daß die Menschen nun auf alle Zeiten frei sein und tun könnten, was ihnen beliebte? Die Säule des Himmels hatte sie für ihre Anmaßung gezüchtigt.

In weitem Bogen umrundete er die Tore. Es waren nicht die riesigen Tore, die ihn hierherzogen. Es war der schiefstehende Sternweiser, der ihn an diesen Ort des Todes zurückgerufen hatte.

Als er diesem Stein gegenüberstand und der Ansammlung von Steinen in der Mitte des Runds den Rücken zukehrte, beruhigte er sich. Er kniete vor dem Stein nieder und erklärte ihm mit ruhiger Stimme, daß er ihm helfen wolle – daß er hoffe, ihn rechtzeitig wieder aufrichten lassen zu können. Er nahm die Maske ab und legte sie vor dem Stein nieder und ging dann zu dem Trümmerhaufen am Fuß der Tore, um das Holz zu holen, mit dem er den Fall des Steins aufhalten wollte.

Sobald er die Tore wieder vor sich hatte, kehrte seine Angst zurück, das Gefühl der unmittelbar bevorstehenden Katastrophe. Er mußte sich zwingen, einen Fuß vor den anderen zu setzen. Als er sich zaudernd auf die Tore zubewegte, stob plötzlich eine riesige Schar Krähen flatternd empor, und ihr Gekrächze und Gekreische erschreckten ihn so, daß er sich auf Hände und Knie fallen ließ und es ihm eiskalt über den Rücken lief.

Ruak. Er stand auf und näherte sich zitternd dem Leichnam.

Der Herr der Steine lag reglos, wo er hingestürzt war, einen Arm über den Balken geworfen, der ihn getötet hatte. Die Krähen hatten sich ihn vorgenommen. Sie hatten ihm an einigen Stellen das Fleisch weggehackt bis auf die Knochen. Als Fergolin ihn so liegen sah, traten ihm die gemeinsame Arbeit, all die gemeinsam verbrachten Tage, die Worte, die sie miteinander gesprochen hatten, schlagartig vor Augen. Er vergaß die feindselige Macht, die ihn allgegenwärtig umgab, und trat zu Ruak und beweinte ihn. Er sammelte, was er an Grün finden konnte, in der Hauptsache Gras, und breitete es über Ruaks Leichnam aus.

Als er sein Bestes getan hatte, um ihn zu bedecken, merkte er plötzlich, daß noch jemand da war. Er erschauderte und wandte den Kopf.

Es war Moloquin, der dort stand und ihn beobachtete.

»Ho!« Fergolin stand mit einem flauen Gefühl im Magen auf. Er hatte nichts von der Rückkehr des Häuptlings aus dem Walddorf gehört. Er machte eine respektvolle Geste und verneigte sich.

Moloquin trat zu ihm. Er war offensichtlich gerade erst zurückgekehrt. Wahrscheinlich hatten sie ihn im Dorf sofort mit der Neuigkeit überfallen, und er war unverzüglich hierhergekommen, wo sein wirkliches Zuhause war. Auf seinen Schultern lag ein Bärenfellumhang, und er trug seine Bronzeaxt am Gürtel. Er trat neben die trostlose, notdürftig bedeckte Leiche, kniete nieder, schob das Gras beiseite und berührte das von Krähen zerfressene Gesicht Ruaks.

»Alter«, murmelte er, »Alter, du hättest auf mich warten sollen.« Dann deckte er das verunstaltete Gesicht behutsam wieder zu.

Fergolin sagte: »Was soll jetzt geschehen, Opa-Moloquin?«

Moloquin stand auf, hob den Kopf und blickte sich ruhig um. Er ließ Fergolins Frage unbeantwortet. Er sagte: »Was machst du denn hier, Opa-Fergolin? Fürchtest du dich denn nicht wie alle anderen? Sie haben mir schon gesagt, daß sie niemals wieder hierherkommen wollen.«

»Ich möchte es auch lieber nicht, Opa-Moloquin-on, denn ich habe große Angst. Aber der Stein dort . . .«, er zeigte auf den schiefen Stein am Rand des Platzes, »der muß wieder aufgerichtet werden.«

Während er das sagte, ging ihm auf einmal auf, daß der allmähliche Fall des Nördlichen Wächters eine Warnung gewesen war, ein Zeichen, das sie alle hätten verstehen müssen, daß die aufgestörten Mächte im Zentrum dieser Stätte mit vereinten Kräften gegen sie losschlagen würden. Überwältigt von dieser Erkenntnis, schlug er die Hände vors Gesicht.

Moloquin sagte: »Komm, zeig es mir.«

Fergolin stolperte über das niedergetrampelte Gras hinter ihm her. »Vielleicht sollten wir ihn besser nicht anrühren. Vielleicht sollten wir niemals mehr in die Nähe dieses Ortes kommen. Opa-Moloquin, ich habe das Gefühl, daß wir uns am Rande von etwas bewegen, dem die Menschen niemals zu nahe kommen sollten. Die Mühle dreht sich . . .«

»Die Mühle dreht sich immer«, sagte Moloquin. Er erreichte den schiefstehenden Stein und stemmte sich dagegen, als wollte er ihn gleich selbst wieder aufrichten. »Komm, wir graben das Loch noch ein bißchen tiefer, damit er ganz umfällt, dann können wir ihn wieder aufrichten.«

Fergolin fuhr mit der Zunge über die Lippen. »Ich – du und ich allein?«

»Wir haben einen Helfer«, sagte Moloquin und rief dann: »Twig!«

Auf diesen Ruf hin kam der Junge über den Wall gesprungen. Er war so beweglich und gelenkig, wie die Steine unbeweglich waren. Fergolin fuhr herum und starrte Moloquin an.

»Warum hast du ihn mitgebracht? Er sollte nicht hierherkommen.«

Moloquin lächelte ihm zu. Doch sein Lächeln hatte etwas Kaltes, Gemeines. »Ist er etwa nicht mein Sohn, Fergolin?« Er kniete vor dem schiefen Stein nieder und begann, an dessen Fuß zu graben. »Sein Herz ist hier. Er gehört hierher.«

Fergolin stand einen Augenblick wie gelähmt. Sein Inneres war in Aufruhr. Er war zwischen widerstrebenden Empfindungen hin- und hergerissen. Er liebte Twig, und Moloquin schien ihn niemals beachtet zu haben. Und nun hatte Moloquin ihn von einem Augenblick auf den anderen dem abspenstig gemacht, dem er lieb und teuer war. Und Twig war damit einverstanden. Er warf sich neben seinen Vater und wühlte mit Feuereifer im Boden und redete genauso aufgeregt auf Moloquin ein, wie er es bislang mit Fergolin getan hatte.

Der Bärenschädel-Meister sagte übertrieben laut: »Ich hole Holz.« Mit steifen Beinen kehrte er in die Mitte des Runds zurück, um Holzscheite aufzusammeln, die dem Stein als Stütze dienen konnten.

Den ganzen Tag arbeiteten Moloquin, Fergolin und der Junge

Twig am Nördlichen Wächter. Sie gruben die Erde an seinem Fuß weg, bis sie auf den Kalkstein darunter stießen. Niemand kam vom Dorf herauf, um ihnen zu helfen. Die Arbeiter, die im Rundhaus gleich hinter dem Ringwall wohnten, waren zwar zurückgekehrt, doch nur um ihre Sachen zusammenzupacken. Sie schickten sich an, nach Hause, in Shateels Dorf, zurückzukehren.

Mit einer Hirschhornpicke brach Moloquin den Kalk am Fuß des Nördlichen Wächters heraus, und der Stein neigte sich noch mehr vornüber. Sie schlangen Seile um ihn, schoben ihm Stangen unter und schafften es schließlich, ihn hinzulegen.

Fergolin setzte sich neben ihn, die Hände auf den Stein gelegt. Den Toren inmitten des Rings kehrte er den Rücken zu. Moloquin beobachtete ihn scharf. Seine Pläne standen und fielen mit Fergolin: Wenn Fergolins Anteilnahme an seinem Werk erloschen war, konnte er jede Hoffnung begraben, es jemals zu vollenden. Doch Moloquin hatte den Eindruck, daß Fergolins Leidenschaft noch nicht abgekühlt war. Nur seine Angst bewirkte, daß er sie jetzt von seiner eigentlichen Arbeit auf diesen anderen Stein, diesen Wächter, übertrug.

Jetzt sagte Fergolin: »Der ist rauh, dieser Stein, ich werde ihn glätten.« Er stand auf und ging, den Kopf ein wenig gesenkt, so daß er die emporragenden Tore nicht sehen mußte, zu den Haufen von Steinen und Holz und Werkzeug, um sich einen Meißel zu holen.

Twig erhob sich vom Boden, nachdem er das Loch inspiziert hatte, und trat neben Moloquin. »Ob er mich helfen läßt?«

Moloquin nickte kurz.

»Wie sollen wir ihn denn wieder aufrichten, wenn die anderen Männer nicht zurückkommen?«

Moloquin antwortete: »Das weiß ich auch nicht, Kleiner.«

»Ich bin nicht mehr klein«, sagte Twig.

Moloquin hatte Fergolin beobachtet, doch nun wandte er sich dem Jungen an seiner Seite zu. »Wirst du auch davonlaufen«, sagte er, »wenn dieser Ort noch einmal seine wahre Natur zeigt?«

»Nein«, sagte Twig und reckte sich, »das verspreche ich.«

Moloquin lächelte ihm zu. Von jenseits des Ringwalls konnte er die Männer aus Shateels Dorf hören, die sich auf den Heimweg machten. Er berührte die Schulter des Jungen.

»Hilf Fergolin«, sagte er und blieb so lange, bis er die beiden einträchtig bei der Arbeit sah, wie sie unermüdlich auf den Stein einhämmerten, um seine Oberfläche zu glätten. Dann ging Moloquin ins Neue Dorf hinunter.

Moloquin hatte geglaubt, daß er Ladon längst losgeworden sei, doch nun hörte er diese Stimme, dieses Gelächter wieder in sein Ohr gellen:

Du bist mein Sohn. Siehst du nun, daß du genauso gescheitert bist wie ich? Du bist mein Sohn, mein auf so erbärmliche Weise empfangener, verstoßener, unerwünschter Sohn!

Im Neuen Dorf, wo die Männer in kleinen Gruppen beisammensaßen und redeten, die Masken vor dem Gesicht, ging er von einer Gruppe zur anderen und hörte eher zu, als daß er selbst gesprochen hätte. Die Männer ließen ihren Ängsten freien Lauf, sprachen davon, wie sie Ruak hatten herabstürzen sehen, und selbst diejenigen, die gar nichts gesehen haben konnten, glaubten mittlerweile, daß sie ihn hatten herabstürzen sehen, daß die Säule des Himmels unter ihm gebebt und ihn herabgestürzt habe. Sie behaupteten, es sei eine gewaltige Stimme zu hören gewesen, die wie Donner vom Himmel gedröhnt und Worte gesagt habe, die sie nicht verstanden hätten. Sie sagten, sie würden nie wieder dorthin zurückkehren.

Moloquin hockte sich vor sie hin und hörte sie an, und sein Blick ruhte auf ihren Masken. Sie hielten sich die Masken vor das Gesicht, während sie sprachen, so als gewönnen ihre Stimmen durch den Mund der Maske an Gewicht, und wenn sie geendet hatten, setzten sie die Masken ab und gaben ihnen ein wenig zu essen. Daran erkannte er, wie sehr sie sich fürchteten.

In jener Nacht saß er in der Mitte des Rundhauses und hörte sie in der Dunkelheit murmeln, hörte ihre raschelnden Bewegungen in der Dunkelheit, und er war niedergeschlagen und bitter, und Ladons Stimme sprach unablässig in seinem Ohr.

Wahela kam zu ihm. Sie setzte sich hinter ihn und putzte ihn, kämmte ihm das Haar und strich ihm über Schultern und Ohren.

Sie sagte: »Gehen wir nun zur Großen Versammlung?«

»Die Große Versammlung«, sagte er. Er hatte für nichts mehr Sinn gehabt als für die Säule des Himmels. Die Versammlung schien überhaupt nicht wichtig zu sein.

»Du solltest zur Versammlung gehen«, sagte sie. Sie berührte seine Wange mit der Hand und strich ihm das Haar zurück, indem sie ihm durch die Locken fuhr. Er mochte es gerne, so berührt zu werden, und sie wußte es. Während sie ihn liebkoste, senkte sie die Stimme zu einem zärtlichen Murmeln.

»Du solltest zur Versammlung gehen. Alle haben dich verspottet, jetzt mußt du hingehen und dafür sorgen, daß sie sich unterwerfen. Jetzt, wo . . .«

Sie verstummte, denn nach ihren vielen Zusammenstößen war sie klug genug, um ihn nicht auf sein Scheitern an der Säule des Himmels anzusprechen. Er lehnte sich zurück und legte ihr den Kopf an die Schulter. Er hörte ihr zu, und jetzt, wo er ruhiger geworden war, regte sich, gänzlich unerwartet, eine vage Hoffnung in ihm.

»Die nördlichen Dörfer haben dir niemals den Respekt gezollt, der dir gebührt«, sagte sie, »geh also zur Versammlung, zeig dich und laß sie vor dir niederknien, Moloquin. Wenn du Häuptling bist, dann sei Häuptling aller Folc.«

Er schwieg, doch in seinem Innern begann sich eine Idee abzuzeichnen.

Ihre Hände rieben seine Schläfen. »Ich hasse diese Leute aus dem Norden. Du solltest nur hören, wie die über uns reden – die lachen über uns. Es ist Zeit, daß ihnen Respekt beigebracht wird. Du mußt dafür sorgen, daß sie Respekt vor uns haben, Moloquin.«

Er wandte den Kopf und legte das Gesicht an ihre Brust. Sie hatte ihm im Frühling einen zweiten Sohn geboren, doch das Baby war nach wenigen Tagen gestorben. Seitdem schien sie hungrig, unbefriedigt, und ihre Leidenschaft war eher sehnsüchtig als wollüstig gewesen. Er drückte das Gesicht an ihre Brust und schloß die Augen.

»Moloquin«, murmelte sie. Ihre Hände bewegten sich über seinen Körper. Er wandte sich ihr mit ausgestreckten Armen zu und zog sie an sich.

Am Morgen trat er in den Hof des Rundhauses hinaus, wo die Männer saßen, und ging von einer Gruppe zur nächsten.

Er sagte: »Wir müssen das Tor vollenden, an dem Ruak gestorben ist. Wir können es nicht einfach so offen lassen – durch das Loch wird soviel Böses hereinkommen, daß wir alle daran zugrunde gehen!«

»Wenn wir ihm wieder nahe kommen, wird es uns verschlingen«, erwiderten sie.

Geduldig sagte er: »Wenn wir es fertig machen, es vervollständigen, wird die Macht dort uns beschützen.«

»Wir haben Angst. Wir bleiben hier. Such dir andere.«

Er wartete mit seinem alten Argument auf, das früher gewirkt hatte: »Als ihr am Verhungern wart, habe ich euch zu essen gegeben. Ich habe damals nicht um Hilfe gebeten. Ich habe euch alle auf meinen Rücken geladen. Jetzt brauche ich eure Hilfe.«

Sie sagten: »Wir haben jetzt keinen Hunger, Opa-Moloquin-on.«

Er sah ihnen ins Gesicht und konnte dort nichts entdecken, kein

Interesse, kein Feuer, nicht einmal Zorn, nur stumpfe, tierische Angst, und er wußte, auf diese Weise würde er sie nicht zurückgewinnen. Und er ging weiter zur nächsten Gruppe.

Bahedyr war aus dem Walddorf gekommen, wo er mit seiner Frau und seinen Kindern lebte, und hielt sich im Rundhaus auf. Moloquin traf ihn mit ein paar anderen Männern an, die mit einem Schafsknochen um ein paar Schlucke Bier warfen. Als Moloquin sagte: »Wir müssen das Tor vollenden. Ich brauche Hilfe, um das Tor zu vollenden«, schüttelten die Männer die Köpfe und stahlen sich davon, und nur Bahedyr sagte: »Ich helfe dir, Moloquin.«

Wie alle, die Moloquin an jenem Mittsommertag vor langer Zeit in den Wald gefolgt waren, redete er Moloquin immer nur bei dessen schlichten Namen an.

Moloquin machte sich daran, seine Sachen zu holen und zur Säule des Himmels hinaufzugehen, als Ladons Sohn zu ihm trat.

Hochgewachsen und blaß trat der Feind seiner Jugend unter Respektsbezeugungen vor ihn hin und sagte: »Es tut mir leid, daß ich nicht da war, Moloquin – ich habe die Nacht mit meiner Frau im Langhaus verbracht.«

Nachdem er Shateel verloren hatte, hatte er sich im darauffolgenden Frühling wieder verheiratet.

Moloquin sagte barsch: »Ich brauche dich nicht.«

Ladons Sohn kehrte ihm die Handflächen zu und senkte den Kopf. »Ich habe gehört, daß du zu den anderen Männern gegangen bist und sie um Hilfe gebeten hast.«

»Sie haben sie mir verweigert. Sie sind verängstigte Dummköpfe.«

»Verängstigt sind sie wohl«, sagte Ladons Sohn, »aber Dummköpfe sind sie nicht. Ich werde dir helfen.«

Moloquin lachte. Der Zorn wallte in ihm auf. »Du hast nie an der Säule des Himmels gearbeitet. Was könntest du mir schon nützen?«

Ladons Sohn hob ein wenig den Kopf und blickte Moloquin überrascht an. »Vielleicht habe ich ja nicht viel anzubieten, aber es ist doch wenigstens etwas ...«

»Nicht genug«, sagte Moloquin. »Ich brauche dich nicht, Bruder. Du hast in allem versagt, doch ich habe nicht die Absicht zu versagen. Geh.« Als Ladons Sohn mit schamroten Wangen noch einen Augenblick stehenblieb, fuhr Moloquin ihn an: »Geh!«

Ladons Sohn wandte sich ab und ging mit steifen Schultern davon. Moloquin blickte ihm zornbebend nach, und als sein Zorn sich abkühlte, fragte er sich, ob das seine eigene Stimme gewesen war, die so zu Ladons Sohn gesprochen hatte, oder die Ladons.

So kam es, daß nur Moloquin und Bahedyr und Fergolin und Twig zur Säule des Himmels gingen. Arbeit gab es genug – der Nördliche Wächter mußte zugehauen werden, und die zusammengebrochene Plattform, wo Ruak gestorben war, mußte weggeräumt werden. Während sie arbeiteten, bemerkte Moloquin, wie die Angst der anderen ein wenig nachließ, wenn auch Fergolin, der Frömmste von allen, es nach Möglichkeit vermied, die Tore anzuschauen. Moloquin arbeitete gemeinsam mit Bahedyr im Innern der Tore. Sie schafften Ruaks verwesenden Leichnam weg und schleppten die zermalmten und zerborstenen Balken der Plattform hinaus.

Während er arbeitete, dachte Moloquin darüber nach, was zu tun war.

Er konnte dieses Bauwerk nicht aufgeben. Viele dachten, es sei nahezu vollendet, aber er wußte, daß es eben erst begonnen war. Und die Zeit wurde für ihn knapp. Seine Jugend war bereits dahin; er wußte, er war ein Mann, dessen Kräfte bald abnehmen würden. Selbst wenn er Balken aufhob und hin und her schleppte, war ihm bewußt, daß seine Kraft vergänglich war. Er faßte seinen Tod ins Auge, und er faßte die Vollendung der Säule des Himmels ins Auge, und er wußte, sein Tod würde nicht so lange auf sich warten lassen wie die Vollendung seines Werkes.

Folglich schenkte er seinem Sohn Twig mehr Aufmerksamkeit als bisher.

»Barakal« nannte er ihn jetzt jedesmal, wenn er ihm begegnete. Barakal, das Versprechen. Alle dachten, es handele sich dabei um einen Scherz, denn als Moloquin ihn gefragt hatte, ob er denn nicht ebenfalls Angst vor der Säule des Himmels bekommen würde, hatte Twig gesagt: Nein, ich verspreche es. Für Moloquin handelte es sich jedoch um mehr als einen Scherz.

Sein Sohn war noch sehr jung, doch schon jetzt erwies er sich als Kind seines Vaters. Er streifte nicht mit der Jungenbande umher, sondern hielt sich an Fergolin und studierte die Säule des Himmels. In den wenigen Jahren, die sie hier gearbeitet hatten, hatten Fergolin und Twig viel von dem Wissen wiederentdeckt, das mit Brant gestorben war. Sie hatten sich der Wächter bedient, um den Punkt des Mittsommersonnenaufgangs zu finden, so daß das Neue Dorf bei der Zeiteinteilung nicht länger auf die Wenden-des-Jahres angewiesen war. Jetzt saß Twig am Abend, wenn die vier sich von der Arbeit ausruhten, bei

Fergolin und hörte dem Bärenschädel-Meister zu, wie er über die Sterne sprach.

Moloquin hörte ebenfalls zu. Die Bruchstücke in seinem Kopf wollten sich nicht zu einem Ganzen zusammenfügen, und obwohl er sich mühte, wußte er doch, daß dieses Ganze etwas Dunkles und Wütendes war, etwas, vor dem selbst er Angst hatte, und während er sich mit seinen Gedanken abplagte, empfand er den sternenfunkelnden Nachthimmel über sich als Spiegel seiner selbst.

Fergolin sagte: »Da, siehst du? Der Weiße Wanderer steht hoch am Himmel, höher, als ich ihn hier je gesehen habe.«

Im Westen, wo gerade erst die Sonne untergegangen war, hing der blauweiße Stern am klaren Himmelsgewölbe, rein und heilig, so schön, daß es das Herz ergriff.

»Er steht nicht weit vom Tor des Himmels«, sagte Fergolin, »vielleicht wartet er ja darauf, daß irgendein großer Häuptling eintritt oder auch eine Schar weniger bedeutender Seelen. Er verheißt nur selten Schreckliches. Er ist ein ruhiger, angenehmer Stern.«

Und Twig sagte: »Welcher verheißt denn Schlimmes, Opa-on?«

»Der Rote Wanderer und der Alte Wanderer, wenn er in bestimmte Bahnen des Himmels tritt, besonders aber, wenn er rückwärts geht, um diese Bahnen zu erreichen, das kündigt Schlimmes an. Doch sieh mal, der Mond geht auf.«

Beide, der Mann und der Junge, sprangen auf und rannten durch den Ring der Säule des Himmels. Bahedyr und Moloquin blickten ihnen verblüfft nach. Twig ging zum Westlichen Wächter, Fergolin zum östlichen der vier mächtigen alten Steine.

Twig kletterte den Westlichen Wächter empor wie ein Eichhorn den Baum. Bahedyr lachte, als er das sah. Er wandte sich Moloquin zu und sagte: »Verglichen mit dem da sind wir ein paar zerbrochene Stöcke, Moloquin!«

»Das Feuer der Jugend lodert in ihm«, erwiderte Moloquin.

Fergolin war mittlerweile außer Sicht. Moloquin stand auf und umrundete den heiligen Ring, bis er sowohl Twig oben auf dem westlichen Stein als auch Fergolin am Fuß des Östlichen Wächters sehen konnte.

Der Mond ging gerade erst auf, ein fahler Schimmer im Osten. Als er Twig dort oben auf dem Stein stehen sah, erkannte Moloquin, weshalb er hinaufgeklettert war: Jetzt konnte er über die Tore zur Spitze des anderen Steins sehen, wo Fergolin stand, und die beiden Spitzen als Sichtlinie zum Horizont benutzen. Moloquin wandte sich um, um zu sehen, was die beiden anderen sahen.

Oberhalb des fernen Horizonts war eine dicke blasse Kugel erschienen – die obere Hälfte des Mondes. Der Punkt, an dem er aufging, lag weit nördlich von der Sichtlinie der beiden Wächter, und Twig und Fergolin verließen sofort ihre Plätze und trafen sich am Rand des Rings und sprachen miteinander. Moloquin gesellte sich zu ihnen.

»Mit eurer Sichtlinie muß etwas nicht stimmen.«

Twig blickte zu Moloquin auf und lächelte dem Unwissenden beruhigend oder auch herablassend zu. Fergolin schüttelte den Kopf.

»Nein – sie ist schon brauchbar. Aber dies ist nicht der Vollmond, sondern sein älterer Bruder. Der Aufgang des Vollmonds ist eigentlich das, was für uns am wichtigsten ist«

»Weshalb beobachtet ihr dann diesen hier überhaupt?«

Fergolins Augen weiteten sich ein wenig, und er schien einigermaßen überrascht. »Wie schon gesagt, sie sind Brüder.« Er lächelte, und seine Augen verengten sich, als handelte es sich um einen geheimen Scherz. »Und wir müssen schauen, wenn wir sehen wollen.«

Er zuckte die Achseln und hob den Blick zum Nachthimmel. Der Nebel kroch von Süden her über den Horizont, bleiche Schwaden. Er wandte sich um und wies nach Westen.

»Seht ihr, der Weiße Wanderer begibt sich zur Ruhe.«

Tatsächlich stand die lodernde reine Pracht tiefer am Himmel als zuvor und folgte der Sonne nach.

Twig stand dicht neben seinem Vater. »Morgen wird er nicht so hoch steigen und übermorgen noch weniger, und bald wird er völlig verschwunden sein.«

Er sprach in selbstbewußtem, bestimmtem Ton wie jemand, der einem Unwissenden sein Wissen mitteilt. Moloquin legte dem Jungen die Hand auf die Schulter. Er war zufrieden mit ihm, stolz auf ihn. Dann trat ihm blitzartig die Erinnerung an Ladon vor Augen, der genauso vor seinem anderen Sohn gestanden und vor Stolz geglüht hatte.

Moloquin zog die Hand weg. Er kehrte Barakal den Rücken zu. Mit einem letzten Blick zum Himmel, der jetzt im Dunst verblich, entfernte er sich.

Der Frühling war warm und regnerisch. Auf den Feldern gruben und hackten die Frauen, legten ihr Saatgut in die Erde und sahen es sprießen. Viele von ihnen schliefen in ihren Gärten, um die Setzlinge vor Wild und Vögeln zu schützen.

Ladons Sohn führte die Männer vom Neuen Dorf zum Fluß, wo sie sich ein Schwitzhaus bauten und sich durch Schwitzen reinigten.

In der dunklen erstickenden Hitze des Schwitzhauses rang Ladons Sohn mit seiner Seele. Um ihn herum waren die Männer seines Dorfes, Männer, die Jungen gewesen waren, als er ein Junge gewesen war, Männer, die taten, was er ihnen sagte, als wäre er der Häuptling. Doch er war nicht der Häuptling.

Konnte er denn nicht Häuptling werden? Moloquin hatte versagt. Die Säule des Himmels hatte ihnen allen Hohn gelacht und den zerstört, der alles daran gesetzt hatte, um sie zu erobern – war Moloquin denn nicht widerlegt worden, hatte er sich nicht als Narr erwiesen, und zwar als ein gefährlicher?

Er wußte, die anderen Männer würden ihm folgen. Er könnte jetzt vor sie hintreten und ihnen erklären, daß er Häuptling werden wolle, und sie würden ihm folgen. Sie würden Moloquin verjagen, und Ladons Sohn würde endlich das werden, was Ladon aus ihm hatte machen wollen.

Er dachte an die Frauen. Die Frauen gehörten zu Moloquin.

Oder Moloquin gehörte zu den Frauen. Ladons Sohn war sich nicht im klaren darüber, wo der Kreislauf begonnen hatte. Sie hatten ihn in seinen Rang erhoben, und sie waren ihm treu ergeben, mehr als sie es in Ladons Fall je gewesen waren, weil sie dank Karella und Tishka argwöhnisch geworden waren. Doch diese Frauen, die Frauen des Neuen Dorfes und Grela an ihrer Spitze taten alles, was Moloquin von ihnen verlangte.

Er saß in der Hütte, und der Schweiß strömte an ihm hinab, die ganzen Unreinheiten seines Körpers stiegen an die Oberfläche, und die Unreinheit seiner Gedanken drängte empor wie Wellenschaum.

Die Männer um ihn herum sprachen von Moloquin und von der Säule des Himmels, und manche waren wütend, weil Moloquin sie verleitet hatte, und andere verachteten sich selbst wegen ihrer Feigheit und Schwäche. In der Dunkelheit des Schwitzhauses sprachen sie ungehemmt und unbesonnen, und ein Mann, der Moloquin eben noch als bösen Zauberer verflucht hatte, redete im nächsten Augenblick davon, daß er sich schäme, seinen Häuptling im Stich gelassen zu haben.

Ladons Sohn verließ das Schwitzhaus und tauchte in den Fluß, um seine Haut zu reinigen. Am Flußufer aß er mit den Männern die vorgeschriebenen Kräuter und Samen und trank bitteren Tee. Die Sonne stand noch hoch am Himmel, doch der Tee schläferte ihn ein.

Der Tee schenkte ihm einen Traum, und es war ein grauenhafter Traum. Er sah sich wieder im alten Dorf, während der Hungersnot, als sein Vater im Sterben lag. Er lief durch das Dorf und sah die Folc sterben, überall lagen Tote, die so abgemagert waren, daß die Knochen durch die Haut stachen. Sie streckten ihm die Arme entgegen, Tote und Sterbende gleichermaßen, und flehten ihn um Nahrung an. Sie packten ihn, als er zwischen ihnen stand, sie zogen ihn in das Gewirr ihrer Knochen hinab, und sie nagten an seinem Fleisch, sie verzehrten ihn, sie verschlangen ihn, und er wurde schwächer, doch sie wurden nicht stärker. Sie waren tot, und kurz bevor der Traum aufhörte, war er ebenfalls tot.

Als er aufwachte, wußte er, daß er nicht Häuptling werden würde.

Er stand von seinem Schlafplatz auf. Um ihn herum lagen die anderen Männer am Boden ausgestreckt, manche träumten gerade und zuckten und murmelten, andere schliefen ruhig, und ihre Seelen waren anderswo. Ladons Sohn kehrte zum Schwitzhaus zurück, wo seine Maske zusammen mit denen der anderen einen Kreis bildete.

Er kniete vor seiner Maske nieder. Er hatte sie aus einem lebenden Baum geschnitten, ihr Quarzaugen eingesetzt und die Lippen mit rotem Ocker bemalt. Als Moloquin ihm eine Kette blauer Perlen geschenkt hatte, hatte er sie aufgelöst und die Perlen wie blaues Haar an der Maske befestigt.

Nun kniete er vor ihr nieder und sagte ihr und durch sie hindurch den Vorfahren, daß er verstanden habe. Sie hatten ihn auf die Probe gestellt. Sie hatten ihn in Versuchung geführt, ihm einen Köder hingelegt, um ihn zu prüfen, und er wäre fast in die Falle gegangen, doch sie hatten ihm auch einen Traum geschickt, damit er begriff, wie er sein sollte, und er hatte den Traum beachtet. Er gab der Maske eine Handvoll Samenkörner zu essen. Dann kehrte er zu den Männern zurück, und als sie erwachten, erzählte er ihnen von seinem Traum, der Offenbarung des rechten Weges.

»Wir können es nicht allein«, sagte Fergolin.

Sie hatten allen Schutt von den Toren weggeschafft. Sie hatten den Nördlichen Wächter auf die Seite gelegt und ihm mit ihren Meißeln dieselbe Symmetrie und dieselbe Glätte verliehen wie den Pfeilern der Tore. Nun blieb keine Arbeit mehr zu tun übrig als die, die sie nicht ohne fremde Hilfe tun konnten.

»Wir können es versuchen«, sagte Moloquin.

Sie gruben Löcher für die Pfosten, stellten die Pfosten so auf, daß ihre Spitzen sich kreuzten, und warfen Seile darüber. Sie schlangen die Seile um den Stein, und während zwei Mann zogen, rammten die anderen die Stangen unter den Stein und versuchten, ihn anzuheben.

Der Stein widersetzte sich. Er lag da, ohne sich zu rühren, und wollte ihnen nicht gehorchen.

Alle vier zogen gleichzeitig an den Seilen, ohne Erfolg, und alle vier versuchten, den Stein mit Stangen anzuheben, ebenfalls ohne Erfolg.

Bahedyr sagte: »Ich muß in mein Dorf zurück, Moloquin. Wenn hier nichts mehr zu tun ist . . .«

Moloquin warf ihm einen bohrenden Blick zu, doch als er antwortete, sprach er nicht von der mühseligen Arbeit an der Säule des Himmels.

Er sagte: »Bald ist die Versammlung. Fergolin, wann?«

»Bei zunehmendem Mond«, sagte Fergolin.

Bahedyr grunzte verächtlich. Wie die meisten von Moloquins Folc ging er selten zur Großen Versammlung. Er stützte die Hand in die Hüfte. »Meine Frau kommt noch vor Ende des Sommers nieder. Ich wäre gern bei ihr, wenn sie in die Wehen kommt.«

Moloquin starrte ihn an. »Ich will dich während der Großen Versammlung bei mir haben.«

»Du gehst zur Versammlung?« Moloquin sagte: »Wir gehen alle.«

»Warum?«

Moloquin lächelte ihn an und sagte nichts. Er blinzelte nicht einmal. Bahedyr rieb sich das Gesicht.

»Ich muß trotzdem zum Walddorf.«

»Das ist mir sehr recht. Da gibt es etwas, das ich brauche, und du kannst es mir mitbringen. Bring auch deinen Speer mit.«

»Ja, mache ich.«

»Also gut«, sagte Moloquin und kehrte an die Arbeit zurück, die sie nicht verrichten konnten.

Mit Hilfe eines spitzen Steins und eines Holzhammers meißelte Fergolin ein Muster in die Vorderseite des Nördlichen Wächters. Moloquin saß nicht weit von ihm entfernt auf dem Boden und schaute ihm zu, während es in seinem Kopf fieberhaft arbeitete.

Er begriff allmählich, was die Säule des Himmels verlangte: Herz und Seele aller Folc. Als er den ersten Pfeiler aufgerichtet hatte, waren alle, selbst die Kinder, gekommen, um zu helfen, und sie hatten es geschafft. Doch die, die sich drückten, verdarben alles, sie ließen alle im Stich, die Lebenden wie die Toten.

Er mußte sie vereinen, sie auf dieses eine Ziel einschwören, sie aus ihrer Schwäche und Dummheit befreien.

Und sie waren schwach und dumm. Nichts in ihren gewöhnlichen kleinen Leben konnte soviel Bedeutung haben wie die Säule des Himmels. Was sie ausschlugen, war ihre eigene Größe. Alles, was er auch tun mochte, war gerechtfertigt, wenn er sie wieder an ihre Aufgabe zurückbrachte.

So etwa waren seine Gedanken, als er im Schatten des Großen Tores saß, doch sein Geist wollte nicht zur Ruhe kommen. Er hatte das alles schon eine ganze Weile bedacht, seit er aus dem Walddorf zurückgekehrt war und Ruak tot vorgefunden hatte und die anderen sich aus dem Staub gemacht hatten, doch er scheute immer noch vor dem Schritt zurück, den er würde tun müssen. Er sah voraus, daß bei dem, was ihm vorschwebte, nicht nur Ruak zermalmt bei der Säule des Himmels liegen würde, sondern mehr Folc ihr Leben opfern müßten.

Er würde sich Feinde machen. Einige von denen, die ihm am nächsten standen, denen er am meisten traute, würden sich gegen ihn wenden.

Bahedyr konnte er vertrauen, nicht einmal so sehr, weil er ein verläßlicher Mann war, sondern wegen der Art der Aufgabe, die ihm zusagen würde. Die meisten anderen Männer würden dorthin gehen, wohin man sie führte. Wahela würde ihm überhallhin folgen. Grela würde ihn unterstützen. Doch es gab auch andere. Auf Ladons Sohn konnte er jetzt nicht mehr mit Sicherheit rechnen. Shateel . . .

Sie gehörten zu ihm. Sie waren sein Volk. Er allein sah das große Ganze, während sie sich in ihren kleinen, alltäglichen Leben verloren. Er würde tun, was er tun mußte.

Karella mit ihren Geschichten, ihrem Haß auf Ladon, ihrer Verachtung gegenüber einem starren Brauchtum, sie würde erkennen, daß das notwendig war, diese Sache, die er tun mußte. Ladon selbst würde sie bejubeln. Ael . . .

Ael bedeutete ihm nichts mehr. Er verschwendete keinen Gedanken mehr an sie, bezeugte ihr keinerlei Achtung, tat nichts, um ihren toten Geist zu versorgen. Er haßte Ael.

Der gleichmäßige Schlag von Fergolins Holzhammer pochte ihm in die Ohren. Die Sonne war weitergewandert und hatte den Schatten des Tores nach sich gezogen, so daß Moloquin jetzt wieder im Sonnenlicht saß. Er hob den Blick zum Himmel. Sie waren dumm, die Leute seines Volkes, sie waren nutzlos, bedeutungslos, wenn er sie nicht führte. Was immer er tat war gerechtfertigt. Er war Herz und Seele seines Volkes. Er schloß die Augen und kämpfte gegen die Stimmen an, die ihn eines anderen belehren wollten.

Am Abend, als die vier Männer im Rundhaus der Arbeiter ums Feuer saßen, kam Wahela zusammen mit etlichen anderen Frauen, und sie brachten ihnen zu essen. Wahela schaute Moloquin beim Essen zu. Nahezu gelangweilt sagte sie: »Ladons Sohn ist mit den Männern vom Fluß zurückgekehrt.«

»Gut«, sagte Moloquin.

»Ich sehe darin nichts Gutes, wenn sie dir nicht gehorchen wollen.«

Moloquin wischte die Schale mit den Fingern sauber und setzte sie neben sich auf den Boden. »Wir gehen in ein paar Tagen zur Großen Versammlung. Macht euch fertig, du und die anderen Frauen.«

Sie strahlte wie die aufgehende Sonne. »Wir gehen zur Versammlung?«

Fergolin und Barakal, die hinter Moloquin saßen, wandten die Köpfe und lauschten.

»Wir gehen alle«, sagte Moloquin, »ihr müßt alles Schöne mitnehmen, das ihr habt – eure besten Kleider, eure Perlmuttkämme und die Perlen, die ich euch geschenkt habe.«

»Oh, mit Vergnügen«, sagte Wahela entzückt, sprang auf, verließ das Rundhaus und war im Nu unterwegs, zurück ins Dorf, um ihre Neuigkeit loszuwerden.

Fergolin rückte näher an Moloquin heran. »Ihr geht alle zur Großen Versammlung?«

Moloquins Kopf fuhr herum. Er sagte nichts, sondern starrte den anderen bloß an.

»Wir würden nämlich gern hierbleiben«, sagte Fergolin, »Twig und ich.«

»Warum?«

»Der Vollmond geht doch auf, während ihr bei der Versammlung seid.«

»Ach ja.« Moloquin nickte. Er beugte sich zu Bahedyr hinüber, der aus einem hohen Krug Bier trank, und der Speerträger gab ihm den Krug. Ap Min machte das Bier, unten im Walddorf, und es war nur noch wenig übrig. Moloquin trank. Er nickte Fergolin abermals zu.

»Ja. Ihr beide bleibt hier.«

»Danke.« Fergolin wandte sich wieder um und teilte seine Freude mit Barakal.

Moloquin beobachtete die beiden noch einen Augenblick lang. Er freute sich selbst. Er sah in ihrem Eifer und ihrem Erfolg an der Säule des Himmels Zeichen dafür, daß das, was er tat, das Richtige war. Brant war gestorben, doch alles, was Brant gewußt hatte, war irgendwo an der Säule des Himmels aufbewahrt, und so war Brant in gewissem Sinne gar nicht tot. Wie das Grün, das im Frühling wiedergeboren wird, so war er an der Säule des Himmels wiedergeboren worden.

Noch aus einem anderen Grund war er erleichtert, daß Fergolin und Barakal nicht auf der Großen Versammlung sein würden. Er kannte Fergolins Gesinnung. Ihm würde nicht gefallen, was Moloquin mit den Folc vorhatte. Und Barakal sollte aus dem Ganzen herausgehalten werden. Alles ließ sich jetzt sehr gut an. Er wandte sich wieder Bahedyr zu, streckte die Hand aus und bat erneut um einen Schluck Bier.

Am Morgen gingen die vier wieder hinaus zur Säule des Himmels, wo ihrer eine riesenhafte Aufgabe harrte, der sie nicht gewachsen waren.

Die Sonne ging gerade auf. Die gewaltigen Tore reckten sich zum Himmel empor. Moloquin ging zwischen ihnen umher, lehnte sich an sie, preßte die Handflächen gegen die Steine. Wieder und wieder dachte er an Karella und die Geschichte von der Zerbrochenen Mühle.

Da kam jemand über den Ringwall und näherte sich dem geheiligten Bezirk.

Fergolin rief etwas, und der Neuankömmling machte einen Bogen und ging auf den Nördlichen Wächter zu. Es war ein Mann aus dem Neuen Dorf, ein Sohn Grelas, dessen Jungenname Sichel gewesen war. Er war jetzt ein hochgewachsener, flachgesichtiger Mann, der Moloquin bislang kaum aufgefallen war. Er trat zu Fergolin und sagte: »Ich will dir helfen, Opa-on.«

Moloquin hörte, was er sagte. Er trat neben den jungen Mann, während Fergolin dem Sohn seiner Frau zulächelte.

»So, willst du das! Tja, zu so wenigen können wir allerdings nicht viel ausrichten.«

Moloquin fragte: »Weshalb hast du dich anders besonnen?«

Der junge Mann wandte sich ihm mit gesenktem Kopf zu. »Ich habe einen Traum gehabt«, sagte er, »ich will helfen.« Wie um das zu beweisen, ging er zum Wächter, der im Netz der Seile, die Stangen noch unter dem Haupt, im Gras lag, und versuchte, aus eigener Kraft den Stein anzuheben.

Fergolin sagte leise: »Mein Volk ist ein großes Volk. Der Himmel ist Zeuge!« Seine Augen leuchteten.

Moloquin schwieg. Einer mehr würde nichts nützen, doch wenn einer es sich anders überlegt hatte, würden es vielleicht auch andere tun. Er wandte sich an Fergolin.

»Geh ins Neue Dorf runter und versuch herauszufinden ...«

»Warte«, sagte Fergolin und legte Moloquin die Hand auf den Arm. Er blickte über Moloquins Schulter hinweg durch die Öffnung des Ringwalls. Moloquin wandte sich um.

Da kamen noch mehr. Einzeln oder zu zweit kamen sie vom Neuen Dorf herauf. Sie ließen die Köpfe hängen, als sie die heilige Stätte betraten. Sie grüßten murmelnd ihren Häutpling. Sie blickten zu Boden, um die Tore nicht sehen zu müssen. Die Furcht hing ihnen an wie eine halb abgestreifte Schlangenhaut. Doch sie kamen.

An diesem Tag und am nächsten, als alle Männer zum Helfen eingetroffen waren, richteten sie den Nördlichen Wächter wieder auf. Am darauffolgenden Tag führte Moloquin sie alle ins Neue Dorf hinunter, damit sie sich für die Große Versammlung vorbereiten konnten.

Wahela erfüllte die Aussicht auf die Versammlung mit Entzücken. Sie machte sich keine Gedanken über Moloquins Entschluß, sondern beglückwünschte sich dazu, daß sie ihn dazu überredet hatte.

Sie legte ihr rot, blau und gelb gemustertes Kleid mit den langen flatternden Ärmeln und dem nachschleppenden Rock zurecht, das aus Jungziegenhaar gewebt war. Sie legte ihre Kämme aus Holz und Perlmutt zurecht. Sie holte ihre langen Ketten aus blauen Perlen hervor, die sie bei der Versammlung tragen wollte.

Einen Tag, ehe sie aufbrechen wollten, kam Moloquin, und er versammelte alle Folc vor dem Rundhaus. Dann ging er hinein und kehrte gleich darauf mit einem Kasten zurück, der aus einem Stück Zedernholz gemacht war. Das Holz war ausgehöhlt und mit einem Deckel aus Borke versehen worden.

Er nahm den Deckel ab und leerte den Kasten über einem Fell aus, und aus dem Kasten regneten ein solcher Glanz und eine solche Schönheit hernieder, daß es den Folc den Atem verschlug.

Da gab es Fußreifen und Armreifen, Halsbänder und Nadeln, die zierlich aus Kupfer und Bronze gearbeitet und mit Perlmuttstückchen und blauen Perlen verziert waren. Da gab es Gürtelketten aus Kupfergliedern. Da gab es Perlenschnüre um Perlenschnüre. Diesen Schatz zu Füßen, begann Moloquin, jedem Folc Schmuckstücke anzulegen.

Den Frauen gab er Anstecknadeln – der alten Grela gab er ein Halsband –, und den Kindern legte er Perlenketten um, und den Jungen von der Jungenbande gab er Halsbänder aus Kupfer. Er ließ die Männer einen nach dem anderen vor ihn hintreten und schmückte sie üppig mit Arm- und Fußreifen und Gürteln. Dann legte er selbst seinen Halsschmuck aus Perlen und Kupfer an und nahm seine Bronzeaxt in die Hand.

So stand er vor seinen Folc, und die Sonne strahlte auf ihn herab, und sie starrten ihn an und spürten das Gewicht des Schatzes, der sie vor allen anderen auszeichnete, und sie jubelten.

»Opa-Moloquin-on«, riefen sie, »der uns groß gemacht hat!«

Er ließ sie singen und jubeln und ihn preisen, und als sie wieder still waren, hob er die Hände.

Er sagte »Wir gehen jetzt zur Großen Versammlung, wo sich viele einfinden werden, die uns Verachtung bezeugt haben. Wir werden ihnen jetzt zeigen, daß sie das zu Unrecht getan haben, daß sie verblendet und dumm waren. Wir werden uns unter sie begeben, und sie werden vor uns in den Staub fallen, und wenn sie das nicht tun ...«

Er sprach nicht weiter, und sein Blick wanderte langsam von einem zum anderen, und obwohl er nicht weitersprach, hatten doch alle vernommen, was er vorhatte. Sie legten die Hände an ihren neuen Schmuck und liebkosten ihn, und der Zauber der Schmuckstücke floß in die Folc über. Sie fühlten sich stark, sie wußten, sie waren unverwundbar. Strotzend vor Selbstbewußtsein und Kraft machten sie sich zur Großen Versammlung auf, und Moloquin ging an ihrer Spitze, seine Axt am Gürtel.

Die Folc aus den Dörfern im Norden hielten Rinderherden, und aus den Fellen der Tiere machten sie sich ihre Kleidung, und die Hörner der Ochsen waren für sie ein besonderes Emblem, weshalb die Häuptlinge aus ihren Dörfern auch alle Masken mit Hörnern trugen. Manchmal machten sie auch Musik mit Hilfe dieser Hörner, und wenn sie bei der Versammlung eintrafen, schallten die Hörner über die ganze Ebene, über die ganzen Wenden-des-Jahres.

Shateel hörte sie und ging hinaus, um sie eintreffen zu sehen. Dehra begleitete sie. Sie liefen von ihrem Dorf den Hang hinab und durch die steinernen Ringe und standen oben auf dem Ringwall und blickten über den ganzen Versammlungsplatz hinweg, und da sahen sie die Folc von Mithom und Barlok und die Zwillingsbrüder Eilik und Muon, die unter Hörnerklang gerade mit großem Gefolge den Versammlungsplatz betraten.

Dehra hielt sich die Ohren zu. Sie war ein dürres, scharfäugiges Mädchen, das sich bereits einen Namen dadurch eingehandelt hatte, daß sie ein allzu flinkes Mundwerk besaß.

Sie sagte: »Da tun einem ja die Ohren weh, Ana-el!«

Shateel lachte. »So sind sie eben, sie machen viel Lärm und wirbeln viel Staub auf und tun nichts.«

In langem Zug betraten die Männer des größten Dorfes im Norden den Platz der Versammlung. Sie trugen ihre Masken und ihre Hörner und hatten Trommeln und Stäbe. Sie tanzten, als sie den Versammlungsplatz erreichten. Rundherum standen Zuschauer, die Folc, die bereits da waren – die Folc aus Shateels Dorf –, und einige klatschten den Rhythmus mit, und andere riefen den Neuankömmlingen aufmunternde Worte zu.

Shateel sagte: »Komm, sehen wir zu, daß wir unsere Herdstelle hierherbringen.« Sie wandte sich zum Gehen.

»Ana-el«, sagte Dehra, »sieh mal da!«

Shateel warf noch einen Blick auf den ausgedehnten Schauplatz vor ihr: Die Feuer, die Grüppchen der Folc, die verschlungenen Reihen der Tänzer. »Komm«, sagte sie, »ich brauche deine Hilfe!«

»Nein, nein, Ana-el! Sieh doch!«

Wieder wandte Shateel sich um, mittlerweile ungeduldig, und erblickte wie zuvor nur den Versammlungsplatz, wenn die Tänzer inzwischen auch dort angelangt waren, wo sie ihr Lager aufschlagen würden, und sich in kleinen Kreisen über den Platz verteilten. Sie öffnete den Mund, um etwas zu sagen, als ein Aufblitzen des Sonnenlichts ihren Blick gefangennahm.

Sie sah zum gegenüberliegenden Rand des Versammlungsplatzes hinüber, und es verschlug ihr die Sprache.

Dehra sagte: »Sieh doch, Ana-el!«

Auf dem Versammlungsplatz hatten noch andere gesehen, was Dehra gesehen hatte. Wieder andere wandten sich um, und als sie sich umwandten und schauten, verstummten sie und blieben wie angewurzelt stehen und blickten in die Ferne. Am Horizont waren weitere Folc aufgetaucht, die in Reihen gingen.

Die Sonne schien auf sie hinab, als handelte es sich um ihre Lieblingskinder. Sie blitzten so sehr vom Sonnenlicht, daß es den Augen weh tat. Sie klirrten beim Gehen. Es waren viele, Reihe um Reihe kamen sie über den Hügel und näherten sich dem Versammlungsplatz, alle funkelnd und blitzend vom Feuer der Sonne, und an ihrer Spitze ging einer, der alle anderen überstrahlte.

Und jetzt erscholl ein einziger Aufschrei der Verwunderung und der Ehrfurcht, und dieser Aufschrei vibrierte vom ungläubigen Staunen über soviel Macht und Zauberkraft. »Moloquin!« schrien alle.

»Ana-el«, sagte Dehra, »es ist Moloquin. Er ist zur Großen Versammlung gekommen! Seine Folc sind zur Versammlung gekommen!«

»Ja«, sagte Shateel, und sie wunderte sich sehr.

Sie wußte, was an der Säule des Himmels passiert war. Als die Männer aus ihrem Dorf zurückgekehrt waren, war die Nachricht von Ruaks Tod wie ein Eiseshauch durch das ganze Dorf gegangen. Sie hatte gewußt, daß Moloquin sich auch dieser Herausforderung stellen würde, wie er sich allen anderen gestellt hatte. Mit diesem Aufmarsch hatte sie jedoch nicht gerechnet.

Sie berührte Dehras Arm. »Geh ins Dorf zurück und mach unsere Herdstelle fertig!«

»Ana-el!«

»Tu, was ich dir sage«, sagte Shateel.

Sichel war mit seiner Mutter Grela zur Versammlung gegangen und hatte ihr die Sachen getragen, die sie für das Lager brauchte. Sie war böse auf ihn; sie wollte die Gelegenheit des langen Fußmarsches nutzen, um ihm die Meinung zu sagen. Denn obwohl er erwachsen war, sich bereits im heiratsfähigen Alter befand, war er noch immer keinem Bund beigetreten. Den ganzen Weg zu den Wenden-des-Jahres hielt sie ihm die Notwendigkeit vor Augen, endlich Novize zu werden, am besten einer vom Bärenschädel, damit er unter den Männern einen hohen Rang einnehmen würde.

Er sagte: »Moloquin ist auch kein Meister.«

»Moloquin ist der Meister des Grünen Zweigs. Dann tritt eben dem Grünen Zweig bei.«

»Was denn für einem Grünen Zweig? Den gibt es doch gar nicht – die tanzen nicht, die haben keinen Platz im Rundhaus ...«

Wütend sagte sie: »Dann such dir eben einen anderen Bund!«

»Warum denn?«

»Du mußt deinen Platz unter den Männern finden.« Sie schlug nach ihm. »Ich bin die Hauptfrau meiner Sippe. Ich will nicht, daß die anderen Frauen hinter meinem Rücken über mich lachen, weil mein Sohn ein Tagedieb ist!«

»Ich bin kein Tagedieb! Ich habe mitgeholfen, die Steine an der Säule des Himmels aufzurichten. Das ist mein Bund.«

»Das ist etwas anderes«, sagte sie und wollte nichts davon wissen, daß er keinen Bund brauchte, weil er die Säule des Himmels und Moloquin als Meister hatte.

Doch er hatte es ausgesprochen, und indem er es ausgesprochen hatte, hatte er etwas in Worte gefaßt, was ihn schon lange Zeit bewegt hatte. Als sie auf dem Versammlungsplatz eintrafen, funkelnd von all ihrem Kupfer, und er sich unter den anderen in seiner Großartigkeit sonnte, sagte er sich wieder und wieder: Ich bin vom Grünen Zweig, und Moloquin ist mein Meister.

Mit ein paar Freunden stolzierte er über den Versammlungsplatz und bewegte die Arme hin und her, um seine Kupferreifen zu zeigen. Als er zwischen den zahlreichen Herdfeuern der Folc hindurchlief, zog er mehr als einen neiderfüllten Blick auf sich. Andere junge Männer schlossen sich ihm an. Es war ein schönes Gefühl, unter so vielen anderen zu sein, zu denen zu gehören, die Kupfer trugen, und die jungen Männer hakten sich unter und stolzierten durch die Menge. Als sie an die westliche Flanke des Walls gerieten, der die Wenden-des-Jahres umgab, stießen sie auf ein paar junge Männer aus einem der Dörfer im Norden, die mit ihren Masken im Kreis beisammensaßen.

»Hoho!« rief Sichel. »Seht mal die Kuhjungen mit ihren Holzgesichtern!«

Er schnitt ihnen eine Grimasse. Der Junge zu seiner Linken stieß ihm den Ellenbogen in die Rippen und zischte ihm ins Ohr: »Red nicht so! Du beleidigst sonst deren Vorfahren, die ja schließlich auch deine sein können!«

Sichel grunzte verächtlich. Er warf sich in die Brust. »Ich trage die Embleme meines Volkes – ich gehöre zu Moloquins Folc! Sollen die Niedriggestellten ihre Embleme ruhig aus Holz machen ...« Er schwenkte den Arm, an dem die Kupferreifen schimmerten.

»Kuhjungen! Hornköpfe! Macht ihr immer noch Feuer mit Kuhmist?«

»Geh doch Steine schleppen«, schrie einer der Jungen aus dem Norden, und seine Freunde fielen ein, so daß sie plötzlich im schrillen Chor zurückschrien. »Du hast ja nicht mal eine Maske! In was für einem Bund bist du denn überhaupt?«

»Im Grünen Zweig!« schrie Sichel stolzgeschwellt. »Moloquin ist mein Meister!«

»Moloquin ist ein Dummkopf«, schrie einer der anderen Jungen, und Sichel bückte sich nach einem Stein und zielte damit auf ihn.

Plötzlich warfen auch alle anderen Steine. Die Mädchen kreischten und feuerten die Männer an, während sie sich zurückzogen, um keinen Stein abzubekommen. Sichel flitzte auf den Wall hinauf und tastete im Gras nach Wurfgeschossen. Als er sich aufrichtete, die Hände voller Steine, blickte er sich um und sah eine ganze Schar von Frauen energisch auf die Kämpfenden zu seinen Füßen zusteuern. Schleunigst suchte er das Weite und lief den Wall hinab und durch den Graben und verschwand auf der anderen Seite der Wenden-des-Jahres.

Hems hatte Bahedyr in der Schmiede des Walddorfs eine neue Speerspitze gemacht, eine aus schimmernder Bronze. Sie war zwar weicher als eine Steinspitze und wollte sich nicht schärfen lassen, doch Hems hatte sie mit drei herrlichen Zinken versehen, und sie glänzte.

Bahedyr trug seinen Speer, als er durch die Menschenmenge auf dem Versammlungsplatz schlenderte, und alle drehten sich nach ihm um.

Außerdem trug er all die Fuß- und Armreifen, die Moloquin ihm im Lauf der Jahre für die treuen Dienste gegeben hatte, die er seinem Häuptling geleistet hatte, und er trug einen langen Umhang aus Webstoff. Damit zog er alle Blicke auf sich.

Manche bewunderten ihn – besonders die Frauen, so glaubte er, bewunderten ihn ungeheuer. Andere, die Männer, die Männer aus anderen Dörfern, die seine Kraft und seine Wildheit nicht kannten, waren neidisch und warfen ihm beleidigende Blicke zu und tuschelten miteinander. Im Grunde hörte er jedoch gar keine Beleidigungen. Er betrachtete die Männer auf dieselbe Weise, wie sie ihn ansahen, oder sogar auf eine Weise, wie die anderen Männer ihn nicht ansahen.

Moloquin sagte zu ihm: »Die kennen dich nicht. Würden sie dich sonst vielleicht wie einen ganz gewöhnlichen Mann zu behandeln wagen? Du solltest denen mal zeigen, was du für einer bist!«

Moloquin hielt sich an den Wenden-des-Jahres auf, die er nach donnerndem Beifall der Folc als erster Häuptling betreten hatte. Er hatte es abgelehnt, auf der Plattform Platz zu nehmen, wo die Häuptlinge sonst saßen, und sich von seinen Folc statt dessen einen Sitz machen lassen, mit einem Stoffdach, das auf vier schlanken Stangen ruhte und mit Schnüren befestigt war, die an den Ecken im Boden verankert waren. Und weil Moloquin nun am Boden saß, wollte er die anderen Häuptlinge auch nicht auf der Plattform sitzen lassen.

Statt dessen saßen die Häuptlinge unter der Plattform, und Moloquin saß unter seinem Stoffdach, das sich wie ein Stück Himmel über ihm blähte, und alle, die sich von ihm eine Gunst erbitten oder ihm ihre Ehrerbietung erweisen wollten, ließen sich vor Moloquin auf Hände und Knie nieder.

Das paßte vielen Folc nicht, vor allem denen aus dem Norden, und sie hockten sich um ihre Feuer und sprachen darüber, und je länger sie darüber sprachen, desto einiger waren sie sich darin, daß Moloquin zu weit gegangen war.

Sie sagten: »Damals, vor Jahren, kam er hierher und hieb die Plattform in Stücke und sagte, daß er niemals wieder zurückkehren würde. Warum ist er dann jetzt wieder da?«

Moloquins Folc protzten mit ihrer Bronze und ihren Perlen. Als Shateels Folc das sahen, erklärten sie: »Auch wir gehören zu Moloquins Volk.« Die Männer, die bei der Säule des Himmels gearbeitet hatten, kannten die vom Neuen Dorf gut und hatten Freunde unter ihnen, und so saßen noch vor Ende des ersten Tages die meisten von Shateels Folc um die Herdstellen von Moloquins Folc.

Shateel entging das nicht, und ihr entging ebensowenig, daß Moloquin selbst nicht unter seinem Stoffdach hervorkam. Niemand bekam ihn zu Gesicht außer den wenigen, die zu ihm unter sein Dach gingen, und doch sprach die ganze Versammlung von keinem anderen.

Am folgenden Abend, als sich die Männer zum Tanzen an den Wenden-des-Jahres trafen, kam es zu Kämpfen zwischen den Männern aus den Dörfern im Norden und den Männern aus Moloquins Dorf, und als Shateel am Morgen davon erfuhr, ging sie zu Moloquin.

Er saß in der Mitte jenes großen Rings aus aufrechten Steinen, und das Stoffdach flatterte leise über ihm. Wahela war gekommen und hatte Quasten aus Wolle und Federn an den Kanten angebracht, die sich nun unablässig im Wind bewegten. Im Schatten dieses Daches saß Moloquin auf hochgetürmten Fellen und Webstoffen, im Rücken eine Lehne, wie die Geschichtenerzählerinnen sie benutzten. Hinter ihm standen Bahedyr und ein anderer Mann mit einem Speer.

Shateel trat unter das Stoffdach und stellte sich vor Moloquin. »Mein Mann«, sagte sie, »du hast es nicht eilig damit, mir deine Gunst zu erweisen. Habe ich irgend etwas Schlimmes getan, daß du nicht zu mir kommst?«

Er sagte: »Du bist die vortrefflichste Ehefrau, die man sich denken kann, Shateel.«

»Doch freut es dich nicht, mich wiederzusehen«, sagte sie und setzte sich vor ihm nieder. Sie hob den Blick zu Bahedyr, der direkt neben ihrem Gatten stand, und sagte: »Geh und sorge dafür, daß Wahela uns nicht stört.«

Der andere Speerträger war so verblüfft, daß seine Augen bleich aus dem Dämmer unter dem Zeltdach hervorleuchteten, und Bahedyr rührte sich nicht. Moloquin hielt den Blick unverwandt auf Shateels Gesicht gerichtet. Er sagte: »Meine Frau hat etwas zu dir gesagt, Bahedyr!«

Sofort entfernten sich beide Männer. Shateel seufzte. Irgend etwas an Moloquins Gebaren stimmte sie zuversichtlich, und sie dachte: Ich werde ihm klarmachen, was er da tut, und er wird damit aufhören.

Sie sagte: »Du hast letzte Nacht nicht getanzt.«

»Ich tanze überhaupt nicht, mein Weib«, sagte er und lächelte ihr zu.

»Vielleicht solltest du das aber! Vielleicht solltest du noch viel mehr von den Dingen tun, die ein Häuptling tun sollte.«

»Pah!« sagte er und spuckte neben sich auf den Boden. »Was tut ein Häuptling schon? Er protzt und spielt sich auf, er trägt seine Perlen und Federn. Er verrichtet die kleinen Dinge unbedeutender Männer, die schon am selben Tag vergessen sind. Was ich jetzt an der Säule des Himmels tue, wird alle Zeiten überdauern. Die zu meinem Volk gehören, die wissen das, sie haben die Zeichen gesehen, sie sind geprüft worden und haben die Prüfung bestanden. Ich führe sie zum Himmel. Die Klugen wissen das. Sie wissen, diese anderen Narren sind nur neidisch auf uns.«

Während er sprach, rutschte er hin und her, so als wollte er jeden Moment aufstehen, doch dafür war zu wenig Platz. Sie erkannte, daß dieser Sitz ihn einengte und in seiner Bewegungsfreiheit beschränkte, und wie sehr er sich danach sehnte, sich frei zu bewegen, wie er es gewöhnlich tat, ruhelos und tätig, wie er war, und doch blieb er sitzen. Das berührte sie mehr als seine Worte. Sie erkannte nun, daß nichts von dem, was er hier tat, zufällig war.

Sie sagte: »Weshalb bist du nicht zu mir gekommen, als du bei den Wenden-des-Jahres eingetroffen bist? Ich habe die halbe Nacht auf dich gewartet.«

Er sah weg. Ein Schatten legte sich über sein Gesicht. »Ich war . . . ich hatte . . . etwas anderes zu tun.«

»Und du weißt ja wohl auch, daß ich nicht schweigend mitansehen werde, wie du Unrecht tust.«

Er fuhr zu ihr herum und funkelte sie an. Seine Worte kamen wie zuckende Blitze: »Ich kann kein Unrecht tun, Shateel! Ich bin die Seele meines Volkes. Sie haben keine andere Macht, als das zu tun, was ich von ihnen verlange.«

»Doch ich sage, daß du Unrecht tust.«

Sein Blick wurde kühl. Er schaute sie wie aus großer Entfernung an.

»Warum bist du meine Feindin geworden, Frau? Hast du dich verhärtet, weil du meine Stelle in diesem Dorf übernommen hast?« Er machte eine Handbewegung. »Geh.«

»Moloquin«, sagte sie verwundert, »du mußt mich doch wenigstens anhören.«

»Ich will von einem Feind nichts hören. Geh.« Er wandte sich von ihr ab.

»Ich bin nicht deine Feindin«, sagte sie.

»Geh!«

Einen Augenblick zögerte sie noch, und ein Zweifel begann an ihrer Seele zu nagen. Hatte er recht – war sie anmaßend geworden, während sie die Arbeit eines Mannes im Dorf verrichtete? Vielleicht hatte er ja recht. Sie wandte sich um und schlich hinaus, kroch unter seinem Dach aus Stoff mit den vielen Quasten hervor, zurück ins Sonnenlicht.

Eilik, der gemeinsam mit seinem Zwillingsbruder Häuptling des nördlichsten Dorfes war, ging zusammen mit den anderen Männern des Bärenschädel-Bundes zu den Wenden-des-Jahres, und dort beobachteten sie die Sonne an ihrem angestammten Platz. Mit den anderen erhob er die Stimme, um der Sonne seinen Gruß zu entbieten, doch war er mit seinen Gedanken woanders.

Wie die anderen aus dem Norden hatte er Moloquin bislang wenig Beachtung geschenkt, außer wenn es darum ging, sich über dessen seltsame Sitten lustig zu machen. Er hatte seine Herden gehegt, seinen Folc die nötigen Befehle erteilt, sich angehört, was seine Hauptfrauen ihm zu sagen hatten und die Kalendervorschriften befolgt. Was irgendein anderer Häuptling anderswo tat, berührte ihn nicht. Die Mühle würde sich schon um Moloquin kümmern.

Und nun kam er hierher, und alles stand auf dem Kopf. Die Plattform, die früher der Mittelpunkt der Welt gewesen war und auf der die Häuptlinge gesessen und alles überblickt hatten, war ein Gegenstand von Witzen geworden, und niemand führte die Tänze an. Das Schlimmste aber war, daß Moloquins Folc einen solchen Reichtum zur Schau stellten, daß Eilik selbst ganz krank war vor Neid.

Sein Onkel war Häuptling gewesen, als Ladon Häuptling des südlichen Dorfes gewesen war, und Eilik erinnerte sich noch, wie Ladons wenige Perlenschnüre ihn zum obersten Häuptling gemacht hatten – ein paar Perlenschnüre! Jetzt trug noch der geringste unter Moloquins Männern Schmuckstücke, die soviel Macht besaßen wie die eines Häuptlings. Keiner wußte, wo die alle hergekommen waren. Es ging das Gerücht, Moloquin habe sie im Schoß der Erde gefunden, doch daran glaubte Eilik nicht. Ebensowenig glaubte er, was andere behaupteten, nämlich daß das Metall wie die Blitze vom Himmel käme, denn er hatte zwar viele Blitze, aber noch niemals irgendwelches Metall gesehen.

Umgeben von allen anderen Mitgliedern des Bärenschädel-Bundes sprach er an den Wenden-des-Jahres die heiligen Worte. Er setzte seine Maske auf, die von gewaltigen Ochsenhörnern gekrönt war, und aß und trank mit der Maske vor dem Gesicht, und so bestätigten seine Vorfahren das Dasein der Folc. So dauerten die Folc fort, von einem fernen Anfang bis zu einem Ende, das niemand vorherzusagen vermochte. Mit der Maske vor dem Gesicht, die drei rotbefiederten Pfeile in der Hand, die das Emblem seiner Macht waren, ging er zum Hohen Hügel und stieg den Pfad hinan, indem er den Fuß hinsetzte, wo alle vor ihm ihn hingesetzt hatten, und die Erde wieder neu machte, das Vergangene wieder zum Leben erweckte.

Doch schien das alles nichtig ohne Perlen und Schmuckstücke aus schimmernder Bronze.

Sein Bruder Muon sagte: »Kümmere dich nicht darum. Bald gehen wir sowieso wieder nach Hause und bringen die Herden auf die Sommerweiden, und dann brauchst du nicht mehr an Moloquin zu denken.«

Eilik antwortete mit einem wütenden Knurren. Während dieser Tage gab es nichts, das ihn nicht wütend machte.

Er schritt mit einer Schar seiner Männer über den Versammlungsplatz, und seine Männer schlugen die Trommel und schwenkten die Arme, um die Aufmerksamkeit auf seine Gegenwart zu lenken. Alle drehten sich um und blickten zu ihm hin, und manche verneigten sich tief, um ihm Respekt zu zollen. Doch deren gab es nicht genug. Er schritt mächtig aus, drückte den Brustkorb heraus und reckte das Kinn in die Luft, so daß die Ochsenhörner wippten, und er zog alle Blicke auf sich, doch was er ihnen entnahm, genügte ihm nicht. Er glaubte, daß diese Blicke sagten: Wenn du so groß bist, weshalb hast du dann keine Perlen, kein Kupfer, keine Bronze?

Dann erblickte er vor sich einen Mann, der Perlen und kupferne Schmuckstücke hatte, und dieser Mann war nicht einmal ein Häuptling.

Er blieb stehen. Er hatte den Versammlungsplatz fast ganz durchschritten, die Senke, in der ein Herdfeuer am anderen brannte und die Kinder umherrannten und die Frauen dichtgedrängt beisammensaßen und plauderten. Vor ihm ragte ein alter Baumstumpf aus dem Boden, und auf diesem Baumstumpf saß ein Mann aus Moloquins Volk und aß aus einer Schale aus glasiertem Ton.

An Armen und Beinen trug er metallene Ringe. Um den Hals trug er Unmengen von Perlenschnüren. Neben ihm, gegen den Baumstumpf gelehnt, stand ein Speer mit einer dreizackigen Bronzespitze.

Eilik setzte seinen Weg langsam fort, den Kopf gesenkt und mit zusammengebissenen Zähnen. Der Mann auf dem Baumstumpf sah ihn zwar, beachtete ihn jedoch nicht. Statt Eilik den Respekt zu bezeugen, der ihm zukam, aß dieser Mann einfach weiter.

Vor dem Baumstumpf blieb Eilik stehen. Laut sagte er: »Ich sehe hier einen Mann, der keinen Anstand hat.«

Der Mann auf dem Baumstumpf warf ihm einen flüchtigen Blick zu. »Ich sehe hier einen Mann, der keinen Reichtum hat.« Grinsend fuhr er mit den Fingern in seinen Napf und pickte ein Klümpchen Schrotmehl auf.

Eilik stieß einen schrillen Schrei aus. Er trat zwei Schritte zurück, wandte sich an die beiden Männer an seiner Seite und sagte: »Werft diesen unverschämten Dummkopf zu meinen Füßen nieder!«

Seine Männer sprangen auf den anderen los. Der Mann auf dem Baumstumpf fuhr hoch und griff nach seinem Speer. Eiliks Männer packten ihn bei der Kleidung, um ihn zu Boden zu reißen, doch Moloquins Mann brüllte auf und schlug mit dem Ende seines Speers um sich, um sich aus ihrem Griff zu befreien.

Überall erhob sich Geschrei, und die Folc kamen herbeigerannt. Eilik schrie seinen Männern zu: »Nieder mit ihm! Tötet ihn! Tötet ihn!« Er sprang in die Luft und fuchtelte mit den Fäusten. Seine Männer versuchten, Moloquins Mann zu packen, der oben auf dem Baumstumpf kauerte und aus dieser Höhe mit Hilfe seines Speers alle abwehren konnte, die auf ihn losgingen. Dann bückte sich Eilik, griff sich einen Stein und warf ihn nach dem Mann auf dem Baumstumpf.

Der Stein traf den anderen genau ins Gesicht, und er taumelte, und im Nu hatten Eiliks Männer ihn von seinem Baumstumpf heruntergeholt. Eilik stieß einen triumphierenden Schrei aus. Einen Augenblick später stürzte sich ein ganzer Haufen Leiber von hinten auf ihn und warf ihn zu Boden.

Er schrie, doch er lag flach am Boden, und die Menge über ihm schloß sich wie ein Wasserloch über einem Ertrinkenden zusammen. Er versuchte verzweifelt, wieder hochzukommen. Irgend jemand stand auf seinem Schenkel. Ein Schlag streifte seinen Kopf, und seine Hörner fielen in den Schmutz. Er rappelte sich auf Hände und Knie hoch, während er von allen Seiten durchgerüttelt wurde, und ein Ellenbogen traf ihn am Kinn.

»Aufhören! Aufhören!«

Eine Frauenstimme. Von Kindheit an daran gewöhnt, auf Frauenstimmen zu achten, erstarrte er und zuckte zurück, und das taten auch alle anderen. Einen Augenblick lang sah er ein Stück entfernt den Mann mit dem Speer, dem das Blut in einem breiten Strom über das Gesicht lief, doch dann drängten sich ein Dutzend Frauen vor ihn.

»Aufhören!« An der Spitze der Frauen stürzte die Hauptfrau Shateel mit ausgestreckten Armen herbei. »Was macht ihr denn hier? Opa-Eilik-on ...« Sie blieb vor ihm stehen, bückte sich und hob seine mit Hörnern versehene Maske auf. »Was für ein Dämon ist in dich gefahren? Was ist das für ein Auftreten für einen Häuptling?«

»Der Narr da, dieser ungehobelte Wilde, wollte sich nicht vor mir verneigen, Ana-Shateel-el.«

»Shateel«, schrie der Speerträger mit rauher Stimme, »er hat mich getroffen, Shateel – er hat mein Blut vergossen!«

Er stürzte, die Arme wild schwenkend, vorwärts, und die Frauen schlossen ihn ein, hielten ihn zurück, als er brüllte und seinen Speer schüttelte, und durch ihre bloße Überzahl geboten sie ihm Einhalt.

»Eilik«, schrie er über ihre Köpfe hinweg, als sie ihn packten, »heute abend siehst du mich wieder ... Eilik, nimm die Beine in die Hand ... Eilik ...«

Immer mehr Frauen drängten sich zwischen die beiden feindlichen Männerhaufen und hielten sie gewaltsam auseinander. Eilik bellte: »Ich erwarte dich, du unverschämter Kerl!« Shateel bedachte ihn mit einem zornsprühenden Blick, doch das Gewoge der Leiber riß sie von ihm weg. Er konnte ihr nichts erklären. Sein Rücken schmerzte. Sein Kinn brannte, wo der Ellenbogen ihn getroffen hatte. Seit seiner Zeit in der Jungenbande hatte ihn niemand mehr geschlagen. Er war ein Häuptling, der Mittelpunkt seines Volkes. Er hatte keine Bronze, keine Perlen. Die Hörner in der Hand, wandte er sich um und ging, umringt von den Männern seines Dorfes, gesenkten Hauptes von dannen.

Shateel blieb mit den anderen Frauen bei dem Baumstumpf, bis alle Männer weggegangen waren und die Gefahr vorüber war.

Die Sonne war hinter den Wolken verschwunden. Der Tag war kühl, und der Wind blies steif von Osten her. Bald würde es regnen. Am Abend würden die Sterngucker nichts sehen als das zornige Gesicht der

Nacht. Jetzt schon brachte der Wind ein paar vereinzelte Tropfen mit sich.

Die Frauen um sie herum sprachen mit leiser Stimme über den Kampf. Joba trat zu ihrer Tochter und faßte sie beim Arm.

»Das ist sehr schlimm«, sagte die alte Frau, »wir sollten alle nach Hause zurückkehren, ehe es noch schlimmer kommt.«

»Wie könnte es noch schlimmer kommen?« fragte Shateel ein wenig hitzig.

Joba schüttelte den Kopf. »Ich erinnere mich, als ich ein junges Mädchen war, wollten zwei Häuptlinge dieselbe Frau, und sie haben während der ganzen Versammlung gekämpft, und es floß Blut, und danach wollte das eine Dorf nicht einmal mehr zur Versammlung kommen, ehe der andere Häuptling nicht tot war. Willst du, daß es soweit kommt?«

»Was sollen wir also tun?«

Joba sagte: »Wir müssen mit Grela sprechen. Wenn sie ihre Folc nach Hause führt, hört die Versammlung auf und alles andere hoffentlich auch.« Joba seufzte. Sie war in letzter Zeit häufig krank gewesen und wirkte verbraucht und müde. »Du mußt mit ihr reden. Vielleicht hört sie ja auf dich.«

»Grela konnte mich noch nie leiden.«

»Nicht ihre Gefühle für dich werden sie überzeugen, sondern die Wahrheit deiner Worte, Shateel. Da, sie sind an der Sampo. Da können wir offen miteinander reden.«

Sie schritten über den ebenen Boden des Versammlungsplatzes und schlängelten sich dabei um die vielen Herdstellen herum. Sie sprachen mit jedem, den sie sahen, denn sie waren alle Freunde oder in irgendeiner Weise mit ihnen verwandt. Schließlich gelangten sie an die Herdstellen von Moloquins Folc. Die alten Frauen hatten ihre Sampo zur Versammlung mitgebracht, um damit ihr Korn zu mahlen, und vor der Mühle saß Grela mit ein paar anderen Frauen, deren Finger mit Weben und deren Münder mit Reden beschäftigt waren.

Shateel und ihre Mutter setzten sich zu ihnen. Grela wandte sich an Shateel. »Da seid ihr ja. Ich warte schon die ganze Zeit auf euch. Ihr seid doch bestimmt gekommen, um über dieses Gestreite zwischen den Männern zu unken!«

Shateel blickte Grela ins Gesicht und betrachtete die breiten Wangen, die schlauen Äuglein und den vergnügten Mund der Frau, die überzeugt war, es mit den üblichen Scherereien zu tun zu haben. Die jüngere Frau beugte sich vor und versetzte der Mühle einen Stoß.

»Das ist alles Moloquins Werk«, sagte sie.

»Moloquin?« sagten mehrere Frauen gleichzeitig, darunter auch Grela. »Es war schließlich nicht Moloquin, der Bahedyr angegriffen hat.«

»Die anderen Folc sind eifersüchtig auf uns«, sagte Grela, »doch das ist nicht unser Problem. Ich sehe nicht ein, weshalb wir für ihre Erfolglosigkeit büßen sollen.«

»Ich bin dafür, daß wir jetzt alle nach Hause zurückkehren«, sagte eine andere Frau, »auf der Stelle, und bis zum nächsten Jahr, bis zur nächsten Versammlung abwarten, und dann sind alle Schwierigkeiten sowieso vergessen.«

»Ach, wollt ihr denn gar nicht auf mich hören?« sagte Shateel. »Das ist hier kein zufälliges Gewirr von Fäden, die der Wind hergeblasen hat – das ist ein ganzes Gewebe, und wir sind das Schiffchen, und Moloquin ist der Weber!«

Grela wandte sich ihr zu. »Was bezichtigst du ausgerechnet ihn, der doch dein Gatte ist? Er ist unser Häuptling, und er ist bislang ein großer Häuptling gewesen. Der Häuptling aus dem Norden – Eilik – ist schuld!«

Joba streckte die Hand aus und griff nach Shateels Arm, und Shateel schwieg, obwohl ihre Wangen brannten. Grela neigte sich den anderen Frauen zu und sagte: »Eilik ist derjenige, der Ärger macht!« Sie drehte die Sampo, als sollte die es bezeugen.

Eine dritte Frau rief: »Das sind doch nur Männerscherereien – was soll da schon groß dran sein? Sollen sie sich doch ruhig ab und zu eins auf den Schädel hauen, wenn sie das möchten. Was hat das denn mit uns zu tun?«

Das schien auch die Meinung der meisten anderen zu sein; sie kramten Geschichten hervor, die von den Streitigkeiten der Männer handelten, lustige Geschichten wie die von den Jungen vom Neuen Dorf, die einem Schwein eine blaue Perlenschnur um den Hals geschlungen und es an einem Strick um den Hals über den Versammlungsplatz geführt und damit deutlich zu verstehen gegeben hatten, daß selbst noch ihre Schweine feiner waren als die Häuptlinge aus dem Norden. Der Ausgang der Geschichte war allerdings nicht lustig, denn alle beteiligten Jungen waren blutig geschlagen worden. Die Sampo schwatzte und drehte sich und sang ihr endloses Lied. Shateel hörte mit gesenktem Kopf zu und fragte sich, weshalb sie wieder nur kleine Stückchen und nicht das gesamte Muster sahen.

Dann spürte sie, daß jemand hinter ihr saß, und sie hob den Kopf und schaute sich um.

Es war Moloquin, der auf den Fersen hockte und den Frauen zuhörte. Er hatte die Axt zwar im Gürtel stecken, trug jedoch kein einziges Schmuckstück oder sonst ein Zeichen der Macht.

Shateel sagte: »Was machst du hier? Du hast hier nichts zu suchen!« Beim Klang ihrer Stimme verstummten alle anderen Frauen. Sie wandten sich um und waren sprachlos, als sie Moloquin erblickten. Er bedachte Shateel mit einem langen kalten Blick, doch als er sprach, war seine Stimme warm, und er überschüttete Grela mit anerkennenden Worten.

»Ana-Grela-el, mächtig ist sie! Ihr Verstand reicht tief, sie hat noch nicht vergessen, wie ich meinem Volk gedient habe – wie ich es, als es am Verhungern war, mit meinen eigenen Händen genährt und es vor dem Tod gerettet habe.«

Shateel erstarrte. Sie hatte ihn nie zuvor in der gehobenen Sprache sprechen hören, die zwischen Männern und zwischen Männern und Frauen benutzt wurde. Sie fuhr herum und schaute die anderen Frauen an, und sie sprach laut und deutlich: »Ihr habt Moloquin gehört. Jetzt werde ich zu euch sprechen, doch ich werde die schlichte Sprache der Frauen und Kinder verwenden, nicht die Sprache der Andeutungen, der Mißverständnisse und der Lügen. Er ist ein Mann. Er gehört nicht hierher, wo er nur unsere Urteilskraft trübt und unsere Entscheidungen ins Wanken bringt. Schickt ihn weg, so daß wir uns mit den Schwierigkeiten beschäftigen können, die er uns bereitet hat.«

Die anderen Frauen rückten dichter zusammen, eine festgefügte Wand aus Leibern, und in ihrer Mitte drehte sich unablässig die Mühle. Shateels Mutter Joba streckte ihre Hand nach dem Handgelenk ihrer Tochter aus, um sie erneut zu beruhigen, doch blickte sie dabei zu Grela, und auch Shateel blickte zu Grela und alle anderen Frauen ebenfalls.

Grela sagte: »Moloquin hat schon bei der Mühle gesessen, als er noch bei Karella lebte. Das tut niemandem weh. Mag er hier sitzen, wenn es ihm gefällt. Ich habe mit ihm keinen Streit. Nur du, Shateel, du hast welchen, wie alle Folc wissen, einen so mächtigen Streit, daß ihr in den langen Jahren eurer Ehe niemals ein Kind miteinander gezeugt habt.«

Die anderen Frauen murmelten beifällig, und einige lachten hinter vorgehaltener Hand, und ihre Augen leuchteten. Shateel senkte den Blick, und ihr Gesicht brannte vor Scham. Sie hatte nicht die Kraft, den Streit mit Grela fortzusetzen. Als sie endlich den Kopf wieder hob, war Moloquin nicht mehr da.

Wahela sagte: »Es regnet. Ich glaube, heute Nacht werden sie nicht tanzen.«

Sie war vor der Schutzhütte gewesen und kehrte lächelnd wieder zurück. Bei Sonnenuntergang mußte sie sich von den Wenden-des-Jahres zurückziehen, und nun freute es sie, daß der Regen es allen anderen ebenfalls verwehren würde, ihre Herdstellen zu verlassen. Wenn sie nicht im Mittelpunkt einer Sache stand, dann wollte sie lieber, daß diese Sache überhaupt nicht stattfand. Sie zog sich wieder in den Unterstand zurück, denn draußen war es feucht und kühl, und wärmte sich am Feuer.

Moloquin hatte diese Hütte errichten lassen, damit er sich zurückziehen konnte, wenn die Sonne unterging. Sie stand auf der anderen Seite des Versammlungsplatzes, dem Hohen Hügel gegenüber, an dem sanft ansteigenden Hang, der nach Westen führte. Der Platz hatte für Moloquin besondere Bedeutung, weil er ihn sich selbst ausgesucht hatte – er hatte sich eine kleine Senke ein Stück vom Fluß entfernt gesucht und seine Folc beauftragt, ihm hier seine Schutzhütte zu errichten. Diese Hütte bestand lediglich aus einer Wand aus Matten und Pfählen, die schräg vom Boden anstieg und an den Seiten mit Gestrüpp und belaubten Zweigen verschlossen war.

Um die Hütte herum standen jene Männer, die seit jeher zu Moloquins getreuen Anhängern zählten, an der Spitze Bahedyr und Ladons Sohn, jene Männer, die bereits bewiesen hatten, daß sie alles tun würden, was ihr Häuptling von ihnen verlangte. Sie umstanden die Hütte mit ihren Speeren, ein Ring von Männern wie die Ringe aus aufrechtstehenden Steinen, und in der Mitte ging Moloquin auf und ab und zog immer wieder den Kopf ein, um sich nicht an seinem Hüttendach zu stoßen.

Er sagte: »Sollen sie tanzen, soviel sie wollen. Soll Eilik doch tanzen, wenn er will.«

Bahedyr knurrte: »Dann könnte ich ihm den Speer durch die Brust jagen – so kann er meinetwegen tanzen.«

Die anderen Männer brummelten zustimmend und bewegten sich unruhig in der Dunkelheit, dicht aneinandergedrängt wie ein Rudel.

»Eilik wird noch früh genug straucheln. Seht euch vor. Hier braut sich etwas zusammen, das euch leicht alle zerschmettern kann, wenn ihr euch einschläfern laßt.«

Unablässig durchmaß er den kleinen Raum unter dem Schutzdach, bückte sich, richtete sich wieder auf, beugte sich mit ausgestreckten Händen vor, um die Wände zu berühren. Das hier war sein eigener

Tanz, dachte Wahela, ein größerer Tanz. Sie trat zu ihm. Es entzückte sie, daß sie vor den Augen all dieser Männer, die bei der kleinsten Unmutsäußerung von ihm zu beben anfingen, einfach zu ihm gehen und ihn anfassen konnte, wie sie es jetzt tat, ihm über Haar und Bart streichen und unsichtbare Schmutzflecken von seinem Hemd entfernen konnte. Sie ließ die Hände auf seinen Armen ruhen und blickte zu ihm auf.

»Setz dich doch, und laß uns essen. Ich werde dich selbst bedienen.«

Er lächelte ihr zu. »Ich bin geschmeichelt, hohe Frau!«

Sie stupste ihn mit dem Kopf. »Mißfällt es dir, daß ich meinen Stolz habe?«

»Dann bediene mich also, Wahela.« Er setzte sich dicht an die Schräge des Daches, wo es am wärmsten war.

Wahela hatte natürlich nicht die Absicht, ihn mit eigenen Händen zu bedienen. Sie trat vor die Schutzhütte, in den Regen hinaus, und rief die Frauen, die draußen saßen.

Eine ganze Reihe von ihnen hatte sich die Herdstellen in der Nähe von Moloquins Unterstand eingerichtet. Sie kauerten jetzt völlig ungeschützt, wie die Tiere, die den Unbilden des Wetters ausgeliefert sind, im ununterbrochen herabströmenden Regen. Wie Erdklumpen zeichneten sie sich im grauen Licht ab. Auf Wahelas Zeichen erhob sich die Nächstsitzende und brachte Schüsseln und Körbe herein, und Wahela gab alle möglichen Befehle, die eine Schüssel hierhin und die andere dorthin zu stellen, und Moloquin saß unterdessen mit gesenktem Kopf im Hintergrund der Hütte und schwieg.

Er hob lediglich einmal den Kopf und nickte den Männern mit den Speeren zu, und auf dieses Zeichen hin entfernten sie sich alle.

Als die Frauen ihnen aufgetragen hatten, setzte Wahela sich neben ihn, und sie aßen. Wahela erzählte ihm alles mögliche vom Versammlungsplatz und versorgte ihn mit den kleinen Neuigkeiten, die sie an den anderen Herdstellen aufgeschnappt hatte. Ob er ihr überhaupt zuhörte, war ihm nicht anzumerken, doch sie wußte, wenn sie nicht spräche, würde Schweigen herrschen. Er aß alles, was sie ihm vorlegte – ab und zu steckte sie ihm einen Bissen mit den Fingern in den Mund –, doch war er tief in Gedanken versunken. Während sie redete, hatte sie das Gefühl, daß ihre Worte von ihm abprallten wie die Regentropfen vom Dach der Schutzhütte.

Sie sagte: »Keine auf dem ganzen Versammlungsplatz hat so ein Kleid wie ich. Ap Min kennt sich mit dem Färben wirklich aus.«

Er streckte die Hand nach einem Becher aus, und sie reichte ihn ihm. »Wir sollten den anderen Dörfern beibringen, wie man Bier macht.«

Plötzlich kam Wind auf und pfiff heulend durch die Schutzhütte. Das Dach blähte sich an seinen Stangen, und der Wind wirbelte durch die Höhlung über ihren Köpfen. Moloquin leckte sich die Finger ab. Er rückte ein Stück zurück, weg von den Schüsseln.

»Leg Holz nach«, sagte er.

Sie wandte sich um und rief nach draußen, daß jemand Holz bringen solle, und eine Frau huschte durch die Dämmerung herbei.

Wahela sagte: »Heute abend tanzen die Mädchen bei den Wenden-des-Jahres. Ich weiß noch, als ich ein Mädchen war, machten die Tänze mich ganz verrückt.«

Er schwieg.

»Meinst du, daß dieses häßliche Kind von Shateel schon alt genug ist, um zu heiraten? Ich bin sicher, Shateel behält sie heute abend zu Haus.«

Er schwieg.

»Ich würde es tun, wenn ich eine Tochter in dem Alter hätte. Ich würde meine Tochter heute abend nicht zu den Wenden-des-Jahres gehen lassen, das kannst du mir glauben.«

Er schwieg.

»Wenn unsere Töchter alt genug sind, haben sie bestimmt schon viele Heiratsangebote, da werden wir sorgfältig wählen müssen. Und sie von allen Tänzen fernhalten.«

Er schwieg. Von weither, durch das Prasseln und Zischen des Regens, drang ein vielstimmiger Aufschrei, und er hob den Kopf.

»Was hörst du?« wollte sie wissen.

Er seufzte. Er setzte seinen Becher nieder, wandte sich ihr zu und streckte die Arme nach ihr aus. »Wahela«, sagte er, »ich brauche dich!«

Sie trat zu ihm; und sie legten sich auf die Felle und Matten an der Hüttenwand. Gewöhnlich ließ er sich von ihr küssen wie ein Säugling und liebkoste sie mit Händen und Lippen, doch heute wollte er sie bloß besitzen und ging so grob mit ihr um, daß sie, mehr vor Überraschung als vor Schmerz, aufschrie. Seinen Kopf neben dem ihren vergraben, preßte er sie gewaltsam an sich und hielt sie mit seinem Gewicht nieder.

Dann war, gerade im Augenblick des Höhepunkts, ein weiterer ferner Schrei zu hören, und sein Kopf fuhr hoch, und er blickte sich um und lauschte, und sie spürte, wie sein Körper sich unter ihren Händen anspannte, als liefe der Wind durchs hohe Gras.

»Was ist?« fragte sie. »Auf was lauschst du?«

Er antwortete nicht. Statt dessen beugte er sich wieder über sie und stieß sie so hart, daß sie sich auf die Lippe biß, und einen Augenblick, als sie so hilflos in seinen Armen lag, war ihr bange.

In jener Nacht tanzte niemand. Die Mädchen erschienen nicht zwischen den Steinen, und die Männer ließen die Masken zugedeckt bei den Herdstellen. Die Frauen kauerten sich mit den Kindern am Feuer zusammen, und die Männer liefen in der windigen Dunkelheit umher, schlenderten in Gruppen von Feuer zu Feuer, verweilten ein wenig und trollten sich wieder. Die Nacht war voller Geister, die in der Dunkelheit pfiffen und kicherten, und niemand wollte allein sein.

Gegen Mitternacht hörte der Regen auf, und die Luft wurde schneidend kalt. Bahedyr und seine Freunde drängten sich wärmesuchend aneinander. Sie blieben an einer Herdstelle stehen, wo mehrere Männer dabei waren, Holz über der Glut aufzuschichten, und wärmten sich die Hände über den züngelnden Flammen. Bahedyr blickte zum Himmel hinauf.

»Kein Mond. Es wird finster bleiben heute nacht, so finster wie in der ersten Nacht, ehe die Sonne geschaffen wurde.«

Der kleine Mann mit dem starken Gebiß neben ihm, einer von Shateels Folc, blickte grinsend zu ihm auf. »In so einer Nacht würdest du Eilik wohl gern allein treffen, wie?«

»In dem Fall«, sagte Bahedyr und hielt seinen Speer empor, »würde ich ihm ein paar Löcher verpassen, die groß genug für seine Kuhhörner wären, das kannst du mir glauben.«

Wind kam auf und wehte eiskalt über ihre Rücken. Irgendwo weiter südöstlich, in Richtung der Wenden-des-Jahres, ertönte ein kurzer spitzer Schrei. Bahedyr fuhr herum.

»Was war das?«

»Heute nacht sind alle unterwegs, sehr seltsam.«

»Eilik ist irgendwo da draußen«, sagte der Mann mit dem starken Gebiß, »und sucht nach uns.«

»Nach uns?« sagte Bahedyr überrascht. »Du bist doch gar keiner von uns.«

»Ich bin Moloquins Mann«, sagte der mit dem starken Gebiß, »genauso wie ihr.«

Bahedyr legte dem anderen die Hand an die Brust und gab ihm einen Stoß. »Du bist doch nur aus Shateels Dorf!«

»Schluß jetzt«, sagte plötzlich Ladons Sohn und trat zwischen Bahedyr und den Mann mit dem starken Gebiß. »Schluß jetzt. Behaltet kühlen Kopf. Bahedyr, sei doch nicht kindisch. Er ist einer von uns, er hat bei der Säule des Himmels gearbeitet, und er wird dir zur Seite stehen, wenn Eilik auf dich losgeht, da kannst du sicher sein.«

»Bis in den Tod!« sagte der Mann mit den starken Zähnen, und viele andere nickten. Das waren Shateels Männer, die zu Moloquin gehören wollten. Bahedyr grunzte.

»Na, also schön . . .«

Wieder drang aus der Dunkelheit ein Schrei an ihr Ohr, doch kam er diesmal aus mehreren Kehlen. Danach war das rasche Trappeln von Füßen zu hören. Alle fuhren herum und lauschten in die Richtung, aus der die Geräusche kamen. Zu sehen war nichts. Die Nacht schluckte die schwächer werdenden Geräusche, und sie waren wieder von Schweigen umgeben, von Schweigen und Finsternis.

Bahedyr packte den Schaft seines Speers. »Kommt«, sagte er.

»Wohin denn?«

»Versuchen wir, Eilik zu finden, ehe er uns findet«, sagte Bahedyr und führte sie vom Feuer weg.

Ladons Sohn ging den anderen nach und zog seinen Speer hinter sich her. Er hatte niemals richtig mit dem Speer umzugehen gelernt, und der Schaft fühlte sich in seiner Hand sperrig und fremd an. Noch nie hatte er sich so unglücklich gefühlt, nicht einmal als seine Folc verhungerten und seine Frau ihn verlassen hatte.

Die anderen Männer bewegten sich wie Schatten durch die Dunkelheit. Wie die Geister trieb es sie um, und ihre Stimmen waren schrill, und ihre Worte ergaben keinen Sinn. Er dachte: Warum versuchen wir bloß, uns gegenseitig umzubringen? Fragt danach denn keiner? Er selbst wagte jedoch auch nicht zu fragen.

Um den Hals hatte er blaue Perlenschnüre, um die Handgelenke bronzene Reifen, und seine Frau trug Kleider, die mit kleinen Ringen aus diesem Metall verziert waren, so daß sie beim Gehen ein leises Klirren hervorrief. Doch hier, wo er eigentlich mit den anderen Männern an großartigen Tänzen teilnehmen sollte, tanzte niemand. Hier, wo eigentlich alle Folc zusammenkommen sollten, machten alle Folc Jagd aufeinander.

Er wagte sich nicht zu fragen, welche Rolle Moloquin bei dem Ganzen spielte.

Moloquin hatte nichts gemacht. Das sagten alle – Moloquin hatte die ganze Zeit still an seinem Feuer gesessen, während Eilik und die unbedeutenderen Männer für Unruhe sorgten. Moloquin hatte daran keine Schuld. Es war ausgeschlossen, auch nur anzunehmen, daß Moloquin hinter dem Ganzen steckte. Das war einfach undenkbar. Eilik hatte angefangen. Eilik mit seiner Eifersucht und seinem albernen Stolz.

Ladons Sohn mahnte sich, Moloquins Handeln niemals in Zweifel zu ziehen. Moloquin hatte noch nie versagt; Moloquin erfreute sich der Gunst des Himmels – das wußte er von Träumen und Zeichen her. Wenn er Moloquin anzuzweifeln begann, würde das ein solches Loch in sein Weltverständnis reißen, daß die ganze Welt hindurchfallen würde.

So folgte er also Bahedyr, zog den Speer hinter sich her und ging den Geräuschen seiner eigenen Leute nach, die sich vor ihm durch die Nacht bewegten. Er hatte Vertrauen zu Moloquin. Was immer auch geschah, Moloquin würde sie sicher geleiten. Moloquin würde alles zum Besten wenden. Er senkte den Kopf und stapfte blind durch die Nacht, die von bösen Geistern erfüllt war.

Die Nacht schien endlos zu sein, eine Warnung des Himmels. Kein Mond, der das Verstreichen der Zeit angezeigt hätte, keine Sterne. In Gruppen gingen die Männer von Feuer zu Feuer, blickten über die Schulter hinter sich, warfen Steine ins Dunkel. Wenn Bahedyr und seine Schar eine andere Schar von Männern erblickten, blieben sie stehen und riefen, bis sie wußten, mit wem sie es zu tun hatten. Wenn die anderen ebenfalls zu Moloquins Leuten gehörten, schlossen sie sich Bahedyrs Gruppe an, froh über die wärmende Nähe der anderen, und streiften zusammen weiter umher.

Wenn die Männer, die sie trafen, nicht zu Moloquin gehörten, ergriffen sie die Flucht.

In tiefster Nacht, so tief, als wollte es nie wieder Tag werden, erreichte Bahedyr an der Spitze von unzähligen Männern die Wenden-des-Jahres. Er war müde, der Kopf tat ihm weh, und seine Gedanken bewegten sich schleppend und verdrossen. Nur die Männer in seinem Rücken trieben ihn weiter, er selbst hatte bereits vergessen, wonach er eigentlich suchte. Als er auf der Innenseite des Ringwalls zu den Wenden-des-Jahres hinabstolperte und den Graben durchquerte, um auf den ersten der Steine zuzugehen, wollte er nur noch schlafen.

Da, er ging gerade zwischen zwei Steinen durch, stürzte sich plötzlich jemand auf ihn.

Er kreischte wie eine Frau. Der Schatten flog durch die Luft auf ihn nieder, so kam es ihm vor, ein Fetzen Nachthimmel, eine geschmeidige schwarze Masse. Der Arm mit dem Speer war frei, und er stach wieder und wieder nach dem Körper, der mit ihm rang, schlug mit dem Schaft des Speers danach, weil der andere zu nahe war, als daß er die Spitze hätte benutzen können, und stürzte dann schwer zu Boden, die kämpfende Gestalt über sich. Um sich herum hörte er das Gestampfe von Füßen und Schreie. Irgend etwas drückte sich in sein Gesicht, und er biß zu, und das Wesen über ihm schrie auf.

Das machte ihm Mut; er verlor zwar den Speer, kämpfte jedoch mit beiden Händen, kratzte und schlug und biß abermals zu, und das bösartige Ding, das ihn umklammerte, lockerte seinen Griff. Er stieß es von sich weg und stand auf.

Sofort traf ihn ein anderer Körper und schlug ihn zu Boden. Die ganzen Wenden-des-Jahres schienen voller wirbelnder, schreiender Männer zu sein. Bahedyr stahl sich zum nächsten Stein und erhob sich in dessen Schutz.

Er konnte niemanden erkennen, den er kannte, er konnte im Dunkeln nichts weiter ausmachen als das Getümmel und Gewoge des Kampfes. Er schrie: »Moloquin! Moloquin!« Atemlos, wütend tönte der Schrei aus der rasenden Menge vor ihm zurück. Er trat aus dem Schutz des Steins, suchte nach seinem Speer und fand ihn. Er lag neben einem bewußtlosen Mann in einem langen Umhang. Bahedyr griff sich den Speer, und das Gefühl der Waffe in seiner Hand erfüllte ihn mit ungeheurem Mut, und die Erinnerung an die Furcht, die er gerade erlebt hatte, war ihm unerträglich. Er hob den Speer und trieb ihn in den Körper, der vor ihm am Boden lag.

Als er ihn wieder herauszog, schoß Blut aus der Wunde hervor. Er wich taumelnd zurück und bekam wieder Angst. Das Blut war auf sein Hemd gespritzt. Er war gezeichnet, besudelt. Er rieb mit einer Hand an den Flecken herum. In seiner unmittelbaren Nähe hatte der Kampf aufgehört. Nicht weit von ihm saßen zwei Männer keuchend am Boden, und ein paar andere standen benommen zusammengesunken am steinernen Ring. Von der anderen Seite des Rings waren hingegen noch Geschrei und das dumpfe Geräusch von Schlägen zu hören, doch dann, Bahedyr stand da und versuchte, sich das Blut abzuwischen, ertönte ein schriller Schrei wie von einer Frau:

»Eilik! Eilik, wo bist du?«

Bahedyr fuhr herum und packte den Arm des nächstbesten Mannes, der zu Moloquins Leuten gehörte, und zog ihn weg. Die anderen folgten ihnen zwischen den Steinen hindurch. »Kommt . . . los . . .«, riefen sie, schon im Laufen, über die Schulter zurück, und aus dem ganzen gewaltigen Rund kamen die Männer zusammengelaufen, überquerten den Platz, wo einst Männer und Mädchen getanzt hatten, liefen zwischen den Steinen hindurch, überwanden den Graben und den Wall und waren verschwunden.

Am Morgen lagen drei Tote bei den Wenden-des-Jahres.

Shateel konnte es nicht glauben, als man ihr die Nachricht brachte. Sie verließ ihr Dorf, in das sie gegangen war, als es zu regnen angefangen hatte, schon um Zeit zum Nachdenken zu haben, und lief über den Hügel zu der heiligen Stätte hinab. Alle Folc waren da, dichtgedrängt standen sie nach Dörfern getrennt und sprachen mit gedämpfter Stimme, und viele weinten. Am Boden zwischen den Steinen lagen die Toten.

Als Shateel das sah, machte sie gar nicht erst halt und sprach auch mit niemandem, sondern schlug sofort die Richtung ein, wo Moloquin, jenseits des Versammlungsplatzes, seinen Unterstand hatte.

Die Schutzhütte stand in einer Senke, die nach Westen hin von einer Reihe alter Platanen gesäumt wurde. Als sie am Lagerplatz ihres Gatten eintraf, fand sie alle Speerträger um ein Feuer versammelt. Sie wirkten benommen und erschöpft, und sie ging langsam zwischen ihnen umher, musterte eingehend ihre Gesichter und entdeckte die Kampfspuren, die sie davongetragen hatten. Sie war fast am Eingang des Unterstands angelangt, als sie auf Ladons Sohn stieß, der zusammengesunken am Boden saß, den Speer neben sich.

Sie sagte: »Nun, hast du letzte Nacht getanzt, mein Freund?«

Er hob den Kopf und sah sie an, als sei sie wahnsinnig geworden. Sie setzte sich neben ihn, neugierig geworden, denn sie kannte ihn gut genug, um zu wissen, daß er nicht das Herz eines Kriegers besaß, und weil sie an ihm keinerlei Kampfspuren entdecken konnte, keine Schwellungen, kein Blut. Er ließ den Kopf wieder sinken. Seine Augen wirkten zwar geschwollen, aber das kam nur von der Müdigkeit.

Er sagte: »Der Himmel bewahre mich davor, daß ich noch einmal eine solche Nacht erleben muß, Shateel.«

Sie sagte: »Warum hast du dann mitgemacht?«

»Was hätte ich denn sonst tun können?«

»Das war gemein, verbrecherisch, grauenhaft. Hättest du dich nicht weigern können?«

»Weigern? Die haben uns gejagt – hätte ich mich töten lassen sollen?«

»Aber . . .«

Er wandte sich von ihr ab, und sie verstummte. Seine Worte waren wie ein Brombeergestrüpp, das sie aussperrte, während seine Seele wie ein kleines Kaninchen dahinterhockte. Es war hoffnungslos. Es blieb nur eins: Sie mußte zu Moloquin gehen. Sie stand auf und trat auf die Schutzhütte zu.

Er war da. Er machte sich gerade fertig, um zu den Wenden-des-Jahres zu gehen. Brust und Schultern bedeckte ein prächtiger Bronzeschmuck aus Kettengliedern und kleinen Ringen, die sich mit blauen Perlen abwechselten. An den Handgelenken trug er breite Bronzemanschetten, und im Gürtel steckte seine Axt, das Emblem seiner Macht. Er stand unmittelbar hinter dem Eingang, umgeben von einer Schar von Männern, die alle Bronzeschmuck trugen, mit Speeren bewaffnet waren und mit dröhnenden Stimmen sprachen. Als Shateel eintrat, verstummten sie jedoch.

Klein und zierlich trat sie zwischen sie und ging geradewegs auf Moloquin zu.

»Ho, mein Weib«, sagte er. Sie sah, daß er nicht überrascht war, sie hier zu sehen. Sie fragte sich, ob ihn überhaupt noch etwas überraschen konnte. Er schien riesenhaft, als hätte die Aura seiner Macht sich zu Fleisch und Blut verdichtet, und Haar und Bart verflossen zu einer lockigen schwarzen Mähne.

Sein Anblick verschlug ihr die Sprache, und ihre Entschlossenheit geriet ins Wanken. Sie senkte den Blick und fragte sich, welcher Hochmut, welcher Dämon sie bewogen hatte, hierherzukommen.

Er sagte: »Bist du immer noch meine Feindin, Shateel?«

Das gab ihr ihre Sicherheit zurück. Sie hob den Blick und antwortete, wenn auch innerlich immer noch zitternd: »Ich bin deine Feindin, mein Mann. Drei Männer liegen deinetwegen heute tot am Boden.«

»Meinetwegen! Ich habe doch überhaupt nichts getan.«

»Du hast deinem Volk großen Schaden zugefügt«, sagte sie, »du mußt den Weg wieder verlassen, den du eingeschlagen hast.«

Er blickte wie von fernen Gipfeln auf sie hinab. Jetzt entdeckte sie inmitten des üppigen Barthaars plötzlich zum erstenmal eine graue Strähne. »Mit Trauer erfüllt mich der Anblick meiner Frau, die jetzt meine Feindin ist«, sagte er, und sein Blick ging über sie hinweg, als er den Befehl gab: »Nehmt diese Frau gefangen!«

Sie erstarrte, zu verblüfft, um auch nur zu protestieren. Noch ehe sie die Sprache wiederfand, hatten die Männer sie umringt. Ihre Hände packten sie bei den Armen. Sie führten sie ab, als hätte sie überhaupt keinen eigenen Willen. Hinter Moloquin tauchte lächelnd Wahela auf.

Shateel rief: »Moloquin, führst du dein Volk, oder nimmst du Rache an uns? Ich bitte dich, erbarme dich unser, sonst wirst du uns alle zerstören und dich selbst auch.« Die Männer hoben sie hoch wie ein Bündel und trugen sie davon.

Wahela stand mit den anderen Frauen auf dem Ringwall und beobachtete Moloquins Auftritt an den Wenden-des-Jahres.

Niemand jubelte ihm diesmal zu. Die Auseinandersetzungen der letzten Nacht drückten ihnen allzusehr aufs Gemüt. Sie versammelten sich, um die Häuptlinge anzuschauen, und die Frauen drückten ihre Kinder an sich, und die niedriggestellten Männer eilten von allen Seiten herbei, um sich den Reihen anzuschließen, die Moloquin folgten. Niemand wollte es an Eifer fehlen lassen.

Als er erschien, war es, als würde die Sonne selbst über die Erde rollen, so prächtig war er anzusehen. Die Folc seufzten bei seinem Anblick auf. Wahela streckte die Arme nach ihm aus und sonnte sich in seinem Glanz. Grela neben ihr seufzte tief.

»Er ist das Kind des Himmels«, sagte Grela, und alle Frauen in ihrer Nähe murmelten zustimmend.

Nun betrat Moloquin das Rund der Wenden-des-Jahres, und seine Männer standen Spalier mit ihren Leibern bis hin zu seinem Zeltdach. Bevor er sich jedoch in Bewegung setzen konnte, traf Eilik ein.

Eilik kam mit seinen Hörnern und seinen befiederten Pfeilen, und sein Bruder Muon folgte ihm etwas langsamer, und danach kamen so viele Männer, wie sie aufbieten konnten. Sie betraten die Wenden-des-Jahres durch eine Öffnung des Ringwalls, durchquerten den Ring und kamen unmittelbar bei Moloquin an.

»Bleib stehen«, rief Eilik und hob seine heiligen Pfeile. »Ich bin gekommen, um die Bestrafung der Männer zu verlangen, die letzte Nacht meine Leute erschlagen haben!«

Moloquin sah ihn stirnrunzelnd an. »Du stellst Forderungen an mich?«

Eilik hob das Bündel Pfeile und hielt es zwischen sich und Moloquin. »Nimm die Speere deiner Männer und zerbrich sie. Mach keine neuen Waffen! Töte niemanden mehr aus meinem Volk, Moloquin!«

Unter den Folc erhob sich Gemurmel, und Moloquin blickte sich um. Er wirkte gelassen und legte den prächtigen Kopf schief, um die Menge der Folc ins Auge zu fassen, ehe er seinen Blick wieder auf Eilik ruhen ließ.

»Es erstaunt mich«, antwortete er, und seine Stimme hallte über das ganze Rund, »daß du überhaupt hierherzukommen wagst, Eilik. Gestern hast du meinen Gefolgsmann Bahedyr angegriffen und gesteinigt, so daß er mit knapper Not mit dem Leben davonkam. Gestern nacht waren deine Männer auf Blutvergießen aus, während mein Volk ängstlich in der Dunkelheit kauerte, und als mein Volk sich zu verteidigen suchte, habt ihr zugeschlagen und getötet. Nur einer von den Toten, Eilik, ist dein Mann, zwei hingegen gehören zu mir, und nun sind sie tot und auf alle Zeiten dahin, und ihre Geister irren umher. Und da willst du auch noch, daß ich die Speere meiner Männer zerbrechen soll. Warum? Damit sie wehrlos sind?«

Eilik lief vor Wut rot an, als er diese Worte hörte. Sein Bruder streckte die Hände aus, um ihn zurückzuhalten, doch Eilik stürzte vorwärts und schüttelte seine befiederten Pfeile unmittelbar vor Moloquins Gesicht.

»Ich sage dir: Pack dich, Unerwünschter! Du kamst aus dem Nichts, kehr dorthin zurück, und laß uns in Frieden! Verschwinde!«

Moloquin hob den Kopf, die Pfeilspitzen unmittelbar vor Augen, und trat einen Schritt zurück. Eilik bedrängte ihn weiter und brüllte auf ihn ein. Wahelas Lächeln erstarb. Sie hatte Moloquin noch nie zurückweichen sehen, und nun wich er vor Eilik zurück. Die Folc flüsterten, ihre Stimmen summten wie die Bienen in der Linde, und sie hörte heraus, wie entsetzt sie waren, weil Moloquin an Boden verlor.

Muon versuchte erneut, seinen Bruder zurückzuhalten. Doch Eilik sah nur, daß der Mann, den er haßte, vor ihm zurückwich, und seine Wut steigerte sich im gleichen Maße wie sein Selbstvertrauen, und er bedrängte den anderen immer heftiger mit den heiligen Pfeilen, deren Spitzen vor Moloquins Nase tanzten. Plötzlich hob er in blinder Raserei die Pfeile und schlug Moloquin damit mitten ins Gesicht.

Die Folc schrien auf. Von allen Seiten stürzten Moloquins Speerträger herbei und umringten ihren Häuptling, und ehe Eilik sich zurückziehen konnte, hatten sie ihn mit ihren Speeren durchbohrt.

Wahela ballte die Faust vor der Brust. Moloquin stand mit blutigem Gesicht da, reglos wie ein Stein, während seine Männer ihn in heller Aufregung umringten. Moloquin hob die Hand, und es wurde ein wenig ruhiger.

Muon hatte seinen Bruder gepackt. Um Hilfe rufend, zerrte er Eilik ein Stück von Moloquin weg und legte den Toten am Boden nieder. Er kniete neben ihm und blickte zu Moloquin und seinen Speerträgern auf.

»Alle Folc haben gesehen«, rief Moloquin, »daß ich niemanden angegriffen habe. Eilik hat die Hand gegen mich erhoben, und er ist dafür bestraft worden.«

Muon sprang auf. »Er hat getan, was du wolltest, Moloquin!« schrie er und stürzte sich auf den Mann mit der Bronzeaxt.

Seine Männer, die mit Keulen und Messern bewaffnet waren, stürzten ihm nach. Moloquin rief irgend etwas. Wahela konnte die Worte nicht verstehen, und die Speerträger umringten Muon und sein Gefolge. Es kam zu einem kurzen Kampf, doch gab es weit mehr Speerträger als Anhänger Muons, und sie mußten sich Bahedyr und den anderen rasch geschlagen geben. Im Nu wurden sie zu Moloquins Füßen auf die Knie gezwungen.

Nun begann Moloquin zu sprechen, und er richtete seine Worte an alle Folc. Während er sprach, ging er in dem Rund der Wenden-des-Jahres auf und ab und ließ seinen Blick über die Menschenmassen auf dem Ringwall wandern, damit alle sich der Bedeutung dessen, was er zu sagen hatte, bewußt waren.

Er sagte: »Eilik und Muon sind nicht länger Häuptlinge! Von nun an sollt ihr alle meine Folc sein – ihr sollt alle wieder ein Volk sein, wie es in der Absicht des Himmels lag. Nur erbärmliche Unwissenheit und Verderbtheit haben euch auseinandergetrieben. Jetzt rufe ich euch dazu auf, wieder eins zu werden, so wie der Himmel euch haben wollte, zu werden, wie die Vorfahren waren: Ein Volk. Wollt ihr mir antworten? Wollt ihr tun, was recht ist, mein Volk, und euch selbst erlösen? Ich weine, wenn ich sehe, wie ihr euer Leben wegwerft, euer Leben in Sünde und Irrtum vergeudet. Ich wünsche mir für euch nur eines: Daß ihr wieder seid, was ihr sein solltet. Jetzt errichte ich auf der Ebene bei der Säule des Himmels ein Haus des Himmels, und darin wollen wir alle gemeinsam wohnen, unser aller Geister, auf alle Zeiten, wenn ihr mir nur helft!«

Die Menge verstummte und lauschte seinen Worten, und nur ein paar weinende Babys waren zu hören. Der Wind blies über sie hinweg, und Moloquins Worte drangen an ihr Ohr wie ein Ruf, der auf dem Wind ritt. Wahela blickte sich um, sah jedoch nur ihre eigenen Leute, die ihm fast von Anfang an gefolgt waren. Denen fehlte es wohl kaum an Begeisterung. Ihr Blick suchte die anderen, die Fremden, an die seine Worte eigentlich gerichtet waren.

Er sagte: »Ich brauche euch. Um meine Steine aufzurichten, brauche ich jede Hand, jede Seele. Laßt die Folc frei sein von Schwäche! Wenn Schwäche in den Folc ist, dann können die Steine selbst nicht stehen. Ich brauche euch um dessentwillen, was in euch steckt und was ihr fast vergessen habt. Erinnert ihr euch noch an die alten Geschichten? In ihnen kommen Menschen vor, die töricht und ängstlich sind – sind die

Menschen denn Schwächlinge, die einander mit Federbüscheln bekämpfen? Seid, wie ihr früher wart! Seid stark und standhaft, wie die Steine! Kommt zur Säule des Himmels, und die Folc werden leben!«

Er hob die Hände, und Wahela stand auf dem Ringwall inmitten von Menschen, deren Arme in die Höhe fuhren und die »Hoch die Folc!« schrien. Sie blickte fieberhaft um sich, um zu sehen, wer nicht mitrief. »Hoch die Folc!« Den ganzen Wall entlang flogen immer mehr Arme himmelwärts, und immer mehr Münder taten sich auf: »Hoch die Folc!«

Jetzt hob Muon, der vor Moloquin im niedergetrampelten Gras kniete, den Kopf. Bahedyr hatte ihm seine Speerspitze an die Kehle gesetzt und machte einen Schritt auf ihn zu, als der andere sich rührte. Doch Muon beachtete ihn nicht, sondern starrte zu Moloquin hinauf, der riesenhaft über ihm aufragte, und auf einmal hob er den Arm und rief: »Hoch die Folc!«

Daraufhin schien der Himmel von einem einzigen Aufschrei zu erbeben. Wie aus einem Mund schrien die Folc: »Hoch die Folc! Hoch! Hoch! Hoch!«

Umzingelt von Moloquins Gefolgsleuten, warfen die Männer, die Muon und seinem Bruder gefolgt waren, die Arme hoch und schrien lauter als alle anderen. Zu Moloquins Füßen senkte Muon das Haupt in den Staub.

Am Abend tanzten alle Männer bei den Wenden-des-Jahres, alle Männer außer Moloquin.

Die Folc zündeten überall auf dem Ringwall Feuer an, so daß das ganze Rund von flackerndem, züngelndem Licht erfüllt war. Die Frauen versammelten sich, um zuzuschauen, die schlafenden Kinder auf dem Arm, und als die Nacht fortgeschritten war, klatschten viele Frauen in die Hände und sangen. Sie aßen und tranken ausgiebig, lachten und veranstalteten Spiele, und die vergangene Nacht verblaßte und büßte ihre Schrecken ein.

Moloquin selbst saß unter seinem Stoffdach in der Mitte der Wenden-des-Jahres, wo alle ihn sehen konnten. Wahela saß neben ihm. Prächtig sahen sie aus in ihrem herrlichen Schmuck, und die Folc drängten sich um ihren Sitz, um sie zu bestaunen. Niemand wagte, sie anzusprechen. Moloquin hüllte sich in Schweigen und hatte den Kopf ein wenig abgewandt. Wahela war immer wieder auf den Beinen, um mit Freunden zu sprechen und Essen und Trinken zu verlangen, doch Moloquin blieb stumm.

Dann kam Dehra.

Sie war noch ein Mädchen, mager, mit glattem hellem Haar und einem spitzen wachen Gesichtchen. Sie trug ihre Kleider so nachlässig, daß sie an ihr baumelten wie das letzte Herbstlaub an der Eiche. Sie bewegte sich nicht ohne Anmut, schritt jedoch aus wie ein Mann, und ihre Augen funkelten zornig. Sie kam durch den Lärm und das Gewoge der Tänzer geschritten und streifte den einen oder anderen im Vorübergehen, als sähe sie ihn gar nicht. Ihr Blick war starr auf Moloquin unter seinem Stoffdach gerichtet. Sie kam geradewegs zwischen den Steinen hindurch auf ihn zugeschritten, blieb vor ihm stehen und schrie:

»Moloquin!« Ihre Stimme überschlug sich. Sie war durchdringend wie die eines Vogels. »Was hast du mit meiner Mutter gemacht?«

Diejenigen, die sie hörten, unterbrachen ihre jeweilige Beschäftigung und wandten sich um, und als sie sahen, wer da geschrien hatte, und hörten, weshalb sie gekommen war, hielten sie es für besser, so zu tun, als bemerkten sie nichts. Sie kehrten dem Mädchen den Rücken zu und überließen sie Moloquin.

Der saß unter seinem Stoffdach und starrte Dehra an und sagte nichts. Sie trat noch einen Schritt näher, und wieder rief sie mit lauter Stimme:

»Moloquin, was hast du mit meiner Mutter gemacht?«

Wahela erhob sich von ihrem Platz neben dem Häuptling. »Verschwinde, du unselige, unwürdige ...« Moloquin streckte die Hand aus und brachte sie zum Schweigen.

Er sagte kein Wort zu Dehra. Er starrte sie nur wie aus weiter Ferne an, und sein Gesicht verriet eine Spur von Neugier.

Dehra trat bis unmittelbar an den Rand des Stoffdachs und rief, so laut sie nur konnte: »Moloquin, was hast du mit meiner Mutter gemacht?«

Er gab keine Antwort. Er starrte sie nur wortlos an. Wahela saß steif neben ihm und wandte den Kopf erst nach ihm, dann nach Dehra. Sie hatte die Fäuste im Schoß geballt.

Dehra drehte sich um und ging davon. Moloquin starrte ihr nach. Wahela seufzte vernehmlich und senkte den Blick.

Er hatte es geschafft. Alle Folc gehörten nun zu ihm, alle Folc würden zur Säule des Himmels kommen. Alles war ein Ganzes geworden, rund und vollständig, vollkommen.

Er sah den Mühlstein vor seinem inneren Auge, der nun wieder zusammengefügt war, der untere Mühlstein, die Welt der Lebenden.

Einige waren gestorben. Er hatte das vorausgesehen und Vorsorge getroffen – er selbst hatte niemanden getötet, er selbst hatte keine Hand gerührt. In der Oberwelt würde Eilik dafür verantwortlich gemacht werden, wie es recht und billig war, denn Eilik hatte sich der Wahrheit verschlossen. Moloquin hatte nichts getan, als dem rechten Weg zu folgen.

Alle wußten das. Alle waren sie schließlich zu ihm gekommen, selbst Muon und die anderen aus den Dörfern im Norden hatten sich vor ihm verneigt, sich seiner Vision gebeugt. Nur eine von allen Folc hatte ihm Trotz geboten.

Nur eine. Wieder und wieder sagte er sich, daß es auf eine einzige nicht ankam.

Sie hatte vor ihm gestanden wie vor einem ganz gewöhnlichen Mann und hatte ihn gescholten, wie man ein Kind schilt, hatte ihn gescholten wie eine Mutter. Doch sie war die einzige. Alle anderen waren zu ihm gekommen. Alle anderen gehörten ihm.

Sie, die seine geheimsten Gedanken kannte. Sie, die seine Seele kannte.

Doch sie war die einzige, und sie war im Unrecht. Alle anderen wußten, daß sie im Unrecht war, alle anderen waren zu ihm gekommen, und nur die eine . . .

Er hatte das getan, was er als notwendig erkannt hatte. Er hatte die Folc geeint, hatte sie nach seinem Willen geformt. Wenn sie dieser Verschmelzung widerstanden hatte, dann war sie ihrer unwürdig, verdiente sie es, daß man sie fallen ließ.

Doch wenn er an sie dachte als an eine, die fallengelassen worden war, dann sah er noch etwas anderes, das fallengelassen worden war. Mit ihr war auch etwas von ihm gegangen.

Sie war unwürdig. Sie war geprüft und als unwürdig befunden worden. Jener Teil von ihm, den er mit ihr davongeschickt hatte . . .

Er würde schon jemand anderen finden, der ihm zuhören würde, wie sie es getan hatte. Er hatte sie weggeschickt, und er konnte sich mühelos eine andere holen, die ihre Stelle einnehmen würde, er war Herr über alle, alle taten, was er von ihnen verlangte. Wenn sie es nicht taten, würde er sie zerschmettern, wie der Stein Ruak zerschmettert hatte. Er brauchte Shateel nicht.

Was für eine lachhafte Vorstellung! Er war Häuptling aller Folc, Meister der Bronze, Meister über die Säule des Himmels, deren Macht sich vom Meer bis zu den Wäldern erstreckte. Er holte sich aus dem Schoß der Erde, was er brauchte, und formte es nach seinem Willen. Er richtete Steine auf, wie es sich niemand bislang auch nur hatte träumen lassen, und ließ sie in der Luft schweben. Er brauchte nicht mehr selbst zu laufen wie ein gewöhnlicher Mensch, sein Volk trug ihn, wohin immer er wollte. Er war der Mittelpunkt ihrer Welt. Sie brachten ihm, was sie erarbeiteten, und er gab ihnen, was sie brauchten. An diesem Kreislauf war nichts Unvollkommenes, nichts Fehlerhaftes, in ihm war kein Platz für anderes. Wie sollte es da auf eine einzige Frau ankommen? Er begrub seine Sehnsucht nach Shateel.

V
Die Mühle des Himmels

»Kannst du sie schon sehen?« fragte Fergolin.

Barakal schüttelte den Kopf. Er legte schützend die Hand über die Augen. »Nur den Staub.« Er blickte eifrig nach Nordosten, über das wellige Land hinweg, und versuchte zu erkennen, was sich zwischen der braunen Staubwolke, die durch die Luft wallte, und dem Boden bewegte. Fergolin saß neben ihm im Gras und atmete schwer.

Sie waren bis hierher gelaufen, um zuzusehen, wie der Stein vom Fluß heraufgeschleppt wurde. Für Fergolin war es ein weiter Weg gewesen, denn er war wieder krank und spuckte jetzt sogar Blut, und Barakal war anfangs dagegen gewesen, daß sie sich so weit von der Säule des Himmels entfernten, doch der alte Mann hatte sich nicht umstimmen lassen. Er liebte die Steine, und ihre Prozession über das Land war etwas, das ihn zutiefst bewegte, und er sagte, wenn er deshalb einen Tag früher sterben müsse, weil er hierhergelaufen sei, dann würde er trotzdem jedesmal, wenn er nur konnte, wieder herlaufen, um die Steine zu sehen, die zur Säule des Himmels geschafft wurden.

»Ich sehe sie«, schrie Barakal.

Dort unten zwischen dem wabernden Staub und der braunen Erde bewegten sich kleine dunkle Gestalten. Fergolin wandte sich um und stand auf. Der junge Mann legte die Hand auf seinen Arm.

»Sollen wir näher herangehen?« fragte Barakal.

»Nein«, sagte Fergolin.

So warteten sie, wo sie waren. An dieser Stelle fiel die offene wellige Ebene zum Fluß ab. Außer ein paar vereinzelten Bäumen wuchs hier nichts als Gras. Die Sonne war gerade aufgegangen. Sie erstrahlte in heißem hellem Glanz über der Staubwolke, ein bronzefarbener Überzug vor dem blauen Himmel, und in der Luft kündigte sich knisternd ein heißer Tag an. Barakal hatte einen Krug Bier mitgebracht, den er Fergolin reichte. Er brachte ihn dazu, sich wieder hinzusetzen, indem er sagte, der Stein würde doch noch viele Tage von hier oben zu sehen sein.

Barakal sagte: »Nur noch drei Tage bis Vollmond, Opa-on.«

Fergolin lächelte ihm zu. »Du kannst es wohl kaum erwarten, mein Junge?«

»Ich brauche bloß daran zu denken, und mein Herz schlägt wie wild!«

»Und wenn sich herausstellt, daß wir uns geirrt haben?«

Barakal zuckte die Achseln. Wie sollten sie sich geirrt haben? Sie hatten den Vollmond jahrelang an der Säule des Himmels aufgehen sehen. Er selbst kannte jede Bewegung des Lichts. Er hatte gelernt, am hellichten Tag an der Säule des Himmels zu stehen und zum Horizont zu zeigen und zu sagen: Dort wird er heute abend aufgehen, und wenn der Mond aufging, und es war nicht neblig oder wolkig, und es regnete nicht, dann erschien er dort, wo Barakal es vorausgesehen hatte.

Er hatte gelernt, daß der Punkt, wo der Mond aufging, sich am Horizont auf- und abbewegte, von Norden nach Süden und wieder zurück, einmal im Verlauf eines jeden Monats, und mehr noch, er hatte erkannt, daß auch der Punkt, wo der Vollmond aufging, stetig am Horizont entlangwanderte. Im vergangenen Monat war der Vollmond genau auf einer Linie mit dem Westlichen und dem Östlichen Wächter aufgegangen, einer Linie, die diagonal durch den Ring der Säule des Himmels verlief. Und Barakal wußte, heute nacht, wenn der Vollmond wieder aufging, würde er wieder nach Norden zurückgewandert sein.

Er wußte nicht, weshalb er das wußte. Er nahm an, daß die Säule des Himmels zu ihm gesprochen hatte, vielleicht in einem Traum. Doch er war sich seiner Sache sicher. Die vier Wächter kennzeichneten nicht nur den Punkt, an dem die Mittsommer- und die Mittwintersonne aufgingen, sondern auch die äußersten Punkte, an denen der Vollmond aufgehen konnte.

Wenn er darüber nachdachte, was inzwischen beinahe ständig geschah, erfüllte ihn eine große Freude. Sein Vergnügen an der schlichten Schönheit dieses Musters kannte keine Worte. Es war vollkommen, und es bewies, was selbst Moloquin nur vermuten konnte, daß die Welt ein Ganzes war, eine einzige große Umdrehung des Rades, und diese Ganzheit begann hier an der Säule des Himmels.

Jetzt konnte er die Gestalten der Männer vor der wogenden bronzefarbenen Staubwolke ausmachen, die über die Ebene auf sie zugekrochen kamen.

Fergolin döste vor sich hin. Barakal nahm den Bierkrug und trank daraus und genoß die Sonnenwärme und das Nichtstun. Alles in allem war es nicht schlecht, Moloquins Sohn zu sein. Es bedeutete, daß er keine Steine durch die Gegend schleppen mußte und den ganzen Tag zum Nachdenken hatte, in der Sonne sitzen und schlafen durfte, damit er am Abend die Sterne aufgehen sehen konnte.

Weit unten in der Ebene kamen jetzt noch weitere kleine Gestalten in Sicht. Sie bildeten mehrere Reihen und hingen in den Seilen, jede gebeugt unter dem Seil über ihrer Schulter, die Füße in den Boden gestemmt, die Köpfe gesenkt. In kurzen Abständen rannten die Männer am hinteren Ende der Reihe nach vorn, und die Männer von vorn nach hinten, um nicht von ihrem eigenen Staub erstickt zu werden.

Früher, als Moloquin viel weniger Männer zur Verfügung gehabt hatte, hatten sie einen ganzen Sommer dazu gebraucht, um einen einzigen Stein herzuschaffen. Jetzt schufteten alle Folc, und es war, als sei die ganze Erde in Bewegung.

Barakal stand auf. Man schuldete diesen Männern, diesen gesichtslosen, wortlosen, schicksalsergebenen Männern, die die Steine schleppten, Respekt.

Den ganzen restlichen Tag rückten sie weiter vor. Fergolin wachte auf, hustend und Blut spuckend, und Barakal trug ihn mehr, als daß er ihn stützte, und brachte ihn ins Rundhaus an der Säule des Himmels. Danach kehrte er wieder an den Hang zurück, um zuzuschauen.

Inzwischen ging die Sonne blutrot am staubigen Himmel unter. Wie brauner Dunst wallten die Staubwolken im sanften Sommerwind auf. Zwischen Himmel und Erde krochen die Männer an ihren Seilen voran, die sich von Horizont zu Horizont erstreckten, und immer noch war der Stein nicht in Sicht. Barakal stand und beobachtete sie. Die Männer unter ihm kämpften um jeden Schritt Boden, staubbedeckt, die Seile um die Leiber geschlungen. Bei jedem Schritt stießen sie einen Seufzer aus, als atmete die Erde.

Die Sonne versank hinter dem Horizont. Bald würde der Mond aufgehen. Barakal wandte den Folc und ihrer üblen Schinderei den Rücken zu. Er wandte dem näherkriechenden Stein den Rücken zu. Er ging zur Säule des Himmels hinauf, um den Vollmond aufgehen, die Vollkommenheit des Universums bewahrheitet zu sehen.

Moloquin veranlaßte, daß die Folc in den Dörfern im Norden mit ihren großen Rinderherden ihre Herden sichteten und so viele, wie sie erübrigen konnten, zur Säule des Himmels trieben.

Er schickte auch ein paar Männer nach Norden und ein paar nach Osten, und die gelangten bis an die Berge im Norden und bis ans Meer im Osten, und dort trafen sie auf andere Menschen. Diese Menschen lebten in Hütten aus Grassoden und Holz und fischten im Meer und machten keine Töpfe und verwendeten kein Metall, und Steine richteten sie auch nicht auf. Sie hatten nichts, das Moloquin haben wollte, und so vergaß er sie wieder.

Er selbst ging nirgendwohin. Er blieb stets bei der Säule des Himmels, überwachte das Aufrichten jedes einzelnen Steins und hatte alle um sich versammelt, die er zu seinem Wohlbefinden brauchte: Wahela und seine Kinder und eine ganze Schar von Leuten, die für ihn kochten, ihm seine Stoffe webten, seine Töpfe machten und ihm Holz und Wasser heranschleppten, so daß an der Säule des Himmels eine Art Dorf entstand.

Es war anders als die übrigen Dörfer der Folc. Er ließ dort eine Schmiede bauen, wie die im Walddorf, und einen Brennofen für die Töpfe. Bis dahin hatten die Frauen immer warten müssen, bis sie eine ganze Reihe Töpfe zu brennen hatten, und dann hatten sie ein Loch in den Boden gegraben, worin sie Feuer gemacht hatten, und die Töpfe hatten sie obendrauf gestellt und sie mit einem Dach aus Steinen und Ton bedeckt, doch nun hatten sie einen gedrungenen, kuppelförmigen kleinen Brennofen aus Ziegeln.

Er ließ auch eine Sampo bauen. Moloquin hatte nicht vergessen, wie Shateel bei der Blutigen Versammlung an der Sampo gesessen und beinahe die Frauen gegen ihn aufgewiegelt hatte. Er wußte, wo in seinem neuen Dorf Gerede entstehen konnte, das gegen ihn gerichtet war. Deshalb machte er die Sampo zu groß, als daß noch länger alte Frauen im Kreis um sie herumsitzen, sie in Gang halten und ein altes Lied singen konnten. Diese Sampo war dafür zu gewaltig. Sie hatte hölzerne Speichen, die an den Seiten herausragten, und Männer bewegten diese Speichen im Kreis herum und drehten auf diese Weise die Sampo, und niemand sang mehr.

Im Frühjahr nach der Blutigen Versammlung war Grela wie üblich mit dem Dreschen beschäftigt, als sie auf den Dreschboden stürzte. Sie konnte nicht allein wieder aufstehen, sondern mußte gestützt und zu ihrem Langhaus zurückgeführt werden, wo sie dann lag und vor Schmerzen wimmerte.

Ein paar Tage lang sah es so aus, als ginge es ihr besser, doch dann verschlimmerte sich der Schmerz, und ihr Bein begann schwarz zu werden.

Sie wußte, daß sie sterben würde, rief ihre Töchter und ihren Sohn Sichel zu sich, nahm von allen Abschied und schenkte jedem von ihnen etwas von ihren Besitztümern. Sie schalt ihren Sohn abermals, weil er es nicht geschafft hatte, einem Bund beizutreten, erklärte ihm, er sei und bleibe ein Taugenichts, und schickte alle weg außer Fergolin, ihrem Gatten.

Fergolin kam und setzte sich neben sie, und sie schwiegen eine Weile, was man bei Grela selten erlebt hatte. Schließlich seufzte sie und wandte sich ihm zu.

»Fergolin«, sagte sie, »du warst der beste aller Ehemänner.«

»Ach, Grela«, sagte er und drückte ihr die Hand.

»Der beste aller Ehemänner«, sagte sie, »aber du hast mich trotzdem getäuscht.«

»Was? Inwiefern denn?«

»Du hast mich dazu verleitet, den Männern zu trauen und zu glauben, alle Männer seien so wie du, und deshalb habe ich Moloquin getraut.«

Nachdem sie das gesagt hatte, ließ sie sich von ihm in den Arm nehmen, und den Kopf an seine Schulter gelehnt, starb sie.

Nicht lange danach versammelten die Frauen des Neuen Dorfes sich um die Sampo, um zu besprechen, wer an Grelas Stelle Hauptfrau werden sollte, und als sie so zusammensaßen, kam Moloquin und hockte sich hinter sie und hörte zu. In seiner Gegenwart konnten sie nicht ungehemmt sprechen, und so ernannten sie keine Hauptfrau.

Er erklärte ihnen: »Ihr braucht diese Sampo nicht. Kommt in mein Dorf. Ich habe dort eine prächtige Mühle, die großartiger ist als diese hier, und ich mahle euch dort euer Getreide.«

Also trugen die Frauen ihr Getreide den Hang hinauf, an der Säule des Himmels vorbei, bis zu Moloquins Dorf, und dort mahlten sie alles auf einmal. Moloquin aber nahm die beiden Steine der Sampo und trug sie zum Fluß und zerschlug sie und warf sie in den Fluß, und das Wasser rauschte darüber hinweg, und sie waren verschwunden.

Nach der Blutigen Versammlung, bei der ihre Mutter verschwunden war, war Dehra in die Dörfer im Norden gewandert und hatte sich dort umgetan, doch Shateel hatte sie nicht gefunden. Daraufhin kehrte sie in ihr eigenes Dorf zurück, wo ihre Mutter Hauptfrau gewesen war. Moloquin hatte dieses Dorf Bahedyrs Obhut übergeben, und Bahedyr war ihr feindlich gesonnen, doch solange Joba noch am Leben war, würde Dehra in dem Dorf nichts geschehen.

Joba lebte jedoch nicht mehr lange. Sie wurde von Tag zu Tag schwächer, so als gingen Teile von ihr bereits in den Himmel ein, noch ehe das Ganze dahinschied. Eines Nachts rief sie Dehra zu sich, als sie bei ihrer Herdstelle im Langhaus lag, und bat das Mädchen, ihre Hand zu halten.

»Großmutter«, sagte Dehra, »soll ich dir eine Brühe kochen?«

»Ich brauche keine Brühe«, sagte Joba, »über einen Haufen alter Knochen braucht man keine Brühe zu gießen.«

»Großmutter«, sagte Dehra, denn sie hatte Angst, »du mußt um dein Leben kämpfen!«

»Ha«, sagte Joba und ließ ein schwaches Lachen hören, »warum denn? Ich habe hier kein Leben. Mein Leben ist an einem anderen Ort gelebt worden. Diesen Ort hier verstehe ich nicht. Die ganze Welt ist auf den Kopf gestellt, und ich gehöre hier nicht mehr her.«

In derselben Nacht starb sie. Am Morgen packte Dehra ihre Decke, ihre Töpfe, ihre Steinmesser und ein zweites Kleid in einen Ledersack, warf sich den Sack über die Schultern und machte sich auf, um ihre Mutter zu suchen.

Sie hatte jedoch keine große Hoffnung, sie zu finden. Sie nahm an, daß Moloquin sie getötet hatte.

Sie ging von ihrem Dorf durch das Tal, stieg auf der anderen Seite den Pfad empor und lief über die Hügel auf die Säule des Himmels zu. Dort fand sie Moloquins Dorf, das sich am Osthang unterhalb der heiligen Stätte entlangzog, und sie umkreiste es und suchte die Langhäuser.

Es gab aber keine. Statt der Langhäuser standen dort kleine kuppelförmige Hütten, manche in Gruppen und manche einzeln. Das Dorf war zwar von einer Art Zaun umgeben, der wie bei ihrem eigenen Dorf aus gerollten Dornenzweigen war, doch er wies Lücken auf, und es ließ sich nicht genau sagen, wo das Dorf zu Ende war.

Ratlos betrat sie das Dorf und lief auf den verschlungenen Pfaden zwischen den Hütten umher. Es war Nachmittag, und das Geschrei und Gekreisch der kleinen Kinder durchdrang die Luft wie der Lärm von Vogelschwärmen. Eine ganze Schar Kinder spielte auf dem Abfallhaufen, wo sie einander mit Steinen bewarfen. Sie kam an einer hohen Steinhütte vorbei, die solch eine Hitze ausströmte, daß die Luft flirrte. Die Frauen, die wartend davor standen, warfen ihr einen argwöhnischen Blick zu, und sie entfernte sich rasch.

Sie konnte das Zentrum des Ortes nicht finden, keinen Kreis von Frauen, der sich ihrer hätte annehmen und ihr einen Platz zuweisen können. Einmal hörte sie das rhythmische Knirschen der Sampo, und erleichtert lief sie auf das Geräusch zu, doch als sie eine kleine Hütte umrundete und die Mühle erblickte, wunderte sie sich sehr. So ein Ding hatte sie noch nie gesehen. Es war riesig, stand in einer Vertiefung im Boden, und zwei Männer trotteten unaufhörlich im Kreis herum, um die Mühle in Gang zu halten; sie schoben sie mit Hilfe von Speichen, die in die Schnäbel des oberen Steins gesteckt waren. Frauen gab es hier überhaupt keine.

Jetzt wurde ihr angst und bange. Sie dachte: Dieser Ort ist verzaubert, und sie begann, sich mit äußerster Vorsicht zu bewegen, wobei sie sich ängstlich umblickte und sich bemühte, möglichst wenig Spuren zu hinterlassen und nicht auf Schatten zu treten oder ihren eigenen Schatten auf irgend etwas anderes zu werfen.

Sie kam zum Rundhaus, das in der Mitte des Ganzen stand, und dort hörte sie endlich Frauenstimmen.

»Kannst du denn nie etwas richtig machen? Ahh! Ich schicke euch alle noch zum Steineschleppen. Mach das, wie es sich gehört!«

»Ja, Ana-Wahela-el.«

Dehra schlich sich zur Tür und äugte hinein und erblickte in der Mitte des Rundhauses einen großen Webstuhl, wie ihre Mutter ihn verwendet hatte, und viele Frauen, die dort angestrengt arbeiteten, und eine, die mit einer Weidengerte in der Hand daneben saß. Dehra fuhr zurück, weil sie die Frau mit der Gerte wiedererkannte, wenn sie auch ihren Namen nicht wußte.

Sie stand unmittelbar vor dem Rundhaus, blickte sich um und dachte abermals: Dieser Ort ist verzaubert. Nichts war hier, wie es sein sollte, und sie konnte hier nicht bleiben. Wenn ihre Mutter hier war, hatte Dehra keine Möglichkeit, sie zu finden.

Sie verließ das Dorf und lief zur Säule des Himmels hinauf.

Als sie dort ankam, ging die Sonne gerade unter, und die Arbeiter machten sich auf den Heimweg. Sie lehnten ihre Werkzeuge gegen den Ringwall, und schwatzend gingen sie in Grüppchen zum Dorf hinab. Dehra umrundete den Ringwall und kauerte sich ein paarmal in den Graben, um nicht gesehen zu werden. Schließlich gelangte sie an eine Öffnung.

Zwei riesige Steine standen zu beiden Seiten der Öffnung. Sie spähte hinter einem von beiden hervor, in das Rund der heiligen Stätte. Was sie sah, versetzte sie in Erstaunen, und sie wagte sich ein wenig näher heran, obwohl immer noch viele Männer da waren. Sie trat zwischen die beiden Steine, um die Säule des Himmels zu betrachten.

Das Ganze war kleiner als die Wenden-des-Jahres. Die Steine standen dichter, waren genauer aufeinander abgestimmt. Sie erhoben sich wie aus einem Stück vor ihren Augen. Sie blickte genau in ihre Mitte – durch das erste Tor hindurch, am zweiten, höheren vorbei zum gewaltigen mittleren Tor, dessen ungeheuer großer Querbalken dort hing wie die Schwelle zum Himmel und den Blick unweigerlich zu sich emporzog.

Um dieses mittlere Tor herum errichteten die Männer einen weiteren Ring. Sie hatten schon fast alle Stützpfeiler aufgestellt, die glatt und ebenmäßig geformt waren wie gewaltige Zähne und bis weit über ihren Kopf hinaufreichten. Links von ihr hatten sie mit Hilfe irgendeiner Zauberei noch mehr Steine oben auf die Stützpfeiler hinaufgeschafft und auf diese Weise ein schmales Dach gebaut, das um die Oberkante des ganzen Gebäudes lief.

Sie zauderte, obwohl sie zu gern näher herangegangen wäre und sich alles genau angesehen hätte. Doch die Männer gingen nach Hause. Sie sagte sich, daß sie in Kürze alle verschwunden wären, daß sie sich dann ungehindert würde bewegen und alles ansehen können.

Zauberei. Hier war eine bestimmte Macht am Werk, sonst hätten sie die Steine niemals so hoch hinaufbekommen. Sie hatte sie im Dorf gespürt, doch hier war ihr Zentrum. Von diesem Ort strömte die Zauberkraft aus wie überlaufendes Wasser und verzerrte und veränderte alles, was mit ihr in Berührung kam. Deshalb war das Dorf so krankhaft gewuchert, weil es so nah an diesem Schwerpunkt der Macht lag.

Sie lehnte sich gegen den Stein am Eingang und sah den letzten Männern nach, wie sie den Weg zum Dorf einschlugen. Ihre Augen wanderten erneut über das ganze Bauwerk. Die kleineren Quersteine, die die Stützpfeiler des Rings zu ihrer Linken krönten, waren so vollkommen gearbeitet, daß zwischen ihnen nicht die kleinste Lücke entstand. Jeder Stein schloß genau an seinen Nachbarn an. Sie folgtem dem Kreisbogen, jede Kante war ebenmäßig, glatt und genau gearbeitet.

Welcher Mensch konnte so etwas geschaffen haben? Gewiß war es das Werk von Zauberei.

Sie trat in den inneren Kreis der Säule des Himmels. Es kümmerte sie nicht mehr, ob noch irgendwelche Männer da waren. Der Zauber hatte sie überwältigt. Sie mußte einfach näher herangehen, zwischen die Steine treten.

Die Sonne hatte sie erwärmt. Sie legte die Hand an die glatte Oberfläche und bemerkte jetzt, wo sie unmittelbar davor stand, die feine Mischung der Farben im Stein. Sie ging weiter, bis sie vor dem großen Tor stand, bis sie im Mittelpunkt des ganzen Runds stand.

Sie war darauf gefaßt gewesen, von einer gewaltigen Macht gepackt zu werden, in einen Wirbel der Kräfte zu geraten, doch als sie im Zentrum des Bauwerks stand, spürte sie gar nichts. Stille, reglose Stille. Das Tor ragte vor ihr auf und lenkte ihren Blick zum Himmal empor. Sie legte den Kopf in den Nacken, um den Himmel unmittelbar über sich sehen zu können. Und nun packte sie plötzlich die ganze Macht des Ortes, vom Boden ausgehend durchfuhr sie ihren Körper und drängte himmelwärts, und sie verstand, auch wenn sie keine Worte dafür hatte, wo sie war.

Sie breitete die Arme aus, um nicht zu fallen, und während sie schwankte und schließlich das Gleichgewicht verlor, rief sie Namen, die ihre Mutter ihr nahegebracht hatte, Namen der Macht:

»Rael, Vogelfrau! Hilf mir! Mutter ... Shateel ...« Ein weiterer Name stieg aus den Tiefen ihres Gedächtnisses auf: »Ael, Ael!«

»Heh!« rief eine Stimme ganz in der Nähe.

Dehra fiel zu Boden. Füße kamen auf sie zugerannt. Voller Panik bemühte sie sich, wieder aufzustehen, doch sie stolperte und stürzte erneut.

»Bist du verletzt?« Ein junger Mann ließ sich neben ihr auf die Knie fallen. »Wer bist du?«

Sie starrte ihn überrascht an. Sie hatte ihn noch nie gesehen. Ein glattes blasses Gesicht mit großen Augen. Sie sagte: »Ich bin nicht verletzt. Ich heiße Dehra.«

»Barakal«, rief ein anderer Mann keuchend, und die Stimme schien ihm versagen zu wollen, »Barakal, brauchst du mich?«

Der junge Mann wandte den Kopf und rief über die Schulter: »Alles in Ordnung, Opa-on.« Er sah lächelnd auf Dehra hinab. »Du solltest besser nach Hause gehen, Mädchen – die Sonne ist schon untergegangen.«

»Ich habe kein Zuhause«, sagte sie.

Sie stand wieder auf. Der junge Mann sah sie noch einmal lächelnd an, entfernte sich jedoch bereits wieder und kehrte zu seinem Freund zurück. Unschlüssig blieb sie stehen und blickte ihm nach, als er zu einem alten Mann trat, der gebückt zwischen zwei Steinen einherschlurfte und sich schließlich unter Mühen niedersetzte.

»Mit mir ist es aus, Barakal«, sagte der alte Mann, und er begann zu husten, und aus seinem Mund ergoß sich ein Schwall Blut.

Dehra schaute entsetzt zu. Sie tat zwei Schritte auf die Männer zu.

Barakal sagte: »Ruh dich aus, Opa-on – du schadest dir, wenn du so etwas machst. Hier ist Wasser. Ich habe die Decke und den Bärenfellumhang mitgebracht ...« Er rannte davon und verschwand zwischen den Steinen.

Dehra näherte sich dem alten Mann und betrachtete ihn. Das Blut war auf sein Hemd hinabgelaufen. Wie ein Baby konnte er sich nicht sauberhalten. Der Lebenskreis hatte sich für ihn geschlossen: Wie das Baby, das gerade auf die Welt gekommen ist, war er schwach und hilflos, als er sie verließ. Doch war der Blick, mit dem er sie betrachtete, heiter.

Er sagte: »Mädchen, was machst du denn hier?«

»Ich suche meine Mutter«, sagte sie.
»Deine Mutter! Es gibt doch keine Frauen an der Säule des Himmels – das ist ein Männerort, Mädchen.«
»Oh, das tut mir leid«, sagte sie. »Ich wollte niemandem zu nahe treten. Es ist herrlich hier oben.«
»Ja«, sagte der alte Mann, und dann kehrte der junge Mann zurück, beladen mit Decke und Bärenfellumhang, und flatternd wie eine Vogelmutter hüllte er den alten Mann ein, steckte die Decke um ihn fest, gab ihm Wasser aus einem Krug und setzte sich schließlich neben ihn.
»Opa-on«, sagte er, »du hast dir eine sternklare Nacht zum Sterben ausgesucht.«
Der alte Mann kicherte leise. »Ich bin ein einfältiger Mensch, mein Junge – ich brauche einen geraden Weg zum Himmel hinauf.«
Und wieder brach der Bluthusten aus ihm heraus, und der junge Barakal beugte sich mit liebevoller Besorgnis über ihn. Dehra trat neben ihn, hockte sich hin und schlang die Arme um die Knie. Sie sehnte sich nach einem zärtlichen Umgang, wie diese beiden ihn miteinander hatten.
Der Anfall des alten Mannes ließ nach. Er legte Barakal die Hand auf den Arm.
»Sie sucht ihre Mutter.«
Barakal blickte sie mit hochgezogenen Augenbrauen an. »Ihre Mutter. Wer ist das?«
»Meine Mutter heißt Shateel.«
Beide Männer hoben ruckartig den Kopf, und der alte Mann stieß einen leisen, halberstickten Schrei aus, bei dem ein bißchen Blut auf Dehras Hände spritzte. Er wischte sich die Lippen ab. »Shateel!« sagte er und beäugte sie. »Shateels Kind!«
»Kanntet ihr meine Mutter?«
Barakal schüttelte den Kopf. »Nur dem Namen nach.«
Der alte Mann sagte: »Ich kannte sie früher. Aber nicht gut. Lebt sie denn noch?«
»Sie ist verschwunden«, sagte Dehra. »Während der Blutigen Versammlung.«
Der alte Mann senkte leicht den Kopf. Barakal legte ihm den Arm um die Schulter, doch er sprach zu Dehra.
»Du mußt Moloquin fragen. Er weiß es.«
Dehra schüttelte den Kopf. »Ich wage es nicht, Moloquin zu fragen.«
»Dann frage ich für dich.«
»Nein, nein!« Dehra rückte näher an ihn heran und streckte die

Hand nach ihm aus, als könnte er sofort aufspringen und zu Moloquin laufen. »Tu das nicht, ich bitte dich! Laß ihn nicht wissen, daß ich ... daß ich sie suche.«

Barakal starrte sie mit gerunzelten Brauen und geschürzten Lippen an. Dann begann der alte Mann neben ihm wieder zu husten, und der junge Mann beugte sich murmelnd über ihn und schenkte Dehra keine Beachtung mehr. Sie entfernte sich ein wenig und schaute sich die Steine an.

Fergolin lehnte den Kopf gegen einen Stein. Er hatte sich anders hingesetzt, so daß er den nordwestlichen Teil des Bauwerks im Auge hatte, jenen Teil, der vollendet war. Barakal deckte ihn mit einer Decke zu und reichte ihm Wasser, doch Fergolin wollte nichts mehr.

Die Welt begann zu verblassen. In dem Maße, wie das Licht starb und die Sterne zu leuchten begannen und das Himmelszelt über ihm funkelnder und lebendiger wurde, in dem Maß fiel die Schlacke des Lebens von ihm ab, und nur die reine, unendliche Seele blieb zurück. Er war am Anfang des Heimwegs angelangt.

Barakal lief umher, machte sich mit diesem und jenem zu schaffen, ein lastender Schatten. Jetzt war er ihm sogar lästig, der geliebte Junge: Er hatte ihn hinter sich gelassen.

Auch das Mädchen war ihm lästig, weil es die Unbeschwertheit seines Hinscheidens trübte, ihn mit Sorge erfüllte. Shateels Tochter! Was wohl mit Shateel geschehen war? Was wohl mit all den anderen geschehen war? Er wußte noch, wie er, als man ihm von der Blutigen Versammlung berichtet hatte, zum Himmel emporgeblickt und sich gefragt hatte, weshalb kein Stern ihn vor dieser Katastrophe gewarnt hatte.

Vor ihm das weiße Leuchten zog ihn immer näher zu sich heran, doch jetzt, wo er mit diesen Störungen beschäftigt war, kämpfte er noch ein wenig und sträubte sich. Er dachte wieder an das Mädchen, an Barakal, an Shateel, die verschwunden war, an die Folc, deren Leben völlig verändert war, an die Sterne, die ihn nicht gewarnt hatten. Er empfand sein Fleisch als stumpfsinnig, schwerfällig, unempfänglich für die Wahrheit. Sein Fleisch verband ihn mit dem Ungemach der Folc. Und warum hatten die Sterne ihm kein Zeichen gegeben?

Wieder kam Barakal mit Wasser. Er versuchte, sich abzuwenden, war jedoch zu schwach, und um dem Jungen das Gefühl zu geben, er sei ihm eine Hilfe, ließ er sich ein paar Tropfen in die Kehle rinnen. Und nun erbebte sein ganzer Leib, löste sich im himmlischen Glanz auf, und das Blut brach aus seinen Bahnen und floß wie ein Strom von ihm weg.

Barakal saß neben ihm, hielt ihn in den Armen, lehnte seinen jungen Kopf an Fergolins Schulter und weinte. Er hielt nur den Leib des alten Mannes. Den Käfig. Die Seele befreite sich Stück um Stück, die Seele breitete bereits die Flügel aus, die Seele würde jeden Augenblick auf und davon fliegen.

Jetzt wußte Fergolin, weshalb die Sterne ihm nicht gesagt hatten, daß Moloquin die ganze Ordnung der Dinge umstürzen würde. Als er mit einem Bein auf dem Pfad zum Himmel stand, erkannte er, daß Moloquin gar nichts verändert hatte. Es gab keine Katastrophe. Was immer Moloquin tun mochte, es mochte für eine Weile viel Getöse und eine Reihe kleiner Unglücksfälle auslösen, doch am Ende würde alles bleiben, wie es sein sollte, wie es zuvor gewesen war. Es gab keine wirkliche Veränderung. Die Unterhöhlung der Ordnung, die wie eine Veränderung aussah, das Übel der Veränderung, sie würden immer scheitern.

Als ihm das klar wurde, sah er das strahlende Licht vor sich noch heller werden, und es nahm sein ganzes Augenlicht gefangen, die fordernde Stimme des Himmels. Sein Fleisch starb, es fiel von ihm ab, und er ließ es hinter sich zurück. Er ließ es hinter sich zurück wie die Illusion der Freiheit. Ebenso wie die Illusion, ein eigenständiges Wesen zu sein, die Illusion . . .

Barakal hielt den alten Mann die ganze Nacht in den Armen, obwohl Fergolin tot war, noch ehe der Mond aufging.

Eine Weile lief das Mädchen noch an der Säule des Himmels umher, doch dann fand es irgendwo einen geschützten Platz und kam zur Ruhe. Die Nacht wogte über sie hinweg.

Fergolin in den Armen, saß er dort, starrte blind in das Antlitz des Himmels und rang mit seiner Seele. Er hielt den alten Mann fest, als könnte er ihn auf diese Weise daran hindern, den Pfad zum Himmel einzuschlagen. Seine Seele wollte sich losreißen und ihm folgen, als könnten Füße aus Fleisch und Blut und Knochen jene geheiligte Straße des Lichts betreten.

Warum? Er zermarterte sich das Hirn, doch die Sache wollte sich nicht in Worte fassen lassen. War nicht durch bildliche Vorstellungen zu klären. Warum bekommen wir das Leben geschenkt, Jugend und Kraft und Verstand, wenn uns dann doch alles wieder entgleitet? Wie ein Stein war sie, diese Frage. Wie ein Stein, auf den er mit seinem Verstand einhämmerte und der nicht nachgab, nicht einmal um ein paar Staubkörnchen. Er legte sein Gesicht an das tote Fleisch und weinte.

Der Mond ging auf, gehörnt von Neid, das Gesicht entstellt von blutrünstigen Begierden. Er zog über ihm vorbei. Barakal konnte nicht schlafen. Als er ruhiger wurde, meldeten sich die Gedanken wieder, bohrend stießen sie durch die oberflächliche Ruhe: Warum? Warum mußte Fergolin mich verlassen? Warum muß auch ich sterben? Es brodelte in seinem Innern, alle Gefühle gerieten durcheinander – Schmerz und Zorn, Furcht und Liebe und Verehrung, alles befand sich in wildem Aufruhr, und er fand keinen Schlaf, Geist und Seele waren seinen Leidenschaften preisgegeben.

Als die Sonne wiederkehrte, war Barakal immer noch wach, und er war im Innersten erschöpft von dem langen Ringen, so daß keine seiner Leidenschaften mehr ihr Haupt zu erheben vermochte. Als die Sonne aufging, war er wie ein stiller Weiher, der getreulich spiegelte, was er sah.

Die Sonne stieg hinter ihm empor. Er spürte ihre Wärme und sah, wie das erste Licht seine streifige Bahn über den Himmel zog, und er entfernte sich verstohlen von Fergolins grauenhaft leerem Körper und wandte sich um. Das Große Tor stand zwischen ihm und dem hellsten Teil des Horizonts, und er stellte sich so hin, daß das Tor diesen Teil einrahmte. Am ganzen Horizont entlang zog dichter Nebel dahin. Das Licht strömte in den Himmel hinauf, doch die Sonne selbst war nur eine bleiche Scheibe, die durch das Grau schimmerte.

Sie erreichte den Rand der Nebelbank, der lichter war, und mit einem Male wurde das Licht heller, brach die Sonne mit ihrer ganzen Kraft durch das Grau, und er zuckte zurück und schlug den Arm vors Gesicht. Hinter seinen geschlossenen Lidern strahlte die Scheibe noch einen Augenblick, ein vollkommener Kreis.

Er reckte sich und ließ den Arm fallen. Sein Blick wanderte umher, und er betrachtete den Kreis der Pfeiler mit den Querbalken obenauf und erkannte, daß auch das ein vollkommener Kreis war.

Doch er war noch nicht vollendet. Er sah die endgültige Gestalt vor sich, obwohl sie noch nicht Stein geworden war, doch der Kreis zeigte sich in jedem einzelnen Teil, er war vollständig darin vorgezeichnet. Weil er einen Teil des Kreisbogens sah, sah er den ganzen Kreis.

Schlagartig erkannte er, daß das auf alle Kreise zutraf.

Er hatte sein ganzes Leben hier verbracht, das Aufrichten jedes einzelnen Steins miterlebt, diese Stätte sein ganzes Leben lang gekannt, und doch hatte er niemals gründlich darüber nachgedacht. Er trat in den Mittelpunkt des Bauwerks und fragte sich, woher Moloquin wohl gewußt hatte, wo er die Steine aufstellen mußte.

Jetzt tat er, was er Moloquin vor langer Zeit hatte tun sehen. Er hockte sich auf die Fersen und malte mit dem Finger einen Kreis in den Sand.

Mit dem Finger brauchte er nur den Umriß nachzuzeichnen, doch Moloquin hatte das nicht tun können. Moloquin hatte etwas anderes tun müssen, weil der Kreis der Säule des Himmels so groß war. Doch war sie sonst in jeder Hinsicht genauso wie der Kreis, den Barakal in den Sand gezeichnet hatte. Dann erkannte Barakal, daß beide Kreise ganz gleich ausfielen – sie hatten einen Mittelpunkt und vergrößerten sich, indem sie sich gleichmäßig nach allen Richtungen ausdehnten, und er erkannte, daß man einen Kreis ausmessen konnte, wenn man wußte, wie weit es vom Mittelpunkt zu irgendeinem Punkt auf der Kreislinie war.

Er stand auf und zitterte vor Erregung. Irgendein Wissen, eine tiefe Einsicht war ihm zuteil geworden: Die Säule des Himmels hatte zu ihm gesprochen. Es schien ein unbedeutendes, ein nutzloses Wissen zu sein, und doch bebte er am ganzen Leibe. Ihm war bewußt, daß das in gewisser Weise Macht beinhaltete, dieses überlieferte Wissen. Weshalb waren ihm derartige Erkenntnisse zuteil geworden? Er hob den Blick von dem Kreis im Sand zu seinen Füßen, ließ ihn lange auf dem steinernen Bogen ruhen, der zum Himmel emporstrebte und wandte ihn dann zum Horizont.

Das war der Kreis. Das war der Bogen, den Moloquin an der Himmelssäule dargestellt hatte.

Seine Hände zitterten. Er folgte dem Horizont mit den Augen, indem er den Blick über den Bogen des Bauwerks schweifen ließ. Hier hatte Moloquin sich seine eigene Welt aus Stein erbaut.

Das war der Grund, weshalb die Steine sich so zueinander fügten, daß sie den Lauf der Sterne erkennen ließen. Jeder andere Kreis wäre dazu ebenso geeignet gewesen.

Doch das war noch nicht alles. Jemand konnte nach der Herrschaft über die Welt streben, wie Moloquin es tat. Oder jemand konnte nach Erkenntnis streben. Beide Ziele waren einander entgegengesetzt: Um die Welt zu beherrschen, mußte man in ihr leben, ein Teil von ihr sein. Wollte man sie jedoch erkennen, konnte man aus ihr heraustreten, sie in aller Ruhe betrachten, wie von weitem, und auf diese Weise überleben.

Mit einem Stück Seil und einem Holzstab konnte man die ganze Welt vermessen. Auch die Sonne vermessen, die ja ebenfalls ein Kreis war. Alles vermessen. Sich am Ende womöglich selbst vermessen.

Bahedyr trug seinen Speer nicht mehr selbst. Er hatte einen Jungen, es war einer seiner Söhne, der das für ihn tat, und der Schaft war aus Bronze und mit raffinierten Mustern verziert. Er selbst trug Manschetten und ein Halsband aus Bronze. Als er in Moloquins Dorf an der Säule des Himmels kam, ließ er seine Männer mit Hörnern und Flöten und Trommeln vorangehen, so daß die Folc herbeigelaufen kamen und die Hälse nach ihm reckten, und als er durch die Menge schritt, ließen sie ihn hochleben, daß es weithin schallte.

Das rief ein Lächeln bei ihm hervor, und er warf sich gewaltig in die Brust und genoß den warmen Empfang, der seinem Stolz schmeichelte und ihn darüber hinwegtröstete, daß er Moloquin etwas mitzuteilen hatte, was der nicht gerne hören würde.

Seinen Sohn vor sich, der seinen Speer mit erhobenem Arm vor ihm hertrug, durchschritt er langsam das lärmende Gewimmel in Moloquins Dorf. Die Folc lebten hier nicht mehr in Langhäusern, und im Rundhaus lebte nur Moloquin selbst. Alle anderen bewohnten Hütten, Männer und Frauen zusammen mit ihren Kindern. Deshalb herrschte an diesem Ort ein wirres Durcheinander. Statt eines großen Hofes gab es viele, und statt eines Platzes, auf dem die Folc arbeiteten, gab es mehrere. Alle Bewohner folgten Moloquins Geheiß, und Moloquin saß in der Mitte des Ganzen und beobachtete alles und tat selbst nichts.

Da er das wußte, und da er ebenfalls wußte, daß Moloquin zornig werden würde, wenn er erfuhr, weshalb Bahedyr gekommen war, ging er langsam und ließ sich den Beifall der Folc gefallen wie einen erquikkenden Regen. Er folgte einem Pfad, der sich zwischen den kleinen runden Hütten hindurchschlängelte, und die Kinder liefen hinter ihm her und lachten und jubelten ihm zu. Die Frauen blickten von ihren Spinn- und Webarbeiten auf und riefen seinen Namen. Die Männer, die gerade von ihrer Arbeit an der Säule des Himmels zurückgekehrt waren und sich in den Türen ihrer Hütten ausruhten, hoben die Hände, um ihn zu grüßen.

Bahedyr sprach mit allen, die ihn kannten, und deren waren viele, und so kam es, daß die Sonne bereits untergegangen war, als er am Rundhaus angelangte, obwohl er am hellichten Nachmittag im Dorf eingetroffen war.

Er fand Moloquin am Boden vor seiner Tür sitzend, während seine Frauen mit der Zubereitung des Abendessens beschäftigt waren. Bratenduft durchzog die Luft, und er mischte sich mit dem Geruch des gärenden Biers. Wahelas Stimme übertönte das Stimmengewirr der anderen Frauen, wenn sie ihre zahlreichen Befehle erteilte, und sie selbst tat nichts, sondern ging auf und ab, klatschte in die Hände und tadelte die Faulen und die Dummen.

Bahedyr trat vor seinen Häuptling, und auf ein Nicken Moloquins setzte er sich ihm mit gekreuzten Beinen gegenüber. Sein Junge mit dem Speer stellte sich hinter ihn, und die übrigen Männer in Bahedyrs Gefolge bildeten einen Halbkreis um ihn.

Bahedyr war froh, daß sie da waren. Er fühlte sich in ihrer Gegenwart stärker. Er erschauderte bei dem Gedanken, was Moloquin wohl sagen würde, wenn er ihm die Neuigkeit erzählt hatte, deretwegen er hergekommen war.

Zunächst ging es um andere Dinge.

»Die Ernte läßt sich gut an«, sagte er. »Die Frauen haben die Bohnen bereits hereingeholt und getrocknet, und demnächst werden sie das Korn schneiden und dreschen. Es wird genug zu essen für alle dasein, und die Vorräte werden um einige Körbe anwachsen.«

Moloquin nickte. Er saß gegen eine Rückenstütze gelehnt und hatte die Schultern hochgezogen und wirkte dadurch dick und schlaff. Wahela brachte ihm einen Becher Bier, und er trank davon, stellte ihn auf den Boden und bedeutete ihr mit einem Nicken, daß sie auch Bahedyr einen Becher bringen sollte.

Sie sprachen über die Gärten, die Bahedyrs Dorf umgaben. Moloquin war der Meinung, daß das Dorf in nächster Zeit würde verlegt werden müssen, doch Bahedyr beharrte darauf, daß der Boden noch fruchtbar sei. Dann sprachen sie über das Lachsfischen. Moloquin wollte, daß Bahedyr mit einigen seiner Männer zu den Flüssen im Norden ging und im Herbst, wenn die Lachse vorbeizogen, dort fischte, doch Bahedyr war das zuwider, da das Wetter um diese Zeit stets schlecht war.

Moloquin zog ihn auf. »Die Fische sind halt schlau, Bahedyr. Die Folc sind nun mal faul und zimperlich. Sie gehen immer fischen, wenn die Sonne scheint und es draußen angenehm ist, und wenn der Regen kommt, dann gehen sie nach Hause und fischen nicht mehr, doch die Fische ziehen gerade dann vorbei, wenn der Regen kommt und das Wasser kalt wird.«

»Wir brauchen nicht zu fischen«, sagte Bahedyr.

Er wußte, viele von den Männern, die bei ihm waren, folgten ihm, weil er ihnen das Arbeiten erließ. Er fürchtete, daß sie anderswohin gehen würden, wenn er sie zum Arbeiten anhielt.

»Die Fische sind da«, sagte Moloquin, »du und deine Folc, ihr müßt wie die Fische sein und die Kühle und die Nässe lieben, sonst könnt ihr sie nicht fangen. Nimm dir Männer vom Springender-Lachs-Bund mit. Ich habe jetzt eine Menge Steine, in der nächsten Zeit müssen keine mehr hergeschleppt werden, und deshalb brauche ich hier auch weniger Männer für die Bauarbeiten.«

Damit waren sie an den Punkt gekommen, wo Bahedyr Moloquin seine unerfreuliche Nachricht mitteilen mußte. Bahedyr nahm hastig einen Schluck Bier, und Moloquin erkannte an seiner Miene, daß er ihm etwas Unerfreuliches zu sagen hatte. Sein Blick wurde scharf, und er beugte sich vor.

»Was ist los?«

Bahedyr sagte übertrieben laut: »Dann werde ich also mit den Männern vom Springenden Lachs reden, und sie . . .«

»Bahedyr«, sagte Moloquin, »sag, was los ist.«

Der Speerträger sah seinem Häuptling ins Gesicht, und einen langen Augenblick widersetzte er sich dem Blick des anderen. Bahedyr hätte am liebsten vergessen, was er wußte, doch Moloquin ließ ihn nicht aus den Augen, und schließlich gab Bahedyr zögernd sein Wissen preis.

»Du hast gesagt, du hättest jetzt viele Steine. Sind es genug?«

»Genug?« fragte Moloquin. »Was meinst du damit? Genug, um die Säule des Himmels fertigzubauen? Bei weitem nicht.«

Bahedyr räusperte sich. Moloquins durchdringender Blick zwang ihn zum Reden. »Es müssen genug sein. Es gibt am Hohen Hügel keine Steine mehr, die groß genug sind für dein Vorhaben.«

Moloquin starrte ihn an, scheinbar unbewegt. Schließlich sagte er: »Sie müssen nicht so groß sein. Jedenfalls nicht alle. Die Querbalken sind ja viel kleiner als die Pfeiler.«

»Da sind keine Steine mehr zu finden, die lang genug sind, um als Pfeiler zu taugen«, sagte Bahedyr.

»Ich brauche nur noch wenige Pfeiler.« Moloquin stand auf. Er wandte den Blick seiner geheiligten Stätte zu und reckte sich empor, als könnte er über das Gewimmel hinwegsehen, das in seinem Dorf herrschte. »Nur noch ein paar, glaube ich.«

»Die einzigen Steine, die es am Hohen Hügel noch gibt, sind sogar noch kleiner als ich«, sagte Bahedyr.

Moloquin fuhr herum. Der erschlaffte dicke Mann, der Bahedyr empfangen hatte, war dem alten Moloquin gewichen, der sich niemals beirren ließ. Ruhelos umkreiste er jetzt das Feuer, und seine Blicke durchbohrten ihn wie ein ganzer Schwarm Pfeile.

»Ich muß Steine haben. Es gibt auch anderswo welche.«

»Auf den Hügeln im Norden«, sagte Bahedyr langsam, »da gibt es ein paar, die noch in der Erde stecken.«

»Dann bringt ihr die her.«

Bahedyr fuhr sich mit der Zunge über die Lippen. Er warf einen Blick über die Schulter auf die Männer, die sich hinter ihm drängten, und entdeckte in ihren Gesichtern dasselbe Entsetzen, das er selbst empfand. Er wandte sich wieder Moloquin zu.

»Ich bin dort gewesen. Die Folc haben dort generationenlang Steine herausgeholt, und nun sind auch die bald alle weg. Es sind nur noch ein paar mickrige, zerborstene da, die keiner gewollt hat.«

Moloquin stürmte davon. Mit langen Schritten durchquerte er seinen Hof, und die Frauen huschten aus dem Weg und seine Kinder wichen ihm aus, und dann machte er auf dem Absatz kehrt und stapfte zu Bahedyr zurück, und sein Gesicht war dunkel vor Zorn, er schwang die Arme wie Keulen und hatte die Hände zu Fäusten geballt. Er machte unmittelbar vor Bahedyr halt.

»Such mir Steine!«

»Opa-Moloquin-on, es sind nirgendwo mehr welche. Wir können doch keine machen, wo keine sind ...«

»Pah!« Moloquin legte Bahedyr die Hand gegen die Brust und versetzte ihm einen Stoß, so daß er zwei Schritte rückwärts taumelte, und setzte ihm nach und rückte ihm noch mehr zu Leibe, so daß er mitten unter seinen Männern landete. »Such mir die Steine, Bahedyr ...«

»Aber es sind doch keine da!«

»Lüg mich nicht an!«

Wieder stieß er Bahedyr die flache Hand gegen die Brust, und wieder stolperte Bahedyr rückwärts, so daß seine Männer auseinanderstoben, während sein Häuptling keinen Fingerbreit von ihm abließ. Moloquin schrie: »Ich weiß, wo noch mehr Steine sind, Bahedyr! Und du weißt es ebenfalls! Bring mir diese Steine, Bahedyr!«

Bahedyr fragte ihn fassungslos: »Wo denn?«

»An den Wenden-des-Jahres!«

Den Männern verschlug es den Atem, und Bahedyr straffte die Schultern und widersetzte sich dem Druck von Moloquins Hand. »Wovon sprichst du?«

»An den Wenden-des-Jahres gibt es Steine, die groß genug sind«, sagte Moloquin. »Bring sie mir her.«

»Das kannst du nicht machen«, sagte Bahedyr, »das sind heilige Steine. Die müssen bleiben, wo sie sind.«

Moloquin ließ ihn erst aussprechen, ließ die anderen Männer zustimmend murmeln, hob den Blick, um sie zu mustern, sah dann wieder Bahedyr an und sagte dann: »Bring mir die Steine hierher, Bahedyr. Ich habe dich zu dem gemacht, was du bist, und ich werde wieder ein Nichts aus dir machen, wenn du mir nicht dienst. Geh.«

Er wandte ihm den Rücken zu. Fassungslos erkannte Bahedyr, daß er nicht gewillt war, sich weitere Einwände gegen seine Befehle anzuhören. Der Speerträger starrte mit aufgerissenem Mund ins Leere. Er erschauderte plötzlich von Kopf bis Fuß, als sei ein Zauber über ihn verhängt worden. Seine Männer hinter ihm flüsterten. Niemand wagte es, Moloquin anzusprechen, der sich wieder dort niederließ, wo er beim Eintreffen Bahedyrs gesessen hatte – auf seiner Matte, gegen die Rückenstütze gelehnt, wurde er wieder zu einem dicken, alternden, gewöhnlichen Mann. Bahedyr wandte sich um und ging davon.

Am Morgen saß Wahela im Hof des Rundhauses und erteilte den niedrigergestellten Frauen ihre Befehle. Sie breiteten gerade die Decken in der Sonne aus, um sie auszulüften. Wahela saß auf einem Haufen Schilfmatten, neben sich einen Becher Bier und ihre jüngste Tochter auf dem Schoß, und paßte auf, ob die Frauen auch alles richtig machten.

Als sie dort saß und ihr Kind mit Honigkuchen fütterte, trat Bahedyr in den Hof.

Er schaute sich um und kam dann auf sie zu. Wahela runzelte die Stirn. Sie wußte, daß Moloquin sich mit Bahedyr wegen irgend etwas gestritten hatte, und Moloquin brütete jetzt schlecht gelaunt vor sich hin, und nichts konnte ihn aufheitern. Bahedyr trat zu ihr und setzte sich neben sie. Seinen Speer legte er auf die andere Seite, und einen Augenblick saß er nur da und sagte nichts.

Wahela sagte auch nichts. Sie wußte, daß er gekommen war, weil er etwas von ihr wollte.

Endlich wandte er sich ihr zu. »Wahela«, sagte er, »es war ein weiter Weg von der Hütte am Fluß hierher.«

Wahela bedachte ihn mit einem scharfen Blick. Sie hob ihre Tochter hoch, küßte sie und schickte sie ins Rundhaus. Dann blickte sie Bahedyr erneut an.

»Ein langer Weg? So lang ist der Weg doch gar nicht, wir könnten in zwei Tagen dorthinlaufen.«

»Wahela, du weißt, was ich sagen will.«

Sie wandte ruckartig den Kopf und blickte in eine andere Richtung – oder besser gesagt, sie hielt Ausschau nach Moloquin. »Ich weiß nichts. Ich bin bloß eine Frau.«

»Wahela . . .« Er rückte ein Stückchen näher an sie heran. »Ich brauche deine Hilfe.«

»Ach ja?«

»Er hat mich um etwas gebeten, das uns womöglich alle vernichtet, Wahela!«

Sie schnaubte verächtlich. Dann blickte sie ihn wieder an und sagte: »Dich *gebeten!* Ich habe seit Jahren nicht mehr erlebt, daß er irgend jemanden um etwas gebeten hat, Bahedyr! Er hat dir etwas befohlen.«

Bahedyr sah sie stirnrunzelnd an. Ihr Blick verweilte auf seinem Gesicht. Jetzt erst erkannte sie, wie erschöpft er war, wie sehr er sich gequält haben mußte, und sie dachte: Er ist wirklich sehr niedergeschlagen.

»Um was geht es, Bahedyr?«

»Wahela, er will, daß wir die Steine von den Wenden-des-Jahres wegholen sollen, um die Säule des Himmels fertigzubauen.«

»Was?«

»Er will es so haben.«

Ihr Mund öffnete sich zu einem lautlosen Seufzer. Ihr Blick wanderte wieder über den Hof und suchte Moloquin. »Das ist wahnsinnig«, sagte sie. Sie sah jene Steine wieder vor sich, die seit Urzeiten an den Wenden-des-Jahres standen, und Zorn wallte in ihr auf: Wie konnte er es wagen, jene heiligen alten Steine zu entwurzeln? Gleichzeitig war ihr klar, daß sie nichts unternehmen würde, um es zu verhindern.

Sie sah Bahedyr an. »Na, und was willst du jetzt von mir? Du willst doch wohl nicht, daß ich ihm den Trotz biete, den du ihm nicht zu bieten wagst?«

»Du bist doch seine Frau, Wahela!«

»Nein! Ich bin nicht seine Frau. Seine Frau ist – war – Shateel. Sie hat ihm gesagt, daß er schlecht gehandelt hat, damals bei der Blutigen Versammlung. Und wo ist sie jetzt, Bahedyr? Nein. Ich werde gar nichts tun.«

»Wahela«, er beugte sich zu ihr, legte ihr sogar die Hand auf den Arm, und aus seinen Augen sprach die Verzweiflung, »ich kann mein Volk nicht zwingen, das zu tun!«

»Geh weg von hier, Bahedyr.«

»Wenn er darauf besteht . . .«

In diesem Augenblick sah sie, daß sich im Rundhaus unmittelbar hinter der Tür etwas bewegte, und sie rückte rasch von Bahedyr ab. »Nein!« sagte sie wütend, während sie ihre Matten unter sich zurechtrückte, und funkelte ihn an.

Er hatte Moloquin noch nicht gesehen. Er war immer noch von Angst und Verzweiflung geschüttelt. Auf Händen und Knien rutschte er hinter ihr her und sagte: »Wahela, du mußt mir helfen!«

Sie stieß ihn mit beiden Händen zurück. Als sie den Blick hob, sah sie Moloquin in der Tür des Rundhauses stehen.

Er starrte sie an. Er hatte sie gesehen. Erschaudernd ließ sie die Hand in den Schoß sinken und blickte weg. Jetzt blickte Bahedyr über die Schulter und sah Moloquin ebenfalls. Mit einem Seufzer stand er auf, um seinen Häuptling zu begrüßen.

»Sei mir willkommen, Opa-Moloquin-on!«

Vor lauter Angst benutzte er die Worte, mit denen man einen Gast begrüßte. Die falsche Herzlichkeit in seiner Stimme war nicht zu überhören. Moloquin nickte ihm zu.

»Sei auch du mir willkommen, Bahedyr. Ich habe heute einen Auftrag für dich.«

»Ich lebe, um meinem Häuptling zu dienen.«

Moloquins Mund verzog sich zu einem Lächeln. »So ist es recht, Bahedyr. Dann tu also folgendes: Nimm deine Männer mit ihren Speeren und ihrem ganzen Schmuck und geh mit ihnen ein Stück nach Westen, nicht weit, nur bis zu der Anhöhe, wo die alte Platane steht, und dort haltet ihr Ausschau nach Männern, die hierherkommen.«

Wahela stand auf und trat zu ihm. Sie wollte Bahedyr zeigen, daß sie im Grunde nicht wirklich Angst vor Moloquin hatte, und so lehnte sie sich an ihn und strich ihm über den Bart.

»Wer kommt denn, Moloquin?«

»Buras Ram«, sagte Moloquin, »der Händler aus dem Westen, aus den Minen. Bahedyr, du kennst deine Aufgabe, also geh jetzt.«

Der Speerträger verneigte sich. Er verabschiedete sich mit einem Schwall glatter, leerer Worte. Er nahm seinen Speer und entfernte sich.

Wahela lehnte immer noch an der Brust ihres Geliebten. Sie sagte: »Der Händler wird Metall für uns haben.«

Moloquin sagte: »Was hast du zu Bahedyr gesagt?«

»Nichts. Wir haben von den alten Zeiten im Walddorf gesprochen.«

»Ach ja? Sonst nichts?«

»Nein, bestimmt nicht.« Sie warf den Kopf zurück und warf ihm aus dem Augenwinkel einen langen Blick zu. »Worüber sollte ich sonst schon mit Bahedyr reden?«

»Wer weiß?« sagte Moloquin. »Jetzt komm, für dich habe ich auch noch etwas zu tun, ehe Buras Ram kommt.«

Buras Ram hatte schon zu glauben begonnen, daß er Moloquins Land niemals finden würde. Mit sechs Sklaven und zwei Freien aus seinem Volk hatte er die Minen an der Küste vor etlichen Tagen verlassen und war immer nach Osten marschiert, durch dichtes Unterholz, durch Sümpfe und über steinige Bergrücken, und jeden Tag schien das Land ihm wilder und der Pfad, dem sie folgten, schwerer zu finden. Er konnte fast nicht glauben, daß sein Bruder Harus Kum über diese dichtbewachsenen Hänge und durch diese undurchdringlichen Wälder schwerbeladene Schlitten hindurchgebracht hatte.

Bei jedem Sonnenuntergang nahmen die Klagen seiner Männer zu. Sie wollten nach Hause zurück. In dieser fremden Gegend schien es von bösen Geistern zu wimmeln, die nur darauf warteten, in einem Augenblick der Unaufmerksamkeit über sie herzufallen. Das Wasser in den Bächen und Tümpeln, das sie tranken, schmeckte seltsam, und beim Jagen hatten sie kein Glück.

»Hier gibt es irgendeinen Gott, der uns haßt«, sagten seine Leute. »Irgendein Gott hier will uns übel. Wir wollen nach Hause zurückkehren.«

Buras Ram sagte: »Nur noch einen Tag. Wenn wir sie innerhalb eines weiteren Tages nicht finden, kehren wir um und gehen zurück.«

Als der nächste Sonnenuntergang kam, war immer noch nichts von Moloquin und den Folc zu sehen.

»Gehen wir jetzt nach Hause? Gehen wir morgen zurück?« fragten sie ihn.

»Noch einen Tag«, sagte er, und sie heulten auf und weinten und drohten, allein zurückzukehren.

»Dann geht«, sagte er, »ich gehe jedenfalls in die Richtung . . .« Er wies nach Osten. »Noch einen Tag.«

Sie murrten. Sie verfluchten ihn insgeheim, doch ohne seine Führung trauten sie sich nicht einmal allein nach Hause zurück. So stapften sie denn am darauffolgenden Tag alle weiter nach Osten.

Sie hatten den dichten Wald mit seinem Gestrüpp und die unwegsamen Hügel hinter sich gelassen. Jetzt wanderten sie über ein ödes welliges Gelände, aus dem einzelne Bäume wie Wächter aufragten. Der Wind im Gras sang wie eine Harfe. Graue Wolken ballten sich am Himmel. Am Abend stiegen aus jeder Senke, aus jeder Trift unheimliche Schwaden auf, und der Wind trieb sie über das weite Grasland, als wollte er dieses Land vor den Fremdlingen verbergen, die es durchquerten.

Gegen Sonnenuntergang, als er an der Spitze seiner Schar hügelan stapfte, bemerkte Buras Ram, daß ihn jemand beobachtete, und schrak zusammen.

Er fuhr herum, blieb stehen, wo er war, und sein Blick suchte die niedrigen, gleichförmigen Hänge ab, die ihn umgaben. Es schien niemand da zu sein außer ihm und seinen Männern, er konnte nichts entdecken, das über das windbewegte Gras hinausreichte, als einen alten, halb abgestorbenen Baum, der sich auf dem Hügelrücken zu seiner Linken erhob. Als er jedoch mit zugeschnürter Kehle dort hinaufstarrte, erhob sich neben dem Baum ein Mann mit einem Speer.

Buras Rams Männer schrien wie aus einem Munde auf. Sie scharten sich entsetzt zusammen. Der Mann mit dem Speer neben dem Baum schwenkte die Waffe über seinem Kopf, und um ihn herum erhoben sich etliche Männer, als wären sie aus dem Boden gewachsen.

Buras Ram sagte: »Immer ruhig – das sind Freunde.«

Er streckte den Arm aus und kehrte die Handfläche nach außen, um seine freundschaftliche Gesinnung anzuzeigen, doch die Knie schlotterten ihm, und sein Herz pochte wild. Er hoffte, daß es Freunde waren. Wenn nicht, dann hatten er und seine Männer keine Chance. Er stand da und beobachtete die Kette der Speerträger, die den Hügel hinab auf sie zukam.

»Die gehören zu Moloquin«, sagte er mit einem Seufzer der Erleichterung. Er erkannte die kupfernen Schmuckstücke an ihren Handgelenken und Hälsen, und seine Angst verflog. Er begann zu lachen und wandte sich beruhigend zu seinen Männern um und winkte den Speerträgern munter zu. Jetzt konnte er den einen von ihnen, ihren Anführer, sogar erkennen. Er trug ein prächtiges Brustgeschmeide aus Perlen und kleinen Kupfergliedern. Lächelnd wartete Buras Ram darauf, zu Moloquin geführt zu werden.

Als Bahedyr mit dem Händler und seiner Schar im Dorf angelangte, stand die Sonne noch hoch am Himmel, und Moloquin war folglich noch an der Säule des Himmels. Bahedyr führte Buras Ram dorthin.

Er hatte sich nach all den Jahren an den Anblick der Stätte gewöhnt. Er führte den Fremdling den kleinen Hang hinauf und durch die Öffnung im Ringwall, und als er den Händler den Atem anhalten hörte, glaubte er, das geschehe Moloquins wegen, der in der Mitte des Platzes in einem überdachten Tragsessel saß und die Arbeiten überwachte. Doch als er sich umblickte, sah er, daß Buras Ram mit offenem Mund die Säule des Himmels anstarrte.

»Was für ein Werk der Götter ist denn das?«

Bahedyr lächelte. Die Brust weitete sich ihm, er fühlte sich größer werden, groß wie die Steine. Buras Ram blickte sich mit weit aufgerissenen, ehrfürchtigen Augen um wie ein Kind. Er spähte zu den gewaltigen Toren und entfernte sich ein paar Schritte, um zuzuschauen, wie die Männer einen steinernen Querbalken des äußeren Rings emporhoben – das Holzgerüst hatte schon die halbe Höhe erreicht, und der Stein ruhte in seiner Wiege aus Balken. Während der Händler und Bahedyr zusahen, beugten die Arbeiter sich über die Hebestangen, eine rauhe Stimme rief: »Jetzt – hoch!«, und mit der Langsamkeit einer verzweifelten Anstrengung hoben die Männer an den Stangen den Stein um Handbreite an, und die anderen stürzten herbei, um Holz unterzuschieben. Buras Ram seufzte.

Immer noch sprach höchste Verwunderung aus seiner Miene, als er sich wieder Bahedyr zuwandte. Er sagte: »Welchem Gott zu Ehren errichtet ihr dieses Bauwerk?«

Bahedyr konnte ihm jedoch nicht antworten, weil Buras Ram seine Sprache nur schlecht sprach und viele Wörter aus seiner eigenen Sprache benutzte, und Bahedyr folglich nicht ganz klar war, was der andere gemeint hatte. Er nahm den Händler beim Arm und führte ihn zu Moloquin.

Der Häuptling saß in seiner Sänfte unter einem breiten Tuchdach, das ihn vor der Sonne schützte. Wahela hatte die Sänfte mit Flechten und Wimpeln verziert und sie mit Pelzen und Decken ausgepolstert, so daß sie wie eine behagliche Höhle wirkte. Moloquin saß vorgebeugt und zeichnete mit dem Finger Kreise auf ein Stück Fell. Der junge Barakal hockte vor ihm. Sie sprachen über das, was sie da gerade auf das Fell zeichneten, doch da sie dazu nur die Finger benutzten, konnte niemand außer ihnen erkennen, um was es sich dabei handelte.

Als Buras Ram sich näherte, zog der junge Mann sich zurück und wandte sich um, und Moloquin richtete sich auf. Er bedeutete Barakal mit einem Nicken, daß er sich entfernen sollte.

»Buras Ram«, sagte er. Ihm ging die fremde Sprache geläufig von der Zunge, und Bahedyr trat ein Stück zurück.

Der Händler verbeugte sich vor Moloquin. »Groß ist der Häuptling des Volks der Steine!«

Bahedyr beobachtete, wie die beiden Männer Begrüßungsworte tauschten. Er sah, wie Buras Ram sich verbeugte und seine Untertänigkeit bekundete, und er wandte sich um und betrachtete abermals die Säule des Himmels und versuchte, sie mit den Augen dieses Fremdlings zu sehen. Sie war ihm so vertraut, daß sie ihm mittlerweile fast schon gewöhnlich vorkam. Doch dieser Fremde mit seiner geheimnisvollen Macht und seinem großen Wissen hatte ehrfürchtig davorgestanden – und gerade in diesem Augenblick bekundete er Moloquin ihretwegen seine Unterwürfigkeit.

Er dachte: Vielleicht hat Moloquin ja recht mit dem, was er sagt. Vielleicht lohnt es sich ja, die Steine von den Wenden-des-Jahres zu stehlen.

Doch als er darüber nachdachte und sich seine Folc vorstellte, und wie sie solche Worte aufnehmen würden, und als er an all die Geister dachte, die sich an den Wenden-des-Jahres tummelten und die Steine, ja selbst die Erde mit ihrer machtvollen Gegenwart erfüllten, war ihm bewußt, daß es die ganze Welt erschüttern würde, nähme man auch nur einen einzigen jener Steine weg. Wieder überkam ihn das Entsetzen. Seine Lage war aussichtslos: Er konnte sich entweder Moloquin verweigern oder Verrat an den Wenden-des-Jahres üben. Tiefbekümmert ging er von dannen.

Buras Ram sagte: »Das ist einfach großartig!«

Er saß im Schatten der Sänfte, Moloquin gegenüber. Auf dem schwarzen Bärenfell zwischen ihnen lagen etliche Arbeiten aus Hems Schmiede im Walddorf. »Hast du die Sachen gemacht?«

Moloquin schüttelte den Kopf. Der Händler musterte ein Näpfchen von schimmernder Glätte, das einen Zackenrand hatte. »Der Mann, den du das Schmieden gelehrt hast, hat sich nach seiner Rückkehr eine Schmiede gebaut und es anderen beigebracht.«

»Das ist eine ausgezeichnete Arbeit.« Buras Ram klopfte mit dem Finger gegen den Rand des Napfes. »In unseren Schmieden gibt es nichts Besseres.«

Moloquin schwieg. Er hätte dem anderen gern Glauben geschenkt, aber sein Verstand behielt die Oberhand und sagte ihm, daß Buras Ram schließlich gekommen war, weil er etwas von ihm wollte, und folglich mußte er allem, was der Fremdling sagte, mit Argwohn begegnen.

»Ich habe dir Geschenke mitgebracht«, sagte Buras Ram, »obwohl ich befürchte, daß sie in deinen Augen keine Gnade finden werden, denn du bist von wunderbaren Dingen umgeben.«

Diesmal war Moloquin sich ganz sicher, daß der andere ihm schmeicheln wollte, und er lehnte sich zurück, und seine Augen verengten sich. Er blickte aus seiner Sänfte hinaus zur Säule des Himmels. Als er den Kopf hob, schrien die Männer, die den nächsten Stein emporhievten, gerade: »Ho, ho, ho!« und hoben ihn erneut ein Stückchen höher.

Dahinter, außerhalb des Rings, waren andere Männer damit beschäftigt, einen Stein zu glätten und zuzuhauen, und das unablässige Hämmern ihrer Meißel hörte sich an, als schlüge im Hintergrund des ganzen Gelärmes eine Trommel.

Er sagte: »Du bewunderst also die Säule des Himmels.«

»So heißt sie also?«

»Unter anderem.«

»Das wird ein prächtiger Tempel, der dem mächtigsten aller Götter angemessen ist. Welchem Gott huldigt ihr denn hier?«

Moloquin sah ihn blinzelnd an. Er hatte gemeint, diese Sprache zu kennen, doch jetzt benutzte Buras Ram Wörter, die ihm nichts sagten. Er hatte Mühe, seine Selbstsicherheit zu wahren. Da er darauf antworten mußte, wandte er sich um, wies zwischen den beiden niedrigeren Steinen hindurch auf die Öffnung im Ringwall und sagte: »Dort geht die Sonne auf an dem Tag, wo sie am prächtigsten ist.«

Buras Ram nickte, und aus seiner Miene sprach Verständnis, wenn Moloquin auch nicht wußte, was er da verstanden haben mochte. Während er den Fremdling so beobachtete, hatte er plötzlich das Gefühl, um eine ganze Welt von ihm getrennt zu sein, so als säße Buras Ram am Horizont und Moloquin auf der anderen Seite der Erde.

»Ich zögere, meine armseligen Zeichen unserer Liebe und Freundschaft einem Mann zu überreichen, der über einen so gewaltigen Reichtum gebietet.« Buras Ram wandte sich nach seinem Schultersack um, der hinter ihm lag, und zog ihn zu sich heran. Er löste die Schnüre, schlug die Klappe zurück und holte als erstes zwei Kupferbarren heraus.

Moloquin schwieg. Nachdem sie versucht hatten, ihn mit einer Kiste voll wertlosem Plunder abzuspeisen, hatte er sie wissen lassen, er wolle fünf Kupferbarren. Er fragte sich, ob die Katzbuckelei des Händlers wohl bedeutete, daß er versuchen wollte, ihm vorzuenthalten, was ihm zustand.

»Und dann haben wir noch das hier«, sagte Buras Ram und holte einen weiteren Barren aus seinem Sack.

Zuerst hielt Moloquin auch diesen für Kupfer, doch dann sah er, wie das Sonnenlicht daran aufblitzte, und beugte sich vor und nahm den Barren, der nur halb so groß war wie die Kupferbarren, und drehte ihn im Sonnenlicht hin und her. Sofort gelüstete ihn danach. Glatt und schimmernd, hatte dieses Metall genau die Farbe der Sonne. Er drückte den Fingernagel gegen die Oberfläche, und es gab nach. Weich und fein, wie es war, würde es die vollendetsten Rundungen, die zierlichste Gestalt annehmen.

Er sagte: »Was ist das?«

Buras Ram lächelte ihm zu. »Es kommt aus einer Mine auf einer anderen Insel, westlich von hier. Es ist das königliche Metall, geeignet für jemanden, der über Himmel und Erde gebietet.«

Noch eine Schmeichelei. Doch er konnte sich von dem glänzenden Barren nicht trennen. Wieder drehte er ihn dem Sonnenlicht entgegen.

»Hast du davon noch mehr?«

»Nein, nur das. Es ist schwer zu finden und schwer abzubauen. Davon gibt es nur ganz wenig.«

Moloquins Blick verweilte auf dem schimmernden Metall. Er war sich darüber im klaren, daß Buras Ram dafür etwas würde haben wollen, doch er wußte schon jetzt: Was immer der Händler wollte, Moloquin würde es ihm um dieses glänzenden Zeugs willen geben. Buras Ram hatte wieder zu sprechen begonnen.

Er sagte: »Das Gold wird mit dem Alter nicht dunkel. Nichts kann es zerstören. Es ist vollkommen wie der Leib eines Gottes. Vom Osten kommen viele Händler, die darauf aus sind, alle Männer wollen es haben, es ist überall das Emblem der größten Männer.«

»Aha.«

»Es gehört dir. Du allein bist seiner würdig.«

»Aha.«

»Als Gegenleistung erbitten wir nur deine Hilfe. Wir brauchen deine gnädige Unterstützung, um unsere Minen in Gang zu halten, unsere Kolonie zu versorgen.«

»Ach ja?«

»Wir brauchen Nahrung. Wir können selbst nicht genug Nahrung auftreiben, um alle unsere Minenarbeiter zu ernähren.«

Moloquin hob den Blick von dem Gold und widmete seine Aufmerksamkeit wieder Buras Ram. In seinen Eingeweiden begann sich ein Knoten zusammenzuziehen, und eine alte Stimme drang in sein Hirn und begann, ihm Worte ins Ohr zu flüstern. Er sagte: »Ihr habt doch euer Vieh.«

»Wir wollen aber mehr Leute hierherbringen. Um mehr Minen zu erschließen. Allzu viele kann das Land hier aber nicht ernähren, denn es gibt keinen Platz für Gärten und kein Weideland für Vieh.«

»Ihr könntet jagen.«

»Nicht für eine so große Zahl, wie wir sie hierherzubringen beabsichtigen. Meinen Bruder hat damals ein anderer Häuptling deines Volkes mit Getreide und Bohnen versorgt.«

Ladons Stimme sagte: Du bist mein Sohn.

»Mein Volk arbeitet hart genug, um uns zu ernähren«, sagte Moloquin.

»Dein Volk ist reich.«

»Manchmal sind wir reich, doch manchmal, wenn die Ernte schlecht ist ...«

Nimm das Gold, laß ihm das Getreide. Du bist mein Sohn. Die Ernte wird dieses Jahr wieder ausgezeichnet sein. Du kannst das Risiko eingehen. Du bist mein Sohn.

Buras Ram sagte: »Je mehr Leute wir in die Minen bringen, desto mehr Tribut können wir dir entrichten, Oberherrscher.«

Moloquin verschlug es den Atem. Er hob den Blick und lag immer noch mit sich im Kampf, aber das Gold ruhte geschmeidig in seiner Hand, sonnenwarm, und glühte mit der Macht der Sonne selbst, und das Wort, das Buras Ram benutzt hatte – das Eingeständnis, das er gemacht hatte –, daß Moloquin ihr Oberherr sei ...

Er sagte: »Ich werde darüber nachdenken, Buras Ram.«

»Der König des Volks der Steine ist sehr groß.«

Draußen, jenseits der Sänfte, ertönte ein weiterer Schrei: »Ho, ho, ho!« Beide Männer beugten sich vor, um zu beobachten, wie der Querbalken ein winziges Stückchen angehoben wurde. Buras Ram wandte sich wieder um.

»Laß mich durch deinen Tempel laufen. Ich muß mit eigenen Augen sehen, was für ein Wunder du hier mit Hilfe der gnädigen Götter vollbringst.«

»Wie du wünschst«, sagte Moloquin.

Der Händler zog sich unter Verbeugungen und respektvollem Gemurmel auf Händen und Knien zurück und entfernte sich. Moloquin saß zusammengesunken in seiner Sänfte, und sein Blick ging ins Leere.

Er kämpfte nicht mehr mit sich selbst. Der Kampf war vorüber. Er würde Buras Ram geben, was immer er haben wollte. Wie Ladon würde er die lebenswichtigen Vorräte seines Volkes den Symbolen der Macht zuliebe hergeben. Er verachtete sich dafür, doch er konnte nicht anders. Den ganzen restlichen Tag über saß er zusammengesunken in der Sänfte, und nicht ein einziges Mal hob er den Blick, um die Säule des Himmels zu betrachten.

Als Moloquin zurückkehrte, merkte Wahela ihm sofort seine finstere Laune an.

Sie schickte ihre Kinder in einen anderen Teil des Rundhauses. Dann forderte sie die Frauen, die sie bedienten, auf, Bier und Fleisch für ihn zu bringen, und sie selbst richtete ihm seine Rückenstütze und seine Bärenfelle und Decken, so daß er es sich bequem machen konnte. Seine Stimmung besserte sich jedoch nicht. Er strich im Rundhaus umher, trat immer wieder aus dem Licht in der Mitte, wo die Lampe brannte, ins Dunkle und kehrte gleich darauf ins Helle zurück, und er wich ihrem Blick aus.

Er hatte einen schweren Sack mitgebracht, den er neben seinem Platz in der Mitte des Rundhauses abgesetzt hatte. Als er sich wieder einmal davon entfernt hatte, kniete Wahela rasch daneben nieder, ließ die Hand hineingleiten und fühlte die Metallstangen in seinem Innern.

Demnach hatte der Händler ihm also das Kupfer gebracht. Sie fragte sich, weshalb er dann so wütend war.

Er kam wieder zurück. Sie schickte alle anderen weg und bediente ihn allein. Er trank mehr Bier als gewöhnlich, und eine dunkle Röte überzog seine Wangen. Seine Augen glitzerten.

Ohne jede Vorwarnung wandte er sich plötzlich ihr zu und sagte: »Was hast du heute morgen zu Bahedyr gesagt?«

»Zu Bahedyr!« Wahela hatte Mühe, sich zu erinnern. »Nichts. Er war nur nett zu mir.«

Moloquin neigte sich zu ihr. »Lüg mich nicht an, Wahela!«

»Ich lüge nicht. Ich –«

Er schlug ihr ins Gesicht. Sie stürzte zu Boden. Ihr Gesicht schmerzte, und eine heiße Welle des Entsetzens breitete sich von ihrem Magen durch den ganzen Körper aus. Sie schrie: »Moloquin, Moloquin, ich habe nichts Unrechtes getan!«

Er ging mit wutverzerrtem Gesicht auf sie los, und sie hob hastig den Arm vors Gesicht, um sich zu schützen. »Moloquin, bitte –«

Seine Faust landete auf ihr. Sie schluckte, benommen, ihre Empfindungen überschlugen sich. Wie blind fühlte sie, wie sie auf die Füße hochgezogen wurde, und sie ruderte mit den Armen, um das Gleichgewicht zu halten, und versetzte ihm dabei ungewollt einen Schlag.

Er brüllte auf. Seine Schläge hagelten gegen ihren Kopf. Sie schrie und weinte, versuchte verzweifelt, sich zu schützen, doch er stieß ihre Arme zur Seite, er schlug sie zu Boden und riß sie abermals hoch und hämmerte auf sie ein. Wieder schrie sie. Niemand kam. Niemand konnte ihr helfen. Ein weiterer Schlag raubte ihr das Bewußtsein. Besinnungslos sank sie zu Boden.

Selbst noch als sie ohnmächtig zu seinen Füßen lag, kostete es ihn Mühe, von ihr abzulassen.

Er kniete neben ihr nieder. Schon begannen sich Schwellungen an ihren Schläfen abzuzeichnen. Er nahm ihre schlaffe Hand und preßte sie an Mund und Wangen.

Es war ihre Schuld. Sie hätte niemals so mit Bahedyr sprechen dürfen. Sich von ihm berühren lassen dürfen. Sie gehörte Moloquin; sie gehörte zu ihm. Er konnte mit ihr machen, was er wollte.

Doch ihm wurde elend, als er sah, was er ihr angetan hatte.

Sie atmete. Ihr Herz schlug kräftig. Er nahm sie auf die Arme und legte sie zärtlich auf das Bett, das sie teilten, die Bärenfellumhänge, die Matten und Decken, wo sie einen Leib aus ihren beiden Leibern machten, wo sie andere Leiber mit ihren beiden Leibern machten. Er hielt ihre Hand, und als er sah, wie ihr Gesicht anschwoll, wie es von seinen wilden Schlägen entstellt worden war, hob er ihre schlaffe Hand und schlug sich damit auf die Wange.

Es nützte nichts.

Sie bewegte sich ein wenig, ihre Lippen teilten sich, und sie murmelte etwas. Er beugte sich zu ihr herab und flüsterte: »Das war nicht ich, das war Ladon.« Plötzlich brannten seine Augen. Er sehnte die Tränen herbei, die Erlösung durch die Tränen, doch er war zu alt, um zu weinen, zu alt, zu verdorben und zu traurig.

Er legte sich neben sie und zog sie an sich. Der Geruch ihres Blutes drang ihm in die Nase. Wenn sie aufwachte, würde er ihr den Goldbarren zeigen, er würde ihr Schmuckstücke aus Gold versprechen. Er würde ihre mißhandelte Haut mit dieser neuen Haut aus Metall bedecken. Das versprach er ihr. Mit geschlossenen Augen versprach er ihr, ihr niemals wieder weh zu tun. Mit geschlossenen Augen, so daß er nicht sehen konnte, was er ihr angetan hatte. Er haßte Ladon. Er preßte Wahela an sich, um Ladon von ihr fernzuhalten.

Wahela wachte im Dunkeln auf.

Die Lampe war ausgegangen. Sie roch den Gestank des Öls und wußte, daß man den Docht einfach hatte niederbrennen lassen, und so empfand sie als erstes, als sie zu sich kam, Ärger darüber, daß niemand die Lampe ordentlich ausgemacht hatte.

Danach spürte sie den Schmerz in ihrem Gesicht.

Damit kam die Erinnerung wieder. Sie erinnerte sich daran, wie er sie geschlagen hatte, und der Schmerz brach durch das ganze Gesicht, durch Schläfen, Zähne, Augen, Stirn.

Er lag neben ihr. Sie spürte ihn an ihrer Seite, seine Wärme, seinen ganzen Körper, als habe er überhaupt nichts getan. Lag dort wie ein Liebhaber, der ihr gerade seine Liebe bewiesen hatte. Stocksteif lag sie neben ihm, spürte seine Nähe und haßte ihn.

Doch sie hatte niemanden außer ihm. Alles, was sie besaß, kam von ihm.

Starr lag sie da und dachte daran, ihn zu töten, überlegte, wo sein Messer war oder seine Axt. Das wäre die feinste Art der Rache: ihn mit seiner eigenen Axt zu erschlagen. Während sie dalag und über seinen Tod nachsann, bewegte er sich ein wenig, unmittelbar neben ihr, und sie wußte, er war dabei aufzuwachen.

Ruckartig entfernte sie sich von ihm, so daß ein freier Raum zwischen ihnen entstand, und verharrte dann reglos.

Seine Stimme sagte in die Dunkelheit: »Wahela.«

»Laß mich in Ruhe!« sagte sie und schluchzte, halb vor Wut, halb vor Kummer.

»Wahela!« sagte er leise in bittendem Ton, und seine Hand berührte ihren Arm.

»Laß mich in Ruhe!«

Eine Weile blieben sie so liegen, und sie dachte an Mord, stellte sich vor, wie es wäre, ohne Moloquin zu leben – ohne seine Macht, ohne sein Ansehen und seinen Reichtum. Ihr Körper entspannte sich etwas, und sie seufzte.

Daraufhin berührte er sie erneut und sagte ihr Liebesworte, bat um Verzeihung und versprach alles, was sie nur wollte. Sie hörte zu und stieß seine Hand nicht weg. Ihr Gesicht schmerzte, doch sie wollte, daß er bereuen sollte, immer und immer wieder. Das würde ihr Genuß bereiten. Sie wandte sich zu ihm, und er küßte sie, und seine Lippen und Hände waren sanft und zärtlich.

Sie sagte sich, daß es eben niemanden sonst gab, der mit ihm fertig werden konnte. Sie ließ sich von ihm liebkosen und dachte dabei, daß niemand außer ihr es fertigbrachte, ihn so zu zähmen. Wenn sie Schmerzen empfand, konnte sie ihm ebenfalls welche zufügen. Sie gehörte ihm, aber er gehörte auch ihr, und noch die Schwellungen in ihrem Gesicht bezeugten das. Er gehörte zu ihr; er war alles, was sie besaß. Sie ließ die Arme um ihn gleiten und drückte ihn an sich.

Nach dem Tod Fergolins hatte Barakal sich eine kleine Hütte nahe der Säule des Himmels gebaut, doch auf der Seite, die dem Dorf seines Vaters gegenüberlag. Er lebte dort nicht allein. Er nahm das Mädchen Dehra bei sich auf, das kein anderes Zuhause hatte.

Sie brauchte ihn. Sie brauchte seine Fürsorglichkeit. Er brauchte sie ebenfalls. Jetzt, wo Fergolin nicht mehr da war, hatte er das Gefühl, nirgendwo hinzugehören, im Wind zu treiben wie Distelflaum. Er liebte die Sterne, und er lebte für die Säule des Himmels, doch beides konnte ihm keinen Halt auf der Erde verschaffen. Dafür brauchte er eine andere Seele, einen anderen Körper, eine andere menschliche Stimme, und so nahm er Dehra in sein Leben auf und war dankbar, daß er sie gefunden hatte.

Tagaus, tagein lebten sie zusammen und führten bisweilen lange, tiefsinnige Gespräche, und dann erklärte er ihr, wie das Kreisen des Himmels der Ordnung aller Dinge zugrunde lag. Das schien ihr keinen sonderlichen Eindruck zu machen, doch sie hörte ihn gern die Namen der Sterne sagen.

Sie bereitete ihnen das Essen, hielt die Hütte sauber und sammelte Nüsse und Beeren und Früchte. Der Winter nahte, und der Sommer zeigte sich zum letzten Male in seiner ganzen Pracht und Fülle.

Er sagte: »Ich werde Moloquin fragen, wo deine Mutter ist.«

»Das wird zu nichts führen«, sagte sie.

Er schaute sie lange an. »Warum sagst du das? Hat er sich dir gegenüber jemals als Feind gezeigt?«

»Er hat meine Mutter getötet.«

»Das glaube ich nicht. Ich werde zu ihm gehen und mit ihm darüber reden.«

So ging er denn, obwohl sie widersprach und böse wurde und ihm sogar alles mögliche an den Kopf warf, zum Rundhaus, um seinen Vater nach Shateel zu fragen.

Er ging am späten Nachmittag hinüber, ein paar Tage, nachdem die Händler aus dem Westen eingetroffen waren. Die Folc hatten an diesem Tag einen Querbalken am äußeren Ring der Säule des Himmels aufgelegt, und das ganze Dorf feierte. Die Männer waren mit ihren Trommeln und Masken im Rundhaushof versammelt und bereiteten sich auf die Tänze vor, und die Frauen eilten umher und schafften alles für ein Festmahl herbei. Barakal durchschritt die Menge und ging auf das Rundhaus zu.

Er war größer als die meisten Männer und bewegte sich zwischen ihnen wie ein fremdes Wesen. Auf seine Weise wirkte er genauso seltsam wie der Händler. Er war hochgewachsen und schlank, und seine Muskeln waren flach und weich, weil er keine anstrengende Arbeit verrichtete. Seine Tage verbrachte er schlafend, und des Nachts beobachtete er die Sterne. Deshalb war er bleich, während alle anderen braun waren wie die Erde. Viele, die ihn sahen, verneigten sich, als er vorbeiging, doch er achtete nicht darauf.

Er trat in die Mitte des Rundhauses, und dort fand er seinen Vater und den Händler Buras Ram.

Um sie herum türmten sich Körbe und Ledersäcke, die bis obenhin gefüllt und zugenäht waren. Barakal verharrte einen Augenblick und beobachtete die beiden Männer. Verwundert trat er langsam näher und erkannte, daß Moloquin all diese Dinge dem Händler geben wollte.

Er schaute genauer hin. Er kannte sich mit derlei Dingen zwar nicht aus, doch er sah immerhin, daß all diese Körbe und Säcke mit der Ernte aus den Gärten gefüllt waren. Sein Magen zog sich vor Schreck zusammen. Er, der ja nicht arbeitete, war völlig auf die Erträge aus den Gärten angewiesen. Und sogleich ging ihm auf, daß sie alle darauf angewiesen waren, daß das ihr eigentlicher Reichtum war, und hier saß Moloquin und gab ihn weg.

In diesem Augenblick trat seine Mutter neben ihn.

»Ana-Wahela«, sagte er und wandte sich ihr zu. Ihr Anblick verschlug ihm den Atem. »Ana!«

Die ganze linke Gesichtshälfte war schwarz. Ihr Auge war zugeschwollen. Er legte ihr die Hände auf die Arme und starrte sie mit offenem Mund an.

»Was ist passiert?«

Ihre geschwollenen Lippen bewegten sich, doch ihre Stimme war so leise, daß sie ihre Worte wiederholen mußte.

»Ich bin hingefallen«, sagte sie.

Er wußte, daß sie log. Er wandte sich wieder Moloquin zu, zutiefst empört, und in seinem Innern begann es zu sieden.

Er ließ seine Mutter stehen und ging mit energischem Schritt auf Moloquin zu. Er baute sich unmittelbar vor ihm auf und fragte mit einer Stimme, die das ganze Rundhaus erfüllte: »Opa-Moloquin, weshalb gibst du den ganzen Reichtum der Folc für ein paar Steine weg?«

Moloquin richtete sich auf und sah ihn an. Buras Ram starrte ihm ins Gesicht. Moloquin sah seinem Sohn in die Augen. Lange Zeit starrten sie einander an, inmitten des gespannten Schweigens zahlreicher Lauscher. Dann wandte Moloquin sich ab.

»Geh, Barakal.«

»Opa-on –«

Der Häuptling fuhr herum, und seine Augen funkelten. »Geh!«

Barakal rührte sich nicht von der Stelle und suchte nach Worten, doch seine Mutter nahm ihn beim Arm. »Komm. Komm weg, bitte.«

»Ana, er –«

»O Barakal, komm doch ...« Ihr Gesicht war weiß vor Angst. Sie warf einen angsterfüllten Blick in Moloquins Richtung. »Komm, weg von hier!«

Jetzt flüsterten ihm noch andere aus der Dunkelheit zu. »Geh, geh schnell, ehe er wütend wird. Geh ...« Ihre Hände griffen nach ihm, und sie zogen ihn weg. Er hatte noch nicht nach Shateel gefragt. Er dachte an die unzähligen Säcke mit Nahrung, die Ernte der Frauen, die geduldige Plackerei der Frauen, die verloren war und Fremde sättigen würde. Er fragte nicht nach Dehras Mutter. Er ließ die Schultern hängen. Er ließ sich wegführen.

Als er wieder in seine kleine Hütte kam, sagte sie: »Hat er dir was gesagt?«

»Nein.« Schwer setzte er sich im Dämmer seiner Hütte nieder und grübelte über das nach, was er im Haus seines Vaters erlebt hatte.

»Ich habe es dir ja gleich gesagt«, sagte sie, »er ist ein schlechter Mensch. Es hat keinen Sinn, sich mit ihm einzulassen.«

»Das ist er nicht«, sagte Barakal, doch seine Worte waren kaum hörbar. Er dachte wieder an das entstellte Gesicht seiner Mutter. Er dachte wieder an die Stimmen im Rundhaus, die ihm zugeflüstert haben, daß er fliehen sollte. Er dachte: Ich habe gelebt wie ein Baby im Mutterleib, hier an der Säule des Himmels.

Es war die Zeit des Jahres, wo die Sonne schwand, wo Dunkelheit und Kälte jeden Tag zunahmen und so die Herrschaft an sich zogen. Buras Ram brach auf, und seine Sklaven ächzten unter ihrer Last, dem, was den Folc gehört hatte. Einige Tage später waren morgens einige Folc krank.

Sie starben, noch ehe es Abend wurde. Ein Fieber beutelte sie, ihre Eingeweide öffneten sich, und sie konnten weder essen noch trinken, ohne sich zu erbrechen. Ihre Sippen trugen die Leichname zur Säule des Himmels, und am nächsten Morgen waren noch viel mehr von ihnen krank.

Die Männer arbeiteten nicht mehr an der Säule des Himmels. Bahedyr und seine Leute brachen eilends nach Norden auf. Als erste starben ein Mann und eine Frau aus Moloquins Dorf, doch im Neuen Dorf, das ja ganz in der Nähe lag, erkrankten die Menschen bald darauf ebenfalls und starben genauso rasch.

Ladons Sohn wurde krank.

Als Moloquin das hörte, verließ er Rundhaus und Dorf und machte sich zum Neuen Dorf auf. Er kam in seiner Sänfte, klirrend und blitzend von kupfernem Zierrat, und wurde von einem Dutzend Männer getragen. Der Zug bewegte sich durch das Neue Dorf auf das Rundhaus zu, und alle, die ihn kommen sahen, schlossen sich dem Zug an.

Im Hof des Rundhauses ließ Moloquin die Sänfte niedersetzen und ging zu Fuß und ganz allein ins Rundhaus.

Während er durch das Halbdunkel auf das Licht in der Mitte zuschritt, ließ er seinen schweren Bärenfellumhang fallen, streifte seine Armbänder und -reifen ab und ließ sie im Gehen zu Boden fallen. Als er zu Ladons Sohn trat, trug er nichts als seinen Lendenschurz.

Ladons Sohn lag in einem Bett aus Strohmatten und schweren Decken. Das Loch in der Mitte des Daches war über ihm, doch fiel das Licht nicht direkt auf ihn: Er lag hinter dem Lichtschaft, der zum Boden des Rundhauses hinabdrang. Er war wach. Als er Moloquin erblickte, hob er mühsam die Hand zum Gruß.

»Ich wußte, daß du kommen würdest«, sagte er.

Moloquin hockte sich neben ihn. »Wie ist es um dich bestellt, Bruder?« fragte er.

»Moloquin, ich sterbe«, flüsterte der andere.

Seinem Äußeren nach zu schließen, war das nur allzu wahrscheinlich. Sein Körper verdorrte und wurde rissig wie ein Lehmklumpen, so heftig glühte das Fieber in ihm, und die Backenknochen stachen durch seine Haut. Ein Gestank ging von ihm aus, der einem den Magen umdrehte.

»Vielleicht läßt sich ja noch etwas tun«, sagte Moloquin.

»Ich sterbe, und das schon bald. Doch, mein Bruder, da gibt es noch etwas, das ich dir sagen, und etwas, das ich dich fragen muß.«

»Ich höre«, sagte Moloquin.

Ladons Blick heftete sich an sein Gesicht. »Als mein Vater Häuptling war, lag er, wie du weißt, im Streit mit Karella, und während dieser Fehde starb sie. Ehe sie starb, sagte sie, wenn jemals ein Sohn Ladons die Folc regieren sollte, dann würde das ganz gewiß das Ende der Welt bedeuten.«

Der Atem ging ihm aus. Er schloß die Augen. Moloquin senkte den Kopf. Er konnte den Anblick dieses Mannes nicht ertragen, der so ansehnlich gewesen war und nun schwarzverschrumpelt war wie eine vermodernde Walnuß, und der Name Karella lag ihm wie ein Stein im Magen.

Ladons Sohn sprach weiter: »Und was ich dich nun fragen muß, Bruder, ist dies: Bist du dieser Mann?«

Moloquin hob den Blick zum Gesicht des Sterbenden. Er sah Ladons

Sohn eindringlich an, und dessen Züge schienen ihm bereits zu verwesen. Ein Schauder überlief ihn. Einen Augenblick lang glaubte er, Karella selbst zu hören, die aus der Welt jenseits des Todes zu ihm sprach, und eine schreckliche Sehnsucht überkam ihn, ein Verlangen nach den Menschen, die er verloren hatte.

Er sagte: »Karella wußte viel, Bruder, mehr sogar, als sie selbst annahm. Doch was aus uns werden wird, weiß niemand.«

Ladons Sohn seufzte und lag eine Weile reglos. Moloquin war tief in düstere Erinnerungen versunken, doch auf einmal gab er sich einen Ruck, holte einen Wasserkrug und benetzte dem Sterbenden das Gesicht. Die Hitze, die von diesem Körper ausging, war schrecklich. Moloquin preßte seinem Bruder das feuchte Tuch an die Lippen. Er spürte das Flattern der Seele, die dort wartete, bereit, von ihm zu scheiden.

»Soll ich dich zur Säule des Himmels bringen?« fragte Moloquin.

»Dort gehöre ich hin.«

Moloquin hob ihn hoch, und er war leicht wie ein alter Knochen. Er trug ihn aus dem Rundhaus und legte ihn in die Sänfte, und der Häuptling selbst ging vor der Sänfte her, die Ladons Sohn zur Säule des Himmels trug.

Alle Menschen aus dem Neuen Dorf, die noch laufen konnten, versammelten sich am Tor des Rundhaushofes. Als sie sahen, daß Ladons Sohn sie verließ, schrien sie wie aus einem Mund auf, wehklagten und entsetzten sich, und viele brachen in Tränen aus. Moloquin führte die Sänfte durch die Menge der Folc.

Sie traten beiseite, machten ihm Platz, alle, nur eine nicht. Eine stellte sich ihm in den Weg, obwohl die anderen sie wegzureißen versuchten.

»Moloquin«, schrie sie, »Moloquin, das ist dein Werk! Du hast das über uns gebracht –«

Sie konnte nicht weitersprechen, denn gewaltiger Lärm erhob sich aus der Menge. »Wer ist das?« »Ruhe!« »Schafft sie aus dem Weg!« Hinter Moloquin warf jemand einen Stein nach ihr. »Verschwinde!«

Dehra hob die Hand. Ihr Gesicht war weiß, und sie sah auf einmal verängstigt aus. Von beiden Seiten kamen Steine und Erdklumpen geflogen, die um sie herum niederhagelten, ihre Schultern und Schenkel streiften.

Moloquin setzte seinen Weg fort. Sie wich vor ihm zurück, doch er packte sie beim Arm und zog sie zu sich heran, und die Folc schrien auf, und keiner warf mehr einen Stein. Er blickte sich zornfunkelnd um, und ihre Stimmen erstarben. Sie schienen sich unter seinem Blick zu ducken und klein zu machen, und sie wurden harmlos und zahm.

Er sagte: »Ich gehe zur Säule des Himmels.« Dann ließ er Dehra los, stieß sie zur Seite und führte die Sänfte aus dem Dorf, hügelaufwärts auf die Totenstätte zu.

Ladons Sohn starb bei Sonnenuntergang. Moloquin war bei ihm. Als er sah, daß dessen Seele dahingeschieden war, ging er zum Graben, wo hohes Gras wuchs, und riß ein paar Büschel ab, um den Leichnam damit zu bedecken, denn anderes Grün gab es nicht mehr.

Danach saß er lange Zeit neben dem Toten, den Kopf zwischen die Schultern gezogen und in Gedanken versunken.

Die Krähen kreischten und krächzten um ihn herum und genossen ihr Festmahl. Die Leichen der Folc lagen überwiegend in dem Teil der Säule des Himmels, der bereits fertiggestellt war. Ladons Sohn war an einen der Pfeiler des Großen Tores gelehnt gestorben, und Moloquin entfernte sich von ihm und überließ ihn den Krähen. Der Abend senkte sich herab. Ihm war, als schlössen die gewaltigen Steine sich wie Kiefer um ihn.

Der Wind blies durchs Gras, winselte zwischen den langen Halmen, schnüffelte wie ein Tier zwischen den Steinen und den Leibern der Toten herum. Nebel trieb über die Häupter der Steine, verhängte den Querbalken des Großen Tores und wehte wie Flechten von denen des äußeren Rings hinab.

Es schienen noch andere dazusein, dichtgedrängte unsichtbare Scharen, die Vorfahren, die sich eingefunden hatten, um die Jüngstverstorbenen zu begrüßen. Moloquin hob den Kopf.

Ich habe das für euch getan, dachte er. Ich wollte nichts Böses. Ich wollte die Folc, die toten wie die lebenden, auf alle Zeiten vor dem Vergessen bewahren.

Der Tod von Ladons Sohn hatte ihn tief getroffen und seine halbe Vergangenheit wieder aufgerührt. Sein Leben war so lange mit dem von Ladons Sohn verknüpft gewesen, sie hatten zusammengehört wie Hell und Dunkel, Begünstigung und Benachteiligung, Macht und Machtverweigerung – es schien undenkbar, daß Ladons Sohn sterben und Moloquin weiterleben konnte.

Er hörte eine Stimme, und einen Augenblick lang glaubte er, die Geister, von denen er umgeben war, sprächen mit wirklichen Zungen, doch dann sah er, daß es Barakal war.

Der junge Mann kam durch das weite Rund auf ihn zu. Er trug einen

Stab, mit dem er sich den Weg ertastete. Er trat durch die westliche Öffnung des Ringwalls, blieb bei jedem Leichnam stehen, an dem er vorbeikam, musterte ihn eindringlich, murmelte irgendeine Zauberformel und ging weiter. Er hatte Moloquin noch nicht entdeckt, und der mußte an Dehra denken, die, wie er wußte, Barakals Freundin war, und er verspürte keine Lust, mit ihm zu sprechen. Er beobachtete, wie der junge Mann sich entlang dem äußeren Ring dem Östlichen Wächter näherte.

Was würde er dort wohl sehen? Heute nacht waren keine Sterne zu sehen, kein Mondstrahl würde durch den Nebel dringen, der sich immer dichter um die Steine der Säule des Himmels schloß. Vielleicht kam er bloß aus Gewohnheit hierher, wie ein Hund es tat, wenn die Frau, die ihn fütterte, ihre Herdstelle verlegt hatte, das Tier aber immer noch zur alten Herdstelle ging.

Auch das war Moloquins Werk. Als Brant starb, kannte niemand mehr das alte überlieferte Wissen, doch war es irgendwie an diesem Ort aufbewahrt gewesen, und weil Moloquin die beiden hergebracht hatte, hatten Fergolin und dann auch Barakal dieses Wissen wiederentdeckt.

Diese Leistung erstaunte Moloquin mehr als irgendeine andere, und als er darüber nachdachte, über die Macht, die sie beinhaltete, empfand er die Bürde des Kummers und der Schuld nicht mehr so stark. Er hob den Kopf und fühlte seine Kräfte zurückkehren.

Da kam noch jemand. Die Krähen krächzten und zeterten und flatterten davon. Moloquin gab sich einen Ruck und bereitete sich darauf vor, wieder mit lebenden Menschen zu sprechen. Und schon betrat Bahedyr von der unvollendeten Seite des Rings her das Rund.

»Hoh«, sagte Moloquin überrascht. Er stand auf. Bahedyr trug in der einen Hand eine Fackel, in der anderen seinen Speer. Drei oder vier seiner Männer folgten ihm dicht auf den Fersen.

Bahedyr trat lächelnd auf ihn zu. »Sei gegrüßt, Opa-Moloquin-on.« Er streckte die Hand aus, die Handfläche nach oben gekehrt.

Moloquin verzichtete auf jede Floskel. Er musterte den anderen scharf. »Was machst du hier?«

»Ich habe gute Nachrichten für dich«, sagte Bahedyr. Seine Stimme klang fremd, hoch, durchdringend, übertrieben freudig, irgendein falscher Ton schwang darin mit. »Wir haben noch einen Stein gefunden, der groß genug ist für die aufrechten Pfeiler.«

»So so«, sagte Moloquin. »Wo denn? Bringt ihn doch her.«

»Du mußt ihn dir ansehen. Er hat einen Sprung, vielleicht willst du ihn ja gar nicht.«

»Bringt ihn nur her«, sagte Moloquin, »wenn er unterwegs nicht auseinanderbricht, dann wird er danach auch stehen bleiben.«

»Du mußt kommen und mir sagen, ob es sich lohnt«, sagte Bahedyr stur.

Moloquin musterte ihn eine Weile und zog unterdessen seine Schlüsse. Wenn der Stein einen Sprung hatte, dann hatte diese aalglatte Beharrlichkeit Bahedyrs auch einen Sprung, und es hieß, auf der Hut sein.

»Wo ist dieser Stein?«

»Im Alten Lager.«

»Hmh.« Moloquin grunzte wegwerfend und wandte sich halb ab. Den Stein kannte er. Er war riesig, unbehauen und häßlich und gehörte zum Alten Lager, in die Zeit, ehe die Folc hierhergekommen waren. »Warum sollen wir den nehmen und nicht die von den Wenden-des-Jahres?«

Bei diesen Worten umwölkte sich Bahedyrs Miene, und er dachte angestrengt nach. Moloquins Wachsamkeit wuchs, als er merkte, daß Bahedyr keine Antwort bereit hatte, doch schließlich hellte die Miene des Speerträgers sich auf. Er sagte: »Weil es näher ist.«

Moloquin hob die Brauen. »Dann werde ich ihn mir also ansehen.«

»Wann?« fragte Bahedyr.

Der Häuptling ließ den Blick lange auf ihm ruhen, ehe er antwortete. Schließlich sagte er: »Wenn die Krankheit vorüber ist. Während dieses Übel sie verschlingt, werde ich die Folc nicht verlassen.«

Bahedyr nickte zustimmend. »Dann gehen wir also. In unseren Dörfern gibt es keine Krankheit, nur hier.«

Moloquin knurrte, ärgerlich, weil er etwas hören mußte, das er nicht hören wollte. »Geh jetzt, ich bin hier, weil mein Bruder gestorben ist. Geh. Ich gehe zum Alten Lager, wenn der Augenblick dafür gekommen ist.«

Bahedyr verbeugte sich sehr langsam, wobei er mit dem Speer in weitem Bogen über den Boden fuhr, während er mit der anderen Hand die Fackel hochhielt. Dann zog er sich zurück. Moloquin hörte ihn gedämpft mit den anderen reden, als sie sich von der Säule des Himmels entfernten. Der Häuptling wandte sich ab, und seine Miene war finster.

Am Morgen schickte Moloquin die Männer seines Dorfes und die vom Neuen Dorf zum Fluß, damit sie schwitzen konnten, und als sie gereinigt waren, forderte er sie auf, drei Tage und drei Nächte um die beiden

Dörfer zu tanzen, um die Krankheit zu verscheuchen, die die Folc auffraß. Er selbst ging jeden Tag von Herdstelle zu Herdstelle, um mit den Lebenden zu sprechen, um zu erfahren, wer gestorben war, und um sich zu vergewissern, daß die Leichen zur Säule des Himmels gebracht wurden. Die Folc sahen ihn und schöpften Mut aus seiner Unerschrockenheit.

Auch sahen sie, daß er selbst nicht krank wurde, obwohl er doch ständig Berührung mit dem Übel hatte. Daran erkannten sie, daß Dehra unrecht gehabt hatte und Moloquin nicht der Urheber ihrer Leiden war.

Nach den Tänzen begann die Krankheit abzuklingen. Viele Alte und viele Junge blieben von ihr verschont, und viele von denen, die krank wurden, erholten sich wieder. Als sich schließlich keiner von seinen Folc mehr in der Gewalt der Krankheit befand, machte Moloquin sich bereit, um zum Alten Lager zu gehen und sich den Stein anzuschauen, den Bahedyr gefunden hatte.

Die Sache kam ihm immer noch verdächtig vor, und deshalb schickte er auch niemanden zu Bahedyr, um ihm mitzuteilen, daß er sich aufmache. Er wollte nicht, daß der Speerträger es erfuhr. Außerdem rief er eine beträchtliche Schar seiner Männer zusammen und wies sie an, ihm in kurzem Abstand zu folgen und am Fuß der Anhöhe auf ihn zu warten, wo sich das Alte Lager befand. Dann bestieg er seine Sänfte, ließ Wahela neben sich Platz nehmen, und auf den Schultern so vieler Männer, wie Platz an den Tragstangen fanden, trat er den Weg über die winterlichen Hügel an, nach Westen zum Alten Lager.

Das Alte Lager stand auf der Kuppe eines steilen, baumlosen Hügels am engen Ende des Tales, das der Tote Fluß durchschnitt. Moloquin erreichte es bei Sonnenuntergang. Da der Pfad so steil war, stieg er aus der Sänfte und ließ nur Wahela von den Männern hinauftragen. Er ging ihnen voran, und der Atem wurde ihm knapp, und die Beine taten ihm weh. Er dachte: Ich bin ein alter Mann, und er wußte bereits jetzt: Er würde diesen Stein nehmen, wie rissig und häßlich er auch sein mochte. Als er die Hügelkuppe erreichte, brannten ihm die Lungen, und in den Beinen und im Rücken pochte der Schmerz.

Er überquerte das Plateau des Hügels und stellte fest, daß auf der anderen Seite ein bequemerer Weg hinabführte. Dort konnten sie den Stein hinunterschaffen. Das Alte Lager selbst war nur ein Ringwall mit einem tiefen Innengraben. Der Stein stand auf der einen Seite am Wall.

Er näherte sich ihm. Die Sonne ging gerade unter, aber von dieser

Höhe aus sah man ihr rotes Glühen noch über dem Horizont. Er blieb stehen und blickte über das Tal zu seinen Füßen, das sich im Bogen zu einem Keil öffnete und dicht mit Gebüsch und niedrigen Bäumen bewachsen war. An seinem hinteren Ende glitzerte ein sumpfiger Weiher im letzten Tageslicht.

Von hier aus konnte er fast bis zur Säule des Himmels zurückblikken. Die Aussicht nahm ihn einen Augenblick lang gefangen, und er stand da, selbstvergessen, leer, und ließ das Bild in sich einfließen.

Wahela rief: »Werden wir die Nacht hier verbringen, Moloquin?«

Er wandte sich nach ihr um. Sie saß in der Sänfte. »Ja. Du kannst aussteigen.« Er trat zu dem stehenden Stein.

Groß genug und häßlich. Es war dieselbe Art Stein, wie er sie die ganze Zeit verwendet hatte, und die Oberfläche war stumpf von Flechten und Moos. Ein tiefer Riß lief über die eine Seite, von der einen oberen Ecke quer über die halbe Fläche. Er legte die Hand dagegen. Er war erstaunlich warm.

Sie machten ein Feuer im Innern des Ringwalls, aßen ihren Proviant und legten sich schlafen. Wahela schlief in der Sänfte; Moloquin war hingegen unruhig und konnte sich nicht entspannen, und so stand er wieder auf, wanderte ein wenig im Alten Lager umher und blickte in die Dunkelheit über dem Tal. Als er zum Feuer und zu seiner Frau zurückkehrte, hörte er von der nur leicht abschüssigen Hangseite her Geräusche.

Er tat ein paar Schritte in diese Richtung. Die Haare sträubten sich ihm. Viele Männer kamen den Hang emporgeschlichen.

Blitzschnell fuhr er herum. Seine Sänftenträger schliefen am Feuer, im Windschatten des Walls, die Köpfe in die Decken vergraben. Er stürzte zwischen sie, rüttelte sie wach, flüsterte: »Aufstehen, schnell, wir werden überfallen!«, und rannte weiter, auf die Steilseite des Hügels zu, wo die große Schar seiner Männer wartete. Ehe er noch rufen konnte, stürmten Bahedyr und seine Leute von der anderen Seite auf das Plateau.

Sie schrien nicht, stießen keinen Warnruf aus, sondern stürmten mit erhobenen Speeren in Moloquins Lager, und während Moloquins Sänftenträger noch den Schlaf abschüttelten und mit ihren Decken kämpften, fielen sie über sie her und töteten sie. Moloquin schrie, brüllend vor Wut stellte er sich ihnen entgegen. Er riß die Axt aus dem Gürtel und als sie, die Speere gegen seinen Leib gerichtet, geduckt auf ihn losgingen, stürzte er sich mit einem solchen Wutgeheul auf sie, daß sie zurückscheuten wie Kinder.

»Auf ihn, auf ihn!« kreischte Bahedyr. »Tötet ihn . . .« Er riß den Arm zurück und ließ seinen Speer fliegen.

Moloquin sah ihn die Waffe schleudern, er duckte sich, und der Speer flog über ihn hinweg. Er schlug mit der Axt um sich. In der Dunkelheit wagte er nicht einmal innezuhalten, um zu sehen, gegen wen er da loshieb. Er spürte die Leiber, die um ihn herumwirbelten, mehr, als daß er sie sah. In raschen Ausfällen erkämpfte er sich seinen Weg durch das Alte Lager. Sie flüchteten zwar vor ihm, doch griffen sie ihn von hinten an, und er trug Wunden davon, während er vordrang, und seine Beine waren blutüberströmt, sein Rücken zerfetzt, als er den alten aufrechtstehenden Stein erreichte.

Er stellte sich mit dem Rücken zu ihm, faßte seine Angreifer ins Auge, und als sie auf ihn losgingen, führte er unermüdlich Streich um Streich gegen sie. Ein Speer flog auf ihn zu, und er wich ihm aus, und der Stein ließ ihn zerbersten. Bahedyr schrie: »Alle zugleich! Alle zugleich auf ihn losgehen!«

Dann kam die weit größere Schar der Männer, die Moloquin mitgebracht und am Fuß des Hügels versteckt hatte, in das Alte Lager gestürmt. Sie fielen Bahedyr und seinen Männern in den Rücken und hatten sie im Nu überwältigt.

Moloquin ließ die Hände sinken. Er sah, daß der Angriff vorüber war, daß Bahedyr selbst gefangengenommen und die meisten seiner Männer tot waren oder im Sterben lagen. Erst jetzt spürte Moloquin den Schmerz im Rücken und an seinen Beinen, seine stechenden Lungen und sein wild pochendes Herz, und in diesem Augenblick dachte er auch zum erstenmal an Wahela.

Er rief ihren Namen. Er ließ seine Axt fallen. Wie blind raste er durch das Gewühl seiner Männer, stieß sie beiseite, bis er endlich an der Sänfte angelangt war.

Drinnen lag Wahela, wie sie gelegen hatte, als er sie verließ, in ihre Decken gehüllt, den Kopf auf die Seite gelegt, die Augen geschlossen. Sie war nicht aufgewacht. Als er die Hand auf ihren Leib legte, spürte er die klebrige Wärme des Bluts, das ihre Decke tränkte. Sie war tot.

Barakal beugte sich nieder und entfernte Erde und Gras zu seinen Füßen. Darunter war ein runder Kalkbuckel.

Er hatte diese Buckel schon früher bemerkt. Fergolin hatte ihn darauf aufmerksam gemacht. Jemand hatte hier ein Loch gegraben und es mit Kalk angefüllt, so daß sich, wenn man Sand und Gras entfernte, eine Kalkscheibe von dem dunklen Erdreich abhob, das sie umgab. Er stand auf, ging fünf Schritte weiter, kniete nieder und grub im Sand herum, bis er wieder auf eines der kalkgefüllten Löcher stieß.

In gleichmäßigen Abständen fügten die Löcher sich zu einem Kreis zusammen, der unmittelbar am Fuß der inneren Wallseite um die ganze Säule des Himmels lief. Er hatte jetzt den vollständigen Kreis abgeschritten, alle Löcher gefunden, sogar diejenigen, die in den Gräben und dem Schutt am Fuß der Vier Wächter versteckt waren, deren Positionen der Ring der Löcher verband. Langsam schritt er noch einmal mit gesenktem Kopf den Kreis ab und dachte angestrengt darüber nach, was der Grund für diese Symmetrie sein mochte.

Er achtete nicht auf die Geräusche der Außenwelt – nichts war für ihn von Bedeutung als die Welt in seinem Kopf, die von kalkgefüllten Löchern und aufrechtstehenden Steinen und wandernden Sternen bevölkert war.

Dann kam Dehra in das Innere der Säule des Himmels gestürzt. Sie war außer Atem und rannte auf ihn zu, als sie ihn entdeckte, und riß ihn aus seiner Versunkenheit. Er wandte sich ihr stirnrunzelnd zu.

»Was ist denn?«

»Deine Mutter.« Sie packte seine Hand. »Deine Mutter ist tot, Barakal.«

»Meine Mutter.« Seine Finger schlossen sich um Dehras. Er blickte sich um. »Meine Mutter ist tot? Wo ist sie? Was hat man mit ihr gemacht?«

Dehra führte ihn auf die beiden Eingangssteine zu. Als sie sich ihnen näherten, konnte er durch die Öffnung im Wall ein Stück der Ebene unten sehen, und nun hörte er auch das Wimmern der Flöten und das Dröhnen der Trommeln, und er fiel in Laufschritt und ließ Dehra hinter sich. Er schluckte.

Unten auf der Ebene kam eine große Menschenmenge auf die Säule des Himmels zugetanzt. Sie kamen nicht in Reihen, sondern einzeln und in Gruppen und verteilten sich über die sich unregelmäßig ausdehnende Ebene nach Westen und Norden. Der Wind zerriß ihre Stimmen, so daß bisweilen Fetzen ihres Wehklagens an sein Ohr drangen, und dann wieder hörte er gar nichts.

Der erste von allen war Moloquin.

Er trug seine Axt in der Hand. Um die Schultern hatte er seinen Bärenfellumhang gelegt, und die wildzerzausten Locken von Haupthaar und Bart quollen über den Pelz, so daß er selbst wie ein riesiger schwarzer Bär wirkte. Hinter ihm schwankte die Sänfte, von vielen Schultern getragen, wie ein kleines Boot bei stürmischer See.

In der Sänfte lag Wahela. Barakal stieß einen leisen Schrei aus. Er stürzte los, weg von der Säule des Himmels auf seine Mutter zu.

Die Sänftenträger rückten beiseite, um ihn heranzulassen. Eine Hand auf der Tragstange, lief er neben dem Gehäuse her, beugte sich hinein und sah seine Mutter im Innern, und sie war tot, und er sah das Blut, das sie bedeckte.

»Was ist geschehen? Warum ist sie tot?«

Die Männer an den Tragstangen murmelten etwas, und einer sagte: »Sieh dich um!« Barakal blickte sich um.

Hinter der Sänfte ging ein dichtgedrängter Haufen Männer, die alle Speere oder Keulen oder Wurfschleudern trugen. In ihrer Mitte, zwischen ihnen eingekeilt, ging Bahedyr mit gefesselten Händen, einen Strick um den Hals und den Kopf gesenkt. Und die Männer, die bei ihm gingen, schlugen ihn, spuckten ihn an und beschimpften ihn.

Barakal stürzte fort, seinem Vater nach.

»Opa-on«, sagte er, »was ist passiert?«

Moloquins Kopf fuhr zu ihm herum. Sein lockiges schwarzes Haar war von grauen Strähnen durchzogen. Seine Augen glühten.

»Junge«, sagte er, »traue niemandem. Hab zu niemandem Vertrauen. Mach keinen groß. Gib niemandem Macht. Hab immer, immer acht, wer in deinem Rücken steht.«

Barakal starrte ihn fassungslos an. Er sah Tränen in den Augen seines Vaters glitzern und hörte das Entsetzen und den Kummer, die ihm fast die Stimme raubten. Er blieb stehen, wo er war. Moloquin ging weiter. Hinter ihm trugen sie die Sänfte, worin seine Mutter lag. Bahedyr und seine Männer wurden an ihm vorbeigeführt. Langsam folgte Barakal ihnen ins Innere der Säule des Himmels.

Sie legten Wahela vor dem Großen Tor nieder und bedeckten sie mit Gras und Zweigen, doch als der Krähenschwarm herankam, um sein Werk zu verrichten, stürzte Moloquin auf die Vögel los und vertrieb sie.

Wutschnaubend rannte er im Rund der Säule des Himmels umher. Sein Volk zog sich auf den Ringwall zurück, und viele machten sich auch nach Hause auf, doch der größte Teil blieb. Sie setzten sich auf den Wall, trost- und wärmesuchend aneinandergedrängt, und beobachteten Moloquin.

Er war erschöpft, aber sein Zorn ließ ihn nicht rasten. Jedesmal, wenn er sich von Wahela entfernte, stieß die große flatternde Krähenschar hinab, und dann kehrte er schreiend und mit den Armen fuchtelnd zu ihr zurück und scheuchte die Vögel wieder in die Luft hinauf. Dann kreisten sie über ihm, verdunkelten die Sonne und warteten. Unter ihnen weinte und wütete Moloquin.

Während er dort auf und ab lief und zwischen den Steinen hindurchschritt, sah er die Stellen, wo Fergolin gelegen hatte und Ruak, wo Grela und Ladons Sohn gelegen hatten, er dachte an Karella, die hier gelegen hatte, und an jene andere, deren Namen er aus seinem Gedächtnis gestrichen hatte, die hier gelegen hatte und die ihn dadurch, daß sie zum Sterben hierhergekommen war, zu den Folc gebracht hatte, und ihm war, als sei die ganze Stätte erfüllt von den Geistern derer, denen er vertraut hatte und die von ihm gegangen waren. Als er den Blick zu den Lebenden hob, die ihn umgaben, sah er nichts als Fremde und Feinde. Alle, die er geliebt hatte, waren durch die Säule des Himmels ins Innerste des Universums eingegangen. Nun würde Wahela ihnen folgen, doch er konnte sie einfach nicht gehen lassen.

Er entdeckte Dehra, die am Östlichen Wächter stand, und stürzte grimmig auf sie zu.

»Gibst du mir dafür auch wieder die Schuld, ja? Bin ich auch für ihren Tod verantwortlich? Geh! Geh mir aus den Augen! Deine Mutter ist im Walddorf, du kleine Närrin! Geh zu ihr, ehe ich dich dahinschicke, wo Wahela hingeht!«

Dehras Augen weiteten sich, bis das Weiße leuchtend hervortrat. Sie warf Barakal einen flüchtigen Blick zu, fuhr herum und rannte, so schnell sie konnte.

Barakal war als nächster dran. Moloquin schritt auf ihn zu und schrie: »Was haben deine Sterne und deine ganzen Kreisbahnen dazu zu sagen, he? Wenn alles aus vollkommenen Kreisen besteht, wie du behauptest, welcher Kreisbahn habe ich dann das hier zu verdanken? Warum hast du dann die Sterne nicht gelesen und mich gewarnt?«

Der junge Mann senkte den Blick. Moloquin stürzte davon, weil die Krähen erneut herabkamen, und bei seinem Nahen flatterten sie wieder in die Luft hinauf und schlugen heftig mit den Flügeln, eine schmutzigschwarze Wolke, die über Wahela am Himmel schwebte.

Er ließ sich auf die Knie nieder. Die leidenschaftlichen Empfindungen, die in ihm tobten, wurden der Schwäche und Erschöpfung seines Körpers nicht länger Herr. Wie ein Feuer, das gelodert und sich verausgabt hatte, so sank er zu Boden, und als der gewaltige Krähenschwarm seine Schuldigkeit tat und sich zu seinem Mahl niederließ, verwehrte Moloquin es ihnen nicht länger.

Shateel sagte: »Ap Min, laß mich das machen.«

Ap Min sah sie dankbar an und reichte ihr das Baby. Ihre älteste Tochter Elela, die neben ihr stand, warf den Kopf zurück, schürzte die Lippen und zuckte die Achsel.

»Sowieso sollte sie das machen, Ana – schließlich ist sie doch deine Dienerin!«

Ap Min beachtete sie nicht. Wie die meisten Bewohner des Walddorfes ließ sie Elela machen, was sie wollte. Die ältere Frau beugte sich vor und setzte sich vor dem Tonklumpen zurecht, den sie formen wollte, und Shateel, die sich auf der anderen Seite der Scheibe niederließ, bettete das Baby in ihren Schoß und hatte so beide Hände frei, um die Holzscheibe zu bewegen, auf der der Ton lag.

Während sie damit beschäftigt war, hob sie die Augen zu Elela, die immer noch hinter ihrer Mutter stand, und sagte: »Ich bin nicht deine Dienerin. Ich bin niemandes Dienerin.«

Ap Min warf ihr einen raschen Blick zu. Sie tauchte die Hände in eine Bronzeschüssel mit Wasser, beugte sich über den Ton und glättete seine Oberfläche, während er sich drehte, zu einer ebenmäßigen Rundung.

Elela blickte weg und beobachtete Shateel aus dem Augenwinkel.

Das Mädchen war fett wie eine alte Frau. Hems vergötterte sie und nahm sie gegen jedermann in Schutz. Er nannte sie Die Wurzel des Dorfes. Folglich tat sie, was ihr gerade einfiel, und das war gewöhnlich gar nichts, und blickte auf alle anderen hinab.

Jetzt sagte sie: »Es stimmt aber, daß du hierhergeschickt worden bist, weil du Moloquin nicht gehorcht hast.«

»Nein, das stimmt nicht«, sagte Shateel gleichmütig.

»Du lügst«, sagte Elela.

Shateel ließ sich nicht zu einer Antwort hinreißen. Tief in ihrem Innern begann jedoch heißer Zorn zu brodeln. Doch sie hielt sich zurück. Es hatte keinen Sinn, Elela zu antworten, die unablässig Streit mit ihr suchte. Sie senkte den Blick auf die Hände Ap Mins, die den Ton jetzt in die Länge zu ziehen begann und dabei einen Daumen von oben hineindrückte, um ihn auszuhöhlen. Während sie zusah, wie Ap Min das Gefäß mit der einen Hand formte und die andere zwischen die weichen Lippen des Tons gleiten ließ, erinnerte Shateel sich daran, wie sie die Hand in die Vagina Ap Mins hatte gleiten lassen, um das Baby herauszuziehen, aus dem mittlerweile Elela geworden war. Sie wandte den Kopf ab.

Sie saßen draußen in der Sonne vor dem Rundhaus, in dem Hems mit seiner Frau und seinen vielen Kindern lebte. Die anderen Familien des Walddorfs lebten in einem zweiten Rundhaus, jenseits der Lichtung und der Schmiede. Der Winter hatte die Bäume entblättert, und die Sonne flutete durch ihre Äste herab, zu schwach, um sie zu wärmen. Hems war in seiner Schmiede hinter dem Rundhaus. Shateel fragte sich, was er wohl machte, denn er hatte schon seit einiger Zeit zu hämmern aufgehört, und nun herrschte dort völlige Stille.

Shateel selbst hatte keine Herdstelle. Auf Moloquins Befehl hin hatte man ihr keinen eigenen Platz zugestanden, sondern sie mußte von einer Familie zur nächsten gehen und um Obdach und Nahrung bitten und als Gegenleistung dafür jede Arbeit verrichten, die man ihr antrug.

Elela grinste sie höhnisch an. Träge, mit ihrem gewaltigen Bauch und ihren fetten Schenkeln protzend, als seien sie Anlaß zum Stolz, trödelte sie über die Wiese davon, ein dickes, unnützes, eingebildetes Mädchen. Ap Min seufzte.

»Ich möchte nicht wissen, was aus ihr wird, wenn sie heiratet.«

Shateel drehte die Scheibe. Das Baby auf ihrem Schoß stieß die winzigen Fäustchen in die Luft und gurgelte, und sie hob den Kleinen ein wenig höher, so daß sein Kopf auf ihrem Knie und die Beinchen über dem Schenkel des anderen Beines lagen. Sie glaubte nicht, daß Elela jemals heiraten würde. Schon jetzt war sie über das heiratsfähige Alter um einige Zeit hinaus, und keiner der jungen Männer hatte sich um ihretwillen die rote Feder angesteckt. Und die Folc im Walddorf gingen auch nicht in die anderen Dörfer, wo man vielleicht einen Mann für sie hätte finden können. Sie hoffte, daß Elela nicht heiraten würde.

In mildem Ton sagte sie: »Du solltest ihr Benehmen beibringen, Ap Min.«

Ap Min lachte. »O nein, das würde Hems niemals zulassen.«

»Hems ist nicht ihre Mutter.«

Shateel verzichtete auf den Zusatz: Und ihr Vater auch nicht.

Ap Min zuckte die Achseln. Ihr Gesicht war offen und rund wie der Vollmond. Ihre Augen ruhten auf dem Ton, den sie formte. »Hems ist hier der Herr.« Sie sagte das jedesmal, wenn man sie mahnte, dieses oder jenes anders zu machen. Sie überließ solche Dinge Hems, und Hems tat das, was bequem für ihn war.

Ap Mins Hände stellten sich beim Formen des Tons sehr geschickt an. Einen Topf nach dem anderen machte sie, die sie auf eine Holzplatte neben sich setzte. Das Baby begann zu schreien, weil es Hunger hatte, und die beiden Frauen unterbrachen ihre Arbeit. Ap Min öffnete ihre

Kleider und gab dem Kind die Brust, und Shateel trug die Töpfe auf die andere Seite des Dorfes hinüber, wo sie sich einen kleinen Brennofen aus Ziegelsteinen errichtet hatten.

Dieser kleine hüttenförmige Ofen war auch eines von den Dingen, die Hems von den Minen mitgebracht hatte. Shateel setzte die Töpfe vor dem Brennofen nieder, kniete sich vor die Öffnung im Boden und zog die Steine heraus, die sie verschlossen. Neben dem Brennofen lag Holz bereit, und sie füllte die untere Ebene mit Zweigen und Spänen und ging zum nächstgelegenen Haus, um ein paar Kohlen zu erbitten.

Als sie zum Brennofen zurückkehrte, die Kohlen in einem Töpfchen in der Hand, hörte sie vom Wald her jemanden rufen. Sie wandte sich um, um zu sehen, wer da kam, und aus dem Haus hinter ihr trat ein Mann, der ebenfalls zum Wald blickte, und Ap Min an der Rundhaustür wandte sich um, und als das Mädchen aus dem Wald heraustrat, waren viele Blicke auf sie gerichtet.

Das Mädchen kam den Pfad von Norden entlang. Sie trug einen langen Umhang aus Webstoff, der allerdings von Flecken übersät war, und sie war barfuß und hatte nur einen Sack über der Schulter. Shateel machte stirnrunzelnd einen Schritt auf sie zu, fühlte sich zu ihr hingezogen, noch ehe sie erkannte, wer das war, und dann wußte sie es plötzlich und ließ den Kohlentopf fallen.

»Dehra!«

Sie ging mit ausgestreckten Armen auf sie zu. Das Mädchen blinzelte zögernd ins Sonnenlicht, und ihr Blick wanderte langsam vom Rundhaus zu ihrer Rechten zum restlichen Dorf hinüber. Endlich fiel ihr Blick auf Shateel, und sie stürzte in die Arme ihrer Mutter.

***

Im Rundhaus, vor Hems Herdfeuer sitzend, einen Napf Brühe vor sich, sprudelte Dehra ihre Geschichte heraus.

Die Waldfolc saßen um sie herum und lauschten stumm. Selbst als sie von dem Fieber erzählte, das in den beiden Dörfern an der Säule des Himmels gewütet hatte, sagte niemand etwas, obwohl die Frauen ihre Kinder zu sich heranzogen und die Männer den Arm um ihre Frauen legten. Als sie jedoch erzählte, daß Bahedyr Wahela ermordet und selbst Moloquin zu töten versucht hatte, wurden alle von einem Schauder gepackt.

Dehra sprach davon, wie Moloquin an der Säule des Himmels gewütet und wie er sie weggeschickt hatte, und sie schmiegte sich an ihre Mutter, die neben ihr saß, und Shateel drückte sie an sich. Die anderen schauten einander an, immer noch zutiefst berührt von dem, was sie gerade erfahren hatten, und Hems schüttelte plötzlich den Kopf.

»Er hätte uns niemals verlassen dürfen«, sagte er, »er hätte hier bleiben sollen, bei uns, wo er hingehörte.«

Ein oder zwei andere nickten und murmelten zustimmend, und Ap Min schlug die Hände vors Gesicht. Shateel hielt ihr eigenes Kind umfaßt, ihr Gesicht in Dehras glattem Haar verborgen, und als die anderen sich wieder an ihre Arbeit machten, zog sie Dehra zum Fluß hinab, wo sie reden konnten, ohne beobachtet oder belauscht zu werden.

Sie wusch sich Gesicht und Hände in dem eiskalten Wasser und beobachtete Dehra, als die das ebenfalls tat. Dehra war dünn, selbst verglichen mit ihr, die immer dünn gewesen war, und ihr Gesicht hatte etwas Erschöpftes und Wildes zugleich, sie wirkte wachsam und gleichzeitig zornig.

Sie sagte: »Ich habe seit der Blutigen Versammlung nach dir gesucht. Ich glaubte, du seist tot.«

Shateel lachte. Hände und Gesicht prickelten von dem kalten Wasser. »Ich bin so lebendig, mein Kind, wie nur irgendeine zwischen Himmel und Erde. Doch wie ist es dir ergangen? Warum bist du zur Säule des Himmels gegangen?«

»Weil ich nach dir gesucht habe. Und um Moloquin zu bekämpfen. Er ist schlecht, Ana, er hat solches Unheil über uns gebracht ...«

Das Mädchen verstummte. Sie trommelte mit den Fäusten auf den Boden. Shateel streckte die Hand nach ihr aus.

»Erzähl mir von meinem eigenen Volk.«

Dehra wischte sich mit den Fingern über das Gesicht. »Ana-Joba-el ist tot.«

»Oh.«

»Und Ladons Sohn ist auch tot, am Fieber gestorben.«

Shateel warf ihr einen scharfen Blick zu, doch dann sah sie, daß Dehra Ladons Sohn nur als Obmann von Moloquins Volk kannte, und sie senkte den Blick wieder. Der Gedanke an Ladons Sohn versetzte ihr unerwarteterweise einen Stich. Dehra starrte sie an.

»Wie bist du denn hier zurechtgekommen, Mutter? Hast du sehr gelitten?«

»Ich habe überhaupt nicht gelitten«, sagte Shateel.

»Aber du warst doch ganz allein hier. Die Folc hier meiden dich, das habe ich schon gemerkt.«

»Sie meiden mich, weil man das von ihnen verlangt. Das ist für sie reine Gewohnheit. Ich habe nichts zu leiden gehabt.« Shateel besann sich: Es wurde Abend, der Winter war nah, und sie mußte für sich und ihre Tochter einen Schlafplatz finden. Sie erinnerte sich an die Töpfe, die sie brennen sollte, und überlegte, wo sie etwas zum Abendessen auftreiben konnte. Die alltäglichen Bedürfnisse des Lebens nahmen sie gefangen, doch insgeheim trug sie sich mit einem weit größeren Problem, und so begab sie sich geistesabwesend an die dringlichen Aufgaben.

Dehra war müde. Sowie Kayon sie für die Nacht an seiner Herdstelle aufgenommen hatte, schlief das Mädchen ein. Shateel erledigte die Arbeit, die ihr als Gegenleistung für das Nachtlager zugewiesen worden war, und dann trat sie in die kalte Dunkelheit der Nacht hinaus und lief zum Wald hinüber.

Sie lief von der Wiese ein Stück zu der Lichtung hinauf, wo die Folc ihre Gärten hatten. Dort setzte sie sich auf einen alten Baumstumpf. Der Mond ging zwischen den Bäumen auf, und der Wind fegte schneidend kalt zwischen den Zweigen hindurch. In der Ferne heulte ein Wolf, und ein ahnungsvoller Schauder überlief sie, ein Vorgefühl, das älter war als sie, älter als die Folc, so alt wie die Welt selbst.

Vor ihr lag der Garten, der nun dem Winterschnee, den umherstreifenden Geschöpfen der Nacht überlassen war. Ohnehin war das ein recht bescheidenes Unternehmen, dieser Garten. Wegen Hems' Schmiede und der Reichtümer, die sich daraus ergossen hatten, bekamen die Waldfolc einen großen Teil ihrer Nahrung von anderen Dörfern, aus anderen Gärten, durch anderer Hände Arbeit. Ihr eigener Boden, der schwer und hart war, galt ihnen wenig. Dabei war dieses Stück Erde einmal das Herz des Dorfes gewesen. Moloquin selbst hatte diese Bäume gefällt, und Shateel hatte das Gestrüpp beseitigt und verbrannt, damit die Gärten bepflanzt werden konnten: Das Ergebnis ihrer Arbeit, die sie hier verrichtet hatten, war hier erhalten, ein Teil von ihnen beiden war hier erhalten.

Etwas von einem anderen Menschen war hier ebenfalls noch erhalten. Ehe Moloquin die Bäume gefällt, bevor er die Folc an diesen Ort geführt hatte, hatte hier eine andere gelebt. Eine andere hatte hier gepflanzt und geerntet, sich dem nimmerendenden Kreislauf der Jahreszeiten angepaßt und sich mit Hilfe der bestellten Erde und der Sommersonne am Leben erhalten. Ael war zuerst hier gewesen.

Jedesmal, wenn Shateel während ihrer Verbannung das Herz schwer geworden war, war sie hierhergekommen und hatte lange an Ael gedacht, an die Frau, die allein gewesen war, und Ael hatte ihre Wunden geheilt.

Diesmal waren es nicht ihre Wunden.

Sie stellte ihn sich vor, wie Dehra ihn beschrieben hatte, wie er an jenem Ort gewütet hatte, an dem seine Seele am meisten hing. Wie er die Krähen verscheucht, seine Folc verscheucht hatte. Wie er Dehra weggescheucht hatte. Hatte das nicht etwas Verzweifeltes? Er hatte doch schon lange gewußt, daß Dehra ihre Mutter suchte.

Sie erinnerte sich daran, wie er gewesen war, als er die toten Bäume gefällt hatte, ein junger Mann, der vor lauter Geschichten und vor Ehrgeiz überschäumte; sie dachte an seine Kraft, die damals unerschöpflich zu sein schien, eine Lebenskraft, die ein ganzes Volk wiederzubeleben vermochte. Und mit welch dummem Stolz hatte sie sich ihm dann verweigert, als er sie zu seinen Frauen zählen wollte! Sie mußte lächeln, als sie jetzt daran dachte – wie sie ihn zurückgewiesen hatte.

Sie würde ihm nicht noch einmal verwehren, was er brauchte.

Der Mond war über den Bäumen aufgegangen. Voll und rund, das Antlitz jedoch halb aufgezehrt von Verderbtheit, mit seinem Licht, das der Weggefährte des Wahnsinns war, so ritt er die Nacht in die Dämmerung hinein. Der dort drüben im Norden, ob der noch immer raste? Ob er sich immer noch abmühte, die Krähen fernzuhalten – sich dem Tod entgegenstemmte? Vor ihr lag der Garten im winterlichen Griff des Todes, doch der Frühling würde kommen, und das lebendige Grün würde durch totes Stroh und abgestorbene Stengel emporschießen. Sie stand auf und kehrte dem Garten den Rücken zu, wandte ihr Gesicht wieder Moloquin zu.

Sie brachten den großen Stein vom Alten Lager herüber, und unter denen, die an den Seilen schufteten, war Bahedyr.

Moloquin stellte ihn ans hintere Ende, dorthin, wo der Staub am dichtesten war. Die anderen Männer durften nach vorn vorrücken, um sich etwas zu erholen, Bahedyr hingegen quälte sich immer an dem schmutzigsten und peinigendsten Platz in der Reihe ab, und wenn er nachließ, war Moloquin zur Stelle und befahl, ihn mit Seilen zu schlagen. Moloquin legte den Weg neben dem Stein in seiner Sänfte zurück, so daß er die Leiden des Mannes verfolgen konnte, der ihn verraten und Wahela getötet hatte. So rückte der gewaltige rissige Stein Tag um Tag näher an die Säule des Himmels heran.

Es war Mittwinter. Barakal stand vor dem Westlichen Wächter und sah die Sonne über dem Stein im Osten aufgehen, und alle Folc kamen zur Säule des Himmels, und die Männer tanzten, die Frauen bereiteten ein Festmahl zu, und die ganze Mittwinternacht verbrachten sie in

Erwartung der Sonne mit Freudenfeuern und Festessen, Tänzen und Musik. Moloquin saß mitten unter ihnen, in seiner Sänfte zusammengesunken, das Gesicht abgewandt.

Die Folc tanzten und feierten die ganze Nacht lang, und als es dämmerte, lagen sie da und schliefen, und ihre Leiber waren wie die von Leichen überall im Rund der Säule des Himmels verstreut. Moloquin allein beobachtete das Aufgehen der Sonne, die wie ein weißer Geist durch den Nebel emporgestiegen kam und ihre Strahlen verstohlen über die Erde schickte, so daß die Schatten der Tore ihn umgaben. Er saß, wie er die ganze Nacht gesessen hatte, in sich zusammengesunken, den Kopf auf die Brust gelegt.

Er hörte jemanden näher kommen und erwartete Barakal, dessen Leben es war, die Himmelsläufe zu beobachten und der nun den Sonnenaufgang betrachten wollte. Deshalb blickte er nicht auf, bis der andere unmittelbar vor ihm stehenblieb.

Er hob den Blick. Lange sah er Shateel ins Gesicht, die vor ihm stand.

»Was machst du hier?« fragte er endlich.

»Du hast mich doch gerufen«, sagte sie ruhig, »oder nicht?«

»Ich habe niemanden gerufen«, sagte er.

Sie zuckte die Achseln. »Vielleicht habe ich mich geirrt.« Sie war kleiner, als er sie in Erinnerung hatte, mager, sonnengebräunt, und ihr Gesicht war mit den Jahren faltig geworden. Ihr Blick begegnete dem seinen ohne Angst oder Zuneigung. Sie sagte: »Ich habe erfahren, daß Wahela tot ist. Ich bin gekommen, weil ich deine Frau bin und es nicht gut für dich ist, allein zu sein.«

Er wandte den Kopf ab. Die Bewegung erinnerte an ein verwundetes Tier, das weiteren Schlägen auszuweichen sucht. Shateel betrachtete ihn genau und war erstaunt, wie verändert er war. Ihr fiel wieder ein, wie sie sich damals gefragt hatte, ob ihn jemals noch etwas würde überraschen können. Jetzt fragte sie sich, ob ihn jemals wieder etwas würde berühren können.

Sein mächtiges Haupt schwenkte herum. Er sagte: »Komm mit, Shateel.« Schwerfällig erhob er sich aus seiner Sänfte und ging hinaus aus der Säule des Himmels, auf sein Rundhaus zu, und sie folgte ihm.

Im Gehen sagte er über die Schulter: »Hast du diese Tochter mitgebracht, die du hast?«

»Nein, sie ist im Walddorf geblieben.«

»Gut. Die macht nur Scherereien.«

»Du hast ihr doch auch nur Scherereien bereitet!« Sie rannte ein paar Schritte, um ihn einzuholen. Sie gingen durch das Dorf, das leer war bis auf die Hunde und die Ziegen, da alle Folc bei der Säule des Himmels waren. Die Hunde scheuten vor Moloquin zurück, als sie vorbeikamen. Shateel sah die kleinen Hütten und stellte überrascht fest, wie sehr das Dorf hier dem Walddorf ähnelte – als ob seine Bewohner, um zu Moloquins Folc zu gehören, alles ganz genauso machen mußten. Sie kamen an der riesigen Mühle vorbei, und Shateel starrte sie einen Augenblick lang an. Dann erreichten sie das Rundhaus.

Er ging geradewegs hinein, doch Shateel blieb stehen. Am Eingang des Rundhauses lag Bahedyr, am Boden festgepflockt, so daß jeder, der hinein oder hinaus wollte, auf ihn treten mußte. Als Moloquin hineinging, trat er mit seinem ganzen Gewicht auf Bahedyr, und der Gefesselte stöhnte auf. Er hatte die Farbe des Staubs angenommen, und selbst als er aufstöhnte, schenkte ihm Moloquin nicht mehr Beachtung als dem Staub.

Shateel stieg über ihn hinweg und betrat das Rundhaus. Sie folgte Moloquin in die Mitte, und sie setzten sich gemeinsam nieder.

»Warum tust du das?« fragte sie ihn und wies mit dem Kopf zum Eingang. »Wegen Wahela?«

»Wahela ist tot«, erklärte Moloquin. Er zog einen Deckelkorb heran und öffnete ihn. »Hier, sieh dir das mal an.«

Er griff in den Korb, holte eine Handvoll Schmuckstücke heraus und hielt sie ihr klirrend und klingend vor die Augen. Es verschlug ihr den Atem. Das Metall leuchtete wie die Sonne im Licht, leuchtete mit verführerischem Glühen, und sie streckte die Hand aus und berührte es. Sie hatte erwartet, daß es warm sein würde, doch es war kalt und hart wie Stein. Sie ließ den Schmuck wieder in den Korb gleiten.

Sie wandte Moloquin wieder den Blick zu. »Und warum machst du so etwas mit Bahedyr?«

»Ich habe ihn erhöht«, sagte Moloquin, »und jetzt erniedrige ich ihn zu weniger als einem Dorfköter.«

»Deine Macht ist groß«, sagte sie.

»Alle Folc gehorchen mir«, sagte er, »sie tun, was ich von ihnen verlange. Sie kommen, wenn ich rufe, und sie gehen, wenn ich sie wegschicke. Was immer sie schaffen, bringen sie mir, und ich entscheide, wer haben und wer nicht haben soll.«

»Größer als alle ist Opa-Moloquin-on«, sagte sie.

»Übers Meer bringen Männer mir Reichtümer«, sagte er, »noch auf der anderen Seite des Meeres kennen sie meinen Namen und verneigen sich vor ihm.«

»Groß ist dein Name, Opa-Moloquin-on.«

»Warum machst du dich über mich lustig?« schrie er und fuhr mit geballter Faust zu ihr herum.

»Ich mache mich nicht über dich lustig, Moloquin. Ich höre deine Worte.«

Lange blickte er ihr ins Gesicht, und sie erkannte in seinen Zügen etwas, das sie niemals gesehen und auch niemals zu sehen erwartet hatte: Sie erkannte, daß Moloquin Angst hatte.

Sie sagte: »Was quält dich, mein Mann?«

»Ach, Weib.«

Er senkte den Kopf, und seine Schultern rundeten sich. Mit beiden Händen griff er nach dem Deckel und legte ihn auf den Korb, und dann stieß er ihn plötzlich mit einer heftigen Bewegung von sich.

Er sagte: »Ich kann nicht schlafen, Shateel. Ich blicke mich um und sehe niemanden, den ich kenne, nur Fremde, selbst meine eigenen Kinder sind Fremde für mich, und wenn sie Fremde sind, sind sie womöglich Feinde, und ich wage nicht, ihnen zu trauen. Womöglich kommen sie und erdolchen mich, wenn ich im Schlaf liege. Ich wage nur noch zu essen, was von einem anderen vorgekostet ist, ich gehe niemals irgendwohin, ohne von vielen Männern umgeben zu sein, und selbst die fürchte ich.«

Er preßte die Fäuste gegen die Augen und bewegte ruckhaft den Kopf, so daß sein Haar flog.

»Vielleicht hattest du ja recht, Shateel. Vielleicht bin ich ein schlechter Mensch und eine Geißel für mein Volk.«

»Ich habe nicht gesagt, du seist schlecht, sondern du habest schlecht gehandelt, Moloquin, was nicht dasselbe ist.«

»Vielleicht.« Er ließ die Hände in den Schoß sinken. »Ich weiß überhaupt nichts mehr. Ich begreife die Zusammenhänge nicht mehr, es ist alles viel zu verworren. Das einzige, wo ich mir sicher bin, ist die Säule des Himmels. Da habe ich Gewißheit: Das muß ich tun, und so tue ich es.«

»Sie ist herrlich«, sagte sie, »ich erbebe bei ihrem Anblick.«

»Ich hasse sie«, sagte er, »ich hasse sie, und doch muß sie da sein, und ich sehne mich schmerzlich nach ihr, wenn ich weg bin, doch ich hasse sie, denn sie hat alles verschlungen, was ich geliebt habe, und bald, das weiß ich, wird sie auch mich verschlingen.«

Sie senkte den Kopf. Sie hatte ihn in seiner Sänfte dort in der Mitte der Säule des Himmels sitzen sehen, und er war ihr klein und zerbrechlich vorgekommen inmitten seiner Schöpfung, klein und zerbrechlich und alt inmitten der hoch aufragenden Steine. Sie bedachte, was er ihr erzählt hatte, die Worte, die sich aus seinem Mund ergossen hatten wie Blut aus einer Wunde, und sie erkannte, wo diese Wunde lag, und für eine solche Wunde gab es keine Heilung.

Sie sagte: »Erzähl mir eine Geschichte, Moloquin.«

»Ich kann nicht.«

»Ach nein?«

»Ich habe keine Geschichten mehr, Shateel. Die Geschichten stammten von Karella, und sie hat mich verlassen. Sie ist nicht bei mir gewesen, seit ich die Sampo zerbrochen habe.« Er schüttelte den Kopf. »Ich habe mich von Ael abgewandt, und jetzt hat Karella sich von mir abgewandt.« Er schlug mit der Hand auf den Korb. »Mir ist nichts geblieben als dies und die Säule des Himmels.«

Nun verstand Shateel ihn, und sie wußte auch, weshalb Bahedyr angepflockt vor der Schwelle des Hauses lag. Sie rückte näher an ihren Gatten heran, und er lehnte sich an sie. Er legte den Arm um sie, und sie legte den Kopf an seine Schulter, doch er wandte den Kopf ab, selbst noch als er sie an sich drückte, hielt er den Kopf abgewandt und blickte in die Dunkelheit.

Barakal ging während der Mittwintertage nicht zur Säule des Himmels, außer um die Sonne aufgehen zu sehen, was seine unabdingbare Pflicht war. Die Anwesenheit so vieler Menschen war ihm unerträglich. Als die Feier jedoch vorüber war und die Menschen in die Dörfer zurückgekehrt waren, ging er hinauf und schlief am Fuß des Großen Tores den ganzen Nachmittag lang, damit er wach und munter wäre, wenn die Sterne aufgingen.

Während der ersten Nächte war der Himmel bedeckt. Der Nebel schien aus dem Land heraufzuquellen und sich in Säulen und Schwaden zum Himmel zu erheben, und er bedeckte den Himmel mit einem undurchsichtigen Schleier. In der fünften Nacht jedoch erhob sich ein leichter Wind, der von Norden wehte, und der blies den Nebel weg.

Er saß die ganze Nacht über da und beobachtete, wie eine Sternenfamilie nach der anderen vom Horizont emporstieg und nach Westen davonwirbelte, so daß er, hellwach, bereit war, als die Sterne der Himmelspforte aufgingen, und da entdeckte er zwischen ihnen einen Stern, den er noch nie gesehen hatte.

Als er ihn erblickte, hielt er vor Staunen den Atem an. Fergolin, sein Meister, hatte ihm erklärt, daß zuweilen neue Sterne auftauchten und jeweils schlimme Zeiten für die Folc ankündigten, doch Barakal hatte damals noch nichts damit anfangen können. Der Stern war prächtig, heller noch als der Große Wanderer, und seine Strahlen leuchteten in einem feurigen Rot und Grün und Gelb. Ihm war, als könnte er ihn sich langsam an seinem Platz zwischen den beiden Sternen der Himmelspforte drehen sehen, dort am Rande des Himmels, und er kniete darunter nieder und sprach mit gesenktem Kopf mit ihm, sagte ihm, wie schön er sei, und bat ihn, ihm seine Botschaft mitzuteilen.

Er wußte sofort, daß er mit dieser Neuigkeit zu Moloquin gehen mußte, doch der Stern ließ ihn nicht los. Die ganze restliche Nacht beobachtete er ihn, und er bemerkte, wie nahe er zu den anderen Sternen stand. Als der Morgen dämmerte, verblich der prächtige Stern wie alle anderen, und Barakal stand mühsam auf, erschöpft von der durchwachten Nacht.

Langsamen Schrittes ging er auf Moloquins Dorf zu, um dem Häuptling der Folc seine Nachricht zu überbringen, doch auf halbem Wege zwischen der Säule des Himmels und dem Rundhaus seines Vaters blieb Barakal stehen. Dort vor ihm, an dem sanft abfallenden Hang, erwachte das Dorf in der Morgendämmerung. Schon rannten die Hunde schnüffelnd und hechelnd über den Abfallhaufen. Der erste Rauch zog wie eine Schmutzspur in den Himmel hinauf. Er hörte verschlafene Stimmen. Er sah einen ungeordneten Zug von Menschen zum Graben wandern, um sich zu erleichtern. Ihre Gerüche und Geräusche, ihr ungeregeltes Kommen und Gehen, das alles stieß ihn ab. Sein Inneres war von dem neuen Stern erfüllt, von seiner Reinheit und Strenge. Gemessen an der vollkommenen Ordnung des Himmels war dieses gemeine, abstoßende menschliche Durcheinander bedeutungslos, lästig und erniedrigend für einen, der den Himmel in sich trug. Er kehrte um und lief zur Säule des Himmels zurück, dorthin, wo er hingehörte.

Wenige Tage später wurde die Arbeit an der Säule des Himmels wieder aufgenommen.

Die Hälfte der Männer machte sich daran, den Stein zu glätten, die anderen begannen, das Loch auszuheben, und ein paar von ihnen ließ Moloquin zusätzlich ein Loch im Eingang graben, zwischen den beiden alten Steinen, die dort standen. Er bekundete mehr Interesse an diesem Loch als an dem anderen, das den Stein aufnehmen sollte, beugte sich darüber und ließ alles Mögliche hineinfallen, um seine Tiefe abzuschätzen.

Am Nachmittag, die Sonne stand noch hoch am Himmel, schickte er nach Sichel, der Bahedyr bewachte, und ließ ihn den Gefangenen an die Säule des Himmels bringen. Shateel war mittlerweile auch eingetroffen, und mit ihr viele andere, und sie standen alle und schauten zu, wie Bahedyr an die Totenstätte geschleppt wurde.

Bahedyr selbst war vom Tode nicht mehr allzu weit entfernt. Er konnte sich kaum auf den Füßen halten. Sichel mußte ihn beim Gehen stützen, indem er ihm den Arm unter die Achseln schob, und der Kopf des einstigen Helden war auf die Brust gesackt, und das Haar war von Dreck verfilzt. Als er hereingeführt wurde, wichen die Folc vor ihm zurück. Ein paar wütende Zurufe waren zu hören, doch die meisten Folc wandten sich ab, von Furcht und Mitleid gepackt, bis Moloquin sagte: »Steckt ihn in das Loch!«

Daraufhin wandten alle die Köpfte und schauten zu, und selbst Shateel trat näher, um zu sehen, was Moloquin mit dem Mann machen würde, der ihn verraten hatte.

Sichel und ein anderer Mann schleppten Bahedyr an den Rand des Loches und stießen ihn hinein. Kaum hatten sie ihn losgelassen, fiel Bahedyr auf den Boden des Loches, und keiner konnte ihn mehr sehen. Moloquin sagte: »Zieht ihn hoch!«

Die beiden Männer am Rand des Loches zögerten einen Augenblick und blickten an ihren Füßen vorbei in das Loch, doch dann ermannte Sichel sich und sprang hinab. Neben Bahedyr stehend, zerrte er den Verurteilten auf die Füße und hielt ihn aufrecht, und ihre beiden Köpfe blickten über den Rand. Moloquin ging vor dem Loch auf und ab, die Hände in die Hüften gestützt.

»Du da und du«, er zeigte auf zwei Männer in der Nähe des Loches, »tut die Erde wieder rein. Du, Sichel, hältst ihn, bis die Erde ihn aufrecht hält.«

Bei diesen Worten ging ein Raunen des Entsetzens durch die Menge. Die beiden Männer blickten einander an, dann wandten sie sich um und gingen langsam zum Wall, um sich Schaufeln zu holen. Sichel hob den Kopf und starrte mit schreckgeweiteten Augen aus dem Loch.

Shateel machte einen Schritt auf ihren Gatten zu, die Hand erhoben, doch ehe sie sprechen konnte, sprach eine andere. Eine andere trat aus der Menge und rief: »Moloquin, welche Untat hast du jetzt wieder vor?«

Sein Kopf fuhr herum. Sein Gesicht zeigte keine Überraschung, nur unerbittliche Entschlossenheit. Als er gesehen hatte, wer die Sprecherin war, wandte er sich zu Shateel.

»Du hast doch gesagt, sie sei nicht da!«

Shateel verharrte, wo sie war, auf halbem Weg zwischen ihm und Dehra, die nun allein vor der Menge stand, die Fäuste vor die Brust erhoben und zornrot im Gesicht. Shateel sagte: »Sie hat gesagt, sie käme nicht wieder hierher. Doch vielleicht ist es so am besten. Was du da tust, ist grauenvoll.«

Als er das hörte, blickte er von ihr zu Dehra und dann wieder zu ihr, und dann begann er zu lachen. Sie wandte den Kopf ab und preßte die Lippen aufeinander. Dann ging sie an ihm vorbei auf das Loch zu. Bahedyr hing mit halb geschlossenen Augen in Sichels Armen.

Doch er bemerkte sie. Seine Lippen bewegten sich ein wenig, und als sie neben dem Loch niederkauerte, hörte sie ihn sagen: »Hilf mir, Shateel.«

Sie blickte in sein Gesicht, auf dem der Schmutz wie eine Maske lag, dann blickte sie über seine Schulter in Sichels Gesicht und sah dort ebenfalls eine Maske, den Ausdruck blanken Gehorsams. Sichels Gesicht nahm einen warnenden Ausdruck an. Sie stand auf.

»Moloquin«, sagte sie, »um meinetwillen, tu das nicht.«

Er stand noch wie in dem Augenblick, als Dehra aus der Menge getreten war, auf dem freien Platz zwischen Bahedyrs Loch und dem Loch, das gerade für den Stein vom Alten Lager gegraben wurde. Er hielt den Kopf gesenkt, und seine Augen glühten. Sein Blick wanderte von Bahedyr zu Dehra und wieder zurück. Shateel trat unmittelbar vor ihn hin.

»Tu's nicht!« sagte sie leise. »Du bringst Unheil über uns, tu's nicht!«

Während sie sprach, legte sie ihm die Hand auf die Brust. Er blickte lange zu ihr hinab, dann nahm er ihre Hand und stieß sie beiseite. Mittlerweile waren die Männer mit ihren Schaufeln zurückgekehrt, und sie schickten sich an, die Erde zu Bahedyr ins Loch hinabzuschaufeln, um ihn lebendig zu begraben, doch Moloquin sagte: »Nein. Schafft ihn wieder weg.« Mit einer Armbewegung schickte er sie alle weg und kehrte dann in die Mitte der Säule des Himmels zurück, wo seine Sänfte stand, stieg hinein und blieb den ganzen restlichen Tag darin sitzen.

Dehra sagte: »Ich konnte dort nicht bleiben, Ana-el – da ist es auch nicht anders als hier.«

Sie und Shateel saßen in einer Ecke des Rundhaushofes. Ein kalter Regen hatte zu fallen begonnen, vorerst nur leicht, in den sich Schneeflocken mischten.

Dehra sagte: »Hems ist auch nicht anders als Moloquin. Er hat mich als Gegenleistung für Essen und Unterkunft Holz tragen und Wasser schöpfen lassen, und als ich mir eine eigene Herdstelle bauen, mir einen eigenen Platz schaffen wollte, hat er seine Kinder geschickt, und die haben alles wieder kaputtgemacht.«

Ihre Stimme bebte. Shateel sah Tränen des Zorns, Tränen der Scham in ihren Augen. Sie streckte die Hand aus und berührte die Wange ihres Kindes und dachte gleichzeitig: Sie ist kein Kind mehr.

»Deshalb bin ich hierher zurückgekehrt«, sagte Dehra, »hier kann ich wenigstens –«

Sie verstummte und blickte weg.

»Hier kannst du Moloquin bekämpfen«, sagte Shateel nachsichtig.

Dehra nickte mit gesenktem Blick. Doch schon richtete sie die flammenden Augen wieder auf ihre Mutter.

»Er ist die Wurzel allen Übels, Ana. Wenn er vernichtet ist –«

Shateel legte Dehra die Hand über den Mund. »Sag so etwas nicht.«

»Was!« Wütend stieß Dehra Shateels Hand beiseite. »Gehörst du etwa schon wieder zu ihm? Er hat dich weggeschickt, jetzt läßt er dich zurückkommen, und du bist so dankbar, daß du ihm aus der Hand frißt –«

Shateel schlug ihr ins Gesicht. Dehra wich zurück, zornrot, und die beiden Frauen starrten einander an. Shateel sagte: »Du verstehst nicht, was –«

»Ich verstehe«, sagte Dehra. Sie stand auf. »Du bist nicht mehr meine Mutter!« Steif ging sie davon, verließ den Rundhaushof. Shateel senkte den Kopf. Der Schnee fiel um sie her und schmolz gleich wieder.

Ael, dachte sie, bist du jetzt hier, kannst du mich hören? Der unentwirrbare Knoten ihrer Empfindungen preßte ihr das Herz ab. Hinter ihr stand Moloquin, vom Übel zerfressen wie ein Leichnam von den Würmern, vor ihr stand Dehra, vom Übel verlockt und dabei obendrein voller Selbstgerechtigkeit. Wie sollte sie es nur fertigbringen, zwischen beiden zu stehen – zwischen ihnen und ihrem Geschick? Sie zog sich das Schultertuch über den Kopf und verhüllte ihr Gesicht gegen die Kälte, den Schnee und das Licht.

Moloquin erwachte und fand sich allein. Neben ihm, wo Shateel gelegen hatte, war das Bett kalt. Er stand auf und durchschritt das Rundhaus, auf der Suche nach ihr.

Obwohl er es ihr nicht zu sagen gewagt hatte, brauchte er sie. Das einzig Gute, das er neben all den schrecklichen Dingen, die ihm widerfahren waren, erlebt hatte, war, daß Shateel zu ihm gekommen war, endlich aus freien Stücken zu ihm gekommen war. Durch ihre Augen konnte er sich wieder als ganzen Mann sehen, als einen Mann, der der Liebe wert war oder der doch wenigstens wert war, am Leben zu sein. Doch er wagte ihr das nicht zu sagen, aus Furcht vor der Macht, die er ihr damit einräumte. Statt dessen stapfte er mit finsterer Miene durch das Rundhaus, und als er sie draußen im Hof fand, wo sie im frischgefallenen Schnee saß, rügte er sie wie ein Meister einen grünen Novizen.

»Was machst du denn hier? Bist du vielleicht nicht mein Weib? Komm rein, dahin, wo ich bin.«

Sie hob ihr Gesicht und blickte zu ihm auf. Er erkannte, daß sie unglücklich war, und eine würgende Angst packte ihn: Wenn sie unglücklich war, würde sie dann nicht wieder weggehen? Er griff sie beim Arm und zog sie auf die Füße.

»Komm ins Haus. Du bist doch meine Frau! Wenigstens mir zuliebe könntest du ein wenig zeigen, daß du stolz darauf bist.«

Er zerrte sie ins Haus und ließ sie sich setzen, und die Frauen, die zum Rundhaus gehörten, brachten ihnen Bier und Samenkuchen und Honig und in Brühe gequollene Getreidekörner, die weich und weiß geworden waren. Moloquin behielt Shateel in seiner Nähe, so daß er sie berühren konnte, wann immer er wollte, indem er nur die Hand ausstreckte. Er ließ sie keinen Moment aus den Augen.

»Was hast du da draußen im Schnee gemacht? Hast du nicht bemerkt, daß es zu schneien angefangen hat? Sogar die Hunde und die Schweine wissen, daß sie rein müssen, wenn Schnee fällt.«

Sie sagte: »Gehst du heute zur Säule des Himmels?«

»Ja.« Er nahm sich einen Kuchen aus Samen und Honig, teilte ihn und legte ihr die eine Hälfte aufs Knie. »Würde mich allerdings überraschen, wenn sonst noch jemand käme. Wir können im Schnee nicht arbeiten. Iß.«

Er hätte es gern gehabt, wenn sie sich hinter ihn gesetzt hätte, wie Wahela es getan hatte, um ihm mit ihren tröstlichen Händen das Haar zu kämmen, die Läuse aus dem Haar zu sammeln, sich die Locken um die Finger zu drehen, doch er wußte nicht, wie er sie darum bitten sollte. Statt dessen fragte er sie in scharfem Ton: »Warum ist denn diese Tochter von dir wieder hergekommen? Du hast doch gesagt, sie wollte wegbleiben.«

»Ich weiß es nicht«, sagte Shateel, »ich bin deshalb sehr betrübt, mein Mann, sie hätte nicht herkommen dürfen. Sie haßt dich.«

Er grunzte verächtlich. »Das kümmert mich nicht. Das ist doch bloß ein dummes Mädchen, was kann sie mir schon anhaben?«

»Ich weiß es nicht«, sagte Shateel, »ich weiß nichts von diesem Ort hier, außer daß ich nichts davon weiß. Ich werde später zum Neuen Dorf hinuntergehen, wenn es dir recht ist.«

Er blickte sie durchdringend an. Die Worte: Wirst du zurückkommen? lagen ihm auf der Zunge. Sein Blick verweilte auf ihren Zügen. Sie war früher schön gewesen, oder jedenfalls war sie es in seiner Erinnerung. Jetzt besaß das Gesicht mit seinen Falten und seiner schlaffen Haut eine andere Art von Anziehungskraft. Als er sie so betrachtete, lächelte sie ihm zu, und er dachte: Sie kennt mich bis in den hintersten Winkel meiner Seele.

Das besänftigte ihn. Er streckte die Arme nach ihr aus und zog sie an sich, setzte sie vor sich hin wie ein kleines Kind und strich ihr übers Haar. Er stellte sich ungeschickt dabei an, denn seine Finger waren zu steif, zu dick und so rauh von Schwielen, daß ihre Haarsträhnen daran hängenblieben. Sie seufzte. Vertrauensvoll und warm, rückte sie ganz nah an ihn heran, drückte den Rücken gegen seinen Bauch und den Kopf an seine Schulter. Er legte die Arme um sie und vergrub sein Gesicht in ihrem Haar.

Am Nachmittag hörte es zu schneien auf, und Moloquin ging zur Säule des Himmels hinauf. Shateel lief quer über den Hang zum Neuen Dorf hinab, um einige der Frauen aufzusuchen, die sie kannte. Sie glaubte, wenn sie mit ihnen spräche, würde sie eher erfahren, wie die Stimmung unter den Folc war, und sie würde herausfinden können, ob die Macht der Frauen für oder gegen Moloquin arbeitete.

Das Neue Dorf lag an einem nach Osten geneigten Hang unmittelbar unterhalb der Säule des Himmels, wenn man von Moloquins Dorf aus hinlief. Seine beiden Langhäuser standen nebeneinander, und das Rundhaus stand vor ihren Eingängen, so daß alle denselben Hof teilten. Ein Dornbuschzaun umgab das Ganze, doch außerhalb des Zauns standen noch andere Häuser, die klein und rund waren und Dächer aus Stroh und Grassoden hatten.

Sie trat in den Hof, wo eine kleine Ziegenherde versammelt und damit gegen den Schnee geschützt war. Zwei junge Frauen brachten ihnen gerade ein paar Arme voll Heu. Shateel beobachtete sie einen Augenblick, doch es widerstrebte ihr, sie bei der Arbeit zu stören, und sie schaute sich nach den Plätzen um, wo die Frauen sich gewöhnlich versammelten – nach der Sampo, einem Webstuhl, einer Töpferscheibe.

So etwas gab es jedoch nicht. Sie vermutete, daß die Frauen ihr Korn zu der großen Mühle in Moloquins Dorf hinauftrugen. Bestimmt hatten sie keine eigene Sampo. Auch die gemeinsame Geschäftigkeit der Frauen, wie sie sie in ihrem eigenen Dorf gekannt hatte, wo die Frauen alle Arbeiten gemeinsam machten, fehlte. Der Hof war leer bis auf die Ziegen, die Frauen, die sie fütterten, und die beiden alten Hunde, die im Schutz des Zaunes schliefen.

Sie nahm an, die Kälte sei daran schuld. Bestimmt hielt die Kälte die Männer im Rundhaus. Sie betrat das Langhaus zu ihrer Linken.

Gewöhnlich waren die Langhäuser selbst bei kältestem Wetter warm von den Herdfeuern, die die Frauen in Gang hielten, warm von den Menschen, die dort unter einem Dach lebten. Als sie dieses Langhaus betrat, schlug ihr jedoch kalte Luft entgegen, und der Geruch von Moder und Alter und Verwahrlosung nahm ihr fast den Atem. Entsetzt blieb sie an der Schwelle stehen. Dieses Langhaus war fast völlig leer.

Die Herdstellen reihten sich zwar noch zu beiden Seiten aneinander und waren, wie üblich, durch Kreise und niedrige Steinmauern voneinander getrennt, doch die meisten Wohnplätze waren leergeräumt, und die Asche war kalt wie Schnee. Langsam schritt sie den Mittelgang des Hauses hinab. Das Dach fing an einzufallen, und der kalte Wind blies in den Raum herein, fegte durch das ganze Haus und wirbelte die Asche auf. Sie kam an einer Herdstelle vorbei, wo jemand in eine Decke gehüllt schlief, und der Schläfer hatte sich so tief in seine Decke verkrochen, daß Shateel nicht erkennen konnte, ob es ein Mann oder eine Frau war, und plötzlich bildete sie sich ein, es sei eine Leiche, die Leiche dieses Dorfes, und ein Schauder überlief sie, und sie entfernte sich im Laufschritt.

Ganz am anderen Ende des Langhauses war ein Feuer, und sie stolperte darauf zu, auf die Wärme, das muntere Prasseln und die Menschen, die darum versammelt waren. Doch als sie dort ankam, waren um dieses Feuer nur Männer versammelt.

Sie starrten zu ihr hinauf, verblüfft über ihre Anwesenheit. Sie stand am Eingang zur Herdstelle und starrte zurück. Es waren viele Männer, alles junge, abgerissen und schmutzig, und ihre Herdstelle war ebenfalls schmutzig, roch nach schlechtem Essen, nach abgestandenem Bier, und überall lagen Decken und Knochen und Töpfe herum. Sie schaute sie einen nach dem anderen an und erkannte Sichel unter ihnen, den jungen Mann, dessen Aufgabe es war, Bahedyr an der Säule des Himmels zu bewachen.

Shateel sagte: »Was macht ihr hier? Wo sind denn die Frauen?«

Sichel stand auf. Er war dürr und grobknochig, und einen Augenblick lang hatte sie Angst vor ihm. Sie erstarrte und mußte sich überwinden, nicht zurückzuweichen, doch er kam ihr nicht näher, und schließlich setzte er sich wieder.

Er sagte: »Du bist doch Shateel, die Frau von dem Alten!«

»Das bin ich in der Tat«, sagte sie langsam und einigermaßen verwundert. »Ist das eure Art, von eurem Häuptling zu sprechen – *der Alte*?«

»Opa-Moloquin-on«, sagte Sichel rasch und warf den anderen einen Blick zu, und plötzlich prusteten und kicherten sie alle und steckten die Köpfe zusammen, während sie mit den Händen übertriebene Gesten des Respekts machten.

Shateels Ärger wuchs. Sie widerstand dem Bedürfnis, sie scharf zurechtzuweisen, bis sie wieder so unterwürfig und botmäßig wären, wie es ihnen zukam, doch sie zwang sich, kühl zu bleiben und das Ganze gelassen zu betrachten. Das war schließlich der Grund, weshalb sie hergekommen war – sie wollte sehen, wie es um die Folc stand, und nun sah sie es.

»Wo sind die Frauen?« fragte sie.

»Im anderen Langhaus«, sagte Sichel. »Jedenfalls die, die nicht mit ihren Männern weggegangen sind.«

»Mit ihren Männern«, sagte Shateel.

Ein junger Mann schneuzte sich mit Hilfe der Finger, wischte sich die Hand am Schenkel ab und spuckte ins Feuer. »Die meisten verheirateten Frauen leben jetzt mit ihren Männern zusammen. Sie verlassen das Dorf und bauen sich eine eigene Hütte und haben ihren eigenen Garten, und so können die Männer sehen, daß die Frauen ihre Arbeit machen und keine anderen Männer haben, verstehst du?«

Shateel betrachtete sie erneut, und nun fiel ihr auf, daß viele von diesen jungen Männern noch Jungen waren, Jungen von der Jungenbande, und ihr wurde klar, daß dies die Junggesellen waren. Sie hätten im Rundhaus leben sollen, bei ihren Bünden, doch diese Bünde verschwanden, wie die Sampo verschwunden war. Der Grund lag auf der Hand: Moloquin gehörte keinem Bund an. Moloquin lebte mit seinen Frauen zusammen, und die Männer taten es ihm nach und holten ihre Frauen von den anderen Frauen weg, wie Moloquin es mit Wahela gemacht hatte.

Sie wandte sich um und ließ den Blick durch das ganze Langhaus schweifen. War das noch dasselbe Dach, unter dem sie einst gelebt hatte, als sie noch die Frau von Ladons Sohn war? Wenn sie ihre Dörfer verlegten, pflegten die Frauen das alte Dach mitzunehmen. Vielleicht hatte dieses Dach ja viele Langhäuser bedeckt, schon seit Generationen. Vielleicht war dies ja das erste Dach, das jemals für ein Langhaus gemacht worden war, und nun würde es das letzte sein. Nun fiel es ein, ließ den kalten Wind herein, stürzte auf die toten Herdfeuer hinab. Die Frauen waren nicht mehr da. Ohne die Sampo hatten sie keinen gemeinsamen Mittelpunkt; getrennt voneinander, wie sie waren, welche Macht konnten sie da schon haben? Nur die, ihren Männern zu folgen, ihnen zu gehorchen.

Als sie so dastand und der kalte Wind heulend um sie herumstrich, hatte sie das Gefühl, daß der Wind die ganze Welt um sie herum hinwegfegte und sie wie ein Stern allein inmitten der Leere zurückblieb. Rasch verließ sie das Langhaus und trat wieder in die wirkliche Welt hinaus.

Sichel dachte: Moloquin ist nur ein Mensch, ich könnte das alles genausogut wie er.

Doch wenn er zum Rundhaus des Häuptlings hinaufging oder die Säule des Himmels betrat, fest entschlossen, Moloquin wie ein Mann gegenüberzutreten und sich seinen Befehlen zu widersetzen, dann verließ ihn der Mut. Wenn Moloquin ihm Auge in Auge gegenüberstand und sagte: Tu das und das, dann verneigte Sichel sich und folgte kleinlaut seinem Befehl.

Das war Zauberei, wie die Frauen gesagt hatten. Zauberei war es, die Moloquin über sie alle gestellt hatte, die Zauberei seiner gewaltigen Bronzeaxt, die Zauberei seiner Armreifen und Gürtel und Halsbänder aus Metall, die Zauberei in allem, womit er sich umgab. Nicht Moloquin selbst.

Wenn irgendein anderer Mann die Armbänder und die Gürtel und die Halsbänder trug, wenn ein anderer Mann die gewaltige Axt in die Hand nahm, dann konnte dieser andere Mann – jeder andere Mann – über die Folc herrschen.

Sichel wußte, wenn er die Folc regieren würde, er würde nichts Schlechtes tun. Er würde gerecht und weise regieren. Niemand würde ihm übelwollen, doch wenn einer es täte, dann würde Sichel ihn nicht am Boden anpflocken und auf ihn treten und auch keine Löcher ausheben und ihm drohen, ihn lebendig zu begraben. Sichel wäre gnädig, wenn er Häuptling wäre.

Er sprach mit seinen Freunden darüber, den jungen Männern, die mit ihm in dem halbverlassenen Langhaus lebten, und sie waren seiner Meinung. Dehra hatte recht: Moloquin war böse.

Er ging am Nachmittag zum Rundhaus des Häuptlings hinauf, um Bahedyr zu bewachen, wie es seine Pflicht war. Unterwegs spielte er mit dem Gedanken, diesmal vor Moloquin hinzutreten und ihn ganz offen darum zu bitten, dem Gefangenen gegenüber doch etwas Gnade walten zu lassen – ein bißchen Herz zu zeigen: Sie gehörten schließlich demselben Volk an, er und Bahedyr.

Er wußte, wenn die anderen Männer ihn so auftreten sähen, sie würden ihm mit ehrfürchtiger Hochachtung begegnen. Er malte sich aus, wie es ihnen angesichts seines Mutes den Atem verschlagen würde. Er sah sich vor Moloquin stehen, freimütig und aufrecht, und hörte sich mit lauter Stimme sprechen und dabei Worte gebrauchen, die an Deutlichkeit nichts zu wünschen übrig ließen.

Als er jedoch in den Hof trat, war der Häuptling gerade dabei, aus der Sänfte zu steigen. Die Sonne war herausgekommen, nachdem es zu schneien aufgehört hatte, und schien hell und heiß auf die prächtig verzierte Sänfte mit ihren klirrenden Bronzequasten und den flatternden Bändern. Moloquin erhob sich langsam aus dem tiefen Sitz. Sichel trat vor ihn hin, entschlossen, ihn anzusprechen, aber als der Häuptling die Sänfte verließ, schien er größer zu werden. Er bewegte sich gemächlich, mit Bedacht, jede Bewegung ein Emblem seiner Selbstgewißheit. Als er sich aufrichtete, kam er Sichel mit diesem mächtigen, von grauen Locken umrahmten Haupt so groß wie das Große Tor an der Säule des Himmels vor, und dem Mann gefror die Stimme in der Kehle. Als Moloquins Blick auf ihn fiel, senkte er den Kopf, um ihm auszuweichen, jener schrecklichen Aufmerksamkeit zu entgehen.

Moloquin sagte: »Wo ist meine Frau?«

Irgendein anderer antwortete. Sichel stand mit gesenktem Kopf und abgewandtem Blick, als der Häuptling an ihm vorbeischritt. Das Herz pochte ihm vor Angst, daß Moloquin seine Gedanken auch ohne Worte kennen könnte. Als die schweren Schritte sich entfernten, als die Erde sich nach Moloquins Auftreten wieder beruhigte, durchströmte ihn ein Gefühl unendlicher Erleichterung.

Er trat ins Rundhaus und vermied es, irgend jemanden anzusehen, damit niemand merkte, daß er Angst vor Moloquin hatte.

Dehra hatte keine Angst vor ihm, aber Dehra war auch verrückt, das wußte jeder. Irgendein Dämon der Vorfahren hatte von ihr Besitz ergriffen. Sie wanderte immerfort in den beiden Dörfern umher und erzählte jedem, wie schlecht Moloquin war, und die Leute warfen manchmal Steine nach ihr oder lachten sie nur aus, und die Kinder machten sich vor ihren Augen über sie lustig. Das war nicht die Rolle, die Sichel vorschwebte. Er trat in den zweiten Ring des Rundhauses, wo das Getreide in gewaltigen Körben verwahrt war und wo Bahedyr lag, an Händen und Füßen gefesselt und an den Boden gepflockt.

Der Gefangene rührte sich, war jedoch nicht wach. Vielleicht plagte ihn gerade derselbe Dämon, der Dehra im Nacken saß. Er wand sich in seinen Fesseln und murmelte: »Wasser. Hol mir Wasser.« Sichel ging und holte ihm einen kleinen Bronzebecher Wasser.

Er saß im Dunkeln, stützte Bahedyrs Kopf mit einer Hand und flößte ihm mit Hilfe der anderen das Wasser ein. Er verspürte auf einmal so etwas wie Zärtlichkeit für den Gefangenen. Sichel hatte die ganze Zeit über für diesen Mann gesorgt, ihn am Leben erhalten, ihm zu essen und zu trinken gegeben – doch wofür? Damit Moloquin ihn töten konnte, wenn es ihm beliebte? Und Sichels Werk und Sichels Macht zerstörte.

Bahedyr trank das Wasser, und seine Lebensgeister regten sich ein wenig. Er flüsterte: »Ach, im Namen meiner Vorfahren, laß mich sterben.«

»Sei still«, sagte Sichel und legte ihn wieder nieder, »sei still, bald ist es Nacht. Warte bis dahin, und sei still.«

Barakal sagte: »Sieh, da drüben – bald geht er auf. Am Horizont ist der Himmel klar – heute kommt er bestimmt.«

Seine Stimme war hell vor Erregung. Dehra rückte ein wenig dichter an ihn heran. Die Nacht war kalt, und der Wind nahm zu, als die Sterne langsam aufgingen. Sie legte den Kopf zurück und schaute an den hoch aufragenden Pfeilern des Tores vorbei ins Zentrum des Himmels und versuchte, sich die Namen der Sterne ins Gedächtnis zu rufen.

Er kannte sie alle. Auch jetzt beugte er sich wieder neben ihr zurück und zeigte mit ausgestrecktem Arm auf ein kleines Feuer, das gerade am dunkler werdenden Himmel zu leuchten begann. »Vendra«, sagte er, »der Rauchabzug des Himmels. Wenn sie ganz oben am Himmel steht, kommt die Tagundnachtgleiche. Und der da, das ist Umulon, der Eichhörnchentoter, der Verdammte, dessen Licht abwechselnd krank und gesund ist. Du siehst, heute abend geht es ihm gut, und sein Licht scheint hell, doch zu anderen Zeiten kann man ihn kaum sehen, und wenn das so ist, dann bedeutet das, daß unter den Folc Sünde und Verirrung herrschen.«

»Es herrschen doch Sünde und Verirrung unter den Folc«, sagte sie und funkelte Umulon an, der ihre Überzeugung nicht bestätigen wollte. Von links kam plötzlich ein lautes Krachen.

»Was ist das?« rief sie erschrocken.

Barakal legte den Arm um sie. »Davor brauchst du keine Angst zu haben. Das ist ein aufplatzender Stein. Ich habe es schon oft gehört – am Anfang habe ich auch Angst gehabt, doch dann war ich eines Tages dabei, als die Arbeiter einen Stein mit Hilfe von Feuer und Wasser bearbeiteten, und da hörte ich den Stein bersten und wußte, was das vorher für ein Geräusch gewesen war.«

Die Genugtuung, die aus seiner Stimme sprach, ärgerte sie – wie stolz er auf seine Kenntnisse war. Sein Arm beengte sie, er hielt sie zu fest. Wenn er auch wärmte, so war er doch eine Fessel.

Laut sagte sie: »Es herrschen jetzt Sünde und Verirrung unter den Folc – weshalb verblaßt Umulon dann nicht?«

»Vielleicht versteht Umulon ja etwas anderes unter Sünde als du.«

»Pah!« Sie stand auf. Besser, sie hielt sich dadurch warm, daß sie auf und ab ging, als sich Barakals Umarmungen zu unterziehen. »Du weißt so gut wie ich, daß Moloquin –«

»Nein. Nein, ich weiß ganz und gar nicht, daß Moloquin irgend etwas getan hat.« Barakal fuchtelte mit den Armen. »Du stehst mir im Weg, Dehra!«

Sie wandte sich um und blickte hinter sich, zwischen den beiden steinernen Pfeilern hindurch. Er saß so, daß die Lücke im äußeren Ring den Horizont einrahmte. Er würde seinen neuen Stern unmittelbar über dem Loch aufgehen sehen, das auf den Stein aus dem Alten Lager wartete. Jenseits des Loches, das auf Bahedyr wartete. Sie trat ein wenig zur Seite und blickte gespannt zum Horizont. Er war noch bleich vom vergehenden Tageslicht, und noch erschien kein einziger Stern an ihm. Sie entfernte sich ein wenig, trat in den Ring der stummen Steine, blieb wieder stehen und blickte an den Steinen hinauf.

Zwischen Steinen wie diesen, diesen steinernen Ungeheuern, an denen sie hinaufblickte, wunderte sie sich über sich selbst. Moloquin hatte das hier vollbracht – bald würde Moloquin noch einen weiteren Stein aufrichten und den Ring schließen. Dann würde er Bahedyr begraben und vielleicht auch alle anderen Feinde, die er hatte – vor ihren Augen entstand plötzlich ein dritter Ring, außerhalb des Rings aus Steinen, ein Ring aus Menschen, die aufrecht begraben worden waren und deren Seelen auf alle Zeiten an diesen Ort gefesselt bleiben würden, ewige Wächter dieser Stätte. Sie erschauderte. Es war kalt.

»Da!« Barakal sprang auf und zeigte zum Himmel.

Sie drehte sich um, und ihr Blick suchte den Horizont. Ein leiser Schrei drang ihr über die Lippen. Der Horizont hatte dieselbe Farbe wie das Innere einer Muschel. Der unregelmäßige Saum der Erde zeichnete sich schwarz davor ab, doch in einer Kerbe innerhalb dieser Linie funkelte ein neues Licht, ein Licht so strahlend, daß sie zuerst ein Feuer auf einem Hügel zu sehen meinte.

Sie schaute unverwandt zum Horizont, und der Stern stieg langsam am Himmel empor, und die letzten Schleier fielen von ihm ab – sein Strahlen wurde heller und wilder und schöner, und sie seufzte.

»Er ist herrlich. Wie heißt er?«

Barakal saß lächelnd mit gekreuzten Beinen da, die Arme locker über die Knie gelegt. »Sie heißt Erwenda, die Gefährtin, die Botin, der Mund der Wahrheit.«

»Und was für eine Wahrheit bringt sie?«

Er zuckte die Achseln. »Sie steht in der Himmelspforte. Vielleicht ist sie gekommen, um jemanden zu begrüßen, der bald von der einen Welt in die andere hinübergehen wird.«

Dehra wandte sich wieder dem Stern zu. Selbst Barakal war sich nicht sicher, was das flammende Licht bedeutete. Er liebte es, er verband damit nichts Schlimmes, aber Barakal liebte alle Sterne. Bestimmt bedeutete er etwas Schlimmes. Er glitzerte, während er am Himmel entlangwanderte. Er sandte gleißende Lichtschäfte aus. Sie erblickte darin auf einmal Speere, einen Regen bösartiger Strahlen, der auf die Folc niederging.

»Ich gehe«, sagte sie und setzte sich in Bewegung.

»Warum denn? Komm zu mir, wenn dir kalt ist.«

»Ich bin müde. Ich gehe.« Sie eilte mit gesenktem Kopf von dannen, den Rücken gekrümmt, weg von dem grausam strafenden Stern, um in der Hütte Schutz zu suchen.

Moloquin fuhr aus dem Schlaf hoch, schlagartig hellwach, und setzte sich im Bett auf. Er blickte sich um. Allmählich wurde ihm klar, daß er geträumt hatte.

Jemand hatte seinen Namen gerufen. Er hatte geträumt. Das war im Traum gewesen.

Nicht seinen Namen. Nicht Moloquin. Irgendeinen anderen Namen. Oder auch nur das Wort »Junge«, und damit war er als einziger Junge gemeint gewesen.

Im Traum.

Neben ihm lag Shateel im Schlaf, die Decke war ihr halb weggerutscht, und er streckte die Hand aus und zog das Bärenfell über sie. Plötzlich kehrte aus den Tiefen seines Bewußtseins ein Teil des Traums wieder, ein kurzer Augenblick des Traums: der Wald, die riesenhaft über ihm aufragenden Bäume, und dann rief jemand von weitem nach ihm.

Er schloß die Augen. Der Traum war weg. Sogar das Gefühl, das ihn begleitet hatte, war verschwunden. Verzweifelt sehnte er sich danach und nach der, die einmal nach ihm gerufen hatte, noch ehe er einen Namen gehabt hatte. Er sehnte sich nach jenem Augenblick, jenem Ort, wo er still und heil inmitten des Waldes gesessen hatte, von all den hohen Bäumen umgeben, während sie nach ihm rief.

Aus einem anderen Teil des Rundhauses kam ein Schrei, rauh, laut und wirklich. Wieder zog er das schwere Bärenfell über seine Frau und setzte sich auf.

Auf der anderen Seite des Rundhauses schrie jemand: »Er ist verschwunden!«

Moloquin knurrte verächtlich. Damit würde er noch fertig werden. Er streifte die dunkle Hülle des Traums ab und stand schwerfällig auf, nahm die Axt vom Nordstern-Pfosten hinter sich und bewegte sich rasch auf die Stimme zu. Er war nackt, und die Nacht war kalt, doch sein Blut war genügend in Wallung, um ihn warm zu halten. Er ging geradewegs in den hinteren Teil des Rundhauses, wo der Gefangene Bahedyr hätte liegen sollen.

In diesem Teil des Rundhauses war es völlig finster. Er ertastete sich blind seinen Weg, eine Hand ausgestreckt, um nicht gegen die Pfosten des Rundhauses oder andere Hindernisse zu rennen. Er hörte das Getrappel von Füßen und Stimmen um sich herum.

»Er ist verschwunden, wenn ich's doch sage! Seht selbst!«

Moloquin holte tief Luft und schrie in die Dunkelheit hinein: »Schließt die Rundhaustür!«

Seine Stimme dröhnte durch das ganze Haus, und schlagartig erstarben alle anderen Geräusche. Alles stand wie erstarrt. Dann trappelten etliche Füße, als die Männer seinem Befehl folgten.

»Lampe anzünden!« schrie Moloquin.

Er schlich sich weiter an die finstere Ecke des Raumes heran, bemüht, keinen Lärm zu machen. In der Rechten hielt er die Axt, zum Schlag erhoben, und die Linke ertastete ihm den Weg. Er schnüffelte und roch verbranntes Öl von einer Lampe, abgestandenen Schweiß, roch das Getreide, das in der Nähe aufbewahrt wurde, und tastete sich immer weiter vor, bis sich sein Fuß in einem Stück Stoff verfing, das am Boden lag. Er bückte sich und tastete den Boden ab. Vor ihm lagen ein Haufen Lumpen und ein Stück Seil. Er hob das Seil an die Nase, und es roch nach Bahedyr.

»Verschwunden.«

Plötzlich erstrahlte die Lampe hinter ihm und reckte ihre langen Finger nach allen Seiten, zwischen den Pfosten des Rundhauses hindurch, und hüllte die Vorräte vor ihm in tiefe Schatten. Er richtete sich auf. Bahedyr war irgendwie entflohen, doch er war zu schwach und zu elend, um weit zu kommen.

»Sucht ihn«, schrie er und hieb mit der Axt gegen den nächststehenden Pfosten. »Such ihn, Sichel.«

Er schritt auf die Tür des Rundhauses zu. Dort drängten sich die Männer murmelnd aneinander, und als er auf sie zukam, traten sie zur Seite und wandten ihm das Gesicht zu. Sichel war nicht unter ihnen.

»Wo ist er?« Moloquin ging zwischen den Männern umher und stieß sie aus dem Weg. Er erreichte die Tür und konnte weder seinen Gefangenen noch dessen Wärter entdecken, und ein unbändiger Zorn packte ihn. Wieder holte er mit der Axt aus, und das Blatt schnitt tief in einen der Türpfosten.

»Sucht ihn! Ich bringe euch alle zur Säule des Himmels, wenn ihr ihn nicht findet.«

Sie stürzten davon. Er riß den Riegel zur Seite, stieß die Tür auf und stapfte in den Hof hinaus. Die Kälte empfing ihn wie ein eisiger Schwall. Er erinnerte sich, daß er nackt war. Er erinnerte sich, daß er ein dicker alter Mann war. Er durchhieb die Luft mit der Axt.

»Sucht ihn – ich bringe euch alle um.«

Shateel trat aus der Tür in seinem Rücken, in ihren Umhang gehüllt, und brachte ihm seine Kleider. Er ließ sich dankbar den Umhang über die Schultern legen.

»Wo ist Sichel? Der hat ihn entkommen lassen – den bringe ich auch um.«

In diesem Augenblick tauchte Sichel auf. Er kam durch das Tor des Rundhauszauns, und eine große Schar von Männern folgte ihm. Moloquin erwartete sie zähnefletschend. Sichel wandte sich ihm zu. Keuchend zerrte er etwas hinter sich her, und Moloquin beruhigte sich.

Es war Bahedyr, der dem Tod zu nahe war, um sich auf den Füßen halten zu können. Sichel schleppte ihn vor den Häuptling und ließ ihn zu dessen Füßen fallen.

»Bah!« Moloquin hob die Axt. »Ich sollte dich sofort töten, damit die Sache erledigt ist.«

Bahedyr rollte sich zu seinen Füßen zu einem Ball zusammen. Er hob seinem Gebieter das Gesicht entgegen. Seine Augen glänzten. Moloquin schwang die Axt nach ihm und hielt erst unmittelbar über Bahedyrs Kopf inne.

Der gepeinigte Mann zuckte zurück, und Moloquin lachte.

»Was? Sehnst du dich denn nicht nach dem Tod, Bahedyr? Hast du etwa keine Lust zu sterben? Das ist der einzige Weg, mir zu entrinnen! Also schrick nicht davor zurück, Bahedyr.«

Er bewegte die Axt mehrmals in mächtigen Schwüngen auf den Mann zu, der sich vor ihm duckte, und verfehlte ihn jedesmal nur um Haaresbreite, und während er die Axt schwang, tanzte er hüpfend auf und ab, lachte und verhöhnte den anderen.

»Du kannst mir lebend nicht entrinnen, Bahedyr – wer immer dir auch helfen mag«, und bei diesen Worten wandte Moloquin den Kopf und hielt unter den Männern nach Sichel Ausschau. »Nur ich allein kann dich befreien, Bahedyr.«

Sichel wich zurück und versuchte, sich in der Menge zu verstecken. Die anderen drängten nach vorn und wollten zuschauen – niemand hatte Moloquin je tanzen sehen.

»Bringt Dehra her«, schrie Moloquin und sprang in die Höhe, und wieder zischte die Axt durch die Luft und sauste neben dem Mann nieder, der sich winselnd zu Moloquins Füßen in den Staub duckte, und immer wieder streifte die Axt dessen Haut oder dessen Haar. »Bringt Dehra her, damit sie sich das ansieht und weiß, was ihr nächstens zustoßen kann.«

Er funkelte Shateel an, die in der Tür des Rundhauses stand und die Hände in ihrem Bärenfellumhang versteckt hatte. Wenn er ihr mit diesen Drohungen gegen ihre Tochter Angst machte, dann ließ sie es sich jedenfalls nicht anmerken. Er schwang wieder die Axt über Bahedyr, und einen Augenblick lang wurde die Axt ihm schwer in den ausgestreckten Armen, und er dachte: Mach jetzt Schluß, und sein Arm zitterte vor Verlangen, diese Macht zu spüren und die Axt niederfallen zu lassen und den Mann zu seinen Füßen zu zerstören.

Doch wenn er das tat, wäre alles vorbei. Statt dessen hieb er an Bahedyrs schmutzverkrustetem Kopf vorbei, ins Leere, wirbelte wieder um die eigene Achse und sprang in die Luft.

Dann wurde sein Blick durch etwas anderes gefangengenommen. Er senkte die Axt, den Kopf zum Himmel gehoben, und ließ einen Aufschrei hören. Er machte zwei Schritte vorwärts, den Blick immer noch zum Himmel gerichtet.

»Was ist denn das?« Er zeigte nach oben.

Alle folgten sie seinem Blick, gemeinsam wandten sie sich um, unter Scharren und Rascheln, und schauten zum Himmel hinauf, und da loderte der neue prächtige Stern und leuchtete heller als beide Sterne der Himmelspforte. Sie starrten mit offenen Mündern hinauf, und viele sanken auf die Knie und verschränkten die Arme über dem Kopf, um sich zu schützen. Moloquin stieß ein tierisches Heulen aus.

»Barakal! Barakal!« Er wirbelte herum, warf die Axt weg, die neben Bahedyr tief in den Boden fuhr, und mit hin- und herrutschendem Bärenfell rannte er aus dem Rundhaushof, durch das Dorf und auf die Säule des Himmels zu.

Sichel sagte: »Er ist krank im Kopf. Irgendein Dämon hat von ihm Besitz ergriffen. Er ist wahnsinnig.«

Die kleine Schar um ihn herum regte sich murmelnd, und die meisten wandten sich von ihm ab. Shateel beobachtete ihn von der Tür des Rundhauses aus, als er die Hand ausstreckte und den Mann neben sich berührte, den Mund geöffnet, um mehr über Moloquin zu sagen. Dieser Mann machte sich unwirsch los, aber andere drängten näher. Andere Männer steckten flüsternd die Köpfe mit Sichel zusammen. Shateel schaute in die schwarze Schüssel des Himmels, hinauf zu dem flammenden neuen Stern, und ein Schauder überlief sie, als habe der Stern sie berührt.

Barakal sagte: »Ich weiß nicht, was es bedeutet, Opa-on. Vielleicht bedeutet es gar nichts.«

»Sei nicht albern«, sagte Moloquin. »Wenn du es nicht verstehst, dann ist das deine Schuld, nicht die des Sterns.«

Barakal zuckte die Achseln. Lang und blaß, ähnelte er den übrigen Folc so wenig wie sein Stern den übrigen am Nachthimmel. Er sagte: »Die himmlische Ordnung ist in sich vollkommen. Nichts fehlt, nichts ist unbekannt. Von Bedeutungen sprechen heißt aber von Dingen reden, die unbekannt sind, Dingen, die fehlen und die aus dem abgeleitet werden müssen, was bekannt ist und nicht fehlt. Die Vollkommenheit des Himmels kennt vielleicht gar keine Trennung der Dinge, nur ein einziges grenzenloses Wesen.«

Moloquin sagte: »Mit solchen Worten kann ich nichts anfangen, Barakal.«

Er lächelte jedoch, als er das sagte. Barakal hatte ihn auf irgendeine Weise belustigt. Shateel musterte den hochgewachsenen jungen Mann. Was er gesagt hatte, berührte sie sehr eigenartig – es entglitt ihr, ließ keinerlei Bilder in ihrer Vorstellung zurück. Was er sagte, hatte nichts mit den Folc zu tun. Sein ganzes Sinnen galt den Sternen, gehörte den Sternen und galt nicht im mindesten den Folc.

Shateel sagte: »Viele werden aber glauben, der Stern bedeute etwas Bestimmtes. Und sie werden behaupten, er bedeute das, was ihnen gelegen kommt, damit sie es auch anderen weismachen können.«

Moloquin zuckte die Achseln. Er saß in seiner Sänfte, im Schatten, in der Mitte der Säule des Himmels, seine Frau auf der einen, seinen Sohn auf der anderen Seite neben sich. Sie waren von der Betriebsamkeit der Arbeiter umgeben, die hämmerten und Balken und Seile herbeischleppten, mit Hilfe derer sich Steine aufrichten ließen. Sie hatten den Stein aus dem Alten Lager fertig zugehauen. Den ganzen Morgen hatten sie damit verbracht, ihn durch die Öffnung im Ringwall hereinzuschleppen, und die Luft hing voll Staub.

Shateel sagte: »Von meinem alten Dorf ist ein Läufer eingetroffen.«

Moloquin nickte. »Laß ihn kommen.«

Sie wandte sich um, und ihr Blick suchte den Mann, der zwischen den Pfeilern des kleinen Tores wartete, und auf ihren Blick hin kam er auf sie zu. Shateel trat beiseite. Der Staub stach ihr in die Nase und tat ihr in der Kehle weh. Sie war es leid, neben ihrem Gatten auszuharren und die ganze Welt zu Worten zu zermahlen. Bald würde das Jahr sich wenden, und der Frühling würde kommen, und die Erde würde sich Hacke und Picke, den ersten tastenden Wurzeln der Sämlinge öffnen. Sie fand Trost in dieser Vorstellung: Gegen das Auftauchen neuer Sterne konnte sie die Beständigkeit des Jahreslaufs, die ewige Wiederkehr des Frühlings aufbieten.

Der Läufer kniete vor Moloquin nieder und erging sich in einem Schwall von Lobpreisungen und Ehrbezeugungen. Shateel legte ihrem Gatten die Hand auf die Schulter. Nach Bahedyrs Verrat hatte Moloquin das Dorf in die Obhut eines seiner Söhne gegeben, eines jungen Mannes, der sogar noch jünger war als Barakal. Und der Läufer sprach im Namen dieses jungen Häuptlings. Allerdings war der Läufer, als er am Morgen in Moloquins Dorf angelangt war, zuerst zu Shateel gegangen und hatte sie gebeten, ihr bei der Übermittlung seiner Botschaft behilflich zu sein.

»Opa-Moloquin-on, wir haben Nachricht aus den Dörfern im Norden. Irgend jemand überfällt ihre Viehherden, und wir erbitten deine Erlaubnis, dorthin zu gehen und die Räuber zu stellen.«

»Jemand«, sagte Moloquin, »Menschen? Ein Bär? Ein Wolfsrudel? Und was habt ihr überhaupt mit den Dörfern im Norden zu schaffen? Sie sollen sich gefälligst selbst an mich wenden, wenn sie mich brauchen. Ihr habt andere Dinge zu tun. Ich brauche Steine – ich brauche zwei große Steine von den Wenden-des-Jahres, und die sollt ihr mir beschaffen. Sag ihm das.«

Der Läufer kniete abermals nieder, und wieder ergoß sich ein Strom von Worten aus seinem Mund. Von der anderen Seite der Säule des Himmels war plötzlich ein Schrei zu hören.

Moloquin wandte ruckartig den Kopf in die Richtung, aus der der Schrei gekommen war. Shateel machte einen langen Hals, und Barakal eilte davon, um herauszufinden, was passiert war. Moloquin wandte sich wieder dem Läufer zu.

»Geh zu meinem Sohn, teile ihm meinen Auftrag mit. Geh.«

Der Läufer entfernte sich rückwärts, bis er fast gegen einen der Pfosten des nächststehenden Tores gerannt wäre. Er griff mit den Händen hinter sich, ertastete sich den Weg hinaus und verschwand sofort. Barakal trat wieder neben Moloquin.

»Sie sind soweit, daß sie mit dem Aufrichten des Steins beginnen können.«

»Ich komme sofort«, sagte Moloquin.

Shateel sagte: »Hättest du dem Läufer nicht etwas mehr Beachtung schenken sollen? Es ist Winter – und bis die Gärten etwas hergeben, brauchen wir das Fleisch aus dem Norden. Wenn aber jemand die Herden überfällt –«

Moloquin packte ihre Hand. »Ich werde diesen Stein aufstellen«, sagte er leise. »Diesen einen noch aufstellen und den Ring schließen. Dann wird Zeit sein für all diese Angelegenheiten.« Er drückte ihre Hand unbeholfen gegen sein Gesicht. »Hast du etwa kein Vertrauen zu mir?«

»Moloquin«, sagte sie, und der Mund war ihr verschlossen.

Barakal hockte sich neben seinen Vater. »Sie hat aber recht. Du solltest ein bißchen mehr auf das achten, was um dich herum vorgeht, Opa-on – die Folc murren über dich, und sie werden noch mehr murren, wenn kein Fleisch da ist.«

»Pah!« Moloquin erhob sich. Er warf den Bärenfellumhang beiseite, der seine Knie bedeckte, griff nach seiner Axt und schickte sich an, die Sänfte zu verlassen. »Du nimmst das zu wichtig. Die haben früher auch gejammert und geklagt und sind vor ihrer Aufgabe zurückgeschreckt, doch sie werden sie erfüllen. Meine Folc werden mich nicht im Stich lassen. In kleinen Dingen mögen sie unzufrieden mit mir sein, aber wenn es um etwas Großes geht, wenn ich sie brauche, wenn ich sie rufe, dann werden sie kommen, dann werden sie mir gehorchen.«

Er streckte die Hand aus, und Barakal ergriff sie und half seinem Vater aus der Sänfte. Moloquin ächzte vor Anstrengung. Er schob die Axt in seinen Gürtel und legte sich den Bärenfellumhang über die Schultern. Shateel beobachtete, wie er mit schweren Schritten auf die

Stelle zuging, wo der Stein lag. Sein Vertrauen in die Folc rührte sie. Sie hätte ihm gern geglaubt.

Doch sie vermochte es nicht. Seine Folc hatten ihn längst fallenlassen. Er war allein in seinem Traum befangen, wie er immer allein damit gewesen war. Bislang hatte er es noch immer so geschafft. Sie hoffte, daß es dabei bleiben würde. Still folgte sie ihm durch das Rund der Säule des Himmels.

Dehra wohnte in der Hütte des Sternguckers Barakal. Sichel wartete, bis er Barakal weit von der Hütte beschäftigt sah, und ging dann zur Hütte hinüber und schaute durch die Tür.

Sie schlief. Sie lag wie ein zusammengerollter Hund auf einer Matte und hatte noch nicht einmal eine Decke, obwohl der Tag kühl war. Sichel kroch auf Händen und Knien in die Hütte, doch noch ehe er sie wecken konnte, fuhr sie plötzlich aus dem Schlaf hoch, stand auf, mußte allerdings wegen des niedrigen Hüttendachs gebückt stehen, und schon streckte sie ihm die Faust unters Kinn.

»Aber, aber!« Sichel wich vor ihr zurück und hob beide Hände mit nach oben gekehrten Handflächen, um sie zu besänftigen. Sie war wie ein wildes Tier: Der Dämon, der in ihrem Innern hauste, würde sie gegen alles verteidigen. »Sei ganz ruhig, Ana-el, ich bin gekommen, um dich um einen Gefallen zu bitten, nicht um dir etwas zu tun.«

»Ana-el«, sagte sie langsam und beobachtete ihn dabei. Sie umschlang ihren Oberkörper. Ihre Augen funkelten im Halbdunkel. Sie und der Sterngucker waren wie füreinander geschaffen: beide Fremde für jedermann außer für sie selbst. Sie sagte: »Was willst du, Junge?«

»Es gibt da so eine Geschichte«, er räusperte sich, »ich meine, in den Dörfern wird gesagt, daß, wenn Moloquin den Ring schließt – weißt du was davon?«

»Wovon?« fragte sie. Sie fuhr sich mit den Fingern über die Augen. Sie waren immer noch wie verschleiert vom Schlaf.

»Daß, wenn Moloquin den Ring schließt, die Welt untergehen wird. Er baut da ein Tor, sagen manche, und da hindurch wird die ganze Oberwelt kommen.« Er schluckte. Er plapperte jetzt einfach nur etwas nach, das für ihn eigentlich gar keine Bedeutung hatte, einfach irgendwelche Worte, die er vor langer Zeit gehört hatte und die rätselhaft klangen und sie beeindrucken sollten. »Sowie er sein Tor fertig hat, soll die Welt zerstört werden.«

Sie sah ihn blinzelnd an. »Wer hat dir denn das erzählt?«

»Hast du den prächtigen Stern nicht gesehen?«

»Das ist Barakals Stern. Er sagt, der bedeutet nichts Schlimmes.«

»Dehra.« Er trat näher an sie heran, die Hände beschwörend ausgestreckt. »Wenn er den Ring geschlossen hat, wird er uns töten, alle seine Feinde.«

»Bist du denn sein Feind?«

»Ich hasse ihn«, sagte Sichel und erkannte zu seiner Überraschung, daß das stimmte.

Sie starrte ihn einen Augenblick lang an. Ihr Haar umrahmte strähnig ihr Gesicht. Ihre Augen waren eingesunken, und sie sah auf einmal älter aus als alle Frauen, die er je gesehen hatte. Ein Schauder lief ihm über den Rücken. Wie dumm von ihm, hierherzukommen – um den Dämon in ihr zu verführen. Er wich auf leisen Sohlen zurück, dem Ausgang zu.

»Ich habe gehört, was du gesagt hast«, sagte sie laut und deutlich. Blinzelnd sah sie ihn an. Er ging mit zitternden Händen hinaus und fragte sich, zu was sie wohl nütze sein würde.

Gestützt von seiner Wiege aus Balken, ragte der Stein, aus dem Alten Lager schräg in die Luft hinauf, und sein Fuß hing bereits über dem Loch, in dem er stehen sollte. Um ihn herum wimmelte es von Arbeitern, die Vorbereitungen für die Aufgaben des Tages trafen, und der Staub, den sie aufwirbelten, wallte empor und wurde in Wolken von der Morgenbrise weggeweht.

Höher, schwerer, reglos standen dort auch die anderen Steine wie gewaltige Lebewesen, die die Welt beobachteten und auf ihren Bruder warteten. Wie die Untiere erhoben sie sich dräuend aus dem Staub, und ihre langen Schatten legten sich über die Säule des Himmels und berührten jeden.

Dehra schlang blinzelnd die Arme um den Oberkörper. Sie wußte eigentlich gar nicht, was sie hier gewollt hatte. Hinter ihr war der Wall, der ihr noch etwas Schutz vor der Sonne gewährte, und sie zog sich bis unmittelbar an seinen Fuß zurück. Moloquin war noch nicht da.

Ohne Moloquin war sie ohne jedes Leben. Sie dachte unablässig an ihn, sie träumte des Nachts von ihm, einem finster blickenden, nur undeutlich umrissenen Feind, der mit Sternen besetzt war. Tagsüber ging sie so nahe an ihn heran, wie sie nur konnte, und nährte sich von der Macht, die von ihm ausstrahlte und von der sie nicht genug bekommen konnte. Zuweilen stellte sie sich vor, sie fräße ihn bei lebendigem Leibe auf, indem sie seine Seele verschlang.

Sie haßte ihn. Ihr Haß war das reinste, erhabenste und erhebendste

Gefühl, das sie je gekannt hatte. Sie würde es um keinen Preis aufgeben.

Die Arbeiter standen neben dem gewaltigen Stein in seiner schwindelerregenden Position und rollten Seile auf. Auf der anderen Seite des Loches hatten sie drei Stangen aufgerichtet und an der Spitze zusammengebunden, und während Dehra fröstelnd im Schatten des Walls zuschaute, warfen sie ihre Seile über die Spitze des dreibeinigen Baums. Die Seile entrollten sich langsam im Staub.

Unten auf der Ebene, in ihrem Rücken, rief jemand. Dehra stand auf und ging zur Öffnung im Ringwall.

Moloquin nahte. Durch den Staub und die schräg einfallenden Strahlen der Morgensonne kam ein Zug von Männern und Frauen den Hang herauf. Sie waren zunächst im Staub nicht zu unterscheiden, so daß Dehra nur eine gemeinsame Bewegung von Armen und Beinen sah, die rhythmische Vorwärtsbewegung eines einzigen großen Tieres. In ihrer Mitte schwankte Moloquins Sänfte, hoch aufragend über ihre Köpfe, und nun, wo sie näher kamen, konnte sie auch das Klirren des Zierrats hören und sah Bronze und Kupfer in der Sonne aufblitzen.

Sie stand auf. Von der Sonne verkupfert, kam er ihr Schritt um Schritt näher, und sie erwartete ihn mit der Verzückung einer Braut, und sie merkte überhaupt nicht, daß ihre Mutter vor allen anderen einherschritt und wortlos an ihr vorbeiging.

Mit Moloquin kam auch Bahedyr, der schmutzig war und nicht mehr laufen konnte, und sie steckten ihn in das Loch im Boden, das dem Stein gegenüberlag, den sie gleich aufrichten würden. Als das geschehen war und Moloquin von seiner Sänfte aus zuschaute, begann die Arbeit.

Die eine Hälfte der Männer trat an die Seile, die andere bückte sich über die Stangen, die den Stein aufrichten sollten, und alle warteten auf Moloquins Zuruf. Statt dessen rief jedoch jemand anderes.

»Wartet!« schrie Dehra und stürzte zwischen die Männer, »tut das nicht – laßt das bleiben!«

Moloquin stand auf. »Schafft sie da weg. Sie steht im Weg.« Er knurrte und scharrte mit dem Fuß, die schwarzen Brauen gerunzelt, und seine Augen funkelten. »Womöglich passiert ihr noch was, schafft sie weg!«

Dehra stürzte mit erhobenen Händen auf ihn zu. »Halt ein – das darfst du nicht tun. Du wirst uns alle vernichten! Die Welt wird enden, wenn du den Ring schließt, Moloquin!«

Bei diesen Worten begannen die Folc zu murmeln und Blicke zu tauschen, und die Menge regte sich unruhig im Morgenlicht.

Moloquin richtete sich auf. Er ließ den Blick durch das weite Rund streifen und wandte sich dann, die Hände in die Hüften gestemmt, wieder Dehra zu.

»Sie ist krank im Kopf. Schaut sie euch doch an! Keinen anständigen Fetzen am Leibe. Sie lebt in einem Erdloch wie ein Hund.«

Dehra streckte den Arm empor und schrie ihm herausfordernd zu: »Hör sofort auf damit! Hör auf damit, sage ich dir, im Namen Aels!«

Als er das hörte, fuhr Moloquin zusammen, als hätte sie ihn geschlagen. Sein Gesicht wurde dunkel vor Zorn. Mit zwei langen Schritten hatte er das Mädchen erreicht. Er packte sie mit einer Hand, und mit der anderen riß er die Axt aus seinem Gürtel. Er stieß sie zu Boden und hob die Axt um Armeslänge über den Kopf, und zwischen Dehra und der Axt lag nichts als Moloquins Wille.

Die Folc schrien auf. Auch Shateel schrie auf. Sie löste sich aus der Menge und warf sich über den Körper ihres einzigen Kindes.

»Nein, Moloquin, nein!«

»Geh weg von ihr!« schrie der Häuptling. Er hielt immer noch Dehras Arm gepackt und verlagerte jetzt sein Gewicht, bereit, den Arm durchzuhauen, die Axt jenseits Shateels niederfahren zu lassen. »Sie hat das gesagt, was ich nicht vergeben oder überhören kann, Shateel.«

»Töte sie nicht!« Shateel sprang auf, stellte sich seinem Zorn entgegen, legte ihm die weißen Hände auf die Brust und suchte seine Raserei zu mildern.

»Töte sie nicht, Moloquin, sie hat Unrecht getan, aber wenn du sie tötest, wird sie dann nicht immer bei dir sein, wie Ladon? Schick sie fort, schick sie weit weg, dann kann sie am Leben bleiben und wird dich nicht plagen. Wenn du sie aber tötest, wirst du sie niemals loswerden.«

Unter den Folc wurde es totenstill, als sie das hörten. Alle schauten Moloquin an. Alle sahen, daß Shateels Worte ihn erreicht hatten. Sein Zorn verflüchtigte sich. Er ließ die Axt sinken, mit einer verächtlichen Geste gab er das Mädchen frei, das zu Füßen seiner Mutter kauerte. Als er sich aufrichtete, schien er so groß zu sein wie einer seiner gewaltigen Steine.

Er sagte: »So sei es denn. Bringt sie jetzt gleich in die Zinnminen. Soll sie in den Minen arbeiten, bis sie stirbt. Bringt Bahedyr ebenfalls dorthin! Befreit mich für alle Zeiten von ihnen.«

Er wandte sich ab, und viele Folc seufzten dankbar auf und erkannten, daß eine tiefe Wunde verheilt war. Ein paar von den jüngeren

Männern traten an das Loch, in dem Bahedyr zusammengesunken war, und zerrten ihn heraus. Die Frauen kamen still auf die Steine zu und nahmen Dehra in ihre Mitte und führten sie weg. Moloquin kehrte in seine Sänfte zurück und setzte sich, und Shateel begleitete ihn und stellte sich neben ihn, die Hand auf seinen Arm gelegt.

Dann sagte Moloquin: »Stellt den Stein auf!«

Sie zögerten. Ein Murmeln lief durch ihre Reihen, als spiele der Wind im Gras, und aus ihren Augen starrte die nackte Angst. Sie hatten noch im Ohr, was Dehra gesagt hatte, auch wenn sie mittlerweile verschwunden war, man sie über den Ringwall geschleppt hatte. Ihnen graute jetzt vor dieser Arbeit.

Moloquin stand auf. »Könnt ihr nicht hören? Richtet den Stein auf!« Er trat aus der Sänfte, ließ die Axt hinter sich in seine Bärenfelle fallen und trat zu dem Stein. Er nahm einen Platz an den Stangen ein. »Und nun los!«

Einer nach dem anderen traten sie hervor. Einer nach dem anderen griffen die Männer nach den Stangen und packten die Seile, und mit Moloquin in der Mitte machten sie sich an die Arbeit.

Mit einem Schrei und einem Keuchen warfen sie sich auf die Stangen, zerrten sie an den Seilen, und der Stein hob sich langsam von seinen Stützen und richtete sich ganz allmählich höher auf. Auf einen Zuruf Moloquins stürzten zwei Männer auf jeder Seite auf den Stein los und schoben einen anderen Balken unter. Die Männer traten für einen Augenblick zurück, rieben sich die brennenden Hände, holten tief Luft und begannen erneut.

Der Stein ragte schräg in die Sonne hinauf und begann zu gleiten; und sein Fuß rutschte ein Stückchen in das Loch vor ihm hinein. Wieder zogen die Männer und stemmten sich in die Seile. Wieder hoben sie den Stein an, und diesmal ließ der Stein ein Krachen hören.

Das Geräusch war wie ein Donnerknall. Die Folc kreischten auf, und die Arbeiter flüchteten. Sie schossen in alle Himmelsrichtungen davon und ließen den Stein über dem Loch hängen.

Nur einer blieb zurück. Moloquin blieb, packte eine Stange, wandte sich um und schrie ihnen zu: »Los! Los – der Stein findet seinen Platz! Kommt her!«

Sie zauderten. In ihren Mienen malte sich ihre Besorgnis, sie hingen dort wie tote Blätter im Wind, die keinen eigenen Willen hatten. Er wandte sich um und ließ den Blick über ihre Gesichter wandern.

»Los, los! Kommt!«

Sie hörten ihn, und diesmal gehorchten sie. Zögernd, halb geduckt, schlichen sie zu dem Stein zurück und nahmen ihre Plätze wieder ein, und als er seinen Befehl schrie, stemmten sie sich mit aller Macht gegen das Gewicht des Steins.

Wieder glitt sein Fuß weiter, und mit einem Röhren donnerte er in das Loch hinab. Der Stein riß seine Befestigungen in die Höhe. Die Seile schnellten empor und peitschten durch die Luft, und die Männer rannten wie die Wahnsinnigen an den Rand des Loches, um die Erde hineinzutreten und zuschaufeln und den Fuß des Steins zu befestigen. Der Stein schwankte, er schaukelte hin und her, und sein Haupt schwang durch den Himmel, er neigte sich gefährlich zu einer Seite und schien trotz ihrer Bemühungen umstürzen zu wollen, und dann ließ er abermals ein Krachen hören.

Die Männer heulten auf. Wie ein einziges Wesen flüchteten sie, und nur Moloquin blieb bei dem Stein zurück. Er schrie ihnen nach. Er warf sich gegen den Stein, die Arme emporgereckt, die Hände gegen den Stein gestemmt, und mühte sich, ihn aufrecht zu halten, und seine Stimme bellte ihnen zu:

»Kommt! Kommt her zu mir – los! Nun kommt schon!«

Niemand rührte sich. Außerhalb des steinernen Rings, aus sicherer Entfernung, beobachteten sie Moloquins Kampf mit dem Stein, sie hörten ihn um Hilfe schreien und ließen ihn allein. Er reckte sich höher und höher und versuchte, den schwankenden Stein zu halten, und dann brach mit einem gewaltigen Bersten dessen Spitze ab.

Sie fiel durch Moloquins Arme herab, und als versuchte er, sie behutsam niederzulegen, ging er mit ihr zu Boden. Lange Zeit rührte sich niemand. Alle schauten auf Moloquin, der über dem Stein zusammengesunken lag, alle warteten darauf, daß er aufstehen und sich nach ihnen umwenden und sie für ihr Versagen strafen würde.

Ein schwarzer Schatten glitt über sie hinweg. Eine riesige schwarze Krähe flatterte vom Himmel herab und ließ sich flügelschlagend auf Moloquins Schulter nieder, und da wußten alle, er war tot.

Einen Augenblick lang verharrten sie noch und glaubten, daß er zu ihnen zurückkehren würde. Nur das Heulen des Windes war zu hören. Dann begriffen sie, einer nach dem anderen. Einer nach dem anderen wandten sie sich mit einem Wimmern oder einem Aufschrei ab und flüchteten. Wie die Meereswellen fluteten sie hinweg, weg von der Säule des Himmels und von Moloquin.

Barakal stand am Nördlichen Wächter und sah sie verschwinden und rief ihnen wilde Flüche hinterher. Trotz widerstreitender Gefühle in seinem Innern war ihm eines klar: Sie hatten Moloquin im Stich gelassen, und das hatte seinen Tod herbeigeführt. Das war es gewesen, was der Stern hatte sagen wollen, Erwenda, die Botin. Er wandte sich Moloquin zu, der tot am Fuß des zerborstenen Steines lag. Shateel kniete bereits neben ihm.

Er wollte ihr schon zu Hilfe eilen, doch dann sah er sich um, ließ den Blick über die Säule des Himmels schweifen und erkannte blitzartig, daß der Ring nun, da Moloquin tot war, niemals vollendet werden würde. Sie waren so nahe daran gewesen, und nun würde das hier niemals fertig werden. Er konnte den Anblick nicht ertragen. Er konnte es nicht mehr ertragen, unter diesen Folc zu leben. Er wandte allem den Rücken zu und ging davon, am Westlichen Wächter vorbei, über den Ringwall hinaus und auf den Wald zu.

Moloquin wies nicht die Spur einer Verletzung auf, keine blutende Wunde, keinen Knochenbruch. Shateel, die sich über ihn beugte und die Hände über ihn hinweggleiten ließ, konnte kein Anzeichen dafür finden, daß der Stein ihn getötet hatte.

Sie kam zu dem Schluß, daß die Folc ihn getötet hatten. Als sie ihn verlassen hatten, hatten sie sein Herz getötet.

Niemand war mehr übriggeblieben außer ihr. Selbst Barakal war gegangen. Das Wehklagen und Geschrei der Folc drang vom Abhang zu ihr hinauf. Der Ton hatte sich jedoch ein wenig verändert. Sie versammelten sich, irgend jemand rief sie zusammen. Sichel vielleicht oder sonst jemand, dessen Namen sie nicht kannte.

Sie fragte sich, was ohne Moloquin wohl aus ihnen werden würde. Konnten sie einen Ebenbürtigen unter sich finden, oder konnten sie ohne ihn auskommen? Sie bezweifelte beides. Doch ihre alte Lebensweise war verlorengegangen, und sie vermochte nicht daran zu glauben, daß sie sie wiederfinden konnten. Sie würden blindlings durch die neue, halbfertige Welt stolpern und sich einen anderen Moloquin suchen, der sie nach Hause führen sollte.

Wenn Barakals Stern wieder aufging, würde Moloquin dort liegen, wo seine Strahlen hinfielen. Er würde seinen Strahlen zum Himmel hinauf folgen. Sie machte ihn bereit. Sie schleppte ihn weg von dem Stein, wo er gestorben war, zerrte ihn durch den unvollendeten Ring zum Großen Tor, und dort legte sie ihn auf den Rücken. Sein Körper war dick und unförmig. Sie bildete sich ein, bereits seinen Verwesungsgeruch wahrnehmen zu können. Über ihr versammelten sich die Krähen, ihre sensenförmigen Schatten huschten über den Boden. Sie hob einen Augenblick den Kopf und blickte zu den Steinen empor, die sich um sie herum wie die Rippen eines gewaltigen Skeletts erhoben, und die Macht des Todes überwältigte sie, die Allmacht des Todes. Sie beugte den Kopf über Moloquin, denn was vermochte ein so oberflächlicher Kummer wie der ihre gegen die Macht des Todes?

Zu Füßen der Steine, die er aufgerichtet hatte, suchte sie Grashalme, die ersten grünen Halme, die sich im jungen Frühjahr gezeigt hatten. Sie dachte zurück, wie er als junger Mann gewesen war, als dieser Ort nur ein Traum war, als er im Wald mit seinen Folc lebte, als er aufbaute, was auch andere Männer aufbauten. Hätte er nicht mehr erreicht, er wäre nicht Moloquin gewesen, der sie aus ihrer Selbstsucht, Nutzlosigkeit und Unreife herausgeholt und in ein höheres Dasein gerufen hatte. Das Herz wurde ihr leichter, als sie daran dachte, wie er gewesen war – ein Stern in der unendlichen Nacht. Sie breitete das Gras über ihn, sagte ihm ade, und dann ging sie und überließ ihn den Krähen.

Gert Heidenreich

Belial
oder Die Stille

Roman. 381 Seiten. Leinen

Was hier erzählt wird, ist eine neuzeitliche Faustfahrt, eine Suche quer durch die Welt – bezeichnenderweise nicht nach dem, was sie »zusammenhält«, sondern nach dem, was sie zerstört.

Vom gleichen Autor sind lieferbar:

Eisenväter

Gedichte. 117 Seiten. Geb.

Füchse jagen

Schauspiel auf das Jahr 1968
101 Seiten. Serie Piper 788

Die Gnade der späten Geburt

Sechs Erzählungen. 146 Seiten. Geb.
(Auch in der Serie Piper 1045 lieferbar)

»Ein lesenswertes, notwendiges Buch.« Der Tagesspiegel

Die Steinesammlerin

Roman. 175 Seiten. Serie Piper 753

Der Wetterpilot. Strafmündig

Zwei Stücke. 166 Seiten. Serie Piper 745

Edgar Hilsenrath

Das Märchen vom letzten Gedanken

Roman. 509 Seiten. Leinen

Der letzte Gedanke eines Menschen, so heißt es im Märchen, stehe außerhalb der Zeit. Auf dem Tor der armenischen Stadt Bakir sitzend, erlebt der letzte Gedanke des Thovma Khatisian noch einmal den Leidensweg der Armenier, wie er sich in der Geschichte seiner Familie spiegelt, deren letzter Sproß er ist. Geleitet vom Meddah, dem Märchenerzähler, folgt er den Lebensspuren seines Vaters, die aus einem kleinen, idyllischen Dorf in den Bergen in die Folterkammern der türkischen Machthaber führen. Er wird Augenzeuge des großen Armenierpogroms in den Jahren 1915/16, mit dem die Regierung in Konstantinopel das Armenierproblem ein für alle Mal löste – durch Mord und Verschleppung. Thovma Khatisian erlebt, wie die reiche, blühende Kultur des einstmals ersten christlichen Staatswesens ausgelöscht wird, er muß mit ansehen, wie das armenische Volk im ersten großen Holocaust des 20. Jahrhunderts ausgerottet wird. Neben Szenen voll Grausamkeit und Unmenschlichkeit stehen liebevolle Detailschilderungen des armenischen Volkslebens, der Sagen und Überlieferungen einer Nation, die schon immer schwer um ihr Überleben kämpfen mußte – bis heute.

»Poet und Pierrot des Schreckens … Ein Thomas Mannscher Geist der Erzählung bewegt sich mühelos in Raum und Zeit, raunt von Vergangenem und Künftigem, raunt ins Ohr eines Sterbenden, der in der Todessekunde alles erfahren will: wie Vater und Mutter lebten und starben, wie das armenische Volk lebte und starb.« SPIEGEL

»Hilsenrath ist einer der großen Schriftsteller unserer Zeit. Dies Buch ist sein Meisterwerk. Immer wieder werde ich es lesen.«
Johannes Mario Simmel

Kenizé Mourad

Im Namen der toten Prinzessin

Roman eines Lebens
Aus dem Französischen von Brigitte Weidmann.
611 Seiten. Geb.

In diesem Buch erzählt Kenizé Mourad die abenteuerliche Lebensgeschichte ihrer Mutter, Prinzessin Selma, die als Enkelin des Sultans Murad V. in den Zusammenbruch des Osmanischen Reiches hineingeboren wurde. Die Familie emigrierte nach Beirut. Später verheiratete man Selma mit einem indischen Radscha. In der Pariser Boheme gegen Ende der Dreißiger Jahre fand Selmas Leben ein tragisches Ende – ein außerordentliches Frauenschicksal vor dem Hintergrund einer untergehenden Welt.

»Eine wundersame Liebesgeschichte ergibt manchmal einen großen Roman. Wenn aber die Geschichte darüber hinaus wahr ist, ja ebenso wahr wie unwahrscheinlich, wenn sich in ihr der Untergang eines ganzen Weltreichs, einer bewegenden Epoche spiegelt, wenn die Heldin eine Sultanin ist und Istanbul ihr Geburtsort, von wo der Zusammenbruch des Osmanischen Reiches sie ins libanesische Exil nach Beirut zwingt, die Heirat mit einem ihr unbekannten Radscha sie an einen indischen Königshof führt und die bevorstehende Geburt ihres ersten Kindes ihr zum ersten Mal ein freies Leben – in Paris – ermöglicht, dann erwartet man ein außergewöhnliches Buch.«

L'Express